汉武帝传

石　静◎编著

陕西新华出版传媒集团
三　秦　出　版　社

图书在版编目(CIP)数据

汉武帝传 / 石静编著. －－ 西安 : 三秦出版社，2012. 12（2021. 4 重印）

ISBN 978－7－5518－0342－7

Ⅰ. ①汉… Ⅱ. ①石… Ⅲ. ①长篇历史小说－中国－当代 Ⅳ. ①I247. 5

中国版本图书馆 CIP 数据核字（2012）第 296517 号

汉武帝传

石静　编著

出版发行	陕西新华出版传媒集团　三秦出版社
社　　址	西安市雁塔区曲江新区登高路 1388 号
电　　话	（029）81205236
邮政编码	710061
印　　刷	香河利华文化发展有限公司
开　　本	710mm×1000mm　1/16
印　　张	22
字　　数	410 千字
版　　次	2012 年 12 月第 1 版 2021 年 4 月第 4 次印刷
印　　数	9001－14000
标准书号	ISBN 978－7－5518－0342－7
定　　价	58. 00 元

网　　址　http：//www. sqcbs. cn

前 言

在我们五千年的历史长河中，历朝历代的皇帝们占据了重要的角色，他们的存在，很大程度上影响着百姓的生活、历史的发展。皇帝作为历史的重要角色之一，是当时左右和影响国家、民族命运的关键人物，研究他们的是非功过，兴盛衰废，在一定意义上事关国家盛衰、民族兴亡、个人成败，并对现代人有极大的借鉴意义。

这套《帝王传大系》，以帝王们的一生为主线。从他们的家族渊源入手，以历史小说的形式系统地介绍帝王们一生的沉浮。在打天下与守天下的风云战场中凸显出人物的性格特点、历史功绩，最大限度地将帝王和他的大臣们的传奇人生，不遗余力地展现在读者眼前，让读者在趣味阅读的过程中，享受完美的历史文化盛宴。

尽管这些曾经叱咤风云、指点江山的帝王们已成过眼烟云，但又有谁能够遗忘他们站在历史之巅所承受与经历的一切？

恍然间，我们仿佛看到了“千古一帝”秦始皇“横扫六合”的雄伟身姿；大汉朝开国皇帝刘邦从“市井无赖”到“真龙天子”的大变身；汉武帝刘彻雄赳赳地将中华帝国带上顶峰的威风场景；光武帝刘秀苦征恶战，于乱世中成就霸业的冲天豪情；乱世枭雄曹操耍弄“奸计”，玩转三国的高超智慧；亡国之君隋炀帝的骄纵狂妄；唐高祖李渊率众起义、揭竿而起，建立唐王朝的惊天伟业；唐太宗李世民玄武门兵变的狠辣果断；一代女皇武则天勇于创造命运的步步惊心；宋太祖赵匡胤“杯酒释兵权”的聪明睿智；一代天骄成吉思汗开创铁血王朝的钢铁毅力；元世祖忽必烈以蒙古铁骑横扫欧亚大陆的英雄豪迈；“草根皇帝”朱元璋从“乞丐”到“皇帝”的辛酸血泪；清太祖努尔哈赤以十三副铠甲起兵，开辟锦绣前程的创业史；大清王朝“第一帝”——皇太极夺取江山的谋略手段；少年天子顺治为爱妃做到极致的痴心情意；清军入关后的第二位皇帝康熙除权臣，平叛逆，锐意改革的天才谋略；最富争议的皇帝——雍正的精彩人生；乾隆皇帝钟情于香妃的风流韵事；慈禧太后将清朝操纵于股掌之间的惊天手段……

我们无法否认，在浩瀚无边的中国历史长河中，帝王始终是核心人物，或直接或间接地掌控着历史的船舵，所以，了解他们的传奇人生，研究他们的功过是非，仍然可以让读者借鉴与警醒！

然而，刻板的阅读模式使得纸媒每年都在流失受众，基于此，我们决定利用小说的形式去呈现帝王的传奇，语言风格也有别于传统的叙述方式。这套书在编排体例上突破了以往同类书严肃、枯燥、干巴巴的“讲授”形式，以更加细腻、更加精练、更加活泼幽默和诙谐的语言，用一种立体的方式将一个帝王的多样性与丰富性展现在广大的读者面前。

全书妙语如珠，犀利峥嵘，细述每个帝王的政治生活、历史功绩、家庭生活、情感逸事等，充满了故事性、知识性与趣味性，让读者在轻松愉悦的享受中体味人生的变化莫测；在“观看帝王大片”的过程中收取成功的法门秘诀。

为了保证书稿质量，编辑工作者查阅了大量的相关资料与文献，并且请教了很多长期从事历史教学与研究的专家学者。不过，由于时间与精力有限，本套图书或许还存在着些许错误，敬请广大的读者朋友们批评指正。

目 录

第一章　志存高远　母妃相携

公元前151年的盛夏，汉景帝正在软榻上休息，一阵香气飘来，没有人通报就进来了两个如花似玉的美人。

不用正眼看，汉景帝就知道是谁，没错，就是栗姬和王美人。因为此种香料是天竺国进贡的，只有几盒而已，他全部赐予了自己最宠爱的两个妃子，而且早就规定了，这二人前来，根本无需通报。

栗姬为汉景帝生有一子刘荣，被封为当朝的太子。栗姬凭借着自己的太子儿子，处处都要争风头，虽然皇后宝座并不是她的，但她却处处以皇后自居。宫里的人知道皇上宠爱栗姬，自然也以准皇后的眼光看待。

栗姬走过来略一施礼，问候道："万岁，天气这般炎热，您的龙体可好？"

景帝此时心情烦闷，自然不想让人打扰，于是便耐着性子说道："暑热难当，爱妃何必专程前来问安。朕一切都好，如果没有别的事情，爱妃可以回宫避暑。"

对于景帝如此明显的态度，栗姬感到心里仿佛放置了一块冰。王美人见情势不对，就起身回宫了。栗姬见王美人走了，虽然心里像被泼了一盆冷水，但面上却不好表现出来，天威难测，得罪皇上可就是不想要命了。她强压制住自己内心的反感，尽量带有感情地道："万岁，妾身无碍，只是太子自今晨起就饭食不进，怕是有些中暑。"

景帝坐直身体，沉吟片刻，栗姬发现景帝并没有像自己期待的那样要起驾看望，而是对身边的内侍吩咐道："速传太医，前往太子府探视，探视之后务必将结果报与朕。"

内侍转身出去了，汉景帝也不管她，只管再次闭上了眼睛。栗姬自觉没趣，悄悄地离开了未央宫。出了宫门，她自觉委屈，直想大哭一场。但是她不能让别人知道皇帝不赏识自己，在这样的尔虞我诈中，每个人都是势利的代名词，一旦失去恩宠，连宫女太监都不如。她强忍着泪水，快步回到了自己的居所。到了云阳宫门前，正好与一位地位显赫的女人不期而遇。若换作别人，就算是当今的薄皇后栗姬也可以视而不见，但对于眼前这位女人，她就不能不上前陪笑脸与其进行周旋了："原来是长公主和令爱。这大热的天，你们母女不在府中纳凉，来到我的宫中有什么要紧事吗？"

"正是天热烦闷，所以才带着阿娇进宫和娘娘说说话，也好打发这无聊的时光啊。”长公主半开玩笑地反问道：“难道娘娘反感我们母女？”

“哪里，能和长公主在一起聊天喝茶，妾身真是巴不得呢！”

不错，这位让栗姬娘娘屈尊的人不是别人，正是景帝的大妹刘嫖，人称长公主。她身旁九岁多的女儿就是陈阿娇。别看这阿娇年岁小，但出身于皇家，在严格的礼仪教导下，也出落得楚楚动人，一言一行都不失皇家风范。刘嫖赶紧拉过身边的女儿，笑着说：“来，阿娇，赶紧向娘娘千岁见礼，这可是日后的国母啊。”

这话让栗姬很受听，故意笑着说道：“长公主当着孩子也敢这样取笑。”

阿娇人小鬼大，上前一步恭恭敬敬地施礼道：“娘娘千岁，凤体安康。”

栗姬也对阿娇夸赞了一番，然后三个人便进入了栗姬的宫中说话。三个人边喝茶边说话，刘嫖问道：“娘娘，太子今年该有十三四岁了？”

“刚满十三。”

“那年岁也不算小了吧，是到了定亲的时候了。”

“不急，”栗姬未免露出心事，赶紧说道，“一者万岁还没有张罗这事，二者我这名分还没有确定下来，现在哪有这样的心情。”

“那为什么不催促万岁尽快立娘娘为后呢？”

“这，”栗姬感觉在立后问题上，或许刘嫖能够帮上自己，于是说道，“实不相瞒，我一提起此事，万岁就不高兴，也不知他心里想的什么。”

长公主也趁机说道：“万岁的秉性，本宫最清楚，在这件事情上，或许我能助娘娘一臂之力呢。”

“万岁在长公主面前言听计从，这件事情尽人皆知。要是能得到长公主的帮忙，定能事半功倍，事成之后，定当厚报。”栗姬见长公主肯帮忙，更是求之不得呢。

长公主见时机成熟，继续说道：“我也不需要你什么回报，只是事成之后，我要和娘娘做个儿女亲家。”刘嫖说出了她此行的本意，并将阿娇向前一推，“我们家阿娇做你的儿媳如何？”

栗姬不觉犹豫了一下，她想到刘嫖平日里的作风，一向喜欢干预朝政，而且好做主张。将来刘荣登基，有这样一位丈母娘还不得事事受她限制啊。但栗姬想到眼下有求于人，也不好一口回绝，便含乎地答应下来：“这当然是求之不得的事情。”

长公主站起身：“娘娘既然答应了，我这就去向万岁奏明。”

“这么着急，”栗姬提醒说，“我刚从万岁那里回来。圣上看起来好像心绪不佳的样子，这件事情改日再说也无妨。”

长公主信心十足地说道：“别人在万岁那里可能会碰钉子，但我长公主岂是他人可比的，我什么时候在万岁那里碰过钉子啊。”

说完长公主就拉着自己的阿娇姗姗离去了，栗姬的心里却很不是滋味。要知道自己在万岁爷那可是受了冷遇，但万岁对长公主确实言听计从，看把长公主得意的，怎不叫人嫉恨。但此时她的心情非常矛盾，既期待皇上能够听从长公主的话立自己为后，又希望景帝不要理睬长公主，正好可以煞煞这位公主的骄横之气。

刘嫖刚走进未央宫，就开始大呼小叫地嚷起来："皇兄，我带着阿娇来看你了，怎么都不欢迎啊？"

景帝对长公主确实不一般，不但毫不动怒，而且还满脸带笑地下地。他平素最喜欢阿娇的乖巧可爱，赶紧拉过陈阿娇，说道："让朕看看，一月不见小阿娇是不是又长高了。"

阿娇上前叩头，被景帝用手拉住："小小年纪，不用行这么大的礼。"

阿娇便依偎在景帝身边。

长公主见机会来了，趁机便说："万岁这样喜欢她，要不让阿娇长大后做你的儿媳妇，这样就能天天陪着皇上了，是吧？"

"但不知妹妹看中了哪家王爷啊？"

长公主骄傲地说："我的女儿聪明伶俐，要嫁就嫁太子，要做就做皇后，怎么能够只做王妃呢？"

"皇妹，你这野心倒是不小哇，"景帝含笑戏谑道，"皇后虽然好，但也不好做，要时刻提防被皇帝打入冷宫啊。"

长公主听出了景帝的言下之意，说道："我们家阿娇可不是薄皇后之流。万岁，既已经不再去薄皇后那里，为什么还不颁诏废后再立呢？"

景帝对这个妹妹一向倚重，也就在她的面前说出了心里话："皇妹，废易立难啊，实不相瞒，朕就是在头疼该立谁为后的事情。"

"这，妹妹就费解了。刘荣已经被立为太子，按照法理，他的母亲栗姬自当被立为皇后，还有什么为难之处吗？"

"皇后乃六宫之首，管理着后宫的大小事宜，俗话说后院起火，这皇后的人选需要有博大的胸怀，能够宽厚容人。栗姬她肚量狭小，难以母仪天下啊。"

长公主一笑："此事妹妹倒是知道一些，听说栗姬素来拈酸吃醋，等妹妹瞅空儿开导开导她，自然也能改正过来。"

"但愿能如皇妹所言。"

"皇兄既然不能确定立谁为后，为何不先下诏废了薄皇后呢？"长公主想使个缓兵之计，这样对栗姬也算有所交代，"至于立后之事，可以容后再议。等到皇兄对栗姬满意时，再立她为后也不迟啊。"

景帝听了长公主的话，不觉喜笑颜开："还是皇妹知道朕的心思。"

第二天早朝的时候，景帝就下诏废去了薄皇后的后位。按理说这件事情对栗姬来说是件好事啊，起码为她扫清了争后的道路。景帝也认为自己为栗姬办了好事，当晚就兴致勃勃地临驾栗姬的云阳宫。

云阳宫的装饰以红色为主，再加上早早点燃的大红宫灯，整个宫室都给人一种温暖热情的感觉。因为天气太热，此时的栗姬就穿着狭小的白色丝绸抹胸躺在榻上，穿着甚为暴露。栗姬今天很不高兴，她从长公主那里得知了皇上废去薄皇后的消息，同时也知道了皇上并不打算册立她为皇后的消息。所以她连晚饭都没吃，就斜靠在卧榻上自生闷气。

宫门外传来执事太监的喊声："万岁驾临云阳宫，栗妃娘娘整装出迎接驾啊。"

栗姬心底迅速升腾起几许快意，这说明皇上的心里还是中意于她的。尤其是一年以前，那时候皇帝平均每三天就要在云阳宫留宿一晚。但自从刘嫖先后给皇上引荐了几个美人之后，景帝便十天半月也难得来一次。如此想来，栗姬对长公主简直恨得要命。她本想出去迎驾，但却想吊吊皇帝的胃口，于是便坐在床上没动。汉景帝径直走了进来，栗姬赶紧下床迎接圣驾。

景帝拉住栗姬的手不放，看到她如此诱人的胴体，早就按捺不住欲火，但栗姬却想趁此讨得点好处。于是故作矜持地要去为汉景帝斟茶。

景帝心中掠过一丝不快，然后说道："茶就不必了，朕来时已饮透了。朕累了，你我还是快些上床歇息吧。"

栗姬见景帝有些急不可耐，便想借机讨个说法，于是话中带有酸味道："臣妾获悉万岁已颁诏废了薄后，为什么还不尽早册立妾身呢？"

汉景帝知道栗姬又开始耍小性子，心中不快，说道："这个朕自有道理。"栗姬愈加放肆，汉景帝已经忍耐到了极限，冲着栗姬吼道："你本就没有一丝为后的风度，假如真让你执掌后宫，那朕的后宫还能有安宁之日吗？"

栗姬愤恨地说道："怪不得圣上迟迟不肯降旨，原来还是听信了那几个妖姬的谗言，等到哀家总揽后宫之后，一定好好调教她们。"话里充满了报复的敌意。

景帝更是愤怒，他本就介意栗姬肚量狭小，所以迟迟不肯立她为后。今日话头提及至此，他也就趁机规劝道："王美人、程姬、贾姬等嫔妃和你一样都是朕的妻子，她们的子女也都是朕的骨肉。一旦你身为国母，就要有容人之量。应该待她们如手足姐妹，她们的子女也应视同己出。时时要教育太子，爱护弟妹，这样才能让后宫安宁，朕百年之后也能安卧九泉了。"

栗姬一听此言，就想起了几天前在上林苑游玩的情景，这件事至今都像她咽喉的一根刺，想拔都拔不掉。

那日，景帝兴致好，只带着栗姬和王美人二人同游上林苑。虽然没有了贾姬、程姬等人的陪伴少了几个对手，但王美人在身边也让她颇为记恨，因此对这次出游她是一点儿都不高兴。为此，一路上都噘着小嘴阴沉着脸儿。

“爱妃，莫非哪里不舒服?”景帝关切地问栗姬。

栗姬的回答令景帝啼笑皆非：“哎哟，万岁还记挂着臣妾呢，看你和王美人在那里说说笑笑，我还以为您已经忘了这里还有一个我呢。”

汉景帝兴致好，也没有怪罪，只是数落地说了几句：“你呀，说话怎么总爱咬着别人，朕总不能时时刻刻只陪着你一个人吧。”

一句话惹起了栗姬的脾气，大声说道：“您就知道向着她，你看我就是抱怨了一句，就惹出你这些不咸不淡的话来。早知这样，今日不来倒好，免得在这里生气。”

景帝顿时兴趣索然，不愿意再理她。

王美人见状过来打圆场，满脸赔笑地对栗姬说：“姐姐，是不是我哪里做得不对，惹你生气了？我是妹妹，倘有不周全的地方，还望担待一些。”

“看看，你明知道我正在和万岁生气，你在这里装好人，你这不是跟万岁合伙儿气我吗?”栗姬近乎胡搅蛮缠地说道，“咱可比不了你，你可是万岁的心尖儿。”

景帝气不过地说道：“你说的这是什么话，朕哪里不是高看你一眼!”

栗姬听景帝如此说，更是借机将心中的怨忿发泄出来：“我怎么能和王美人比呀，皇上见她时从没有怒过，每次都眉开眼笑，一看见我，就一脸愁容，连个笑模样都没有。”

汉景帝也对她的胡搅蛮缠没有办法，栗姬不识相地继续说道：“我那儿子也比不上胶东王，你看王美人，妊娠时都能梦见太阳入怀，多么美妙动听的故事啊，这不就等于说她的儿子将来一定会成为帝王吗?”

王美人赶紧为自己辩解：“姐姐不喜欢，我今后再不提及。”但王美人还是不依不饶地说道：“即便你现在不说也是掩耳盗铃，这件事情已经闹得满城风雨尽人皆知，现在想做样子给我看？我才不会领你这份情！我没有那么傻。”

这一顿抢白，闹得王美人无话可说，于是便想了个脱身之计，对着栗姬说道：“姐姐先消消气，我去如厕一下。”

景帝也觉得和栗姬无法继续交谈下去，便赌气地扭转身子不再理睬她。

就在这时，景帝发现茅厕旁边转悠着一头野猪正在觅食，不由得大吃一惊。所有人都知道野猪属于凶猛野兽，而王美人此时正在厕中，万一受到伤害，这该如何是好。景帝立即命令随侍的中郎将郅都前去解救王美人。郅都领旨，拔出佩剑刚要冲过去。

栗姬想到假如野猪把王美人吃掉正好可以减少一个劲敌，就在旁边说道："郅将军，此时王娘娘正在如厕，自然是裸露下身，你闯进去……"

这番话还真提醒了郅都，他迟疑着不知道该如何是好，对着汉景帝说道："万岁，末将撞见娘娘……"

景帝一急，夺过郅都手中剑，说："不用你为难，朕自去救助。"

栗姬见景帝如此关心王美人，心中更是愤怒，便欲制止，她急中生智，想出一条自认为绝妙的计策，便突然跌倒在地，口吐白沫。

郅都见状想扶又不敢扶，于是对着将要离开的景帝说："万岁，栗妃娘娘发病，这可如何是好啊？"

景帝回望一眼，犹豫了一下，对其说道："栗妃无妨，朕先去救王美人要紧。"说完，便毅然地飞步闯入了茅厕，居然将野猪直接吓走了，王美人安然无恙。两个人回来时看到栗姬人好好地站在那里。景帝不满地嘟囔一句："恶作剧。"

这件事情虽然景帝并未深究栗姬过错，但栗姬却在心底认为，关键时刻景帝还是认为王美人最重要，为此，心中的嫉恨更深一分，对王美人的敌意也愈发加重。

如今景帝又和自己说起了这件事情，更勾起她心中的不满。于是便刻薄言辞地道出了真心话："我的皇上，你还真是仁慈，连你百年之后的事情都想好了。实话告诉你，我现在就恨不能生吞活剥了王美人她们那几个狐媚，百年之后的事你就管不得了。"

"你！"景帝没想到栗姬如此张狂，竟然敢说出如此狠毒的话，他不知该说什么才好，只撂下一句："简直是个泼妇。"

"你，你，居然为了那几个狐媚就骂我，我也不活了！"说完就做出了以头撞廊柱的姿势。

汉景帝此时的心情坏透了，他也不管那栗姬死活，气哼哼地拂袖就出了云阳宫。

栗姬当然不会真的撞死，她只是做做样子，想指望景帝前来拉救，但没想到不但没达到预期效果，反而气走了汉景帝。她赶紧追出门挽留景帝。但此时景帝哪还有心情听她说话，径直走出了大门。

"哼！有种一辈子别到我这云阳宫来。"栗姬气得顺嘴骂话出唇。

这句话显然被景帝听到了，他停下脚步，只摇了摇头，什么话都没说，便大步出了云阳宫。

栗姬看着景帝远去的背影，自知说话过激，心中十分后悔，可是这个世界上根本就没有后悔药，于是她一屁股坐在地上，"呜呜呜"地呼天抢地捶胸踢腿地大哭起来。

王美人起居的五柞宫，其规模虽不算太大，但此地环境清幽，还有一个小巧玲珑的花园，倒是别有一番意境。王美人晚膳过后，就与儿子刘彻在花园内讲古，当说到大禹治水三过家门不入时，六岁的刘彻忽闪着黑亮亮的大眼睛，竟然说出一番与其年龄十分不相符的话来："母亲之意，为儿尽知，等到我长大之后，一定像大禹那样勤劳国事，不过我不会像大禹一样，我还要孝敬母亲。"

王美人欢喜得将儿子紧紧抱在怀里，动情地说道："我的好皇儿，这样聪明，将来一定是国家的栋梁之材。"

刘彻挣脱母亲的怀抱，不解地问道："母亲，儿为何只能做栋梁，难道不可以像父皇一样君临天下吗？"说着，小刘彻就在地上摇摇摆摆开始模仿景帝走路的样子。

王美人生怕有人听见，赶紧制止小刘彻，说道："皇儿，这样的话可不能乱说，切记，这话被人听去，或许就会招来杀身之祸。"

"为什么？"

"皇儿，我们身处宫廷，说话做事都要谨慎小心。你的封号是胶东王，就只能做未来皇帝的臣子。你的大哥刘荣已经被你父皇立为了太子，也就是说他将来要做皇帝。这话若传到他的耳中，一定会记恨于你。等你父皇百年之后，他若登基做了皇帝，一定会报复你，就连为娘也怕性命难保啊！所以为了我们能够平安地生活，这样的话以后万万不可再说。"

刘彻点点头："儿记下了。"

就在这时，王美人的贴身侍女唐儿急慌慌地走了进来，告诉王美人皇上来了。王美人赶紧领着刘彻去接驾。王美人跪在画廊的地板上请安，小刘彻也学母亲的样子为父皇请安问好。

景帝高兴地将王美人母子先后搀起，赞不绝口地夸奖刘彻："皇儿小小年纪，就这样知礼得体，还是美人教子有方啊！"

"万岁过奖了，有道是龙生龙子，"王美人心中喜悦，但并不表现出来，"这孩子处处模仿陛下，就连走路都像得很呢。"

景帝正在兴头上："如此说，且走几步让朕看看。"

刘彻当真就模仿了一回，然后还问道："父皇可是这样行走？"

喜得景帝眉开眼笑："皇儿，你怎就这般相像，真是我的儿子啊。"说到高兴处，将刘彻抱在了怀中。

刘彻也就撒娇地依偎在景帝胸前，用小手抚摩着景帝的面颊："父皇真好，就像古时的大禹帝。"

"这么说，父皇是明君喽！"景帝禁不住同儿子贴脸。

王美人觉得已经可以了，儿子算是够风光了，就将刘彻接下来："皇儿，别让父皇太劳顿了。”同时,回头示意唐儿,“领胶东王去吧。”

刘彻果真与一般孩子不同,临别时再施一礼:“父皇晚安。”

景帝由王美人陪同进入寝宫,边走话题还未离开刘彻:“美人,你要好好教导胶东王。这孩子是个干大事的料,待他长成后,朕一定要委以重任。”

“谢万岁夸奖,臣妾当不负圣望,”落座后,王美人问道,“万岁可曾进过晚膳?”

景帝注视着王美人花蕊般娇嫩的樱唇,真想立刻噙入口中。想起栗姬的泼样,再对照王美人的柔顺,一腔儿女情全都倾注在王美人身上:“这都什么时辰了,朕早已用过晚膳,你我早些安歇吧。”

王美人听此言不觉怔了一下。

景帝却是注意到了王美人这一微妙变化:“怎么,爱妃心下不悦?”

王美人脸上绽放开鲜艳的桃花:“万岁哪里话来,后宫嫔妃,有谁不渴想沾雨露之恩。臣妾亦血肉之躯,渴望圣驾,有如大旱之望云霓,巴不得万岁天天能光顾呢。只是一时间受宠若惊,怀疑是否在梦中。”

这番话说得景帝心花怒放:“好,好,朕此后定当常幸这五柞宫,也让你永远像鲜花般滋润。”

“万岁难得光临。良宵尚长,臣妾备下御酒佳肴,与圣驾小酌,以助罗帐中雅兴如何?”

景帝不由得点头称是:“美酒入怀,春心烂漫,恍然若仙,再与爱妃共偕云雨,其乐融融,快哉美哉!就依美人……”

王美人吩咐唐儿整备酒宴。唐儿不停脚地忙碌,几个来回之后,已是香汗流下粉腮。试想,王美人的贴身宫女,自然是模样标致,灯光之下犹如梨花带雨更堪怜。王美人见景帝对唐儿时不时地瞄上两眼,心中立刻有了谱儿,一道难题迎刃而解。

原来景帝来幸,正值王美人的经期,是不能同房合欢的。但若直言,景帝定将扫兴离去,这不是将上门的好运推走吗?而且说不定会影响皇上今后的兴趣,今夜移情别恋或许就被别的嫔妃拴住。所以她犹豫一下未敢明言,且用饮酒搪塞,如今竟偶然生计,何不用个调包计呢?

帝妃对酌之际,唐儿一旁侍酒,在桌边飘来转去,也免不了与景帝擦擦碰碰,景帝兴致极佳,被王美人劝得频频干杯,半个时辰下来,已有八分醉意。王美人先将景帝扶进罗帐,为其宽衣解带,送给景帝一个甜吻,温存地说:“万岁,且请稍候片刻,臣妾去香汤沐浴后即来侍寝。”

“爱妃快去快来。”景帝已是眼皮强抬。

王美人到侧室,将唐儿叫至近前,轻声悄语说道:“小妮子,今夜晚你的好运来了。”

“娘娘此话何意？”

“给你派个上好差事，代我去陪寝侍候万岁爷。”

“什么！”唐儿以为自己听错了，“娘娘的话，奴婢听不明白。”

“傻丫头，让你去陪皇上睡觉！”

“这，这……”唐儿听明白了，但她不明白主人为何要如此，“这如何使得，万万使不得。”

“我说使得就使得！”王美人说了实话，“我恰好来了月事，又不能令万岁扫兴，只能由你替代了。”

“这怎么行，万岁认出，奴婢就是欺君之罪，这可是掉脑袋的事啊。”

“有我做主，你怕什么，”王美人安慰她，“万岁已是酒醉，一样都是女人，哪里辨得你我。再说，男人还都巴不得尝鲜呢，能幸你这个黄花闺女，万岁爷真是福分不浅呢。”

古时深宫中粉黛三千，有的一生都难得见上皇帝一面，就是有名分的嫔妃，谁不是期待着皇帝能眷恋光顾自己的玉体啊，唐儿自然也渴求有这么一天。早是情窦初开的妙龄女，每当目睹王美人与景帝相携进入罗帐，耳听他们的嬉戏之声，唐儿都如有团火在胸膛燃烧，恨不能立时投入男人的怀抱，她当然渴望这期待成为现实。但她又不能不有所顾虑，因为她毕竟是使女之身，万一王美人事后翻脸，要她的性命还不是易如反掌。

“美人，你倒是来呀！”寝宫中传来景帝朦胧的叫声。

王美人几乎看穿了唐儿的心：“你我主仆相处多年，我的为人你还不知？我是那拈酸吃醋的人吗？你尽管放心侍寝就是。倘若你有造化，真要是一夜之间怀有龙种，那你可就是一步登天了，去吧，这可是千载难逢万年不遇的良机呀。”

“那，奴婢就遵娘娘之命。”唐儿移动了脚步。

“去吧。”王美人将唐儿推入了寝宫。

唐儿因为害羞，先吹灭了宫灯。在龙床前站在景帝头边出神。以往连正眼都不敢看的皇上，而今就要同床共枕了，这该不是做梦吧？

“美人，睡吧。”景帝又半是梦呓地招呼。

唐儿迟疑地脱掉身上的衣服，迷蒙的微亮中，自己玉洁的胴体曲线分明，坚挺的双乳晕出两点樱红。景帝那男人的气息，已令她神魂发颤，此时此刻她已不再顾及其他，像一条小鱼钻进罗帐，依偎在景帝身旁。

景帝醉意与睡意相伴，懵懂中将唐儿拥入怀中。枕席之间，只是感到王美人比以往更加柔顺，任他轻薄疼爱始终不语。景帝有一种全新的感觉，但他酒喝得太多了，事毕便沉沉睡去。

这一夜，王美人辗转难眠，嘴里说不吃醋，但她心里也还很不是滋味。

想到唐儿与景帝相拥相爱的情景，她再也躺不住了，好不容易熬到天明，她即轻手轻脚进了寝宫。

唐儿也是一夜不曾合眼，她要尽情享受这一夜春风。她将景帝从上到下看了一遍又一遍，因为说不定她今生今世只有这一次机会，主人再好也不会容她有第二次了。她分开自己的玉股，看到了那点点殷红的血迹，这是自己的童贞，也是一个女人在新婚之夜的骄傲。

可是她不敢将睡得还香的皇上推醒，她也不愿这一刻很快到来，她还要享受假妃子的荣耀，她不想打破这玫瑰色的梦。因而，听到王美人的脚步声，她反倒假寐地合上了眼睛。

王美人掀起帐幔，看了看蜷缩在床里赤条条的唐儿，心里泛起些许反感。她用尖尖食指，在景帝眉间轻轻一点，这是王美人唤醒皇帝的惯用手段。

景帝真的就睁开了眼睛，见王美人站在床前，有几分愕然地问："爱妃，你何时起床下地了？"

"万岁，这一夜鹊桥暗度感觉如何呀？"

"爱妃此话何意？"景帝略一转身，看见了床里光着身子的唐儿，不由得一惊坐起，"这是何人？"

王美人就是乖巧，双膝跪倒在床前："万岁，请恕臣妾欺君之罪。"

"这，怎么把朕闹得越发糊涂了。"

"万岁容臣妾从头禀奏，"王美人屈身言道，"万岁来五柞宫临幸，偏赶上臣妾月事之中，怎敢以污秽之身玷染万岁龙体。而臣妾又不忍令万岁扫兴，故以侍女唐儿代之。唐儿虽说无名分，但在臣妾身边多年，也是情同姐妹一般。况且她模样标致，身子玉洁，堪可为君伴寝。只是未敢事先奏明，请万岁治臣妾欺君大罪。"

"难得爱妃一片苦心，朕不怪你，快快平身。"景帝在床上伸出手来相搀。

王美人站起，明显讨好地说："万岁，时辰尚早，臣妾去备办早饭，圣上可再小睡片刻。"

景帝看看白光光的唐儿，好奇与新鲜感令他爽快地应承下来："那就多谢爱妃的美意。"

王美人轻轻放下帐幔，转身缓步离去，胸臆间涌动着胜利的喜悦，但也有一股酸溜溜的感觉。

第二章 订立姻缘 景帝择后

广阔的云空布满了阴霾，连日的暑热，本就让人心情烦闷，但此时的栗姬却因为上次的事情更加生气，不断地责骂宫中的宫人们。云阳宫里一片愁云惨淡，人们全吓得大气都不敢出，谁都不愿意自找没趣，远远看见都躲着这个近乎失去理智的娘娘。

这天，栗姬从一大早起就坐在了庭院内的假山旁，景帝长时间没来，她也懒得梳洗，此时看去，蓬头垢面，脸色异常难看，恍如久病之人。她此时的心情更加糟糕，又气又恨，仿佛什么事情都不顺。就在此时宫门口传来了一阵放荡无忌的笑声，原来是长公主领着自己的女儿陈阿娇旁若无人地走进院落。她见栗姬坐在假山的旁边，径直奔她而去，站在一边笑着说道："我不请自到又来了，栗姬娘娘想来不会反感吧？"

出乎意料的是，这次的栗姬没有像往常一样起身相迎，而是一扭身子，鼻子里只哼了一声，什么话都没有。

长公主也不想跟她置气，继续说："怎么了，这是跟谁怄气啊？"长公主连说带笑的，意在缓和气氛。

没想到这一问更加激起了栗姬的火气，她冲着长公主大声喊道："冲谁？就是冲你！"

长公主脸上有点挂不住，但也感到莫名其妙，随即问道："冲我？本宫什么地方对不住你了，假如不是我的话，皇兄怎么可能这样快就颁诏废了薄皇后呢？我看你是不知好歹了吧？"

栗姬也不吃她这一套，大声吼道："好，好！就你能，为何万岁迟迟不肯降旨立我为后？你以为我是小孩子，不懂这其中的原委啊？"栗姬说着站起身，就像斗架的公鸡一样，"万岁昨夜还对我发了一通脾气，然后就去了王美人那个贱人那里，这一切不都是你造成的吗？"

"怎么，我这一番好心，反倒成了驴肝肺，"长公主带气脱口而出，"难怪万岁说你心胸狭窄。"

"啊，难怪皇上迟迟不肯立我为后，原来是你在说我的坏话！"栗姬气得跺脚，"还妄想让你的女儿攀我儿为婿，日后正位中宫，做你的白日梦去吧！"

"你，竟是这样一个反复无常的泼妇！"

"我是泼妇，你也不是好饼。以后别再到我这云阳宫，皇上说王美人好，你也到她那儿听顺耳话去吧。"说罢,她扭转身回房去了。

长公主直气得干瞪眼无可奈何,她狠狠唾了一口:"你等着,我不报被你羞辱之仇誓不为人。"她领着阿娇出了云阳宫,趋身径向五柞宫。

王美人正在为儿子刘彻讲解《诗经》,获悉长公主驾到,急唤唐儿,叫了几声不见应答,也顾不得再喊,撇下儿子疾步出迎。在宫门里相遇,王美人先施礼:"不知长公主凤驾到来,有失远迎。"

"娘娘也太客气了,唐突造访,还请见谅。"

二人到房中落座后,王美人习惯地叫道:"唐儿,上茶侍候。"

哪里有唐儿影踪,王美人猛地想起,唐儿与万岁尚在红罗帐中,有些脸上挂不住,自我解嘲地说:"这个唐儿哪里去了,以往是从不这样的。"长公主见机为之解围:"娘娘不要张罗了,我还不渴,又不是外人,无需这些常礼。"

王美人随之吩咐身边的宫女:"快为公主敬茶。"

长公主的目光已是落在刘彻身上了,上上下下将刘彻不停打量。

刘彻不枉母亲平素的教导,不需王美人指点,即上前跪倒叩首:"叩拜姑妈凤驾,愿长公主寿比南山。"

"哎哟哟,好甜的小嘴儿,快起来,起来,"刘嫖将侄儿拉起,回头假意责怪女儿,"看你,比胶东王大了好几岁,但一点儿规矩不懂,也不说上前给娘娘叩头见礼。"

阿娇回答说:"我是长公主的女儿,是高贵的身份,怎么能去叩拜别人呢?"

"看看,这孩子是怎么说话!"长公主有些脸红。

"有道是龙生龙凤生凤,阿娇真有几分你长公主的风采,长大后定然也是敢作敢为之人。"

长公主顺势问道:"娘娘看我女儿可还算好?"

"这还用说,长得花容月貌,举止大方得体,浑身上下都透着聪明伶俐。还不知谁家有福分,日后能娶得这样天仙似的丽人。"

"承蒙娘娘如此夸奖,就让阿娇做你的儿媳如何?"

王美人毫无准备,不觉沉吟一下:"只怕我的儿不配阿娇,将来莫再委屈了她。"

"能与胶东王为妻,就是王妃了,也不辱没我女。"

王美人吞吞吐吐还是说:"小儿要比阿娇小几岁,长公主如不嫌弃,我们自是求之不得。"

"我看这个无妨,阿娇大胶东王三岁,有道是'女大三抱金砖',他们的姻缘一定美满。再说大几岁对丈夫更加知疼知热,天作之合呀,"刘嫖看来是认真的,"怎样,这亲事就算定下来吧?"

王美人心中苦笑，脸上不便表现出来：“长公主的美意，我岂有不从之理，只要万岁不反对即可。”

“万岁处你无需担心，我自会让皇兄首肯，”刘嫖将刘彻拉到近前，“胶东王，姑妈问你，让阿娇长大后做你妻子意下如何？”

小刘彻略一思索：“若能得阿娇为妻，我一定造一所黄金的屋子给她住。”

刘嫖喜得将小刘彻紧紧抱在怀里：“姑姑的好侄儿，真个是年少志大，日后定是大有作为之人。”

王美人叹口气：“日后？谁知日后怎样。”

“娘娘何出此言？”

“那栗姬视我母子就像仇敌一样，万岁在时尚且如是，一旦百年之后，栗姬还不得生吞活剥了我们。”

刘嫖发出冷笑：“栗姬的皇后只怕是当不成了。”

“刘荣是太子，日后要继位为帝。母以子贵，栗姬就是皇太后了，还能放过我和胶东王？”

刘嫖原本是争强好胜之人，听了王美人这番议论，想起栗姬对她的不恭，一个念头跳上心来：“胶东王已为我婿，自当为他的前程谋划。我们何不设法废了刘荣，让万岁改立刘彻为太子，这样我女儿就可为皇后了。”

“这，太子岂可轻言废立。”

“世上只有不做的事，没有做不成的事，何况皇上不喜栗姬，对太子刘荣也无甚好感，有我寻机吹风，便是参天大树，一斧一斧总有砍倒之时，你就拭目以待，看我的手段吧。”

刘嫖已确定了目标，她就坚定不移地向着这个目标挺进。

芙蓉帐里，唐儿与景帝百般旖旎，极尽献媚之能事。景帝备觉新鲜，被哄得笑逐颜开，越发怜香惜玉。趁着皇上高兴，唐儿从景帝口中抽出舌头：“万岁，这一夜春风，倘若贱妾有了身孕该如何？”

“怎会那样之巧，春风一度便播种发芽开花结果，”景帝不以为然，“这是不可能的。”

“凡事总有万一，万岁勇猛如虎，奴婢新蕊初放，春风吹拂雨露滋润，若就怀有身孕，便当做何结果？”

“哪里会有这种巧事。”

“万岁，奴婢要你回答，真的有孕该怎样对待？”唐儿叮住不放。

景帝反问道：“你要怎样？”

“我要将孩子生下来。”

“那，没有名分，如何养在宫中？”

“万岁骨肉，总不会溺死吧，”唐儿说出她的企盼，“万岁一句话，奴婢岂不就有了名分。”

景帝抚摩着唐儿光滑的玉体，笑着打趣：“看来你也大有野心，是想成为唐姬呀。”

唐儿竟就在床上跪下叩首：“谢万岁封赐。”

景帝有些愕然：“朕何曾封你？”

“万岁适才亲口所说，妾身是唐姬，自是要谢恩。”

“咳，朕何曾是那个意思。”

“有道是君无戏言。”

景帝心中已有几分反感，这不是硬赖吗，这样的女人今后还是少接触为上，不然还不知有多少事缠着不放。

唐儿尚未察觉景帝感情的变化，还想扩大战果：“万岁，孩子日后一旦降生，总得有个名字，请万岁赐名。”

景帝是真的烦了：“这还是没影儿的事，能不能生，是男是女皆未可知，八字还没一撇，不当提出这种要求。”

“不嘛，万岁，你一定要给你的龙种取个好名字。”

景帝这才发觉唐儿是这样一个难缠的女人，心之所想，不觉顺口而出：“咳，朕发……”说到此觉得走口失言，就咽回去了。

而唐儿却不管许多，俯身在床又是叩谢：“谢万岁为我儿赐名。”

“朕何曾赐名？”

“万岁适才言道是‘发’，怎说不曾？”

景帝哭笑不得：“好，好，发就发。”

这么一闹，景帝的好心情已经一扫而光，他起身穿衣。

唐儿又伸玉臂，搂住景帝脖子：“万岁，时光尚早，何必急着起床。”

景帝推开她：“日上三竿，岂可再沉湎床第。”匆匆穿好衣服，下床盥洗去了。

唐儿跟在身后侍奉：“万岁，不要让妾身只沐一夕雨露，别忘了时常召幸贱妾啊。”

景帝已是不胜其烦，含乎应承一声：“朕自有道理。”一直走向前殿，原想是向王美人道谢再共进早膳，不料长公主与女儿已在殿中。他带笑走上前去：“皇妹怎就得闲，这大清早进宫为何？”

“皇兄圣安！”长公主拉过女儿，“阿娇，上前给你舅父皇上叩头。”

阿娇真就跪拜：“舅父皇上圣寿无疆！”

“小孩子家，又何必让她拘礼。”景帝在阿娇头上亲昵地抚摩了一下。

“皇兄，如你所言，妹妹我一早进宫确有大事要说，”刘嫖看一眼王美人，

“适才妹妹已同王美人订下亲事,将阿娇许与胶东王为妃,不知圣意如何?”

景帝对长公主一向倚重,不假思索即答曰:“这是好事,朕岂有不应之理。只是胶东王太小,他还不懂这男女结亲之事。”

“皇兄怎知,胶东王已答应要为阿娇造一座金屋子,你看他是人小志大吧!”长公主说罢,与景帝一起开怀大笑。

略事打扮的唐儿摇摇摆摆走出后殿,与皇上有了一夜姻缘,她感到自己的身份突然高贵了,对王美人和长公主只是躬身一揖,并未像往常那样跪礼参拜:“奴婢与娘娘和长公主见礼了。”

刘嫖便有几分不悦,扭身问王美人:“娘娘,这位是何人哪,又是何等身份,怎就这样大大咧咧?”

“她,就是我所说的唐儿,本是我的贴身侍女,”王美人看一眼景帝,“只是如今身份不同了,她昨夜刚被万岁临幸。”

景帝便有些脸色时红时白:“这,并非朕之过,是美人她刻意安排,朕事先不知啊!”

刘嫖瞟一眼唐儿:“幸过又怎么样,侍女还是侍女,还能成了嫔妃,我看不会吧?”

景帝随即答道:“那是自然。”

唐儿甚觉脸上无光,特别是关乎到日后的名分,当众便撒娇弄痴地闹起来:“万岁,你在床上答应过奴婢,要立我为姬,生子取名为发,君无戏言,圣上可不能言而无信哪!”

景帝气得脸上红一阵白一阵:“真是成何体统,左右,送她下去,莫在此处胡言乱语。”无论唐儿如何又踢又挣,还是被太监弄走了。

刘嫖借机说:“皇兄,看起来女人可是惯不得。这个唐儿倒无所谓,那个栗姬可就是心腹之患了。”

“皇妹此话何意?”

“皇兄,栗姬对你大有怨恨之心,背地里咬牙切齿诅咒于你,该不是心中无数吧?”

“朕对她堪称是宠爱有加,其子刘荣也已立为太子,这难道还不该满意吗?”景帝对刘嫖的话从来深信不疑。

刘嫖嘴角掠过一丝冷笑:“我的皇兄啊,你立了太子不立皇后,人家能不耿耿于怀吗!”

“那,”景帝思索一下,“莫如就立她为后,遂了她的愿,也免得为此事让朕闹心。”

“我的万岁,立后之事非同小可,栗姬为人皇兄又不是不知,她真要正位中宫,皇兄百年之后,只怕当年吕后人猪的悲惨事件就要重演。”刘嫖用手一指王美人，“她们母子还有皇兄所有的嫔妃子女，都要难逃灭顶之灾。”

景帝想起栗姬当他的面，就拒绝在他身后关照诸王之事，对刘嫖之言深以为然，而且越想越怕以致感到毛骨悚然：“皇妹言之有理，栗姬时常将朕不放在眼中，更何况王美人她们。”

刘嫖想说的话都说了，目的也已达到，便起身告辞：“皇兄尚未进膳，臣妹就不再打扰了。”

王美人将刘嫖送出五柞宫大门：“长公主走好。”

“不是走好，是做好，”刘嫖庄重地正告王美人，“娘娘，你我既已结亲，此后便荣辱与共，开弓没有回头箭，我适才已在万岁面前擂响了征讨栗姬的战鼓，这一仗我们就一定要打胜。”

“为了我母子的前程，自然会与长公主很好配合，倘有不到之处，还望及时指点一二。”

“好了，快回宫陪皇上去吧，要不为和你说这几句体己话，我是不会让你送出宫门的，”刘嫖又叮嘱说，“记住，凡事都要顺着皇上的性子，千万不能让皇上生气。”

“长公主的教诲，自当谨记在心。”

长公主领着她的希望——阿娇姗姗而去，途中，她发现御史大夫栗卿步履匆匆直奔云阳宫，心中立刻明白，这是同他的妹妹栗姬密商去了，心中一动，一个主意跳上心头。她决心给不识好歹的栗姬挖一口陷阱，让栗姬一步步自己走进这个圈套，走向末路。

长公主回府后一刻也未休息，她似乎是一头不知疲倦的狮子，不捕食不战斗就没有乐趣，稍事打扮后，即驱车直奔栗卿府邸。

长公主驾到，栗府上下岂敢怠慢，主人不在，便由栗卿夫人出来作陪。二人闲叙了大约半个时辰，栗卿也从妹妹那里返回了。

一见长公主在座，栗卿略为一惊：“若知公主凤驾光临，下官就不去外面应酬了，真是罪过。”

长公主微微一笑：“栗大人想必是进宫去了。”

栗卿心下又是一惊，暗说自己的行踪她如何知晓。既如此，也就不能再隐瞒了：“长公主真是料事如神。栗姬娘娘捎话出来，道是身体欠佳，故而去云阳宫探望。”

“本宫今日也正是为令妹而来。”

“请长公主赐教。”

“栗姬娘娘患的是心病，病因则是太子已立薄后已废，但正宫虚位，她至今未能册封为后。”

栗卿不能回避了：“长公主真是一针见血。”

"令妹传你进宫,一定也是为了此事。"

栗卿只好点头:"确曾议及。"

"那么栗大人一定给了令妹锦囊妙计。"

栗卿苦笑一下:"下官哪有什么计谋,无非是好言相劝娘娘几句,要她耐心等候,万岁认为合适之时自会颁诏。"

"你没有想过万岁另立别人吗?"刘嫖向栗卿心头要害处捅了一刀。

"这,这是万岁的事,作为臣子,下官如何得知。"

刘嫖又是几声冷笑:"栗大人,就不要故作镇静了,令妹的心情本宫尽知,而今到府拜访,就是为令妹医病而来。"

"医病……"

"本宫要设法让万岁早日立栗姬娘娘为后。"

"这……"栗卿一时未敢接茬。

"感到奇怪吗?难道令妹不曾提及我女阿娇许配太子之事?"

栗卿一听此言登时"啊"了一声。妹妹确实说过此事,只是她说将长公主气走,这事看来是吹了。当时栗卿就埋怨妹妹不懂事,与长公主结亲,正可借助其力正位中宫。这么好的机会,怎该拒之门外呢。想到此,栗卿立即代妹妹赔罪:"家妹一向骄纵坏了,不懂事理,得罪了长公主,其实她心中万分悔恨,还望公主海涵。"

"要是和她一般见识,我还会主动到府上登门吗?"

"如此长公主仍有意联姻?"

"你说说,天底下谁的女儿不想嫁与太子呢?"

"那是自然,"栗卿已是满面笑容,"还望长公主在万岁面前美言,以使家妹早日立为皇后。"

"双方既是儿女亲家,即荣辱与共,为了我的女儿着想,也要保住太子之位,自然也要栗姬娘娘为后才算保靠啊!"

"一切全都仰仗长公主了。"

"本宫会尽全力,而且凭我在皇上心目中的位置,这事是必成无疑,"刘嫖顿了一下,"只是这事也不能只我一个人来跳光杆舞呀!"

"这是自然,"栗卿明白对方的意思,"长公主需要下官做什么,请尽管吩咐。"

"望栗大人联合几位过从较密的同朝大臣,共同上本请求万岁册立令妹栗姬为后。"

"这,"栗卿有些犹豫,"自家妹妹,由我身为兄长的人出面,万岁该不会引发反感吧?"

"哎,无需多虑。有道是外举不避仇,内举不避亲,你不出头谁出头?有了大臣们的谏奏，万岁才好册立啊！”

栗卿想了想，点头：“有长公主策应，下官照办就是。”

次日早朝，以栗卿为首的五位大臣联名奏本，由栗卿领衔，当殿向景帝奏道：“万岁，臣等以为，中宫为后宫之本，不可久虚，薄后已废，国母宜早立。”

景帝看来对此也并非不关心，遂善言发问：“卿等以为何人可母仪天下？”

“恕臣直言，太子既已确立，太子之生母栗娘娘自当为后。”

“难道就无另外之人可为皇后吗？”

“栗娘娘诞育太子，教子有方，盛德贤淑，堪为典范，足以为后。”

景帝脸色沉下来：“栗爱卿，栗姬乃你之妹，上本举荐，当有徇私之嫌。”

“臣为江山社稷着想，并无一己之私，望万岁明鉴。”

“说什么出以公心，分明是阴谋策划，里应外合，意欲以栗家主宰中宫，进而干扰朝纲，此议不准，再若动本，定当治罪！”景帝拂袖退朝。

栗卿被闹了个大红脸，怔在那里，好不尴尬。

当晚，栗卿在府中犹自为金殿上遭斥一事闹心，想去宫里向妹通报一下信息，又担心被景帝撞见，反被印证在搞阴谋。正举棋不定之际，长公主刘嫖又登门来访。

栗卿一见气不打一处来：“我正想找你，倒送上门来，都是你出的好主意，让我当殿受到万岁训斥，在百官面前抬不起头来。”

刘嫖毫不介意：“栗大人，这本在我的意料之中。”

栗卿未免好生不快：“长公主既知万岁不允，为何还要我去讨没趣？”

“栗大人莫要介意，这是万岁故意做样子给百官看的。”刘嫖解释道，“他怎能一本即允？”

“那，当如何处之？”

“明早继续上本！”

“你还要我动本，万岁还不将我治罪？”

“万岁内心中感谢你还来不及呢，”刘嫖叮嘱说，“你切记，不要顾及表面上触怒龙颜，万岁斥责时你也要坚持己见。他在假意震怒之后，就会同意你的表章。”

栗卿内心还是疑惧不安，但又不能违逆长公主的意思，最后只好勉强应承下来，说道：“好吧，那就依长公主之见。”

第二天上朝的时候，栗卿再次出列启奏：“万岁，臣昨日奏请立栗姬为后一事，不知陛下圣裁如何，今日我再次请圣上恩准。”

景帝的脸色瞬间变了颜色，话语里也带着不满地说道：“栗卿，昨日朕已表明，栗姬不宜为后，你身为栗姬的兄长，理应避嫌谨言，而你竟然三番两次地请奏此事，莫不是你怀有什么野心？”

栗卿想起长公主昨日的嘱咐，也就壮起胆子再次冒犯龙颜，继续请奏说道：“万岁，臣忠心可表，这样做也是一心为国，太子的生母理应为后，这是天经地义的事情。”

景帝也想起了长公主私下里对自己的警告，心说，看来栗姬一家果然狼子野心，急不可待，便声色俱厉地严肃呵斥：“大胆栗卿，你们为了一己之私，竟敢公然反驳朕的旨意。”

平素里与栗卿交好的几位也在上朝时答应了届时帮腔，此时见景帝不允，也纷纷站出来请奏，言称栗卿所奏有理，栗姬理应被册立为后。

景帝看到朝堂之上这么多人都为栗姬请奏，想到栗姬竟然结党营私，这才感觉到事态的严重性，要是真的立她为后，还不把整个朝政都搅个天翻地覆啊。于是景帝更加坚定了不立栗姬为后的决定，同时对栗卿结党挑战自己的权威做法也是相当反感，遂当殿传下御旨将栗姬的兄长送进了廷尉大牢待斩，所有奏请者一律免官，逐出长安，永不叙用。

第三章 刘荣隐忍 计算储位

这件事情传到了云阳宫，栗姬气得七窍生烟，憋足了劲要找景帝理论。但景帝早就知道栗姬不会善罢甘休，于是便躲在自己的寝宫之中不与她见面，更不去云阳宫入寝。栗姬见不到皇帝也十分着急，她买通了宫里的太监，知道汉景帝平时都在五柞宫留宿，更是气不打一处来。一大早便怒气冲天地闯到了五柞宫的门口大闹。

此时景帝正拥着王美人睡觉，栗姬故意放重脚步闯入寝室，也不管三七二十一，就站在那里大声疾呼："万岁，为何避着臣妾不肯相见？"

王美人被栗姬的喊声惊醒，吓得起身躲在景帝背后，蜷缩在角落里，小声地说道："圣上，好不怕人。"

景帝坐起，见闯进来的人是栗姬，对她的这种行径也深为反感，大声呵斥道："栗姬，你真是越来越不像话了，哪有随便就能闯进寡人寝宫的道理？"栗姬也不示弱，站在那里为自己的兄长求情。

景帝将头一晃，毫不给面子地说道："国法无情，栗卿他本就是咎由自取。"

"万岁，家兄有什么过错，不就是给您上了奏章，想让您立妾妃为后吗？再说家兄的奏章也有一定的道理啊，我儿既然已经被立为了太子，俗话说母以子贵，立我为后难道有什么不对吗？"

景帝冷笑一声，不耐烦地说道："就你这泼妇样子，还想当皇后，执掌后宫，母仪天下吗？"

栗姬闻听此言，不觉将一腔怒火全都倾泻到王美人头上，咬牙切齿地手指王美人："皇上全是被你这个狐狸精给迷惑了！有我得势那一天，我非得扒了你的皮，抽了你的筋，喝了你的血……"

景帝越听越听不下去，忍无可忍，他怒吼一声："来人，将栗姬给我轰出去！"

栗姬又踢又咬，挣扎哭闹，但都无济于事，被几名太监推出了宫门外。她发疯般地像擂鼓一样捶打宫门，可是无人理睬。闹了大约一刻钟，她已经力气耗尽。想了想，垂头丧气地回到云阳宫。吩咐宫女太监，排上銮驾，直奔东宫太子府。

太子刘荣，正在东宫与太傅对弈。获悉栗姬驾到，急忙出迎，见母亲神色不佳，疑惑地发问："母亲大清早光临，想必是有要事，请到内宫叙话。"

栗姬不进东宫："皇儿不必了，屏退左右，就在这宫门前一叙吧。"

刘荣打发宫女太监离开："母亲，到底发生了何事？"

"皇儿，一定要救你舅父性命。"

"舅父身为国戚，何人大胆敢对他无礼？"

"别人谁能撼动我栗家，自然是你父皇。"

"这，这却为何？"刘荣甚觉意外。

"皇儿，还不是为娘立后之事，"栗姬遂将始末缘由简单学说一番，"儿啊，你舅父已下狱待斩，你父皇那里为娘又将事情闹僵，眼下只有你出面方能扭转乾坤，把你舅父从鬼门关上拉回来。"

"这……"刘荣有些迟疑。

"怎么，难道皇儿你见死不救吗？"栗姬现出不悦。

"母亲误会了，儿臣是想，父皇既已立儿为太子，为何不肯立母亲为皇后，这原因究竟何在？"

"不管他是何原因，先救你的舅父要紧，"栗姬显然是急不可耐，"你现在就去五柞宫。"

长年生活在宫廷中，刘荣已对宫帏中的政治斗争深有体会，他年龄虽小，但不像母亲那样简单："儿臣在想，父皇对母后有歧见，会不会对儿臣的太子之位也有了不满之处。"

"身为一国之主，怎能出尔反尔，太子乃群臣朝议所立，无失德谋反大罪，岂能轻易废立，我儿大可不必担忧，"栗姬催促，"皇儿快去为你舅父保本去吧，夜长梦多，迟了一步只恐性命不保啊。"

"儿臣遵命就是。"话说到这个份上，刘荣已是不能再有推托了。

上午的阳光明亮而又火热，五柞宫似乎不堪灼热而昏昏欲睡。执事太监坐在懒凳上正打盹，刘荣的脚步声将他从迷蒙中惊醒过来。他揉一下双眼，见是刘荣站在面前，赶紧哈腰施礼："太子殿下，奴才给您见礼了。"

"万岁可在？"

"在。"

"烦公公通禀，我有要事求见。"

"请殿下稍候。"太监不敢怠慢，急步入内。

景帝与王美人在花园纳凉，闻报之后说道："什么要事，朕料他定是为栗卿求情而来，与其不准，莫如不见。"

"万岁，似乎不妥，"王美人劝道，"太子不比旁人，乃国之储君，当予礼遇，况且太子很少求见，不该拒之门外。"

景帝脸上现出笑容，看得出他对王美人的赞许，其实他本心是要见太子的，之所以那样说不过是试探王美人的态度而已，便对执事太监发出口谕："着太子园中觐见。"

刘荣奉旨来到小花园，叩拜见礼已毕，景帝开口发问："皇儿不在东宫攻读，见朕所为何事？"

"一者是想念父皇，早该请安。"

"那这二者呢？"景帝接下话茬问。

"母亲到儿臣东宫言道舅父获罪下狱，而母亲又忤怒父皇，故而儿臣特来代母向父皇赔罪。"

景帝听太子之言心内愉悦，脸上气色好了许多，心说，若栗姬像太子这样明理该有多好。但他并不将满意表露出来，而是口气柔和地问："皇儿此来怕不只是赔罪吧？"

刘荣接下来正想将求情的言语道明，话到唇边，他又硬是咽了回去。心想，如若直言，父皇定然不喜，非但不能救出舅父，还要引起父皇不满，岂不影响自己的前程，所以他话锋一转："父皇，儿臣实实在在是专程请安，并无他事。"

景帝还是难以相信，主动提出："皇儿的舅父被朕下狱待斩，难道不想为他求情吗？"

"儿臣以为，父皇英明睿智，要斩舅父自有其道理，儿臣年少，只当一心学习治国之道，不当对国事多嘴，是而确无此意。"

景帝听得笑逐颜开："很好，皇儿日后定是明君。"

刘荣就这样从五柞宫返回，栗姬眼巴巴地等候佳音，见面即问："皇儿定然不虚此行吧？"

"母亲，实不相瞒，儿臣并未给舅父求情。"

"你，竟敢不听为娘之言，难道就眼睁睁看着你舅父人头落地吗？"

"父皇脾气，母亲亦知，求情无济于事，徒增父皇对儿臣的反感，无效之举，又何必为之。"

"你，你！小小年纪，就这样明哲保身，看来我是不该生你养你，你，你真是只狼崽子！"

刘荣被骂得难以招架，只得说出心里话："母亲，你好糊涂啊！儿臣被立为太子，每日战战兢兢，如履薄冰，要保住太子之位，不能有一丝一毫闪失。"

"那就眼看着你舅父身首异处吗？"

"有时为了更远大的目的，也必须有所舍弃，做出一些牺牲。"

"你好狠心哪！"

"母亲你怎么还不明白，如今你在父皇心目中已是多余之人，只差打入冷宫。谁能改变你的可悲命运？只有儿臣，只有儿臣在父皇百年之后。所以眼下只能隐忍不发，不能让父皇有丝毫反感。”

“是等你登基。”

“且熬到儿臣即位后，母亲自然就是皇太后，还不就可为所欲为啦。”

“对！到那时，我要叫王美人她们都像人猪一样，求生不得，求死不能……”

刘荣打断她的话：“母亲谨言，须防隔墙有耳。”

刘荣怎知，方才这一番话，已给他带来了塌天大祸。

点点晶莹的星光与弯弯的钩月，在墨绿色的夜空中，闪烁着迷人的色彩，使广袤无际的天宇愈发神秘莫测。长安城的万家灯火中，也在演绎着千千万万的故事，或缠绵，或热烈，或悲戚，或辛酸……人间万物从来都是在悲欢离合的五色夜中，从天子到黎民概莫能外。

长公主刘嫖的府邸灯火辉煌，只有西南角花园一带清静雅寂。葡萄架下的斑驳暗影里，一个年约十五六的小厮惶惶而立。从他那不时移动的脚步中，可见他内心的惴惴不安。

一盏朱红纱灯引路，一阵异香袭来，雍容华贵的长公主来到小厮面前，并且一改往日那盛气凌人的口吻，代以和蔼可亲的口气：“你一定要面见本宫，想必是有要事。”

“是的，若非事关重大，怎敢惊动公主大驾。”

“本宫这不是来了吗？”刘嫖言语愈发轻柔，“有什么话慢慢说，本宫是会论功行赏的。”

这小厮本是太子刘荣身边近侍，被刘荣视为亲信，故而凡事俱不避他。昨日同栗姬的对话，被这小厮从头到尾听了个真真。刘荣怎知长公主的心计，为了掌握太子府的动态，这小厮便是她派入太子府中的。想不到如今真的就收到了成效，听小厮将太子之言学说一遍，刘嫖心中窃喜，但她故意轻描淡写地说：“啊，这事算不得什么，也不要再向任何人提起，回去后还要时刻留心太子的一切行动，如有异常，速来报知，本宫是不会亏待你的。”长公主赏了小厮一锭十两白银，小厮千恩万谢辞别而去。

长公主此刻心潮翻卷，这消息堪称是求之不得，她似乎看到了太子被废的曙光，更加坚定了向这一目标挺进的决心。

几乎与此同时，廷尉大牢门外，一乘四抬官轿在大门外落下，栗姬轻车简从来到牢门。

亲信太监上前叫门：“门上哪个在？”

“这是廷尉大牢，何人大胆在此大呼小叫？”

“叫你们狱吏速来回话。”

“你好大的口气，有事明日天明再办。”

“你知道什么人前来探监？倘有迟慢，小心你的脑袋。”

“你不用吓唬人，还会是皇帝天子不成？”

“都说是阎王好见小鬼难缠，想不到果真如此，”太监亮出招牌，“虽说不是万岁到此，也是栗姬娘娘前来。”

守门的狱卒一听未免惊慌：“此话当真？”

“谁和你玩笑，快叫狱吏迎接凤驾。”

很快，狱吏将门打开，把栗姬迎入院中，恭恭敬敬一揖：“娘娘千岁乘夜到此，不知有何见教？”

“哀家要与栗卿大人见上一面。”

“这……”

“怎么，为难不成？”

“娘娘千岁，栗大人乃是钦犯，国家早有明律，未判之钦犯是严禁家属探视的。”

“别人不成，难道哀家不能例外吗？”

“这，只恐万岁怪罪下来，小吏担待不起。”

“难道你就不怕我这娘娘怪罪吗？”

“这，”狱吏犹豫一下，“娘娘，小吏拼着天大干系，私放千岁与令兄相见，万望有话快说，以免夜长梦多走漏风声。”

“那就多谢你了。”

狱吏将栗姬引至栗卿的牢房，叮嘱几句即抽身离开。栗姬吩咐太监在门外守护：“别叫任何人靠近，要寸步不离。”

栗卿见到妹妹，真是又惊又喜：“你怎么来了，莫非是请了圣旨，万岁恩准了不成？”

“哪里，我是自作主张闯来的。”

“这若叫万岁知晓，又是欺君之罪。”

“反正已同万岁闹僵，还顾得那么许多。”

“也好，为兄正有些肺腑之言要告知。”栗卿不放心地又问，“你我的交谈，不会被人听去吧？”

“门外有我的人守护，万无一失。”

“妹妹，看起来为兄是被长公主刘嫖那个婊子捉弄了。”

“此话怎讲？”

“是她三番两次鼓动我上本，说什么万岁做做拒绝的样子，就会准下本章，看来我们全都上当了。”

“刘嫖本不是块好饼，我曾当面羞辱于她，自视高贵的长公主，她能不蓄意报复吗？”

“有刘嫖居中挑拨，看来我命休矣。”

“兄长，妹妹便拼着一死，也要救兄长出狱。”

“傻话，皇上要杀能由得你吗？”栗卿深知自身的处境，“况且你在万岁心中业已失宠。”

“那，也不能坐以待毙呀！”

“而今能在万岁面前说得上话的，就只有太子了。”

“可是太子他……”

“妹妹，这事无论如何不能把太子牵扯进来。”栗卿急切地叮咛。

“这却为何？”

“我们必须保住太子，将来方有出头之日。”

栗姬正愁难以将太子不为舅父求情之事告知，听此言赶紧接话：“太子之意也是如此，他说为了长久打算，舅父只能做出牺牲了。”

“太子所说有理，眼下必须忍辱负重。”

“那就眼睁睁看着兄长你，你……”栗姬悲痛哽咽，说不下去了。

“妹妹不要伤感，只要将来太子即位，我便碎尸万段也值得。”

“有刘嫖那个阴险狡诈的女人，倘若兄长不在，她会坐等刘荣儿即位吗？定会不遗余力地谋算太子，只怕太子之位也不长久啊！”

栗卿不觉半晌无言，他觉得妹妹所言极是，刘嫖为她自己安危着想，也会设法算计太子。

栗姬感到自己的话说中要害，更为急切地问道：“兄长，这便如何是好？”

栗卿已是苦思片时，他将牙齿一咬，目露凶光地说：“有道是‘无毒不丈夫’，看来只有先下手为强了。”

栗姬未能领会：“却是对谁下手？”

栗卿反问：“太子何时方可即位？”

“自然要在万岁百年之后。”

“假如当今皇上今夜暴病身亡呢？”

“国不可一日无君，那太子明日就当即位，”栗姬苦笑一下，“万岁他身体好着呢，怎会突然辞世？”

“何不设法让他早赴黄泉呢？”

“这！”栗姬大吃一惊，旋即摇摇头，“要我投毒怕是难以奏效，万岁他近日根本不进我的云阳宫。”

“不是用你，”栗卿压低声音，“我要派人行刺！”

“啊！”栗姬怔了片刻，“这可是比登天还难，皇宫内院重重卫兵，怎能近身入内呀？”

“有武艺还愁进不了皇宫？”栗卿将他的想法道明，“这难道不是个绝妙的主意吗？"

"依兄长之言进宫却也不难，但是何人有此胆量，有此高超的武艺呢？"栗姬言道，"这不是一般武士能办得到的。"

"我府中的长随叶影，便有惊人武功在身，已跟我多年，对我绝无二心，派他行刺万无一失。"

"那，你又如何布置他去行事？"

"这些都要有劳妹妹你了。""怕他是不相信我的话呀！"栗卿摘下身带的玉珮："有此为证，叶影定然深信不疑。"栗姬接过玉珮，不觉有几分悲壮："这要是失手，你我二人，还有栗家九族的性命都要不保。"

栗卿劝慰说："人生就是一场赌博，非败即胜，何况此举经过精心谋划，至少有九成胜算，你就放心大胆去做吧。"

突然，传来一声震耳的喷嚏，很近也很清晰，似乎就在门外。栗卿一惊："何人在偷听我们的谈话？"

栗姬推开屋门张望，只有她的亲信太监在相距一丈远处放哨。回头对栗卿说："没有外人，也许是我的太监。"

"这事好不奇怪。"

"这太监绝对可靠，漫说是我们在室内的谈话他不会听到，即使是听到了，也不会坏事的。"

栗卿虽说还有疑心，但事已至此，又无其他可疑之处，就叮嘱栗姬："回去抓紧实施，明晚就要动手，以免夜长梦多。"

"好吧，兄长静候佳音。"栗姬攥着玉珮走了，她感到掌心的玉珮有千斤之重，压得她喘不过气来。

大门前，狱吏笑嘻嘻在门前迎候："娘娘千岁，体己话说透了，这时间可是够长了。"

"啊，不过是安慰一番，"栗姬觉得他的眼神有些异样，忍不住问，"怎么，还有怀疑不成？"

"哪里，小人有天大胆子，也不敢对娘娘千岁生疑。"狱吏恭恭敬敬将栗姬送走。

繁华喧嚣的都城，又迎来新的一天。皇宫与街市一样，看似与往常并无二致，但每日都在发生着变化。

刘嫖端坐在景帝的对面，景帝对她频繁地进宫似乎有几分厌烦："皇妹又早早进宫，该不是又有大事吧？"

"皇兄错矣，莫以为妹妹无事自扰，今日入宫，是关系到圣上的性命。"

"有这么严重？"景帝的口吻显然是漫不经心。

"皇兄，太子已生谋逆之意。"刘嫖为引起景帝重视，开门见山单刀直入地抛出主题。

景帝一惊，继而镇定下来：“皇妹，你该不是有意耸人听闻吧？”

“这等关乎社稷安危的大事，岂敢戏言。”

“但不知有何为证？”

“俗话说，要知心腹事，但听背后言。万岁要斩栗卿，栗姬搬太子向万岁求情，而太子见了万岁之面，未敢明言，皇兄可知其中奥妙？”

“太子言道，不敢干预朝政，当面所言，甚是明理啊！”

“皇兄差矣，他在东宫对栗姬言道，且让栗卿做出牺牲，保住他太子之位，一旦继位，一切还不是新皇为所欲为。”

“有这等事？”景帝欲信又疑，“太子背后之言，皇妹如何知晓？”

“实不相瞒，太子的贴身小厮，早已为我收买，是我安在他身边的耳目，太子一举一动，都在我的掌握之中。”

景帝不禁睁大了眼睛：“想不到你也有这一手。”

“怎么，这是皇兄用过的手段吗？”

“哪里，朕一国之主，怎能行此不义之举，”景帝自知失言，急忙掩饰，“朕倒是要问问长公主，你该不会在朕的身边也安有眼线吧？”

“妹妹还未吃熊心豹胆，不敢做此欺君罔上之事。”刘嫖为使景帝放心，特地发誓，“若有分毫过错，甘领死罪。”

“这朕就可以睡安稳觉了。”

“皇兄，你可安稳不得。”

“怎么，你还要对朕另使手段？”

“不是妹妹，而是太子。”

“太子？他还会加害于朕吗？”

“皇兄试想，太子与栗姬既有继位翻天之念，只怕就等不得圣上百年之后了，那就一切手段都可能用上。”刘嫖显然是在加强景帝的恐惧感，“我的皇兄，常言道，害人之心不可有，防人之心不可无，从今往后可要时刻留意啊！”

“这，可是难煞朕躬了，”景帝皱起眉头，“饮酒用膳品茶要防投毒，行走坐卧要防行刺，可说是时时刻刻有危险，这不是防不胜防吗？”

“皇兄所言极是，害人者在暗处，你在明处，而且你难以分辨身边人谁是太子、栗姬的爪牙。老虎尚有打盹时，圣上也难免有疏漏之处，一时失误防范不到，便有杀身之祸呀！”

“妹妹一说，朕都不知如何是好了。”

“我倒是有个一劳永逸的办法，只恐皇兄不肯。”

“你且讲出来。”

“为今之计，只有废了太子方为上策。”

“这，”景帝明显犹豫，“无谋反大罪，太子焉能轻言废立？”

“难道皇兄还留他日后翻天吗？”

景帝沉吟。

刘嫖看景帝似乎不忍心责罚栗姬母子，再次添油加醋地晓以利害：“栗姬的为人，难道皇兄还不明白吗？假如将来刘荣即位，那栗姬就是太后，到时候王美人和圣上所有的姬妃、太子公主，还有好日子过吗？大概他们都难免杀身之祸啊！”

景帝想起栗姬说过的话，一时无语，竟然仿佛看到了栗姬杀人时的表情。

总管太监来到景帝的身边，附在他的耳旁低语了两句，便看到景帝的脸变了颜色。他略微迟疑一下，然后站起身来对长公主说：“妹妹，你先在这里稍坐片刻，朕去处理些事情。”

刘嫖心中正在纳闷，皇上这样匆匆离开，到底是为了什么大事呢？大概不到一刻钟的时间，景帝就回来了。只见他的脸色比走的时候更加难看，明显是生了大气。刘嫖试探着问道：“皇兄，刚刚出去所为何事，是不是栗姬又来闹事了？看圣上气得脸色都这么难看。”

“虽不是栗姬来寻闹，但这件事情也与她有关，”景帝看起来颇为伤感，继续说道，“看来一切都应了妹妹之言。”

刘嫖立刻感觉到这件事情非同寻常，而且正好是扳倒栗姬的一个机会。于是便追问说：“皇兄为什么不明说呢？也让妹妹帮你拿个主意呗。”

景帝叹息地说着事情的原委，刘嫖听完更加不敢置信，不觉倒吸了一口凉气，竟然想不到栗姬竟然如此狠毒，不过正好也为她们的计划提供了契机。刘嫖想了想，认为还是将计就计的好，正好也能找到他们谋逆的证据。

第四章 刘荣被废 缢死江陵

当天夜里一个矫健的身影，就像一道黑色的闪电一样穿行在夜色中。很快，这个黑影就摸到了灯火阑珊的御书房。御书房内，一个身影在烛光下背窗而坐，正在看书。刺客轻而易举地就到了御书房跟前，竟然没有碰到侍卫和太监，黑衣刺客心中大喜，暗说今天真是刺杀的大好时机，于是便毫不迟疑地取出七星连环弩，隔着窗纸对准皇上的后背，用食指一勾，就将钢针般大小的七支弩箭衔尾射出，只见室内的人惨叫一声，应声倒地，一动不动了。

叶影得手后刚要转身撤离，一张绳网便从天而降，一下就将他罩在了里面。还没容得他拔出利刃割破逃脱，就射下来七八支挠钩，将他全身都刺得毫无力气。几名武士趁机将他捉住，三下五除二，就把他带到了宫室之中。

叶影一看皇上倒在地上，脸部立即因欢喜而扭曲变形，放声大笑起来："我叶影能够杀死昏君，就算死也值了，总算不负主人厚望！"

"蟊贼，你是不是笑得太早了？"刘嫖从内室步出，"睁大你的狗眼仔细看看这是谁。"

随着话音，景帝也从内室中气呼呼走出："大胆叶影，胆敢对朕行刺，犯下了灭门之罪。"

"啊！"叶影见到景帝大吃一惊，再看那伏案已死的人，只不过是皇帝装束，显然是别人假扮。

"何人指使，还不从实招来。"景帝怒问。

刘嫖翻翻死者的眼皮，见人已死定，对景帝不无颤动地说："想来真是怕人，若不是预有防备，皇兄就是这样的下场了。"

景帝怒气不息，逼问叶影："快招。"

叶影报以冷笑："既已失手，有死而已，我是不会出卖主人的。"

刘嫖冷笑一声："其实，你说不说都无所谓了，事情是明摆着的，万岁既已知你来行刺，还会不知是谁派你前来吗？"

"这，"叶影一想也是，不由暗恨栗姬，手指景帝，"我叶影一身武艺，要不是他们办事不密走漏风声，是不会让你活命的。"

景帝气得全身发抖，不知该如何是好。

刘嫖在一旁规劝："皇兄，不要再与他多费唇舌了，立即传旨押栗卿进宫,召栗姬和太子同来现场对质。"

"现在?"景帝恍然如在梦中,对眼前发生的一切还未能冷静思考,"是不是太仓促了,明日如何?"

"皇兄,叶影不能回去交差,栗姬他们必然警觉,说不定还会做出什么坏事,不能再给他们可乘之机。"

"好吧。"景帝也无更多主张,就依从刘嫖之言一一传旨。

栗姬奉召第一个来到御书房,偌大的厅堂里只有总管太监一人。她便大呼小叫起来:"皇上呢,皇上在哪里?他传旨召见,人为何不在?"栗姬其实是以此来壮胆,因为叶影来行刺她心知肚明,但结果如何不得而知,也许是得手了,也许是失手遭擒了。

总管太监并无过多言语:"娘娘稍候,万岁就到。"

栗姬也不明白总管之言的真伪,正在纳闷之际,却见太子刘荣匆匆来到:"皇儿,你为何进宫?"

"父皇召见哪,"刘荣奇怪地反问,"母亲缘何在此?"

"不用再多问了,"说话间,栗卿被押进厅堂,"一切全完了,你我三人看来都活不过今天了。"

"怎么,叶影他,他……"栗姬不想把失手二字说出口。

刘荣睁大惊愕的双眼:"母亲,舅父,发生了什么事?"

太监打起通向内室的黄锻门帘:"都进来吧,万岁爷在里面。"

三人进入内室,看到被捆绑的叶影立时都傻眼了,栗姬身子一软瘫倒在地,栗卿则是低下了头,刘荣不明就里,茫然不知所措。

叶影气得哼了一声:"栗大人,我好恨,恨你办事不密。若不是你走漏风声,这中了弩针而亡的替身太监,就是昏君了。"

栗卿慢慢抬起头:"昏君,我自知必死无疑,但死也要死个明白,你莫非有未卜先知的神算,怎就知我派人行刺?"

"好,就让你做个明白鬼,"刘嫖双掌一拍,"出来。"

狱吏应声从后面走出。

"你!"栗卿有些诧异。

"难道栗大人忘记,在你与栗姬娘娘密谋时,有人打了一个响亮的喷嚏?"狱吏一副调侃的样子。

"你,你莫非会隐身术不成?"栗卿越发费解。

"不管我在何处藏身,总之你们的密谋全都逃不过我的双耳,我才报告圣上,方能预有防备,"狱吏打趣说,"栗大人,你是够精明了,但还是失算了,我主圣德天佑,天命不可违呀。"

原来,在拘押栗卿的囚室隔壁,就是一间夹层,壁墙只以木板为隔,囚室的对话可以一字不漏地传到夹层。而那日夜间，狱吏将头部紧靠在板壁上，积存的尘土吸入鼻孔，控制不住打了个大喷嚏，幸好没有引起栗卿的警觉。

刘嫖得意地问："栗大人，人证俱在，你还有何话说？"

"咳！"栗卿长叹一声，"天亡我也。"

刘荣已觉出大局不妙，"扑通"一声跪倒在景帝面前："父皇，这一切都与儿臣无关哪。"

栗卿为太子之言提醒："万岁，要杀要剐，我一人做事一人当，此事太子一丝不知。"

刘嫖冷笑："怎么，还想等太子日后登基时翻案吗？做你的白日梦去吧，你们是合伙谋害万岁，谁也休想撇清。"

景帝始终苦着脸："栗卿竟敢派人谋杀朕躬，且是主谋，其罪本当凌迟，朕格外开恩，枭首示众。"

栗卿依旧昂首挺胸，被人推下去了。

"万岁，太子亦当同罪。"刘嫖叮嘱景帝。

"这……"景帝毕竟有骨肉之情，"密谋时太子并未在场，当与太子无干。"

"皇兄，不能忘记小厮之言，百年之后，太子一旦继位，就会翻天哪。"刘嫖加重语气。

想到日后，景帝也禁不住不寒而栗："这……"

"皇兄，斩草要除根，不能留后患。"长公主一心要问刘荣死罪。

景帝不忍要亲生儿子性命，思忖一番后降旨："太子失德，但无死罪，着即废了太子之位，改封临江王，明日离京赴任，无旨不得入京。"

"谢万岁不斩之恩。"刘荣虽说极不情愿，但事已至此，也无可奈何，不过总算保住了一条性命。

"皇儿！"栗姬眼见得要与儿子分离，悲悲切切拉住刘荣的手不肯放开，似有千言万语要说。

刘嫖下令："带下去。"

太监和武士生拉硬拽将刘荣扯走了，栗姬哭啼啼追到门前。

刘嫖看一眼景帝："皇兄，栗姬可是主犯，是必死无疑的。"

景帝从内心反感栗姬，但真要将她处死，心中又觉不忍。俗话说，一日夫妻百日恩，想起以往相亲相爱时的情景，叹口气说："按说栗姬依律当斩，只是她兄长业已伏诛，儿子又赶出了京师，已是够可怜了，且饶她一条性命，打入冷宫，永不得再见朕面。"

栗姬哭喊哀求，全都已无济于事，刘嫖见景帝似有不忍之意，急忙叫武士把栗姬拖走了。

低垂的阴霾，飘零的冷雨，伴随着砭人肌骨的凄风，长安城外的十里长亭，愈发显得孤独清冷。没有人欢马叫的场面，没有以往威风八面的仪仗，没有前呼后拥的侍卫随从，昨日今天的对比竟是这等强烈，刘荣像经霜的枝叶一样打不起精神，他彻底蔫了。

负责护送的中尉郅都没好气地训斥道："我的王爷，你倒是走啊，像你这样磨磨蹭蹭，驴年马月能到江陵啊！"

"将军还当宽容一二，小王自幼不曾走这远的路，而今两腿犹如铅重，是一步也挨不动了。"

"怎么，难道让本将军背着你赶路吗？"郅都抬腿一脚狠踢过去，"你就是爬也得爬去。"

刘荣被踹了个大前趴，挣扎着坐在地上喘粗气："郅将军，请看在小王年幼的分上，帮我雇一辆车吧！"

"雇车，你有钱吗？"郅都蔑视地冷嘲热讽，"你而今不是太子了，被废就等于是废人一个，身无分文还想摆谱，做梦去吧！"

刘荣摸摸索索从胸前掏出一柄手指长的金如意："将军，这是母亲送我的生日礼物，看能否变卖一下以为雇车之费用。"

郅都一把接过，看得出做工精细，足色赤金，至少也要价值几百两白银，立时揣到自己怀中："好吧，算我倒霉，摊上你这个苦差事。等着，我去给你雇车。"少许，伴随着一阵阵"吱吱扭扭"的响声，一辆牛车来到了刘荣面前。驾车的车夫跳下车辕，走起路来一瘸一拐，左眼是明显的玻璃花，在冷风中鼻涕哈喇子一齐流下来，说话也是磕磕巴巴："上，上，车吧！"

刘荣再看这辆车，一头老牛瘦得皮包骨，木车棚子眼看就要散架，打补丁的布篷坏损了多处，风一刮呼呼啦啦。

郅都不耐烦地催促："你倒是上车呀！"

刘荣心说，给你那样一柄金如意，就雇来这样一辆破车，但他不敢直言："这车，只恐是挨不到江陵。"

"嫌它不好，皇上的銮驾好，可惜你没那个福分。痛快上车吧，再不上我就打发回去了。"

落到这步田地，刘荣还能说什么呢，只得极不情愿地爬上了破牛车。一路晓行夜宿，栉风沐雨，历尽千辛万苦，这一日总算是熬到了江陵。

郅都到江陵郡衙去投递公文，刘荣就在衙前等候。半个时辰过去，也不见江陵府官吏出迎。好一阵子，郅都才和一个衙役一同出来。两个人也没怎么理睬他，只是打个招呼让刘荣跟着走。

拐过几条街巷，到了城东北角十分偏僻的地方。前面是一所破败的古庙，刘荣跟着走进荒凉的庭院。

郅都告诉刘荣:“这里就是你的住处,自己看哪间屋子好,随你挑拣一处下榻。”

刘荣逐屋看了看,不是缺门少窗,就是顶漏墙破,而且各屋全都是潮湿发霉,那气味呛入肺腑令人作呕。刘荣手掩鼻子后退几步:“这里,实在是难以安眠。”

“而今你不是太子了,还想住你那个东宫啊?你将就着住吧!”

“我,”刘荣胆怯地看着郅都,“请将军通融一下,给换个住处吧,好歹我还是临江王呢!”

“你就别再做美梦了,实话告诉你,还嫌地方不好呢,能保住性命就是万千之喜了。”

“这……”刘荣无话可说了,乖乖地蜷缩在潮湿的屋地上。

衙役将郅都领走了,自然是酒肉款待。刚端起杯未及下咽,长公主的信使从京城赶到,交给郅都密信一封。郅都拆看后当信使面烧掉,信使随后马不停蹄回京复命去了。

郅都哪里还顾得上喝酒,他重又走回破败的古庙。一盏如豆的油灯,照着饥渴交加的刘荣,望见郅都到来,真是如遇救星一般:“郅将军,我已是饥饿难忍,不管是好赖吃食,你总要赏我一些。”

“还有心思吃饭?”郅都想起长公主密信中要他尽快结果刘荣性命的指令,琢磨着如何下手。

“而今小王方知,人是铁饭是钢啊!”

郅都见他还是个少年,思前想后不忍下手,心说,还是让他自己了断,也免得日后自己良心受到谴责。便有意渲染说:“殿下,你可知道,栗姬娘娘已被斩首弃尸于市了。”

“这,这如何可能!”刘荣当真如受当头一棒,因为他将复出重返京城的一切希望,全都寄托在母亲身上了。

“这是千真万确的。”

“我,我该怎么办哪!”

“太子殿下,实不相瞒,京中传来消息,圣上也要将你斩首啊!”

“父皇他竟会这样绝情!”

“不除掉你,如何册立新太子啊!”郅都引导说,“与其圣旨到身首异处,倒不如自己了断还留个全尸。”

“这……”

“殿下,这种日子是人过的吗?这样活着还不如死了干净,俗话说,早死早脱生,也省得活受罪了。”

“咳!小王好命苦啊!”刘荣已是无路可走,当夜缢死在古庙中。

太子自缢的消息传到京师，传到冷宫，本已心灰意冷的栗姬，也失去了生存的精神支柱，随之精神失常。几日后便病饿交加死在了冷宫。临咽气时，还不停地重复着一句话："我儿不当那个受罪的皇帝了，他升天了，接我去享福，他升天了，接我去享福。"

连绵的树木浓荫蔽日，潺潺的溪流清澈见底，一处处碧瓦红栏金顶的亭台楼阁，掩映在万绿丛中，时而可见麋鹿、狐、兔出没。这方圆三百里的东苑，确是个避暑游猎的好去处，比起京都的御用园林上林苑也不相上下。

几头梅花鹿受惊地从树丛中飞跃而出，恰似离弦之箭向前奔逃。一匹白马奔腾在后紧追不舍，马的四蹄几乎已悬空，真是风驰电掣一般。梁王刘武就在马背上张弓搭箭，手一松雕翎飞出，奔逃中的一只鹿应声栽倒，梁王身后传来一阵震天动地的欢呼声："梁王千岁神箭，千岁千千岁！"

形影不离的贴身武士羊胜驱马跟过来："千岁英武，无人可比，实乃当今天下第一也。"

内史将军韩安国捡来死鹿，呈递到梁王马前："千岁箭贯梅花鹿咽喉，可比当年神箭养由基。"

梁王甚是得意："百步穿杨，箭射金钱，本王皆如探囊取物，就是箭穿空中麻雀，也是信手可得。"

羊胜走上前来敦请："千岁到前面水阁小憩，这刚刚射杀的死鹿，即着庖人制成鹿血汤，也好给千岁滋补贵体。"

"也好，就依羊将军，跑了这一上午，倒是略觉疲累。"梁王下马，步行踏上通向水阁的栈桥。

水阁是东苑的主建筑，堪称是金碧辉煌富丽无比。四面朱窗洞开，清新的微风徐徐拂人。刘武斜依在锦榻上，乐队演奏起只有皇宫才有的大乐，十八名美女在猩红色的地毯上翩翩起舞。领舞的锦娘则是边舞边唱：

日出睢阳万道霞光，
瑞彩缤纷千般吉祥。
河清海宴百姓安康，
商贾云集市井繁昌。
家有余粮货品琳琅，
战车万乘马壮兵强。
遍观天下唯我梁王，
恭颂梁王万寿无疆。

国相轩丘豹闻声跑来制止："不能这样唱！"

锦娘本能地作罢，歌舞戛然而止。

刘武有些不悦地坐起："国相这样做，不觉得是扫本王之兴吗？"

"千岁，这支歌如何使得？什么'日出睢阳，万寿无疆'，这都是犯了欺君之罪呀。"

"国相未免小题大做了"，羊胜不以为然地说，"我家梁王平定吴楚七国之乱，立下莫大功劳，便叫一声万岁有何不可？"

"羊胜，你住口，你这是将千岁往火坑里推。"轩丘豹怒斥，"你一介武夫懂得什么，此乃犯上歌词，既受千岁恩宠，就当常思图报，心系千岁安危，怎能陷主人于不义，留下无穷隐患。"

"不要争了，"刘武不悦地加以制止，"国相与羊将军俱是一番好心，各有其理。"

一匹快马如飞而来，停在栈桥桥头，梁王的心腹谋士公孙诡疾步走进水阁，头上汗水滴落，口鼻气喘吁吁。

刘武好不诧异："公孙先生，不在国都听事，如此匆忙慌张到此，莫非出了什么大事？"

"千岁，京城有八百里加急密信传来，不敢私自拆看，也不敢稍有延误，故而紧急赶到东苑。"

刘武忙不迭接过信，原来是宫中的一个耳目陈太监的密书，急切地拆开从头看下：

殿下钧鉴：近日朝中连发大事。太子刘荣被废江陵后自缢，栗姬冷宫身亡，东宫虚位，觊觎者众，而胶东王蠢蠢欲动……

刘武让公孙诡将密信展示与众人："你等皆本王心腹，大家一起看来，之后各陈高见。"众人看罢密信后，公孙诡抢先表明态度："千岁，这真是天赐良机，太子之位，非殿下莫属。"

羊胜随即附和："殿下于国有功，理当承继大统，刘彻小小孩童，其母又仅为美人，千岁自应入主东宫。"

"一派胡言，一派胡言哪！"轩丘豹大声疾呼，"千岁，切勿听信两个迂腐的歪论，自古至今，皆子承父业，岂有弟为太子者！"

公孙诡冷笑一声："殿下继位并非出自在下之日，而是当今万岁亲口所言，各位当都记得，去岁新春圣上设家宴，席间曾当着窦太后与殿下之面许诺，'待朕百年之后，把帝位传予梁王'，这是尽人皆知啊！"

羊胜接言："不错，确有此事，彼时在下恰好在场，窦太后听后甚喜，称赞万岁是个明君。"

"酒席戏言，岂可为凭？"轩丘豹反驳。

"此言差矣，有道是君无戏言哪！"公孙诡此时不直接与国相碰撞，他面对刘武,“千岁,机不可失,失不再来呀!”

羊胜与公孙诡向来保持一致:“千岁当抓住时机,即刻进京,谋得太子之位,以便问鼎皇权。”

轩丘豹听到他们出的烂主意,气得连连跺脚,说他们这样的烂办法不但不能帮助刘武夺的地位,很可能还会将其送上断头台。刘武一听,知道他们一定有更好的计策,便垂首静听。韩安国顿了一下说道:“千岁要想登上皇帝的宝座,必须要依仗两个人,其一为窦太后,另一个就是长公主。”

刘武听完,自觉有理,赶忙点头称是。韩安国还建议刘武应该亲自去京城打探一番虚实,也好早做准备。

要说刘武也确实有治国之才,他刚到封地梁国的时候,这里只是一个不足万户的小城,在他的治理下,而今已经成为宫阙凌云高耸,殿宇富丽堂皇的都城,几乎与京都长安没有两样,而刘武在这里俨然就是皇帝。刘武自幼备受窦太后宠爱,自小与长公主交好,而今他认为,这两个人一定都会站在自己这一边,所以自己的储君位置一定不会有问题。第二天一早,王宫外的校场上,已是人喊马嘶,旗幡招展,车骑拥塞。刘武让国相监国,自己带着几个亲信浩浩荡荡向长安进发。

第五章　梁王回京　意欲夺权

今日的五柞宫中笙箫悦耳，歌乐悠扬。自从栗姬去世后，景帝更加宠爱王美人，几乎就是专宠，两个人朝夕不离。因为昨夜贪欢，二人今天早上起得比较迟，都已经日上三竿了还没进早膳，帝妃两个人边欣赏歌舞边进饮食，倒是其乐融融。

就在这时，总管太监近前回话说窦太后传旨要召景帝商议要事。窦太后是景帝的生母，景帝为人极其孝顺，听到太监来报，立即放下匙箸起身要走。王美人规劝他吃完饭再去，但景帝说什么都不肯。

景帝离开之后，王美人也无心用餐，命宫人撤去宴席。刚收拾停当，长公主刘嫖就步履匆匆地赶到了这里。

王美人立即站起来迎接，两个人商量胶东王为太子事，王美人告诉长公主这件事情自己还没来得及提。

“你呀，怎么把这天大事情丢在一边呢，要知道这是关系到你今后前程命运的大事。”

“我想，这事也不急在一时，再说，临江王与栗姬刚刚辞世，等过一段时间，万岁心境平和时再提不迟。”

“你呀，还不急呢，梁王刘武已启程进京，索取太子之位来了。”

“他？”王美人确实一惊，“他是皇上的弟弟，皇位应传与子，古往今来哪有传弟之理，这不是荒唐吗？”

“可是你还不知，万岁当年曾经许诺，而更为严重的是，窦太后极力想促成此事啊！”

“这，这该如何是好？”王美人当真慌神了。

“窦太后召去万岁，说不定就为此事。”

“长公主，而今我的方寸已乱，胶东王正位太子之事，这一切全都要仰仗你了。”她又补了一句，“谁让我们是儿女亲家呢。”

“不用说了，要不为阿娇着想，我会这样急切地找你吗？”长公主拉王美人入座，“来，让我们从长计议。”

窦太后居住的长寿宫，是景帝专为她修建的，位置在整个皇城后部，为的是让太后能够清静。可窦太后生性是喜欢热闹的人，对朝中之事也偏好说三道四，因而召见景帝也就是常有的事了。

景帝为人一向谦和，对生母窦太后更是孝顺有加。他乘便轿一路催促太监快行，到了大宫门即下轿步行。进了正殿，即向窦太后大礼参拜："母后召儿臣来，不知有何吩咐？"

"皇儿不必拘礼，坐下叙话，"太后递过一简锦函，"这是梁王差人送来的表章，称他已动身前来京城。"

景帝心下便有几分不悦，接过来也未细看："母后，按国法条规，梁王应上表予儿臣，等有了旨意后方可起程。"

"哎，何必挑那些细礼，他言道思念我心切，故而急切动身。"太后自小便溺爱刘武，这是尽人皆知的，自然时时为他争理，"这不，在表章中提及，让哀家同皇上过话，他就不再另具表章了。"

太后这样一说，景帝也就不敢再有微词了："母后言之有理，儿臣唯母后之命是听。"

"皇儿啊，老身最为欣慰的就是，你们兄弟之间真情胜手足呀！"太后又在向景帝灌输她的观点，"都说哀家偏向梁王，再疼爱他不还是让你做了皇帝吗？天子都当上了，对梁王便友好些又有何妨？"

"母后所言极是。"

"梁王久不入朝，皇儿可否屈尊迎接？"

"母后之命，儿臣怎敢有违，待梁王到京之日，定能出朱雀门相迎。"按理说哪有皇帝出迎臣下之理，但因是窦太后所说，景帝不敢稍有违逆。

岂料太后笑了一下："皇儿，只出京城相迎还嫌不够，最好车驾能远些迎接，使梁王感受到兄弟之间的真挚情谊。"

"要儿臣去何处相迎，请母后明示。"

"皇儿到函谷关如何？"

"这……"景帝不能不犹豫，函谷关距京城二百多里，这样长途跋涉去接一个并无寸功的藩王，自己辛苦倒在其次，在百官面前总觉对颜面有碍，故而他沉吟不决。

"怎么，皇儿似有难言之隐？"窦太后显然是在将景帝一军，"皇上若有不便，老身自去迎接亦可。"

"母后，儿臣何曾说过不去，又怎敢劳母后的大驾，"景帝起身一躬，算是赔罪，"儿臣遵命就是。"

"这就对了。"窦太后脸上现出灿烂的笑容。

景帝回到五柞宫，却怎么也高兴不起来。满脸忧愁，闷闷不乐。

王美人柔情万种地靠近："万岁，有何烦恼之事，缘何这样不开心？"

"咳！"景帝叹息一声，"都道是做皇帝百般自由千般快活，怎知朕也是身不由己啊！"

“皇兄，莫不是为梁王进京之事烦恼？”随着话音，长公主刘嫖闪身而出。

“皇妹，你缘何在此？”景帝更感兴趣的是，“你怎就知朕的心事？”

“因为梁王是母后的心头肉，”长公主颇为感叹地说，“我们兄妹三人皆母后所生，然备受疼爱的当属梁王。”

“天下父母莫不偏心，母后自然也难超越，”景帝不无感慨，“母后要我明日起程，去函谷关迎接梁王。”

“怎么？”王美人睁大双眼，“叫一个堂堂君王，奔波数百里去远迎一个为藩的弟弟，这实在说不过去。”

“可是朕有何办法，母后之命难违呀！”

“你们哪，全是拣芝麻丢西瓜的主儿，同胞兄弟接接何妨。”刘嫖点明要害，“重要的是，谁为太子，皇兄百年之后谁来继位。”

“这……”景帝说时便无底气，“总不会让梁王为君吧？”

“皇兄处处按母后意志行事，母后之言从不敢有违，倘若母后要你立梁王为储君，皇兄当如何？”

景帝无言。

“怎么不说话呀？”刘嫖催问。

“怕是难违母后之命。”

“我的皇兄，你难道就不管自己数十妃姬子女的生死了？”

“万岁，我们母子将来依靠何人？”王美人依从刘嫖的主意，不由哭天抹泪，在景帝面前撒娇。

“朕果真要传位于梁王，他当思报答才是啊！”

“皇兄可曾想到，梁王如在皇位，对他最大的威胁就是你的子女，因为你的子女随时都会得到朝臣的拥戴，那么，他要稳固皇位，就要将你的子女屠杀殆尽，以绝后患。”

这番话句句如重锤敲击景帝的心灵，使他半晌无言。

王美人又靠在了景帝身上：“万岁，传位梁王等于是将刀交与梁王，那样圣上的亲人将会血流成河呀！”

刘嫖感到话已说透：“皇兄，依妹妹之见，尽快立胶东王为太子，以绝梁王之念。”

“这……”景帝看看王美人，“立储国之大事，岂可如此匆忙，且过些时日再议不迟。”

景帝不肯立即表态，刘嫖也不便再紧逼，确立太子一事也就暂时放下了。

次日早膳后，景帝便准时出京，经过三天跋涉，这日黄昏时分，在血红的夕阳残照中，到达了函谷关。景帝乘坐十六匹马的御辇，梁王也是十六匹马的锦车，随从仪仗，几与皇帝相同。景帝虽说心中颇不是滋味，但他毫无责怪之言，而是极其热情地将梁王请至御辇上，二人一路同车同住回到长安。

携手进入宫门之后，梁王对景帝略一低首施礼："皇兄，臣弟思母心切，容先去拜见太后，再叙君臣之礼。"

"皇弟孝悌当先，理当如此。"景帝与梁王分手。

梁王急匆匆奔入太后的长寿宫，窦太后闻报已是迎至二门。梁王方要跪拜，被她双手拉住："王儿一路辛苦，免却大礼参拜。"

"母后身体可好？"

"承蒙皇儿挂念，哀家是能吃能睡。"

母子二人手牵手到内殿落座，随从陆续抬进十个描金樟木箱来。

太后业已明白几分，故意问道："这是做甚？"

"睢阳的土特产顺便带来一些，给母后添寿的，"刘武说着逐一打开箱盖，"这一箱是七色豫锦，这一箱是嵩山香毫，这一箱是黄河珍珠，这一箱是赤金酒器，这一箱是……"

"皇儿，你这是何苦，为娘这里应有尽有，还用得着你劳心破费操办这些礼品吗？"

"母后一国之母，自然不在乎儿臣这点儿小玩意，可做儿子的毕竟要尽一点儿孝心呀，请母后笑纳。"

"好，收下。"俗话是礼多人不怪，窦太后也不能脱俗，她禁不住喜上眉梢笑逐颜开。

十箱礼物收到后殿，刘武还没顾得喝上一口香茶，就迫不及待提出："母后，儿臣获悉太子已病故，东宫虚位，该有儿臣驾坐金銮宝殿的机会了。"

"怎么，皇儿真有此意？"

"当年皇兄曾说传位于儿臣，母后是在场的证人，父皇留下的江山，兄弟都有份，轮儿臣做一回皇帝有何不可？"

"你既然认为有理，不妨当面向皇上提出。"

"儿臣言之，恐皇兄不允，此事还要仰仗母后一言九鼎。"

"好吧，今晚就在万寿宫设欢迎御宴，席间哀家向皇上郑重进言。"窦太后还是心疼她这个小儿子。

灯火辉煌，笙乐悠扬，皇家盛大的家宴在万寿宫餐饮正酣。宫女们穿梭般将菜果端上端下，乖巧的小太监为太后、皇上、梁王轮流频频把盏。酒已过数巡，窦太后感到气氛甚佳，便开口言道："皇儿与梁王俱哀家所生，俗话说舐犊情深，为娘真是疼爱不尽哪！"

景帝、梁王齐声答道："母后养育之恩天高地厚，永世不忘。"

"常言道，儿大不由娘，最难得是你兄弟二人，对为娘所说从来都是言听计从，堪称至孝。”

梁王抢先答曰：“没有母后哪有儿身，父母之命高过一切，如若不从，即为忤逆，这点道理还是懂的。”

“理当如此。”景帝已是有所警觉。

“今日之宴，使为娘想起前岁新春的家宴，你我母子三人也甚是欢洽，曾记得皇儿在席间许诺，日后要将皇位传与梁王，为娘当时喜得也曾连干三杯。”窦太后盯着景帝看其反应。

“有这样的话吗？儿臣倒是淡忘了。”景帝装起糊涂。

梁王迫不及待出来作证：“皇兄确曾言及，小弟记忆犹新，仿佛就在昨日，皇兄那慷慨的声音尚萦绕在耳边。”

“梁王所说一丝不差，这是千真万确的。”太后重复之意是加以肯定，不容景帝否认。

至此，景帝已是难以回避：“既然母后与梁王都这样说，此事也许是有的，或许是朕饮酒过量后的一句戏言。”

“皇儿当知君无戏言，”窦太后板起面孔说，“皇上，太子刘荣业已作古，新太子未立，为娘之意就不要另立储君了，在你百年之后，就让梁王也做几天皇帝，弟承兄业，岂不美哉！”

“这个，只恐儿臣难以立即答复。”景帝因为已有刘嫖事先的叮嘱，所以是坦然面对。

“怎么，一国之君主一国之事，还有何为难之处？”太后现出不悦，“适才哀家还说你兄弟二人对为娘言听计从。”

“母后之言，儿臣怎敢有违。”

“这就是了，答应就好。”

“不过母后当知，此事需经朝议方可定凭，”景帝婉言解释，“便是儿臣废立太子，也要经百官们朝议后达成一致。”

这个理由是窦太后不能驳回的：“那么，你就在明日早朝，将哀家这一主张晓谕朝臣便是。”

席散，天色已近二更。景帝回到五柞宫，便对王美人告知内情：“爱妃，果不出长公主所料，太后已提出要梁王为储之事，朕按长公主的主意，已提出明日朝议，你要报信与她，也好预有准备。”

“臣妾这就去办。”王美人叫来总管太监，要他立刻出宫去公主府。

长公主早有计策在胸，闻报毫不怠慢，连夜去重臣袁盎家拜访。

袁盎时为相国，在朝中举足轻重。长公主深夜登门造访，令他大为惊愕，接进客堂后问道：“请问公主，有何大事夤夜光临？”

“自然是关乎到国家命运。”刘嫖将梁王欲为储君之事告知。

"这如何使得?"袁盎态度很是明朗,"帝位传子不传弟,这是古往今来的惯例。"

"万岁也是这个主意,只是太后偏溺梁王,坚持要圣上传位,无奈之下,皇上才推说明日早朝朝议。"

"这个无妨,"袁盎蛮有信心地说,"届时老臣抢先反对,百官自然随声附和,管叫太后之议作罢。"

"如能阻止梁王立储,则国家幸甚万民幸甚,万岁和本宫都要感谢相国不畏太后的义举。"

"为国尽忠,理所当然,哪怕是断头流血也在所不惜。"袁盎也知面对着太后、梁王的双重危险,但他义无反顾。

晨曦微露,静鞭响过,景帝心事重重地例行早朝。谁都不愿做违心的事,更何况君临天下唯我独尊的皇帝。他巡视百官一眼,梁王端坐在金殿的右上首,本来他是无需上殿的,看来这是要当面威慑百官,景帝更加感到事态的严重,从梁王那得意的眼神中,几乎感觉到了金殿在摇晃。

不想说的话又不得不说,景帝开口了:"诸位爱卿,今有一件大事,要请百官朝议。前太子刘荣已故,新太子尚未册封,太后有意要让梁王为储君,不知众卿以为如何。"

"此事断然不可,"景帝话音刚落,袁盎即接上话茬,"从古至今,全无这个章法,帝位传子,方为天经地义。"

相国之言原本有理,文武百官接二连三表明态度,反对梁王为储,景帝眉头渐渐舒展开。

梁王早已是怒气难按,他"腾"地站起,手指袁盎:"姓袁的,你可知反对太后懿旨是何罪名?"

袁盎不为所动:"老臣身为相国,只知忠心事君,所言所论皆为国家着想,还请梁王体谅。"

"说什么为国,眼下朝无太子,太后恐生不测,立本藩为储,以保朝纲安宁,你竟从中作梗,不是要为乱朝廷吗?"

袁盎沉着发问:"梁王千岁,若依太后之见,皇位传弟,那你百年之后,这皇位又传与何人呢?"

"这、这……"梁王张口结舌,因为梁王没有弟弟。

"千岁无弟可传,这天下岂不是要拱手送与外姓,"袁盎一语击中要害,"传子实为正理,传弟确属无稽。"

景帝不失时机开口:"既然百官以为不可,此议暂且作罢,容后再议。"

梁王满心是当朝确立储君地位,没想到却落得个难堪的处境,他无处也无法发泄,咬牙切齿,怒目而对袁盎:"姓袁的,你反对太后安邦定国大计,实为头号奸佞，谅你也不会有好下场！”他气呼呼下殿去了。

景帝以百官反对为由，回复窦太后：“母后，此事权且放下，况儿臣身体尚好，也不急于一时，袁盎年事已高，待过些时日儿臣让他告老离朝，那时再议梁王立储不迟。”太后觉得景帝所说头头是道，自己又不能上金殿去和袁盎等百官理论，也只好暂时作罢：“皇儿，你可要言而有信，尽快遣退袁盎，不使梁王悬望。”

“母后之命，儿臣敢不照办？”

景帝是混过一时是一时。

之后，窦太后安慰梁王：“王儿，且回睢阳等待佳音，哀家会时刻为你着想，督促皇上早日将袁盎逐出朝堂。”

“一切全要仰仗母后了。”梁王眼中有意噙着泪花，三叩首后辞别。

离京之前，梁王又特意去拜望长公主。刘嫖欢天喜地接待梁王，那份热情可说是亲热到家了。

梁王见礼后道：“王姐自幼与小弟投缘，今长公主在朝举足轻重，还望对小弟立储一事多加关照，与母后合力促成此事，弟当没齿不忘大恩。”

刘嫖拉着刘武之手，显得格外亲密无间，她心中说，若不是阿娇许配胶东王，自己肯定要为刘武效力的。当然，她不会把心事说出：“梁王尽管放心回去，京城里有我与母后协力相助，很快即有佳音。”

梁王又再三叮嘱后，这才离京返归睢阳。

一转眼，两个月过去，已是秋凉时节，可京城始终没有好消息传来，袁盎的相国当的依然是稳如泰山。派去过几个信使，窦太后和长公主的答复都是还在催促景帝，何时罢免袁盎尚无准确时间。

梁王愁烦地对文武两名亲信公孙诡和羊胜说：“似此等下去，还不知猴年马月方能出头。”

公孙诡言道：“千岁，依小人看来，皇上是在有意拖延，根本就没有真心罢黜袁盎之意。”

“这又如之奈何？”

“皇上不肯废袁盎相国，意在敷衍太后，为今之计是不能依靠旁人了，我们要设法除掉袁盎。”公孙诡献计。

“怎么个除法？”

羊胜主动请缨：

“千岁，小人愿去京师刺杀老贼。”

“行刺？”梁王心下思忖，“公孙先生，妥否？”

“此举实为上策。”公孙诡毫不含糊地支持。

“好！”刘武下定了决心，站起身郑重交代，“本王即命羊胜将军乔装赴京，秘密刺杀袁盎，事成赏银千两。”

“末将遵命。”羊胜响亮地回答一声，看得出他满怀必胜的信念和决心。

如洗的秋夜星光灿烂，皎月像一面圆圆的铜盘在头顶高悬。葡萄架投下斑斑驳驳的暗影，袁盎斜靠在太师椅上，慢慢地品味着香茗，其实他是在想心事。长公主刚刚离去，但那柔里含钢的声音还回响在耳边：“袁大人，太子之位不可久虚，梁王野心不死，胶东王聪颖过人，堪可为继。大人如率先举荐，定能获万岁恩准，诚国家万民之幸。”

袁盎反对梁王为储。他也不同意胶东王做太子，因为他已风闻长公主与王美人业已联姻，这不显然是合伙徇私吗？所以他回答刘嫖的话是：“依老臣看来，太子尚无合适人选，立储之事不需急于一时，放放再说。”

刘嫖自然是不悦地离去，而袁盎明白长公主在朝中的地位，因而他晚上难以成眠，在窗前的葡萄架下想心事。猛然间一道黑影划过夜空，是什么落在了自己的身后，是猫是鹰，他猜测不出，转过身去观看。“啊！”袁盎惊叫出声，一把闪着寒光的钢刀就横在面前，对面是一个全身黑衣，只露两只眼睛的刺客。

袁盎说话都变音了：

“你……你是何人？又……意欲何为？”

“奉主人之命，来取尔项上人头。”

袁盎毕竟是一国之相，在初时的惊恐后，已是平静下来：“但不知好汉是受何人差遣？”

“你是聪明人，我会告诉你吗？就别心存幻想了。”

“我这相府之中，也有强壮家丁护院武士，本官只要叫一声，他们就会应声而至将你活捉。”

刺客鼻孔中轻轻嗤了一声：“袁大人，你那些家丁武士早已在梦乡中受了我的熏香，不到天明是不会清醒了。”

“那，”袁盎明白是无人能来救援了，“照你所说，我是必死无疑了，可是好汉总该让我做个明白鬼，不然我不知为何而死，又是死在何人之手，便在九泉之下也难以瞑目啊！”

刺客想了想，认为袁盎此刻无论如何也逃不出自己的手心了，于是便告诉了他自己的真实身份。袁盎想自己承蒙皇上隆恩多年，即便死也要效忠于皇上，不让任何人威胁到皇上的生命安全。于是袁盎便对羊胜说自己不想死得太痛苦，想先自行了断，然后再让羊胜割下自己的头颅。

羊胜知道袁盎也是一代忠臣，便有几分不忍，对于他的要求也表示理解，便同意了他的要求。

袁盎步履蹒跚地走入室内，只相隔了一会儿，羊胜便进入室内查看情况，只见袁盎已经在自己的书房之中自缢身亡。他用手托下尸体，将袁盎的头砍下来，用事先备好的牛皮袋盛起，然后带着跃出了相国府，回去复命了。羊胜至死也不会想到，由于他的一时恻隐，竟然给梁王和他本人都埋下了杀身之祸。

第六章 睢阳办案 刘武反叛

黎明的曙光再次到来，又是新的一天。但这一天对于相国府来说简直就是噩耗，它失去了往日的忙碌和喧嚣，仿佛死一般地沉寂，只有麻雀在檐前自在地飞翔。

袁盎的妻子醒来后发现自己的丈夫不见了，以为他这么早就去书房练字了呢。她穿衣起身，奇怪自己从来没像昨天似的睡得那么死。她来到书房，推开虚掩的屋门，就闻到了一股浓重的血腥气味。相国夫人感觉到不对劲，继续向里走就看到了横陈在地的一具无头尸身。她经过服饰便认出死者正是自己的丈夫袁盎。老夫人惊叫一声，就昏厥了过去。

半晌，老夫人渐渐转醒，还是不能从悲痛中解脱。她听从管家的劝告，赶紧将这个消息告诉了朝廷。很快，刘嫖就代表皇帝来到相国府查看袁盎神秘离奇死亡的原因。她在案发现场找到了袁盎自缢的白绫，上面血迹斑斑，管家将白绫解下，刘嫖接过铺展在桌面上，捋到中间部分时她双眼一亮，中间是一行血写的文字：我为梁王与羊胜所害！

刘嫖不禁脱口而出："原来如此！"

老夫人问："这是怎么回事？"

刘嫖也不答话，直趋袁盎尸身查看其手指，右手食指是破的，且血肉模糊，她自信地站起："我明白了。"

老夫人道："我却是更糊涂了。"

刘嫖答道："事情已是明摆着的，袁大人在朝堂上反对梁王为储，而种下了祸根，是梁王派羊胜前来行刺。袁大人请求吊死而获准，他在死前机智地咬破食指，留下这血字，也就留下来血证。"

老夫人听后，不由得大骂刘武："好你个梁王千岁，竟敢派武士刺杀大臣，我要面见万岁请求圣裁，为我那惨死的老头子报仇雪恨。"

"老夫人保重，本宫既是奉旨前来，就要回宫复旨，相信万岁会秉公而断，不会放过凶手。"

"长公主，你千万要为妾身做主啊！"

"老夫人节哀，静候消息就是。"刘嫖起驾回宫去了。

刘嫖的便轿进入大宫门后直奔五柞宫，在门前恰遇小刘彻用竹竿做马在玩耍，刘嫖近前爱抚地摸摸他的头："胶东王，玩得好开心哪！"

“姑妈，我并非在做孩童们的玩耍游戏，而是在练习骑马。”刘彻歪着头，极为认真地回答。

“啊，竹竿为马，”刘嫖感兴趣地问，“练骑马所为何来呀，为的是长大后娶媳妇吗？”

“不，为的是将来上战场冲杀，也好建功立业。”

“好，好！”刘嫖赞不绝口，“人小志大，姑妈没有看错人，给阿娇找了个好女婿。”

想不到小刘彻深深一躬，接口问道：“请问姑妈，阿娇姐姐可好？”

刘嫖心里这个高兴就别提了：“怎么，想阿娇了，要不要现在就送过来给你做媳妇？”

“不”，小刘彻一本正经地答道，“要等我长大，给阿娇姐盖好金屋子后，再把她接过来住。”

刘嫖喜得将刘彻抱在怀里：“好个胶东王，但愿你日后做了皇帝，还能这样疼爱阿娇。”

王美人闻声迎出，接过刘彻，交与身旁的唐姬领走：“长公主，去袁府这样快就来复旨。”

刘嫖的喜悦溢于言表：“弄清了原委，自然就快了。”

王美人一脸忧愁：“袁盎一死，朝中无人敢与梁王抗衡，只怕是太后与梁王全要如愿了。”

“袁盎被刺，是个喜信，你就听我对皇上禀奏内情吧。”刘嫖进入御书房，与景帝见过礼后，将袁盎遇害经过从头告知。

景帝听刘嫖讲述了案情，不由得一阵阵发怔：“照皇妹所言，袁盎当真是梁王所害。”

“血字为证，可说是铁证如山。”

王美人已是舒展了愁眉：“刘武身为梁王，竟然派人刺杀当朝相国，实属罪大恶极，休要再说为储，便性命也难保存。”

“这便如何是好？”景帝一时无了主张，“梁王是母后爱子，若依法处治，母后必定不依。”

刘嫖早已想好主意：“皇兄，无论如何相国不能白白死去，当派一刚正不阿的大臣为钦差，前往睢阳调查案情，索要凶手，至少梁王要交出羊胜，至于对梁王的处治，视事态发展而定。”

“皇妹看何人可当此重任？”

“御史大夫田叔。”

“就依皇妹之见，朕即刻颁旨。”

正如刘嫖举荐时所说，田叔是个忠直之士，在朝中一向以直言敢谏著称。他出自袁盎门下,也是在朝堂上反对梁王立储之人。刘嫖挑选他,应该说是经过认真思考的。接到圣旨后,田叔夫人抱着丈夫痛哭流涕:“你不能受命,就说身染沉疴,告病请假。”

“什么话,食君之禄,忠君之事,皇上圣旨,岂是可以推辞的。”田叔决意领旨前往。

“老爷,谁不知梁王势大,有太后撑腰,皇上也奈何不得他,去他的封地办案,不是羊入虎口自寻死路吗?”

“俗话说,君叫臣死臣不能不死,何况万岁是派我为钦差大臣。”田叔无所畏惧,“梁王虽然霸道,谅他也不敢公然反叛朝廷,他也就不敢把我这皇上派的钦差怎么样。”

田叔与夫人依依惜别方要起程,长寿宫的总管太监到了。他面对田叔,大模大样地一站:“太后懿旨,着田大人即刻进宫,不得有误。”

“请问公公,太后传唤下官,不知所为何事?”

“太后又没交代,咱家怎知,”总管示意就走,“田大人,到了长寿宫自然就知道了。”

田叔乘轿跟随总管来到长寿宫,拜见过窦太后便问:“太后召见卑职,不知有何吩咐?”

“哀家获悉田大人荣任钦差,要去睢阳办案,恰好老身要给我儿梁王捎些稀罕物件,想有劳田大人可否?”

“太后这是看得起下官,理当效劳。”

“礼品已命人备好,走时即着人送至府上。”

“卑职一定分毫无损地交与梁王千岁。”

“田大人,听说袁盎一案牵涉到梁王手下之人,老身有一言奉告,梁王为哀家钟爱,无论案情怎样,都不得难为梁王,如若有违,小心你的身家性命,就是皇上也保不了你!”

田叔哪儿敢不唯唯应承:“为臣谨遵懿旨。”

田叔步出长寿宫,才知此行是个苦差事。他满腹心事离京前往睢阳,由于面临的是桩挠头案,他一路思忖如何才能做到两全其美,所以行进速度迟缓。五天之后,到了离睢阳六十里路的界牌镇。红日业已衔山,田叔决定在此住宿一宵,次日早晨赶赴睢阳。

钦差一行刚刚进入官驿落脚,梁王派出迎接的使者公孙诡就到了。驿丞为二人做了引见,公孙诡抢先说:“钦差大人一路风尘,学生奉梁王之命为大人接风,酒宴早已齐备,就请移驾入席。”

田叔脸上毫无表情:“下官奉旨查案,不敢有丝毫徇私,难以从命赴宴,还望公孙先生见谅。”

“好，不愧为当朝御史，清正廉明，一尘不染，”公孙诡赞美之后起身，“学生就不勉强了，权且告辞，明日一早来迎领大驾。”

田叔起立相送：“先生走好。”

驿丞跟在公孙诡身后：“先生的房间业已准备妥当，待小人为您带路。”

“我还不累，休息不急，你带我去厨房看看为钦差准备的晚饭，要可口又不奢靡，而且要确保万无一失。”

“这个先生只管放心，小人专司迎来送往，厨役都知规矩，钦差入住更是百倍小心，决不会出半点儿差错。”

“梁王派我前来，不去厨房看视总难放心。”公孙诡坚持要去，“你就头前带路吧。”

厨房内热气蒸腾，厨师与下人们忙得正欢。例行的晚饭基本已准备停当，在那盆黄河鲤鱼汤前，公孙诡认真地抄起勺子，搅几下又舀起半勺，送到鼻子边嗅了嗅：“不错，色香俱佳，手艺高超。”

驿丞恍惚看见一粒黑豆似的东西，随着公孙诡搅动勺子时落在了汤中。他刚想提出，又觉不妥，便将已到唇边的话又咽了回去。

公孙诡回房休息去了，下人们忙着给钦差开饭，米饭和烧的菜全都送上了餐桌，在厨役端起汤要送走时，驿丞伸手拦住了。他觉得自己既已看见有脏物落入汤内，就不该再奉与钦差，吩咐首厨抓紧重新烹制一碗。这碗汤倒掉实在可惜，驿丞便就着一个烧饼吃下了这碗鲤鱼汤。

驿丞狼吞虎咽用过饭，抹抹嘴巴要给公孙诡一行安排晚餐，就觉得腹中刀绞般疼痛，而且随之剧痛难忍。他此刻全明白了，双手捂住腹部，强忍痛楚对首厨说：“快，快去叫钦差大人。”

田叔闻讯赶到，驿丞已是疼得在地上翻身打滚，他断断续续地说：“田大人，公孙诡，他……他在汤里下毒……”

田叔抱住驿丞：“你挺住，我派人给你去请郎中。”

“我……我……”驿丞声音越来越微弱，“所幸……这汤……”

“你救了我，我一定为你报仇。”

驿丞用最后的力气点点头，闭上了眼睛。

厨役们将方才公孙诡来过的情景讲述了一遍，田叔愈想愈是后怕，决定立刻将凶手擒获。他带人闯到公孙诡下榻的房间，哪里还有公孙诡的影子，凶手早已溜走，连夜返回睢阳去了。

次日早饭后，田叔带着为驿丞报仇的决心，踏上了通向睢阳的官道。一路马不停蹄，一口气赶到了睢阳城。

国相轩丘豹在城门迎候：“钦差大人一路鞍马劳顿，请到驿馆休息。”

田叔憋着一肚子气：“轩大人，请问公孙先生何在？”

“千岁命他去界牌镇迎接钦差，没有见到吗？”

“昨晚曾见过一面，可他昨天夜里就不辞而别了。”

“这倒是奇怪了。”

“说怪也不怪，”田叔提出，“圣命差遣，不敢稍有怠慢，请轩大人即刻引我去见梁王千岁。”

轩丘豹略一沉吟：“好吧，恭敬不如从命。”

梁王的银安殿宏大宽敞金碧辉煌，梁王高高在上，为了表示对钦差的礼遇，特意在左下首为田叔设了个座位。不等田叔开口，梁王即抢先说道：“田大人离京前可曾见过太后？”

田叔明白了，这是太后早已飞马报来信息，也就如实应答：“太后也曾召见下官，并为千岁捎来礼品一箱，就让下人抬上请千岁过目。”

“不必了，本王这里奇珍异宝应有尽有，那一箱礼品就转送与田大人了，想来不会见拒。”

“千岁，下官奉旨办案，您又是当事人，虽说却之不恭，然亦不敢领受，以免传到朝中，人们会有闲话。”

“怎么，怕受牵连吗？”

“非也，其实在下官事小，恐有损千岁的名声。”

“本王不在乎朝中百官的议论，礼品是一定送与你了，你是收也得收，不收也得收。”

“王爷把话说到这个份上，下官也只能从命了。”田叔心中已有主张，回京后将礼品原封不动交还窦太后。他赶紧将话茬转入正题，“千岁，下官奉旨前来办案，还望鼎力相助。”

梁王故做懵懂：“是何案子啊？”

“相国袁盎被刺。”

梁王仰天大笑起来，笑过一阵后，他反诘道：“案子发生在京城，你不在长安抓凶手，来我这睢阳做甚？”

“因凶手是千岁手下羊胜，所以圣上命下官前来。”

“这就怪了，请问田大人，如何便断定是羊胜所为？有道是捉贼要赃，捉奸要双，这证据何在？”

“请千岁召羊胜上殿，下官与他当面对质。”

“这个只怕不妥，羊胜本不是凶手，为何要受盘问？”梁王推托，“再者说，案发日他一直在本王身边，本王可以作证。”

“俗话说，身正不怕影斜，羊胜既非凶手，与下官见一面，说说清楚，下官也就可回京复旨了。”

刘武感到此话有理，便见见又有何妨，即令人宣召羊胜上殿。

羊胜自恃是在睢阳,又有梁王保护,故而毫不在乎,大大咧咧上殿来,见到田叔抱拳一礼:“啊,这不是田大人吗？是什么风把御史吹到睢阳来了?”

“羊将军真的不知,下官是奉圣命为袁相国被刺一案而来?”

“这么说你是做了钦差了,钦差出朝地动山摇,田大人此番是够风光的了。”

“风光不敢说,责任却是重大啊!”

“有何难处只管对我讲,某当鼎力相助。”

“那真是求之不得,就是想要带羊将军回朝复旨。”

“要带我,”羊胜以手指着自己的鼻尖,“为什么?”

“因为你是凶手。”

羊胜高声大笑起来:“田大人,你该不是开玩笑吧?”

“凶杀大案,岂能儿戏。”

羊胜收敛了笑容:“田大人,末将一直在睢阳千岁身边护驾,你不要凭空猜测诬赖好人哪!”

田叔也是满脸严肃:“羊将军,待本钦差将你的作案过程描述一番。你潜入相国府后,用熏香将人们熏倒,然后就去书房刺杀袁相国,因他向你求情,你应允他上吊而死,待袁盎气绝后你再割走他的人头,我所说的想来是一丝不差吧?”

“你,你怎么就……”羊胜几乎听傻了,险些将“知道得这样仔细”说出口,话到唇边强咽了回去。

田叔却似乎听到了他的下半截话:“你莫管我是如何知晓你的作案细节,奉劝你休要心存侥幸,早些供认以免九族受到牵连。”田叔这后一句话,可称是杀手锏,汉时律条有载,罪犯如不从实招供,有证查实就要祸连九族。

羊胜一时间张口结舌,心里急速地盘算着利弊,田叔既是说得这样分毫不差,想必是有证据在手,莫如认承,也免得九族罹祸。

梁王大概是看出羊胜的思想变化,急切中插一言:“田叔,你不用敲山震虎,光靠大话蒙人没用,追究羊胜的罪过也好,株连他的九族也好,你都得拿出让人信服的证据来。”

“对,对,”羊胜又增加了过关的希望,“别看你编的圆,你的证据何在?”

“真要证据吗?”田叔又将他一军,“本钦差出示了物证,就等于你是拒不招认,那你的九族可是要性命难保啊!”

“这……”羊胜又惧怕了。

梁王自然不肯退缩:“田大人,本王已讲过了,你用证据说话,我们全都拭目以待呢。”

“羊将军,你不后悔?”田叔再次向羊胜吼道。

羊胜心头突突跳个不住，他偷看刘武一眼，见梁王正用白眼珠瞪他，便鼓起勇气："我，我豁出去了。"

话说到这个份上，钦差田叔也没有退路了，只能亮出底牌，他从怀中掏出那幅写有血字的白绫："梁王千岁，羊将军，请看。"

刘武、羊胜和在场的人无不睁大了双眼，看到了那血写的证言：我为梁王与羊胜所害。

一时间，整个银安殿似乎凝固了，羊胜懵了傻了，刘武则是又气又悔，不知该如何是好。

"大家都已看见，这是袁相国上吊前留下的血书铁证，羊将军，快快当众招认了吧。"

"我，我……"羊胜吞吞吐吐。

刘武突然大叫一声："将那白绫拿过来，本王要看个仔细，是否其中有诈。"下人走过去欲从田叔手中接过白绫，田叔不肯递出，移动身躯靠近梁王。

刘武装出警惕的样子："靠后。"

国相轩丘豹见状，近前将白绫拿在手中，走上高台到刘武身边："请千岁认真过目。"

刘武有意眯缝两眼："室内昏暗，掌灯来。"

田叔有些疑惑："这大白天何需用灯？"

说话间，殿上的下人已将蜡烛点燃，举着来到梁王身边。刘武从轩丘豹手中一把夺过白绫，送到烛焰上就烧。

"你，千岁你要做甚！"田叔奔向高台。

殿上武士死死拦住，随着梁王一阵阵得意的笑声，那血书白绫已是化为灰烬。"千岁，你，你当众毁灭证据，须知国法不容。"田叔忍无可忍地向刘武提出指责。

"证据，什么证据？本王何曾见过你的鸟证据，你不是在大白天说梦话吗？"刘武是耍赖不认账。

田叔万万没想到一位堂堂藩王，竟然在大庭广众之中耍无赖，他已是气得浑身发抖："千岁，你烧了也是无用的，这证据是万岁和长公主都曾过目的，王爷可以在下官面前不认账，可是你在万岁和长公主面前能说得过去吗？我的梁王千岁，你是枉费心机啊。"

轩丘豹看情势危急，也忍不住开口告诉刘武，此事确实是他不对，应当想得更加周全一些。刘武一时不明白轩丘豹的意思，对他怒目而视。轩丘豹仿佛没看见似的继续劝解道相国的死已经被查证为羊胜所为，此时再继续包庇的话一定会引起皇上的怀疑，顾全大局为重。听完轩丘豹的话，刘武也觉得有道理,便不再争辩。

但田叔却又提出进一步要求:“要交出的不仅仅是羊胜一人,还有千岁的谋士公孙诡。”

刘武怒目圆瞪,不屑地说:“你的胃口未免也太大了吧?”田叔解释道:“千岁,公孙诡竟然到界牌镇投毒谋害下官,最终致使驿丞身死,这加害朝廷钦差的罪名也不小呢,倘若殿下一味袒护,圣上归罪下来,我们可是承担不了。”

面对如此复杂的情况,刘武也显得手足无措,他此时已经没有了耐心,粗暴地将手一挥道:“行了,不要唠叨了,本王已经疲倦,今天就到此为止吧。”说罢,他就离去了。羊胜见状,紧紧跟在刘武的身后,堂上的其他人也见机赶紧开溜,只留下了轩丘豹在这里与田叔周旋,他安慰田叔先回去等待消息,他一定会说服刘武尽快交出凶手。田叔也不愿意与刘武正面冲突,只好默默地返回了驿馆。

第七章 刘武交尸 立储实现

转眼间田叔离开梁王府已经三天了，却没有任何消息。第四天一大早，田叔再也沉不住气了，他连早饭都没有来得及吃，就再次去了轩丘豹家里。刚一见面，他就没好气地说："轩大人，本钦差此次前来与你辞行，我即将要回京交旨。"

轩丘豹见田叔有些生气，赶紧问："田大人如何向万岁禀报？"轩丘豹早就恼他们将自己晾在这里不闻不问，所以也不想给其好脸，冷言冷语地说道："自然是如实言明。"田叔见轩丘豹已经有些害怕，便继续与他分析这件事情的严重性。告诉他，梁王这次是在劫难逃，即便是太后出面也得落个边关从军的刑罚。

这些话令轩丘豹胆战心惊，他不能眼睁睁看着主人走向末路，身为国相他要尽力扭转危局，对田叔深施一礼说："田大人，可否给下官一个面子，暂缓回京？"

"轩大人何意？"

"容下官再次面见梁王殿下，向他晓以利害，让他交出凶手，这样大人也好回京交差，梁王亦可减轻罪罚。"

其实，这正是田叔所期待的，他也不希望将事情闹得太僵，便欣然同意："就请轩大人从中周旋，本钦差静候佳音。"

梁王府内有一处演武场，刘武与羊胜正在操练中。刘武手中的一杆花枪使得龙飞凤舞，而羊胜的单刀耍得是银光一片，犹如雪花翻飞。梁王习武已坚持了十年之久，他深信日后自己要坐江山，而坐天下免不了要有一场龙争虎斗，练就满身武艺，将来是会派上大用场的。

羊胜担心刘武累着，觉得时间不短了，建议道："千岁，该歇息一时了，看您已是汗流满面。"

"也好，便休息一刻再练。"刘武到场外的林中落座，侍从送上抹汗的香巾，使女斟好业已沏就的香茗。

见刘武心情甚佳，羊胜不失时机进言："千岁，钦差田大人还在馆驿等候，事情总不能这样不了了之啊！"

"让他傻等去吧，"刘武饮一口香茶，"他等得不耐烦了，自然就滚回长安去了。"

“末将担心，担心他坚持要在下去归案。”这是羊胜最关心的问题。

“你说，本王会将你交出去吗？”

“这，也不好说，因为田叔毕竟是带着圣旨而来。”

“怎么，你也太小看本王了，”刘武气得将茶杯顿在案上，“我堂堂王爷还会怕他一个小小御史不成。”

羊胜跪在地下：“小人知罪，有千岁这句话，末将也就放心了，今后小人这条命就是千岁再造的，王爷有驱使时赴汤蹈火万死不辞。”

“起来，站起身来，”刘武大有天下舍我其谁之势，“本王派你去办的事，难道还会推到你的身上，你把心放到肚子里，天塌下来有我顶着呢。”

内史将军韩安国来到梁王近前：“千岁，窦太后差快马送来密信，小人不敢耽搁，即刻来呈上。”

刘武一听赶紧接过，立即打开观看，只见信中写道：梁王吾儿，你用人失当，羊胜谋杀袁盎之事京城尽知，你已犯下杀身之罪。为保儿无事，也让皇上在百官前有所交代，哀家之意你要将羊胜交钦差押解回京，而后你再亲自上朝请罪，届时为娘也好为你说话，立储之事或许还有希望。

刘武看罢，瞧见羊胜盯着自己，急忙将信合起，不由得一阵阵发呆。

羊胜关切地问：“千岁，太后报的是何机密大事？”

“啊，没，没什么，”刘武由不得吞吞吐吐，他看看羊胜、韩安国二人，“你们且退下，让我自己清静一下。”

羊胜、韩安国无言地下去了，可是轩丘豹却是不请自到。

刘武满是不耐烦的口吻：“本王不曾宣召，你擅自闯来做甚？”

“下官是为千岁性命着想，不得不来呀！”

“耸人听闻！”刘武哼了一声。

“千岁，你派羊胜刺杀当朝相国，已犯下死罪，而今又怠慢钦差，拒绝交出凶手，钦差一气之下，就要回京复旨，王爷如此作为，不是自己走向死路吗？”

“怎么，钦差他要走？”

“是下官再三好言劝慰，田叔才答应暂时留下，千岁听下官良言相劝，为自己安危着想，必须交出羊胜和公孙诡呀。”

“这公孙先生皇上并不知，就不要连上他了。”

“千岁你好糊涂，公孙诡去投毒谋害钦差，事情败露逃回，不交出他，田叔能答应吗？”

刘武想起这二人自投奔自己以来，一向忠心耿耿，实在有些不忍：“难道就无更好的办法吗？”

轩丘豹看出刘武的心思：“千岁，养兵千日用兵一时，平素王爷待他二人不薄,这正是他们报效的时候,就不要顾及其他了。”

“这……”若不是太后有密信来,刘武无论如何是不肯将两个亲信交出去的,“就依你而行吧!”

“下官还有一言。”

“讲来。”

“这二人若是交与田叔,带回朝中一审,定然是要将千岁如何指使行刺的内幕和盘托出,对王爷将大为不利。”

“那你说怎么办才好?”刘武不满地发出指责,“让交人也是你,不让交人又是你,你这不是翻来覆去吗?”

“千岁,交还是得交,咱不交活人交死人。”

“怎么,杀了他二人?”刘武愕然。

“正是。”轩丘豹是坦然而平静。

“朝夕相处,情谊笃厚,对本王毫无二心,又是为我而行刺谋杀,这,我实在下不了手啊!”

“千岁,大丈夫行事,怎能有妇人之仁,要成大事,就得谨守‘无毒不丈夫’的古训,为了千岁日后能驾坐龙廷,他二人做出牺牲也值得。”

皇位的诱惑,使刘武坚定了丢卒保己的决心:“好吧,该怎么办,全凭国相便宜行事。”很快,羊胜、公孙诡被召来。二人对刘武见过常礼:“千岁,呼唤我等有何事差遣?”

刘武也不多说:“轩大人,敬酒。”

轩丘豹受命端上两杯酒来:“千岁赏赐,请二位即刻饮下。”

羊胜高高兴兴接过:“千岁真是时刻想着我们,这莫非又有什么喜事了?”

公孙诡长叹一声:“我料到会有这么一天,只是没有想到来的这样快,跟千岁一场,只求好生看顾我的家小。”

刘武转过脸去,不忍相看。

羊胜始觉奇怪:“你们说的话,我怎么越听越糊涂?”

“糊涂比明白好,”公孙诡也举起杯来,“来,你我弟兄同饮同行。”

二人碰杯后一饮而尽,在一阵短暂剧烈痛苦的折磨中,两人先后倒地七窍流血而亡。

田叔被召至现场,轩丘豹手指二人的尸体:“田大人,千岁满足了你的要求,两名凶手俱已被处死,请你验明正身后割下头颅,回京可以复旨了,这一切俱系他二人所为,与任何人无关,田大人也不要再深究了。”

事已至此,田叔还能说什么呢?他只能接受这个既成事实,但也总算不虚此行,回去向皇上也能有个交代了:“请千岁和轩大人放心,下官定当竭力周旋，愿此案就此了结。”

但是，刘武心中依旧忐忑不安，皇上他会罢手吗？

淅淅沥沥的秋雨，点点滴滴滴碎了人的愁肠。百十人的队伍，远不是以往的浩浩荡荡，显得有些冷清孤寂。头上偶尔飞过一两只失群的孤雁，使刘武愈发感到自己形单影孤的凄凉。原以为交上羊胜、公孙诡的人头就万事大吉，谁料想朝中百官不依不饶坚持要治他梁王之罪。而景帝也不为他开脱，话里话外的意思是，他刘武犯下了这等弥天大罪，不死也当扒一层皮。太后好像也受了他们的左右，又派人送来密信，劝说他进京谢罪，以减轻处罚。在这种形势下进京，还能摆以往那皇帝出巡一般的威风吗？在这种心态下进京，怎能有以往那种沿途歌舞声色的欢娱？刘武一路上唉声叹气，可说是愁肠百结难卜前途的吉凶。

韩安国奉命护送，没有了公孙诡，他就是“文武兼备”了。也就是说，除了负责梁王的安全之外，他还要担起准谋士的重任。因为这不是他愿意与否，而是刘武时不时就要向他问计要他拿出主张。

韩安国看看天气，靠近车轿对刘武说：“千岁，前方就是函谷关了，这雨一时半晌也不见停歇，莫如在关上落脚，明日再赶路不迟。”

“也好。”刘武心中无底，他倒是期盼着迟些到达京师，路上也好想出个两全之策。

安顿好后，刘武又将韩安国召至行馆：“韩将军，你说说看，本王此番到京，到底有无性命之忧。”

“性命当可无虞，但处罚可就难说了。”韩安国言道，“因为千岁此番确实犯下了大罪。”

“如何方可免却刑罚呢？”

“千岁，依末将看来，您的安危系于太后一身，只要太后出面袒护，皇上是不敢难为您的。”

“太后一向对本王至为疼爱，但两封密信催我赴京谢罪，未免令本王心中无底，太后还能全力保护本王吗？”

“末将愚见，太后两次密信，就是关心千岁的证明，此番进京路上，末将也在一直思索，如何确保千岁平安，却也想的一个主意，不知当讲与否？”

刘武正愁无人问计：“有话尽管大胆讲来。”

“千岁不妨如此而行……”

刘武听后虽说不十分赞成，但觉得倒是值得一试：“看看太后对我究竟如何，假若不痛不痒，我也就死心了。”

当天晚上，刘武带两名贴身护卫，暗中离开了函谷关，三人三骑连夜向长安进发。第二天，整个车骑队伍全都披上了丧装，白旗白甲，就连车轿也缀上了白花。奉命到函谷关迎接的田叔，见到这个情景大吃一惊，他对韩安国发出疑问："韩将军，梁王千岁他在何处？"

"田大人，昨夜宿营时千岁还好好的，今天清晨末将到千岁住处，只见到床上一滩血迹，而千岁踪影皆无，按血迹推断，千岁一定是遇害了，故而我们才换了丧装以示祭奠。"

田叔去察看了血痕后，即飞马回京向景帝禀报，很快，梁王进京途中遇刺的消息就传遍了长安城。

景帝将长公主召来，未及商议，窦太后在总管太监的陪伴下，乘便轿来到了未央宫。

景帝一见母后亲临，惊得他慌忙起身相迎。近年来由于年事已高，窦太后帅不离位，有事从来都是召景帝去长寿宫，今日如此未报即至，可见其事态的严重性："母后何故驾临？吩咐一声，儿臣去长寿宫即可，劳母后凤驾，倒叫儿臣不安。"

"哼！"太后气呼呼落座，"皇上，你办的好事！"

景帝便有些丈二和尚摸不着头脑："儿臣何事办得不妥，惹母后如此动怒？"

"你还装得若无其事，还我儿梁王的命来！"

"原来是为梁王之事，"景帝解释说，"儿臣也是刚刚得到消息，召来长公主正欲商议。"

"明明梁王是被你害死，还假惺惺商议什么？"

"母后，您可是冤枉儿臣了，梁王有罪，儿臣完全可以按我朝律条处治，何须暗害于他。"

"分明是你唯恐哀家拦挡，不能如愿以偿，才派人暗杀梁王。"

"母后，您这是错误的推断，儿臣属实未曾做那不义之事。"景帝起誓发愿，"儿臣的为人母后还不知吗？这些年朕对梁王的情谊母后更是心知肚明，这次袁盎一案至多也就是责罚他一下而已，还不至于要他性命啊！"

"你说不曾暗杀，那他死不见尸，这又作何解释？"太后不依不饶。

"母后请回长寿宫安心等候，儿臣一定将梁王找到就是。"

景帝好说歹说，总算将太后劝走。但是两天过去了，仍无梁王的消息，而太后却是两日水米未粘牙了。而且太后是时不时的饮泣，眼见得消瘦下去，两天光景便形似枯槁，竟至于卧床不起。

窦太后因梁王而卧病，令景帝万分不安。他亲至病榻前问候，及至端汤喂药，但一切都无济于事，无奈！景帝在宫门贴出悬赏皇榜，如有人知道梁王下落，赏银千两。

皇榜挂出一整天，却无揭榜之人，景帝在忧虑中煎熬，真的担心太后因此而一病不起。这几日闹得他也是心烦意乱，连王美人的温存体贴也被他一概回绝。总之，他是看什么都不顺眼，对谁都没好气。

长公主刘嫖这日一早就来到未央宫，见了景帝笑意盈盈地伸出一双手："皇兄，拿来吧！"

"什么呀？"景帝依然是没耐烦的样子。

"白银千两。"

"干啥便给你银子？"景帝说得有气无力。

"看你那没精打采的样子，不就是为梁王的事吗？我知道他的下落。"

"当真？"景帝睁大了眼睛。

"谁又敢同皇上说笑话。"

"他现在何处？快些告诉朕知晓。"

"梁王已在宫门候旨，等待召见呢。"

"快，快报信与太后，"景帝有些手忙脚乱，"朕就去宫门相迎。"

路上，景帝询问刘嫖："皇妹，你怎就遇上了梁王？"

"皇兄，他是潜入京师，获悉太后因他而患病，说明太后对他依然钟爱，就是说不会因袁盎一案而领死罪，这才到我府中求我出面斡旋，是妹妹我让他主动前来请罪。"

说话间已至宫门，令景帝大为诧异的是，梁王竟是赤裸着上身，背着一捆荆条，端的是负荆请罪。景帝急行几步："哎呀梁王，朕的爱弟，你这是何必，快些穿上衣服。"

梁王当面跪倒："万岁，臣弟犯下大罪，听凭发落，决无怨言。"

窦太后得到消息后，也已赶到宫门，一见梁王的样子，她是又喜又悲。喜的是梁王还在人世，悲的是爱子赤身负荆，着实让她心痛，禁不住泪水流下："梁王吾儿，想煞为娘也。"

梁王无恙，太后破涕为笑。整装后，窦太后母子四人在长寿宫以太后的名义设宴欢聚。

景帝先敬上太后一杯酒："这头一杯为母后压惊，愿母后安享太平！"

谁料，太后并不领受，她颇为伤感地说："今日变故，皆因立储所起，若要为娘永享太平，就当确定立储之事。"

"母后，今日家人欢聚，不谈扫兴之事，还当高高兴兴饮酒，"景帝再次举起杯，"来，共同干了此杯。"

窦太后端坐不动："皇儿，为娘的话真的就是耳旁风吗？"

梁王学的聪明多了，他以退为进地说："母后，皇兄不肯应承，定有为难之处，别再为此事伤我们一家和气，立储一事就免了吧！"

"不能！"太后断然回绝，"此事而今已不是你是否为储君了，这是关乎到哀家在朝中的名望,终不然皇儿真就不听我的话了?”

景帝被将,他不知该如何回答,一时无言。

太后见状紧逼,站起身意欲离席:“与其宴会不欢而散,莫如就此作罢,皇上去你的五柞宫见你的王美人去吧。”

景帝被母后驱赶,在梁王面前丢了面子,很是难堪。但是他依旧不敢表示不满:“母后,您这是何苦啊,儿臣不再处罚梁王也就是了,立储之事容后再议也不迟,何必定要就地挖坑呢。”

“不要再说了,皇上请吧!”太后沉下脸来,还是没有乐模样。

刘嫖觉得她不能不出来为景帝解围了,便满面春风接过话来:“皇兄啊,你真是不会打弯的竹竿,母后要你即刻确定下来储君之事,你就当愉快地应承下来,干嘛非惹母后生气。”

景帝费解地看着刘嫖,心说,是你反对让梁王为储呀,今天你怎么当着母后、梁王之面装起好人来了:“这,这不需再经百官朝议吗?”

“皇兄,你倒是有些迂腐了,百官反对梁王为储,再议也是照旧,仍令母后生气,身为君王,你圣裁就是。”

景帝不明白长公主的态度为何来个 180 度的大转弯:“那你的意思是现在就确定下来?”

“这就对了,母后生养我等一场,应该让老人家高兴才是。”刘嫖毫不含糊继续申明观点。

事已至此,景帝也难以再加推托,只好极不情愿地:“好吧,就依母后之意,立梁王为储。”

“皇儿,你当真答应了?”

景帝无言地点点头。

“这才是娘的好儿子,”太后脸上绽放开笑容,她斜一眼刘武,“梁王,还不叩拜皇恩。”

刘武好像是刚刚梦醒,他万万没有想到,此番进京非但无杀身之祸,反倒夙愿得偿,急忙跪倒在地:“多谢皇兄隆恩,臣弟当永世不忘。”

景帝无精打采地:“梁王平身。”

刘武转过身又对刘嫖深深一躬:“多谢皇姐长公主玉成,改日还要专程到府上致谢。”

“谢不敢当,这都是母后的功劳。不过,我要设宴为你饯行,王弟你可要赏光啊!”

窦太后欢喜了,酒宴得以正常进行。席毕,太后留下梁王还要再叙衷肠,刘嫖与景帝辞别同离长寿宫。

路上,景帝颇为不满地指责刘嫖:“朕的长公主,你到底刮的什么风,今天向东明天向西，这不是把朕出卖了。若不是你当初一再反对立梁王为储，朕又何苦同太后较劲。现在可好，你两面见光，朕两面不讨好。而且王美人还不知怎样怨恨朕呢，她们母子将来会是什么下场!”

刘嫖听他对自己数落的差不多了，颇为平静地回答:“母后紧逼不放，你又不敢与其强行对抗，不权且应承下来，难道圣上有什么更好的方法吗?”一句话噎得景帝说不出话来，但随后一想自己既然应允了，君无戏言，这件事情就算定了，还怎么可能有其他的变动呢。

刘嫖自然知道汉景帝的心思，解释着说道:“皇兄，这只是为了应付母后想出的权宜之计，无论如何都不能立即昭告天下。假如梁王在下诏之前遇到变故，这也怨不得别人了。”

汉景帝知道梁王自小练武，身强体壮，决无早夭之理。但刘嫖却不想继续深入探讨这个问题，只是丢下一句:“皇兄，你就不用烦心此事了，我一定会为我家阿娇的皇后宝位考虑的。”

景帝唉声叹气进了五柞宫，刘嫖则满怀战斗的激情返回了自家府邸，为了自己内心的小算盘连夜精心准备着。

第八章 梁王身死 刘彻立储

第二天午时，梁王应邀到长公主府中赴宴。一进门就看到了刘嫖备下的美酒佳肴。两个人坐在一起，刘嫖亲自为梁王把盏。要说这姐弟二人自小就感情甚好，刘武从内心里感谢刘嫖对立储一事做出的功劳，两个人开怀畅饮，喝了一杯又一杯。

刘嫖趁刘武不注意的时候转动壶心，将装有毒酒的一面转向梁王，慢慢斟出了里面的慢性毒酒。其实刘嫖的心头也隐隐作痛。要不是为了自己亲生女儿的皇后宝座，她是不会向自己的亲生弟弟下毒手的。然而，谁让刘武的野心这么大，非要抢夺太子之位呢，所以说起来刘武也是自己找死。这样想来，刘嫖便把心一横，依然让梁王灌下毒酒。

刘武得到了立储的承诺，兴高采烈地返回睢阳。行至中途，刘武即觉得肚腹隐隐作痛，继而就闹起了肚子，一日里要便十多次，又未带随行医生，刘武也只得咬牙硬挺。

护卫的韩安国起了疑心："千岁一向身强体壮，从不曾有过肠胃病，末将想是否因在长公主家吃了不洁食物所致。"

"长公主府邸厨房怎会不洁，也许是路途中饮食的原因。"刘武对长公主是绝对信任的。

返回睢阳后，刘武立即找来名医张圣手诊治。张圣手虽说年过七旬，却是耳聪目明神清气朗，医道在睢阳是第一高手。他把脉查过舌苔再验过粪便之后，一脸的严肃，将韩安国拉到一旁悄声说："千岁的病因好不怪哉，不像是通常的赤痢，而有汞中毒之嫌。"

这话正说到韩安国心头，他原本就对梁王去长公主府赴宴有怀疑，这就更加印证了自己的想法："如此说，千岁这是在刘嫖府进餐时遭了暗算。"

病床上的刘武听了此话，断然否定说："韩将军不得胡言，长公主自幼即喜欢我这个小弟弟，此番若不是她从中美言，本王这储君之位怎能成就？她断无害我之理。"

韩安国也不想就此争论，他向张圣手提出："且不论是如何中毒，先生尽快为千岁下药止泻，医好疾病再说。"

"实不相瞒，如果确为汞中毒便无药可救了。"

"这，有这么严重？"

“按正常医道，汞中毒后当日用猛药尚有一线转机，而今显然已是中毒多日，在下确无回天之力了。”

“那，你也不能眼睁睁看着千岁不管哪！”

“老朽给开一个方子试试，若是服下后能便出绿色粪便，就是千岁命大还有医治余地，倘若便出红色粪便，那就预备后事吧，只怕千岁他挺不过三天。”张圣手开了药方后逃也似的走了。

梁王府立刻安排煎汤熬药，喝下药后半个时辰，刘武腹中“咕噜噜”作响，很快便下一盆，韩安国近前一看，不由得痛哭失声：“王爷千岁，这景况，很是不妙啊！”

适才，张圣手与韩安国的交谈，刘武俱已听见，此时他已是无力坐起：“怎么，粪便是红色？”

韩安国强忍哽咽，点了点头。

“咳，这是我命中无天子福分哪。”

“千岁，你还是遭人暗算了，”韩安国擦干眼泪，“我们不能善罢甘休，要找投毒人算账。”

“谁是投毒者，找谁去算账？”刘武苦笑一下，“我看算了吧，现在我明白了一个道理，当初若是不争这个储君之位，不是太太平平做我的梁王吗？”

“千岁，你不能啊，你要是撒手去了，让我们今后依靠何人，让您的十个子女又依靠何人？”

刘武说话已是吃力：“当今万岁是个宽容敦厚之人，只要你等不闹事，相信都会有个好前程的。至于本王的子女，有太后健在，万岁、长公主都是明白人，也不会难为他们的。”

“千岁，那你应该给太后修书一封。”

“我，我……已是难以提笔了，你，火速进京向太后当面陈情，口述我的请求，请太后，在我身后关照我……子女……”他越说越说不下去了，已是呼吸困难。

窦太后闻报，派出两名太医，乘快马同韩安国连夜出京，可是未及太医到达睢阳，刘武已是一命呜呼。梁王至死还蒙在鼓里，不知是刘嫖让他饮下了慢性毒酒。窦太后得悉梁王病死消息，遥望睢阳方向痛哭失声。以至饮食不进，茶水不思，夜不能寐。

长公主来到五柞宫，见景帝依然是愁眉不展的样子，不由得问道：“皇兄，梁王已死，心病已除，理应春风得意，为何还郁郁寡欢？”

“手足情深，梁王年纪轻轻就撒手尘寰，怎不叫朕心痛。”景帝说时还直抹眼泪。

“生死有命，富贵在天。那是梁王无福消受储君之位，若不绞尽脑汁争储，也许还不会早早夭折呢。”

景帝已对刘嫖的举动猜出几分：“皇妹，听你那日之言，梁王之死，莫非是你暗中作了手脚？”

“皇兄，实不相瞒，我这是为胶东王着想，才不得已出此下策。不然日后梁王登基，哪里还有胶东王母子的性命。”

“咳，这倒也是无可奈何之举。”景帝表示了理解，“他死了也就死吧，可是母后为此汤水不进，眼见得消瘦下去，这不是你我的罪过吗？”

“放心，母后还不会因此而亡故。她思念梁王心切也是有的，日久天长自然就淡忘了，为今之计是做几件让她高兴的事，冲淡一下她的哀思，也让她觉得皇上对梁王有情有义，母后自然就从痛苦中解脱出来。”

“但不知如何方能令母后高兴？”

“梁王已死，母后必定挂念他所留的十个子女，若依愚妹拙见，莫如拿出五处小城，作为梁王五女的封邑，而后将梁国一分为五，梁王五子各得其一，全都给个王号。这样母后定然喜悦，也可免却梁国过大，与朝廷分庭抗礼的担忧，岂不是一举两得？”

景帝深为叹服刘嫖的主张，按她的意思禀明太后，那窦太后登时就破涕为笑，称道景帝宽厚，也就可始进食了。至此，景帝与窦太后关于立储之争结束，后帝二人和好如初。

此时此刻最高兴的莫过于王美人，她见到刘嫖躬身一礼：“长公主，您真是运筹帷幄的军师，一切都在您的掌握之中，我和胶东王会永记您的恩泽。”

“对付梁王还不是小事一桩，不过平心而论，也是为了我那宝贝女儿阿娇的富贵荣华。”

“长公主，现在是时候了，该让万岁颁诏册立胶东王为太子了。”王美人为使刘嫖有积极性，“同时，明确阿娇为太子妃。”

“这事我已思之再三，感到时机仍未成熟。”

“这却为何？”

“尚需得到窦太后的首肯。”

“她？为何事事必要她的同意？”王美人对此早有看法，“万岁似乎还未长大，事事太后都要掣肘，几乎就差垂帘听政了。”

“不然，”刘嫖劝解道，“你还不懂朝中之事，太后是皇兄生母，凡事不可能拗她而行。再者说，母后她在朝中有一批大臣为其心腹，她有能力左右朝廷的政令，太后不点头，朝议也是难以通过的。”

“那，就要靠长公主出面斡旋了。”

“我吹风斡旋自是责无旁贷，但这还不够，还要你亲自出马方可。”

“我能做什么？”

“你要带着胶东王经常去太后处问安，要讨得太后的欢心，让太后认为你堪为皇后，胶东王可为太子。”

“我每逢初一、十五都去叩问请安，中秋、元朔都携礼拜见，于礼节从不曾有亏，这难道还不够吗？”

“如果你不是要立胶东王为太子，这些做法就足够了，而今是要刘彻为储，自然就要格外讨得太后的欢心。”刘嫖进一步说，“你要放下皇上宠妃的架子，甚至甘做宫女们才做的事情，让太后对你对胶东王都感到满意，这样方能顺利登上皇后的宝座。”

王美人明白了，要实现每一个目的都是要付出代价的。自此，她隔三差五的就往长寿宫跑，起初，窦太后对她不冷不热，时间长了，也就熟了，彼此之间的话自然也就多了。

这一日，王美人获悉窦太后偶感风寒，急忙带儿子前往问候。

偌大的长寿宫里显得格外清静，因为太后有恙，太监宫女们全都小心翼翼，大气都不敢出，走路是轻轻的，说话是耳语悄悄。一名宫女在外廊中正专心的熬药，太后歪在枕头上假寐。

王美人进来也被这近于压抑的气氛所左右，她也轻手轻脚地走进宫室。而小刘彻则是无拘无束的，趁王美人一不留神，挣脱了她相牵的手，飞一般跑进了内宫。

太后被跑动声扰醒：“是谁这样放肆？”

刘彻毕竟是受过宫廷礼教的，听太后一说，他立时停住脚步，并跪倒在地，恭恭敬敬磕了三个响头：“皇奶奶在上，孙儿得知贵体欠安，特来问候，只因要见皇奶奶心切，故而跑步而入，惊扰了皇奶奶休息，孙儿知罪了。”

就这一番话把太后登时就给说乐了，从床上坐起：“看哀家的皇孙，竟是这等知书达理，真是难得。”

王美人近前跪倒：“太后，都是臣妾教导无方，扰了凤驾。”

“你这话可就不对了，我的皇孙小小年纪，就这样落落大方，谈吐有致，我刘家后继有人哪。”

“太后夸奖，他还小，不懂事。”王美人说时，有宫女端药上来，她伸手接过，“让我来。”

“这是下人们做的，如何使得？”窦太后已为之动容。

“宫女们毕竟不干净，太后身系国家安危，还是臣妾亲自侍奉放心些。”王美人用羹匙调了一阵，待温度适中可口了，才端至近前一匙一匙喂与太后，待用完药，又用丝帕给太后拭净嘴角。

太后心中万分熨帖，止不住当面称赞：“是个称职的好儿媳。”

“还有我呢，也是个好孙儿呀！”刘彻上前来，轻轻搬弄太后的大腿。

"对,还有我的乖乖好孙儿,"太后兴致极好,"孙儿,每天都在读书写字吗,学没学作诗啊?"

"皇奶奶,学过背诗。"

"今天皇祖母要考考你,当面作诗一首如何?"

"我……"刘彻迟疑一下,"试试看,作不上来,皇奶奶可别打我的板子。"

"哈,不会的,不会的。"

王美人一旁可是急了:"胶东王,不会就说不会,你皇祖母不能怪罪你,千万莫要逞能。"

刘彻没有理会母亲的规劝,全神贯注地在思索,未几便一句句吟诵出来:

长寿宫中看,
满庭尽神仙,
寿星居中坐,
王母在人间。

窦太后喜得前仰后合:"我的乖孙孙,真个是绝顶聪明啊,居然把哀家比成了王母,我岂不就成了长生不老的神仙。"

王美人也已放心地笑出声来:"胶东王所说不差,太后就是我们大汉朝的王母娘娘。"

自此,窦太后对王美人与刘彻印象日佳。

不久,窦太后寿辰,景帝设宴为她祝寿。宴席摆在景帝的寝宫未央宫,外面宣了长公主,妃姬与子女中,只传了王美人和胶东王。景帝最先传谕给长公主,他想在宴会开始前同刘嫖商议一下册后立储之事。正等得焦急,外面传来了脚步声,他急切地站起身来。可是,等来人入内一看不禁大失所望,原来是唐姬红涨着粉面风风火火闯来。

"你来做甚?"景帝的态度与言语都相当冷峻。

"太后寿宴,我也要参加。"

"你!"景帝用惊愕的眼神打量着唐姬,"这是何等高贵的场合,怎么能有你的位置?"

"我也是你的姬妾,怎就不能出席?"

"你,你不过是王美人的使女,要明白自己的身份,不要存非分之想。"

"我过去是使女不假,可被你临幸后已诞育你皇家的后代,被封为姬,"唐姬和景帝较上劲了,"今天这寿宴,你答应我要去,你不答应我也要去。"

"你莫非还能反了不成!"景帝动气了,"我堂堂天子,不信还治不了你一个宫女。”

唐姬一看景帝不买她的账，索性哭闹起来。她坐在地上撒泼打滚，鬼哭狼嚎，头发散乱，钗环不整。

长公主恰好来到，见此情景，吩咐总管说：“叫人把她架出去，皇上面前岂容她泼妇般搅闹。”

有人发话，总管太监即不容分说将唐姬弄走。

“刘嫖，你凌驾于万岁之上，就是欺君灭主，万岁还未如此待我，你太狠毒了，必然不得好死。”唐姬骂不绝口，但是一切都无济于事，她还是被拖走了。

刘嫖回头唾了一口说：“全是皇兄惯的，早对她严厉些，她敢这样无理取闹！”

“唉！”景帝叹口气，他说不出怪谁。

刘嫖不失时机诱导：“就此事看来，后宫不能无人统领，应该册立皇后，好有人代皇兄处理后宫事务。”

“长公主之意是在今日寿宴上，就向母后奏请？”

“正是，”刘嫖毫不含糊，“立胶东王为太子，王美人为皇后，不能再拖延下去了。”

王美人自然是乐见其成，在一旁喜得嘴都合不上了。

说话间，窦太后凤驾来到未央宫，景帝等将太后迎至上坐，与刘嫖并王美人，轮流为太后把盏布菜，全都是福如东海寿比南山之类的喜气话，说的太后是眉开眼笑。所以当景帝提出立刘彻母子的话题后，窦太后即刻赞成。

王美人当即跪倒席前：“多谢太后、万岁抬举我母子二人，定当不负圣恩。”

“皇上是哀家爱子，皇上高兴老身就欢喜，自然要遂皇上之意，”太后倒是想得更深一层，“不过，既已立为太子，就当选个博学重臣为太子师，让我的孙儿百年之后更胜当今皇上。”

“母后所虑极是。”景帝如愿以偿乐不可支，就对刘嫖说，“长公主远见卓识，就请你物色人选吧。”

“若依我看来，太子师非卫绾莫属。”

“长公主说的可是建陵侯？”王美人问。

“正是，”刘嫖深入介绍，“他精通儒学与文学，又善驭车之术，对兵法还颇有研究，在‘吴楚七国之乱’中，就是他出力平定的，并因而得升中尉，河间王刘德就是在他的教导下而成为学问家。胶东王有他为师，定会文武兼备，日后成为一代明君。”

“这……”王美人犹疑，“而今他年事已高，又是侯爵高位，能答应做辛苦异常的太子师吗?”

“圣上降旨,谁敢有违?”刘嫖是不容置疑的口吻,“再说,能为太子师也是抬举他,日后他的家族也少不了沾光呢。”

景帝打定了主意让卫绾承担培育太子的重任,窦太后也赞成这一说法,就命皇上选个日子下诏颁旨。窦太后觉得皇上在自己首肯之后才敢下定结论,一时间也有一种权力得到施展的满足,说明自己在朝中还有举足轻重的位置。

王美人见刘嫖坐在一旁闷闷不乐,似乎是在怄气。赶紧赔不是,想问清楚是不是自己一时得罪了这位在朝中举足轻重的女人。原来长公主是在气眼下所有人的愿望都完成了,唯独出力最多的自己还没得到好处,自己的阿娇还没有任何名分,所以一个人在这里进行着无声的抗议。

景帝得知了原因才恍然大悟,说道:“此事都怪朕太疏忽,是该给阿娇确立名分的时候了。”窦太后一时不明白他们在打何哑谜,连忙问到底是什么事情,景帝把事情的前前后后都复述了遍,窦太后更是喜欢得合不拢嘴,当着众人的面说道:“真是哀家的乖孙孙,长大必定是个敢做敢为之人,日后一定能够干出轰轰烈烈的惊天伟业。”在太后和景帝的首肯下,刘彻和陈阿娇的婚事也算定下了。

汉景帝前元七年,也就是公元前150年,经过了一番血的拼杀之后,7岁的刘彻终于被册立为太子,王美人被封为皇后,至此,刘彻终于得到了皇位的继承权。

第九章　争夺太子　崇尚儒学

皇太子是皇帝的继承人，他德才的优劣直接关系到国家今后的治乱兴衰、人民的生死存亡。所以自汉初以来，几代皇帝都非常注重对皇太子的教育培养。

文帝时，梁王太傅贾谊上疏陈政事，把教育、培养太子作为固国安民的根本大计提出来。指出夏、商、周三代之所以长久，秦之所以速亡，都和王位继承人的培养得失有很大关系。他说："天下之命，悬于太子，太子之善，在于早谕教与选左右。"也就是对太子要进行早期教育，要选择贤良端正的人做教师。只要教育得法，加之老师品行端正，则太子也能品行端正，太子正则天下安定。

文帝深纳其言，所以着重地选择晁错为太子家令。景帝也同样非常重视对皇太子的早期教育。

汉初以来，道家的黄老思想占统治地位。因此，几代君主都大力提倡黄老之学。尤其景帝之母窦太后，特别喜好黄帝、老子之言，命皇家的子弟和窦家的子弟都必须学习黄帝和老子之学。皇太子刘彻，当然更不能有所例外，自从幼年就受到黄老思想的影响和熏陶。同时，景帝又为皇太子刘彻选了儒学家卫绾、王臧做太子太傅、太子少傅。

敏慧早熟的皇太子，被博大精深、与政治紧密结合的儒家思想深深地吸引住了。和黄老之道主张清静无为、因循守成不同，儒家学说倡导君子奋进不息、进取有为；主张尊君、隆礼、行仁、重民、大一统，以厚德怀服四夷。

刘彻是个血气方刚、雄心勃勃，非常有抱负的少年，他觉得儒家学说更加适合自己的性格和志趣。联想到吴楚之乱和匈奴的不断侵犯，他觉得儒家的主张更加适合国家的需要。儒家思想的教育，给这位在黄老思想笼罩下成长的太子灌输了新鲜血液，塑造了受益终身的政治观，为他以后五十余年奋发有为的政治生涯奠定了深厚思想基础。

刘彻是一个多才多艺的皇太子，不单学黄老、习儒术，而且还爱好音乐、文学和射猎，兴趣极其广泛。特别是对辞赋有着极其浓厚的兴趣，经常吟诵枚乘、贾谊等人的作品，陶冶情操，开阔襟怀。与此同时，也从中吸取他所需要的政治营养。

除此之外，皇太子刘彻从父亲那里又学会了法家所倡导的尊君御臣的统治术。

皇帝是至高无上、神圣不可侵犯的。对于大臣，不管地位如何高，功劳如何大，只要他敢于对皇帝有丝毫的不亲不顺，就一定得除掉他，抑或捏造罪名也在所不惜。生杀赏罚是皇帝驾驭臣子的手段，恩威并施，役使群臣如犬马耳！

刘彻把儒家之学、黄老之道、法家之说杂糅在一起，兼收并蓄，博取众家之长，不断地增长未来治国理民的才能。

刘彻自然明白父皇的良苦用心，他生在皇家，有十几个兄弟，自然明白皇位之争中的残忍。

他想着自己从一个不被重视的皇子，最终成为今天的皇太子，这一路走来，先是自己的皇叔刘武，后是自己的皇弟刘德，这其中起着重要作用的就是自己的皇奶奶窦太后。可是刘彻无论如何也想不明白，自己已经讨得了窦太后的欢心，她也同意了把自己立为太子，她到底在哪里还不满意呢？刘彻不由的想起在选立太子时的一件事情。

那天百官齐聚，商议选立太子一事，窦太后当然也在此。梁王刘武已死，她虽然痛心，也知道人死不能复生的道理。

窦太后是一个很有野心的女人，她想将权力掌握在自己的手里，自然要找一个比较听话的小皇帝了。刘彻虽然年纪小，但他很有主见，在汉景帝的培育和历练下，治国才能逐渐显现。这样的人将来一定是个好君主，这对于国家来说是个好事，可是对于窦太后来说就不一样了，这样的人往往很难被控制，也便意味着窦太后的权力将被架空。因此窦太后将眼光重新放在了其他的皇孙身上，而这一人选便是信奉儒家思想的刘德。

刘德每天沉浸在儒家思想的研究上，讲究独善其身，对于皇权斗争根本没有兴趣，自然对权力的掌控会松懈很多。所以，他成为了窦太后的猎物，被驱赶着踏入了政治斗争中。

然而，眼下最难办的不是刘德，而是太子太傅卫绾。他为人正直，从不攀附窦太后的势力，所以窦太后一直视他为敌。

窦太后想借此事再次查探一下卫绾的心意，于是便让他出题考考刘德和刘彻二人。

卫绾见太后脸有愠色，自以为有皇帝撑腰，并不害怕，将众僚逐个儿扫了一遍。当他目光与窦婴相遇时，猛然想起，这窦婴虽说是太后亲侄，但在立太子这一问题上始终与太后相左，我何不让他出一个题目？遂笑嘻嘻说道："太后若是问臣之意，臣以为魏其侯学识渊博，德高望重，对双方不偏不倚，这考题应该由魏其侯来出。"

前一次，为传位梁王刘武一事，窦婴得罪了太后，丢了官帽，前不久才复职，心有余悸。一闻此言，就如同被蝎子蜇了一般，连连摇手道："臣昏聩无用，近来又得了一个头痛病，一想事就头痛。郅中尉年轻睿智，公正无私，以臣看来，这考题应由郅大人来出。"

他这么轻轻一踢，便把球踢给了郅都，郅都素来刚正，肚中也没有那么多弯弯绕儿，知道太后对他很欣赏，便慷慨地说道："既然魏其侯把臣推到了前台，为了大汉社稷，千秋万代，臣就权且当一回这个考官吧！"

太后明明知道，郅都与她意见相左，但又觉得这题是在大庭广众之下出的，量他也行不了私。就是行私，我不同意，他的阴谋也难以实现。于是便勉强同意了。

郅都轻咳一声，便行使起考官的职责，他先是让刘德和刘彻背诵《道德经》，二人都背的一字不差。又让他俩各做了一篇《秦灭论》，二人论述得也都有理有据，不分高下，急得郅都直抓头皮。突然灵机一动：有了，我何不从我审理过的疑难案件中，挑出一件来，让他二人审一审！于是他又轻咳一声，朗声说道："臣这里有一件积压很久的案子，臣不能决，特请二位王爷为臣一决。"

此言一出，大臣中便小声议论起来。郅中尉是有名的狱官，决狱的能手，连他都决断不了的案子，如今拿给不满 12 岁的胶东王决断，胶东王必败无疑。不只部分大臣这么想，连窦太后、景帝和河间王也是这么想。景帝正要出面阻拦，刘德已双手抱拳应道："如此说来，就请郅大人把那案子的来由告知一番。"听那口气，一副志在必得的样子。

景帝斜了一眼刘彻，见他一脸满不在乎，似也是胸有成竹，就不再说什么了。

郅都清了清嗓子道："案情是这样的：有个叫防年的人，早年丧母，他父亲又娶了个姓陈的为妻。陈氏阴鸷凶悍，从不拿防年的父亲当人看待。某日清晨，她让防年的父亲倒尿罐，防年的父亲正好发着高烧，烧得火炭似的，走起路来一摇三晃，一步不留神绊到了门槛，跌碎了尿罐，尿洒了一地，弄得满屋骚气。防年继母不问青红皂白，拎了一个小板凳就往他头上砸去，防年父亲当即一命呜呼。防年见状跑到厨房掂了一把菜刀出来，把继母撵了半个村庄，终于把她杀了。你二人说此案子应该怎么判？"刘德想做太子心切，总想表现自己，郅都话音一落，就急不可待地说道："这有何难？按照汉律，防年弑母，犯了大逆不道之罪，应该处以极刑。"

窦太后一脸喜悦，赞道："还是德儿聪明，这么重要的案子，想也不想就给判了出来。"景帝觉着这件案子十分棘手，明明觉着刘德对这件案子的处理过于简单，量刑也有些不当，但一时又想不出具体的道理来。他正在凝眉沉思，刘彻站了起来，也是一声轻咳，一脸严肃地说道："对于这件案子，二哥的说法我有些不大赞成！”

此言一出，整个金殿静了下来，连窦太后和景帝在内的所有人，都目不转睛地盯着刘彻。

刘彻用舌尖舔了舔嘴唇，继续说道：“对于防年，判以极刑显然太重了。而且防年杀人，并非大逆不道。”

众人一听，都吃惊地瞅着刘彻。刘德有些不甘心，大声问道：“父为天，母为地，防年弑母，明明是犯了大逆不道之罪，你凭什么还要为他开脱？”听的王皇后心中咚咚乱跳，以担心的目光盯着儿子。

刘彻一字一板地说道：“二哥此话差矣，小弟并不是要为那防年开脱。只是二哥没有想过，防年杀母，杀的不是亲生母亲，乃是继母。所谓继母，并非亲生母亲，而是父亲另外所娶的女人，是儿女们尊重父亲才称为继母的。”

刘德有些气急败坏了，大声反驳道：“不管怎么说，继母也是母……”

刘彻大声回道：“不错，继母也是母。但既然是母亲，就应该一心一意服侍好儿女们的父亲。可防年的继母，亲手打死了防年的父亲，那么，当她亲手杀夫之时，就已经断绝了夫妻关系，由此也就断绝了儿女将她比之于母的恩义。所以说，防年是替父报仇而杀人，并且杀死的只是一个普通人，而不是亲人，这不是大逆不道，而是因仇而杀人，是一般的杀人罪。”

刘彻的话说得众人心服口服，不知谁带头喝了声好，于是引来满堂喝彩之声。弄得刘德十分尴尬。窦太后比刘德还要尴尬，但又不愿甘心，“哼”了一声说道：“这次考试不能算！”

“为什么？”郅都、卫绾异口同声问道。

“谁都知道你郅都是胶东王老师，谁能担保你郅都事先与胶东王没有默契呢？”郅都性格刚直，宁折不弯，见太后怀疑他，不气反笑：“好好好，有道是‘有志不在年高，无志枉活百岁’。既然太后怀疑臣与胶东王事先早有默契，那就找一个没有打默契的出来，臣倒要看一看他河间王如何赢得了胶东王？”

窦太后也不答话，把目光落在了许昌身上。许昌虽是太后一党，但他明知道景帝想立的是刘彻而不是刘德，而且，刘彻出生前后出现了许多祥瑞，就处理防年一案来看，刘德明显的不是刘彻对手，自己岂能趟这个浑水，忙将脸扭向一边。

庄青翟不比许昌傻，干脆将头低了下去，瞅着脚下青砖。

连许昌、庄青翟都不肯给太后帮腔，何况其他人？太后无奈，只能求助到窦婴头上。一来因为这窦婴是她亲侄；二来这窦婴也做过刘荣的老师，胳膊肘儿不会往刘彻身上拐吧。

这次窦太后指名道姓要窦婴出题，他不敢不出，想了一想说道：“请拿两个鸡蛋来。”当值太监不知何意，拿眼瞅着景帝，在景帝的示意下，方才去御厨寻了两个鸡蛋来，递给窦婴。窦婴将两个鸡蛋分给刘彻和刘德，又让太监搬来一张案子，摆在二人面前，说道：“这鸡蛋中间圆，两头尖，二位王爷谁能把尖的一端立在案上，谁便是这场考试的赢家。”

话一落音，不少朝臣“扑哧”一声笑了，暗自思道：这不是捉弄人吗？窦婴没笑，一脸严肃地瞅着刘彻和刘德。刘德拿着鸡蛋反反复复立来立去，怎么也立不起来，急得额头上汗渗渗的。

刘彻也立了几下，没有立住，就不再立了，手托着下巴，瞪着两只黑眼珠儿，凝视着鸡蛋。片刻之后，忽然咧嘴一笑，复又拿起鸡蛋，将鸡蛋的尖头对准案子轻轻一磕，蛋清随之溢出，那鸡蛋便稳稳当当地立在了案上。

众大臣愣了片刻，随之爆发出满堂喝彩之声。

景帝本来病情很重，不想说话，见了这个结局，正合已意，心情马上好了起来，病也轻了一半，当殿宣布，立刘彻为太子，拜卫绾为太子太傅，拜郅都为太子少傅，封拜大典，择日举行。后来，景帝将卫绾提拔为丞相，另外为太子择了一位师傅。当然这个师傅也是一个儒家大师。

说起丞相，不能不提一下老丞相周亚夫。周亚夫因受了窦太后蛊惑，对刘彻立为太子十分不满，两次上书景帝，让他改立刘德。这且不说，在一次狩猎中，为争一只死鹿，竟与太子的伴读韩嫣大打出手。景帝虽没有惩治亚夫，只是冷眼旁观。他觉着，自己千秋万岁后，周亚夫绝不会老老实实地听命于刘彻，于是便想将他除掉。

可周亚夫是一个老臣，先帝在世时，对他很器重，弥留之际，还对景帝嘱道：“朕环顾盈廷诸臣，只有周亚夫缓急可恃，将来若有变乱，尽可使他掌兵，无需疑虑。”景帝涕泣受命。

到了前元三年，也就是公元前154年，吴王刘濞，联络了楚王、胶东王、胶西王、菑川王、济南王、赵王等七位诸侯王，举兵反叛朝廷，接着近十个列侯也竖起了叛旗；而北方的匈奴，南方的越国也蠢蠢欲动。旬日之间，大半个汉朝沦入叛军手中，大汉岌岌可危。周亚夫与窦婴临危受命，经过半年多的浴血奋战，终于打败叛军。可以说，若没有周亚夫，就没有大汉的今天。但要是不杀周亚夫，刘彻一旦登基，那皇位就不一定能坐稳。

左思右想，他决定再试一试亚夫。于是，便以皇太子名义，召周亚夫进宫赐食。亚夫进到宫内，只见在桌上放着一大块熟肉，足有七八斤，既不置刀叉，也不放筷子，叫人怎么吃？周亚夫认为这是太子戏弄于他，很不高兴，便朝侍从的人大声喝道：“有你们这样招待客人的吗？快拿箸来。”

太子笑而不语，侍从也没有拿筷子的意思。周亚夫越发生气，拂袖而去。

景帝奇怪地问刘彻："你为什么要目不转睛地盯着他？"刘彻答："这人可畏，必能作虐。"景帝望着他的背影，叹道："这人是块热芋头，万难做少主的臣子。"铲除之意愈决。

恰巧有人奏劾周亚夫要谋反。景帝就腿搓绳，把亚夫拘至廷尉审理。亚夫与弹劾之人对簿公堂，方知因为他的儿子替他预备后事时，曾向尚方买得甲楯五百具，以作将来护丧仪器。亚夫事先并不知晓，入狱后，始由其子告知其事。亚夫当时也吃了一惊，连忙申辩。廷尉明知皇上是想要他的命，也不念同僚之情，满口讥讽道："丞相所为，就是不反阳世，也是要反阴间。"亚夫听了廷尉之言，回到狱中，气的不肯饮食，七天而亡。

他这一死，给卫绾办了件好事，立即被升为丞相。但他对太子太傅一职，也十分看重，便推荐兰陵儒生，也就是自己的好友，姓王名臧，走马上任，自己继续为太子传授儒家思想。

大汉自高祖刘邦始，行的是黄老之术，无为而治，随着时间的推移，这种政策的弊端渐渐显露出来：吴、楚七国之乱造成国家内乱，匈奴连年入侵带来边境不安，栗妃的傲慢歹毒造成后宫之乱。

儒家学说则提倡君子浅浅不息，进取有为，主张尊君、修礼，更加适应社会形势的变化。景帝有心舍黄老而尊儒学，又怕引起太后不快，没奈何从太子入手，为他请了一个学儒的老师，也就是卫绾；又为他请了一个学法的老师，也就是郅都。

不料拜封大典的前八天，郅都病倒了，弥留之际，向景帝推荐了汲黯。汲黯字长孺，濮阳人，也是学法的，但崇尚的是黄老之学，武帝当即答应下来。太后眼瞎肚明，景帝既已当殿为太子选了两位老师，在那种场合下她不便反驳，只能勉强默认下来。回到昭阳殿后马上把景帝召来，要为太子再配一位老师和一位伴读。这老师便是许昌，伴读叫韩嫣，表字王孙，乃是弓高侯韩颓当的儿子，与刘彻同岁，目的是要他俩负责监督刘彻。

太后自以为高明，其实她错了，许昌虽是她的心腹，但见她年事日高，身体一天不如一天，国家的希望在刘彻，心想岂能吊死在她这棵树上！故而，他对刘彻不管不问。太后问起时，就编几句谎言蒙混过去。

韩嫣年纪虽不大，却比许昌还要精，总是变着法儿讨好刘彻，糊弄太后，与刘彻处得像亲兄弟一般。太子刘彻在太傅卫绾的引导下，对儒家学说产生了很大兴趣，潜心学习。

第十章 唐姬生恨 许家欺人

公元前140年(汉景帝建元元年),一位面似银盘,金箍束发的少年双目炯炯有神,他就是当今的太子刘彻。立储以来,他已经从一个小孩子长成了十六岁的俊拔少年。他骑着白马,绕着一株钻天白杨绕跑,距离对面二十丈远的时候,他向着对面的树干发出一箭,雕翎便向前飞去,虽说那箭靶只有饭碗大小,但刘彻几乎箭无虚发,因而他的情绪越来越高涨。

但教习骑射的韩嫣担心如此高强度的练习会累坏了太子,便走过去劝其歇息一下,但刘彻正在兴头上,哪里肯就此罢手啊。他冲着远处的韩嫣大声喊道:"韩将军,你可不要有所保留啊,不必顾虑教会了徒弟就会饿死师傅,我东宫太子府是不会放人的,更不会给你另谋高就的机会。"

这样的酷暑炎天,身为太子的刘彻本该在宫中或花园纳凉,可他立志要学好满身武艺,以为日后君临天下一旦带兵征战而用。本来东宫也有演武场,可他为人好动不喜静,说是三伏天郊外比府内凉爽,吃过早饭后就未带护卫只与韩嫣二骑便出城了。

韩嫣是在匈奴出生,随匈奴的生活习惯,从小便精于骑射,他告诫刘彻,匈奴人个个长于骑射,是对汉朝天下的最大威胁,要想边疆安宁,必须有一支强大的马军。刘彻发愤练习骑射,这也是重要的原因。

刘彻说过后不见韩嫣回话,停下马来问道:"韩将军,你为何不语,莫非信不过本宫?"

韩嫣这才转过身来:"殿下,适才末将似乎觉得有人影闪过。"

"你呀,真是多疑了。"

"不然,为将者就当眼观六路耳听八方,相信我的直觉,十有八九是不会判断有误的。"

听了他的话,刘彻也就注目观察,良久,只有森森树木,寂寂荒林,哪有人的踪影,遂付之一笑:"韩将军,小心过甚,就是草木皆兵了。"

"没有可疑之处最好,"韩嫣深知他的责任重大,"殿下,我们还是回城吧。"刘彻看看肋下:"这壶中尚有三支箭,让我全都练完。"说着,转过马头就要再策马跑动。

"吱吱",伴着一阵刺耳的风声,一支羽箭直向刘彻后心飞来。就在刘彻侧身躲闪之际,韩嫣举起手中弓一迎,那箭应声镶在了弓背上。几乎是同时，韩嫣飞马冲向几丈远的白杨树，轻舒猿臂将树后的刺客擒上马来。回马跑至刘彻面前，将刺客摔在尘埃。

“韩将军真个是身后有眼，”刘彻赞许，“本宫此后出行何须再动用大队护卫人马，有将军一人足矣。”

“末将见到殿下也是有准备的”，韩嫣跳下马去，将太监装束的刺客薅起来，扯掉他罩在脸上的面纱，露出的却是女子的面容，不免大为诧异，“你，什么人，为何行刺？”

刺客低头不语。

刘彻催问道：“快些从实招来，本宫与你素不相识，有何仇恨，竟然暗中行刺，是受何人指使？”

“太子，刘彻！”刺客开口了，“说什么素不相识，就是你害得我欲生不得欲死不能。”

韩嫣在一旁呵斥：“还不跪下同千岁讲话。”

“我跪他？”刺客冷笑几声，“他倒是该当跪我。”

“胡说，看我一剑刺穿你这女贼。”韩嫣亮出宝剑。

“休得鲁莽，”刘彻制止韩嫣，他感到对方话中有话，“这一女子，你是何身份，何出此言？”

“哼！”刺客又是一声冷笑，“我与你父当今皇上同床而眠，且又诞育下你的弟弟。”

“你，”刘彻真正重视起来，“究竟是何人？”

“我就是被你那无情父皇始乱终弃打入冷宫的唐姬。”

刘彻听后，颇为吃惊地“啊”了一声，十年前的一段往事，此刻又清晰地涌上心头。

十年前夏日的一天，失魂落魄的唐姬在五柞宫的花园中，昨日景帝对她的态度，使她极度伤心几乎丧失了生活的勇气。她想要参加太后的寿宴未果不算，而且遭到景帝的无情训斥，再加上刘嫖劈头盖脸的臭骂，令她简直是无地自容，她觉得没脸见人了。呆呆地望着湖水出神，心想莫如一死了之。

正要纵身投水之际，看见六七岁的刘彻从园门跑进，跳跳蹦蹦地在湖畔玩耍。不由得想起这个孩子已立为太子，日后就是一国之君了。自己与景帝生的“发”，同是龙种，而“发”却连个名分皆无，而那个王美人就因为有了这个刘彻，还被册封为皇后。

唐姬越想心里越不是滋味，心下不由得发狠，不叫我得好，你也别想得好。我要叫你王美人断了皇后的根基。她见刘彻在湖边聚精会神地观看蚂蚁搬运食物，便悄悄靠近，猛地抱住，将小刘彻推入湖中。

恰在此时，王美人从园门走入，边走边呼唤刘彻的名字。唐姬要跑已是躲避不及，她见刘彻在湖水中挣扎，情急之下跳入湖中将刘彻救起。对此，王美人虽说有所疑虑，但也未深究。事后询问刘彻，他也没有说出个所以然来。

但刘彻心中明白，是唐姬要加害自己，只是不知为何要下此毒手。后来唐姬被打入冷宫，二人再没见面，想不到十年后又险些中了唐姬的暗箭。不过这一次刘彻明白了，原来唐姬对自己有这样深的仇恨。

一旁的韩嫣提醒说："殿下，这个唐姬对皇上和您如此仇恨，是个不可救药的隐患，及早铲除，免留后患。"

唐姬自知必死："刘彻，我早已活够了，你让姓韩的痛快地给我一剑，也让我早早脱离这苦海。"

"殿下，让末将送她上路。"

刘彻思忖片刻："将心比心，她的做法亦可理解，已经是个很不幸的女人了，何苦再赶尽杀绝，留她一条生路吧。"

刘彻说罢，领着韩嫣回城了。

唐姬一心求死："刘彻，不杀我失去这个机会，你要后悔的。"

刘彻已经去远，唐姬想到自己十岁的儿子，终究难以割舍，便整理一下衣装，回到了冷宫。

汉景帝不知道从哪里得知了刘彻遇刺的消息，心中大惊。没想到冷宫之中还有一个恨自己入骨的女人。他本想将这一祸患除去，可他并不是一个薄情寡义之人，俗话说"一夜夫妻百夜恩"，他终究是不愿意下狠心将她除去，只是下令对其严加管束。不过这件事也给汉景帝提了个醒，作为皇位继承人，就意味着成了众矢之的，所有人的眼睛都在盯着那个至尊无上的位置，要想保护自己的儿子，保卫大汉朝的江山，必须要让刘彻早日勤政。

在汉朝皇室，皇太子在成人之后才有亲政的资格，但景帝打破了这一规矩。景帝后元三年（公元前 141 年）正月十七日，景帝为自己年已 16 岁的皇太子举行非常隆重的冠礼。

冠，又名"元服"。"元，首也。冠者，首之所著，故曰元服。"故加冠之礼又名"加元服"。此乃是贵族子弟的成丁礼。周礼，男子二十而冠。加冠之后，即成人，为君者方可亲政。春秋战国以后，礼崩乐坏，冠礼亦然，但为君者仍十分讲究此礼。

嬴政 13 岁即秦王位，相国吕不韦以"仲父"的身份执政。嬴政 20 岁时，并没有按时举行冠礼，探究其真正的原因，应是吕不韦从中作梗，因为一旦嬴政加冠，他就得被迫还政。直到嬴政 22 岁，吕不韦才不得不同意为他举行冠礼。

"王冠，带剑"，开始亲豫国政，吕不韦、长信侯缪士毋不肯交出权力，于是发生一场变乱。汉初，冠礼犹存。如惠帝四年（公元前191年），"三月甲子，皇帝冠"。这一年，惠帝20岁。

入秦汉后，冠礼徒具形式，但病危之中的景帝犹念念不忘这一细节，足见用心是何等良苦！他的这一举动未免有些杞人忧天。窦太后尚在，她两眼虽已失明，但心中仍关注着朝政，不时干预；还有刘彻的母后王姑，她也不会自甘寂寞，诸吕之乱，殷鉴不远。

冠礼举行当日，高祖庙内钟磬协奏，香烟缭绕，气氛异常庄严肃穆。典礼由景帝亲自主持。皇族、国戚、公卿大臣恭列两侧。皇太子先行裸享之礼（即将酒扬洒于地），之后站在阼阶之上，宾给加冠三次，叫做"三加"。

三加后，经过来宾敬酒，皇太子去母亲王皇后那里拜见。之后，由宾客替皇太子取字。接着皇太子礼拜父皇、见兄弟姑姊等众亲族和公卿大臣诸宾。礼成。

《礼记·冠义》说："已冠而字之，成人之道也。"举行了冠礼，标志着从此已经长大成人。从此往后便有了治人之权、执兵之权、祭祀之权。"男子幼娶必冠，女子幼嫁必笄"，举行了冠礼，就可以结婚生子，担负起传宗接代的责任。举行冠礼，乃是人生一个最重要的里程碑，这对皇家的太子来说，当然就显得更为重要。

刘彻的加冠礼是在高祖庙举行的。一时间庙内庄严肃穆，香烟缭绕，钟磬协奏。景帝亲自主持典礼仪式。此时的景帝心中很是骄傲。他有14个皇儿，废太子刘荣自杀，自不必说，如今尚有13个。在这13个皇子中，除了太子外，其他的12个皇子都已封王，在国家各地为君。他的祖父——大汉朝的建立者高祖有8个皇儿，为争夺皇位，多为吕后所迫害，皇族动摇。惠帝无后。他的父皇汉文帝有6子，而4个儿子早亡，只有他和同母弟弟刘武活了下来。文帝即位后，他在没有竞争的情况下被立为太子，23年后继承皇位，成为大汉皇帝。如今，他的13个皇儿一一健在，皇太子刘彻又已成人，英俊魁梧，正缘于此，比起前几辈汉朝皇帝来，他怎能不感到欢欣鼓舞呢？

加冠礼开始后，皇太子刘彻缓缓走上礼台，将一满杯酒扬洒于地，又以三杯酒洒祭先祖列宗，另以三杯酒敬宾客，然后到礼台东阶站立。执事宾过来，为皇太子加冠——戴一种有装饰和象征的帽子。刘彻谦逊不受，意思是想请宾客再次考查，看是否真有资格加冠。经过三次逊让，刘彻才接受加冠。宾客们依次上前向皇太子敬酒祝贺。

接下来，刘彻下阶去向母亲王皇后拜礼，随后按程序宾客为成人的太子取字。字是解释名的意义，刘彻名彻，彻有通土之意，故取字为通。

接着，皇太子又礼拜父皇，去见兄弟姑姊等。在这些人中，刘彻的姑母刘嫖此时最为得意。因为“男子虽定亲，但要等到加冠以后才能结婚，女子许配人再早，也得等到15岁才能嫁人。”如今太子已经加冠，而阿娇早已超过了18岁，接下来应该可以结婚了。这样，阿娇既为太子妃，日后势必成为皇后，了结了她的心愿，故那时她应该是最得意的人了。

不过在这样隆重的日子里，也会有人伤心欲绝，她就是刺杀刘彻失败，景帝的弃妃唐姬。

唐姬居住的偏院由于树木稀疏，越发显得暑热难当。成群的知了在树上聒噪个不停，心绪烦乱的唐姬加快了步伐。出去已经半日，发儿锁在房中，此刻早该是饿得啼哭不止了，可为何竟然这般安静？打开门锁入内，竟四处不见发儿的踪影，唐姬好生纳闷，这房门紧锁，发儿还能上天入地不成？

“发儿，发儿——”唐姬室内屋外地呼唤寻找，空落落的院子哪有发儿的回应。唐姬显得烦躁不安，发儿是她生存在人世上唯一的寄托，如果没有发儿，她绝难忍辱偷生还留在这人世上十年哪。累了，也渴了，唐姬无力地走近水缸，拿起水瓢去舀水，低头一看，不禁大吃一惊，水瓢失手坠地。

水缸里倒栽葱立着一个小孩，不就是她的发儿吗！唐姬发疯般将发儿拽出来，又是拍打又是控水，一切都已无济于事，发儿已是死去多时了。显然这是发儿口渴时自己去舀水，不慎跌落水缸中淹死了。面对发儿的尸体，唐姬所有的希望都彻底破灭，遭此沉重打击的她，一下子躺倒在病榻上。

景帝还是个重情义之人，唐姬毕竟同他有过一夜之缘，所以在获悉唐姬病倒后，特派御医李三针去给医治。

李三针虽说已年近五旬，由于本身是医生，且又保养得体，看起来不过三十出头的年纪。人长得白白净净，风度儒雅。他身背药箱进入唐姬的卧房，恰唐姬刚好进入梦乡，不由得放轻了脚步。环顾四周，虽说唐姬没有宫女侍奉，她人又在病中，但室内有条有理，清爽洁净。心下暗暗称许，虽说业已落魄，依然这样整洁实在是难得啊。

他的目光又转到了唐姬身上，见她五官匀称，眉眼鼻子口唇无不玲珑得体，特别是那皮肤，雪团似的白，且又细腻光滑。因为天热，衣着甚少，雪白的肌肤隐约可见，那蛾眉微皱的睡态，足以令人生怜。

唐姬实则是在假寐，她的心中如翻江倒海般在折腾。常言道，君子报仇十年不晚，自己苦苦熬了整十年，经过精心准备，好不容易有了这样一个机会，实指望能够一箭报仇雪恨，谁料想画虎不成反类犬，落入了人家刘彻的手中。

幸好这位太子大度不予计较，自己又算拣得一条性命。可是今后再也无报仇的机会了，她曾伤心地大哭一场。哭过之后，痛定思痛，她又咬牙坐起，想到了一句俗话，叫做父债子还，何不来个子债父还。算计刘彻已无可能，何不也把矛头对准皇上。

想起来景帝也足以令她恨得咬碎钢牙，那一夜风流债尚未偿还，这些新仇旧账全都要算在景帝的头上。当得悉李三针要来为自己医病之后，一个大胆而狠毒的想法立即跳上了心头。

唐姬"噗哧"一笑，睁开两只杏眼，忽闪几下长长的眼睫毛，两腮现出迷人的笑窝，发出了令人肉麻的声音："李大夫。"

李三针便有些手足无措："唐娘娘，你，没病啊？"

"怎说无病，有啊！"她也斜着杏眼。

"那，是何处不舒服？"

"这里。"唐姬玉指指向阴部。

李三针感到周身发热："我，不明白。"

唐姬索兴撩起了裙子，露出了毛茸茸的芳草地："这下你该会意了。"

李三针贪婪地睁大双眼："娘娘不可如此，在下是来给你治病的。"

"好啊，那你为我针灸吧，"唐姬抛出一串媚笑，"我不要你三针，只一针即可。"

"一针？"

"是啊"，唐姬将纤纤玉手搭上了他的双肩。李三针再也控制不住了，他猛地将唐姬抱在了怀里。随之而后是急风暴雨般的狂吻，在胶着状态中，二人剥光了身上的衣服。

事毕，唐姬半伏在李三针胸膛上："我这方寸之地，整整干旱了十年，是你给了我渴求的甘霖，滋润了我这颗快要干瘪的心，我要经常得到你，我需要你的征战和抚慰。"李三针正在兴头之上，对唐姬的话自然不会反驳，连连点头。唐姬自然知道他并非真心，轻笑着问道："偷吃禁脔，难道你就不怕杀头？"

"你忘了一句俗语，道得是'宁在花下死，做鬼也风流'。"

"既然连死都不怕，那么我求你一件事，想来是不会见拒的。"

李三针心头一震，暗说果然还有条件，看来世上是没有不付出代价就得到的："请娘娘示下。"

"你是御医，一定会配制毒药吧？"

"要毒药何用？"李三针警觉地坐起，"有仇人要报复吗？"

"我要你毒死当今皇上。"唐姬摊牌了。

"什么？你，竟有此念！"

"我与皇上不共戴天！"

"这可万万使不得，弑君可是灭门大罪啊！"

"哪个要你立即便杀，"唐姬在他脑门上点了一下，"笨蛋，以你御医身份，设法给他下慢药，做的人不知鬼不觉，这叫做暗算无常死不知。”

这一言倒是点拨开李三针的迷窍，他想到景帝最喜吃蜜枣，而且每日都是由他经手验过进奉至御前，要在这里做手脚倒是容易得很。

只是就为了得到这个女人的身体，便冒如此风险，自己岂不是一个大傻帽。但他又委实不想失去这娇美可意的佳人，就含糊应承说：“好，且容我仔细斟酌一番，想一个妥善万全之策。”

唐姬也不好立地挖坑：“也罢，明日听你回话。”

二人又温存一番，方始分手。

麦子已经黄熟，只待收割，年近花甲的庄户人李二柱站在田头，眯缝着双眼，望着丰收在望的庄稼，心中说不出的欣喜。他盘算着这块地能打多少粮，能卖多少钱，然后打多少酒，给女儿、媳妇扯半匹绸做几件衣裳。

一阵嘈杂的人声马嘶声传来，未待他辨清原委，就见十几个家丁簇拥着一个乘坐高头大马的财主，从麦田里无所顾忌地横冲过来。那黄金地毯一般的麦田，立时被践踏得一塌糊涂。

李二柱扯开喉咙嚷起来：“都给我滚出去，你们是疯子还是瞎子，麦子都给糟蹋了。”

来人哪里理会李二柱的呼喊，照旧踩着麦子径直走过来，为首的管家轻蔑地说：“你咋呼啥，不就是踩了麦子吗，许老爷给你钱就是。”

说话间，骑在马上的财主许老爷许盛也已到了李二柱面前：“管家，将十两银子给他。”

“给。”管家将一锭白银塞在了李二柱手中。

李二柱有些懵懂：“这，这是何意？”

“给你就收下，这是许老爷的恩赐。”

李二柱问道：“是你们踩了我的麦子赔我的银两？”

“不，是这块地。”

“什么？我这一块地的麦子，你就给十两银子，”李二柱瞪大了眼睛，“你们简直就是强盗！”

“哪个说要买你的麦子，”管家一言出口令李二柱大吃一惊，“我们许老爷是将你这块地买下了。”

“啊？”李二柱又气又急，将银子掷回管家怀中，“你十两银子买这块地是一厢情愿，白日做梦去吧！”

“许老爷的话从来与圣旨无二，放明白些收下银子是你的造化，否则，你是鸡飞蛋打一场空。”

“我还没看透呢，买卖总得自愿，我的田地卖不卖由我，”李二柱越发硬气起来，“踩了我的麦子，你们得赔偿，现在都得给我滚出去。”

许盛撇了撇嘴："对我许老爷你敢出言不逊，小的们，给我教训教训他。"

众家丁得令，呼啦啦一齐上前，你一拳我一脚，转瞬间将李二柱打了个鼻青脸肿头破血流。李二柱在麦田里抱头乱滚，但嘴里却不讨饶，依旧是骂声不断。

许盛还从未见过这样经打的人，他哪容自己的权威受到挑战，一连声地发话："给我狠狠地打，打死了由老爷我做主。"

家丁们听了这话，全都放开了手脚。这一来李二柱便挺不住了，渐渐地已是体无完肤，他不住声地连呼救命。

恰好经由此地的韩嫣听到求救声，策马飞奔过来，到了近前，见众人群殴李二柱一人，禁不住高声断喝："呔！你等六七人众毒打一人是何道理，还不立刻与我住手。"

管家回过身来，将韩嫣打量一番，见他是武士打扮，料想不过是哪个官宦之府的教师爷，便没放在眼里："哪来的野种，敢来管许老爷的闲事，分明是活够了想找死。"

韩嫣一气跳下马来，举起拳头："听俺良言相劝，痛快住手还则罢了，不然我这拳头可不是吃素的。"

"哟嗬，还真反了你呢，"管家招呼一声，"来呀！给我上，先教训一下这个管闲事的家伙。"

众家丁得令，又都呼啦啦拥向韩嫣，拳脚齐下，劈头盖脑打过来。然而，这回可不是打李二柱那样随心所欲了，反过来是家丁们被韩嫣打了个鼻青脸肿头破血流。

一旁的许盛见此情景，哪里受得了这个。他大吼一声："小的们与爷退下，看我收拾这个蟊贼。"

二人交起手来，许盛可就后悔了，他明白对手绝非一般武士可比，显然是个能征惯战的高手，就凭自己的武功，都不太可能接过十招。眼见处于下风，他回身肩头一抖，腋下接连发出三支袖箭。韩嫣没想到对方使用暗器，躲过一支二支，没能躲过第三支，左肩窝被射中。他心头腾地火起，也不再有所保留，左手虚晃一下，右手一记铁砂掌狠狠击去，正中许盛的前胸，那许盛痛的叫了一声，一口鲜血喷出，便"扑通"一声栽倒在地。

韩嫣打过以后也觉得出手过重了，但此时已是覆水难收，他退后一步："从今而后，休要再仗势欺人，须知世间尚有公道。"说罢，他跨上马一溜烟似的离开了这是非之地。

管家与家丁们见主人被打，要拿李二柱出气，又将其打了个半死。

许盛摆手制止说："别打了，留个活口，还有用处。"

管家说："打死算了，也给老爷出口恶气。""你是昏了不成，老爷今日是为何而来?”

管家恍然大悟:“啊,明白了。”

“让他按上手印。”许盛忍住疼痛,手捂胸口吩咐。

管家从怀中取出在府中写好的卖地文契,打开带来的墨盒,抓起李二柱的食指,沾上墨迹,便在文书上留下了李二柱的指印。此时此刻,李二柱是听凭摆布毫无反抗之力。

许盛见大功告成,让家人扶上马回府去了。回到府宅后,叫过家丁孙狗:“狗子,老爷一向待你如何?”

“那还用说吗,天高地厚,恩同再造。在府中吃香的喝辣的,过的是人上人的日子。”

“好,老爷若有用你之处呢?”

“自当是赴汤蹈火,肝脑涂地,万死不辞。”

“何须万死,一死足矣。”

孙狗一惊:“老爷此话何意?”

“老爷我不能受这份窝囊气,我要致李二柱于死地,就说他打死人命,官府就要治他死罪。”

“老爷的意思是让小的装死?”

“装是不行的,官府要当堂验尸,”许盛“嘿嘿”一声奸笑,“看起来就要委屈你了。”

“哎呀,这万万使不得,”孙狗惊得七魂出窍,“老爷,我家中老的老,小的小,无人照顾啊!”

“黄泉路上你只管放心走,你的家小自有老爷看顾,管保他们今生今世不缺吃不少喝,”许盛已是没耐烦再啰嗦,“小的们来呀,将孙狗与爷当堂打死。”

家丁们哪管那许多,七手八脚一顿捶巴,转眼之间孙狗就已气绝身亡。许盛命管家出面,抬着孙狗的尸体,一纸诉状告到长安府衙,他道是李二柱毁约并殴打孙狗致死,将他打成重伤。

府尹得知原告苦主是当朝御史大夫之兄,又是人命大案,哪敢怠慢,立即发出拘传火票,命差役将凶手李二柱立即抓捕到案。

被打得遍体鳞伤的李二柱躺倒在麦田中,几次想挣扎起来回家都力不从心。他失望地仰天长叹,心说难道就死在这麦田里不成。

一阵马蹄声由远及近,是韩嫣不放心,又转回来查看。见李二柱奄奄一息的样子,便将其送回家中。柴扉前,李二柱一双年幼的儿女正倚门翘望,李二柱病榻上的妻子欲起身拜谢韩嫣,也未能做到。

韩嫣心中不忍:“就不必拘礼了,当务之急是快些找医生治伤。”他从袖中取出一小锭银子放在了床上，转身要离去。

李二柱叫住他："恩人留步。"

"还有何事？"

"请告知尊姓大名，日后也好图报。"

"路见不平相助，乃理所当然，何言报答，后会有期。"

"恩人且慢，在下还有一事相求。"

"请讲。"

"舍弟李三针，现在朝中为御医，烦请恩人带信与他，让他设法为我报仇。"

"怎么，御医李三针是你胞弟？"

"恩人莫非认得他？"

因李三针平素也常到太子府治病，故而韩嫣也与其有过几面之识。但此刻他不想暴露身份："倒是不曾谋面，只是听说过他的大名，道是不论多么疑难的病症，他的银针用上，不过三针必定痊愈。"

"恩人，我夫妻不能行动，孩子幼小，万望能传个信息。""好吧，口信我一定带到。"斜阳的光辉明艳而又柔和，韩嫣觉得义不容辞。石脑街上的行人无不漫步在这夕阳的余晖中。李三针的宅邸是个小小的四合院，临街的院门有三级矮矮的石阶，韩嫣在门前下马，轻轻扣动了门环。

李三针只雇用一个仆人，应声将院门打开："请问壮士，敢莫是求医？"

"非也，"韩嫣回答，"我是捎信来，李大夫可在？"

"不巧，他上朝未归。"

"回来后烦请转告他，乡下他的兄长李二柱被人打伤，而且伤势严重，请他务必去看看。"

"请问壮士大名。"

韩嫣不想卷入太深："过路之人，带个信而已，你告诉主人就是。"说罢，他调转马头离开。

李三针的官车刚好回到宅门前，他看见了韩嫣的背影，心中疑团顿生，太子府的家将来此做甚？不由得盯着韩嫣的身影出神。

仆人过来说："老爷回来得正好，那人方走不远，他捎话说乡下的二老爷被人打伤，还说伤得厉害，要你回去看望。"

李三针听了一惊，因为他知道自己这个兄长，一向老实本分的近于窝囊，已到了不能亲自进城的程度了，这伤势定然不轻。他也顾不得再进屋了，交代仆人几句，乘坐他的官车，便出城去了。

李二柱的住处，离长安城大约二十多里路，双马官车行驶如风，不过半个时辰李三针就到了兄长家的院门前。刚刚下车，就听到了哭声。他心中一紧,莫不是兄长他辞世了不成?他忙不迭地闯进房内,只见嫂嫂和两个侄儿侄女抱头哭在一处,令人好不伤感。

李三针急问:“嫂嫂,我二哥他,他,怎么样了?”

“三弟,你晚来一步啊!”

“难道说兄长他已不在人世了?”

“不,他,他被长安府的差人抓走了。”

“这却为何,他又是如何被人打伤?”

李二柱之妻将经过学说一遍,李三针听说是同许盛家发生争执,心头未免一紧。因为他最清楚,许盛之弟许昌现为御史大夫,官高位重不说,许家还同窦太后是至亲,连皇上也要敬畏三分,这件事怕是要难缠了。

李妻见三针默默无语,催促恳求说:“三弟,你二哥原本就已伤势垂危,倘若官府再施刑讯,只怕他就难有活命,你一定要尽快去长安府交涉,为咱李家讨回公道。”

“何劳嫂嫂叮嘱,手足情深,小弟定当竭尽全力保兄长无事。”他顾不得再多说,转身出屋乘上官车又风驰电掣般返回城中,直奔长安府衙。

长安府尹闻报李三针来访,知其是御医,当即迎入二堂。落座后动问:“上医不在宫中侍候皇上,来到小衙所为何事?”

“今有一事相求,还望能给个方便。”

“上医是当今万岁御医,深得皇上信赖谁人不知,讲来,在下官管辖之内无不全力而为。”

“如此先请受我一礼。”李三针起立深深一躬。

府尹也起身回礼:“这如何使得,要下官做甚,有事也还望上医明示。”

“实不相瞒,在下是为兄长的官司而来,”李三针也就揭锅了,“家兄李二柱,本是城郊老实本分的农户……”

没等李三针将话说完,府尹便急切地打断:“怎么,上医是为李二柱的人命官司而来?”

“人命?”李三针以为自己听错了,“难道家兄他已经惨死在大人堂上了?”

“哎,差矣,”府尹正色说,“不是令兄命断,而是他打死了许府的家丁。”

“什么,家兄他打死了别人?”

“正是,许府抬来死尸具告,本府这才派出差役拘拿令兄到案。”

“这……不会吧?听嫂嫂讲,家兄一人被许府群殴,已是遍体鳞伤啊!”

“令兄有伤不假,可他毕竟打人致死,这人命关天大案,下官不能不办,”府尹客气地一揖,“还望上医担待。”

李三针想了想:“请大人容我与家兄见上一面。”

"这……"府尹犹豫一下,"按理说死囚是不能相见的,但上医不比他人,就破例见上一刻钟吧!"

"如此多谢了!"

当李三针在狱吏引导下于潮湿发霉的牢房中见到李二柱时,他的兄长已是难以行动了。

李二柱抱住弟弟的胳膊:"他许府十多个家丁,我哪能打死他们的人,哥哥我只有挨打的份啊。要不是一壮士路见不平,三弟就见不到我了。"

李三针想,这个壮士定是韩嫣无疑,只要找到他,就可证明兄长无辜。李二柱不见回答,急切地说:"弟弟,为兄被诬,你可要为我鸣冤啊!"

"兄长放心,小弟必当全力周旋,你且耐心等待,我已心中有数,想来当会成功。"

李三针见到府尹,取出一锭银子:"大人,家兄实属冤枉,在下就去找寻人证,还望在此期间对家兄予以关照。"

府尹推回银两坚辞不受:"上医这如何使得,请从容取证,令兄自有下官看顾,保他无事。"

李三针放心地走了,他直奔东宫太子府。通报后管家引入,韩嫣恰在刘彻身边,二人正研读兵法。

刘彻待人一向热情:"李先生此来所为何事?"

"家兄遭人诬陷,被长安府打入死牢,特来请韩将军营救。"

"这却奇怪了?"刘彻感兴趣地问道,"韩嫣一介武夫,又不谙诉讼之词,莫非要他劫牢不成?"

"这倒不敢,"李三针说明来意,"欲劳韩将军大驾,前往长安府衙证实,家兄并未殴伤人命。"

刘彻转过脸去:"韩将军,想必你是知情人。"

"殿下,请恕小人未曾及时禀报之罪,李先生之兄被打时确被在下遇上,并给李先生报信,只是……"

"什么?有话直说,不必吞吞吐吐。"

"行凶者是御史大夫许昌嫡兄,且又与太后沾亲,过从甚密,此事怕是难缠,还是不介入为佳。"

"这……"刘彻听说牵扯到窦太后,也不由得沉吟,因为自己这个祖母势力太大了,连父皇都畏惧,自己还是莫到太岁头上动土了。

李三针见状,双膝跪地,声泪俱下地叩拜刘彻,希望能够请韩嫣为其兄长作证。刘彻看到李三针如此真诚,转过头看着韩嫣,认为这个忙应该帮。韩嫣好言相劝,不可因小失大,与太后一党作对,很可能将来会危机到自己的前程。但年轻气盛的刘彻只想声张正义,于是便命令韩嫣为李二柱做主。

李三针看到事情有了转变，欢欢喜喜地向刘彻谢过恩就回家了。刘彻此时内心中也升腾着一种为民除害的自豪感。殊不知，就是这样小的一件事竟然让他埋下了与太后一党不和的种子，致使刘彻险些失掉了来之不易的皇位继承权。

第十一章 景帝判案 御医下毒

长安府衙内庄严肃穆,府衙的上方就悬挂着"正大光明"四个大字。"肃静""回避"等执事牌矗立两厢,廊下还分立着三班手持黑红棒的衙役。府尹在书案之后端坐,乌纱红袍给人一种不怒自威的感觉。每一个被带入府衙的犯人,都会被这气氛森严的大堂吓得不寒而栗。

府尹今日升堂的心情可没有往次那般轻松,此案的当事双方身份不同凡响,一个是当朝御史,一是皇帝御医,原本两方面都不能得罪,就已经够让他头疼的了,此时又冒出来个太子府的家将,太子殿下又被卷入了此案,无论谁对谁错,最终都得得罪一方,但他一个小小府衙可是谁都得罪不起啊,所以这就是让他头疼的原因了,该案子到底怎么断才好呢?如何才能保住自己的乌纱呢?稍有差池,别说官位,甚至还得赔上全家的性命呢。

李二柱身为被告第一个被带上堂来,府尹见他身体虚弱,莫说是跪,就是站也站立不住,想想他的胞弟李三针,命人搬上一把椅子,破例允其坐下。随后,当事双方的许府管家、李三针和证人韩嫣也一同被请上堂来,分别面北而立。

府尹例行地一拍惊堂木:"大管家,你状告李二柱打死贵府家人孙狗,可是实情?在我大堂之上,可要句句是真,否则反坐。"

"大老爷容禀,"管家早已将状词熟记于心,"只因李二柱已将其田以二百两白银之价卖与许府,但他迟迟不交,许老爷带我等前去催讨,李二柱蛮不讲理,率先大打出手,重拳打死许府家人孙狗,将许老爷打成重伤不能行动,是而由奴才代主呈递诉状,望老爷明断。"

"青天大老爷,他是一派胡言。"李二柱一旁早是气得不能忍耐。

若换了别人打官司,对李二柱这未经许可即开口抢话的行为,定要当堂训斥,由于碍着御医的面子,府尹也就不予理会了:"李二柱,对管家所说之事,你有何陈述?"

"老爷在上,他句句是谎,小人何曾出卖田产?"

管家当即抢过话头:"大老爷,空口无凭,现有卖田契约为证。"他将文契取出呈上。

府尹仔细看过文契后问道:"李二柱,这上面可是你按的指印?"

"大老爷,小人从不曾卖地与许家,更不曾与其立过文书。"

府尹吩咐书办:“上前验证指纹真伪。”

书办走到李二柱近前,让其食指沾上墨汁在文契一角按下,两相对照些许不差:“禀老爷,确系李二柱指纹。”

“李二柱,你还有何话说?”

“这……”李二柱不知该如何回答。

管家在一旁冷笑着说:“大老爷,刁民李二柱业已理屈词穷,此案我许府已是获胜。”

李三针在一旁忍不住了:“大人在上,指纹相对不假,焉知不是许家在将家兄打昏之后,捉其手指硬按上去?”

管家不觉脸上红一阵白一阵:“姓李的,你是血口喷人,无稽之谈,你兄长将我方人员打成死伤,他又怎有被打昏之说?”

李二柱可是被提醒了:“大老爷,正是如此,小人从来家无笔墨,手指上原已沾有墨汁,显然是许家所为。”

府尹询问书办:“可是如此?”

“禀老爷,李二柱食指已有墨迹不假。”

管家听后急忙分辩:“李二柱那日卖地时也曾沾墨,故而留下旧痕,这有什么奇怪的。”

李三针又抓住了漏洞:“管家之言令人费解,你言称家兄早已卖地与许家,却又为何昨日方按指印,前后不能自圆其说,显然是编造谎言欺骗官府。”

“这,这……”管家张口结舌,他只好掉转话题,“文契之事且不管它,杀人偿命总该公断吧?”

“大人,许府管家实为诬陷。”李三针反驳。

“谁可为证?”

“末将可为旁证,”韩嫣开口了,“昨日末将途经李家麦田,听得有人高呼救命,过去只见许府十数名家丁,群殴李二柱一人,已将其打得体无完肤,若无我上前相救,李二柱性命不保。”

府尹质问管家:“实情可是如此?”

“大老爷,是李二柱打死孙狗打伤我家老爷在先”,管家狡辩说,“是众家丁见李二柱打死人命后气愤不过,才拥上前痛打凶手。”

“管家此言难以蒙蔽府台,”韩嫣又出证词,“末将到场时何曾见到有人死在地上?那许盛之伤是末将气不过所打,再者说,李二柱只身一人一介农夫,如何能将满身武艺的许盛打伤,更不要说他能面对十数家丁,还能将所谓孙狗当众打死,岂非咄咄怪事。”

府尹觉得有理:“管家,对此你做何解释?”

"孙狗尸体大老爷已是验过,这还有假吗?"管家急切间不知如何辩理才好,"难道说还是我们自己打死孙狗不成?"

李三针又听出了纰漏:"管家之言,说不定就是此地无银三百两呢!"

府尹再问管家:"你还有何话说?"

"大老爷,韩嫣证言不足为凭。"

"此话怎讲?"

"这个姓韩的,他根本就不曾到过现场。"管家决意要赖不认账。

李三针觉得好笑,反问道:"管家,韩将军可是太子府的家将,难道他还会凭空编造不成?"

"太子府怎么样,谁能保证太子府的人就不说谎了?"

府尹也同李三针所想相似:"管家,本官倒要请问,韩将军有何必要以谎言出证呢?"

"这……"管家情急智生,索性信口攀咬,"李三针他常去太子府医病,同韩嫣早就相识,他用重金相贿,韩嫣自然要作伪证。"

"信口雌黄,你有何凭据?"韩嫣厉声质问。

"一琢磨也就是这么个理,用不着什么凭证。"管家决意一口咬定。

府尹左右为难,双方谁也不敢得罪,万般无奈之下,他要了个花腔:"此案本官难以判断,且待明日早朝禀明万岁请旨定夺。"

李二柱重又送回牢房,许府管家匆匆离开,直奔许昌府中去了。

韩嫣与李三针在府衙前分手:"李大夫,未能如愿救出令兄深感抱歉。"

"韩将军哪里话来,此案分明是府尹滑头不敢公断,在下内心万分感激太子殿下与将军伸张正义。"

韩嫣提醒道:"而今不是道谢之时,在下愚见,要救令兄性命,非你亲自面见皇上求情不可了。"

李三针点点头:"有理。"

"而且事不宜迟,"韩嫣显出切实的关心,"俗话说夜长梦多,你要防许家恶人先告状。"

听了这番话,李三针愈发感到形势紧迫:"多谢将军提醒,在下即刻就去未央宫。"

戒备森严的皇宫,可不比寻常所在。李三针每经过一道宫门,都要受到黄门太监的盘问。原本就心急的他,显得比往日神色慌张,就引起太监们的注意,便要盘问几句。后来他干脆就声称万岁龙体偶有不适,宣他火速进宫医病。这样他磨破了嘴皮子,总算到达了未央宫门外。

执事太监杨得意正向外走,李三针紧趋几步上前:"杨公公,借一步说话。"

“李大夫，万岁并未宣召，你进宫何事？”

“公公有所不知，在下有事要当面向万岁禀奏，”李三针深深一躬，“烦请通报一下。”

“哎呀，不巧，万岁已奉太后懿旨，就要去长寿宫见凤驾。”

说话间，景帝乘坐便辇恰已出了宫门。

李三针俯跪在地：“叩见万岁万万岁！”

景帝没有停辇：“李先生进宫为何？”

“万岁，臣有一事启奏。”李三针站起跟在了御辇之后。

景帝头也没回：“朕应太后之召就去长寿宫，有事待朕回时再奏不迟。”

“万岁，此事……”李三针还想再说，但景帝的御辇业已走远，他也就只好止步了。

长寿宫中，窦太后精神极佳，满面春风地与御史许昌谈笑风生。因为太后是许昌的姨妈，为此许昌常来宫中看望，景帝也未觉奇怪。见礼落座之后，景帝开口说：“母后召儿臣来不知有何吩咐？”

“皇上，是一个命案需要你来定夺。”

“母后请道其详。”

“许昌啊，你就向皇上奏明吧。”

“万岁，是这样，”许昌言道，“家兄以五百两银子购得农户李二柱田产，交割之日，李二柱赖账不给。并下狠手打死家丁孙狗，家兄也被打成重伤。按理说杀人偿命，可长安府尹不敢宣判，要请旨定夺。”

“长安府为何不敢判案？”

“原因是此案牵扯到了太子。”

“太子！”景帝吃了一惊，“又与太子什么干系？”

“皇上莫急，其实与太子关联并不是很大。”太后告诉说，“太子府的家将韩嫣出面为李二柱作证，声称孙狗之死非李二柱所为，而其兄李三针又是御医，故而长安府不敢判决。”

“有这等事，”景帝态度倒是明朗，“有道是王子犯法与庶民同罪，如果当真是李二柱打死人命，按律自当偿命。”

“万岁，此事千真万确。”许昌趁机插言。

太后接着说道：“人命大事，谁敢胡言乱语，皇上，就请做个决断吧？”

景帝不能不有个态度：“杀人偿命，这是自然。”

太后偏偏就盯住不放：“皇上，光是这样说说还难算数，就请降旨吧？”

景帝想既然杀人偿命是天经地义的事，太后又立逼不等，何不就做个顺水人情，便在长寿宫中提笔书写了一道圣旨。许昌拿到圣旨片刻未停，当即离开长寿宫前去长安府。

又半个时辰后，景帝方才回到未央宫。他惊愕地发现李三针仍在宫门前徜徉，停下车辇问道："李卿一直等在此处吗？"

"正是，"李三针急切之情溢于言表，"万岁，臣有一事相求。"

"莫非是令兄的人命官司？"

"万岁如何已知？"李三针双膝跪倒，"还望万岁明察秋毫，救家兄性命。"

"国法无情，岂能偏废，令兄杀人理当偿命，朕已降旨问斩，你就死了这求情之心吧！"

"啊？"李三针登时间傻在那里。

不知过了多久，一阵凉风吹过，李三针才清醒过来，再看四周，皇上早已进入了宫室，附近寥无一人。他双腿已是麻木，强撑着站起，踅出了皇宫，不知不觉间到了长安府。府尹派刑房师爷传出话来，李二柱业已奉旨问斩，请李三针前去牢中收尸。

李三针犹如失魂落魄一般，下意识地又信步走到了唐姬的住所。

唐姬看到李三针，仿佛是天上掉下一张大馅饼，一下子扑到他的怀中："该死的薄情郎，这几日你死到哪里去了，害得奴家盼红了眼睛。"

怀抱唐姬香软的玉体，李三针突然间清醒了。这是在活生生的人世，面对着娇滴滴的佳人，烦恼的堤坝瞬间垮损，现实的美色令他忘乎所以。与唐姬相拥上床，好一番颠鸾倒凤，真个是如胶似漆。

雨散云收，唐姬点着李三针的鼻子数落："姓李的，想白占姑奶奶的便宜啊，交代你的事办得怎么样了？"

"交代的事，什么事啊？"李三针一时懵懂。

"装什么糊涂？"唐姬瞪圆双眼咬牙切齿，"为我报仇之事，何时能够要了皇上的狗命？"

李三针仿佛是震耳发聩般腾地坐起，下意识地重复一句："要皇上的狗命……"

"对！我与皇上有深仇大恨，誓不两立。"

"深仇大恨！"李三针口中机械地重复着，下地穿上鞋，"我有深仇大恨哪，应该要了他的命。"

唐姬有几分明白，跟下地来，温存地靠过去："我的李郎，你打算如何下手，何时下手？"

"这你就不要管了，我自有办法。"李三针大步离开，一副视死如归的凛然气概。

明晃晃的阳光照进未央宫，金银器皿无不闪耀出夺目的亮丽。景帝感到有些眩晕，闭上了双眼养神。太监杨得意紧站在下手，全神贯注地守候在一旁，随时准备被皇上役使。

李三针轻手轻脚地走进，今日与往昔大不相同，他除了肩背着药箱之外，手中还提着一个小小的竹篮。

杨得意轻声问道："李大夫，未经宣召自行进宫，有何贵干哪？"

"杨公公，我是特为万岁送蜜枣而来。"李三针举了举手中的篮子。

景帝实则是在假寐，闻言睁开眼睛："很好，朕这两日口苦，正思食用些甜蜜之物。"

"是臣记得万岁喜食蜜枣，故而进奉。"

杨得意接过送至景帝面前："请圣上御览。"

景帝见篮内的山东金丝小枣红润浑圆，立时激起了食欲，捻一个就要往口中送："好枣，个个鲜艳如新。"

"万岁且慢。"杨得意叫了一声。

景帝一时间怔住："为何？"

"这……"杨得意看看李三针，不好明言，"这入口之物还当谨慎才是。"

"啊"，景帝明白了，他觉得杨得意之言不无道理，但他口中却说，"李大夫是朕心腹，断然不会加害朕的。"

"小人天胆也不敢做下灭门之事。"李三针从景帝手中取过那枚枣儿放入自己口中，认真咀嚼后吐出核来，"万岁尽请放心食用。"

景帝果然彻底放心了，他抓起一把就吃："不错，味道甘甜而又清爽，朕甚是喜食。"

"万岁，虽然可口，亦不可贪食，每日最好不要超过十粒。"李三针关切地加以规劝。

自此景帝日食蜜枣十枚，而且一日也不间断。他怎知这是李三针暗中做了手脚，食之上瘾欲罢不能，而且俱用毒药浸泡过了，足以令他慢性中毒，又不至于被人发现。

一个月后，景帝不愈，自然还是李三针调治。他开的方子皆为些不痛不痒的药，既不治坏也不治好。又过月余，景帝病势转重，看看已不久于人世。

这一日上午，李三针又为景帝例行医病之后，心内已是有数，料定景帝拖不过今明两天了。他不觉心中分外地轻松得意，自己的目的终于达到了，可以慰藉兄长在天之灵了。心中得意，不知不觉哼出了家乡的小调：

汾河水呀哗啦啦，
吕梁山哪黑茬茬，
小毛驴它下匹马，
枯死老树发新芽。

在景帝身边侍疾的太子刘彻，本意是追上李三针问一问父皇的病情，在景帝病榻前他未敢启齿，待李三针走出后他快步追出。离开尚有一丈多远近，刘彻听到李三针忘情地哼着小曲，内心里陡然升起不满。怎么？皇上已是危在旦夕，身为御医的李三针非但不为救治不力而惭愧，反倒是这样快活，这未免太不正常了。想着想着，他放慢了脚步，边思忖边跟在了李三针身后。

百无聊赖的唐姬正在房中剪纸花，看见李三针走进，又是呼地扑上去：“该千刀万剐的李三针，你这许久又死到哪里去了？”

李三针显出几分得意：“我去办你想办的大事。”

“你，杀了昏君？”

“他虽说尚未毙命，却也是危在旦夕了。”

“快告诉我，你是用的什么方法？”

李三针将他用砒霜泡蜜枣的毒计得意地学说一番：“这就叫暗算无常死不知。”

“李大夫，你说的全都当真？”

“岂有戏言。”

“那我可真要好好地谢你！”唐姬在李三针脸腮响亮地一吻。

“其实你用不着说谢，”李三针说时还是咬牙切齿，“我也是为家兄报仇雪恨了。”

窗外的刘彻将一切都听了个真而又真，他心中暗说：“好你个李三针，父皇待你不薄，竟然下此毒手。还有毒妇唐姬，好心放她一命，却恩将仇报，鼓动李三针投毒，真是一对狗男女。”

太子刘彻悄悄离去，他眼下顾不上惩处李三针和唐姬，他挂念父皇的病情，直奔御医馆，找来三名圣手御医，要他们带上治疗砒霜的药物，立即为父皇清毒。

未央宫里，景帝已是气如游丝，见到刘彻眼中闪出些许亮光。三名御医逐一上前把脉后，都是无可奈何地摇摇头。

景帝自己心中明白，示意刘彻近前：“太子，朕自知已没有多少时间，有些话要嘱咐你，让他们退下。”

刘彻挥手，三个御医知趣地退出，然后他俯身贴近景帝：“父皇，有何吩咐？儿臣在恭听。”

“皇儿，为父登基仅仅十六年，刚刚四十八岁就要离开人世，离开这君王宝座，确实有些眷恋，然天命难违不得不去。朕一生待人宽厚，这也许是为父最大的不足，但知其错朕还要再下最后一道圣旨。诸侯王与列侯各赐马八匹，七品以上官吏赐予黄金二斤，民户每家百枚铜钱，宫人发放宁家准其婚嫁……”景帝说不下去了，他就在这对天下人的同情与恩赐中终止了生命。如果他还有气力说话，那么说不定还有多少赏赐。

刘彻怔了足有好一阵时间，他不相信一个活生生的生命就这样去了。少时，他醒过神来，在景帝床前失声大哭。真个是涕泪俱下，悲痛欲绝。

闻讯赶来的太子师卫绾近前劝道："太子殿下当节哀自重，先皇辞世固然悲痛，但妇人之状不足取。太子应以国家为重，立即安排登基事宜。"

刘彻揩干了眼泪："恩师之言令人难以苟同，父皇尸骨未寒，我这里就张罗继位，岂不叫人耻笑本宫。"

刘彻依然觉得父皇刚刚死去，自己就急于登基不是很好，但朝中的大臣都知道，此事拖不得，一拖很可能就生出了不必要的麻烦，于是卫绾正色劝谏："常言说国不可一日无君，稳定人心，彻底灭掉觊觎者的心思，还是早登基为好，这样才能稳定大局，保证天下太平。这并非只涉及到殿下个人的利益，而是关系到整个国家的利益。"

刘彻被卫绾说得言尽词穷，只能说道："即便是这样，登基大典的准备时间总也得一个月吧？"卫绾感觉到刘彻还没有下定决心，继续劝谏道："殿下，那些都是形式，为了避免夜长则梦多，我们可以免去这些俗礼，既节俭，又可防止生变，让我们也少些不必要的麻烦。"刘彻感到卫绾的话有理，也同意了他的意见，决定尽早登基。卫绾提出就在当日登基，虽然刘彻也觉得仓促，卫绾随即便用师傅的口吻吩咐道："擦干你脸上的眼泪，更换新的衣冠，随即便升殿即位。"

在卫绾的催促下，景帝去世的当天刘彻就登基继承皇位了，改元为建元元年。这就是历史上赫赫有名的又一代英主汉武帝。

第十二章 太后争权 卫绾效力

汉武帝刚刚举行完登基大典，窦太后就在一群宫女太监的簇拥下来到了金殿，汉武帝得知消息赶紧走下金殿相迎，大礼拜伏在地，大声喊道："皇孙恭迎太皇太后，千岁千岁千千岁！"

太后刚到就想给汉武帝一个下马威，对着满朝文武说道："好嘛，这是皇上给老婆子我加封了。"

汉武帝虽然人不大，但已懂得世事，他知道窦太后这是挑理了。他赶紧向窦太后赔不是道："皇孙本打算下朝后便去长寿宫问安，没想到却惊动了凤驾，都是皇孙的错。"

窦太后没有下旨让汉武帝起来，汉武帝也不好自行站起来，只好就在地上跪着。窦太后见武帝还算谦恭，感到一丝自豪，明白自己的权威还是存在的。

武帝起身后，吩咐新任总管太监杨得意："速为太皇太后看座。"

杨得意搬过锦墩，武帝又上前象征性地亲手扶正："请太皇太后入座。"

窦太后落座后，又以守为攻地说："皇上登基，老身闻讯特来祝贺。其实我这实属多余，哀家风烛残年之人，又与朝政何干。皇上今日即位，哀家事先不知，不也是顺利红火吗？"

卫绾看不惯，在一旁接话道："太后容禀，皇上早已是先皇册封的太子，即位本属理所当然，而且先皇遗诏也是如此，百官依惯例扶保皇上登基并无不当，太后谅情。"

窦太后不满地用白眼珠看看卫绾，对方所言她难以批驳，但她不会让臣下挑战自己的权威："卫大人，我与孙儿是议论皇家家事，哪个要你插嘴说三道四，太放肆了！"

"老臣不敢。"卫绾虽然不服，但也要臣服。

武帝见状说道："太皇太后多虑了，皇孙深知父皇对您的敬重，今后还望时常指教皇孙。"

"听皇上之言，老身说话还不是废话。"

"太皇太后所说即是懿旨，皇孙敢不惟命是听。"

"如此说来，哀家倒要试上一试，"窦太后当即就将了武帝一军，"老身给皇上推荐一位贤相如何？"

武帝微微一笑:“丞相一职皇孙业已任命卫绾。”

“可以废黜嘛!”窦太后眼睛翻出白眼仁,“哀家觉得卫大人年事已高,不宜为相。”

“刚刚降旨,怎好即废,皇孙初登大宝,若就朝令夕改,岂不遗笑于天下,太皇太后见谅。”

窦太后心说,我这头一道懿旨就给卷回来了,倒也情有可原,待再提一个:“皇上,相位既已有定,老身保举庄青翟出任太尉。”

“太尉掌军,事关重大,皇孙之意是要亲人出任此职,以免万一生变。”

“这么说皇上也是业已内定了?”

“皇孙的母舅田蚡当是最佳人选。”

窦太后发出几声冷笑:“好个有主张的皇上,哀家两荐人选俱被驳回,也就只能回我的长寿宫颐养天年了。”

“太皇太后言重了,皇孙怎敢有违懿旨,二品以下大员空缺尚多,还望举贤荐能。”

窦太后噗哧一笑:“我的皇上,你一定是怪哀家多事了,其实老身是说笑话,二品以下大员老身任用,还要诸曹官员做甚?”

“太皇太后关心朝政亦合乎情理。”

窦太后又留下一个活话:“关系到社稷安危的要职,哀家或许要参与些意见,皇上可莫耳烦哪!”

“太皇太后懿旨,皇孙定当洗耳恭听。”

“好了,哀家不能在这儿影响皇上治国,这就回宫去了。”窦太后吩咐一声,“摆驾。”

武帝送走窦太后,回到御书房,卫绾也跟进来,关切地提醒道:“万岁,窦太后今日之举就是个信号,怕她此后要干预国事呀!”

“太皇太后年高智广,多有经验,关注朝政,也是好事。”

“倘若她所言荒谬呢?”

武帝笑了:“相国是说她要罢你的相位?不必担心,朕以为她是错误的,不是给她驳回去了。”

“老臣并非在意个人去留,而是忧虑今后万岁一旦与她意见相左,就难免要发生冲突啊。”

“太皇太后不是无理取闹之人,想来还能判明是非。”

“就怕她听信手下人怂恿,以非为是呀!”

“这也无需挂怀,朕毕竟是皇上嘛,凡事还能说了算。”

“窦太后为后已四十余年,在朝中党羽甚多,关系盘根错节,万岁初登大宝,皇位尚不稳固,对窦太后绝不可掉以轻心。”

“相国之言极是，朕记在心中便是。”武帝想起李三针投毒之事，便将经过学说一番，“朕欲将其二人凌迟处死。”

“二人死有余辜，但臣意不可公之于众。”

“这却为何？”

“唐姬为先皇所弃而生歹念，此事张扬出去有损先皇威名，闹的朝野上下议论纷纷反为不美。”

“依相国之见，当如何处置？”

“万岁虽说亲耳听见他们的背后之言，但弑君大事岂能草率处死，还当严加拷打审问，以查出同党免得漏网。”

“依相国之见，莫若交廷尉勘问。”

“廷尉一审，天下皆知，”卫绾想了想，“还是由老臣亲自审问吧，也免得皇家家丑外扬。”

“也罢，”武帝表示同意，“就着相国办理此案，但不要用酷刑，更莫牵连无辜之人。”

“臣遵旨。”卫绾领命离去。

当晚入夜，李三针悄悄溜至唐姬的住处。喜的唐姬等不及进入房内，就在门前与他亲个不住。还是李三针挣脱出她的怀抱：“我的唐姬娘娘，今夜我们可以畅抒情怀了。”

唐姬紧靠着李三针，像麻花扭在一起：“李大人，往昔你都是胆小如鼠，今夜为何色胆包天了？”

“眼下新皇刚刚登基，他们都有忙不完的事，谁还顾得上咱们，因此说可以尽情地寻欢作乐了。”

二人相拥上床，全都脱了个赤条条，正在极致之际，房门被人撞开，韩嫣带着禁军出现在面前。

唐姬吓得躲在了被子里，犹自抖成了一团。

李三针面红过耳，还不得不壮起胆子求情：“韩将军，在下一时糊涂，还望高抬贵手，饶恕了这次。”

“什么话也不要说了，你自己做的事自己心知肚明，卫相国立等问话，跟我走一趟吧。”

李三针在床上又是磕头又是作揖：“韩将军，您就当没看见我，拿我当个屁放了，一生一世都会感激您的大恩大德。”

“废话少说，快穿上衣服跟我走，”韩嫣转过身去，“若再耽搁，就将你二人光着身子绑在一起抬去交差。”

李三针一听这话，情知是混不过去了，便和唐姬胡乱穿上了衣衫，低着头随韩嫣而去。

卫绾相府的二堂，一派书香气象。卫绾端坐在太师椅上，李三针和唐姬双双跪在堂前，磕头如捣蒜：“相国大人饶命，我二人一时荒唐，做出这等有辱先皇之事，以后再也不敢了。”

“本相找你们就为这事吗?”卫绾反问。

李三针脸上掠过一丝惊慌：“我，我二人只此一次，偷情而已，并无另外违法举动。”

“大胆!”卫绾断喝一声，“还不快将谋害先皇之事从实招来。”

“啊!”李三针当时就懵了，他万万没想到这事会暴露，他又实实想不出是如何为人所知，一时间张口结舌愣在那里。

一旁的唐姬更是五雷轰顶，此事只他二人知晓，缘何竟为卫绾掌握，不曾问她，她竟颠三倒四地：“这，我，你，是，不……”

李三针也是琢磨不透，一见唐姬惊慌失措的样子，不由得怒从心头起：“你这个贱货，主谋之后还要倒打一耙，真不是个东西!”

“不，不是我呀，李大人你误会了，”唐姬急于辩白，“这谋害君王的大罪，我怎会主动去交代啊!”

卫绾止住他二人的争吵：“用砒霜毒杀先皇，已是不争的事实，本相不要问此事有无，而是要你们招出同伙与主谋。”

“没有哇，”唐姬此时已是不由她不认，“就是我与李大人两个商议，更无外人参与。”

李三针明白抵赖已是毫无作用：“相国大人，下官甘领死罪，至于同伙属实无有。”

卫绾冷笑几声：“这等弑君大事，就你二人决策谁能相信，再不从实招供，免不了就要皮肉受苦。”

李三针再次表白：“卫相国，下官已情知犯下死罪，若有同党岂能不招，千真万确只我二人所为呀。”

卫绾站起身，显出不耐烦来：“看起来不动大刑谅你难招，来呀，拖下去杖责八十。”

下人上前，不由分说，将李三针推出门外，按倒在地，黑红棒上下翻飞，直打得李三针哭爹叫娘，打至四十棒时，已是双臀皮开肉绽鲜血淋漓。他自己想，与其这样打死，何不胡乱招认，借此机会将几个仇家攀咬一下，倘能过关，先糊弄躲过这场棒刑再说。他便高声叫道：“卫相国，别打了，下官愿招。”

“好，带上来回话。”卫绾高兴地又坐回太师椅。

卫绾万万没想到的是，他这一严刑拷打所造成的后果是那么严重。

书房中十数盏麻油灯在欢快地燃烧，屋内明亮如昼，空气中弥漫着麻油燃烧时散发的淡淡清香。卫绾习惯地抽了抽鼻子，围着几案绕了一周，又将目光落在铺展在案头的那份李三针的供词上。由李三针签字画押的供状，一共开列了二十三名同党，而为首者便是廷尉窦臣。卫绾清楚得很，这窦臣是窦太后的侄孙，而且是嫡亲的侄孙。窦氏家族庞大，枝系繁多，很多人欲借窦太后的名望，不遗余力地要靠上这株参天大树，但被窦太后认可的不多。而这个窦臣可非比一般，自小儿便受到窦太后的疼爱，数不清被窦太后抱过多少次。就是现在成人后，也时常入宫到太后的长寿宫行走请安，这个窦臣应该说与太后是连心的。

卫绾是在考虑将这以窦臣为首的二十三人一并处死，他明白这是要冒风险的，这无异于在窦太后心上捅了一把刀子。曾为太子师今为大丞相的他难道不知李三针的口供值得怀疑吗？他当然不愚蠢，严刑下李三针的供词有假他怎会不知。卫绾这样做的目的，是要为先皇开脱，一个正值英年的万乘之尊，竟因为同宫女的风流债而丧命，这岂不为天下人留下笑柄。而如果是一个阴谋集团所为，似乎就可以解释的通了，这就是卫绾用酷刑逼迫李三针胡说的初衷。

作为太子师，刘彻即位成为一国之主是他第一步心愿的实现。他还不满足于此，他要为武帝做稳江山尽自己的未尽之力。身为在朝多年的重臣，他看得极为透彻，目前危及武帝皇位的只有一人，那就是太皇太后。同这个老婆子摊牌是迟早的事，那么自己何不发起主动进攻。当然这要冒掉脑袋的危险，但总得有人向窦太后的权威发出挑战。如今杀这个窦臣就是吹响讨伐窦太后的战斗号角，即便自己因此而罹难，也是用鲜血擂响了进军的战鼓，逼皇上同窦太后决战，早日剜出这颗肉中刺眼中钉。卫绾打定了主意，决心一搏。

远处传来雄鸡嘹亮的啼鸣，如火的朝霞映红了窗棂。卫绾做出了重大的决定，照单请客，将李三针咬出的二十三名人犯立即收捕。

韩嫣奉命去捉拿窦臣归案。大清早的窦府还在沉睡中，急骤的敲门声令窦府管家好不耐烦："是谁这般无礼，须知这是窦府，不是寻常人家。"

韩嫣照敲不误："开门，快开门！"

管家打开大门："何处狂徒，是想找不自在吧？"

韩嫣也不多说，径直向内便走："窦大人可曾起床？"

管家认出韩嫣，知道他是皇上的亲信，口气立时软下来："原来是韩将军，小人不知，多有冒犯，还望恕罪。"

"带我去见窦大人。"

管家紧走几步在前领路："大人尚未起床，是不是朝中有何大事，韩将军这一大早光临绝非平常。"

“当然是有要紧事。”韩嫣与管家说话间，已来到窦臣居室外，“速请窦大人出来相见。”

管家上前拍打窗扇：“大人，大人！”

窦臣被从睡梦中惊醒，十二分不满地：“你是犯浑还是犯傻，敢搅老爷我的清梦？”

“大人，是韩嫣将军有急事求见。”

窦臣打个沉吟：“啊，是韩将军，有何事就请明言。”

“窦大人，事关重大，岂可草率相告，”韩嫣敦促，“请即速整装着衣，以免有误。”

窦臣心想，看起来是有大事，这懒觉是睡不成了。匆匆穿衣来到户外：“韩将军，到底是何事啊？”

“卫相国请大人过府议事。”韩嫣依计而行。

窦臣略为沉吟：“下官与相国从无来往，突然传唤，所为何事？”

“末将只是奉命传信，相国言道事关重大，具体内容实在不知，”韩嫣劝道，“说不定朝中有何变故，卫相国要大人拿主意，去了后也就知晓了。”

窦臣虽说迟疑，但转念一想，去去便又何妨，就匆匆盥洗后跟随韩嫣到了相府。进了二堂，看见卫绾迎面而立，遂上前见礼：“参见相国大人。”

卫绾沉着面孔：“将窦臣与我拿下。”

“啊！”窦臣大吃一惊，“这是为何，本官身犯何罪？”

“你与李三针勾结，投毒害死先皇，犯下弑君大罪。”

韩嫣已是上前，不由分说将窦臣捆绑起来：“窦大人，多有得罪了，末将这是奉命行事。”

窦臣竭力挣扎：“卫相国，李三针是血口喷人，下官是天大的冤枉，毫不知情，绝无此事。”

卫绾扬了扬手中的证词：“现有李三针供状在此，铁证如山，岂容你抵赖。”

“相国，我要与他当面对质。”

卫绾冷笑几声：“遗憾得很，李三针已是畏罪自杀，死无对证了。”

“你，你是存心要嫁祸于我不成！”至此，窦臣已是明白八分。

“老夫这是为国除奸！”卫绾之言显然已透出杀机。

“哼！”窦臣也是报以冷笑，“下官是朝廷命官，若无口供你动我不得，不信你就能一手遮天，廷尉难道就无一个明白人？”

“你是自作聪明，老夫还能容你到廷尉去吗？”

窦臣感到毛骨悚然：“你，你动我不得，我是太皇太后嫡亲侄孙，太后不会袖手旁观。”

"等窦太后知道消息,你的尸体都僵硬多时了,"卫绾将写好的供状递与韩嫣,"韩将军,让他画押。"

韩嫣遵令,上前抓过窦臣手指,在上面按了指印。

"你,卫绾,必须悬崖勒马,真要加害于我,你是不会有好下场的!"窦臣声嘶力竭地又跳又喊。

卫绾将供状收好:"窦臣,日后老夫如何,你是见不到了。韩将军,推出门外,就地斩首。"

窦臣谩骂、嚎叫、求饶,一切都已无济于事,他和二十三名"同党",全在当天身首异处。

卫绾感到了一种说不出的畅快,因为窦太后所压抑的豪情,像火山一样喷发出来。俗话说得好,一不做二不休,手头还压有一桩涉及窦太后的公案,他一直投鼠忌器未敢轻动,而今既已同窦太后撕破了脸皮,也就没有了任何顾虑。

这件事说来也有一些时日了,窦太后的四个女儿的夫婿,全都被封为侯爵。原本是各有封地,比如说汾阳侯是在山西。可是这些侯爷并家眷全都滞留在京城,每日里携犬架鹰,众多恶仆相从,招摇过市,酗酒赌钱,寻衅滋事。长安府尹和手下差役谁敢惹这帮皇亲国戚,久而久之,一件人命案闹得长安城沸沸扬扬。

大约一个月前,窦太后的大女婿汾阳侯张广,在京城最负盛名的万喜楼饮宴,他喝得已有八分醉意,听见隔壁有女子卖唱的声音,不由侧耳听了听,那边唱的是:

杏花春雨二月天,
高祖爷私访到江南。
莺啼燕舞花争灿,
曲桥画舫酒旗悬。

张广觉得悦耳动听,便吩咐手下的教师爷许老大:"去,把那厢卖唱的给爷叫过来。"

许老大得令到了相邻房间,哪管正唱到中间,就咋呼起来:"停下,停下,别唱了。"

卖唱的青年女子小倩和母亲姚氏吓得不知所以,登时止住丝弦,闭上了檀口。

点唱的是位贵公子,论起来也是有点儿来头的,其父是诸曹主管,本姓花,名泰水。因其平素里专好斗鸡走马舞枪弄棒,实足的纨绔子弟,所以人都叫他花花太岁。他哪里受过这个，将杯中酒一扬，全泼在了许老大脸上："也没阴天下雨，从哪钻出个狗尿苔。"

许老大用手抹了抹脸上的残液："好你个狗日的，敢跟老子撒泼，我家侯爷要听唱，他们就得过去。"

"办不到，本少爷我是高山点灯名头大，大海栽花有根基，在我花太岁头上动土，难免就要吃不了兜着走，"花太岁冲着小倩一瞪眼，"给少爷接着唱。"

小倩哪敢得罪这瘟神，姚氏也就战战兢兢再拨三弦，小倩刚要开唱，许老大一旁已是气得脸色铁青，他飞起一脚，将花太岁面前的餐桌踢翻，顷刻间，杯盘菜肴狼藉遍地，花太岁和小倩、姚氏也无不淋得面目全非，衣裙油污。

花太岁岂能受此奇耻大辱，拔出腰间佩剑向许老大分心便刺。若论动武，许老大本是教师爷，虽说谈不上高手，但毕竟是有功夫在身。几个回合过去，就将花太岁打了个鼻肿脸青，躺倒在地。

许老大得意地走到近前，用脚踢踢花太岁的头："小子，怎么样，这回该知道马王爷长着三只眼了吧。"

花太岁闭上双眼，只有任凭对方奚落。

许老大回转身对着已是浑身打战的姚氏母女说："走吧，过去吧，想来该不用爷费事了。"

小倩和母亲乖乖地跟在许老大身后，步入张广的雅间。

"怎么，那小子不识相？"张广问道。

"禀老爷，小的已将那厮教训了，打得他躺在地上动弹不得。"

"打的轻，打死他也是白死，"张广说话间眼睛盯在了小倩脸上，"哟呵，只说唱得好，想不到小模样还这么周正，天仙似的。过来，坐在爷身边，陪爷喝酒，侍候大爷高兴了，有你的好处。"

小倩吓得躲在了母亲身后，姚氏打了深深一躬，递上曲目册子："老爷，请点个曲子吧。"

"老爷我现在不想听唱了，叫这小女子陪酒。"

"小女不会饮酒，望大老爷体谅。"

"不会喝也坐下来陪我。"

姚氏连连作揖："恳请大老爷宽恕，我们是卖唱的，您要是不听唱，我们就告辞了。"

许老大在一旁早已摸透了主人的心意："怎么，你说走就走，有那么随便吗？老爷看得起你，是你的造化，给我过去吧。"他不由分说，将小倩拦腰抱起，便按坐在了张广的身旁。

张广迫不及待地就动起手来，他伸手去摸小倩的乳峰：“小佳人，真是招人喜欢，让爷和你近便近便。”

小倩双手拦挡同时离席躲闪：“张老爷，你，你要尊重些。”

姚氏上前插在中间，为的是保护女儿：“侯爷，小女年岁小，不懂事，您就饶了她吧！”

“老梆子，给我远点儿滚开。”张广一抬胳膊搡过去。

姚氏被打个正着，只觉得眼冒金星，耳内撞钟，口里喷红，踉跄两步，额头撞在桌角，登时一个血窟窿。她哼了几声，头一歪，眼一翻，手一耷拉，两腿一蹬，就拔蜡吹灯了。

小倩一见母亲身亡，嚎叫一声就要扑上前去。

张广将她抱住，哪管姚氏死尸在旁，吩咐许老大：“将门与我带上，没有我的话谁也不准入内。”

“小人遵命。”许老大在门外站岗。

张广此刻已被酒精烧昏了头脑，在小倩的哭骂声中，剥光了她的衣服，按在桌子上，便强行非礼。

小倩的哭骂声惊动了全酒楼的食客，可是谁又敢来管侯爷的闲事，只是议论纷纷，无一人上前制止。而张广不满小倩的挣扎和哭骂，折腾个没完没了，迟迟的就是不收兵。

许老大虽说像条狗一样守在门前，可他却是满脸得意无限自豪。围观的众人在他眼中是多么渺小，而他则又是多么“高大”。他不时地用手驱逐靠近的食客：“去，去，都往后，别打搅侯爷的好事。”

一阵喧闹声传来，围观的人群纷纷闪躲，十数个家丁打扮的人闯了进来。许老大刚要训斥，认出为首者是被他打伤的花太岁：“你，你敢情还没死啊？”

原来花太岁挣扎着回府，召集家丁前来报仇。他也不多说，冲着许老大一指：“就是他，给我往死里打。”

众家丁一拥上前，许老大可就惨了，起初尚还嘴硬，后来不住讨饶，渐渐便无有了声息，有个家丁上前验看，高声说道：“别再打了，人都没气了。”

花太岁闻听，上前试试躺在地上的人的鼻息，果然气息全无。围观者见出了人命，心想反正都是仗势欺人的家伙，还不如让他们狗咬狗呢，于是就急火地向这个花太岁报案，屋里还有一个侯爷正在欺侮一个卖唱女子。

花太岁听完并未上当出手，他权衡了一下，心想自己只是掾属之子，对方位及侯爷，官爵要比自己的父亲高很多。他还不想惹上这样的权贵，预备开溜。

人群顿时又骚动起来，原来是长安府尹带人来到了现场。原来在双方打架的时候万喜楼的老板就已经派人报案了。官府赶到这里，面对侯爷张广和掾属公子花太岁，府尹是哪边都不敢得罪。为了解决案子，府尹只好将万喜楼的老板关押审讯，名为调查，但真正的闹事者却依然逍遥法外。张花两家趁着朝中事情多无人管的机会逍遥法外，为非作歹，将整个京城搞得乌烟瘴气，百姓人人自危。

这些情景卫绾全部都看在眼里，只是前一段时间事情太多，抽不出时间管理。现在他想趁此机会将这四个侯爷全都赶回各自的封地，这样京城的治安自然就会好一些，同时还能为汉武帝清除身边的隐患。有了这样的想法他便自行做主，命令张广等四个侯爷即日离京。

第十三章 祖孙相争 无敌韬晦

这天晚上，窦太后的宫中照例亮起了宫灯，窦太后正坐在桌前进晚餐，绣帘外就传来了悲悲切切的女人的哭声。

窦太后没有心情再吃下去，不高兴地放下了碗筷，问门口的太监到底怎么回事，大晚上竟然有人在门外哭。听到传唤，一个披头散发的女人边哭边闯进宫中，跪倒在窦太后的面前，声泪俱下地诉苦。太后问明到底怎么回事，原来她的丈夫窦臣被当朝的相国卫绾给杀了。

窦太后一听，愤怒地站立起来，心口处像插上了一把钢刀，不敢置信卫绾竟然如此大胆。窦太后气得在原地团团转，着急地想着对策。

执事太监小心翼翼来到近前："启禀太后，汾阳侯张广求见。"

"他又来做甚?"窦太后有几分不耐烦，因为在她印象中，张广是个好惹事不安分的人。

太监回道："张侯爷说是有重大事情禀报。"

"好，好，叫他进来吧。"

太监领旨，张广随后快步走进宫室，他到了太后面前双腿跪倒："母后千岁，可要为小婿做主啊!"

"又是怎么了?"窦太后眉头皱起，"又到哪里捅了娄子惹下祸，要找我堵窟窿?"

"太后在上，小婿一向奉公守法，从不敢胡作非为。可是那相国卫绾还是瞧我不顺眼，他在晚饭前派人来传令，限我全家，就是说还有公主，在明日一早必须离开京城。"

"有这等事?"窦太后有几分不信。

"千真万确，小婿不敢妄言。"

正说着，另三位侯爷并三位公主相约一同来到，也说的是卫绾限他们全家明日离京之事。

窦太后当真震惊了："想不到卫绾他敢如此放肆!"

"祖母太后，这一切分明都是冲着您老人家来的，"窦臣的妻子有意挑唆，"下一步他们就会对您下手了。"

"母后，您一定要罢了卫绾的相位，让他回家抱孩子去。"二公主撒娇地拉窦太后的衣襟。

张广近前些说:“太后,卫绾之所以敢不把您放在眼里,还不是有皇上为他撑腰,那得皇上认可才行。”

“好了,你们都各自回府去吧。”窦太后终于开口了。

“母后,那我们怎么办?”三公主问道。

“只管回家就是,一切有我做主。”窦太后不想再多说了,张广等人虽然不得要领,也只好忍气吞声地离去。

众人前脚方走,窦太后即吩咐执事太监:“传我懿旨,宣廷尉窦忠带二十名武士立刻来见。”

这窦忠是窦臣之兄,就在长寿宫执掌禁军,本是窦太后心腹,他正在宫门外当值,闻宣当即选挑了二十名得力部下,进宫中来见窦太后:“太后宣召,不知有何差遣?”

“埋伏在帐幔之后,听我摔杯为号,无论何人立即与我拿下。”窦太后问,“你可听清了?”

“小人明白。”

“不可误我大事。”

窦忠表示忠心:“小人是太后至亲,蒙太后恩宠才得以宫内当此重任,一切唯太后之命是听。保证小心埋伏,不露一丝破绽。”

“不,哀家要你半隐半现。”

窦忠有些糊涂:“太后之意小人颇不明白,若被来人看见,对方岂不警觉?”

“不要多问,只按我的吩咐行事便是。”

“遵命。”窦忠疑惑地将手下人全都埋伏起来。

窦太后又叫过执事太监:“即去未央宫走一遭,就说哀家突患重病,请皇上来看视。”

太监领旨出宫。

窦太后在宫内往来踱步,她的内心在激烈地斗争着。因为她必须对可能发生的一切情况做好准备,一旦刘彻拒绝了她的要求怎么办,真的将在位的君王关押起来吗?扣起来之后又怎么办,废黜刘彻另立一个新君吗?朝臣能否闹事,是否需要镇压再杀人?她的头脑中一团乱麻,怎么也理不出一个头绪。最后也只能得出这样的结论:走一步看一步吧。总之,自己不能失去对朝政的影响,做一名没有任何权力的太后,这对她来说还不如死掉。

一阵急匆匆的脚步声响过,刘彻气喘吁吁地步入长寿宫,他的总管太监杨得意紧跟在身后。当二人看见窦太后就站在面前时,不觉都怔住了,不知说什么才好,二人情不自禁地对视了一眼。

两侧帐幔后隐隐露出有武士埋伏,露出了已出鞘且闪着寒光的钢刀,还有人走动和窃窃私语声。

杨得意向刘彻抛过去一个眼神，示意他帐后有埋伏。

其实，刘彻也注意到了这异常情况。只是不便明确做出反应。他很快恢复了正常心态，上前躬身施礼："皇孙给太皇太后请安！"

"皇上不可多礼，老身受不起。"

"闻说太皇太后凤体不适，皇孙万分不安。不知有何病症，可曾传过太医？"

刘彻毫不惊慌，依然彬彬有礼。

"实话告诉皇上，哀家不曾患病，而是有了心病。"窦太后自去雕龙椅上落座，"皇上请入座吧，这样方好说话。"

武帝坐下后问："太后所称心病指何而言，还望明示。"

"你选的好相国呀！"

"卫绾，他怎么了？"

"他就要欺负到哀家头上了。"

"这怎么可能，尽管他是宰相，可也不敢对太皇太后无礼呀！"

"可是他已将老身的侄孙窦臣等二十三人斩首，还要将汾阳侯等四位公主全家赶出京城，下一步还不要对哀家我下手了吗！"

"当真有这等事？"

"听皇上的口气，似乎尚不知晓？"窦太后压着火说，"没有你的首肯，卫绾他敢独断此等大事？"

"皇孙的确是一无所知啊。"武帝脸上满是委屈，一副急于表白的样子。

"如此说来，皇上也许是真的不知情，"窦太后亮出了底牌，"卫绾他擅自胡作非为，犯下了弥天大罪，请皇上降旨将他问斩。"

"这……"武帝犹豫一下，还是提出了相反意见，"只恐不妥。"

"俗话说杀人偿命，他都杀了二十三个大臣，让他一人抵命还不是便宜了。"

"皇孙想来，卫绾既然杀人，也定有他的原因，岂有不问青红皂白，就处死的道理？"

"皇上，看来你是不想给哀家面子了。"窦太后话语冷酷，暗中含有令人毛骨悚然的杀气。

武帝觉得脖子后直冒凉风，但他表面上还是泰然自若："太皇太后在上，莫如明日早朝时向卫绾问个究竟。若他果然是无故杀人，自然要对他处以极刑。"其实武帝这是脱身之计。

因为武帝之言有理，窦太后也不好反驳，但她不肯等到明天，因为放虎归山她就没有主动权了："问问卫绾也好，让他死得心服口服。何必再等明日，今夜就召他进宫岂不更便当。”

武帝回头向杨得意使个眼色：“速去宣卫绾进宫。”

“慢！”窦太后何等精明，“皇上只带杨总管一人来此，没人在身边侍候不方便，这跑腿的事还是让我的人去吧。”

“其实，谁去都是一样的。”武帝不好过分相强。

窦太后也不容武帝再说，即吩咐她的执事太监：“你立即去传卫绾进宫，就说皇上找他议事。”

在等待卫绾的过程中，场面显得颇为尴尬。窦太后和武帝都觉得无话可说，有时武帝故意找个话题，二人也谈不起来，也不过是一问一答而已。特别是帐幔后的伏兵时而显露出来，更增加了几分恐惧气氛。杨得意想对武帝警示一下，也苦于找不到机会，因为窦太后寸步不离，二人只有偷偷交换一下眼神罢了。

难熬的尴尬总算过去了，卫绾应召来到了长寿宫。一路上虽然太监一丝不露口风，但卫绾一见是窦太后的太监，便已猜到了八分。而且在路上就已想好了对策，做好了最坏的打算，包括失去宝贵的生命。

窦太后一见卫绾，便有仇人相见分外眼红的感觉，她要给卫绾个下马威，她断喝一声：“卫绾，你可知罪？”

卫绾神态从容：

“老臣身犯何罪，还望太后明教。”

“你未曾奏明皇上，就无故擅杀二十三名大臣，该当何罪！”

“杀人之事倒有，本想就在明日早朝奏闻，”卫绾不慌不忙，“但老臣绝不是无故杀人。”“哀家问你，他们身犯何罪？”“合谋毒杀先皇，莫说将他们斩首，便祸灭九族也不为过。”“笑话，天大的笑话！”窦太后自信心十足地说，“先皇是久病而亡，这是尽人皆知，何来谋害之辞？”

“太后容禀，”卫绾将经过从头道来，“太医李三针供出，是受窦臣等二十三人指使……”

“难道仅凭李三针一面之词，就能认定窦臣他们二十三人是同党吗，难道不会是李三针受人指使血口喷人加以陷害吗？”

“太后，李三针有供词在，可以为证，”卫绾又取出随身带来的窦臣的口供，“这儿还有窦臣亲口招认并画押的口供，铁案如山。”

窦太后拿在手中，反复验看，其实她是在想主意：“这，不足为凭，焉知不是你严刑逼供所得。”

“太后取笑了，老臣身为一国宰相，尚知法度，怎会做那不法之举呢？”卫绾一口否认。

窦太后见卫绾不惧她的淫威，干脆转向武帝：“皇上，哀家问你，百姓犯法譬如杀人当如何惩治?”

武帝答道:“由官府当堂审问,人证物证齐全,报上级官府核准,最后经廷尉批文,再按期施刑。”

“着哇!”窦太后得理不让人了,“就连平民百姓都要逐级审核,谁给了卫绾特殊权力,一夜之间将二十三人斩首。这分明是他炮制的冤案,不敢交廷尉审理,才匆匆忙忙杀人了事。”

“这……”武帝难以为卫绾辩解,“他所做是过于唐突草率了。”

卫绾明白今日决战已是不可避免,决心发起新的进攻:“万岁,臣还有本上奏圣聪。”

“你且讲来。”武帝以为卫绾是有辩词。

“老臣同御史大夫赵绾、郎中令王臧共同拟成一道本章。窦太皇太后年事已高,且已隔代,不当再干预朝政,只应在后宫颐养天年,否则,国家将永无宁日,皇上也难以施政。”

“你!卫绾你好大的胆子。”窦太后不等武帝表态,早已是怒不可遏,她一把要将表章夺过来。

卫绾闪身抽回手:“太后,你也过于跋扈了,我是向万岁动本,你没有资格这样无礼。”

“皇上”,窦太后只好又向武帝发威,“看看你的臣子成何体统,竟然这样待我,他眼里还有你这个皇上吗?”

“这……”武帝毕竟年轻气盛,真心不觉流露出来,“其实卫相国和众卿也是一番好意,太皇太后年事已高,他们无非是想让您清心寡欲,益寿延年。”

“怎么,你也这样说!”窦太后现出失望,也有了绝望感,她不自主地摸起了茶杯。

杨得意感到形势严峻,忙不迭向武帝频频使眼色。武帝明白杨得意的用意,他很清楚眼前的处境,如若不向祖母让步,埋伏的武士就会蜂拥而出,那么一场以自己被杀或被抓的宫廷政变就要发生。此刻他想到了两句名言,“小不忍则乱大谋”,“留得青山在,不怕没柴烧”。他的话锋立即一转:“卫相国他也太过分了,太皇太后历经三朝,多有施政经验,朕又年轻,更应多听教诲,而且是求之不得,况且这是我皇家私事,他未免管得太宽了。”

窦太后感到这番话顺耳,其实或废或抓或杀武帝,她都不希望这种局面真的出现,不到万不得已时她是不会走这一步的。不知不觉地她又将茶杯放回桌上,但口气依然严厉:“卫绾欺君罔上罪在不赦,皇上当治他死罪。”

“这……”武帝怎能狠下心来让恩师死于非命,“太皇太后,卫绾当无死罪，这样做似乎不妥。”

“他擅杀二十三名大臣，他无端诽谤哀家，他不经圣命即欲赶走四位侯爷离京，可称是罄竹难书，死有余辜！”窦太后毫不松口，“卫绾决难活命，皇上要将他立即处死。”

武帝依然坚持己见：“卫绾国家宰相，年高德重，且又曾教导皇孙多年，还望慎重考虑，收回成命。”

“怎么，皇上不杀？”

“此事皇孙实难遵从。”

窦太后不觉又将茶杯抓在了手中：“皇上，他杀了二十三个人，哀家要他一人抵命，并不为过。”

杨得意看到帐幔后武士们蠢蠢欲动，担心发生变故，急切地向武帝使眼色。

卫绾也发觉气氛不对，便挺身而出：“万岁，老臣一心为国，并无二意，太后要杀便杀，老臣死不足惜。”

“皇上，你就成全他吧！”窦太后仍在催逼。

武帝明白眼前的处境，知道面临着生命危险，但他不肯以牺牲卫绾生命的代价，来换取自己的安全。他依然是义无反顾：“太皇太后，卫绾杀不得！”

窦太后将手中茶杯高高举起。

长寿宫的空气几乎要凝固了，在场的人可以听见彼此的呼吸声。武帝抱定了拼死一搏的决心，窦太后事到临头还在犹豫。卫绾与杨得意在为武帝的安危焦虑，而帐后的窦忠也是矛盾心理。既希望窦太后发出信号对武帝下手，为弟弟窦臣报仇雪恨，但他又默默祷告上苍，愿窦太后能改变主意，不要同皇上闹僵。因为面对的毕竟是一国之主，一旦事败就要诛灭九族。

关键时刻，杨得意要为双方解围，他上前说：“万岁和太后息怒，可否容奴才进一言？”

窦太后正愁台阶难下：

“你且讲来。”

“依奴才之见，卫相国擅自做主斩杀大臣确有不当，但杀死二十三人事出有因，皇上就是不杀，也当对卫相国治罪。”

“你说当如何处治？”

“将他革职。”

窦太后摇摇头，但总算做了让步：“这太便宜他了，至少也要入狱或者流放海南。”

武帝明白杨得意的一番苦心，他也适时地做出让步：“为让太皇太后消气，朕意对卫相国官降三级罚俸三年。"

"不行，这太轻了。"窦太后不满意。

杨得意实在不愿见到武帝遇到凶险："万岁，太后心情可以理解，您就降旨革除卫相国的职务让他回家养老吧！"

武帝想，这样对峙下去总不是个办法，窦太后随时都可能做出鲁莽之举，还是先退一步再说："也好，朕决定罢黜卫绾相国之职。"

窦太后趁势进前一步："看在皇上金面，就依杨公公之言，但国不可一日无相，上次哀家推举的许昌，足以继任宰相一职。"

"这……"

武帝在思考推托之词。

"皇上，上次哀家提起时你就未曾反对，只说卫绾刚任不好朝令夕改，现下卫绾罢相，许昌继任岂非理所当然？"

武帝业已在心中拿定了主意：

"太皇太后言之有理，皇孙遵从就是。"

"皇上这样明理，哀家甚为欣慰，"窦太后又提出新的要求，"就请一并降旨，封庄青翟为御史大夫，石健为太尉。"

这是两个相当重要的官职，特别是太尉，是执掌兵权的，武帝心中有数，他要使个缓兵计："太皇太后，这些待过些时日再议如何？"

窦太后冷笑几声："其他官职均可不议，唯此二职现在非明确不可。"

武帝思索一下，太尉一职他不能轻易交与窦太后的党羽，便说："庄青翟可任御史大夫，至于石健，他不懂兵书战策，又不能上阵冲杀，实难胜任太尉要职，让他做个郎中令吧。"

对于太尉人选，窦太后也是急切间想起石健这个亲信的，武帝之言有理，她觉得难以驳回，但太尉执掌兵权，又是非拿过来不可，实在没有更合适的人选了，她想到了侄儿窦婴，虽说不甚理想，但毕竟是自己的家族："窦婴曾为大将军，可为太尉。"

武帝想到窦婴曾反对窦太后立梁王为太子，说明此人还有一定的正义感，再若反对难免引火烧身，事已至此，也就只好同意："皇孙依从就是。"

窦太后要做到万无一失："皇上，虽说金口玉牙一言九鼎，但还是以字为证，就请当殿草诏。"

武帝难以反对，就在御书案上，按窦太后的要求书写了圣旨。

窦太后还要更求稳妥，告诉自己的执事太监："立即传旨，召许昌、庄青翟、窦婴三人入宫。"

这对武帝实在是个沉重打击，他的计划被全盘打乱，原想应付过去出了这长寿宫就彻底翻过来，谁料窦太后竟是这等就地挖坑，而武帝没有想到的还在后边。

许昌三人来到，当面宣读了圣旨，一切军政大权都落在了窦太后之手。武帝感到心力交瘁："太皇太后，一切都按您的要求办了，皇孙也该回转未央宫了。"

"哀家看还是莫急。"

"太皇太后还有何吩咐？"

"哀家与皇上也难得相聚，今夜就留宿我的长寿宫，你我做一次彻夜长谈当为快事。"

武帝明白反对也是无用："皇孙遵命。"

第二天，许昌等将一切安排妥当，也就是说政权兵权全已切实抓到了手中，许昌来向窦太后禀报后，窦太后才允许武帝离开长寿宫。

实质上，这是一次不流血的政变，对武帝的打击是相当沉重的。可以说，他的生死和废立全都掌握在了窦太后手中。他现在是个徒有虚名的皇帝，是操在窦太后手中任其摆布的木偶。

汉武帝对于大汉朝的政治彻底灰心了，他不知道自己作为一个没有实权的皇帝到底有什么意义。

他将所有的不快都投放到对于学术的研究之上。他想着，既然窦太后要将权力霸在手里，索性随她去吧，但自己不能就这样碌碌无为，索性在国民思想上做做文章，或许也能做一些成绩出来。

于是在建元元年便出现了一次规模盛大的尊儒活动。在这次活动过程中，丞相卫绾奏："所举贤良，或治申、商、韩非、苏秦、张仪之言，乱国政，请皆罢，奏可。"这一奏议提出要罢申、商、韩法家和治苏秦、张仪纵横家两个学派的学者，罢除的范围限制在这年所举贤良方正之中。实质上就提出了罢黜百家的方向。

但这样的想法显然不能实现，因为当时酷爱黄老之学的窦太后健在，武帝正迷信阴阳家、方士，提"罢黜百家"显然不合时宜。而且，参加这次活动的会稽人庄助（严助）因对策深受武帝赏识，被拜为中大夫，而庄助就恰是一位政治纵横术的学者。

这次会议之后大约过了八个月，建元元年六月卫绾以"景帝病时诸官囚多坐不辜（罪）者不任职"为名被免去了丞相职务。

汉武帝建元五年（公元前136年）又发生了"置五经博士"和罢各家传记博士的事件。

既然如此，自然"黄老、刑名百家之言"等有关的传记博士全部被罢黜了。而所谓"独立五经"，就是国家只立儒学的五经博士，儒学成了国学、官学，其他国立的传记博士统统被罢除，地位也随之下降。

王太后得知这件事情后，长叹一声说道："彻儿，不知道你还记不记得你父皇在位时，朝中的一位重臣辕固生？他当时仅仅是和道家做了一场辩论，太皇太后尚不肯放过，险些要了他性命。你现在居然要罢黜百家，独尊儒术，太皇太后岂能答应？我儿不要忘了，你虽贵为天子，但朝中的大臣，多为太皇太后一党，她只用一句话，便可将你从皇帝的宝座上拽下来。"

经母后一提醒，汉武帝便想起了那辕固生与野猪搏斗之事。

景帝在位时，辕固生是朝中有名的诗博士，乃儒学中的佼佼者。他曾与道家一位叫黄生的学者在朝堂上辩论这样一个论题：商君成汤所进行的推翻夏朝和周君武王所进行的推翻商朝的两场战争。

在争论中，辕固生据经引义，说成汤诛灭夏桀，武王诛灭商纣，皆是深得民心的正义行为。

黄生则引用道家学说，说什么再破的帽子也是要往头上戴，再新的鞋子终究也是要穿在脚下，成汤和武王虽是圣人，但君主失德，臣下只能匡正义尊天子，而不当诛杀。

这一番道家的理论，显然于统治者有利，符合黄老思想的无为而治，故而那时的皇太后窦太后便有些偏袒黄生了。

辕固生性格倔强不阿，竟要与窦太后争个高低。太后故意问他："你对《老子》一书怎么看？"辕固生极其轻蔑地说道："这不过是匹夫庶人的琐言碎语罢了。"

窦太后勃然大怒，说辕固生侮辱黄老之学，怒气冲冲地说："难道你辕固生所学的学说就能降寇虏、驱虎豹吗？既然你有这种本事，好，那就来当场一试。"

说毕，将辕固生带到御苑的兽圈旁说道："这里面有一头野猪，你若能将它降伏，我便赞成你的学说。"这简直是蛮横无理，可蛮横无理又能如何？人家是当朝太后，辕固生只不过一个小小的儒生！

辕固生当年已六旬有余，手无缚鸡之力，闻言吓了一跳，可又有什么办法！

窦太后命人打开兽圈门，将他强行推了进去。那野猪足有三百来斤，一身灰皮，油光发亮，口中两颗獠牙一寸多长。辕固生胆战心惊，暗自想道：我命休矣！

景帝固然有些怕他的母亲，但却远没有他的母亲那么偏执、残暴。再者，辕固生所言并无多大罪过，若是为此要了辕固生性命，谁还敢在朝堂上发表不同意见？这样一来，自己不就变成第二个周厉王了吗？

几经权衡，决定暂把母子恩情抛在一边，解下随身佩剑，抛给辕固生。

窦太后心中尽管不快，但儿子贵为皇帝，也不便阻拦。辕固生再有本事，土已涌住脖子，莫说给你一把宝剑，就是十把，他也不是这野猪的对手。谁想那辕固生求生心切，与野猪搏斗了半个时辰，竟然将野猪给杀死了。然后精疲力竭的辕固生才被架出了兽圈。

想起这件事，汉武帝也有些心惊，知道问题并不像自己想象得那么简单，惶声问道："母后，孩儿已将事情做错，您老人家看该当何处？"

王太后一字一顿地说道："舍卒保车，换汤不换药。"

武帝是一个何等聪明的人物，闻言，心头一震，反问道："母后要孩儿舍了卫丞相？"王太后点了点头。

武帝于心不忍，嗫嚅着说道："他可是孩儿的恩师呀！"

王太后正色说道："官场险恶，斗争残酷，宫廷更甚，到了紧要关头，莫说那卫绾和你仅有师生之谊，就是有骨肉之情，该舍弃时也要舍弃。"

武帝无话可说，默想了一会儿说道："好，就依母后之见，来一个舍卒保车。但孩儿还有一事不明，还请母后明示。"

王太后满脸殷切地瞅着儿子："什么事，我儿但说无妨。"

"什么叫换汤不换药？"

王太后一脸微笑地说道："我儿聪慧无比，这还需要娘说吗？"武帝思忖片刻，忽有所悟，一脸惊喜地说道："哦，孩儿想起来了。"

他想起了什么呢？他想起了魏其侯窦婴。

窦婴乃三朝元老，在平定七国之乱中有保汉大功，又是太皇太后的内侄，表面尊崇的黄老之学，骨子里对儒学爱之极深，让他代替卫绾来做丞相，太皇太后一定不会反对，而自己仍可依儒学行政。

他躬身一揖道："多谢母后！只是丞相乃百官之首，一人之下，万人之上，且是，身后又有个太皇太后撑腰，他窦婴若是给孩儿捣乱起来，那麻烦可就大了。"

王皇后摇头说道："我儿不必担心，窦婴虽说是太皇太后内侄，其实向来是面和心不和的。那一年，为劝阻先王传位给梁王的事他得罪了太皇太后，太皇太后也因此而记恨窦婴，吓得窦婴辞去了官回乡赋闲，若非吴、楚七国之乱，他恐怕就要老死乡间了。我儿若是对窦婴实在不放心，可将太尉这一职务再恢复起来，由太尉职掌兵权，有了兵权就有了一切。"

武帝轻轻颔首道："这倒是一个办法。只是太尉一职这么重要，让谁做好呢？"

王皇后直说道："你二舅田蚡自幼熟读兵书，又做过五宫中郎将，爵封武安侯，论才能、论声望，他完全可以胜任太尉之职。"

说那田蚡自幼熟读兵书，是有些言过其实，但他确实对《孙子兵法》有过一些粗浅的研究。

他武艺不甚出众，但对付二三十个兵卒，却也绰绰有余。何况他又是自己亲舅，有道是舅甥如父子，若是连自己的亲舅都信不过，还能信得过谁呢？

武帝瞅着母后，一脸真诚地说道："多谢母后，母后帮了孩儿大忙。"

第十四章 武帝隐忍 聚敛贤才

次日一早，他便当殿宣布，拜窦婴为丞相，拜田蚡为太尉。

这招相当高明，不仅使自己摆脱了困境，且取悦了两宫太后，又可以利用窦婴、田蚡二人的权势和威望镇压朝中元老。文武百官不得不对这个小皇帝刮目相看了。

窦婴、田蚡当即走马上任。他二人声望虽高，却并无执政能力，于是便举拔著名儒者赵绾为御史大夫，王臧为郎中令。

这样一来，便形成了以窦、田、赵、王为核心的新的执政班子。

赵绾、王臧二人也不是什么治国大才，对儒家治国学说并不精通，只是学习了些礼仪方面的皮毛东西。于是，他俩便向武帝奏请，仿照古制，设立明堂、辟雍。

明堂是古代天子宣明政教、接见诸侯之地。古代，凡有朝会、祭祀、庆赏、选士等大典，都在明堂举行。

辟雍是古代天子所立的大学，至于何称为辟雍，皆因学堂所盖，周围环水，其形如圆。辟字则含光明之意，是有德的意思。不说辟水而辟雍，雍即雍和。辟雍始于商朝，是学习各种道艺，使天下人都能明达和谐的大学校。

武帝虽说年少，雄心却大，召贤问策已使他初步得志，提到设明堂和辟雍，当然赞成，便令他二人参考古制，采择施行。

赵绾、王臧在这方面，只是听闻，并不真懂，见武帝当了真，于是，又上奏一本，说臣师申公，稽古有素，应有特旨征召，邀令人议。

这申公为故楚遗臣，年已八十余岁，本乃鲁人，在楚国做官。

楚王刘戊，生性淫暴，申公屡谏不听，反为囚徒，日日司舂。

后吴楚七国叛乱兵败，刘戊自焚，申公方才逃出牢笼，归家授徒，独重诗教，有弟子千余人。但凡怀疑《诗经》中道理者，概不为徒。

武帝久闻申公盛名，知他是儒学泰斗，立即遣派重臣，用安车蒲轮，束帛加璧，迎聘入都。

申公既到长安，面见武帝。武帝见他道貌高古，格外礼敬，当下传谕赐坐，向他询问治国之道。申公缓缓说道："为政不在言多，但视力行即可。"

武帝爱好文学，喜欢夸夸其谈，本以为申公定是妙语连珠，比之董仲舒还要强上几分。

谁知申公两句话说完，便缄住口，再无下文，大失所望。其实，这正是申公的高明之处。

前些日子，武帝召贤问策，董仲舒洋洋万言，使天子欢了心，却也导致了贤相卫绾被免职。有这前车之鉴，申公岂肯再蹈仲舒覆辙！

武帝不明申公深意，反觉着他年老昏聩，无甚真才实学。但既已这么隆重地把他接来，又不想就此罢休，于是任命申公为太中大夫，暂居鲁邸，负责筹建明堂、辟雍，以及改历易服与巡狩封禅等礼仪。

太皇太后见武帝领着一些儒生，搞什么召贤对策，明堂辟雍，而这些行为，都是与黄老之术相对。

她识字不多，对黄老之术，却奉为金科玉律，所以景帝、武帝以及刘氏、窦氏子孙，都得读黄老之书，奉行黄老之术。故而，景帝在位16年，从未敢违过母亲之意。

武帝却年轻气盛，不知深浅，屡屡与太皇太后做对。

此时太皇太后已由昭阳殿搬至长乐宫，她忍无可忍，将武帝召至宫中，大加训斥，逼他遵从古制，罢儒术，明堂、辟雍、易服、封禅等事不得再议。武帝不敢违拗祖母，一一应承下来。

消息传出，惹怒了御史大夫赵绾，就冒冒失失上了一本："古礼妇人不得预政，陛下已亲理万机，何必还要事事听命东宫？"

武帝听了，默然不语。此事为武强侯庄青翟探知，密奏给太皇太后。

太皇太后闻知，非常震怒，立召武帝入内，责他用人不当，说他赵绾崇尚儒术，怎得离间亲属？这明明是导主不孝，应该严惩。

武帝爱惜赵绾人才，大着胆子为他辩护，说是赵绾多才多能，乃是丞相窦婴和太尉田蚡所荐，而且同时被荐的还有一个王臧。

他不辩犹好，他这一辩，太皇太后越发怒不可遏，厉声斥道："窦婴、田蚡，算个什么东西！所荐非人，理应免官。赵绾、王臧乃反对黄老之学的罪魁祸首，立即给我下狱！"

武帝不敢再辩，唯唯而退。左思右想，不敢开罪祖母，只得勉强下两道圣旨，一道将窦婴、田蚡免职，一道将赵绾、王臧下狱。

赵、王二人，见皇上如此怯弱，料无指望，双双自杀而亡了。

武帝原本打算，丞相、太尉暂不任命，等太皇太后火气消了，再重新启用。哪知太皇太后年纪越大，越是跋扈，竟然隔着武帝，自颁懿旨，拜柏至侯许昌为相，武强侯庄青翟为御史大夫，拜万石君石奋长子建为郎中令，二子德为奉车都尉，三子强、四子庆为左右内史。

说起这个万石君石奋，也是大汉的一个元老级人物。

他15岁即投奔汉高祖，迁官至大中大夫。

那时，大汉国还没有建立。他虽说不懂学术文章，但对黄老之学情有独钟，终身奉行，加之居官谨慎，文帝时，拜官太子太傅。景帝时，位列九卿，长子石建，次子石德，三子石强，四子石庆，也都奉行黄老之学，其所任官职的俸禄，全都达到了二千石。

于是景帝说："石君和四个儿子，都官俸二千石，做大臣的尊贵光荣竟然集中在他们一家。"所以，赐石奋号为"万石君"。

说起来，太皇太后为武帝强行任命的这六位大员，还是比较称职的。

武帝可不这么想，当内监将这份懿旨送到武帝手中时，他正与韩嫣博弈，懿旨未读完，便一气将案子掀翻，怒狮般地吼道："混账！到底她是皇帝，还是朕是皇帝？"

吓得韩嫣忙上前一步，将他的嘴巴捂住，一双惊恐的眼睛四下望了一遍，见当值的内监之中并无太皇太后心腹，这才松手。

武帝一把推开韩嫣，继续吼道："怕什么！大不了朕这皇帝不当了！"

韩嫣满脸堆笑道："臣斗胆奉劝陛下一句，臣这舍人可以不做，不做舍人，大不了当个平民百姓。陛下这皇帝却是万万不能不做的，就是您想不做皇帝，想做一个平民百姓，人家放心吗？人家会让您安安心心地做吗？不能，绝对不能，自古以来，从没这方面的先例。您若丢了皇帝，便意味着丢了脑袋，孰轻孰重，还请陛下慎重考虑。"

这一番话说得合情合理，武帝也逐渐冷静下来，长叹一声说道："爱卿讲的这番道理，朕岂能不懂！可朕乃皇帝，皇帝乃天之骄子，一国之君，至高无上，反过来听命于一个老妇，朕这皇帝当得窝囊呀！"说得泪眼涟涟。

韩嫣掏出香帕，一边为他擦泪，一边劝道："这不叫窝囊，谚曰：'能大能小是条龙，能大不小是条虫。'谚又曰，'进一步万丈深渊，退一步天宽地阔'。太皇太后再霸道，也已经是72岁的人了。有道是'七十三、八十四，阎王不叫自己去'，她要是两腿一蹬，这大汉的天下不就全成了您的吗？到那时，您想怎么干，就怎么干，何必逞一时之愤，与太皇太后争什么高低！"

"话是开心斧"。经韩嫣这么一讲，武帝的气又消了大半，扶起御案，再度对弈起来。

对弈固然不错，既可消遣，又可增智。但天天对弈，生活未免有些单调枯燥。

武帝年轻好动，想换一个玩法。韩嫣就像他肚中的蛔虫，嘻嘻一笑说道："咱们打猎去吧？"武帝双眼猛地一亮，欣喜若狂道："打猎好啊，走！"

可未及动身，平阳长公主就进宫见驾，呈给他一份奏折，说是平阳厌次一个叫东方朔的奇人写的。

平阳长公主，也就是阳信公主，是武帝的大姐，名叫刘燕，汉景帝在位时，下嫁平阳侯曹寿，故又被称为平阳长公主。

碍于姐弟情面，武帝将狩猎的念头先暂时搁置一边，捧起东方朔的奏章，看了起来。谁想，刚读了个开头，便被那奏章吸引住了，忍不住笑出声来。

奏章是这样写的“臣朔少失父母，长兄养嫂。年十二学书，三冬文史足用；十五学击剑、十六学《诗》《书》，诵二十二万言；十九学孙、吴兵法，战阵之具，钲鼓之教，亦诵二十二万言。凡臣固已诵四十四万言。又常服子路之言。臣朔年二十八，长九尺三寸。目若悬珠，齿若编贝，勇若孟责（孟贲，卫人，古勇士），捷若庆忌（庆忌，吴，王僚子），廉若鲍叔（齐大夫），信若尾生（古信士）。若此，可以为天于大臣矣……”

这等书辞，若遇着老成皇帝，定然视作疾狂，抛弃了事。偏偏武帝童心未泯，好奇心重，爱不释手，看着看着哈哈大笑起来，边笑边对平阳长公主说道：“这个人竟是毫不谦虚地自吹自擂，朕怕是一个吹牛大王呢！”

平阳长公主笑回道：“陛下不要着急，请往下看，真东西在下边呢！”

武帝埋头又读了下去：“臣朔以为治世之道，不过有三，则是教也，利也，威也。以道德为丽，以仁义为准，使天下望风成俗，昭名化之，此为上策；以名利为饵，以金钱作依弛，推而广之，此为中策；以武力行道，以残暴做人，顺者昌，逆者亡，此为下策。秦、纣因暴虐而失天下，高祖因宏恩大降而得天下……”

武帝掩卷说道：“这人对治国之道还真有两下子呢！”

平阳长公主依旧笑着回道：“他若是没有两下子，我能推荐给您吗？”

“这倒也是。哎，此人现在何处？”

“在厌次乡下教书。”

“大姐怎么认识他的？”

“他是你姐夫的一个拐弯亲戚。”

“既然如此，速速召他进宫！”

“臣妾斗胆问一声，那东方朔召来以后，陛下将如何待他？”

“待诏公车。”

公车属卫尉管领，置有令史，凡征求四方名士，得用公车往来，不需私费，就是士人上书，也必至公车令处呈递，转达禁中。武帝既然叫东方朔待诏公车，显然是有心起用。

平阳长公主听了这话，乐颠颠地返回侯府，遣人骑快马加鞭径奔厌次，将东方朔召到京都，待诏公车。

谁知那武帝醉心狩猎，不理朝政，东方朔一住便是半年，漫说封官拜爵，连皇帝的面也未曾见上一见。囊资早已用尽，每月生活费用，全靠从公车处领来的那一小袋米和240个铜钱。应诏来京之时,哥嫂和乡亲们送了一程又一程,盼望自己做个大官,一来光宗耀祖;二来报效国家,而自己也信心百倍,志在必得,想不到……

他不敢往下再想,也不愿往下再想,吃了睡,睡了吃,消磨时光。

这一日,他午休起来,一群侏儒从外边吃饭回来,满面红光,喷着酒气,唧唧喳喳。

侏儒,就是小矮人,是从全国各地征来、专供皇帝玩耍开心的,每月的俸禄也是一袋米和240个铜钱。

这些侏儒东方朔都认得,一看到他们这个高兴样子就来气:我堂堂的九尺男儿,怎么能和这些人同院为伍呢?我得设法儿吓他们一吓。他一边想一边从屋里跑了出来,冲着那群乐呵呵的侏儒们喊道:"站住!"

侏儒们止步转身,满脸狐疑地瞅着东方朔。

东方朔趋前几步,故意做出一副悲天悯人的样子问道:"尔等大限已经到了,尔等知道不?"

侏儒们闻言,满面不悦道:"我等活得好好的,你胡说些什么呀!"

东方朔"哼"了一声道:"尔等死到临头了还不知晓,真是一群蠢猪!"

侏儒们你瞅瞅我,我瞅瞅你,异口同声问道:"你这话从何说起?"

"从何说起,从朝廷说起,朝廷要杀你们呢!"

侏儒们大吃一惊:"为什么朝廷要杀我们?"

"为什么?"东方朔前后左右看了一圈,见除了这群小侏儒外没有其他人,才压低声音说道:"在下在宫中听人说了,朝廷将尔等从四面八方召来,名义上是让尔等来侍奉天子,实际上是把尔等召集到一块儿杀掉,暗暗地弄到后宫的花园里,下鼎煮汤,浇灌花木。尔等想想,尔等既不能做官,又不能务工种田,更不能上阵杀敌,无益于国家,无益于百姓,白白地浪费粮食和衣物,要尔等何用?但皇上要是明目张胆地诛杀尔等,恐怕对自己的名声不好。这才把尔等诱骗到宫中来,一个个杀掉了事。"

侏儒们听他这么一说,号啕大哭起来。有哭他老母的,有哭他妻儿的,有哭自己命苦的。

东方朔强忍住笑,装作同情万分的样子道:"有道是,'君叫臣死,臣不得不死。父叫子亡,子不得不亡。'死到临头,尔等光知道傻哭有什么用,还不赶紧想点办法!"

众侏儒涕泪俱下地求道:"人慌无智,我等有什么办法呀?听说东方先生是皇上看中的奇伟之人,求先生快想想办法救救吾等这些可怜的侏儒吧!"

侏儒们见他沉默不语,扑地朝他脚下一跪,磕起头来。

东方朔叹了一口气："不是在下不愿给尔等想办法，怕的是这事传到皇上耳里，说在下泄了他的秘密，坏了他的大事，找在下算账呢！"

侏儒们拍着胸脯说道："先生放心，您救了我们大伙的命，我们感激还来不及，谁还会把您给捅出去呢？"

东方朔慷慨激昂地说道："捅出去在下也不怕，大不了一死。死在下一人，换尔等生，也是死得其所。"

一番话说得侏儒们热泪盈眶，再一次磕头以示感谢。

东方朔轻咳一声，清了清嗓子说道："这样吧，尔等尽管到皇宫门口候着，一旦御驾出来，大家一齐拦住它，叩头谢罪，说家中有妻子老小，求皇上开恩免死。若皇上问尔等听谁说的，尔等就推到在下身上，包管尔等没事。"

众侏儒破涕为笑，千恩万谢地离去。

第二天，果然照着东方朔的话，早早地来到宫门口候驾，因怕御驾出来错过机会，连午饭都不吃了。

他们一连候了三天，总算把皇上御驾盼了出来，呼啦一下迎上前去，下饺子似地跪了一地，一边磕头，一边哀求皇上饶命。

汉武帝一听懵了，一脸困惑地说道："朕何时说过要杀尔等？尔等这话是听谁说的？"

众侏儒异口同声地回道："臣等是听东方朔说的。"

汉武帝脸色铁青，咬牙切齿地说道："这个东方朔，谣言竟敢造到朕的头上！韩舍人听旨。"

韩嫣闻声而出，跪地问道："陛下有何赐教？"

"速传东方朔进宫见朕。"武帝说罢，喝令打道回宫，坐等东方朔。

东方朔正在卧室看书，一听皇上召见，忙整了整衣冠，大步流星地朝皇宫赶来。

这是他第一次进宫。

皇宫大院，森严壁垒。朱漆大门两旁立着八个金盔银甲的持戟武士。进门前行，青砖铺路，花石为阶。每行九步，便是两个执戟武士。

也不知走了多久，大概半个时辰吧，巍巍峨峨、金碧辉煌的未央宫展现在眼前。

他拾级而上，距那汉天子御座尚有半箭之地，便听礼仪官高喝了一声"停"字。

东方朔闻声止步，忙三拜九叩，行君臣大礼。因他身材高大，行动笨拙，叩拜时又有意弄出些滑稽动作，引得一脸严霜的汉天子，暗自乐了起来。

但武帝强忍住笑，问道："东方朔，尔恐吓侏儒，尔可知罪？"

东方朔闻言，撅着个大屁股，以头触地，久无声息。汉天子暗自惊讶，向韩嫣丢了一个眼色，示意他下去看看。

韩嫣走到东方朔跟前，正要开口问讯，东方朔突然抬起头来，把韩嫣吓了一跳。

东方朔面对汉天子，高声说道："启奏陛下，臣不知罪！"

汉天子把脸一沉说道："尔恐吓侏儒，造谣惑众，而且这谣竟造到朕的头上，尔还不知罪吗？"

东方朔理直气壮地回答道："陛下高大英武，聪明绝伦，功德超过了尧舜，秦始皇只配当您学生，齐桓公给您当孙子还不够格。臣对您又敬又爱，日夜梦想能够见驾，但总不得见，才冒死施这雕虫小技，以求一见天颜，何罪之有？"

汉天子好大喜功，最爱听人奉承，见他这么一说，肚中那点不快全跑到交趾国里去了。

武帝有心赐他平身，转念一想，这东方朔为了见朕一面，竟把侏儒们吓得半死，害得自己连猎也没有狩成！朕不能就此放过了他。想到此处，又出口责道："东方朔，汝冒死见朕，到底为了何事？你要说得有理，朕就既往不咎；若是无理，小心尔的脑袋！"

东方朔一点儿也不害怕，朗声回道："臣有要事相奏。"

汉天子威严地说道："讲。"

"侏儒身长三尺，每月领米一袋，钱二百四十文；臣朔身长九尺三寸，每月也是米一袋，钱二百四十文。侏儒们吃不了几乎撑死，臣朔吃不够几乎饿死！臣以为陛下求才，可用即用，不可用即令归乡，勿使在长安长期索米，令臣饥寒交迫，难免一死呢！"

汉天子听罢，纵声大笑："汝言之有理，朕命汝待诏金马门。"

何为金马门？

这金马门乃是宦官署门，因门旁有一对铜马而得名，朔既得入宫，便容易和天子见面。只要能常和天子见面，还怕没施展才能的机会吗？且不说那待遇强似待诏公车十倍。

回去的路上，越想越高兴，忍不住咿咿呀呀地哼起了乡间的小曲儿。

众侏儒听说东方朔回来了，发一声喊，一齐朝东方朔涌去，口中还骂骂咧咧地："东方朔，你真不是个东西，踩着我们的肩膀往上爬！"

"东方朔，你为了往上爬，差点把我们吓死，我们饶不了你！"

一边骂一边握拳捋袖，要找东方朔算账。

东方朔身材高大，又是学过武功的人，莫说是十几个侏儒，就是十几个彪形大汉，怕也不是他的对手呢！

但他觉着自己理亏，那玩笑开得确实有些太大。他虽说看不起这些供人玩弄取笑的侏儒，可又觉着这些人好生可怜，他们不能种田，不能务工，又不能打仗，若不以此为业，岂不是要饿死？于是，陪着一张笑脸儿，不停给他们说好话，又请他们喝了一场酒，这才了事。

虽然汉武帝不断搜罗人才，也暂时稳住了窦太后，但他越发感觉自己像大海中的一叶孤舟，无依无靠无援。

经过三天的苦苦思索，第四天一早他振奋起来了，他像往常一样容光焕发神采奕奕，在杨得意的陪同下，带上韩嫣这唯一的亲信，车骑百乘去上林苑射猎。

三个月过去了，武帝射猎的足迹北到池阳，西至黄山，南达长杨，东过宜春。所过之处，他还下令修建了十二处行宫，作为储备物资，更换装束，休息下榻的场所。

太尉窦婴对此颇为反感，他上奏窦太后道："皇上如此迷恋游猎，且又挥霍无度，长此下去，岂不要步夏桀殷纣后尘。"

窦太后却是付之一笑："皇上年轻，玩玩何妨，不必大惊小怪，偌大国家，便靡费些钱粮亦不足为虑。"

窦婴说不动太后，他仍不甘心，径直去上林苑面见武帝。潺潺溪流，郁郁林莽，这座建于秦代的皇家园林确实林木繁茂，飞禽走兽云集。

窦婴策马缓行，跨过一座竹桥，耳畔传来武帝爽朗的笑声。但见一匹白马如飞而至，武帝挽弓发箭，一只锦鸡应声落地。

窦婴上前赞道："万岁好箭法，堪称百步穿杨。"

"啊，窦太尉，来得正好，朕正要找你。"

"万岁有何旨意？"窦婴下马近前拜见。

"窦太尉，这上林苑自秦时修建至今，已是日见破败，使朕在游猎时颇为扫兴。朕要你立即筹措巨资，广招天下能工巧匠，将这上林苑重修，并扩大十倍，使朕能畅游其中。"

窦婴没想到自己劝谏之言未曾出口，而武帝竟然又要大兴土木，他看了看紧跟在武帝身后的杨得意："请万岁屏退左右，臣有话要单独启奏。"

武帝想了想，示意杨得意："你且退后。"

杨得意有些不放心："万岁，奴才当不离左右。"

"你只管退开无妨。"

待杨得意退出一箭地远，武帝对窦婴说："太尉何事避人，如今可以畅所欲言了。"

窦婴开口便是斥责："万岁颓废若斯，令臣震惊。"

"太尉何出此言？"

"万岁年轻为君，富有天下，理当励精图治，勤劳治国，使百姓得沐皇恩，天下得庆升平。”窦婴声调渐渐高起来，“孰料陛下自卫绾罢相之后，即游猎无歇，不思进取，实令天下失望。”

“窦爱卿言重了，但朕不怪罪你，”武帝一本正经地说，“正因为朕年轻，便游猎又有何妨。国事上有太皇太后掌舵，下有百官分忧，天下太平，海晏河清，国库充盈，花点儿钱也算不得大事。”

“我的万岁呀，是你当皇上主天下，怎么可以依赖太皇太后呢？”窦婴几乎是一字一顿加重语气，“陛下，要上朝主政啊！”

武帝脸上掠过一丝惊喜，但旋即恢复了一本正经：“窦太尉，你这是何意，朕与太皇太后相互信任，一切朕都放心。你不要再妄加议奏，按朕的旨意尽快修好上林苑才是。”

“万岁，你不能再一意孤行了！”窦婴“扑通”一声跪倒在地。

武帝想了想，下马要将窦婴扶起：“太尉不必如此，快请平身。”

窦婴不肯起来：“万岁，务必要听臣忠告，不可如此放浪形骸，不可听任太后摆布，要振作起来。”

武帝没有作声，他在认真思索。

“万岁无需多虑，为臣执掌兵权，只要你上殿当着文武百官之面颁诏，宣布窦太后不得再干预朝政，只在长寿宫静养，不得走出宫门一步。臣事先调集大军防范，许昌之流胆敢妄动，必叫他等死无葬身之地。”

武帝不好回答，他此刻难辨真伪。上前再次搀扶：“爱卿快快平身，一切事情容改日再议。”

“不，万岁定要给为臣一个答复。”

武帝疑信参半，难以立即表态：“太尉，你这是何苦呢，凡事不在一朝一夕，快些起身退去吧。”

“万岁不应，臣就跪死在这里。”

武帝见状，扭身便走。

杨得意已是移动靠近：“万岁，窦婴所为何事？”

“此事朕正委决不下，你且出个主意，”武帝便将经过告知，“你看其中是否有诈？”

“万岁，这还不是明摆着吗，这是试探！”

“何以见得？”

“窦婴是太后侄儿，骨肉至亲，太后给他兵权要职，他能不感恩戴德，他会胳膊肘往外扭吗？”

“也说得是，”武帝原本就有疑心，听此言不觉连连点头，“那么你看该如何回复他才好？”

“不要理睬他就是，他爱跪就跪去。”

"看他那样子，倒是一片至诚。"

"装，自然要装得像。"杨得意将武帝拖走。

窦婴眼见武帝去远不见了，长叹一声，站起身来，牵着马无精打采地走了，边走边自言自语："想不到万岁他如此执迷！"

武帝也在回头张望他，窦婴已是不见，心中安定多了："他总算起身不再跪着了。"

杨得意眼睛一转："万岁，此事还是不妥。"

"为何？"

"万岁当即刻去向太后禀明此事。"

"这，有此必要吗？"

"万岁您想，若是太后让窦婴来试探，若还装作不知，太后定然还会心存疑忌，主动向她报告，可以表明万岁心迹。"

武帝依然犹疑："倘若窦婴是一片真心，朕岂不有负于臣子，做下了出卖臣下之事。"

"万岁，漫说窦婴与太后的关系不可能是真心拥戴，即便是此举有误，也为万岁的韬光隐晦之计有利。"

"你如何看出朕是在韬晦？"

杨得意赞成汉武帝的这种做法，他认为眼下窦太后已经把握了军政大权，现在还没有筹码和太后抗衡，所以汉武帝只需要和太后耗下去就行，窦太后已经过了古稀之年，即便身体再健康也没有几年了，只要等到她百年之后，汉武帝就能重新掌权了。

这些想法也确实说出了汉武帝的心声。他认为自己在朝中也需要有自己的亲信，便默许了杨得意的说法。

汉武帝根据杨得意出的主意，向太后禀明了窦婴的话，然后便奏请窦太后准许大张旗鼓扩修上林苑。

窦太后认为，大权已经由自己掌握，而年轻的汉武帝已经沉溺于享乐之中，也就对汉武帝放松了警惕。

第十五章 太后起疑 许昌试探

从建元二年(公元前139年)起到建元三年的时候,上林苑用一年的时间就建成了。

整个宫殿规模宏大,里面奇花异草、珍奇怪兽尽有,堪称旷古未有,天下第一。建成之后,汉武帝每日在苑内纵马驰骋,弯弓游猎,几乎再没有回到长安宫中。

许昌是窦太后身边一个很有心计的人,他经过长时间地认真观察,认为汉武帝并非真正玩乐,于是便找到窦太后进言,告诉她汉武帝的所作所为很可能是在韬光养晦。

他为太后分析道,汉武帝看上去每天在上林苑游玩射猎,实则很可能是在练习武艺,而且在韩嫣的教习下,他最近的武艺又大有长进。

“就凭他们两个人,能对付我们的十万大军吗?”窦太后自有她的见解,“你太庸人自扰了。”

“不然,皇上还网罗了一些谋士,个个可比姜尚、张良,终日在皇上身边出谋划策,不得不防啊!”

“哀家倒是不知我朝还有可比姜、张之人。”

“东方朔、司马相如之流,都不可轻视啊!”

窦太后竟然笑出声来:“你也未免过于抬举他二人了,东方朔不过一江湖艺人,靠伶牙俐齿,博皇上一笑。而司马相如,穷酸秀士,以华丽词藻,讨皇上欢心。说穿了他二人无非是贴着皇上混吃喝混官位的乞丐,只不过比那街市上讨饭的高一等而已。”

“太后,您太掉以轻心了。”许昌近日眼见窦太后身子骨和精气神不如以往,他有了深深的危机感,“请恕臣斗胆直言,太后福如东海寿比南山,但毕竟有百年之后,为臣担心一旦您驾鹤仙去,臣等势必要难逃一死。”

“纯属杞人忧天,”窦太后脸色变得难看了,“皇上他整日里吟诗走马,哪有这等雄心壮志?”

“臣以为皇上是身在矮檐下,违心且低头,一朝乘风起,长啸傲苍穹,”许昌坚持己见,“若不信,太后可以试上一试。”

“如何试法?”

“皇上的亲信赵绾与王臧现羁押于狱中,这二人日后出来必为我等心腹大患。除掉他二人，等于是剪掉了皇上的羽翼。太后现在发布懿旨，将他二人赐死，如皇上力保，即说明异日有反攻倒算之心。”

“这……总得有个借口啊！”

“常言道，欲加之罪何患无辞，”许昌略一思索，“就说他二人在狱中辱骂太后便了。”

“好吧，哀家依你就是。”

“那么为臣就领太后懿旨，去依计而行。”许昌有了尚方宝剑，踌躇满志地往上林苑去了。

初秋的天空湛蓝如洗，阳光明媚得眩人。依澜堂前的梧桐树在微风中摇曳着枝叶，阳光筛过，给室内投下斑斑驳驳的暗影。

武帝面前摆放着文房四宝，透过窗子凝望着无际的碧空出神。

司马相如发问：“怎么，这许久了万岁仍未想好题目？”

武帝没有应声，少时，他激动地一拍桌案：“有了！”

“万岁如此兴奋，定有上好诗题。”

“昔日高祖皇帝做大风歌，那种气吞山河，胸怀天下，称霸四海的壮志豪情，令后人无不万分景仰，”武帝说时显得慷慨激昂，“朕今要做天马歌一阙，以示治国抚民之心。”

司马相如将笔蘸饱墨汁，铺展好素绢：“即请万岁笔走龙蛇，在这绢上江山大展宏图。”

武帝再做思忖后，舞动狼毫一挥而就：

浩浩天宇兮广无疆，
冉冉东升兮起朝阳。
天马腾空兮驰八方，
俯望天下兮囊中藏。
风云雷电兮伴身旁，
日月星辰兮眉尖上。
滔滔东海兮杯中酿，
滚滚黄河兮一线长。
御液淋洒兮沐琼浆，
仙果普降兮万民尝。

“好好！妙妙！”司马相如赞不绝口，“真是王者风范，皇家气度，非区区文人骚客可望项背，天马行空傲视九州。万岁豪情，气吞万里如虎，定能功盖三皇五帝始皇高祖，创万代之不朽也。”

许昌来到近前："臣参见陛下，吾皇万岁万万岁！"说着话，他的眼睛扫向那幅天马歌。

杨得意见状，上前用素绢盖上。

司马相如见他只躬不跪，心中气恼："许大人，见了万岁为何不大礼参拜，有失体统啊！"

许昌白他一眼："不知司马先生官居何职？现在不是吟诗作赋的时候，还没有你说话的份儿。"

杨得意明白眼下不能和窦太后一伙弄僵，他亲手移过一个锦墩："许大人请坐下讲话。"

许昌也不等武帝发话，即大言不惭地落座："万岁，臣奉命来传太后口谕，请圣上听懿旨。"

武帝压住怒火，也不与之计较，也不多说："讲来。"

"太后言道，赵绾、王臧二人身在狱中，不思悔改，竟在言谈中辱骂太后，实属十恶不赦，请万岁降旨，立即问斩。"许昌说话的口吻，俨然是一副太上皇的派头。

武帝不由得反问："俗话说，捉贼要赃捉奸要双，道他二人对太后不恭，有何凭证？"

"太后在宫中耳目甚多，无论是何人一言一行都逃不过太后的眼睛。"许昌的话明显有敲山震虎之意，"他二人的对话，太后岂能不知？"

"两位大臣皆为一品，怎能说杀便杀。"武帝意欲使个缓兵计，"许丞相回复太皇太后，容朕查清事实再行处治。"

许昌的目的达到了，他当即站起身："万岁不肯领受懿旨，为臣即回去向太后复命。"

杨得意叫住他："许大人，你也未免过于性急了，万岁何曾说不遵懿旨，还可再做商议吗！"

许昌不肯止步，因为他的目地就是希望武帝拒绝："万岁已说得再明白不过，哪还有商量余地。"他也不停步，径直走出了依澜堂。

杨得意急切地对武帝说："万岁适才不该拒绝懿旨，奴才见许昌来者不善，担心万岁有祸事临头。"

"难道还敢对朕下毒手不成？"

"这些人什么事都做得出来，关键是万岁不能给他们以口实。"

"依你之言，还真就杀了忠于朕的两位大臣不成？"

"奴才看来，已是在所难免了。"

"这无论如何使不得，"武帝连连摇头，"这样做，叫朕还何以为人主，也等于自断朕的左右手啊！"

"万岁,您怎就不想想,你就是不同意将他二人处死,他二人还能逃出许昌一伙的魔掌吗?他们握有生杀大权,可以随时随地公开或秘密地将赵、王二位大人置于死地。"杨得意劝道,"他二人左右难免一死,万岁何必给许昌留下不遵懿旨的口实呢?"

"那许昌已走,朕反悔亦无用。"

"不,亡羊补牢,犹未为晚。"

"你想如何?"

"那许昌是乘车而来,其行甚慢,就请万岁书下圣旨一道,奴才带着乘快马抄近路去往长寿宫,先行到那窦太后处,塞住许昌口舌,使他不能搬弄是非。"杨得意信心十足,"几十里的路程,奴才定能先他到达。"

"这也未尝不可,"武帝提笔拟旨,"只是颇觉问心有愧,有些对不住赵、王二卿。"

"万岁无需自责,想他二人也算得为国尽忠,"杨得意提示,"待万岁真正重掌政权后,可以褒扬抚恤二人,其后代也可加封官职。"

"这些皆可做到,只是此乃后话。"武帝书罢圣旨,"还不知太皇太后是否容朕生存下去呢。"

"万岁何出此言,天下万民尚在期待您赐予福荫,神明也会保佑您。"

司马相如也说:"万岁刚刚书下的天马歌,是何等英雄气概,横扫一切敌人才是圣上的本色。"

"好!"武帝被激起壮志豪情,"朕当勇敢地面对磨难,相信终究会有意气风发的那一天。"

杨得意跨上快马,加鞭赶路,比许昌早了半个时辰到了长寿宫。

窦太后正在小寐,在宫女扶持下坐起,精神有几分萎靡:"杨得意,你不在上林苑服侍皇上,来到我这长寿宫有何贵干哪?"

"一者是皇上惦念太皇太后凤体,叫奴才代他来问候。"杨得意话语转到正题,"二者是太后差人传口谕,皇上不敢怠慢,特派奴才送来按太后的吩咐所拟的圣旨一道,请太后过目,是否满意。"

窦太后接过圣旨,见上面写着将赵绾、王臧处死的言语,心中满意,暗说武帝对她还是言听计从不敢有违的。但是她颇为不解地问:"怎么,那宰相许昌还在上林苑吗?"

"禀太后,许大人传过您的口谕后,不等万岁表态,即匆匆离开,闹得我们都觉奇怪。"

"那么他是去了何处呢?"

"这个奴才确实不知。"

"好吧,你留下圣旨回去复命,告诉皇上,就说哀家对他甚为满意。让他只管安心住在上林苑内，朝中一切自有老身为他做主。”

“奴才遵命。”

在杨得意离开大约两刻钟后，许昌回到了长寿宫。

窦太后脸上带着不悦之色：“回来啦，事情可曾办妥？”

“回太后的话，果然不出臣之所料，皇上他断然不肯将其亲信处死，他将太后懿旨当作耳旁风啊！”

“怎么，果真如此？”

“为臣不敢妄奏。”

窦太后不露声色：“皇上真的不听哀家之言，他到底是如何讲的？”

许昌心说，何不趁此时给武帝编上几句，也好让太后动怒，最好激太后对皇上动了杀心，他便煞有其事地说：“臣向皇上传太后口谕，可是万岁他竟不以为然，还说道，‘朕贵为天子，握有生杀大权，但不是太后手中玩偶，不能听任太后随意摆布’。将臣逐出了依澜堂，为臣就这样灰溜溜地回来了。太后，那刘彻可是反相已露，必须及早除掉，以绝后患哪！”

窦太后冷笑几声：“许大人，宰相，哀家很是钦佩你说假话也不脸红的本事，你就别再演戏了。”

“太后，此话从何说起？”许昌有些发毛。

窦太后将圣旨掷给许昌：“你自己睁大眼睛看。”

许昌看罢圣旨，心说事情要糟，自己让武帝给耍了，他赶紧表白：“太后，皇上这是担心臣回来禀报实情后您动怒，故而改变主张，派人抢先送来这圣旨，这更看出刘彻的阴险。太后，万勿为他的假象所蒙蔽呀！”

“算了，你以为哀家是可以被骗的吗？”窦太后甚为严肃地说，“老身参与朝政数十年，凡事一眼即可看透。你那点儿小九九，还能瞒过哀家的眼睛？你想借老身之手除去皇上，再立一幼子为君。那样一来，在哀家百年之后，你就可以独霸朝纲，凌驾于皇帝之上为所欲为了。”

许昌吓得扑通跪倒在地：“太后，为臣耿耿忠心，天日可鉴，决无总揽朝政之痴心妄想。”

“看你那个熊样，哀家又没想把你怎么样，起来说话。”窦太后语气已是和缓多了。

“谢太后不怪。”许昌依然是脸色煞白。

窦太后当然知道，许昌是自己的亲信党羽，凡事还要依靠他，就好言抚慰道：“哀家岂能不知你心，但皇上无大错，诸事皆遵懿旨而行，老身不能为了你等日后的荣华富贵，而冒天下之大不韪致皇上于死地，这样做青史也会不容老身。据哀家看来，皇上不是那种随意杀戮之人，你们大可不必过于担心。只管勤劳国事，吉人自有天相。”

“太后教诲，臣谨记在心。”

“好，这圣旨既然有了，就着你去按旨行事。”

“臣遵命。”

许昌出了长寿宫后，长长吁出一口气。

适才心头仿佛压上了一扇磨盘，真有透不出气的感觉。常言道伴君如伴虎，在窦太后身边，又何尝不是如此呢？

从刚才窦太后的一番言论中可以明确了一点，那就是她决不会为了效忠于她的臣子们日后的安危，而对当今皇上采取断然措施了。人无远虑，必有近忧，自己也不能死吊在窦太后这一棵树上，也得为自己留条后路了。他在去往廷尉死囚大牢的路上，想了很多很多。

暗如萤火的油灯，在阴暗潮湿的死牢中，苟延着它那毫无生气的性命。墙角的乱草中，赵绾、王臧蜷缩着身躯，像两具已发僵的尸体。常年不得温饱不见天日，哪里还会有人的模样？便桶发出的臭气，在狭小的空间内弥漫，令乍一入内的许昌胸腹中阵阵作呕，差一点儿就要喷吐出来。

不知为何，他心头腾起一种悲凉，如同看到日后自己就在这间死牢中重复这二人的景象。

“滚起来，都起来，”狱吏上前用脚狠踢赵、王二人，“许丞相许大人到了，别再装死了。”

“不得这样无礼，”许昌斥退狱吏，走上前，弯下腰，满脸堆笑，“二位大人久违了。”

赵、王二人冷颜以对，谁也没有开口。

许昌感到阵阵作呕，用手掩住了鼻子：“这哪里是人住的地方，简直连猪舍也不如啊，让二位大人受委屈了。”

赵绾坐起身，眼睛也不看他：“宰相大人，今日亲临这死囚牢实在是稀罕，是不是给我们报喜来了？”

“咳，”许昌叹息一声，“实不相瞒，下官今日是奉旨而来，要送两位大人上路了。”

王臧不由得开怀大笑起来。

许昌费解地问：“大人何故发笑？”

“我们总算盼到这一天了！”

“怎么，二位大人还期盼早受死刑？”许昌觉得难以理解。

“许大人，你进了这牢房不过片刻时间，就已是喘不过气来，”赵绾站起，“我二人在这里被囚一年有余，堪称是度日如年哪。早一天处死早一天解脱，这种活法任是谁也会感到生不如死啊！”

许昌点点头：“我明白了，也完全理解二位大人此时此刻的心情，只是下官于心不忍。”

“你就不要猫哭老鼠假慈悲了”，王臧明白许昌是他们势不两立的政敌，“既有圣旨，就请宣读吧。”

“不需跪拜听旨，二位大人过目就是了。”许昌递过圣旨。

赵绾和王臧阅后，异口同声说道：“既然万岁有旨，我二人甘领死罪。”

“咳”，许昌又复叹息，“其实万岁也是不得已而为之，下官更是奉命行事，二位大人还请见谅！”

“死生有命，富贵在天，命该如此，许大人就请行刑。”赵绾、王臧二人颇为坦然。

“为让二位干干净净离开人世，我已命人备好香汤，两位大人沐浴更衣后，还有一桌丰盛的宴席。”

“我看不必了，”赵绾一口拒绝，“反正也是个死，何必再费周折，早些离开岂不痛快。”

王臧持同样观点：“赵大人言之有理，为国尽忠越快越好。”

许昌实在劝不过，也就同意了：“恭敬不如从命，二位之言也不无道理。不过我想为两位大人保个全尸，备下了毒酒二杯，还望不要见拒。”

“这……”赵绾受了感动，有谁愿意尸首分离，“这自然最好不过，只是万岁怪罪下来岂不连累了你相国大人？”

“你二人其实心中应该明白，万岁怎么可能追究呢？”许昌顿了一下，“若是窦太后问起，我自有言语应对。”

王臧与赵绾一样的心情，自然也不反对。

狱吏取来两杯毒酒，二人饮下后即刻丧命。许昌又出钱买了两副上好棺椁将二人盛殓起来，再让狱吏通知其家属领走。

太后和武帝对许昌的所作所为早就有所耳闻。武帝因此也对许昌增添了几许好感，而窦太后却没有太在意，在她心里重要的是结果不是过程，只要人死了，用什么方法都无所谓。

通过这件事，窦太后彻底打消了对汉武帝的怀疑，而许昌也不再催促太后要了汉武帝的性命，还时不时地会跑到汉武帝跟前献些殷勤。

这天，武帝在未央宫中叫来司马相如，让他赋歌一曲。听了武帝的话，司马相如应声而起，在未央宫满宫的灯火中，清清喉咙，长声吟道：

且夫齐、楚之事又乌足道乎！君未睹夫巨丽也，独不闻天子之上林乎？

左仓梧，右西极，丹水更其南，紫渊径其北……

于是乎崇山矗矗，宠欢崔巍，深林巨木，崭岩参差……

于是乎周览泛观，缜纷轧芴，芒芒恍忽，视之无端……

于是乎离宫别馆，弥山跨谷，高廊四注，重坐曲阁，华榱璧珰，辇道䌰属，步橱,周流,长途中宿……

于是乎卢橘夏孰,黄柑橙楱,枇杷燃柿,亭柰厚朴,梬枣杨梅,樱桃蒲陶,隐夫薁棣,荅遝离支,罗乎后宫,列乎北园,她也丘陵,下平原,杨翠叶,杌紫茎,发红华,垂朱荣,煌煌扈扈,照曜巨野……

司马相如只顾引吭高歌,不知道什么时候,汉武帝已经来到他的身边,双手抓着他的肩膀,使劲摇了几摇说道:“写得太棒了,太棒了,不只辞藻华丽,把天子游猎宴乐的场面也写得活灵活现。朕欲聚千丘以成泰山,纳百川而成东海,身边已有东方朔、董仲舒、公孙弘、严助……今又得你辞赋泰斗司马相如,此乃我大汉国之幸,哈哈哈哈!”

汉武帝心情极好,踱了一阵方步,忽又说道:“司马爱卿,朕拜汝为郎,常留在身边。别的郎,秩比四百石,汝为奇才,秩比一千石。”

司马相如欣喜若狂,伏地呼谒:“谢陛下隆恩!吾皇万岁,万万岁!”

汉武帝目送着司马相如夫妇下了金殿,扭脸对杨德意说道:“汝和东方先生,把卓文君吹得胜过仙女,今日一见,不过如此而已。”

杨德意满脸赔笑道:“小臣夸那卓文君貌如仙女,乃是指年轻时的卓文君,如今她已半截子入土,就是再好的花也该凋谢了。”

“那卓文君年庚几何?”“年届四旬。”杨德意回武帝这句话时,心口咚咚乱跳。因为那卓文君的实际年龄才32岁。

武帝听了杨德意的回答,“啊”了一声说道:“怪不得她没有朕的仙娟看着水灵。”

说到仙娟,他立马来了兴致,对当值太监说道:“摆驾飞翔宫。”那飞翔宫原本是栗妃所居,栗妃死后,闲置了十一二年,仙娟入宫,便改做了她的宫室。

说起这个仙娟,自幼便入娼寮,今年还不满17岁,已经有了四五年的娼史了。

她貌美绝伦,皮肤嫩白,真是一个美人胚子。

一天,武帝在帐内看见仙娟的玉肤柔曼,抚摩着不忍释手,便笑着对她说道:“爱妃的身上,生得宛如羊羔,若被衣上的缨带拂着,恐要伤着玉肌呢!”

仙娟含笑回道:“故而,奴婢从来不穿粗糙质料的衣服。”

这本是信口而言,武帝却记在心中,次日,便命尚衣监,定制纱绢宫衣三千套,赐予仙娟。

汉武帝建元六年的一天,仙娟刚刚伴驾躺下,穿官太监来报,说是太皇太后仙逝了。

压在自己头上的这座大山,终于不推自倒,武帝有了一种胜利者的感觉，欣喜若狂地说道："来人，伺候朕穿衣，朕要摆驾长乐宫！"

但当他真的来到了长乐宫，听着哀乐，看着骨瘦如柴、眼窝深陷的奶奶时，心中一酸，眼眶里面，泪水像断了线的珍珠，滚将出来。

她毕竟是自己的奶奶，有道是，"灰不热是火"。她尽管有些跋扈，屡屡干预朝政，但她的所作所为，仍是为了大汉社稷，而且，这几年，若非她老人家在宫里顶着，自己岂敢随心所欲地到处游猎！

他厚葬了奶奶，并命全国罢乐百日，以示悼念。

百日过后，武帝所做的第一件事，便是罢黜许昌的丞相及庄青翟的御史大夫，遗缺由母舅田蚡和大儒公孙弘递补，改任司马谈为太史令，又将那荐贤任能，独尊儒术的遗策拾了起来。

说到荐贤任能，不能不提一下朱买臣。

朱买臣，表字翁子，会稽人氏，性好读书，不治产业，蹉跎至四十多岁，还是一个落拓儒生。

为官之前，朱买臣身无一文，家有一妻，姓张，名莹，因买臣不能赡养，只好与他同入山中，刈薪砍柴，挑往市中，换钱谋生。妻也负薪相随。

那买臣每每砍柴归来，肩上挑着柴担，口中背诵着古书，咿唔不绝，妻在后面听着，却是一语不懂，不由得懊恼起来，叫他不要再念。

偏是买臣不听妻言，越读越响，甚而如唱歌一般。

妻子越发恼怒，一把将他推翻在地，双手挟腰，破口大骂："我本是一良家女子，要吃要穿，方嫁了丈夫。现在跟着你饥一顿饱一顿，还得抛头露面，随你上山砍柴，这样的日子，叫老娘如何生活？倒不如付我一张休书，我好别寻门径！"

买臣见妻子求去，也不敢发怒，好言劝道："贤妻别急，相士屡屡为我观相，总说我五十当贵，我今年已经四十多岁了，不久便当发迹。贤妻随我吃苦，已有二十几年，难道这数载光阴，竟忍耐不住么……"买臣正要往下再说，猛听得妻子一声断喝，忙将话收住。

"哼，你会发迹。黄狗也不吃屎了。我一天也不愿意跟你过下去了，留着这个夫人位置，且让有福气的人前来风光吧！"

买臣见妻动怒，欲待再劝，哪知道其妻去意已决，大哭大闹，不可开交。

买臣无奈，只得给她一张休书，任她自去。买臣仍操旧业，读书卖柴，行歌如初。

一日，正是清明节令，买臣挑了一担柴，刚刚下山，陡遇一阵大雨，破衣尽湿，如同落汤鸡一般，没奈何，走至一座坟墓之前，暂避风雨。

他身上又冷，肚中又饥，眼看着有些支持不住了。

忽见前面来了一男一女，挑着祭品，行到墓前，祭扫起来。买臣明明看见，却装作未曾认识一般，将脸扭到一旁。

祭扫已毕，那女的猛然抬头，见是买臣，劈口问道："君还没有发迹么？"

买臣愧不能答，正想逃走，免遭奚落，被其妻一把拖住，将祭毕的酒食，分出一半与他。

到了此时，买臣也顾不得羞惭，到口就吃，饱餐了一顿，把碗盏交还男人，说了声谢字，挑起柴担掉头就走。那男人便是买臣故妻的后夫。

转眼又过数年，买臣年已五旬，正想着不知如何才能发迹，武帝下诏要各郡推荐贤者，自荐也可，量才录用。

买臣是一穷儒，郡守何曾把他放到眼中，更说不上荐贤了。

买臣无奈，借资入都，诣阙上书，多日不见消息，正欲离都返乡，恰遇邑人，太中大夫严助，出使三越归来，延至府中，热情款待。

说起这个三越，实乃二越一瓯，依次为南越，闽越和东瓯（也称东越），因其地处大汉国的东南边陲，故称三越。

三越之中，以南越最大，次为闽越，又次为东瓯。

闽越王无诸，受封最早，还是汉高祖所封。

东越王摇，以及南越王赵佗，受封较迟，摇为惠帝时所封，赵佗为文帝时所封。

他们三国子孙，代代相传，从未绝过。

自从吴王刘濞败奔东瓯，被摇杀死，吴太子驹，出亡闽越，屡屡鼓动闽越王郢，出兵东越，为父报仇。闽越也想扩大地盘，乘着太皇太后升天之机，发兵东侵。

东越抵挡不住，使人向长安求救。武帝召问群臣，丞相田蚡首先发言："越地辽远，不宜劳师动众。"

严助起而驳之："小国有难，天子不救，如何能抚万邦？"

田蝓正要出言相驳，武帝霍然长身，目视严助："严爱卿听旨。"

严助应声而出。武帝一字一顿地说道："丞相不足与计。朕命爱卿持节会稽，发会稽郡兵以救东瓯。"

严助遵旨而行，来到会稽。

那会稽太守阳奉阴违，拒不发兵。

严助本有符节在手，当场斩了一员司马。太守始惧，方由海道出兵，前往救援。

行至中途，闽越将官闻得汉兵将到，自行退去。

东瓯王屡次受创，恐怕汉兵一走，闽越再来报复，请求举国内迁，武帝大喜过望，当即应允。于是东瓯王以下，悉数迁入江淮之间。

严助凯歌而归，武帝念他功高，摆宴未央宫，为他接风洗尘，正喝到酒浓之时，严助说道："臣邑中有个朱买臣，道德文章，臣所不及，现滞留京都，请万岁封他个一官半职，好叫他为国出力。"

武帝正在兴头上，当即传旨一道，召买臣上殿，面询学术。买臣先说《春秋》，继言《楚辞》，甚合武帝之意，遂拜为中大夫，与严助同侍禁中。

朱买臣至此才算是应了那句五十发迹的卜言。

但不久又因为一件小事顶撞了武帝几句，武帝一怒之下便将其贬官了。

第十六章 梦遇灵官 钟情子夫

武帝平生最喜欢的三件事情就是搜罗美女，狩猎，词赋。

自从窦太后去世之后，他逐渐掌握了朝中大权，每天管理朝政，原来那种寻欢作乐的日子一去不返。

这天，他下了早朝回来，一个人坐在御案前百无聊赖，他忽然想到自己好久都没有游猎了。当即传令韩嫣，车骑伺候。

三更造饭，五更出发。原本要带仙娟去的，因做了一个奇梦，临时改变了主意。

这梦是他刚躺下不久做的。

他似睡非睡，迷迷蒙蒙，忽然那肩膀像是被人拍了一下，伴之而来的是一声娇唤，盈盈的，柔柔的，非常动听。

他霍然睁开双目，见床头立了一位女子，身穿青色衣服，非常美丽。武帝一脸惊愕地问道："汝是何人？"

女子微微一笑回道："我是墉宫玉女，受王母娘娘派遣，从昆仑山赶来，特向陛下禀告，王母娘娘就要来了，请您做好接驾的准备。"

武帝一听大喜，当即传旨韩嫣进宫，摆设御宴，以迎王母娘娘。

刚刚将御宴摆好，就听到云中有箫鼓的声音，响起人声和马声。

王母娘娘在众仙的簇拥下飘然而下，缓步登殿。在武帝的印象中，王母娘娘是一位雍容华贵的老太婆，谁知一见，却是一个三十余岁的绝色丽人。

真是大喜过望，忙不迭地将她让到东向上座，自己西向相陪。

酒过三巡，王母娘娘命令陪侍左边的一位侍女，进献仙桃。

那侍女纤手朝空中一招，飘下来一个玉盘，内中盛着两颗仙桃，每颗桃大得像鹅卵一样，形状是圆的，呈青色。

接盘侍女将仙桃进献给王母，王母自留一颗，另一颗赐给武帝。

他轻轻咬了一口，味道甜美极了，吃到嘴中，在外边都能闻到香味。

武帝吃完桃，将桃核收了起来，王母娘娘问武帝原因，武帝如实回道："我准备种这种桃树。"

王母娘娘笑回道："这种桃树你是种不出来的。"

武帝惊问道："为什么？"

王母娘娘笑眯眯地反问道："你知道这是什么桃吗？"

武帝轻轻摇了摇头:“不知道。”

“这叫蟠桃。三千年一开花,三千年一结果。”

“怪不得这么好吃,这树莫说种不活,就是种得活也吃不到我嘴里。”武帝随手一抛,将桃抛出老远。

王母娘娘微微一笑,举樽向武帝说道:“请继续用酒。”

武帝举杯又饮。

王母笑问道:“天子要不要听一听仙乐?”

音乐可是武帝的三大嗜好之一,闻言,当即回道:“想。”

王母将手一招,陪侍在左右的几位侍者,一一走到阶前,献技献艺。

经王母娘娘介绍,武帝方知,弹八琅敖的叫王子登,吹云和之笙的叫董双成,击白玉之金的叫石公子,鼓震灵之簧的叫许飞琼,拊五灵之石的叫婉凌华,击阴阳之磬的叫范成君,作九天之钧的叫段安香……

一时间,各种乐器齐鸣,声音直冲云霄。

武帝暗自思道,王子登、董双成、石公子、许飞琼、婉凌华、范成君、段安香等等这些人,不都是传说中的神仙吗?能亲耳、亲目听到和看到他们演奏,实乃三生有幸!

他正在暗自庆幸,忽听王母叫道:“灵官呢?灵官怎么到现在还没有来?”

王母话刚落音,便有一个仙女破空而下,只见她身材颀长,骨肉匀挺,豆蔻年华,芙蓉颜面,低眉敛翠,晕脸生红。那一头乌发,盘成一个三角髻,其余的头发散垂到腰间,头上戴着九云夜光冠,腰间佩带火玉之佩和文林华之绶。

这一身打扮,使她看起来越发妩媚,真个是美艳绝伦,天下无双。把个武帝看得目瞪口呆,涎水直流。

忽听这灵官盈盈问道:“娘娘召小女子下界,可有什么吩咐?”

王母朝对面一指,笑微微地说道:“这位是凡间天子,不曾闻过仙曲,汝给他献上一首。”

灵官冲着武帝,裣衽一拜,柔声说道:“献丑了!”

说毕,扬臂甩袖,轻声歌道:

> 上邪!
> 我欲与君相爱悦,
> 长命无衰绝。
> 高山夷平江水竭,
> 冬雷震震夏飞雪,

天穹崩塌与地接，
乃敢与君绝，
乃敢与君绝！

灵官曼舞轻歌，字正腔圆，把个汉天子听得如痴如醉。

歌已毕，人未醒，大张着嘴巴，目不转睛地瞅着灵官，直到王母唤他，才醒过神来。

王母笑嘻嘻地问道："汉天子，灵官这歌唱得怎么样？"

他连道了三声好字。

王母又道："你想不想知道这唱歌的女子是谁？"

武帝一脸惊诧地问道："她不是您的灵官仙子吗？"

王母笑回道："她既是我的灵官，更是君的妻子！"

武帝瞪大一双惊诧的眼睛，手指灵官："她，她是我的妻子？我咋不知道呢？"

"她是你妻子的原身，且还没有和你婚配。"

"我妻子的正身现在何处？"

"此乃天机，不可预泄。"

武帝不死心，刨根问底道："我那妻子什么时候才能和我婚配？"

"多则三五日，少则二三日。"

"如此说来，这猎我就不狩了。"

"不，你要狩，不狩猎缘何来的奇遇？"王母娘娘说毕，在众仙的簇拥下，冉冉升上天空。

武帝仰天而拜，大声问道："今日一别，何时再得相见？"

空中回道："何时再得相见，全凭一个缘分，缘分到了，自能相见。"

见王母回答得如此含糊，武帝怅然若失，止不住一声长叹。醒来，乃是一梦。

他再也睡不着了，坐等三更，匆匆扒了几口饭，带上东方朔和他的狩猎大军，浩浩荡荡开往终南山。

他这一次出行，狩猎是虚，猎艳才是目的。

既是为了猎艳，就不能带仙娟了，女人天性妒忌。可仙娟不答应，武帝左哄右哄，方将她说通，但有一个条件，得韩嫣留下来陪她。武帝不假思索便答应下来。

武帝一连狩了四天猎，朝见皇太后的日子眼看就要到了，"妻子"还未曾露面，一脸沮丧地返回长安。

进了麒麟街，一座豪宅映入眼帘。飞檐尖角的门房，朱红黑边的大门，门前蹲着两尊雕刻精美的石狮。

这不是我的大姐家吗？屈指数来，已有三个多月未见到大姐了，不妨拐进去瞧瞧。

当即传旨一道："摆驾平阳侯府。"

平阳长公主闻听圣驾光临，忙偕着丈夫——平阳侯曹寿，带领着男佣女仆，来到府门前恭候。

不一刻儿，皇帝的前驱过来了，继之是仪仗，之后才是御辇。

武帝狩猎去时骑马，返回来时改乘御辇。

御辇停稳后，官监撩起帷帘，轻声说道："平阳侯府已到，请皇上下车。"

这一边，曹寿、长公主和家人早已跪倒在地，口呼："恭候万岁！"那一边，武帝纵身一跳，下得辇来，疾步走到曹寿和长公主跟前，右手一伸说道："都是自家姊妹，不必行此大礼，二位快快请起！"

曹寿和长公主一齐说道："谢万岁！"说毕，站起身来，家人也跟着站了起来。

武帝转身对东方朔说道："朕是来看望姐姐和姐夫的，只留下十余个侍卫和御辇在门前等候，其他人尽行散去。"

东方朔高声应道："遵旨。"手臂一挥，官吏将士纷纷后退，回家的回家，回营的回营。留下的侍卫和驭夫，由平阳侯府的家人招呼。

武帝由曹寿和平阳长公主陪着，徐步走进了平阳侯府的大门，迎面耸立着一堵彩绘的画墙，画墙前青松挺拔，花卉争艳。画墙后有一片开阔的广场，广场周围镶着彩砖，里边遍植黄杨。黄杨经过修剪，整整齐齐，清清爽爽。穿过广场，两侧绿树环抱，隐隐约约现出几座玲珑别致的房舍，青灰色的砖，橙黄色的瓦，到处有盆栽的鲜花，色彩艳丽，芳香四溢。后面是一座花园，内有赏心亭、怡性阁，还有假山荷池，鱼塘鸟苑，奇花异草，曲径通幽。宁静中显出几分神秘。

用了半个时辰，方将平阳侯府粗粗地浏览了一遍。尽管是粗粗的浏览，武帝已是惊羡不已，脱口赞道："好一座仙府，比朕的皇宫还要略胜一筹呢！"

曹寿和平阳长公主齐声说道："承蒙万岁夸奖。"

说毕，将武帝让进客厅。献上果品。一边吃着，一边说着家常理短。

不知不觉，已到了吃晚饭的时间。曹寿忙命开筵，款待武帝。武帝上座，曹寿居左，长公主居右。

曹寿满满斟了一樽美酒，起身说道："万岁驾幸臣舍，蓬荜生辉，臣感恩不尽，薄酒一杯，敬献陛下，祝陛下寿比南山，祝大汉社稷稳如泰山，传之千秋万代！"

武帝接樽在手，笑嘻嘻地说道："恭敬不如从命！"说毕，一饮而尽。长公主忙也斟了一樽酒，双手捧给武帝："祝陛下心想事成，美妃如云。"

武帝哈哈一笑说道："知朕者，大姐也。"忙将酒樽接过，喝了个樽底朝天。

酒过三巡，长公主将手一招，大厅门外依次走进来十个花枝招展的红绿女子和一班乐队。长公主笑对武帝说道："我怕万岁冷清，特以歌舞助兴。"

武帝朝这些歌女斜了一眼，虽说个个生得也算标致，但没有一个称得上绝色，比之仙娟更是天壤之别。故而，听了长公主的话，没有凑腔。

平阳长公主何等聪明，见武帝没有说话，知道他看不上这班歌女，纤手一挥，将其斥退，又换了一班歌女进来，刚好也是十个。

其中九人穿着绿丝长裙，独有一人穿着红丝长裙。红绿相映，穿红者特别醒目，就像片片莲叶中绽开的一朵荷花。

武帝双目突地一亮，她，她不是四天前为我高歌一曲的那个灵官吗？

举目再看。是她，颀长的身材，黑油油的乌发，拢成个蛇髻，光鉴照人。还有那一双俏眼，两颊上的两个酒窝！

他忘情地站了起来。

长公主不是他肚中蛔虫，一脸惊诧地瞅着他，轻声唤道："陛下。"

他霍然一惊，赶忙坐了下去，冲着长公主歉意一笑。

音乐声渐起，那十个女子应着乐曲的旋律和节奏，扬臂甩袖，慢悠悠地跳起舞来。

红衣女子处于横队前面的中间位置，正对着武帝。武帝二目如同直了一般，大张着嘴巴，痴呆呆地盯着那红衣女子。

只听那红衣女子且舞且歌道：

上邪，

我欲与君相爱悦，

长命无衰绝……

是她，真的是她，朕的娇妃！

武帝再也抑制不住，霍然起身，朝红衣女子走去，一把攥住她的玉手，动情地说道："灵官，你让我寻得好苦！"

这突然的变故，使满厅的人都愣住了。

歌舞停了，音乐停了，十几双惊诧的目光一齐盯着武帝。

还是平阳长公主机灵，念头一转暗道，一定是红衣女子长得太美，引得皇上失魂落魄，才弄出这个局面。

她朝歌姬和乐队挥了挥手，众人很知趣地退了出去。

她欲要说些什么，话到唇边又吞了回去，朝曹寿丢了一个眼色，双双悄无声息地退出了客厅。

偌大一个客厅，只剩下武帝和红衣女，四目对视着，足有一盏茶的工夫，红衣女败下阵去，将头一低，双手摆弄着裙角。

武帝双手托住她的下颏，往上抬了一抬，柔声说道："不要动，让朕好好欣赏欣赏。"

红衣女斜着一双俏眼，送给武帝一个秋波，莺啼燕语般地呼了一声万岁："陛下刚才叫臣妾什么呀？"

"朕叫汝灵官，难道叫错了吗？"

"臣妾不叫灵官。"

"卿叫什么名字？"

"臣妾叫卫子夫。"

"不，卿不叫卫子夫，卿应该叫灵官才对！不，那灵官乃卿的原身，正身应该叫个卫子夫！"

听了武帝这番没头没脑的话，卫子夫有些糊涂了，一脸怯怯地瞅着武帝。

卫子夫不应该糊涂，她真真白白叫个卫子夫。

她是一个普普通通的农家女子，自她记事之日起，只知有母，不知有父。她的母亲，人称卫媪，在做姑娘的时候就在平阳侯府做女仆。

卫媪17岁那年，由曹老太爷做主，嫁给了一个老实巴交的农民卫老大，家在覆盎门外二三里地的凹凹庄。

卫老大孤身一人，家有两间草房，七八亩薄地，靠种瓜务菜为生。他们成家以后，不到五年，一连生了三个女儿，分别叫卫君孺、卫少儿、卫子夫。

就在卫子夫出生后不久，卫老大患痨病死了，为给他治病，把那七八亩薄地也卖了。万般无奈，卫媪又来到了平阳侯府，继续做她的奴婢。

曹老太爷已经有了新的女婢照料，且照料的很周到，不可能把人家赶走。没奈何，改派到厨房做一些粗活。粗活有粗活的好处，堂堂的侯府，几乎天天都有客人，有客人就得设宴招待，吃剩的饭菜，她就把它收罗起来，装在一个木盒里，带到家去，做孩子们第二天的食粮。

卫老大有个叔伯兄弟，人称卫憨憨，娶了一个讨饭的傻女为妻，生了个儿子，长卫君孺一岁，取名卫长君。

卫老大死后一年，卫憨憨也死了，傻女去长安赶会，不知道是迷失了家，还是被人拐卖，再也没有回来。卫媪见长君可怜，收养过来，视同己出。

日复一日，月复一月，卫媪带着一子三女，过着别人难以想象的生活。

后来平阳侯府来了一个男佣，叫郑季，负责喂牲口和赶马车。

他身长九尺，高大而又英俊。他有个矮胖妻子，状若水桶，夫妻二人感情不和，三五个月难得回去一趟。

或许同是奴仆的缘故，两个人惺惺相惜，卫媪觉得平阳侯府中下人的饭菜都比较粗淡，担心郑季吃不饱，因此她经常在收拾饭菜的时候为其多留出一份。郑季感谢卫媪为自己所做的一切，无论卫媪家中的大小事宜，只要有用得着自己的地方从来都不推辞。

或许是两个命运相似的人互相温暖，卫媪和郑季很自然地走到了一起。很快，卫媪再次怀孕，这次竟然生下一个胖大男婴。

寡妇生子，成了凹凹庄的特大新闻，惹得村民们议论纷纷，这压力太大，卫媪承受不了，心一横将胖娃娃送给了郑季。

郑季只有两个闺女，没有儿子，连做梦都在想着儿子，如今有了儿子，那嘴笑得像个水瓢，忙将胖娃娃抱到家中。“水桶”老婆骤然见了这个娃娃，一脸惊诧地问道：“这个娃娃是从哪里来的？”

郑季扯了个谎道：“捡的，从芭茅滩里捡的。”

“水桶”信以为真，将胖娃娃接了过来，取名郑青，精心喂养。这小家伙胃口好，吃红薯也上膘，长得虎虎实实，超出同龄孩子半个头。

郑青9岁那年，水桶不知从哪里得了消息，那郑青不是捡来的，乃是一个野种，是郑季和卫媪偷情的产物，一怒之下，将郑青赶出门外。

郑青无以为生，给一个财主家放牛，饥一顿饱一顿。

11岁那年，他所放的牛不小心被老虎吃了，财主将他打昏过去，误以为他死了，用芦苇一卷，丢到了乱葬坟里，也是他命不该绝，一阵大雨将他浇醒，他摸索着爬到凹凹庄。

那时，卫君孺、卫少儿、卫子夫已经进了平阳侯府的歌舞班，家中只剩了一个卫长君，他长得高高大大，黝黑的脸膛，宽膀乍臂，站在那里像座山，浑身有使不完的劲儿。经人说合，租了当地一个地主家二十亩地，种瓜种菜，挑到长安城里去卖，这样一来，除了吃饭穿衣，还稍有积蓄。一家人很愉快地将郑青接受下来，改名卫青。

日子好了，卫媪的眼光也高了，不想让卫青像他长君哥一样做一个庄稼人，将他送到邻村的一家私塾。

那私塾先生姓张，父亲是项羽的贴身侍卫，项羽死后，不愿扶保大汉，躲到高老庄闲居，经几个士绅力请，方设帐教读，死后传给儿子，即卫青的先生。

这先生也年事已高，教了四年，无疾而终，刚好平阳长公主死了一个骑奴，经卫媪一说，平阳长公主欣然接纳了卫青。

至此，卫家阖家六口，除了卫长君以外，都成了平阳侯府的佣人，曹寿夫妇对他们一家人特别看顾，卫媪也不再去厨房干粗活了，改做保姆，专门来照料平阳侯的独生儿子曹洪。

其实，平阳长公主最器重的并非卫媪，而是她的三女儿卫子夫。

平阳长公主生在皇宫，长在皇宫，深知音乐歌舞在上层社会中的重要地位。

为此，她在家中设了一个歌舞班，成员系清一色的妙龄女子。

每逢贵客到来，她们便披红挂绿，轻歌曼舞。这个歌舞班一共二十多个人，不管是论相貌，还是论歌喉舞技，无人可与卫子夫匹敌。

有一位王府的公子，在平阳侯府做客，见了卫子夫，垂涎三尺，开价便是千金要买卫子夫回家做妻子，平阳长公主嘿嘿一笑说道："这卫子夫是我的奇货，只有见了最尊贵的客人才能出售。"

她所说的这个最尊贵的客人，当然就是武帝了。

武帝与陈阿娇联姻，已经四五年，阿娇肚子里没有一点反应。

平民百姓尚讲究一个"不孝有三，无后为大"，何况一个尊贵无比的天子呢？所以平阳长公主很注意网罗良家女子，特别是那些姿色出众的良家女子，加以训练，作为歌姬储备起来。只要武帝来看自己，那奇货不愁销不出去。

果如平阳长公主所料，武帝一来，便看上了卫子夫。

姐姐、姐夫没走的时候，他还不好意思过分"亲热"。他们这一走，再也无了顾忌，一把将子夫抱到怀里。

武帝在做太子时，常到平阳侯府玩耍，对这里的一砖一瓦，一草一木相当熟悉。他知道大厅的后面有一间更衣室，那里边有床、梳妆台。汉武帝看到如此绝色的女子，自然不会放过，于是两人便成就了好事，这才一脸倦容地相携来到大厅。

平阳侯夫妇，已在大厅等候多时，见武帝和子夫一脸倦容地出来，互相望了一眼，会心地一笑。

这笑虽说并无恶意，却把子夫羞得满面通红，低垂玉首，手拈衣带，娇羞无语。武帝越看越爱，若非碍于姐姐和姐夫，早已把她揽到怀中。

平阳长公主的目的已经达到，心中高兴，重整佳肴，款待武帝，由卫子夫作陪。

武帝呷了一口酒道："朕这次游猎，叨扰了姐姐和姐夫，赐千金，以示补偿。"

曹寿夫妇谢恩已毕，平阳长公主在武帝耳边悄声说道："姐姐愿送子夫入宫，侍奉皇上，皇上可愿意？"

武帝微笑着点了点头。平阳长公主朝卫子夫丢了一个眼色，双双来到更衣室，换过了衣裳，重施粉黛，越发显得漂亮了。

平阳长公主拉着子夫的柔荑，笑眯眯地说道："你此去宫里，可谓一步登天，你要精心侍奉皇上，将来尊贵了，且莫学陈胜，不认儿时朋友了。”

子夫深施一礼道：“奴婢不敢，奴婢谨遵公主教诲，一定要好好侍奉皇上，苟富贵，勿相忘。”

平阳长公主微笑着说道：“我相信你。”

说毕，拉着子夫，双双回到大厅。

转眼之间，已到酉牌时分。武帝告别了姐姐和姐夫，载着卫子夫，兴冲冲地返回未央宫，将子夫带到了鸳鸯殿里。

鸳鸯殿也叫鸳鸯宫，位于未央宫里。

未央宫位于长安城的西面，是皇帝听政的地方。未央宫周长九千三百米，面积五平方公里，约占长安城总面积的七分之一。

宫内建筑高大巍峨，雄伟壮观，共有台殿四十三所，山六座，液池十三个，门闼九十五个，殿宇之盛，前所未有。

主要建筑有前殿、宣室殿、温室殿、清凉殿、宣明殿、广明殿、昆德殿、玉堂殿、白虎殿、金华殿、椒房殿、昭阳殿、飞翔殿、增成殿、合欢殿、兰林殿、披香殿、凤凰殿、鸳鸾殿、麒麟殿、承明殿、北阙、东阙、石渠阁、天禄阁、渐台等，都是雕梁画栋，金碧辉煌。

其中，昭阳、飞翔、增成、合欢、兰林、披香、凤凰、鸳鸾八殿，合称“后宫八区”，是武帝后妃居住的地方。

武帝早想好了，当夜带子夫住鸳鸯殿，他要在那里与她欢度良宵。

御辇驶进未央宫，还没停稳，跑过来一男二女，跪地接驾，口呼万岁。武帝挽着子夫下车，径直入殿，一男二女紧随其后。

武帝落座后，手指男监问道：“你叫什么名字？”

男监跪地回道：“奴才名叫李贵。”

武帝又朝两个宫女一指：“也报上名来。”

一宫女回道：“奴婢叫春月。”另一宫女回道：“奴婢叫秋花。”

武帝点了点头说道：“朕和卫贵人今晚要在此歇宿，你们先给卫贵人沐浴更衣。”

宫监和宫女不敢怠慢，将卫子夫引到殿左的一间房子，又是挑水，又是升火，还在浴盆里加了一些香料，把个沐浴室搞得暖烘烘、香喷喷的，方才帮子夫宽衣解带，面对李贵这样一个大男人，卫子夫有些不好意思，以目示意春月。未等春月开口，李贵很知趣地退了出去。

沐浴完毕，子夫披着秀发，身穿粉红丝长裙，被春月、秋花，一左一右扶进寝殿。

武帝已在那里等候多时，见了子夫，从头至脚将她扫了一遍。只见她，眉不描而黛，发不漆而黑，颊不脂而红，唇不涂而朱，真是出水芙蓉。

就在这时，一个苍苍的声音在窗外说道："启奏陛下，皇后求见。"

说话的是宫监李贵。武帝甚觉扫兴，一脸不悦地说道："都什么时候了，不见。"

李贵小声说道："皇后已经来了，非要见皇上不可呢！"

武帝气呼呼地说道："来了也不行，说不见就是不见。"

"哟哟哟，这真应了古人一句话，新人进了房，旧人甩过墙！"这声音是个女的，还有几分酸溜溜的味道。

卫子夫未见其人，已经猜了个八九不离十——陈阿娇，是皇后陈阿娇到了。

她心情有些紧张，小声说道："万岁，皇后既然来了，你还是去见一见吧！"

武帝极不情愿地穿衣下床，临走，还在卫子夫额头上亲了一口："乖乖，朕把她打发走，好好等着我啊。"

他想得过于简单了，陈阿娇既然寻上门来，能那么轻易地让人打发走吗？

话不投机，二人吵了起来，陈阿娇端出皇后的架子，对武帝正色说道："皇后乃中宫之主，统领后宫。你不知从哪里弄个野女人回来，我能不管吗？"

一边说一边往里闯，非要见识见识卫子夫这个野女人不可。把个卫子夫吓得浑身乱抖。

武帝却不吃陈阿娇这一套，双手将她挡在门外，反唇相讥道："什么中宫之主，中宫之主有什么了不起？农家养一只母鸡会生蛋，喂一头猪能下崽，你呢？你会吗？你能吗？"

这话有些损人，把个陈阿娇戗得瞠目结舌，许久说不出话来。

是啊，结婚已经四五年了，至今没有生儿育女，这犯了女人家的大忌。

越想越觉着理屈，"嗷"地一声哭了起来，边哭边走出寝殿，嘟嘟囔囔地说道："什么金屋藏娇？你这叫金屋纳垢！去年你找了个娼妓，今日又给我带回来个歌姬，我和你没完！"

阿娇虽说走了，经她这一闹，武帝没了兴致，二人又说了几句闲话，倒头睡去。

五更时分，武帝起床上朝，他见子夫似睡非睡，照她脸颊上吻了一口，轻声说道："朕走了。你昨晚没有睡好，就多睡一会儿吧，朕去去就来。"

子夫突然伸出双手，钩住武帝脖子，回了个响吻，娇声说道："不知怎的，我有些心虚，陛下可要早去早回。"

她坐直身子，目送着武帝前去上朝。武帝上得朝来，见百官无本可奏，随即退朝。

五天了。每隔五天，他便要去长信宫一趟，向太后问安，这是汉家的制度。

太后自太皇太后死后便搬进了长信宫，昭阳殿让给了陈阿娇。往日他去长信宫，太后总是笑脸相迎，今日却紧绷着脸。不只太后，窦太主刘嫖就坐在太后的左边，也绷着个脸。

刘嫖因为年龄大了，女儿阿娇是皇后，所以从太皇太后之姓，尊称窦太主。

窦太主听说武帝领回来个野女人，女儿兴师问罪，反被骂了一顿，心中有气，便带着阿娇来找王太后。

这不，阿娇此刻就坐在太后的右侧，两眼通红，嘤嘤地哭个不停。

武帝心中有些发毛，不知道这三个女人，将如何收拾自己。但又不能不问。

他朝太后一跪，轻声说道："孩儿向母后问安。"

太后没有说话，只是朝窦太主指了一指。

大汉规矩，皇帝可以向母后跪安，岳母不行，姑姑呢，更不行，顶多施一礼即可。

可太后没有叫武帝起来，他也不敢起来。但要他向窦太主跪安，那是万万不可。

双方僵持了一阵，太后勉强说道："我儿平身。"武帝站了起来，侧身朝窦太主施了一礼。

窦太主"哟"了一声道："免礼免礼，你如今已经长大了，做了皇帝了，翅膀也硬了，这礼我可承受不起。"话中带刺。

武帝不想理她，也懒得理她。返身向太后施了一礼，说道："母后这里若是没有什么事情，孩儿就告辞了。"

太后将手一摆说道："你别急，我还有话问你。昨晚，你是不是又弄回一个女人?"

武帝如实回道："禀母后，孩儿昨晚是弄回了一个女人。但这是一个良家女子，貌美且贤，孩儿一见钟情……"

太后轻叱一声道："什么良家女子？分明是一个歌姬，与仙娟同一个货色!"

阿娇不再抽泣，很不合时宜地插了一句："那仙娟是一个娼妓，皇上不是在找女人，是在收集破烂。"

武帝瞪了阿娇一眼，没有说话。心中暗自思道，这个女人真怪，明明知道仙娟是个娼妓，朕娶了一年多，也没见她陈阿娇如此闹过，卫子夫来了不到一天，她便将朕告到太后这里，究竟是何意？

其实，那意思很明显，正因为仙娟是个娼妓，来路不正，且又人人皆知，便不会威胁她陈阿娇的皇后之位。卫子夫则不然，一是貌美而贤；二是出身良家；三是为平阳长公主所荐，而平阳长公主又是太后的长女，在宫中有一定势力，谁敢担保，她不会效法当年的馆陶长公主刘嫖，来一个易后易储呢！

太后见武帝沉默不语，放缓了口气说道："我儿，你有所不知。当年，母后进宫，举目无亲，你姑姑对母后百般呵护。还有你这皇帝，若非你姑姑从中周旋，查十八也查不到你的头上。古人有言，受人点滴之恩，当以涌泉相报。你姑姑有恩于咱们母子，只要我还在这个世上，就不允许有人欺负你嫖姑姑母女！"

这话使阿娇大为感动，"嗷"地一声大哭起来。

武帝厌恶地瞅了阿娇一眼，没有说话。

只听太后继续说道："那个卫子夫，既然我儿已经临幸，就算皇宫的人了。再退回平阳侯府不好。可将她打入冷宫，从此不得相见。至于阿娇，你当年红口白牙，说得明明白白，若是娶阿娇为妇，就盖一座大大的金屋子把她藏起来。你不能食言，自今之后，要善待阿娇，少夫少妻嘛，来日方长，她会替你生个龙儿的。"

武帝心中似打翻了五味瓶，母后要她善待阿娇，似乎还说得过去，谁叫自己当年说过金屋藏娇的话来！但对于子夫，未免有失公允。子夫是自己带进宫的，究竟有何罪，却这般待她？

正要分辩，太后压了压手，果断地说道："不要说了。昨夜，你和阿娇这么一闹，害得我一夜没有睡好。你走吧，我想再睡会儿。"说毕，打了一个长长的哈欠。

武帝无奈，起身告辞，垂头丧气地回到未央宫前殿，他无法面对子夫。

早晨离开子夫的时候，亲口对她说道："朕去去就来。"不料去了一趟长信宫，情况发生变化。

他想见子夫，又怕见子夫，见了她怎么说呢？说把她打入冷宫，是迫于无奈；还是说依然爱她，叫她耐心等待！不能说，都不能说，他怕自己一见子夫，为她的姿色所迷，不只姿色，还有眼泪，弄得自己不能自拔，那可就糟透了。

想来想去，倒不如由宫监总管出面，将她安置好了再做打算。

他召来了宫监总管，口授一诏："你速去鸳鸯殿，将卫贵人安置到延年殿居住。并让李贵、春月、秋花随去服侍。记住，卫贵人名义上是打入冷宫，但宫中人对她不得有半点歧视。至于待遇，一如妃嫔。"

武帝安顿了子夫，并没有立马去会陈阿娇，一天到晚，只要没事，就泡在仙娟的飞翔宫。

阿娇又找到太后哭诉了一番，太后发下话来，要将仙娟扫地出门，武帝已经失去了卫子夫，岂能再失去仙娟，慌忙跑到昭阳殿，对阿娇大献殷勤。

第十七章 武帝勤政 着手大局

武帝稳住了陈阿娇，后宫暂时平静下来。

他终于有心思处理朝政了，恰在这时，闽越大军侵犯汉朝边境，汉武帝立即派大行王恢及太中大夫严助征讨闽越。

闽越王郢，自持兵强，既得逐去东越，复欲吞并南越。休养了二三年，竟大举入侵南越王境。

南越王胡，为赵佗孙，听说闽越来侵，但守不战，使人飞奏朝廷，说道："两越俱为藩臣，不应互相攻击，今闻闽越无故侵臣，臣不敢举，唯求皇上裁夺！"

武帝览奏，极口褒扬南越，说他守义践信。当下命大行王恢，及太中大夫严助，并为将军，一出豫章，一出会稽，两路并进，直讨闽越。

淮南王刘安，上书谏阻："越，方外之地，贊发文身之民也。不可以冠带之国法度理也。自三代之盛。胡越不与受正朔，非强弗能服，威弗能制也，以为不居之地，不牧之民，不足以烦中国也。"

刘安之所以这样说，概因私心所起，他自忖，汉一旦控制三越，淮南国必受制于汉。

武帝何等聪明，一眼便将他看穿，授意严助做《喻意淮南王》，以达刘安。书曰：今闽越王狼戾不仁，杀其骨肉，离其亲戚，所为甚多不义，又数举兵侵凌百越，并兼邻国，以为暴强，阴计奇策，入燔寻阳楼船，欲招会稽之地，以践勾践之迹……刘安接书，不敢再言。

闽越王郢，闻王师已到，忙回军据险，以抗王师。郢弟余善，知不可为，聚族而议，想杀郢以谢大汉。族人多半赞成。

余善遂怀揣利刃，进帐拜谒郢王，乘其不备，一刀将他刺死，割下首级，献于王恢。

恢得郢王首级，传令止兵。一面通告严助；一面将郢首传送京师，听候武帝裁定。

武帝下诏罢兵，遣中郎将传谕闽越，另立无诸孙繇君丑为王，奉闽王祖先祭祀。

余善自以为有功于汉，汉薄待自己，不服繇王节制。繇王无奈，遣人报武帝。

武帝也觉着有些薄待了余善，封其为东越王，划境自守，不准与繇王相争。

武帝安置了余善，复命严助出使南越，南越转危为安，得益于大汉，故对大汉感恩戴德，闻天使到了，南越王胡亲去城外十里相迎，热情款待。

严助离境，赠之金帛古玩，并遣太子婴齐，随严助北去长安，做汉宫侍卫。途经淮安，刘安自忖，谏止讨伐闽越一事，为帝不容，而严助又是皇上近臣，百般讨好，请他代为说项，严助满口应允，别时，受其千金。

严助返都，果然不负前言，在武帝面前，为刘安说了不少好话，为其开脱。

偏那余善，虽王东越，对武帝并不感恩，屡征不朝，引得武帝大怒，欲要出兵讨伐余善。

恰逢买臣复官，得了这个消息，忙向武帝进言道："东越王余善，向居泉山，负蜗自固，一夫守险，千人俱不能上，今闻他南迁大泽，去泉山五百里，无险可恃，今若发兵浮海，直指泉山，陈舟列兵，席卷南趋，破东越不难了。"

武帝闻言大喜，命朱买臣先行一步，担任会稽太守，一旦朝廷讨伐东越，好出兵、出粮相助。

买臣受命辞行，武帝笑问道："爱卿可知，朕为什么要委卿为会稽太守？"

买臣笑回道："筹粮筹兵，修治楼船器械，以助王师。"

武帝摇头道："卿只答对了一半，若纯为筹粮筹兵，朕这手下，能胜任此职的不下百人，为什么单单要委派你呢？"

买臣双手一拱说道："臣愚昧，究竟陛下为甚委臣做会稽太守，还请陛下明示为盼！"

武帝笑微微地说道："朕听说，卿家贫无依，至为乡人所侮，妻子也别卿另嫁。有道是富贵不归乡，如衣锦夜行，今卿可谓衣锦荣归了！"

买臣大为感动，拜谢而出。

买臣失官之时，离都返乡，曾在会稽守邸中，寄居饭食，免不得遭人白眼，忍受揶揄。

此次受命为会稽太守，正是扬眉吐气的日子，他却藏着印绶，仍穿了一件旧衣，伛偻其身，蹒跚其步，来至邸中。

可巧邸中正坐着功曹、书佐，置酒高会，见了买臣进去，装作没有看见，照旧的酣饮狂呼。买臣也不去说明，低头趋入内室，与邸中当差人员，一同用餐。

待至吃毕，方从怀中露出绶带，随身飘扬。

有一差役从旁瞧见，暗自惊奇，遂走至买臣身旁，引绶出怀，定睛一看，却是会稽太守的官印，慌忙问道："朱君怎会有这个东西？"

买臣淡淡地回道:“这有什么可奇怪呢?圣上已授命我为会稽太守,故有此物。”

这一说,吓得问话之人忙跪下请罪。朱买臣双手将他扶起:“不必说请罪的话,有道是,‘不知者不为罪’嘛!”那差役爬将起来,飞也似地跑到前厅,报信去了。

功曹、书佐已喝得酩酊大醉,齐声斥道:“那朱买臣被皇上削职为民,尔又不是不知,何故要来胡说八道?”气得报告人头筋暴绽,指天发誓道:“此事千真万确,若有半字相欺,甘受天惩!”

欢宴者中,有一位乃是买臣故友,素来瞧不起买臣,见那差役不像撒谎,起身说道:“诸位但管饮酒,待我亲去后厅一认,便知分晓。”

他这一认,又惊又怕,狂奔而出:“不得了了,了不得了!朱买臣果然做了会稽太守!”

众人听了,无不骇然,急忙整衣肃冠,至中庭排班伫立,再由功曹入内,恳请买臣出庭受谒。

买臣背负双手,徐徐踱至中庭。大众尚恐酒后失仪,加意谨慎,拜倒在地。买臣只答他们一个半礼,语中带刺道:“买臣不才,扫了汝等酒兴,罪过,罪过!”

说得众人面如鸡冠,叩头谢罪不已,买臣方才说道:“汝等不必惊慌。汝等请起,但望汝等日后,不要过于势利,吾愿足矣!”

待到大众起来,外面已驱入驷车高马,迎接买臣赴任。买臣别了众人,登上驷车,有几个想乘势趋奉,愿随买臣到郡,被买臣拒绝,碰了一鼻子灰。

买臣乘舆驰入会稽,吏民夹道欢迎,万人空巷。新太守到任,又是本地人做本地官,愈觉稀奇,一时争先恐后,仰望风采,把一条大街几乎塞得水泄不通。

此时买臣坐在舆中,正在得意扬扬的时候,一眼瞥见他的那位下堂故妻张氏,也在人群之中缩头缩脑地看他,忙命停下官舆。

朱买臣坐在车中,遥见故妻张氏,不禁想起旧情,念那墓前分食的余惠,便命左右呼她过来,停下官舆,细询近状。

张氏既羞且悔,哪里还答的出话来!泪雨纷纷,哽咽不已。

买臣长叹一声,命她且捱接印以后,来衙再谈。张氏听了,含羞而退。

过了几天,买臣公事已毕,方问近身家人,那个张氏,是否来过?

家人回道:“夫人……”刚刚说出“夫人”二字,忙又缩住,改口道:“那位张氏,早已来过多次,奴仆见主人没有空闲,不敢引她进见。”

话刚落音,又一家人来报,有一个自称张氏的人求见大人。

买臣答了声:“知道了,速引她前来见我。”

张氏到了此时，自知贵贱悬殊，况且后夫又充衙中公役，此刻不是妇随夫贵，乃是妇随夫贱了。只得厚着脸皮，双膝跪下。

买臣将手一招道："你我不必行此大礼，站起来吧。"

待那张氏站起之后，买臣和颜悦色地说道："前事不必再谈，尔的后夫，既是衙中公役，我当拣派优差，使你夫妇不致冻馁便是。"

张氏闻言，双泪交流，低声答道："我已懊悔无及。务望念我与你二十余载夫妻之情，将我收留身边，做妾做婢，悉听尊便。"

买臣听了，暗自思道，这女人好生无理，我只允你，将你夫拣派优差，你却得寸进尺，要做我的老婆，我何不……

他命家人端来一盆凉水，双手接过，往后厅一泼，对张氏说道："请你把这盆水揽起来。"

张氏愁眉回道："有道是，'覆水难收'，这水我如何揽得起来？"

买臣哈哈一笑道："你已是下堂之女，既然知道覆水难收，就不该再有做我妻妾之念。但你我总算夫妻一场，我可以将你夫妇留之后园。你个人的衣食，由我供给。"

张氏既羞且悔，疾走两步，一头朝厅柱撞去。

买臣欲拦，哪里还阻拦得住。只听"咚"的一声，张氏额破身亡。

买臣摇了摇头，感叹一声说道："这何必呢！"遂命家人，买上等棺木一口，厚葬了张氏。

朱买臣这次回乡任职，争足了脸面，一方面尽心尽意地安抚百姓，轻徭薄赋；一方面筹兵筹款，整修器械，专待朝廷出兵，助讨东越。

不料，武帝听信王恢之言，诱击匈奴，无暇南顾，所以把东越之事暂时搁置起来。

匈奴位于长城北方，乃夏后氏后裔，是个游牧民族，一靠畜牧；二靠狩猎；三靠掠夺为生。其攻战，斩敌一首，赐酒一卮，所得俘虏，归虏者所有，为奴为婢。

秦时，因其屡屡犯边，始皇曾命大将蒙恬，将兵三十余万，北攻匈奴，匈奴大惧，远徙朔方。

至胡亥为帝，暴虐天下，陈胜、吴广振臂一呼，义军蜂起，天下大乱，无暇顾及塞外，匈奴复逐渐南下。

匈奴称国王为单于，称王后为阏氏。刘邦建汉，匈奴单于不服，发兵二十余万，由左右贤王带领，来攻汉之太原。

左右贤王的称号，乃是单于以下的最大官爵，仿佛与大汉诸侯王相似。刘邦闻报，御驾亲征。匈奴佯装败北，退到平城。

刘邦不知是计，纵兵直追，被困在白登山上，逼得刘邦差点自杀。万般无奈之下，只好采用陈平美人计，除了将宗室女以公主的身份嫁给匈奴单于之外，还向匈奴赔偿绢帛一百万匹，美酒一万坛，细米一百万石等，方换得匈奴撤兵。

自此之后，汉廷视匈奴为虎狼，所定条款不敢有丝毫懈怠。

每逢单于新立，便以宗室女送上妻之，黄金、绢帛、美酒、细米如江水一般，源源不断流入匈奴。

匈奴越发觉着汉廷可欺，动不动就发兵攻汉，烧杀奸淫，掠夺子女、金帛。

汉惠帝三年（公元前192年），单于竟然致书吕后，说什么："陛下独立，孤偾独居，两主不乐，无以自娱，愿以所有，易其所无。"

吕后阅书，明知羞辱自己，也只能是忍气吞声，回书单于，卑词求和。

书曰：单于不忘敝邑，赐之以书，敝邑恐惧。退日自图，年老气衰，发齿坠落，行步失度，单于过听，不足以自汙，敝邑无罪，宜在见赦。窃有御车二乘，马二驷，以奉常驾。

每每想起这些往事，武帝便气愤填膺，屡屡欲出讨匈奴，为大汉报仇，为祖宗雪耻，因太皇太后作梗，未能如愿。

如今太皇太后已经作古，他的祖宗又为他挣来了无穷的财富，府库充盈，廪庾皆满，京师之钱累巨万，贯朽而不可校；太仓之粟陈陈相因，充溢露积于外，至腐朽不可食。众庶街巷有马，阡陌之间成群。这些都为他反击匈奴提供了物质基础。

恰巧这时，有一商人，乃雁门郡马邑人氏，名叫聂壹，年老嗜利，因与王恢是个拐弯亲戚，便人都谒之，说是匈奴终为边患，我若诱其人塞，伏兵截击，必获大胜。

听了聂壹之言，王恢心下大喜，当即上书武帝。武帝少年气盛，本欲出讨匈奴，就好似想睡觉送来个枕头，大喜过望，立马召集群臣计议。

太仆公孙贺、中郎将韩安国，以及公孙弘、董仲舒、东方朔、司马相如、石庆、石德，皆出面反对，尤以公孙贺为烈，与王恢争论廷前，各执一词。

王恢慷慨激昂地说道："陛下即位数年，威加四海，统一华夷，独匈奴侵盗不已，肆无忌惮，若不设法痛击，如何示威？"

公孙贺驳说道："臣闻高皇帝被困白登山，七日不食，及出围还都，不相仇怨，可见圣人以天下为心，不愿挟私害公。自与匈奴和亲，利及五世，故臣以为不如主和！"

王恢摇头说道："非也。从前高皇帝不去报怨，乃因天下新定，不应屡次兴师，劳我人民。今海内久安，只有匈奴屡来寇边，常为民患，死伤累累，槽车相望。仁人君子，引为痛心，乃何不乘机击逐呢？"

公孙贺也摇头说道："臣闻，兵法有言，以饱待饥，以逸待劳，所以不战屈人，安坐退敌。今欲卷甲轻举，长驱深入，臣恐道远力竭，反为敌擒，故坚决主和呢！"

王恢语带讥讽道："公孙将军徒读兵书，未谙兵略，若使我兵轻进，原是可虞，今当诱彼入塞，设伏邀击，使匈奴左右受敌，进退两难，臣料擒渠获丑，在此一举，可保得有利无害呢！"

公孙贺欲待再驳，武帝摇手说道："二卿不要争了，朕觉着大行言之有理，朕也决心征讨匈奴，为国雪耻！"

说到这里，略略抬高了声音说道："公孙爱卿听旨。"

公孙贺出班应道："臣在。"

"朕拜汝为轻车将军。"

之后，武帝又一连点了四个大臣，依次是：大行王恢，拜将屯将军；中郎将韩安国，拜护军将军；卫尉李广，拜骁骑将军；大中大夫李息，拜林官将军，连同公孙贺，每人率兵六万，潜伏马邑，邀击匈奴。

武帝一边为他们准备粮草，整治器械，一边遣聂壹引诱匈奴。

聂壹奉诏之后，置办了大批绢帛和金珠珍玩，前往匈奴互市。并拿出部分金珠送给单于，乘机进言道："启奏单于，臣愿举马邑城奉献单于。"

单于以为他是一句戏言，笑回道："好啊！但汝本商人，怎么献城？"

聂壹答道："自从和亲以后，汉朝对边境防备松弛。我手下养有数百壮士，内中不乏武林高手，若令他们混入马邑，斩县令，取马邑，易如反掌！只是，城中汉兵甚众，还望单于发兵接应。事成之后，财帛子女，大王取其七，吾得其三，愿已足矣。"

单于本来贪利，闻言大喜，当即派一当户，随着聂壹，先入马邑，捱聂壹斩了县令，然后进兵。

聂壹返至马邑，先与县令密谋，从牢中提出死囚三名，枭了首级，悬挂城上，谎称是县令、县丞、县尉头颅，欺骗当户。当户信以为真，忙去还报单于，单于便领兵十余万，亲来接应。路过武州，距马邑尚有百余里，但见沿途统是牲畜，独无一个牧人，未免起了疑心，可恰路旁有一亭堡，料想堡内定有亭尉，何不生擒过来，逼他供出实情！当下指挥人马，把亭团团围住，亭内除亭尉外，只有守兵百人，职在瞭望敌情，通报汉军。

此次亭尉得了军令，佯示镇静，免使敌人生疑，所以留在亭内。这亭尉姓李，名绪，本乃一个软蛋，今见匈奴势大，未敢抗击，乖乖做了俘虏，为了讨好匈奴，将汉之密谋，涓滴不露地道给了匈奴。

单于闻言，且惊且喜，仰天狂笑道："天不灭我！"当即将李绪封为天王，调转马头，径奔塞外。

是时,王恢奉命抄出代郡,拟袭匈奴兵背后,截夺辎重,猛听得单于逃归,不胜惊讶。

这人原非将才,前此奉命讨伐闽越,因闽越内讧,未动一枪一刀,立功边陲,趾高气扬。今骤然见了十几万匈奴大兵,心中恐慌。暗自思道,我所带兵士,不过六万,怎能敌得住匈奴大队,不如纵敌出塞,还好保全自己性命,遂通令三军,不准邀击匈奴,违令者斩。等匈奴兵远遁塞外,方引兵而还。

公孙贺、李广等人,带领大军,分驻马邑境内,好几日不见动静,心中诧疑,忙遣侦探前去打探,方知匈奴已经遁去,忙纵兵出击,途中与王恢相遇,少不得埋怨了几句,引兵还朝。

武帝原以为,大军一出,匈奴必败无疑,他要拿着单于人头,去高陵祭奠列祖列宗,谁知……

武帝见了王恢,怒发冲冠,破口骂道:“你个大狗熊!诱骗匈奴,本乃首谋,怎地见了匈奴,畏如虎狼,一刀未搏,致使匈奴安全撤退,致使我三十万大军,功亏一篑,汝自己说,该当何罪?!”

说得王恢冷汗直流,匍伏于地,小声答辩道:“此次出师,原拟前后夹攻,计擒单于,诸将军分伏马邑,由臣抄袭敌后,截击辎重,不幸良谋被泄,单于逃归,臣所部只六万人,不能拦阻单于,明知回朝复命,不免遭戮,但为陛下保全六万人马,亦望曲原!陛下如开恩赦臣,臣愿邀功赎罪;否则,请陛下惩处便了。”

武帝冷哼一声道:“什么不能拦阻,那匈奴闻听我汉军在马邑设伏,几成惊弓之鸟,莫说汝有六万人马,就是六千,他也不是汝的对手!《左传》曰,‘赏当贤,罚当暴。不杀无辜,不失有罪。’朕将汝交付廷尉,由廷尉依律惩处。”

把手一招,上来两个虎贲武士,将王恢除去冠带,扭送下殿。

廷尉几经复议,认为王恢当斩,复奏武帝。武帝当即依议,限期斩首。

其实,马邑伏击,劳师无功,尚糜去军费两亿,王恢固然当斩,武帝也有推卸不掉的责任。

试想,一次调动三十万大军,出师二千余里,不置统帅,各自为政,如何协同作战?此乃一也;孙子兵法曰,“兵者,诡道也。”伏击匈奴,讲究一个密字,却告之于一个小小的亭尉,不只亭尉,从“沿途统是牲畜,独无一牧人”来看,这事连普普通通的牧民都知道了,如何守得住秘密?这说明,武帝在用兵方面,非常幼稚,可身为天子,至高无上,谁敢道个不字?

作为囚犯的王恢更不敢,经过一番深思熟虑,一方面上书武帝,诚心认错,以求宽恕;一方面令家人置金千斤,献于丞相田蚡,求他设法相救。

田蚡觉着,自己是武帝母舅,有太后撑腰,且王恢虽说有罪,但保全了六万兵马，顶多是劳而无功，不应致死，遂将千金悉数收下，入宫对王太后说道："王恢谋击匈奴，伏兵马邑，本来是一条好计，偏被匈奴探悉，计不得成，虽然无功，罪不致死。今若将王恢问斩，是反为匈奴报仇，岂非一误再误么?!"

太后深以为然，乘武帝问安之机，将田蚡所言，略述一遍。切望武帝听了自己之言，法外开恩，赦王恢一条小命。

谁知，武帝听了太后之言，摇头说道："母后有所不知，马邑一役，本是王恢主谋，出师三十万众，望得大功，就使单于退去，不中我计，但王恢已抄出敌后，何不邀击一阵，杀获几人，借慰众心！今王恢贪生怕死，逗留不出，若不按律加诛，如何令天下人信服呢?"

王太后本与王恢无亲无故，不过为了姐弟情面，代为转言。乃见武帝义正词严，也觉得不便多说，待至武帝出宫，即使人报至田蚡。

田蚡自然令人转报王恢。恢心灰意冷，左思右想，倒不如投环自尽，也好留个全尸。夜间，乘狱吏不备，自杀身亡。

第十八章 母子结怨 子夫自杀

田蚡闻王恢已死，心中很不是滋味。大汉明明以孝立国，武帝为什么不给太后面子？他百思不得其解。

其实，武帝并不是觉得太后所说的没有道理，而是因为他在心里还有打不开的结，因此才不愿意听从王太后的话。

为什么王太后和汉武帝会结怨呢？这件事还是因韩嫣引起的。

武帝虽说将卫子夫打入冷宫，但无时无刻不在念着子夫，有心将她赦免，又恐母后见怪。

韩嫣就像武帝肚中的蛔虫，乘机进言道："陛下，臣有一计，可讨得太后欢心。她老人家若是一高兴，您便向她提出赦免子夫之事，万无不允之理！"

武帝闻言，异常欢喜，催促道："小嫣子，有什么妙计，快讲，快讲！"

韩嫣左右前后望了一番，见无他人，方才趋前，低声说道："太后未曾进宫之前，已是有夫之妇。"

武帝大吃一惊："此事当真？"

"千真万确。"

他见武帝默然不语。复又说道："太后不只是有夫之妇，且还生有一女，取名金俗，嫁在长陵。"

此事关乎着皇家声誉，武帝不得不慎之又慎，反复追问。

韩嫣微微一笑说道："太后再醮之事，皇上不可过于介意。秦庄襄王，失意之时，娶了一个吕不韦的宠姬为妻，日后成了王后，生了一个不可一世的秦始皇，那始皇还是一个带肚的；咱们的高祖爷，已经做了汉王，也曾娶了一个反王之妾薄氏，而生文帝爷……"

他这一说，武帝心情方才好受了一些，沉默片刻说道："无论如何，母后有再醮之史，不大光彩，汝却告之于我，是何用意？"

韩嫣嘿嘿一笑说道："皇后总以为您娶了一个娼妓，一个歌姬，将您取笑，若非太后撑腰，吓死她也不敢。皇上若是放下架子，把金俗接入宫中，使太后母女团圆，太后必然感激皇上，这是一；自太皇太后驾崩，太后无了顾忌，时不时总要干涉一下朝政，皇上若是把金俗接来，明是为了太后，实是将她再醮之事，昭告于天下，她老人家也是要脸面的人，必将心怀羞惭，还会过问朝政吗？果真这样，陛下这皇帝才算一个真正的皇帝，想做什么，便做什么，就是搬石头砸天，谁敢干涉，谁又干涉得了呢？这样一来，卫子夫……”

武帝未等韩嫣把话说完，将手一摇说道：“小嫣子不必多言，朕知道该怎么办了。”

当即起驾出横城门，直奔长陵，由韩嫣作陪。

长陵系高祖葬地，距长安城三十五里，立有县邑，徙民聚居，地方却也热闹，百姓望见御驾到来，总道是来祭陵寝，偏御驾驰入小市，转弯抹角，竟到金俗所居的巷道口外，突然停下。

金俗的丈夫，是个呆大，既无田产，又无遗财，开门柴米油盐等七件事，是少不了的，金俗整日为这事发愁，吃了上顿没有下顿。

对门一位邻居，姓李，名焕，本属小康人家，见金俗可怜，隔三差五，给几文铜钱，几匹麻布，三二斗米粮，方不至于冻饿而死。金俗心下不安，对李焕说道：“妹妹家境，原也不甚宽裕，常常送我钱粮布匹，帮我度日。但我男人，你也知道，是个呆大，一不能种田；二不能经商，如何赚钱？母亲入宫，已经二十余载，生死未卜，所借的钱粮，叫我何日奉还呢？”

李焕微微一笑说道：“有道是，远亲赶不上近邻，近邻不如对门，人讲个缘分，你我对门而居，便是有缘，今日我帮助你，说不定哪一日你翻身了，我还得仰仗你呢！”

金俗轻叹一声说道：“您看我家这个样，就是公鸡生蛋驴生角，也难以有个出头之日。”

李焕笑道：“姐姐且莫把话说绝，有道是‘瓦片尚有翻身之日’，何况一个人呢！钱粮事小，姐妹情深，我若想要你归还，也就不借给你了。”

一席话，说得金俗热泪盈眶。

这一日，金俗正在家里烧火做饭，忽听得巷道里人欢马叫，不知发生了什么事，忙朝灶里塞了一大把柴火，奔出厨房，站在门口想看热闹。

谁知，涌来一群执戟武士，一边走一边驱逐行人，并强令沿巷各家各户，关闭门窗，不得窥视。

看着看着，这一队武士，经奔她的宅邸，吓得她掉头进院，关闭了大门，躲在门后，隔着门缝朝外窥探。

那一队武士，将她的宅院团团围住。稍顷，一个美男子来到门前，将门啪啪一拍问道：“金俗在家吗？”

这一问，问得她面如土色，左思右想，自己没干什么违法之事，拿她何来？

不对，前天，南隔壁黄家，死了一个媳妇，是药死的，为此抓走了几个嫌疑人，这一次，莫不是怀疑到我的头上？

她越想越怕，有心越墙而逃，明知墙外皆是队伍，慌得跑进内室，躲在床下，非但不敢出声，连大屁也不敢放。那大门是怎么被人弄开，那大批人马又是怎样进来，她是一概不知。

美男子韩嫣带着武士，四处搜寻不着，闹了半天，方在床下将金俗寻了出来，带到武帝面前，叫她跪下叩见万岁。

金俗早已吓得魂不附体，一切听从韩嫣摆布。

武帝盯着金俗，看了一阵，见其貌极其似己，知是同母姐姐无疑，伸出双手，将她搀了起来："姐姐，你莫怕，母亲现已做了太后，我也登基五年多了，请姐姐随我回宫，见过母亲，便可长享荣华富贵，不用再过这穷苦日子了。"

说毕，另用一辆车子，将金俗载回宫中。

那天，王太后适患小病，卧在寝室，忽见武帝带了一个民女进来，穿得破破烂烂，止不住问道："此女是谁，为何带到我这儿？"

武帝笑嘻嘻地回道："母后请猜。"

太后将金俗扫了一眼，摇头说道："娘猜不着，请皇儿明示。"

武帝道："您猜得到的，只是母后须得用心罢了。"

太后摩挲双眼，将民女仔细打量一遍，举目瞅瞅无敌，又低头瞅瞅民女，满面疑虑道："难道她是娘的俗女？"

武帝颔首说道："她正是儿的金俗姐姐。"

太后又惊又喜，一把将金俗揽在怀中，泪流满面道："闺女，这不是在做梦吧？"

金俗三岁离开母亲，一晃二十余年，昼思夜盼，想不到母亲就坐在眼前，且已荣升太后，尊贵无比，儿随娘贵，那苦日子可熬到头了，心中那份惊喜，远远大于太后，哽咽着回道："母后，这不是梦。"

说完，一头拱到太后怀中，呜呜咽咽哭将起来。

太后也哭，她是喜极而泣，双手轻轻地摩挲着金俗秀发，哽咽着劝道："闺女莫哭，你我母女失散二十多年，今得团聚，应该感到高兴才对！"

说毕，擦了擦眼泪，抬头对武帝说道："皇儿，你俗姐怕是还没有用饭呢？"

武帝道："这个容易。"

当即命内监传谕御厨，速备酒肴，顷刻间便即搬入。

太后当然上坐，姐弟二人，左右侍宴。武帝斟酒一卮，亲为太后上寿，又续斟一卮，递与金俗道："大姐今后勿忧，我当给钱千万，奴婢三百人，公田一百顷，甲第一区，让大姐安享荣华富贵。"

金俗闻言，欢喜若狂，伏地向武帝叩了三个响头。

太后也很高兴，病不治而愈，笑对武帝说道："如此一来，皇帝不是太破费了吗？"

武帝笑回道:“母后也有此说,做儿子的如何敢当?”

说着,各自又饮了几杯,太后猛然想起两位公主,对武帝说道:“我与你俗姐,母女得以团聚,可喜可贺,不妨给你两个姐姐也通报一声,叫她俩也高兴高兴。”

武帝道了一声遵命,当即颁旨一道,宣平阳长公主刘燕、隆虑长公主刘越进宫面母。

太后见金俗衣服破烂,不大雅观,便借更衣为名,叫金俗一同入内,由宫女替她装饰,又是搽脂抹粉,又是贴钿横钗,服霞裳、着玉舄,俨然一个娇颜帝女,与进宫时大不相同。

待至装束停当,复随太后出来,可巧二位长公主陆续趋入。阖家团圆,少不得寒暄几句,便即一同入席,团坐共饮,备极欢愉,直至二更将尽,方才罢宴。

金俗留居长信宫,余皆退去。

到了翌日,武帝记着前言,即将面许金俗的田室财奴,一并拨给,并进封金俗为修成君。

那个呆大,原本也是要封的,谁知这位金婿,没有福气,得了一个急症,呜呼哀哉!有道是:“一日夫妻百日恩。”金俗少不得痛哭一场,厚葬了呆大。

也是那金俗,时来运转,因祸得福,呆大刚一入土,便有人前来做媒,那男的名叫石德,官拜奉车都尉,位列九卿,一表人才,夫人与呆大同日而亡。

这媒一说便成。有皇帝证婚,也不管什么丧葬旧俗——守孝三年,刚刚过了三七,金俗女又披婚纱。

回门那日,武帝乘着太后高兴,委婉地说道:“母后,孩儿成婚将近六载,皇后未曾给孩儿生下一儿半女,这恐怕也不是母后的心意吧!”

这当然不是太后心意,只是,她欲言又止。

只听武帝继续说道:“前不久,孩儿找了一位相士,将宫妃们挨个观了一遍,皆无贵人之相,唯有打入冷宫的那个卫子夫,相士赞不绝口。”

太后何等聪明,知道武帝想干什么,有心成全于他,势必要得罪窦太主和皇后阿娇;若是一口拒之,儿子不止促成了她母女团圆,且对俗女恩宠有加,如今有事求己,叫她如何相拒?左思右想,欲允不能,欲拒不忍,含糊说道:“皇儿也不过二十几岁,何患无子?子夫之事,待为娘想一个万全之策,方好答复我儿!”

武帝万万没有想到,为了使母后和金俗团圆,自己屈驾去访,并赐给俗女封号、田园、奴婢、金帛,就子夫屁大个事,她却来个不长不短,立马将脸一寒,欲要说太后几句。

宫女春月,跌跌撞撞闯进长信宫,扑地朝武帝一跪:“启奏皇上,卫贵人她，她投环自尽了！”

众人闻言吃了一惊，武帝肝胆欲裂，也不要什么御辇，拔腿朝延年殿狂奔而去。

卫子夫入宫以后，本想陪伴少年天子，专宠后房，偏遭皇后妒忌，被打入冷宫，不得与天子相见，忧虑成疾，照着繁囊濑部位，也长了一个痔疮，浓血并流，疼得她哭爹叫娘. 偏在这时陈阿娇寻上门来。

李贵、春月和秋花闻听皇后大驾光临，慌忙出宫迎接。

陈阿娇沙着嗓子说道：“起来吧，本宫听说皇上的心上人病了，特意来看看。”

陈阿娇一步三摇，径直走进卫子夫的房间，春月紧随其后，一边走一边说道：“卫贵人已经病了一个多月，下不了床，不能亲自恭迎皇后娘娘，请娘娘原谅。”

“贵人，什么贵人？”陈阿娇尖声尖气地说道：“本宫孤陋寡闻，在所有的后妃中，只有皇后、美人、良人、八子、七子、长使、少使、婕妤、蛭娥、俗华、充依等，可从来没有听说还有什么贵人？倒不如叫个贱人，方名实相符！”

陈阿娇说的也是实话，在后妃中，确实没有贵人这一称谓，卫子夫进宫，身份还没来得及确定，便被打入冷宫。她那贵人的称谓，乃是武帝在宫监、宫女面前，随口称呼而已。

子夫正在床上躺着，强忍着疼，原本要下床给陈阿娇施礼，听阿娇这么一说，知她此来不怀好意，所以索性躺着没动，只拿眼睛瞅着她。

瞅着瞅着不禁想笑，原来陈阿娇一只眼大，一只眼小，不只是个塌鼻子，还是个肿眼泡，鼓鼓的，活像池塘里的青蛙。

陈阿娇也看清了子夫，但见她青丝黑亮，光鉴照人，面如芙蓉，肤如白雪，还有那一双俏眼和双颊上的两个酒窝儿，虽说久病没有化妆，仍不失为一个大美人儿，怪不得皇上对她如此着迷。

陈阿娇又妒又羡，故意一笑说道：“哟！果真是个大美人，只可惜忘了自己的斤两，一个歌姬也配做皇帝嫔妃，你就在冷宫给本宫好好待着吧，什么时候咽气，给本宫说一声，本宫好找一个野狗多的地方，将你扔到那里，来一个天祭。”说毕，将宫袖一甩，扬长而去。

子夫自始至终没有说一句话，她知道陈阿娇这次上门，就是专门羞辱自己，人家的话固然尖刻，然而倒是实话。自己出身微贱，怎能高攀皇家？

皇上之所以宠幸自己，乃是心血来潮，图个快活！这不，他快活之后，不就将自己忘得一干二净了吗？看样子，自己注定要在这冷宫里待上一辈子，永无出头之日了。

她想到了死。

死有什么不好？一了百了！

她借故支走了李贵、春月和秋花，强撑着身子走下病榻，将丝绳朝过梁上一搭，搬了一个木椅，站在上面，将丝绳挽了一个活套，将一颗大好头颅，伸了进去，尔后，一脚将椅子踢倒，使自己半悬在空中。

她只觉着憋气，从眼眶里憋出两个火球，初如鸽卵，继如鹅蛋，越来越大，大得像一个面盆子。她多么希望这火球将吊她的丝绳烧断，可是……

她只觉着两眼一黑，便什么也不知道了。

也是她命不该绝，春月被支走以后，突然耳热心跳，心神不宁，一种不祥之兆涌上脑海：卫贵人病成这个样子，身边不留一个人，若是有个三长两短……

春月不敢往下再想，疾步返回延年殿，果见卫子夫在寻短见，惊叫一声，跑出门外，可着嗓子喊道："快来人呀，卫贵人上吊了！"

李贵、秋花听到喊声，狂奔而来，三人一齐用力，方将卫子夫卸下，李贵一边向子夫施救，一边遣春月去找武帝。等武帝赶到，卫子夫已经苏醒过来。他一把将子夫揽在怀里，眼泪丝丝地说道："朕正在设法将你救出冷宫，为这差一点儿和母后翻脸，你为什么要死呢？你不该去死！"

子夫仰着泪脸说道："陛下对臣妾的一片心意，臣妾没齿难忘。但我大汉立国，以孝为本，臣妾不能为了自己，让陛下母子翻脸，落下不孝之名……"

武帝深情地说道："你不要说了，朕意已决，朕可以失去母后，但不能失去你。你尽管好好给朕养病，朕给你派最好的御医，待你病好之后，朕马上接你去合欢殿，咱夫妻好重温旧梦。"

子夫苦笑一声道："皇上的心意臣妾领了，但臣妾不敢奢望和陛下白头偕老，臣妾只希望陛下法外开恩，让臣妾母亲进宫，与臣妾见上一面，愿已足矣！"

武帝道："这个容易。"当即降旨一道，召卫媪入宫。

卫媪进宫，见了子夫，抱头痛哭，春月、秋花好劝歹劝，方止住了哭。

卫媪扶起子夫，让她坐到床沿上，抚摸着她的秀发道："啊，你受苦了！"

子夫凝视母亲，见她头上生出不少白发，脸上添了几道皱纹，情不自禁将自己的脸贴着母亲的脸，深情地叫了一声娘。泪水像断了线的珠子，直往下滚。

卫媪抓住子夫双手，说道："子夫，我们的时间不多，赶紧拣要紧的话说。"

子夫道："女儿见娘一面，死了也甘心。"

卫媪嗔道："别说傻话了，娘不是在你跟前坐着吗？"

卫子夫长叹一声道："女儿不只想娘，女儿还想两个姐姐，以及卫青弟弟，不知他们可好么？"

卫媪点头说道："好，好，他们都好。"说毕，便将姐弟三人的情况，简略地给子夫讲了一遍。

自子夫进宫以后，平阳侯府的歌舞班就解散了，大姐君孺、二姐少儿回到凹凹庄的家中。

不想，少儿的肚子一天天大了起来，经再三盘问，少儿方才说道，她肚中的孩子，乃是管家霍仲孺的，这个霍仲孺，利用管家之便，给了少儿一点好处，并用甜言蜜语，引她上钩。少儿生性轻佻，经不住诱惑，最终未婚先育，生了一个壮实的儿子，取名霍去病。

两人在长安城租了两间房子，以夫妻名义住到了一块。霍仲孺比少儿大十七八岁，性格又不合，两人经常斗嘴，少儿一气之下，抱着去病回到了凹凹庄。少儿不甘寂寞，没有多久，又攀上了汉朝开国元勋的曾孙，名叫陈掌，年龄二十多岁，长得眉清目秀。二人一拍即合，正式拜堂成亲，把霍去病丢给了卫媪。

至于那个卫青，做了一段平阳长公主的骑奴，一个偶然的机会，结识了武帝，被武帝委为建章宫羽林。

那是半年之前，武帝带领一帮骑士去浐河边狩猎。骏马奔驰，鼓乐喧天。草丛中窜出一只花鹿，武帝看见了，策马追逐，追到一个土丘旁，花鹿不见了，却见十余匹马在悠闲地吃草。

那马匹高大健壮，毛色溜光，红色白色黄色棕色，映衬着绿茵茵的草地，煞是好看。可是，牧马人呢？怎么不见影呀？武帝大喊一声："哦，有人吗？"

"有！"

武帝循声望去，但见土丘一角，坐着一个青年，膀大腰圆，体壮如牛，背倚桐树，正在读书。武帝觉着好奇，下马走到青年跟前，要过一串书简，展开读道："兵者，国之大事也。死生之地，存亡之道，不可不察也……"

武帝满面惊讶道："你在读《孙子兵法》？"

青年淡淡一笑："怎么？牧马人读兵书，稀奇不是？"

"这……这……"武帝掩饰着尴尬说道，"敢问兄弟，你读兵书为了什么？"

青年高声回道："当将军，保国家。"

武帝连道两声好字，正待说些什么，随驾骑士飞马来到土丘旁，下马跪地，口呼万岁。

面对此情此景，牧马人惊诧万分，原来眼前这个衣着华贵的青年，竟是当今天子，忙匍伏于地，口称："小民卫青，叩见天子，祝天子万岁，万万岁！"

武帝双手将他搀起,和颜悦色说道:“卫爱卿家居何方,从何营生?”

卫青二次跪地:“启奏陛下,臣家居凹凹庄,现为平阳侯府骑奴……”

“平阳侯府?”武帝反问道。“正是平阳侯府。”卫青答道。

武帝轻轻颔首道:“原来是自家人!卫爱卿,朕来问你,你愿不愿意做朕的骑士?”

卫青朗声回道:“小民愿意。”

“公孙敖听旨。”

一个五大三粗的青年,应声走出队列,朝武帝跪了下去。武帝吩咐道:“卫青到建章宫当差,你要好生安排。”

“遵旨!”公孙敖叩头而起,来到卫青身边,和颜说道:“卫青贤弟,请你把马送回平阳侯府,明日辰时,到建章宫找我。”

卫媪讲到此处,子夫鼓掌说道:“好了,好了,青弟终于有了出头之日。”

卫媪不以为然道:“你也太高看了青儿,不就是建章宫一个骑士么?”

卫子夫笑道:“娘有所不知,女儿未曾入宫之时,带着青弟去长安闲逛,遇到许负的高足姚定国,直怔怔地看着青弟,惊诧地说道,‘小兄弟,别看你现在穷困,将来必为贵人!’青弟淡漠地一笑,‘但求吃饱肚子就成,还妄想什么富贵?’姚定国说,‘我这个人相面,不会错的,小兄弟,你日后官至封侯呢!’如今青弟被皇上看中,必将飞黄腾达!”

说得卫媪喜笑颜开,咧嘴一笑说道:“但如闺女所言,为娘也不枉厚着脸皮养育儿一场。”

武帝果然没有负约,子夫的病好之后,便遣了一个宫监总管,来接子夫,自己则放下手头的所有事情,在合欢殿专候。

合欢殿是未央宫“后宫八区”中的一殿,位于椒房殿的西面。殿内彩饰纤缛,纹以朱绿,烙以美女。玉阶彤庭,珊瑚碧树,装饰得极其侈靡华丽。

子夫见武帝微笑着朝她走来,正欲下拜。武帝急忙阻拦,将她揽入怀中,重述二年来的离别之情。

子夫故意说道:“臣妾不敢再近皇上,倘若被中宫得知,臣妾死不足惜,恐陛下也有许多不便呢!”

武帝照子夫脸颊吻了一口说道:“爱妃不必多虑,今非昔比,谁也奈何不得朕了!”

子夫余悸犹存道:“母后呢,难道母后也奈何陛下不得吗?”

武帝信心十足地说道:“朕这肚中,已经有了对付母后的办法,爱妃尽管放心好了!”

子夫微微一笑说道:“如此说来,臣妾不担心再进冷宫了!”

武帝又照她脸颊上吻了一口说道:“不会的,绝不会的!”

子夫长出了一口气道："但愿如此。"将脸紧紧贴住武帝胸膛。

武帝一边抚弄着子夫秀发，一边说道："朕昨夜做了一个梦，见卿立处，旁有梓树数株，梓与子声音相通，朕尚无子，莫非应在卿身，应该替朕生子么？"

子夫且羞且娇道："臣妾昨夜也做了一梦，臣妾的肚脐上忽地长出一棵树苗来，见风便长，顷刻儿壮如石磙。"

听子夫这么一说，武帝越发高兴："这梦好啊，肚皮上长树，乃是一个根字，朕后继有人矣！"说来也怪，卫子夫很快便怀孕了。

卫子夫重新得宠，这是陈阿娇所始料不及的。武帝将她安置在合欢殿，等于视她为正式嫔妃，这更使陈阿娇大感意外。当即来到合欢殿，找武帝理论，哭着闹着要武帝莫忘金屋藏娇的诺言。

武帝冷笑一声道："金屋藏娇不错，朕说过这话，可是你这个娇，得给朕生下麟儿呀！大汉江山，需要有人继承，你生不了，朕另找人生，这有什么错？卫子夫刚幸，就怀孕了，你也怀孕呀！怀不了就回昭阳殿去，少给朕找麻烦。"

陈阿娇见武帝下了逐客令，恼羞成怒，放开嗓门说道："你要生子，臣妾不敢反对，但你要找个正经人儿来生。宫中那一帮子嫔妃，少说也有三十余人，你咋不找她们去生呢，偏偏找了一个歌姬！歌姬你知道吗？歌姬就是歌伎！"

子夫是一个什么样人，武帝最清楚，她虽然是个歌姬，却自珍自重，从来不曾轻贱过自己。见阿娇如此作践子夫，暴喝一声道："你不要说了！"

阿娇吓了一跳，许久方醒过神来，哭着说道："你一心护着卫子夫，把驴屎蛋儿当成夜明珠，臣妾治不了你，有人治得了你，你等着，臣妾这就去找太后！"

她果真将太后搬了来。王太后板着脸问道："彻儿，我听说你把那个姓卫的歌姬从冷宫里放出来了？"

武帝直言不讳地说道："放出来了。"

"这么大的事，你为什么不和娘商量商量？"

武帝不以为然道："孩儿是皇帝，皇帝至高无上，孩儿不必大小事都去请示母后吧？"

这一说，把太后弄了个倒噎气，戟手指道："你，你，你是长大了，不要为娘了。但你莫要忘了，你这皇帝是娘挣来的。娘对朝政从来不插手，但娘对后宫之事不能不插手，娘不能大睁两眼，让你娶一个歌姬进宫，败坏皇家声誉！"

武帝铁了心，誓与太后争一高低，反唇相讥道："歌姬怎么了，歌姬的地位难道连一个再醮之人都不如吗？”

有道是“打人不打脸，揭人不揭短”，作为儿子，竟把短揭到老娘头上，叫她如何忍受得了！

太后嚎一声哭道：“天哪，我大汉立国，以孝为本，我怎么积德了这么一个儿子！我还有脸活吗？”一边说，一边将头朝廷柱上撞去。

这一来，武帝慌了，拦腰将太后抱住，不住口地道歉，还给太后下了一跪，好劝歹劝，才把她劝回了长信宫。

太后一连哭了三天，但自此之后再也不提卫子夫了，但并不等于忘了子夫。儿子对己，一向很是孝顺，如今一反常态，还不是因为自己那段不光彩的历史，是谁将自己这段不光彩的历史告诉了儿子？她想到了韩嫣，是他，一定是他！像这些事情，除了他，谁敢给皇帝说呀？

她恨透了韩嫣，暗自发誓道：“韩嫣，我跟你小子没完！此仇不报，誓不为人！”

也是韩嫣小命该绝，恰值江都王刘非上朝，武帝约他同猎上林（苑），先命韩嫣往视鸟兽。韩嫣奉命出宫，登车驰去，从人却有百余骑。刘非正在宫外候驾，望见车骑如云，心中想到，这一定是天子出来了，急忙麾退从人，自向道旁伏谒。

没想到车骑并未停住，尽管向前驰去。刘非才知有异，起问从人，乃是韩嫣坐车驰过，气冲牛斗。刘非能不恼吗？他原为淮阳王，和武帝是同父异母兄弟，在兄弟辈中，就数他武功最高，前元三年（公元前154年），吴楚七国之乱时，刘非年仅15岁，却上书父皇要求率兵出击，景帝嘉其勇，赐以将军印，令随军往吴国平叛。

15岁的孩子能做些什么？但是平叛之后，景帝却喜欢这位勇敢的儿子，所以徙封他为江都王，又赐予天子旌旗，以示恩宠。似这样一个人物，岂肯受辱子宫中的一个舍人！原欲奏明武帝。转而思道，武帝正宠着韩嫣，说也无用，不如暂时容忍下来。

狩猎归来，刘非面谒太后，哭诉韩嫣无礼之状，自愿辞国还都，做一舍人，与韩嫣同侍武帝。

太后闻言，勃然大怒，新仇旧恨，一股麓儿涌上心头，正欲降下懿旨一道，惩治韩嫣，刘非趋前说道：“那韩嫣乃皇上宠臣，单凭他行驰道中，藐视诸侯王，定他死罪，皇上不服。儿臣听说，他与皇妃仙娟及数位宫女有私，若能就此入手，寻他一两件罪证，再问斩刑，管叫皇上无话可说。”

太后见他言之有理，当即面谕宫监李云，叫他悉心查访。

武帝虽有韩嫣伴驾，卫子夫、仙娟侍寝，仍嫌不足，命人建了一座明光宫，选取燕赵佳人二千名，纳入其中，都是15岁以上，20岁以下的。又恐散漫无稽，特设女监统领。韩嫣进谏道："建章、未央、长乐三宫，距离较远，二千人数不敷分配；最好再选三千人，分做二十队，每队二百五十人，以女官为队长，稚比六百石。凡被陛下幸的，记其时日，受孕的赐百金，生子的赐二百金；年届三十，悉出嫁之，再取少女填补。如此一来，陛下日做穿花蝴蝶，可以长居温柔乡了。"

武帝听了大喜，一一依议。此外，又设一总队长，由韩嫣担任，因怕太后干涉，命他男扮女装。

一天，武帝忽见一个姓朱的队长，年纪不过二十多岁，身边一个女官，看上去已有十七八岁。朱队长呼之为女，不禁诧异起来，便问朱队长："这个女官，是你的义女么？"朱队长慌忙跪下，叩首说道："启奏陛下，这女官乃臣妾亲生之女。"

武帝有些不信，追问道："汝今年该有几岁，竟能养出这么大一个女儿来？"

朱队长听了，微微一笑回道："臣妾今年四十有一，如何养她不出？"

武帝吃了一惊，复将朱队长打量一番："如卿所说，你莫非会驻颜术不成？"

朱队长未曾回答，娇脸先红，轻声说道："臣妾幼遇异人，曾受房中术，因此不老。"

武帝听了狂喜，即问其术。朱队长嗫嚅着回道："陛下，要学此术，臣妾不敢不传，但不能纸上谈兵，必须床上亲授。"

武帝连道好好好，将朱队长引至便殿，使之秘密传授。不到数夕，尽得其术。从此可以三日不食，不能一夕无妇人侍寝。

朱队长虽有房中之术，相貌不及仙娟，更不及卫子夫。武帝又是一个薄情寡义之人，术已到手，便改幸他人去了。朱队长耐不得寂寞，便向韩嫣暗送秋波。

韩嫣原来就是一个色鬼，先是和皇上的宠妃仙娟做下那苟且之事，现在又来勾引这个懂得驻颜术的朱队长。朱队长本就有意，至此二人一拍即合。

谚曰："要想人不知，除非己莫为。"此事被仙娟所知，寻上门来，大闹了一场。这一闹不要紧，事情传得沸沸扬扬。

李云得了这个消息，忙去禀报太后，太后下旨，将仙娟和朱队长，一并拘入暴室，严刑拷问。二人受刑不过，将所作所为，老老实实地招了出来。

太后也不征求武帝意见，遣人将韩嫣拘来，一并问了斩刑。并降懿旨一道，将五千宫女，一概遣散出宫。

武帝痛失韩嫣、仙娟，并五千宫女，不免对太后怀恨在心，正要伺机报复，出一出胸中恶气，恰值太后为王恢说情。反击匈奴，武帝早有此心，王恢不过恰恰迎合了他的心思罢了，故而武帝并没杀掉王恢之意，王恢之死，明是死于武帝，实是死于太后，不只太后，还有田蚡。

为什么说王恢的死田蚡也有责任呢，这件事还要从太皇太后也就是窦太后在世时说起。

窦太后在世时，与田蚡不合，于是便罢免了田蚡的官职。田蚡闲居在家，变着法儿讨好武帝，颇得武帝信任。太皇太后驾崩，田蚡得以位列宰辅。向来小人性情，失志便谄，得志便骄，田蚡既做了丞相，又有王太后作为内援，当即便起了骄态，作威作福，盖大厦、置良田，广纳姬妾，大开受贿之门，每当入朝奏事，一奏便是几个时辰，武帝对他言听计从，朝中大吏，多为田蚡所荐，日久生厌。

这一日，田蚡又面呈一份花名册，那上边开列了十几个名字，要求武帝任用，武帝略略看毕，把脸一沉说道："二舅所举之官，已经不少了，难道还没满意么？以后，须让朕拣选几人！"说得田蚡面红耳赤，起座趋出。

未几，田蚡扩建院子，欲占考工之地，厚着脸皮去见武帝，未等他把话说完，武帝作色说道："何不将武库一并占了呢！"

田蚡不敢再言，悄然退出。正因为武帝反感田蚡，所以王恢一案，武帝不肯放松，越是太后和母舅说情，越是要将王恢处死。

武帝逼死了王恢，等于掴了太后、母舅一个小小的耳光，但太后不知进退，仍要干涉朝政，武帝痛下决心，要再给太后一个颜色瞧瞧。

第十九章 政治斗争 朝政复杂

汉武帝借助王恢这件事给王太后一个下马威，她自然心里不舒服。

说到王皇后，她虽然不似窦太后那样野心勃勃，但她的权力掌控能力绝对不逊于窦太后，朝中有一大批重臣都受王皇后的指使，比如汉武帝初期她为其引荐的窦婴、田蚡等人，除此之外，手握重兵的灌夫也是其中一个。

这灌夫，他也是武夫中的佼佼者，他的出现还要从景帝在位时发生的七国之乱说起。

吴楚七国之乱，窦婴奉命率兵平双，官居火将军，上马管军，下马管民，一人之下，万人之上，声势显赫。

田蚡那时只不过是窦婴手下一个郎官，奔走于将军门下，跪拜趋谒，何等谦卑，就是后来成为丞相，田蚡为太尉，名位上几乎平肩，但蚧尚且甘居后进，一切政议，推爨主持，不敢有所不敬。

谁知时移势易，窦婴丢官家居，蚡得以超拜丞相。从此不再往来，视同陌路，连一班亲戚僚友，统皆变了态度，只知趋承田蚡，未尝理会窦婴，免不得抚髀兴嗟。只有窦婴身边忠心耿耿的一员大将灌夫从来不逢迎田蚡，甚至对他的所作所为都看不惯。窦婴也将他视为知己，格外情深。

灌夫之父，名叫灌孟，本是姓张，曾事颍阴侯灌婴，由灌婴荐为汉军校尉，因此寄姓为灌，随灌婴前去平叛，受大将军窦婴节制。

窦婴率领大军，直捣叛军大营，第一阵由灌婴为先锋，率兵数千，前去搦战。

叛军出营接仗，两军奋战多时，胜负未分，引得灌孟性起，舞动长槊，突入敌阵，叛军向前阻拦，被灌孟左挑右拨，刺死多人，一马驰入，是时灌夫也在军中，见老父轻身陷敌，忙率部曲千人，上前接应。偏乃父只向前进，不复后顾，看看杀到叛军首领——吴王刘濞面前，竟欲力歼刘濞，一劳永逸。

那刘濞左右，统是历年豢养的死士，猛见灌孟杀人，慌忙并力迎战。灌孟虽然英勇，毕竟上了年纪，区区一支长槊，如何抵挡住许多刀戟，身中数创，危急万分。

待灌夫上前相救，乃父已力竭声嘶，倒翻马上，灌夫急忙救了乃父，杀开一条血路，驰归军前。顾视乃父，已是挺着不动，毫无声息了，引得灌夫放声大哭。

窦婴闻报，亲来祭奠，披麻戴孝。汉军惯例，父子二人，若有一人亡故，生者可脱去军籍，护柩归乡，这对军士也算一种优待！

偏偏灌夫不要这种优待，且泣且愤道："叛军杀了我父，此仇不共戴天！我欲要杀他几个叛将，祭奠亡父，怎言轻去的话！"

窦婴见他义愤过人，倒也不便相强，允他继续留在军中。

汉军吃了败仗，暂闭营门，不与敌战。灌夫报仇心切，私嘱家奴十二人，夜劫敌营。又向军中挑选壮士，得三十六名，裹束停当，候至半夜，便披甲执戟，带领四十八骑驰往敌营。

才行数步，回顾壮士，多已散去，只有两人相随。所喜家奴，一人不缺。此时报仇心切，也不管人数多寡，竟至刘濞大营前，纵马冲入。叛军未曾预料，纷纷退往两旁，听任他往后闯去。

后帐住着刘濞，守帐者不下五十人，多为敢死之士，见灌夫杀来，当即出来应战，虽说是众寡悬殊，灌夫并不胆怯，挺戟乱刺，戳倒了十几人，但自身也受了好几处重伤，再看家奴，全部战死，自知不能济事，大喝一声，拍马退走。

叛军从后追来，亏得两壮士断住后路，好使灌夫脱身。至灌夫走出叛军大营，两壮士中又战死一人，只有一人得脱，追上灌夫，疾驰回营。窦婴闻灌夫袭敌营，急遣兵士救应。

兵士才出营门，已与灌夫兜头碰着，见他战袍上面，尽染血痕，知是受了重伤，簇拥入营。窦婴取出万金良药，替他敷治，方得不死。

但十余人能劫叛军大营，九死中博得一生，也是亘古罕闻了。

刘濞经灌夫这么一吓，险些儿魂离躯壳，但闻汉军只十五人，能有这般胆量，倘或全军过来，如何招架得住？因此日夜不安。加之粮路已被太尉周亚夫切断，兵不得食，上下枵腹，将佐离心，自思长此下去，即不战死，也是饿死。踌躇数日，遗军而逃。

谚曰，"蛇无头不行，兵无主自乱。"二十多万饥卒，一哄而散，被汉军截住，统皆做了俘虏。

平乱之后，景帝论功行赏，灌夫为最，迁官太仆，赏钱一千万缗。

灌夫虽说勇敢绝伦，唯有一样不足，嗜酒如命。每每酒后，狂呼乱叫，打人骂人。

一日，与长乐卫尉窦甫饮酒，忽生争论，举拳便打，将窦甫殴成重伤。

那窦甫乃太皇太后弟弟，岂能善罢甘休，哭诉于太皇太后，太皇太后降下懿旨，将灌夫免官。

灌夫家本颍川，家产颇丰，任侠好交，有食客数十人，及灌夫出外为官，宗族宾客，倚官托势，鱼肉乡民，怨声载道，遂编出四句歌谣，到处传唱："颍水清，灌氏宁。颍水浊，灌氏族。”

灌夫在外多年，无暇过问家事，免官以后，仍然不想回家，在京都混迹。平时没事的时候，经常去窦婴家欢叙。

一日，灌夫在都中闲走，忽然想到了田蚡。

他想自己曾经和田蚡一起在军中做事，如今他贵为丞相，百官之首，不知道还认不认我这个昔日的同僚呢？我何不去拜访他，看他如何相待？

灌夫这么想着，便到了相府门口，门吏当即入报，田蚡也未拒绝，将他迎入客厅，扯了一阵闲话，田蚡问道：“仲孺近日何干？”

灌夫本字仲孺，明知田蚡与窦婴不合，却直言答道：“弟也没干什么，隔三差五，去魏其侯家一趟，饮酒谈天。”

田蚡随口说道：“我与魏其侯已有半年未见，有心过府拜访，还不知他欢迎不欢迎？”

灌夫连声说道：“欢迎，他一定欢迎！蚡兄贵为丞相，走到哪里，哪里便蓬荜生辉，岂有不受欢迎之理！”

田蚡笑道：“既然这样，我一定去拜访魏其侯，届时，还要请仲孺相陪。”

这本是一句虚言，谁知灌夫竟然当起真来！满面欢喜地说道：“丞相既愿过访魏其侯，我当为丞相先行一步，令他具酒守候，愿丞相明日早临，幸勿负约！”

到了此时，田蚡悔已无及，佯装允诺，支走了灌夫。

灌夫出了相府，匆匆往报窦婴。

窦婴虽说爵位未除，也比不得从前一呼百应，闻听田蚡过访，暂将怨愤搁在一旁，入室告妻，赶紧预备酒筵。一面嘱厨夫多买牛羊，连夜宰烹；一面命仆役洒扫房屋庭院，足足忙了一个通宵。

天未及晓，便令门役小心侍候。大约到了辰牌时分，灌夫趋入客厅，与窦婴一同候客。直候到午牌二刻，不见田蚡到来。

窦婴不免有些心焦，对灌夫说道：“莫非丞相把此事忘了不成？”

灌夫摇头说道：“应该不会，事情才隔了一夜，那田蚡的记性，尚不至于如此差吧？”

他又耐着性子，等了一刻，还不见田蚡踪影，起身说道：“大将军在此安坐，下官前去迎他一程。”

未等窦婴应腔，他便一溜小跑，径奔相府，问明门吏，方知昨夜田蚡观了大半夜歌舞，高卧未起。勉强耐着性子，坐等了一个时辰，方见田蚡缓步出来。

灌夫当即起身，一脸不悦道：“丞相昨日许我，要过访魏其侯府。魏其侯夫妇安排酒席，渴望多时了。”

田蚡本无去意，到了此时，却是无法推辞，佯装谢罪道："对不起，愚人昨晚喝多了酒，竟把此事给忘了。请仲孺在此少坐片刻，兄略略收拾一下，便好随弟前去。"

他这一收拾，竟然收拾了两个多时辰，直到日影西斜，方缓步而出，呼唤灌夫登车，直奔魏其侯府。

窦婴望眼欲穿，见田蚡大驾光临，忙延至客厅，盛筵相待。

灌夫心中不快，喝了几杯闷酒，竟有些醉意了。手指田蚡，尽数其恶。

田蚡倒也大度，不予计较，言笑自若，害得窦婴不住口地给田蚡赔礼道歉。

田蚡见窦婴较弱可欺，欲要霸他城南良田，遣一宾客籍福，至窦婴处说项。

此田系窦婴宝田，肥得能一脚踩出油来，怎肯轻易让人？当即对着籍福，愤然作色道："老朽虽是无用，丞相也不应擅夺人田！"

正说着，灌夫趋入，问明事情原委，将田蚡大骂了一番。籍福见求田无望，回来报告给田蚡，将窦婴、灌夫之言，隐而不提，反向田蚡劝道："魏其侯年老且死，丞相只须忍耐几日，自可唾手取来，何必多费口舌呢！"

听了这话，田蚡深以为然，不复再提此事。

偏有那势利小人，为了讨好田蚡，竟将窦婴、灌夫所言，一一告知田蚡。引得田蚡怒发冲冠，击案说道："早年，窦婴侄杀人，应该问斩，幸亏我从中周旋，方救下他一条狗命。现在我向窦婴老狗，乞要几顷薄田，反这般吝啬，况此事与灌夫何干，又来饶舌，我却不稀罕这区区几顷薄田，看他两人能活到几时？"

事隔一日，田蚡果真上书一封，弹劾灌夫，说他家属横行颍川，并将四句歌谣儿附上。

卫子夫难产，武帝心情烦躁，哪有心情管这等闲事，对田蚡说道："这本丞相分内之事，何必奏请呢！"

田蚡当即遣人去捕灌夫，灌夫哈哈大笑："我正要与田蚡对质朝廷，谁生谁死，尚在两可之间。"

捕者惊问其故，灌夫答道："田蚡为太尉时，正值淮南王刘安入朝，田蚡奉命出迎霸上，刘安知他是武帝母舅，刻意笼络，他心中一喜，顺口说道：主上未有太子，将来帝位，当属大王。大王为高皇帝孙，又有贤名，若非大王即立，此外尚有何人？"

这本是几句谄语，刘安竟然当真。那时武帝尚不到20岁，刘安长他少说也有二十余岁，按照常理，必要亡在武帝之前，武帝即使没有儿子，这皇位岂能由他来接？

刘安听了田蚡之言，心中大喜，赠他千金和珠宝无数，托他作为内应，田蚡慨然应允。此事偏被灌夫知道了，因此才这样说。

捕者一经灌夫道明，心中畏惧，放了灌夫，还报田蚡。

田蚡嘴上说灌夫胡说八道，心中却似擂鼓，央人私下说合，握手言和。

事隔一年，田蚡妻死再娶，夫人乃燕王刘嘉之女，由王太后颁出懿旨，尽召列侯宗室，前往贺喜。窦婴侯爵未除，也在应召之列。

行前，忽然想起灌夫，邀其同行。灌夫辞谢道："夫屡次得罪丞相，不如不往。"

窦婴劝道："前事已经人调解，勿庸挂齿。况丞相今有喜事，正可乘此宴会，仍旧修好，否则将疑君负气，仍留隐痕了。"

灌夫拗他不过，只得与窦婴同行，来到相府，由傧相迎入。未几，喜筵开张，田蚡当先敬客，客人统皆避席，俯伏在地。窦婴、灌夫不得不入乡随俗，随大众避席。

田蚡敬酒已毕，嗣由座客举酒回敬田蚡，也是挨次轮流。待到窦婴敬酒，只有数人避席，余皆膝席。

古人席地而坐，就是宾朋聚宴，也是如此。

膝席是膝跪席上，聊申敬意，比不得避席的谦恭。灌夫瞧在眼里，心甚不悦。及至轮到灌夫敬酒，到了田蚡面前，蚡也膝席相答，且对灌夫说道："不用干杯，随意就行！"

灌夫调笑道："丞相原是当今贵人，喝酒哪能喝半杯的道理呢！"

说毕，满满斟上一觞，捧与田蚡。田蚡只饮半觞，不肯再饮，灌夫欲要强逼，窦婴慌忙劝道："俗话说，'酒不攀东'，你就饶了田丞相吧。"

灌夫虽说舍了田蚡，继续往下敬酒，心甚不平，待敬到公孙贺之时，公孙贺正与长乐宫卫尉程密谈。灌夫本就有气无处撒，便借公孙贺泄愤，嗔目骂道："你公孙贺平日毁程不识不值一钱，今日长者敬酒，反效那儿女姿态，絮絮耳语么？"

公孙贺未及答应，田蚡从旁插嘴道："程李并为东西宫卫尉，今当众毁辱程将军，独不为李将军留些余地，未免欺人太甚！"

田蚡所说之李将军，乃未央宫卫尉李广，因未央宫位于长乐宫西边，故称西宫，长乐宫则称东宫。故而，也有人称李广为西宫卫尉，程不识为东宫卫尉。彼二人官职相等，同为抗击匈奴名将，但程不识不及李广。

汉自文帝、景帝以来，屡用和亲政策，笼络匈奴。匈奴虽说与汉言和，但从不守约，每隔年二半载，总要袭击大汉一次。

为防匈奴，朝廷不得不选一些猛将，镇守边疆，李广就是抗击匈奴的一员大将。

李广，系陇西成纪人，骁勇绝伦，尤长骑射，文帝时拜官上郡太守，屡屡反击匈奴，毙敌甚众，擢为武骑常侍。

吴楚七国之乱，随周亚夫出征，突阵搴旗，立有大功，只因他冒犯了梁王刘武，贬为上谷太守。

上谷为出塞要冲，每逢匈奴兵至，李广必要率先士卒，多次受创，后来被景帝调往上郡。

上郡在雁门关内，距虏较远，偏偏李广生性好动，往往自出巡边。

一日出外巡边，猝与数千名匈奴兵相遇，李广手下只有百余骑，如何对敌？战不能，走也不能。

李广并没有慌乱，默想一计，从容下马，解鞍坐地。匈奴兵疑有诡谋，倒也不敢相逼。匈奴阵中有一白马将军，不知李广厉害，出阵遥望广军，李广一跃上马，仅带健骑十几人，向前奔去，与白马将军尚有百步之遥，张弓发矢，嗖的一箭，射中白马将军咽喉，倒毙马下，骇得数千匈奴，一哄而走。

武帝素闻李广大名，擢为未央宫卫尉，又将边将程不识，也召回京师，使为长乐宫卫尉。

李广用兵尚宽，随便行止，不拘行伍，未曾遭敌暗算。程不识用兵尚严，有亚夫之风，敌人知他用兵慎细，不敢侵犯。两将统为防边能手，士卒皆愿从李广，不愿从不识。

灌夫素来推崇李广，田蚡不是不知，却故意把程、李一并提及，好使他结怨两人。偏那灌夫，性子耿直，不知田蚡是计，张目厉声说道："今日即使斩头洞胸，夫也不怕，顾什么程将军、李将军？"

李广也是个直性子，一跃而起，责问道："灌夫，你与程卫尉口角，与我李广何干，提我做甚？"

窦婴忙将李广拽到一旁，低声劝了几句。方又返身，来劝灌夫："灌弟，你喝多了，我送你回家去吧！"

不由分说，拉起灌夫就走。

田蚡不干，令从骑追留灌夫，不准出门。从骑奉命，硬将灌夫拦截回来。

籍福时也在座，忙上前劝解，示意灌夫向田蚡赔罪。

灌夫是个硬汉，如何肯依？籍福按住灌夫脖子，迫他下拜。灌夫愈加恼怒，大吼一声："你要干什么？"一把将籍福推倒在地。

田蚡狠狠白了籍福一眼，籍福爬将起来，拍了拍手上灰，自嘲道："我这是'黄鼠狼翻穿皮衣——里外不是人'，这是何苦呢！"

说毕，退到一旁，席地而坐，自顾自地喝起酒来。

窦婴深知灌夫脾气，此刻劝他给田蚡赔罪，势比登天还难，不劝吧，又于心不忍，干笑一声说道："灌贤弟，田丞相乃百官之首，你给他赔个礼儿，也不算小了你的身价，你……”

灌夫嗔目说道：“魏其侯不必再劝，还是那句老话，今日他姓田的即使将夫斩头洞胸，夫也甘愿领受，赔礼之事，万万不能！”

田蚡冷笑一声：“刀快不怕你脖子粗，灌夫你给我等着。”

他转脸对侍御史张汤说道：“今日奉诏开宴，灌夫乃敢来骂座，明明违诏不敬，应该劾奏论罪！”

张汤、郅都、宁成等并称酷吏，但他的人格远不如郅都等人。郅都等人办案，以法律为准绳，只不过尚严罢了。

张汤办案，以主管官员的好恶为准绳，是一个纯粹的小人。这一次，灌夫落到了张汤的手中，自然不会有好果子吃了。

其实，张汤原本并不是这样的人，只不过在朝政的大流中不得不随着“风向”的改变成为那“墙头草”。

张汤系杜陵人氏，童年敏悟，性甚刚强。乃父张勋，曾为长安丞，有事外出，嘱汤守舍。

汤好游戏，一玩便是半日。至乃父回来，见厨中所藏之肉，被鼠吃尽，不禁动怒，把汤笞责数下。汤因鼠遭责，很不甘心。遂熏穴寻鼠。

果有一鼠跃出，被汤用铁网罩住，竟得捕获。穴中尚有余肉剩着，一并取出，戏做一篇审鼠短文，处它死刑，杖毙堂下，乃父奇之，当即使他学习刑名之学，自县吏干起，不到十年，升任侍御史。期间，办了不少漂亮的案子。

唯有一案，触犯了太皇太后，差一点掉了脑袋。从此变得乖巧起来，但表面却装得一副铁面无私的模样。

张汤听了田蚡的话，面无表情地说道：“卑职遵命。”

说毕，将脸转向灌夫，冷声说道：“跟我走！”

田蚡暗自思道，这灌夫我已经得罪了，不如将他得罪到底，一不做，二不休，索性追究前事，把他灭族了事。

主意已定，低声唤道：“张大人留步。”

张汤转身瞅着田蚡，面如冷铁道：“丞相大人还有什么吩咐？”

田蚡道：“灌夫家属，在颍川多有不法，老百姓编着歌谣儿诅咒他。理应一同问罪，勿使一人漏网！”

张汤不卑不亢道：“卑职知道了。”

窦婴原本生性耿直，所以才屡遭贬斥。临到老境，不得不学得圆滑一些，听到田吩对灌夫这一番处置，不由得倔性大发了，指着田蚡，大声斥道：“田丞相，灌夫脾气，你又不是不知，有口无心，你却这样整治他，未免太歹毒了吧！”

田蚡冷笑一声说道：“歹毒有什么不好，有道是‘最小非君子，无毒不丈夫’。我就是要这样整治他灌夫，你又把我怎么样呢？”

他这一说，把个窦婴气得乱抖，颤声说道：“老夫治不了你，自有人治得了你，老夫……”

田蚡怕他说出一些难听的话来，大声说道：“送客！”

立时走过来几个骑从，架住窦婴胳膊，拖出了门外。

窦婴回到家中，越想越悔，灌夫激怒田蚡，乃是因己而起，己若不劝灌夫前去丞相府赴宴，怎有此事？现既害他入狱，理应挺身出救。

窦婴夫人时也在侧，问明原委，当即劝阻道：“灌将军得罪丞相，便是得罪太后，老爷恐救他不出！”

窦婴喟然叹道：“一个侯爵，自我得来，何妨自我失去？况且，祸由我起，仲孺若死，我有何颜面独生？”

说罢，当即步入密室，凑在灯下，对着竹简，一刀一刀地刻起了奏章。

谁知，那奏章呈上去五六天了，却是石沉大海，杳无音信。窦婴有些沉不住气了，又寻出了竹简和刻刀，准备再上第二道奏章。

他刚刻了两行，门吏慌慌张张跑了进来：“老爷，皇上来了。”

他又惊又喜，慌忙出门相迎。见了武帝，双膝扎跪：“陛下，老臣无状，妄上奏折，惊动圣驾，老臣给皇上谢罪！”

武帝双手将他搀起，笑微微地说道：“老爱卿，你不必自责，你那奏折上得好呢！若非卿的奏折，朕还蒙在鼓里呢！”

窦婴愣了一愣道：“怎么？丞相拘捕灌夫之事，没有向陛下奏请？”

武帝道：“奏请倒奏请了，但丞相所说，与卿所奏，大相径庭！”

“老臣斗胆问一声陛下，丞相怎么奏？”

“丞相说，灌夫喝了几杯酒，以酒盖脸，掀桌子，殴傧相，辱骂朕和太后。”

窦婴连连摇手道：“这纯是没影的事。”遂将事情真相，简述一遍。

武帝怒道：“这个田蚡，善于捕风捉影，朕险些儿被他瞒过了。”

窦婴趁机为灌夫求请：“灌夫于汉，曾有大功。吴楚之乱，只身荷戟，驰入叛军，身被十几创，名冠三军，乃是天下少有的壮士，现在并无大恶，不过杯酒争论，触犯了丞相，丞相竟挟嫌诬控，诛戮功臣，还请陛下明察，赦免灌夫才是！”

武帝微叹一声说道：“此事，朕肚如明镜矣！但此事已经惊动了太后，朕不好独专，朕许卿明日早朝，交付廷议，卿敢和丞相面质吗？”

窦婴慷慨说道：“老臣说的句句是实，有什么不敢？”

武帝将手一摆道：“这事就说到这里，朕向卿打听一件事，卿可要如实相告，不得欺瞒。”

窦婴双手一拱说道：“陛下有什么话，但问不妨，臣就所知，如实回答，不敢有半句相欺。”

武帝点头说道：“前不久，朕狩猎终南山，曾绕道蓝田，到大哥墓前，祭拜了一番。但见大哥坟上，碧草茸茸，杂树荆棘，不见半根。朕询之墓旁之人，才知道每年都有成群的燕子飞来，将大哥坟上，啄理得干干净净！足见大哥冤屈，感动天地神明！但内中详情，他们也说不明白。老爱卿当年，是大哥老师，这内中的冤屈，只有卿才说得明白，望卿如实告我！”

窦婴欲言又止。武帝殷殷地盯着窦婴。

窦婴被逼不过，嗫嚅着说道：“此事，早已时过境迁，陛下还是不知道为好。”

武帝固执地说道：“不，朕想知道，请卿如实道来。”

窦婴无奈，叩头说道：“此事关乎着一个很要紧的人物，陛下赦老臣无罪，老臣方敢直言。”

武帝不假思索地说道：“朕赦卿无罪。”

窦婴瞅了瞅公孙贺，又瞅了瞅公孙敖，彼二人是武帝带来的，意在护驾。

武帝会意，对二人说道：“你两个去院子里转转吧。”

看着公孙贺二人走出门外，武帝方又催促：“爱卿可该说了吧！”

窦婴未曾开口，老泪先流：“刘荣死得屈呀！刘荣侵占宗庙，是相士姚定国出的主意……”

武帝心头猛地一凛，姚定国？听母后言讲，姚定国是她的大恩人，若没有姚定国，就没有母后今日，也包括武帝自己，故而，不久前，逼着武帝封姚定国为太中大夫，并赐钱千万……他姚定国为什么要出这个馊主意呢？

只听窦婴继续讲道：“最可恶的是姚定国，给刘荣出过这个主意之后，一转身又去找到齐建阁，怂恿他告发刘荣……”

武帝至此才明白，这姚定国与大哥无冤无仇，为何要设计陷害，莫不是受了母后旨意？母后也是，大哥已经失去太子之位，普通藩王一个，能成什么气候，你何必如此治他？

想到这里，武帝摇手说道：“老爱卿不要说了，朕知之矣！时间不早了，老爱卿也该安歇了，明晨朝堂相见。”

第二十章 母子敌对 皇后生歹

武帝终于明白了大哥刘荣之死的真相。第二天武帝按时升殿，百官朝拜已毕，当值宫监将拂尘一摆，尖声尖气地说道："众位大臣请安静。"这一说，宫殿上鸦雀无声。

只听当值宫监继续说道："武安侯田丞相，奉懿旨完婚，宴请宗室王侯。前太仆灌夫，借酒闹事，蔑视太后懿旨，当处何罪，请各位大臣，各抒己见。"

他这么一说，窦婴心中咯噔一下，暗自思道，如此看来灌夫的事，皇上早已成竹在胸，昨晚是在套我的话呢？

窦婴哪里知道，宫监这么说，虽是武帝之意，但那是为了应付太后。此时的太后，正坐在宣室，开着窗户，竖着耳朵听呢。

武帝知道，大臣们曲解了自己的意思，不肯发言，不得不点起将来，手指窦婴，和颜悦色地说道："窦爱卿，为灌夫骂座一事，你给朕上了千言书，怎么到了殿上，却闭口不言呢？"

他这一说，窦婴不得不说了，清了清嗓子，将昨晚说给武帝的话，又复述了一遍。

话刚落音，田蚡便接了上去，冷笑一声道："这就奇了，灌夫借酒闹事，蔑视太后诏令，这罪行还不严重吗？而且，他在颍川，勾结当地豪强，欺压黎民百姓，老百姓唱着歌谣儿诅咒他，'颍水清，灌氏宁。颍水浊，灌氏族！'连老百姓都希望灌夫灭族，我真不知道老侯爷为他辩护，是出于什么动机？"

这一问，问得窦婴张口结舌，正不知如何回答，东方朔站了起来，嬉皮笑脸地说道："田丞相，容我直言，那灌夫所犯罪行，比您所说的还要严重！"

田蚡心中一喜，想不到这个滑稽大王，关键时刻，站到了我田蚡一边。嘿嘿一笑说道："东方先生，您若知道灌夫的其他罪状，不妨说出来，让万岁和诸位大臣听一听，也好给他量刑定罪。"

东方朔重咳一声说道："依丞相之言，丞相奉懿旨完婚，灌夫奉懿旨赴宴，同是奉的懿旨，他灌夫竟敢借酒闹事，问他一个蔑视太后之罪，也不为过。"

说到"同是奉的懿旨"六字，还故意顿了顿。

他唯恐众人听不明白，继续说道："既然同是奉的太后懿旨，就不该问灌夫一个蔑视太后之罪。不，应该问。有道是'人和人不同，木和木不同'，灌夫算什么，顶多是一个废太仆，田丞相呢？和太后是一母同胞！”

他把脸转向窦婴：“老侯爷，你出仕至今，少说也有四十多年，灌夫糊涂，你不该糊涂，明知丞相是太后胞弟，胳膊扭不过大腿，偏要为灌夫开脱，惹恼了丞相，也问你一个蔑视太后之罪！不，不只蔑视太后，还蔑视皇上呢！灌夫骂座，我也在场，其实，他真正骂的不是丞相，是太仆公孙贺和卫尉程不识，太仆、卫尉，俱是朝廷命官，万岁所封，辱骂太仆、卫尉，便是辱骂万岁，灌夫理应灭族。不只灌夫，连你魏其侯也该灭族呢！”

东方朔正话反说，把田蚡弄得面红耳赤，恨声说道：“依东方先生所言，灌夫骂座，蔑视太后诏令之罪不能成立，那么，他横行乡里之罪，也不能成立吗？”

东方朔正要回答，新拜中尉汲黯抢先说道：“今日廷议，乃是为着灌夫闹酒一事，其他事情，不在廷议之列。”

田蚡反问道：“难道堂堂大汉，就听任灌夫横行乡里吗？”

他这一戗，汲黯也来了气，提高声音说道：“据老夫所知，灌夫自吴楚七国之乱后，从未回过乡里，宗族宾客是否横行不法，还在两可之间，就是真的横行不法，也该将那些作恶之人捉拿归案，勘问明白，尔后才能提讯灌夫。如今无凭无据，便将灌夫投入狱中，老夫以为万万不可！”

李广接口道：“微臣以为，汲中尉言之有理。若为酒后口舌之争，杀了灌夫，令天下壮士寒心，若因其宗族宾客横行乡里之事，可另外立案查处。”

韩嫣安国、郑当时、司马相如、严助、董仲舒也相继出班，声援窦婴和汲黯。

形势直转急下。田蚡孤立无援，面如金箔，越来越白，几乎是摇摇欲倒了。

武帝要的就是这个效果，轻咳一声，清了清嗓子，朗声说道：“就今日廷议来看，诸位大臣，皆以为灌夫骂座二事，乃口舌之争，不宜小题大做！朕郑重宣布，将灌夫无罪释放，至于宗族宾客横行乡里一事，另案查处！”

听了武帝之言，众臣一齐匍伏于地，三呼万岁。

看那田蚡，不知何时，已然跌倒殿上，口吐白沫，气息奄奄，立马惊呼道：“快救田丞相！”

太后闻言，窜出宣室，来到田蚡身旁，亲自施救。武帝也不得不走下殿来，诏令御医人殿。

大约有一刻来钟，田蚡慢慢地醒了过来，双手抓住太后，哽咽着说道：“三姐，你不该救小弟！小弟一个堂堂丞相，百官之首，如今却受辱于两个褫职官员，小弟还有何面目立于朝堂，还有何面目活在人前！”说毕，放声大哭。

太后霍然长身，顾语武帝：“我尚在世，人便凌践我弟，待我百年以后，恐怕要变作鱼肉了。”

面对满朝文武，太后竟然这样训斥武帝，武帝心中能好受么？但又不能当殿顶撞，落不孝之名。

武帝想了一想，双手一揖道：“母后不必生气，众卿的发言你大概都听到了吧！只是就事论事，并没有羞辱母舅之意。”

太后怒道：“你不要狡辩，他们差一点把你二舅气死，还说没有羞辱呢！”

说罢，弯腰去搀田蚡。

她忽然想起了什么，直起身来，对武帝说道：“我大汉立国，以孝为本。你父皇在世之时，你文帝爷、惠帝爷在世之时，谁敢对他母舅非礼？谁敢不听他母后之言？”

她顿了顿道：“这是我平时骄纵于你，你才敢这样对娘，对你的母舅！自今之后，娘要效法吕后，效法你的奶奶，直接干预朝政了！”

她也不管儿子的面色如何难看，总觉着儿子的皇位是自己挣来的，应该由自己说了算。

于是便口授懿旨一道：“前太仆灌夫，蔑视本后，且又怂恿宗族宾客，横行乡里，罪在灭族；魏其侯窦婴，与灌夫狼狈为奸，夺其封爵，杀无赦。”

她言犹未尽，补充道：“灌夫、窦婴一案，由张汤全权处理，有什么事情，直接奏明本后。钦此！”

武帝铁青着脸，径直回到合欢殿，饭也不吃，倒头便睡。

卫子夫正在奶孩子，这孩子叫刘妍，浓眉大眼，活脱脱一个男孩模样。武帝往日下得殿来，总要把女儿抱在怀中，逗上一阵，可今日……

卫子夫不知道发生了什么事儿，将女儿推给奶娘，跟着武帝进了寝宫。伸出玉手，朝武帝额头上一摸，不烧也不冷，陪着小心问道：“陛下上朝，莫非遇到了什么不顺心之事？”

武帝嗯了一声。经她再三询问，方将母后的霸行道了出来。

说到后来，脸色发青，嘴唇发乌，恨不得一口吃了王太后。

子夫好言劝道：“陛下不必生气，有道是疙瘩父母好似连阴天，况且，丞相是母后胞弟，姐弟情深，她老人家见弟弟差点气死，能不痛心吗？故而，她老人家把话说得过头一点，事情做得过头一点，也在情理之中。”武帝吼道：“她这一过头，可是几十条人命！”卫子夫微微一笑说道：“陛下不是常说，大汉啥都缺，就是人不缺，多死几个人剔剔苗，不是更好吗？”

武帝摇头说道：“你知道这是什么人？是窦婴和灌夫！彼二人都是对社稷有过大功的人，特别那个灌夫，勇敢绝伦，世所罕见，朕要讨伐匈奴，讨伐匈奴就少不了灌夫这样的人！”

卫子夫颔首说道：“这倒也是。”

武帝怒气冲冲道:“就是窦婴、灌夫该杀,也应该由朕来杀!她作为太后,想垂帘听政,也只能在帘后听,她却跑到前台,训朕就像训小孩子一样,朕小吗?朕已经二十多岁了,已为人父,朕还是皇帝,皇帝是天之骄子,至高无上!至高无上卿懂吗?”

他咬牙切齿地说道:“朕恨透了母后,此仇不报,誓不为人!”

卫子夫心中咯噔一下,母后虽说做得有些过分,但毕竟是你母亲,你是她身上掉下来的一块肉呀!对自己的母亲尚且如此,何况别人呢!在这之前,卫子夫对武帝像天神一样崇拜,可如今……

她不由自主将武帝重新审视了一遍。

武帝见子夫目光有异,止不住问道:“你这是怎么了?”

卫子夫忙将双眼移向一旁,掩饰道:“臣妾突然想起一个人来!”

“谁?”

“秦始皇。”

“他怎么了?”

卫子夫本来不善言谈,到了此时,竟然话如泉涌,侃侃而谈道:“秦始皇为千古一帝,其雄才大略,除陛下以外,无人可比!”

她斜了武帝一眼,见他眯缝着眼睛,听得很是专注,知道自己这个马屁拍到了正经地方,继续说道:“那秦始皇虽说伟大,却积德了一个不成器的母亲,名叫赵姬,原为商人吕不韦的宠姬,有了身孕,才嫁给异人,也就是历史上的秦庄襄王。秦庄襄王做了不到三年国王,一命归天,由带肚的儿子嬴政,做了国王,统一了六国,自命不凡,改称始皇帝。他的母亲耐不得寂寞,与已经做了宰相的吕不韦,旧情复燃。那吕不韦日渐年长,体力不加,再加上始皇一天天长大了,英明过人,害怕露出马脚,丢了性命,遂荐咸阳城一个无赖,名叫缪毒的代替自己,这人也没有什么长处,唯一之处,就是阳具奇大,能把阳具穿于车轮之中,轮转而具不伤。一试之后,赵姬大喜过望,须臾不能分离,私生二子,为始皇觉,欲发兵围之,缪毒、赵姬先行一步,尽发宫骑卫卒,及宾客舍人,攻蕲年宫,要杀始皇。兵败,缪毒及两子被杀,迁赵姬棫阳宫——此乃离宫之最小者,以三百兵守之,凡有人出入,必加盘诘。太后此时,如囚妇矣。后经茅焦死谏,始皇幡然醒悟,亲自御车,往迎赵姬,母子相见,抱头痛哭。”

说到这里,子夫长叹一声:“母后再不肖,难道还不如赵姬吗?以臣妾看来,陛下不必视其为敌。”

武帝默想良久,喟然叹道:“母后和赵姬,虽说不可同日而语,但那赵姬,私幸不韦,亦或私幸缪毒,具在暗地进行。她从未跑到金殿上大吵大闹,干预朝政,损始皇的面子!”

卫子夫见劝不转武帝，陪着小心问道："如此说来，您打算如何惩治母后？"

武帝略一思索道："母亲终究是母亲，灰不热是火，我当然不能治她于死地了！但得叫她知难而退，不再干预朝政。"

子夫正要说些什么，武帝一跃而起，对穿宫太监说道："传韩舍人合欢殿见驾！"

这个韩嫣舍人，非韩嫣也，乃韩嫣之弟，名叫韩说。

韩嫣死前，向武帝推荐了三个人，除嫣说之外，尚有宫监苏文和常融，武帝皆都重用，拜韩嫣说为舍人，苏文为小黄门、常融为中黄门。

韩说闻听皇上相召，马不停蹄地来到合欢殿。

武帝将他引至密室，开门见山道："韩嫣舍人，你可知你的哥哥死于何人之手？"

韩说不想武帝有此一问，怔了一怔说道："皇上问这做甚？"

武帝道："你莫管朕问这做甚，你只管给朕如实回答，你哥哥死于何人之手？"

韩说默想片刻说道："启奏陛下，时过境迁，咱提这做甚？"

武帝固执地说道："不，朕要提。请你什么也不要顾虑，如实回朕的话。"

韩说被逼无奈，只得如实回道："臣的哥哥死于太后之手。"说这话时，声音如蝇子嗡的一般。

武帝紧追不舍道："太后杀了卿的哥哥，卿恨不恨太后？"

"不恨。"

这话大出武帝意料，满面惊诧道："为什么？"

韩说迟疑片刻回道："古人有言，'君叫臣死，臣不得不死。父叫子亡，子不得不亡。'小臣的哥哥，作为大汉一个臣民，太后赐他去死，这有何可遗恨呢？"

武帝陡地抬高了声音说道："你错了，太后不是君。大汉的君只有一个，那就是至高无上的皇帝！"

韩说点头哈腰道："对，对，大汉国的君只有一个，那就是皇上！"

武帝略略放低了一下声音说道："你哥跟了朕十几年，对于你哥的为人，朕比谁都清楚，他一门心思都在朕的身上，为了朕，就是要他去死，连眼皮都不会眨巴一下，岂能去私朕的妃子？他不该死，他死得冤！"

一说到冤字，韩说的眼泪如泉水一般涌了出来，哽声说道："皇上既然觉着小臣的哥哥死得冤，就该设法为他报仇才是。"

武帝抚摸着韩说的头顶说道："朕召卿来，便是为着此事！"

韩说当即停止了抽泣，仰脸说着："小臣愚昧，请陛下明示。"

武帝前后左右看了一遍，压低声音说道：“朕听你的哥哥说，太后未入宫之前，很不检点，老百姓编着歌谣儿讥讽她，你给朕好好查一查，太后到底有那些不检点的行为，如实告朕。还有，那个姚定国，进出长信宫就像进出自己的厨房那么容易，你也给朕留心查一查，看一看他和太后到底是什么关系？”

韩说受了密诏之后，扮作一个货郎，摇着拨浪鼓儿，大摇大摆地来到了王太后家乡。不到三天，便把太后的底细摸了个一清二楚，还报武帝。

武帝大喜，赏他五百金，命他率领十名虎贲武士，二下田家集，抓来了开当铺的张掌柜。

太后做梦也不会想到，儿子会向她下如此毒手，与姚定国照常来往。

这一日，姚定国与太后幽会之后，仍像往常一样，哼着小曲儿走出了长信宫。

走出大门，不过百步之遥，窜出来三个人，内中有两个武士，再有一个便是韩说，不由分说，将姚定国抓了起来。

姚定国一边挣扎，一边问道：“你们为什么抓我？”

守卫长信宫的武士，听到姚定国的呼叫，立马跑了过来，向韩说质问道：“韩舍人，这位姚相士，乃太后的客人，你们为什么抓他？”

韩说蛮横地回道：“鄙人乃奉旨行事，你还是少知道一些儿为好！”

他将手一挥，押着姚定国径奔未央宫偏殿。

太后听说姚定国被抓，慌忙乘坐玉辇，一路追了下来，见了武帝气急败坏地问道：“你这是怎么了？你明明知道姚相士是咱的恩人，你还要抓他，这到底为了什么？”

武帝不慌不忙地回道：“您说姚相士是咱恩人，孩儿倒也承认。咱还有一位‘恩人’，不知母后还记得不？”

他将手一招，从偏殿的另一个门里，押出了张掌柜。

事隔三十多年，王太后哪里还认识什么张掌柜，记是怕也记不起来了。可张掌柜认识她。一进来便大声呼道：“王太后救我！”

王太后将他打量一番，觉着有些面熟，但就是想不起来在哪里见过，摇了摇头道：“哀家不认识你。”

张掌柜急道：“您应该认识我，我是田家集当铺的张掌柜。”

他唯恐太后记不起来，又补充一句道：“太后您忘了？您入宫之前，我还送您一盒胭脂，两块上等丝绸，一块是粉红色的，一块是银灰色的。”

经他这么一说，王太后想起来了，那脸刷地红了。

不待她开口说话，武帝抖动着手中那张条幅说道：“母后先不要说话，孩儿这里有一张条幅，请您过目。”

说毕，朝韩说努了努嘴。韩说趋前几步，从武帝手中接过条幅，转呈太后。

太后接过条幅，只这么扫了一眼，便面似倒血。

那条幅是这么写的："一只翠戒易布匹，荒冢之旁委屈赤足妇，皇后勿自误！"

直到此时，王太后方才明白，儿子为什么要抓姚定国和张掌柜。

她只知道儿子聪慧，想不到他竟如此歹毒，竟然对着他的母后下手，不择手段！有心和他大闹一场，可自己那段历史确也不大光彩！

武帝满面笑容地追问道："您既然看了孩儿的条幅，请您回孩儿一句话，那姚定国和张掌柜该不该杀？"

太后紧咬着嘴唇，咬得出血，却是未说出一个字来。

姚定国反倒沉不住气了，高声说道："太后，当年您未曾进宫之时，小臣已经断定，三十年后，小臣将有一场血光之灾，届时，还得请您相救，您也亲口允了小臣。事到临头，您怎么不说话呀？"

她说什么呢？这个可恶的儿子，既然算计到老娘头上，还会给老娘这个面子吗？

太后心中无数，既然无数，叫她如何开口？

武帝见太后久久无语，笑嘻嘻地说道："母后，孩儿自小受母后教诲，远近厚薄还是分得出来的。姚相士与张掌柜，既然有'恩'于母后，孩儿给您一个面子，将他俩死罪免去，流放交趾；孩儿不只给您这一个面子，灌夫一案的面子，孩儿也打算给您，孩儿这就立马下诏，将他灭族！还有那个窦婴，孩儿依您旨意，将他处以斩立决之刑。"

他顿了顿又道："可以说，孩儿给足了您老人家脸面，孩儿虽然称不上大孝，也可以称得上一个孝子了。古语有谚，'儿孝母慈'，孩儿希望母后，做一个真正的慈母，不要过多干预孩儿的事，更不要大闹金殿了！"

说罢，他也不管母后的面子如何难看，站起身来，兴冲冲地说道："韩舍人，启驾合欢殿！"

皇帝走了，姚定国也走了，还有张掌柜，他俩披枷戴锁来到交趾，这里瘴气很浓，不到半年双双毙命。

姚定国死后不久，志得意满的田蚡正与新夫人高坐相府，观赏歌舞，把盏浅饮，忽然脸肿嘴歪，一声惨叫，扑地倒地。妻妾仆从等，慌忙上前施救，好多时才得苏醒。

只是此时的田蚡口眼虽能开闭，身子却不能动弹。当由家人抬至榻上，昼夜呻吟，有时狂言乱语，无非连声乞恕，满口求饶。

武帝亲往视疾，觉得病有奇异，特遣术士看验虚实，复称有两鬼为祟，更迭笞击，一是窦婴，一是灌夫，武帝心中害怕，忙颁旨两道，将窦婴及灌夫一族，尽皆厚葬，亲往祭奠。

又过了两天，田蚡满身青肿，七窍流血而亡。姚定国是太后的主心骨，还兼做情人，姚定国一死，太后岂能独生？一年后，便也一命呜呼。

毕竟是自己的母亲，武帝心中，不免也有些悲伤，将太后奉葬阳陵，与景帝合葬。

母后一死，武帝没有任何顾忌，立即将卫子夫封为美人，地位在皇后之下，良人之上，在所有皇妃中，排名第二。

宫中规定，每月初一、十五，各宫的妃嫔都要前往昭阳殿向皇后请安，接受训示。

武帝担心子夫前去遇见皇后，会受到皇后的无端斥责，所以专门颁旨，每月初一、十五，子夫不必去向皇后请安。恩遇之隆，前所未见。

卫子夫也很争气，一连又生了两个女儿，分别叫刘媚、刘娟。与此相反，陈阿娇尽管吃了不少药，肚子一直鼓不起来。

帝王广置嫔妃为的什么？

为享乐，可更为广殖子嗣，承继宗庙，使“家天下”统治传之万世。

作为皇后，不能生育，要你做什么？陈阿娇越想越怕，但她不从自己身上找原因，总以为是卫子夫夺了她的宠，必欲置之死地而后快。

但武帝正宠着卫子夫，戒备森严，她无法儿下手。我奈何不了你卫子夫，难道连你的亲属也奈何不得吗？她想起了卫青，小小年纪，竟然在建章宫当差！而且，相面的说他有封侯之命，若不早图，一旦他发迹起来，做了领兵大员，卫子夫在内，他在外，还有我陈阿娇过的日子吗？

她决心除掉卫青，一来解除了心腹之患；二来也好给卫子夫一个颜色瞧瞧！

单凭自己的力量，很难除掉卫青。她想起了母亲，当即乘坐玉辇，来到了堂邑侯府。

待她说明了来意，窦太主很是赞成，选了四个精壮家奴，如此这般了一番。

这一天，武帝和骑士们约定，辰时三刻，从建章宫出发，去渭河边射猎。按照惯例，骑士们提前两个时辰起床，到建章宫外遛马。

太阳渐渐升起来了，草叶上闪动着晶莹的露珠。卫青牵着马在城河边溜达，走近一片树林，冷不防从树林窜出四个蒙面大汉。

卫青一愣神，一个黑布口袋，刷地一下，套到了他的头上。卫青一边挣扎，一边喊道：“救命……救命……救……”

第三声“救命”尚未出口，头上挨了一闷棍，只觉脑袋一嗡，便什么也不知道了。

蒙面人横抱着卫青，放到不远处的一匹马背上，用绳索缚紧，然后发一声口哨，各自上马，急驰而去。

建章宫门前有个宫监正在扫地，听见了卫青的呼救声，忙跑进宫门大喊："快来人呀，卫青被人绑架了！"公孙敖等一帮骑士，正在整理衣冠，忙丢了衣冠，跑将出来，顺着宫监指的方向，但见几匹快马沿着城河岸，向南飞驰。

公孙敖将手一招："快追！"率先跳上坐骑，纵马狂奔，沿着歹徒逃跑的方向，流星赶月般地追了下去。

四歹徒跑了一程，来到直城门外，行人逐渐多了起来，不得不放慢了马速，缓缓而行。

金钱是个好东西，人为财死，鸟为食亡。

出发之前，陈阿娇当面许诺，若能抓到卫青，赏金百斤。

这百金，分到每个家奴头上，便是二十五金，有了这二十五金，还怕没有窑子逛？交了差后，到长安城内，美美地玩他几天！

他们越想越高兴，不知谁带了个头，众人一齐哼起了小曲《没钱难》：

一块铜板打成钱，
里头方方外边圆。
朝廷佬他有钱坐天下，
穷百姓无钱受饥寒。
有钱钱是理，
无钱理不全。
有钱男子汉，
无钱汉子难！

正唱着，公孙敖带着宫廷骑士呼啸而过，弄得尘土飞扬，四歹徒虽是堂邑侯府的家奴，仆因主贵，偌大一个长安城，敢惹他们的人并不多，平日里骄横惯了，见这十几骑竟敢这般无礼，正要出言不逊，公孙敖居然拨转马头，横在路上。

那个脑袋奇大的歹徒，圆睁怒目，大声喝道："你们想干什么？滚开！"

公孙敖冷声问道："不想干什么，我们只想让你们把卫骑士留下！"

卫青已经苏醒过来，听到公孙敖的声音，挣扎着喊道："公孙哥哥，快来救我！"

大头悚然一惊，公孙哥哥，难道他是建章宫的骑士队队长公孙敖？果真这样，那可就糟透了！

大头数了数公孙敖的伙伴，连公孙敖在内，刚好十六人，乃是自己这一方人马的四倍。

大头的脑瓜子，一边转一边想：莫说众寡悬殊，就是一比一，人家是皇帝的骑士，怕是也斗他们不过。三十六计，走为上策。

他朝同伴丢了一个眼色，猛然拨转马头，正北而去。

公孙敖冷笑一声，取下硬弓，嗖的一箭，将跑在最后边的那一歹徒射下马来。正要拈弓再射，只听嗖嗖三声，余下的三个歹徒，惨叫着倒下马来。

公孙敖去马背上解开卫青，揭去黑布口袋，轻声说道："好兄弟，你受惊了！"

卫青跳下马来，揉了揉眼睛说道："无妨，无妨！只是我平白无故地遭到绑架，不知是何道理？"

公孙敖回道："这好办，问问这一伙歹徒，便什么都知道了。"

他转过身来，走到正在呻吟着的大头身边，踢了踢他的屁股："敢问兄弟，你们是哪路神仙，为何要绑架我卫青兄弟？"

大头支支吾吾，不敢回答。

公孙敖又照着他的屁股，猛踹一脚，厉声说道："说！"

大头瞅了瞅三个同伙，欲言又止。引得公孙敖性起，照他屁股上一连踹了十几脚，踹得他满地打滚："公孙大人饶命，我说，我们是奉命行事。"

"奉谁之命？"

大头又看了看同伙，嚅声回道："奉窦太主之命。"

公孙敖吃了一惊，暗自思道：这事牵涉到窦太主头上，非同小可。我作为一个小小的骑士，不便再问。看来，只有将这个大头押回建章宫，听候万岁发落了。

主见已定，拔掉大头背上箭，简单地包扎一下，押回建章宫，其他三个歹徒，则全部放掉。

辰时三刻已到，武帝一身猎装，英姿勃勃地来到建章宫，急着出发，却找不到队长公孙敖，并十六名骑士，正要发火，公孙敖一行押着大头进来。

武帝厉声喝道："公孙敖，你干什么去了？"

公孙敖扑通朝武帝脚下一跪，叩头说道："启奏万岁，骑士卫青遭到绑架，臣带人去解救卫青，误了万岁狩猎，罪该万死！"

武帝一惊，脱口说道："到朕的建章宫来绑架朕的骑士，谁有这个胆？"

公孙敖回道："据绑架人供认，他们是受窦太主指示。"

武帝又是一惊："窦太主，她绑架卫青做什么？"

他忽有所悟，莫不是陈阿娇嫉妒卫子夫得宠，无法儿泄愤，回家找到她的母亲，母女合谋，企图在卫青身上下手，敲山震虎！一定是这样。果真这样，未免太狂妄了些，简直不把我这个皇帝放在眼里！

武帝越想越气，将手一摆说道："朕今日不狩猎了，摆驾昭阳殿，朕要当面问她一个明白。"

谁知，武帝来到昭阳殿，却扑了一个空，问宫女。宫女说，皇后三天前离宫，至今未归，说是回堂邑侯府去了。

武帝愤愤然想到：果然不出朕之所料，她陈阿娇回到堂邑侯府，母女合谋，能干出什么好事？哼，你躲过初一，看你能躲过十五，总有找到你的那一天！

第二十一章 母女合谋 武帝废后

猎是狩不成了，陈阿娇又没有找到，去哪里呢？他自然而然地想到了卫子夫。

韩嫣、仙娟一死，卫子夫可真称得上专宠了。这不只因为她长得美，还因为她一连为武帝生了三个女儿，这是其他妃嫔望尘莫及的。

子夫闻听圣驾到了，忙带着春月、秋花、李贵，并一班宫女宫监，迎到殿门之外，扑地朝地上一跪，叩问圣安。

若在往日，不等子夫跪下，武帝便要伸手相拦。今日，却一反常态，说了声爱卿平身，便径直朝内殿走去。子夫忙起身相随，等武帝坐下，转到他的背后。既捶且揉，待他的气消了一些，方陪着小心问道："陛下今日不是要去狩猎吗，怎么……"

武帝长叹一声："唉，气死我了！"遂将卫青遭到绑架一事，从头至尾说了一遍。

听了武帝的话，卫子夫嘤嘤地哭了起来，且泣且诉道："子夫命薄，万不该被陛下宠爱，祸及家人。臣妾情愿退居冷宫，以全家人，以慰皇后，万望陛下恩准！"

武帝亲手为她揩去眼泪，好言相慰道："爱卿不必悲伤，她们欲害卫青，朕偏偏重卫青，朕看她们敢再动卫青一根毫毛！"

当即颁旨，任命卫青为侍中。

侍中，是自列侯以下至郎中的加官职衔，没有定员，侍从皇帝左右，出入宫廷。

窦太主母女，欲杀卫青，弄巧成拙，反令卫青升任侍中。

卫青升官事小，自此之后，武帝再也不到昭阳殿歇驾了，龙颜咫尺，如隔天涯。

母女俩又悔又恨，连做梦都在想着如何报复卫子夫。偏偏武帝宠着护着子夫，加强了警戒，急切里无计可施。

卫青因祸得福，使卫子夫喜得合不拢嘴。未几大喜，产下一男娃，取名刘据。

武帝已经27岁，做了12年皇帝，喜得贵子，心花怒放，颁诏大赦天下；赐诸侯王、列侯马八匹、车二辆；吏二千石，赐黄金二斤；赐民户百钱；放宫人归家，终身不复役使。

这是就全国而言，对子夫一家，更是皇恩浩荡，赐子夫二千金和二千匹细绢；迁卫青为大中大夫。就是子夫和卫青的那个憨哥——卫长君，也拜为侍中。

恰巧，老宫监告老还乡，子夫说动武帝，擢升李贵当了宫监总管。

春月、秋花，已经二十一二了，尚未婚配，经子夫奏请，武帝命春月嫁卫青，秋花嫁公孙敖。子夫的大姐君孺，早已嫁给了公孙敖的哥哥公孙贺。

这是御赐婚姻，荣耀得不能再荣耀了。

子夫为使武帝开心，提议卫青和春月、公孙敖和秋花同日成婚，武帝拍手赞成。

到了结婚这一天，两对新人，披红戴花，排着队谢婚，把个武帝喜得像吃了喜梅子。

武帝素来出手大方，每对新人，赏五百金。两对新人，匍伏大殿，三呼万岁。

武帝越发高兴，俯首殿下，见这两对新人，卫青已为二千石，而公孙敖才三百石，当即口授一诏，拜公孙敖为骑都尉。

子夫见武帝如此慷慨，忽地想起了二姐夫陈掌，这陈掌虽为开国元勋陈平的曾孙，因其哥哥陈何，殴人致死，被弃市，那封爵自然也就丢掉了。自此，陈家败落，等到陈掌长大之后，只能去县署当一个小吏，混口饭吃。

子夫将他荐之武帝，武帝见他一表人才，龙颜大悦，拜为詹事。

詹事之职，始置于秦，职掌皇后、太子家事，也在二千石之列。

这真应了古人一句话，“一人得道，鸡犬升天”。

“事”过三日，长安城便起了一首歌谣：“生子勿喜，生女勿忧。君不见卫子夫独霸天下！”

这歌谣儿传到陈阿娇耳里，气得七窍生烟，声嘶力竭地吼道：“卫子夫，你个狐狸精，我陈阿娇就是拼着一死，也要把你送上西天！”

把卫子夫送上西天谈何容易！

武帝正宠着子夫，为防万一，又拨给合欢殿五百侍卫。暗杀不可以，难道再没有其他方法了吗？

有，那便是祈禳。

陈阿娇有一贴身宫女，名叫艳丽，她神秘兮兮地告诉阿娇，说是长安城来了一个西域的女巫，叫做楚服，擅长祈禳，能够咒人致死，十分灵验。

陈阿娇正在一筹莫展之时，当真如听春雷，眉飞色舞。立即命心腹宫监召楚服进宫，要她设法祈禳，咒死卫子夫，许她事成之后，以千金相赠。

玄衣玄裙的楚服，满口应承，自夸巫法精通，保证指日有效。陈阿娇大喜,自言自语地说道:“卫子夫呀卫子夫,这一下有了克星,看你还能活几天?”

祈禳又称巫蛊,就是用一个木刻小人,写上某人的姓名,埋在地下,然后日夜咒骂,据说能将那个人咒死。这实际上是一种骗术,完全不足信的。阿娇居然信了,预付百金,盛筵相款。

楚服还有一帮女徒,她带着她们,在昭阳殿一间小屋里设坛斋醮,焚香念咒,叽里呱啦,谁也听不懂说些什么。祈禳每日两次,两个月过去了,并不见应验。

陈阿娇责问楚服:“巫师,你的法术怎么不灵呀?”

楚服像煞有介事地说道:“那卫子夫原身乃是天上的灵官,道行大着呢,没有三四个月的工夫,咒她不死。”

阿娇曾影影绰绰听武帝谈到过卫子夫,谈到过那个梦,故而,对于楚服的话深信不疑,听任她们继续祈禳。

古谚曰:“要想人不知,除非己莫为。”时间一长,难免传了出去。

李贵已是宫监总管,未央宫的宫监、宫女都归他管制,当下将昭阳殿的宫监、宫女传进密室,严词逼问。宫监、宫女遂将祈禳之事和盘托出。

李贵一方面将他们稳住;一方面去禀告卫子夫。把个卫子夫气得俏眼冒火,柳眉倒竖,咬牙切齿地说道:“陈阿娇,你好歹毒呀!我叫你害人不成反害己!”

她坐等武帝退朝,一把鼻涕一把泪地将阿娇祈禳之事,一字不漏地道给了武帝。

武帝不听犹可,一听差点儿把肺气炸,立命侍卫持刀带剑前往昭阳殿,当场将楚服及女徒捉住,五花大绑,交付廷尉审讯。

负责问案的是侍御史张汤,此人乃治狱老手,莫说一帮女人,就是铁打的汉子,到了他的手中,也是被整治的服服帖帖。

对付这帮女人,他倒也没有动刑,只是将所有刑具,摆到她们面前,譬如炮烙之刑以及老虎凳、骑木驴,等等。

吓得这帮女人屁滚尿流,要她们招什么,她们便招什么,受株连者达三百余人。

张汤一一作出判决,杀!

武帝生性残忍,朱笔一挥,批了个“准”字。

于是,楚服被推出市曹,凌迟处罪,其他“罪囚”,一刀一个,共计杀了三百六十三人。

陈阿娇自楚服被捉,吓得魂不附体,数夜不曾合眼。及楚服、女徒、宫监、宫女被杀,她更吓得魂飞魄散,浑身发抖。

不一刻儿，小黄门苏文，带着圣旨，来到昭阳殿正殿，开旨读道：奉天承运，皇帝诏曰：皇后陈阿娇，指示女巫楚服，在昭阳殿祈禳卫美人，闹得乌烟瘴气，不配再做后宫之主。现废去其皇后名号，皇后的册书并玉玺一概没收，即日徙居长门宫。钦此！

苏文宣诏已毕，陈阿娇瘫倒在地，哪里还知道谢恩？

苏文也不计较，坐镇昭阳殿，立逼她一天之内，迁往长门宫。

陈阿娇遭此一劫，早就被吓得魂飞魄散，但她始终没有忘记武帝幼时金屋藏娇的诺言，还想着有朝一日武帝能念旧情，重新宠幸自己呢。阿娇这样想着，认为自己不能坐以待毙，一定要想办法翻身，于是便想到了自己的母亲，赶紧派人向母亲求救。

此时的窦太主根本不知道自己的女儿已经被打入冷宫，她正在自己的寝室里和自己的情人董偃鬼混呢。

说起这个董偃，他原名叫董狗蛋，出身于长安郊区一个卖珠人家，乡下人给孩子取名，特别是头生儿子，往往叫驴呀狗呀，猫呀鸡呀，说是给孩子取个贱名，可以压灾。

董狗蛋不是头生，还有两个哥哥，皆没活过3岁，便夭折了，生狗蛋那年，其母已经48岁，老年得子，能不娇吗？单取一个狗字，似乎不能尽意，又在狗的后边，加了一个蛋子。

狗蛋名贱，相貌却是出众。其母卖珠，得以出入窦太主家，有时携着狗蛋同行，得以谒见窦太主。

窦太主见狗蛋年少美貌，眉清目秀，唇红齿白，不觉心生爱怜。窦太主拉过董狗蛋，询问年龄，尚只12岁，遂对董母说道："我替你教养此儿，你可愿意？"

董母正嫌带着儿子卖珠是个拖累，听了这话，喜从天降，忙对窦太主说道："太主愿意教养吾儿，此乃吾儿的造化。"当即让狗蛋给太主磕头。

窦太主受过头后，笑嘻嘻地对董母说道："此儿叫个狗蛋，有些不雅，我为他另择一名，汝觉着怎样？"

董母笑回道："但凭太主做主。"

窦太主当即为狗蛋择名为偃，留在身边，做一家童。

名为家童，实如亲生儿子一般，派人教他书算、绘画，并骑射、蹴鞠、御车等。董偃天资聪慧，一教便会。

当然，他最擅长的还是侍奉窦太主，曲承意旨，驯谨无违，搔痒、捶背、按摩等活儿，干得特别出色，因此极讨太主喜爱。

光阴如箭，转瞬四年，堂邑侯陈午突然病死，董偃跑上跑下，所有发丧事宜有他全权料理。

窦太主对他更是赏识,再加上窦太主本身就耐不住寂寞,每天看着这样一个貌美男子进进出出,久而久之自然将自己的倾慕之情显露。此时的董偃已经十六岁,对于男女之事自然早已经知道,窦太主的心思他也知晓,很快两个人便混在了一起。

窦太主自从这天与董偃有私以后,索性不避嫌疑。竟将董偃留在房内,寝食与俱,情同伉俪。好在合邸之中,都是她的家臣。况有金钱塞口,非但背里毫无闲言,并且当面恭维董偃为董君,从此不敢称名。

这董君又能散财交士,最多的一天,竟用去百金、钱百万、帛千匹。窦太主知道,还说董君寒素,太不大方。

论年龄,董偃比陈阿娇还小 11 岁。因此,陈阿娇对母亲私通董偃,心里总感到别扭。

一天,她直言不讳地对母亲说道:“娘!自父亲升天之后,我知道您很孤单,寂寞难耐,您想改嫁,女儿并不反对,但要找一个门第、地位相称的方可。似董偃此人,原为您的家奴,论年龄可以叫您奶奶,长期厮混下去,岂不让人笑掉大牙!”

听了女儿的话,窦太主又羞又愤,毫不客气地回道:“娘的事不用你操心,你还是先管好自己的事吧!”

俗话不俗,“话不投机半句多”。

听了母亲的话,陈阿娇将头一扭,掉头而去。

武帝对姑母兼丈母娘的花心,倒是满不在乎。一天,他和子夫谈起此事,笑嘻嘻地说道:“姑母老有少心,年已五十有一,竟然霸了一个美貌少年,明铺暗盖,也不怕别人笑话,真老脸皮也。”

子夫笑回道:“男女之事,您向来看得很开,对于姑母之事,缘何要耿耿于怀呢?”

武帝道:“朕并非耿耿于怀,朕觉着姑母这人挺逗的。等忙过这一阵,朕一定去见识见识那个董偃。”

子夫道:“臣妾听说董偃整天花天酒地,挥金如土,以致朝廷的名公巨卿,争相与之往来。”

武帝摇头说道:“这话怕是有些不实吧!”

这话实得很。

董偃从了窦太主以后,就像平白得了一个金库,取之不尽,用之不竭,乐得任情挥霍,遍结公卿,太仆公孙贺喜得贵子,他一家伙送去五百金做贺礼。

公孙贺当然感激,宴请时请他坐了上位。酒足饭饱之后,将他拽到一旁,小声说道:“有一句话,在喉咙里压了很久了,不知当不当说?”

董偃回道:“你我一见如故,还有什么话不当说呢?”

公孙贺又将声音放低了一些，低得只有他二人听到："太主是什么？金枝玉叶；足下是什么？家奴一个，足下私侍太主，蹈不测之罪，长此下去，怕有杀头之险呢！"

这一说，把董偃吓了一跳，惊问道："公孙兄可有什么妙计？"

公孙贺道："足下要想避杀头之罪，唯有一法，必得讨得皇上欢心。"

董偃叹了一声道："我一个小小的家奴，连天颜都见不到，如何讨得皇上欢心呢？"

公孙贺嘿嘿一笑："愚兄手中，就有一条现成方法，不知足下肯不肯行？"

董偃迫不及待地说道："事关性命，兄所说的方法，只要弟和太主办得到，绝无不肯奉行的道理，请仁兄明示为盼！"

"太主家前面的长门园，距文帝祠庙不远，皇上去年祭庙，恨无行宫可以休息。足下若禀告太主，将长门园献给皇上，做皇上行宫，皇上必喜。皇上若是知道此意出自足下，必对足下产生好感，如此一来，足下便可高枕无忧了。"

董偃一听，连声说道："这事好办。"

回府后董偃立马将此事禀报窦太主。窦太主正宠董偃，岂有不允之理？当即上书武帝，愿献长门园。

这长门园好似一个馅饼，凭空地从天上掉了下来，武帝焉能不喜？一面将窦太主夸奖一番；一面命人扩建长门园，改名长门宫。

谁知，半年之后，这个长门宫竟然成了废后陈阿娇的冷宫！

陈阿娇被废，窦太主又愧又惧。

要知道窦太主为使女儿坐稳皇后的宝座，她花费了不少心血，也曾去太后面前告黑状，硬逼着武帝将卫子夫打入冷宫；而后，又指派家奴绑架卫青，企图来一个敲山震虎，谁知山未敲住，反使卫青飞黄腾达。

正不知如何是好的时候，女儿竟在昭阳殿里搞什么巫蛊，犯下了大逆不道之罪，以致被废去皇后，贬入冷宫。她丢人现眼，罪有应得！做母亲的就是想出面相救，也是心有余而力不足。

太后呢？太后若是不死……

窦太主怀念起太后来。

太后已薨，想她也无用。那只有靠自己的老脸了。

是的，武帝能够当上太子，当上皇帝，十成功劳，自己不敢说有十，少说也有八。但那毕竟已经成为历史，武帝若是通情达理，看自己这个老脸还好说。若是不看呢？若是翻下脸来，问自己一个教女无方之罪，那可真是弄巧成拙了！

陈阿娇不知母亲的苦衷，只觉着母亲有过大恩于武帝，应该找皇上为她说情，去吵，去闹！母亲之所以不去，她是在为自己，为自己的小情人呢！

这一下可让陈阿娇猜对了，在女儿和情夫的天平上，太主考虑最多的还是董偃。

她和董偃不算正式夫妻，但也和正式夫妻差不多，她要设法为董偃谋个前程。

怎么谋？窦太主自己并没有主意。她想起了公孙贺，希望请他出个主意。由自己出面，诸多不便，倒不如还由小董子去找吧。

她给了董偃五百金，董偃将这些金，原封不动送给公孙贺，把个公孙贺喜得眉开眼笑，连连道谢。

董偃笑道："谢倒不必，最好请兄再出一谋，使我得见皇帝，既可出头露面，暗中又能免人中伤，岂不大妙！"

公孙贺听了，也微笑道："这有何难！君可请太主称疾不朝，皇帝必定临候。太主有所请求，皇帝对于病人之言，即使不愿意，也不致驳斥。"

董偃听了，连连拍案道："妙计，妙计！"

回到太主府邸，将公孙贺的话，一五一十地说了一遍。太主大喜，当即照行。

她假装生病，并放出风来，说病得很重，恐怕将不久于人世了。

武帝虽说暴戾寡恩，但窦太主非同一般，她不只是自己的姑母兼岳母，且又有恩于己。陈阿娇被废之后，原以为她非要进宫大闹一番，而她没有。

有道是"你敬我一尺，我敬你一丈。"就是对谁无情，也不能对太主无情。故而，一听太主有病，急派全副銮驾，来至太主邸中。

一见太主病卧在床，花容惨淡，似有心事，便问道："太主心中不适，如有所欲，朕当代为罗致。"

太主伏枕辞谢道："臣妾幸蒙陛下厚恩，先帝遗德，奉朝请之礼，备臣妾之列，使为公主，赏赐食邑，愧无以报，设有不测，先填沟壑，遗恨实多！故窃有私愿，愿陛下政躬有暇，养精游神，随时临妾山林，使妾得献觞上寿，娱乐左右，妾虽死也无恨了！"

武帝大笑答道："太主何必忧虑，但愿早日病愈，自当常来游宴。不过朕的从臣多，恐怕太主破钞耳！"说毕回宫。

到了次日，太主假装病愈，特地花费万金，造行宫以供武帝游宴，并与武帝约定，第二天亲至府中游赏。

没想到第二天，武帝早已经忘了此事，卫子夫又不肯提醒，恐怕太主替皇后进言。

其实太主倒是为的奸夫出头的事情，至于她女儿的失宠，倒还不在她心上。武帝一直过了几天，方才想起，急造陈邸。

太主一见御驾到来，慌忙自执敝帚，膝行导入，登阶就坐。

武帝有心要见董偃，未坐定，即笑谓太主道："朕今日来，甚愿一见主人翁。"

太主听了，乃下殿卸去簪珥，徒跣顿首谢道："臣妾无状，有负陛下，身应伏诛，陛下不致之法，顿首顿首！"

武帝笑令太主戴簪着屐，速去引出董君来见。

武帝既然称董偃为"主人翁"，等于默认了窦太主和董偃的关系。窦太主暗自松了一口气，退下引了董偃，来拜武帝。

董偃着一身布衣，打扮得像个厨师，诚惶诚恐，匍伏于地，开口说道："董偃，昧死拜谒陛下！"

武帝听完，笑道："什么昧死？一家人嘛，但不知朕是不是该叫主人翁姑父呢？"

一句话说得太主满面通红，但心中却似大伏天喝了一杯冰水，娇嗔道："贫嘴，您是皇上，想怎么叫，就怎么叫，谁干涉得了呢？谁又能干涉得了！"

说得武帝大笑，将手一招道："主人翁请坐。"并赐予衣冠。

太主命人摆上酒宴，请武帝上座，自己与董偃一边坐了一个，陪武帝饮酒。三人相互敬酒，开怀畅饮。

太主见情夫的事，武帝如此赏脸，女儿的事，也许……她试探着说道："陛下，臣有个不情之求。"

武帝正在兴头上，含笑说道："姑母有话，但讲无妨。"

太主下席跪地，叩头说道："臣妾教女无方，惹陛下生气……"

武帝当即把脸拉了下来："要是说阿娇的事，就请免开尊口。不过，朕可以给您一个许诺，朕不会让阿娇受苦的。"

说毕，将筷子一放，起驾还宫。

武帝果然说话算话，虽将陈阿娇打入冷宫，确实没有让她受苦。身前身后，仍有不少宫监、宫女侍候，吃的穿的跟在昭阳殿没有什么两样。

第二十二章 主父偃施救 江都遇劫

都说当皇帝好，后宫之中美女如云，俗话说“三个女人一台戏”，这话确实不错。那皇宫之中，三公六院，那么多嫔妃，难怪武帝总是有那么多烦心事情。好不容易将后宫之事平息，武帝终于可以腾出手来管理自己的江山了。

元朔二年（公元前127年）他派主父偃出使江都，了解民间的状况，恰好遇到了江都王作恶之事。

清明节那天，长江两岸生机盎然，一片红火。人们纷纷在如此美丽的春景下外出踏青扫墓。江都有一个梁家别院，里面有一位芳龄十八的小家碧玉梁媛，她久居深闺，也被这温暖的春景所吸引。于是便在使女燕儿的陪同下，撑着一柄油布雨伞，出了家门，缓步行走在上香道中。

要说这位梁媛，可是江都城人尽皆知的美人，不仅人长得漂亮，而且是精通音律，尤其擅长丹青。经她手画的工笔仕女，栩栩如生，仿佛呼之欲出的样子。江都城多少大家公子都对梁小姐望眼欲穿，提亲的人都快把她家的门槛踏破了，最后都被她和父亲婉拒了。其父亲发誓一定要为女儿选一个品貌端庄才识过人的如意郎君，这样才不枉负女儿的才学和天生丽质。

正因为女儿太惹人注目了，所以他很少让女儿出门。妻子亡故整整一年了，女儿坚持要为母亲扫墓，而他因为约好一位茶商，有很大一笔生意要做，实在是脱不开身，不能陪伴女儿，就再三叮嘱丫环燕儿，一定不要生事，不要同任何人搭讪，扫墓后烧过纸赶紧回转。

果然不出所料，这一路上梁媛招来了几乎所有行人的目光。有人是驻足回首观望，有人是品足评头啧啧称羡，也有好事的浮浪子弟，一路上跟在梁媛左右，时不时地撩拨几句，但主仆二人充耳只做不闻，倒也相安无事。

前面是一处山野酒店，布招在春风细雨中缓缓摆动，“杏林居”三个大字分外醒目。过了这个酒家，再有两箭地远近，就是梁媛母亲的墓地了，她在心中松了口气，总算快要到了。

酒家里摇摇晃晃出来一个大汉，三旬上下的年纪，邋邋遢遢的衣着，在店门前愣一会儿神，惺松的醉眼就瞄上了梁媛：“他娘的，杜三爷我是不是花眼了，这天上的嫦娥怎么下凡了？”

燕儿提醒主人：“小姐快走，那醉汉咱可惹不起。”

梁媛有意绕开些，斜刺里向一旁走去。

可是，醉汉杜三脚步踉跄地拦住了去路：“慢着，小妞，让三爷我仔细瞧瞧，到底是不是仙女。”

主仆二人按离家时梁玢的嘱咐，也不答话，躲开他再走。

杜三再次挡道，而且伸开了双臂：“怎么，也不理睬我杜三爷，谁敢不给我面子？走，跟三爷我进去喝一壶。”

梁媛这一下可是恼怒了：“大胆狂徒也太无礼，光天化日朗朗乾坤，竟敢对良家女子非礼，难道就不怕王法律条吗？”

“哈哈哈！”杜三怪笑连声，“王法，这江都府尹是我娘舅，他就是王法，你去衙门里告啊！”

燕儿去拉主人，意欲躲开这是非：“小姐，我们且不与他计较，等回城后再作理论。”

“想走？没那么容易。”杜三一把抓住了梁媛的纤纤玉手，当众就抚摩起来，“真是好娇嫩哟！”

梁媛要抽，但被恶徒死死攥住，她气愤已极，抡起另一只手，一个巴掌扇过去，好个清脆响亮，杜三脸上现出五个指印。

杜三也就兽性大发，将梁媛当众抱住，张开酒气熏天的臭嘴，在梁小姐脸唇额头处发疯般又咬又啃。

梁媛竭力躲避，并连声呼救。燕儿更是一边在杜三身后踢打，一边向围观者求救：“各位叔叔大爷，发慈悲救救我家小姐吧！”

有几位携带武器的壮士，听说杜三是府尹外甥，都不敢捅这个马蜂窝。相反，一个文弱书生，却是挺身而出。

“住手！”书生主父偃大喝一声。

杜三不知来者何人，不觉怔了一下，梁媛趁此机会挣脱他的怀抱，躲在了主父公子身后。杜三定睛一打量，见抱不平者衣不出众貌不惊人，一介书生未挂武器，心中有数，口气也就格外大起来：“谁家老母猪没圈住，把你给拉了出来，长几个脑袋，也敢来管杜三爷的闲事？”

梁媛看看主父偃的书生气质，着实为他的安全忧心：“燕儿，这一公子书生模样，怎能当得那狂徒的拳脚？”

燕儿自有见解：“小姐，人不可貌相，海水不可斗量，真人不露相，露相不真人，看着不起眼，说不定就是身怀绝技呢！”

主父偃对杜三倒是底气十足：“贼子，有道是路不平有人铲，事不平有人管，你大庭广众之下，行禽兽之举，真是不知人间尚有羞耻二字。”

“三爷我哪有工夫和你废话。”杜三施展开拳脚，恶狼般扑过来。

燕儿期待的奇迹并没有出现，也不过三五下，主父偃即被打翻在地。杜三得势后越发不让人，也不管是头是脸，没头没脑地只管踢个不住，眼见得主父偃满脸开花，已无还手之力。

燕儿尖声呼叫："别打了，再打就要出人命了。"

杜三得意地狂笑不止："想让三爷饶过他也不难，叫你们小姐主动过来亲我一口即可。"

"你，放屁！"燕儿气得粗俗地骂了一句。

杜三在主父偃身上发泄："小子，爷就对不住了，谁让你挺身而出救下一个无情无义的女人。"

眼见得主父偃就要丧命于杜三的脚下，梁媛怎忍心让救命恩人死于非命，她鼓起勇气上前说道："恶徒，你别再打了，我依你就是。"

"怎么"，杜三有几分不信，"你当真要当众亲我杜三爷？"

"你要言而有信，放过这位公子。"

"好，现在我就不踢了，"杜三放荡地淫笑着，"那么，美貌的小佳人，你就过来吧。"

梁媛为了主父偃能保住性命，违心地不得已地挪蹭过去，到了杜三近前，她难过地闭上了眼睛。

杜三则是笑得脸上开花，张开臭烘烘的大嘴，便向梁媛那娇艳欲滴的樱唇凑过去。

"滚开！"半路里杀出个程咬金，有人将他一巴掌推开。

杜三适才只顾贪恋梁媛的如花粉面了，没有留意有人过来，此刻定睛一看，是一位年轻的公子站在面前。这位与主父偃可就大不相同了，头戴束发金冠，一身锦衣绣服，腰间坠挂着碧绿的玉珮，手上摇着一把泥金折扇。虽说是阴雨天，扇子在他手中依然是不停地张合。更令杜三吃惊的是，身后有两个清秀俊雅的书童，张着两把雨伞，为这位贵公子遮雨。再向后面看，四名雄赳赳的武士也站在附近，分明是贵公子的保镖。一向张口就骂人的杜三气焰先自矮了三分："你，你是什么人，敢来管我杜三爷的闲事？"

贵公子回头招呼一声："过来教训教训这个无赖。"

四武士得令上前，拳脚交加，打得杜三抱头满地乱滚，不住声地哭爹叫娘求饶。

贵公子至梁媛面前微微一躬："小姐受惊了。"

"多谢公子相救。"梁媛还礼后动问，"敢问恩人尊姓大名，日后也好相机图报。"

"不敢称尊"，贵公子答道，"在下刘建。"

"啊！"梁媛着实吃了一惊，江都百姓谁人不知刘建的名字，再看这公子的气质和派头，就已猜出了八分，"令尊莫非即是江都王爷？"

“家父便是刘非。”

梁媛未免再施一礼：“多谢殿下搭救。”

“不敢当，来晚一步，致使小姐险遭恶徒所辱。”刘建难以抵御梁媛那可餐的秀色，双眼火辣辣的。

梁媛有所觉察，难为情地移开目光，她蹲下身去察看主父偃的伤势：“公子，你怎么样？”

主父偃说话已是有气无力：“在下……不……不妨事。”

“梁小姐，恶徒这等无礼，竟打得这位公子遍体鳞伤，着实可恨。”刘建意在讨好梁媛，吩咐四名家将，“狠狠教训杜三这个恶徒。”

杜三已是被打得鼻口流血，他听说是撞上了江都王公子刘建，心中自认倒霉，哭声赖气地哀告：“殿下，小人不知，多有冒犯，您就饶了我杜三吧，下次再也不敢了。”

梁媛见杜三被打得那种可怜相，毕竟是女人心软看着不忍：“殿下，再打怕是就没有活命了，您就饶过他这次吧。”

其实刘建也担心将人打死，他趁机卖个人情：“杜三，看在梁小姐面上，饶你这条狗命，给梁小姐磕个头谢过救命之恩。”

杜三哪敢有违，爬到梁媛面前，连磕三个响头：“多谢梁小姐美言，小人知错知罪了。”

“去吧，去吧，逃生去吧。”梁媛这阵又动了恻隐之心。

杜三恨不能一步逃离这危境险地，他自己爬起，屁滚尿流地落荒而去。

梁媛又将注意力转到主父偃身上：“如何是好？”

“小姐无需忧虑，一切有我安排。”刘建吩咐手下，“公子伤成这样，叫来两辆车轿，载小姐与公子回城。”

江都自然是江都王的天下，王子要办这点儿事还不是易如反掌。两辆车很快找到，梁媛目睹主父偃被抬上车，她和燕儿才上了另一辆车。刘建乘马跟在车旁，众武士环顾左右加以保护。

一行车骑一刻钟后进了城，刘建也不知会，照旧迤逦前行。

燕儿心里犯嘀咕，忍不住低声说：“小姐，已经进了城门，这车驶往何处啊，是否该向殿下打个招呼了？”

梁媛点点头觉得有理，她掀起纱帘，对着一旁随行的刘建说：“殿下，我的家在府前街，在此下车亦不甚远，可以自行回去了。”

“梁小姐请恕我尚未与您商量，你看这位公子伤势沉重，莫如先到我府中，让府医为他诊治一下，不然你们小户人家，请医用药也不是方便的。”刘建并不勉强，“小姐最好一同到府，我对父王也有个交代，否则父王会以为是我闯的祸，小姐若觉不便，就让车送你还家。”

梁媛想，人家救了自己，怎能还让刘建背黑锅呢，再说主父公子因为自己而致重伤，又怎能撒手不管呢，便欣然允诺：“承蒙殿下如此仗义，民女与主父公子都不胜感激，只是要打搅王府，心中未免忐忑。”

“济困扶危多行善举，乃人之常理，王府有这个条件，这些小事何足挂齿。”刘建看来像是诚心实意。

车轿进了王府并未停下，而是沿院中道路继续向前。走着走着，后面主父偃的车不见了，也不知驶向了何处。梁媛只感到曲里拐弯，弄得连方向都辨识不出了，真是侯门深似海呀。最后，总算在一处精雅别致的小院门前停下。还好，刘建一直跟在身边，陪同梁媛进了上房。富丽堂皇的摆设，立刻令梁媛眼花缭乱。从小到大，何曾见过这等繁华富贵人家。

刘建客气地说：“梁小姐，敝居陋室，就委屈你了。”

“不过是稍事休息，再说这等富贵，民女属实见所未见，闻所未闻呢！”梁媛急于回家看望父亲，“殿下，主公子他在何处，很快就会为他诊治吧？”

刘建笑了：“小姐也过于性急了，总要容我安排一下，好吧，我这就去向父王禀报，小姐且歇息一时。”

刘建走了，主仆二人便有一种失落感。在这人地生疏的王府，顿觉举目无亲无援。

燕儿关切地说：“小姐，你上床躺一会儿吧，这车轿一路颠簸，想来早已是全身酸痛了。”

“燕儿，我心中甚觉无底，哪有心思小寐呀。”

“是呢，我和小姐有相同的感觉，”燕儿思忖一下，“我出去探探周围的环境，也好心中有数。”

燕儿轻手轻脚走出上房，院中空无一人，她又走向院门，扶框张望片刻，便走出院门，刚要再向前查看，大杨树后闪出一名家丁，倒是满面笑容：“姑娘留步，殿下关照了不能乱走，这王府森严，万一有个闪失如何是好？”

燕儿无奈，只得转回，她对梁媛说：“小姐，有人在院门把守，不让出去，是不是把我们软禁了？”

梁媛付之一笑：“不会吧，堂堂王府，软禁我们何用，我们小户人家，他也犯不上绑票敲诈钱财呀！”

“小姐，你好糊涂，不为财还不为色吗？”燕儿想的较多，“你长得花容月貌，哪个男人见了不动心？”

这话使梁媛心头一震，但她不愿往坏处想：“燕儿，不要把人想得太坏，这会损寿的。”

“小姐你心地过于善良了，你没见那刘建的眼神色迷迷的，盯住你就不放，怕是他对你起下不良念头啊。”

"可能吗?"梁媛不认为事情会这样,"王府人家,又是王子殿下,天底下门当户对的美女,还不是尽人挑选,怎会打我的主意呢?"

"但愿不是吧。"燕儿始终难以放心。

说话间,一个干净利落的老婆子,手提食盒走进房来:"梁小姐,殿下打发我给送饭来,午时已过,想早已腹中饥饿。"她逐一拣出饭菜,真是王府人家,与众不同,美味佳肴,摆了一桌。

梁媛与燕儿还真的饿了,便说:"多谢老妈妈,我自有使女照料,您就可以回去了。"

"我姓吴,你就叫我吴妈好了。殿下吩咐过了,要我在此服侍小姐,老奴不敢擅自离开。"

梁媛主仆对看了一眼,不好再多说什么,也不好当着吴妈的面妄加议论。二人默默无言地共进午餐。

明亮的阳光将王府的内书房照得炫人眼目。江都王刘非正津津有味地欣赏着一册春宫画,那不堪入目的画面,吸引得他目光发直。一丝不挂的女人,纤发毕现的裸体男子,在他看来就像是活生生的大活人摆放在眼前。他太聚精会神了,以致儿子刘建进来还浑然不知。

刘建缓步走到父亲身边,眼角一扫,发现了那册春宫画,他见状故意后退一步,轻轻咳嗽一声。

刘非手忙脚乱将画册合上,抬头见是儿子,颇为不悦地说道:"为何不言语一声就悄悄入内?"

"父王,孩儿见您正在用心读书,未敢惊动。"刘建眼睛盯着那画册,心说得空一定要设法翻看一遍。

刘非感觉到儿子的目光一直关注画册,有几分难堪地将画册掩藏起来:"你来见我,所为何事?"

"儿有一事向父王禀明,望您成全。"

"怎么,又看上了哪家女子?"

"今日上午儿在郊外邂逅了一小家碧玉梁媛小姐,可称是一见倾心,意欲迎娶她为妻子,今生今世再不反悔。"

刘非报以冷笑:"这种话我已听过多次,可你见异思迁的老毛病却是一犯再犯,我王府之中佳丽百计,其中不乏倾国倾城姿色,你何苦又去民间选美,弄不好还得多费银两口舌。"

"父王,这一梁小姐绝非等闲可比,儿是非娶不可了。"刘建口气愈发坚定起来。

刘非不觉心中一动:"你有如此决心,莫非真的遇到了天仙不成,领来让为父见识一下。"

“父王这就不必了，反正儿我相中了就是。”刘建转身要走，“情况业已禀明，儿就择日成婚了。”

“站住”，刘非喝住儿子，“听你的口气还要先斩后奏啊？”

“儿不敢，没有父王恩准怎敢就办婚事。”

“你将这梁小姐带来，让我看她一眼，能否为我王府媳妇，若果真出众，为父就依了你。”

“父王何必定要过目，相信儿的目光是不会错的。”

“俗话说丑媳妇难免见公婆，难道说这一生一世就不见面了？”刘非脸上现出不悦之色。

“待成亲之日，父王自然也就见到了。”刘建不买父亲的账，说罢，他匆匆离开。

时已下午，主父偃还在房中昏睡。这是杂役们的住处，简陋的竹床连帐子都没有，蚊蝇在他头前飞来飞去，大概是被他身上伤口的血腥气味所吸引。他时而无力地用手挥赶一下，但蚊蝇旋即又飞回来叮咬。渐渐，他从昏睡中醒来，举目四望，室内空无一人，只有他被孤零零地丢在屋里，一种悲凉和被遗弃的痛苦感觉袭上了心头。

杂役阿明返回房中，见主父偃在床上挣扎着要起来，急忙过来扶住：“你总算醒过来了。”

主父偃看看自己的伤势，回忆以往的情景：“这不是王府吗，殿下可曾给我请来了医生？”

“咳！”阿明长叹一声，“叫我怎么和你说呢？”

“还有什么难言之隐吗？”主父偃又想起他舍身相救的梁媛，“有位梁小姐她在何处？”

“你的话我实在是不明白。”阿明说，“我只是这王府中的一名杂役，每日是清扫院落，请问公子是如何落得这般模样？”

主父偃便将为救梁媛而被杜三打伤，又遇刘建的经过讲述一番：“殿下接我入府医治，他是不会抛下我不管的。”

院外传来脚步声和说话声，有人在问候：“殿下，您怎么到这下人住处来了？”

阿明一听慌了，将主父偃按倒：“快，快躺下装死，千万别动。”

主父偃大惑不解：“这却为何？”

“别问，听我的话才能保住你的命。”阿明扯过一个被单盖在了主父偃身上。主父偃懵懵懂懂浑浑噩噩不知所以，听任阿明的摆布，一动也不敢动。

刘建来到了门前，用手掩住了鼻子：“阿明，那个受伤的主公子呢？”

阿明满脸悲戚的神色：“他……送来以后一直昏迷不醒，半个时辰之前竟然咽气了。”

刘建瞥一眼白被单：“他死了倒也少费周折，照老规矩，送到城外的乱葬山挖个坑埋了。”

“小人遵命！”

刘建转身走了，他早已急不可耐了，要去看看影子一样萦绕在心中挥之不去的梁媛小姐。

阿明找来一辆驴车，见眼前无人，让主父偃赶快爬上车去，叮嘱他说：“千万不可出声乱动，一定要装死。”

“阿明，你要明白告诉我，这一切都是为何？”主父偃急切地想弄清原委。

“别说了，等到了城外再讲。”

阿明赶起驴车就走，顺利出了府门又出了城门，待到了荒郊野外，四处无有行人了，他才停下车：“主公子，你可以离开了，总算是拣得了一条性命。”

主父偃万分不理解，也流露出不满：“阿明，你既然要救我，为何不在城内放我，这旷野无人，我又伤痕累累，叫我如何能挣扎回城？”

“主公子见谅！”阿明解释道，“城内耳目众多，若一旦被人看见，传到殿下耳中，小人就没命了，所以必到野外无人之处，实在是无奈之举。”

主父偃忍受着棒伤的痛苦：“阿明，你为何要我装死，应该让我知道了。”

“咳，要是不装死，殿下也会让我扼死你。”阿明看看自己的双手，“我，我的手下已有十数条人命，我，实实不忍心再让你惨死了啊。”

“这却为何，我与殿下往日无冤近日无仇，做甚便要害我性命？”

“你与那个姓梁的小姐一同入府，就决定了你必死无疑。”

“我怎么越听越糊涂了？”

“哎呀，这还不是明摆着的事吗！王爷与殿下父子二人，只要发现有些姿色的女子，必要设法弄进府中，同行者或家中人找到府上，则必然要遇害，据我所知，被弄到府中的女子已不下数十人了。”

“这……”主父偃顾不得自身的伤痛，“他们父子这样为非作歹，残害人命，难道就无人告官吗？”

“你呀，真是念书念傻了。堂堂江都王，谁能撼动他一根汗毛。再说，人被害死后就秘密掩埋，死无对证，官府能奈他何。”

“这么说，那梁小姐也难逃厄运了？”

“进了王府，她还想清白？”阿明一番叹息，“如果运气好，能活三五个月，若是不顺从，说不定就会一顿乱棍打死。”

主父偃怔了片刻：“阿明，那梁小姐的性命，你要加以保护才是。”

“主父公子，我是何身份，你当明了。一个杂役，有幸得以救你一命，多少洗刷点儿以往的罪恶。至于再保护别人,我是无能为力了。”

“照你说梁小姐她就必死无疑了?”

“这是府里的规矩,再好的女人也难逃一死。因为王爷说了,留下知情的女人终归是后患。天下女人尽多,何不常换常新。”

“这该如何是好!”主父偃急得团团转,他在为梁媛的命运担心。

“你保住了自己的性命就是非分之福了,别人的事你就无能为力了,江都王你是奈何不了的。”阿明无限感慨地说,“莫说是你这个平头百姓,就是皇上怕也奈何不了他了。”

主父偃一怔:“怎么,他还敢抗拒圣旨吗?”

“你哪里知道,江都王府中养有铁甲武士上千,乡下还有战马五百匹,而且逐日打造武器啊。”

“这么说,他已萌反意。”

“这还不是秃头上的虱子明摆着。”

“就凭他一千武士,能与朝廷抗衡?”

“主父公子忘了,这江都府民有百万之众,到时刘非一声令下,谁敢不听。”

主父偃感到问题并不像自己想的那么简单,很可能这中间还有什么更大的阴谋。于是继续打探道:“这怎么可能,就算江都的百姓迫于压力,都情愿跟随他起兵造反,那朝廷也不可能不派兵围剿啊。”

阿明反被他的观点逗笑了,他告诉主父偃,江都王最精明了,他早就想到了这一点,所以一直将自己的阴谋隐藏得很深,尽量不让皇帝起疑心。所以至今为止,朝廷都不知道他的阴谋。江都王与皇叔梁王刘武再加上淮南王刘安和衡山王刘赐,几个人都已经勾结了快两年了,他们来往频繁,积极准备,拉拢联络各方的王侯,准备好了就一起起兵造反。俗话说强龙不压地头蛇,刘非就是江都的那条地头蛇,所以他才敢在这里为所欲为啊。”

主父偃听完,顿时呆住了。阿明回头嘱咐其千万不能乱说,否则两个人的脑袋都要保不住了。说完,便放下了主父偃,赶车回城去了。

主父偃看着阿明远去的背影,心里还想着阿明的话。

第二十三章 江都脱困 梁媛受辱

梁媛和侍女燕儿被带到了江都王府中，一连几天都没有被送回去的意思。两个人都只坐在饭桌前，根本无心动筷。江都王府中的吴妈害怕二人饿坏了，就站在一旁劝解两个人多少得吃一些东西。

梁媛见这个吴妈还算慈善，便和颜悦色，以商量的口吻和吴妈谈话，希望能够让二人回到家中报个平安。但吴妈也是无可奈何，根本没有这个权利。就在三个人正在说话的间隙，江都王的儿子刘建走了进来。

“何人在背后议论小王？”刘建说着话踱进房来。

梁媛一见赶紧替燕儿圆场：“殿下莫怪，使女说话不知轻重，她是担心回去后被家父责骂，未免性急了一些。”

“小姐，你不要再客气了，我们把话还要讲在当面。请问殿下，你到底是何用意，究竟想把我们怎么样？”燕儿并不畏惧，前行几步与刘建直面相对。

“粗使丫头，竟这样不识体统，真是缺少家教，”刘建向吴妈使个眼色，“把她送走。”

吴妈上前便推：“走吧。”

梁媛上前讲情：“殿下，燕儿多有得罪，请看在我的份上，不要与她计较。”

“怎么会呢，”刘建对梁媛彬彬有礼，“小姐在府中一时半会儿还回不去，让燕儿回家报个信，以免令尊悬望。”

“这……”梁媛隐隐觉得存在危险，急欲脱身，“殿下，主父公子有王府关照，我也就放心了，请容我同使女一同还家。”

“小姐莫急，王爷还要见你一面呢，”刘建又加解释，“父王要当面询问事情的经过，小姐还要如实禀明，否则还以为是我闹事。”

燕儿放心不下：“我不走，我要和小姐在一起。”

刘建对她可就没好脸了：“奴才下人敢不听吩咐就该掌嘴，快去向梁老先生报个平安，就说小姐天黑前回转。”

“我不走。”燕儿怎能放心留下小姐一人。

吴妈过来推她：“殿下吩咐谁敢不遵。”

梁媛明白此时已由不得她们，便含而不露地说：“燕儿，殿下决无歹意，堂堂王府不会有什么意外，你就放心走吧。”

燕儿虽说心中没底，一步三回头，还是被吴妈推走了。出了小院，吴妈领她左转右绕，到了一处更为僻静的所在。三合院内，几间破败的茅草房。一个醉醺醺的大脑袋家丁正靠在院门上卖单儿。见吴妈领着燕儿来到，双眼立时射出淫荡荡的凶光："哈哈，准是又有鱼儿上钩了，殿下吃肉，我们也跟着喝汤。"

"朱大头，你放老实些，殿下可是没话，你小心烫着膀蹄，"吴妈说，"她叫燕儿，交给你了。"

燕儿产生了恐惧感："吴妈妈，殿下是答应我回家的，你要送我出去。"

"傻闺女，就别再做梦了，回不了家了。"吴妈扭身走了。

燕儿追过去："吴妈妈，你不能丢下我不管。"

朱大头像老鹰抓小鸡一样，将燕儿薅回来："给我进屋去。"

"你算什么东西，这样对待我。"燕儿挥拳打过去。

朱大头就势攥住她的手，扯进了上房内，顺手一抡，将燕儿按倒在床上："你现在是老子的盘中菜，想怎么吃我就怎么吃。"

"你，你是个衣冠禽兽，"燕儿竭力躲向床里，"我告诉殿下和小姐，要扒你的皮抽你的筋。"

"哈哈哈……"朱大头得意地放声狂笑起来，"殿下，我这就是跟殿下学的，你们小姐，你还能见着面吗？"

"啊！"燕儿已经意识到局面的严峻，但她此时此刻关心的是梁媛的安危，"我们小姐她，会被殿下害死吗？"

"一时半会儿还不会吧，"朱大头动手扒扯燕儿的衣裙，"因为殿下他还要尝鲜呢。"

燕儿几乎是发傻了："这么说，我们小姐她，会被殿下给糟蹋了。"

"废话！男人和女人还不就是这么回事。要不为玩她，殿下花费那么大的精力干啥？"

燕儿的上衣在不知不觉中已被扒掉，露出了水红抹胸和晶莹如玉的双肩。朱大头欲火难捺，将头埋在香肩上就啃。燕儿清醒了，她明白了自己眼下的处境，看来失身已是在所难免。但是不能白白地就让朱大头占去便宜，作为梁家十数年的奴仆，与小姐情同姐妹，一定要不惜代价救出小姐。打定了主意，她将朱大头推开："干嘛这样猴急。"

朱大头一听这话音，燕儿已是有意了，喜得他呲出大板牙："不急，不急，你我从容地云雨一番，那才叫销魂呢。"

"朱大哥，办这事得有个好心情，而好心情起码得填饱肚子。"燕儿故意现出媚态，"我总不能饥肠辘辘和你效于飞之乐吧？"

"那是，那是！"朱大头一点就明，"我这就去张罗酒菜，你我喝了交杯酒再入洞房。"

"朱大哥,我还是黄花闺女,你可不能太小气啊!"

"放心,一定为你准备鸡鸭鱼肉。"

"我的酒量大,好酒一定要备足。"

朱大头原本就是酒鬼,听此言乐得嘴都合不拢了:"好,好,我们喝个一醉方休如何?"

朱大头锁上房门一溜烟地走了,很快提着二斤酒和大包小包地转回。他将烤鸡烧鹅炸鱼酱肉逐一摆在桌上,倒出两碗酒来,自己先行端起,色迷迷地发出淫笑:"姑娘,请吧!"

燕儿撒娇地说:"朱大哥,你是男子汉大丈夫,又是英雄海量,先喝个样子给我看看嘛!"

"好,就让你见识见识。"朱大头一饮而尽。

燕儿立即再给斟满:"朱大哥真是豪爽!燕儿想问一句,你我是做长久夫妻还是露水夫妻?"

"你是个小美人,怎么会一次合欢后就抛弃呢?放心,我舍不得丢掉你。"朱大头在她胸前抓了一把。

燕儿忸怩地闪开:"我也不追求名分,也不逼你糟糠之妻下堂,只要你能时常眷恋我,也就不虚此生了。"

"好!我的小宝贝,你真是可人疼,这么通情达理,我有了钱一定把你打扮得光亮新鲜。"

"说话算数,你就干下这碗酒。"

"好,你看!"朱大头一口喝下,亮亮碗底。

就这样,燕儿凭着她的巧嘴,再加以撒娇做痴,很快就给朱大头灌下去六碗酒。原本就已七分酒意的朱大头,被燕儿灌了个烂醉如泥。燕儿庆幸自己不曾失身就达到了目的,她吃力地剥下朱大头的衣服。虽说显得肥大,但尚可糊弄穿在身上。事不宜迟,她唯恐夜长梦多,出了这小杂院,低着头快步而行。见着人也不说话,也不看任何人,没有一袋烟的工夫,她竟摸到了大门前。王府太大了,家丁仆役数百,不相识者甚多。守大门的家丁半躺在懒凳上正打盹,一般都是注意外面来人进府,至于里面有人外出,向来都是不过问的。燕儿竟顺利地混出了府门。待拐过墙角看不到王府的大门了,燕儿撒开双脚,全速向家中跑去。

一束白绫从房梁上垂下,被破窗而入的萧瑟西风吹得频频摆动,像是一条白色的毒蛇,不时地扭动身躯。室内器物凌乱,如同有盗贼光顾过一样,茶杯茶壶摔成了碎片,绣花枕被剪破,鹅绒枕芯在屋中随风飘舞。象牙床一塌糊涂,锦帐给剪得成了布条,这都是梁媛悲愤交加极度发泄的结果。此刻她呆呆地立在兀凳上，注视着那结好的白绫，准备结束自己的生命。就要离开这个世界了，她想到了相依为命的父亲，想到了生死未卜的燕儿，想到了因挺身相救而受重伤的主父公子，想到了长眠地下的高堂。但是在她心中挥之不去的噩梦般的下午和傍晚，却在她的思绪中顽固地萦回，这是她一生中最不堪回首的一段。

今日下午燕儿被迫离开后，刘建便忍不住凑到梁媛身边，伸出手来在她肩头轻轻一捏："梁小姐穿得单薄，是否难耐这阴雨天？"

梁媛将身躯移开些，她从刘建捏她肩头所传递的信息中，已感受到自己所面临的危险，更加急于脱身："殿下，奴家已是离家多半日，实实当回去同父亲相见了，望殿下开恩。"

"小姐，我不是已说过多次，要等你同我父王见过面，讲清事情原委后再离王府吗？"刘建再次跟至梁媛近前，"使女已回家报信，你又何必急于一时呢！"

梁媛又将脚步移动，尽量保持一定距离："殿下说必得见过王爷，就请安排相见吧。"

"小姐，王爷何时见面，也不是我能定的。不过在见面之前，有一事要同小姐商议。"

"不知殿下所说何事？"

刘建双眼又射出欲火："梁小姐，我已向父王提出，要与你结为秦晋之好，万望小姐允诺。"

梁媛一下子怔住了，她没想到刘建会向自己求婚。要论相貌，刘建可比潘安，是一表人才，风度儒雅。要论地位，对方是王子殿下，富贵无比。自己年龄也不算小了，若能嫁给这样一个夫君，实在可称是三生有幸。可是，这可能吗？就凭刘建这地位，二十多的年纪，会至今尚未婚配吗？再者说，越是这样的官宦人家，越是讲究门当户对，这怎么可能呢？

刘建似乎看出了梁媛无言的心事："小姐不须多虑，我虽生在王府贵为王子，但我实在看不惯大家闺秀的呆傻，故而至今未曾婚配，小姐若与我结为连理，就是我的正妃，而且我也不想再娶侧妃，保证能与小姐白头偕老。"

"这……"这番话让梁媛动了心，她羞涩地转过脸去，"婚姻大事尚需父母之命，殿下容奴家禀明父亲定夺。"

"梁小姐，你自己总要有个态度呀。"

"我，我怕是高攀不上。"

刘建欣喜地上前攥住梁媛的纤纤玉手："小姐，婚姻在于两情相悦，何须论那门第高低。"

梁媛竭力要将双手抽出："殿下且请尊重些，有道是男女授受不亲。"

“你我日后即是夫妻,这又算得什么?”刘建就来拥抱,并且动嘴欲吻。

梁媛用手拦挡:“殿下,来日方长,何必急于一时。再说,这是市井男儿所为,王侯子弟理当斯文。”“小姐之美,任是一个男人都要动心,我平生所见甚多,唯独见了小姐不能自持,还望小姐成全。”

“殿下万万不可相强”,梁媛全力挣扎,仍未能挣脱刘建的怀抱,只好哀求说,“为了日后幸福,殿下切莫伤了我的心哪。”

刘建此时欲火烧身,哪里还听得进去,也不再低声下气,而是粗鲁蛮横地强行撕扯开梁媛的衣裙,强行按在床上,霸王硬上弓,在梁媛呼天抢地的悲泣声中,发泄了他的兽欲。

事毕,刘建也不安慰梁媛一句,反倒一边着衣一边不满地说:“看你那个熊样,哭哭啼啼的,挺好的美事让我扫兴。”

梁媛股间疼痛,心头更是滴血,勉强整理一下衣裙,哽咽着说:“殿下,奴家此身已是属你,望你莫负前言,你我早日婚配。”

“我还会骗你不成,”刘建显出几分不耐烦来,“待见过父王,即可明确我二人的关系。”

“殿下,你该引我去见父王了。”梁媛有意这样称谓,以证明她已是刘建的合法妃子。

“好,我这就带你去参见父王,”刘建吩咐道,“你快收拾打扮一下,别哭丧着脸。”

梁媛只得强作笑颜,稍事梳妆之后,一个光彩照人的天姿国色又呈现在面前:“殿下,你看我这个样子可否?”

刘建盯着梁媛几乎是看呆了,半晌不发一言。

“殿下,到底妥否,你倒是说话呀!”

“不妥!”刘建坚定地蹦出两个字。

“为何?”梁媛倒是糊涂了。

“你给我洗去脂粉,素面朝天。”

“女子梳妆人人如此,不施脂粉,有悖常理啊。”

“休得啰嗦,听话就是。”刘建也不解释原因。

梁媛怎敢拗着行事,只好去重新收拾一番,回到刘建面前:“殿下,这您该满意了吧?”

刘建看了又看,觉得梁媛还是丽质天成,自言自语说:“最好是蓬头垢面才令人放心。”

“殿下到底是何用意?”

“不说了,就这样吧,”刘建嘱咐,“到了父王那里,你要靠后站,少言语,远远参拜即可。”

“奴家遵命。”梁媛被刘建闹得心神恍惚，好像有什么危险在等待着她，提心吊胆地跟在刘建身后。

到了刘非的外书房门前，刘建又不放心地叮嘱道：“在我身后，千万莫要上前，若是有误，不能成为王子妃，可就怪不得我了。”

梁媛犹如装在了闷葫芦中，怎么也想不出个所以然来。

刘建先自入内，刘非正在欣赏四个妖艳的女子漫舞。他将一瓣蜜橘丢进口中：“为父让你带那梁小姐来一见，你不发一言就走，莫非要抗王命不成？”

“孩儿怎敢，已奉命带来参拜父王。”

刘非立刻坐直了身躯：

“她在哪里，速来参见。”

刘建顿了一下：“父王，见了梁小姐后无论印象如何，都要成全孩儿与她的亲事。”

“如果为父不允呢？”

“父王一定要恩准，因为孩儿与她业已同床共枕了。”刘建这后一句话特意加重了语气。

刘非一怔，有些失态，继而冷笑着说：“如此讲来，你二人是生米已成熟饭，木已成舟了？”

“两情相悦，难以自持，有失礼节，父王见谅。”刘建与刘非父子二人彼此都是心中有数。

刘非气哼哼地吩咐：“叫她进来相见。”

梁媛奉命进房后，未走几步，就站在刘建身后，她原本是知书达理之人，如今被刘建强暴，身心备受摧残，而且刘建的一番警告，使她无所适从，呆呆地站在暗处一言不发。

刘建提醒：“还不拜见父王。”

梁媛机械地跪倒：“民女梁媛叩见王爷千岁千千岁。”

刘非眯缝着双眼，只看到梁媛的身影，而难见其五官，就发话说：“本王也不是洪水猛兽，何必躲得远远的，近前来参见。”

“这……”梁媛抬起头来，望着刘建不知如何作答。

刘建接话道：“父王，梁小姐从未曾见官，小户人家不懂礼数，恐有失礼之处，就此告退吧！”

刘非心说，是何等美人竟使刘建先下手为强，破了她的身，自己倒要见识一下：“为父尚未表态，你就要撤走，难道这亲事就不办了？”

“想来父王是会应允的。”

“为父连她的模样如何都不清楚，又如何答应你的婚事？”

刘建无可奈何："梁小姐，上前些见过父王。"

梁媛遵命上前几步，站在起舞的四女身后，低下头不敢仰视。

刘非嫌舞女碍眼，挥手令她们退下，再看梁媛，体态婀娜，不见其面，就发话说："梁小姐抬起头来。"

梁媛也就把脸一扬，与刘非如锥的目光相遇，有一种万针刺肤的感觉，急忙又低下了头。

就这一眼，已令刘非在心中惊叫一声。其实刘建是聪明反被聪明误了，他担心浓妆的梁媛被好色的父王看中，让梁媛洗去铅华以免炫目。谁料，看惯了脂粉堆砌的女人的江都王，乍一见这淡扫娥眉不施粉黛的梁媛，更觉格外清新悦目。他几乎看得发呆了，半晌一言不发。

刘建心中格外地不自在，有意清清喉咙，大声问道："不知父王对这儿媳可还满意？"

"满意，满意，"刘非下意识地连声应答，"一百个满意，没说的。"

"谢父王允诺，儿与梁小姐就告退了。"

"什么，你说什么，我允诺什么了？"

"适才父王亲口所说，对梁小姐满意啊！"

"这，你是误会了。"

刘非在寻找借口，"婚姻大事，非同儿戏，岂可草率议定，为父还要同梁小姐谈谈她的家世，然后再做定夺。"

"父王，你万万不可。"

刘非立起三角眼，同时沉下脸来："你敢在我面前无礼，还不快快退下。"

刘建感觉到他最担心的事就要发生："父王，儿与梁小姐已是情深难分，如不能与她连理并蒂，儿也就无意再活于人世。"

"你放心的去吧，为父不会将她怎样，待问过话后，我会将一个完好无缺的梁小姐交还给你的。"

刘建显然信不过："父王，就在儿当面问她便了，何必一定要我回避？"

"你在场，她焉肯说真话，"刘非又显出不耐烦来，"速速退下，休再多言。"刘建很不情愿地离开了，但他没有走远，他就守候在门前。

刘非向梁媛招手："梁小姐，你近前些。"

梁媛不敢抬头与刘非的眼神交流，她隐隐有种恐惧感，只向前挪了一小步："王爷，有何吩咐？"

"你站过来也好说话，何苦躲得那么远，"刘非语气柔中有威，"我又不是老虎，还能吃了你不成？"

梁媛只好再向前动动，但依然保持着较远的距离。

刘非也就不再要求了："本王有一事不明，还请梁小姐讲真话，你虽非官宦人家，也是知书达理之人。女孩家贞节是第一等大事，若有意为我王府之媳，理当父母有命，媒妁有言，怎能够轻易地以身相许呢？”

“这，这……”梁媛不知该如何回答。

“你如此轻率，说轻些是意欲既成事实，可以赖上王子，依附荣华。若是说重些，你是水性杨花。”

“王爷，你不该如此看待民女。”

“请恕我直言，像你这样的女子，不能为我子之妃。”

“王爷，民女何曾愿意失身，”梁媛为洗刷名誉，不得不实话实说了，“殿下同床共枕之说，是他暴力相强所致。”

“怎么，我的王儿他欺侮你了？”

“他，他如狼似虎，我弱小女子，怎能抗拒他的淫威。”

“这个奴才，依仗权势，强暴民间女子，着实令人气恼，”刘非拍案而起，“梁小姐不要伤悲，本王一定为你做主。”

“王爷大慈大悲，乞请先放民女还家，省视父亲。”

“莫急，本王为你备下一桌酒宴，权为代犬子赔罪，待用过酒饭后，即派人送你回家。”

“民女实不敢当！”

刘非也不管她是否同意，即传话下去：“来呀，速去办下一桌丰盛的酒席，送至桂月楼上。”

“这如何使得！”

梁媛想，王爷还是比殿下通情达理。

刘非又吩咐侍立在身旁的太监：“送梁小姐上楼。”

太监伸手相让：“梁小姐，请吧！”

此刻也由不得梁媛了，同意与否也得跟在太监身后，从外书房后面穿过一个庭院，就是一座二层木制楼阁，太监一直将她送到了楼上。很快，美酒佳肴流水般送上，盘盏相迭，桌子上落了足有三层。梁媛未免心中不安起来，觉得有些过于破费了。

刘非笑吟吟步上楼来：“梁小姐，看这还能满意吧？”

“王爷如此破费，民女受宠若惊。”

刘非先自入座，以手相让：“梁小姐，也请入座吧。”

“这怎么可以，民女怎敢同王爷同坐。”

“就不要讲那么多礼数了”，刘非叹息一声，“谁让我的儿子不争气玷污了小姐，我这儿亲自赔罪也不能还小姐的清白，宴后还要重金相酬以赎其罪。”

在刘非再三要求下，梁媛不得不侧着身子勉强入座。

刘非为梁媛斟满一杯酒，自己也倒满后举起："梁小姐，请！"

"王爷，民女不会饮酒。"

"如果梁小姐对小儿的鲁莽举动能够给予原谅，就请务必将此杯酒一饮而尽。"刘非将酒杯替梁媛端起。

梁媛不得不接过来："王爷，民女自幼至今，滴酒不曾沾唇。"

"今天一定要破这个例。"

梁媛将杯送至唇边，略微舔了舔："王爷，民女已是尽力而为了。"

"怎么，真的不给本王一个面子吗？"刘非半是威逼地说，"在这江都地面，我的话还没人敢不从命呢。"

梁媛皱了皱眉头，咬牙屏气将酒喝下，呛得她咳了好一阵，连眼泪都流下来了。刘非也一饮而下，随即又给满上一杯："梁小姐，好事成双，再饮此杯。"

"王爷，民女实在是不能再喝了。"

"一杯能喝，两杯也定然无妨。"刘非将酒塞到梁媛手中。

"王爷，我……"

"喝！"

梁媛不得已，又饮下第二杯。

"这就对了，"刘非又倒上了第三杯，"梁小姐，来个连中三元。"

梁媛已找不到推辞的借口，又硬着头皮喝了第三杯。

三杯下肚，梁媛粉面泛红，犹如桃花初绽，刘非看得垂涎欲滴，也不管尚未将梁媛灌醉，便抱到床上，趁梁媛七分醉意，无力反抗，剥了个精光，便爬上去欲强行非礼。

刘建久等梁媛不见出来，就不顾一切闯上楼来。他听到了梁媛的哭泣和求饶声，急得用拳将屋门擂得"咚咚"山响："父王，你不能啊！梁小姐她已是你的儿媳了。"

刘非也不予理睬，到口的肥肉焉肯轻易吐出。在刘建的抗议声中，在梁媛的呜咽声中，刘非发泄了他的兽欲。临下床他恶狠狠地警告梁媛："梁小姐，老老实实给我呆在这楼上，本王我随时会来看视，不会让你寂寞的。要是敢不听话，我就派人杀了你的父亲。"

刘非简直就是禽兽，刚刚下床便转身将楼门上了锁。到了楼下见到了等在下面的儿子刘建，两个人竟然对着骂上了。刘建也不管什么礼法，直接骂自己的父亲是禽兽，连自己的儿媳妇都不放过。刘非听着他的骂声面不改色，随口叫来了几个人，就将大骂的刘建带到了冷牢中关了起来。

在阁楼之上，蜷缩着饱受羞辱与蹂躏的梁媛，她在此越想越伤心，想到自己受到如此羞辱，根本就无颜面活在这个世上。于是扯下白绫，就打算自尽。但她转念又想，自己死了只能是连累自己的家人，而那群畜生根本不会受到任何影响。她应该活着，等到将来为自己报仇，哪怕是与他们同归于尽，也要让他们遭到报应。于是，她不再哭了，反倒是在刘非面前强颜欢笑，等待着暴风雨降临的那一刻。

第二十四章 密告谋逆 梁家遭殃

寒夜凄凉,梁玢家中更是一片悲伤。梁玢听完了主父偃和燕儿的哭诉,想到十有八九女儿已经遭受迫害,他再也忍受不住内心的煎熬,只想快点将自己的宝贝女儿解救出来。他拭去眼角的泪花,抽身就要向外走。

主父偃叫住梁老先生,将他劝慰一番。其实梁老先生自己此时去江都王府不但救不出自己的女儿,反而是羊入虎口。但没有办法,他的心中无限焦急,此时能想到的就是女儿在江都王府可能忍受的折磨。

主父偃等梁老先生稍微平静一些才继续和他商量如何才能救出梁小姐的计策,两个人都认为为今之计只有上京告御状才能制住江都王父子在此处为非作歹。

主父偃已经过深思熟虑:“我反复思考过了,要扳倒江都王,唯有进京告御状了。”

梁玢摇摇头:“这御状是那么好告的?就凭你我,在京城举目无亲,平民百姓想见到皇上,势比登天还难。”

“我去!”主父偃斩钉截铁信心十足地表示,“天下无难事,只怕有心人,我坚信是会将下情上达圣聪的。”

“但愿你此去一帆风顺。”梁玢取出一百两白银,“这是你进京的盘缠,足够你吃住花销,却无打通关节的费用,我的积蓄就这么多了,实在是抱歉。”

主父偃收好银子:“为了告状顺利,我也就不客套了。”

“主父公子还要我做些什么,尽请直言。”

“我有一言奉嘱,就是在这段时间,你主仆二人最好另寻个安身之处,深居简出,莫抛头露面,以防王府杀人灭口。”主父偃说道,“我若能告准御状,你二人就是苦主和证人,万万少不了的。”

“那么我们日后如何相见?”

主父偃想了想:“聚宾楼酒家会面。”

三人分手,主父偃马不停蹄日行夜宿赶奔长安,一路奔波,受尽风霜之苦。这日下午,他终于进了长安城的朱雀门。也顾不得找店家下榻休息,他逢人便问,很快找到了宰相公孙弘的府邸。主父偃在马桩上拴好马匹,稍稍整理一下衣冠,随后拾阶而上。

门子早就注意到他,从懒凳上站起身:“你是什么人,受何人差遣,来相府有何公干？”

“门爷，烦请通报公孙相爷，我有机密大事求见。”

“你……”门子以疑惑的目光上下打量他几眼，“来头，姓甚名谁，是何大事？”

“门爷，实在是抱歉，这些都不能让你知道，”主父偃卖关子，“事关重大，你知道反而有害。”“说说你的名字”，主父偃不答。

门子冷笑一声：“不说姓名，不讲来处，恕我不能通报。”

主父偃也回报以冷笑：“耽误了国家大事，你可有灭门大罪，勿谓在下言之不预也。”

门子见他风尘仆仆，言谈举止不俗，心说万一有重要事情被误，自已受牵累不值得，还是禀报一声，让相爷拿主意，脱了自己的干系为上：“你等着，待我进去通禀。”

公孙弘正在书房中批阅全国各地报来的呈文，门子小心翼翼入内躬身说：“启禀相爷得知，门外有一陌生公子求见。”

公孙弘头也不抬：“莫非又是求官求财求助之辈，我说过多次了，无名之流一律挡驾。”

“相爷，此人落落大方，不像寻常之辈，且又声称有事关国家的重大机密事，故小人不敢不报。”

公孙弘不觉放下手中笔：“他从何处来，是何人差遣，他的尊姓大名？”

“来人一字不肯多讲，道是事关机密，一切不见相爷无可奉告。”

“啊，是这样！”公孙弘起身踱步沉思，想了片刻，对门子说，“来人既然一定要见我，说不定真有什么大事，且带他来进见。倘敢要戏老夫，就将他送长安府治罪。”

门子遵命，很快将主父偃带来。公孙弘劈头便问：“你声称有机密大事，老夫便是当朝宰相，就请当面讲来。”

主父偃看一眼门子：“下人在场，须不方便。”

公孙弘挥手令门子退出：“没你的事了。”待门子走出后，公孙弘绷着面孔，“讲吧。”

“此事关系到国家的生死存亡，实在是干系重大呀！”

“什么！”公孙弘有些动怒了，“老夫国之宰相，一人之下万人之上，日理万机，国事皆由我做主，没有功夫陪你闲聊，有话快快讲来。”

“不是小人不肯明言，只恐说出来您也难以做主。”

“既是信不过我，又何必登门求见。”

“晚生欲请相爷引见，晋见当今万岁面谈。”

公孙弘鼻孔中哼了一声：“你未免太自不量力了，一介布衣书生，我堂堂宰相与你见面，已属格外破例，竟然得寸进尺，真是痴人梦想。”

“相爷睿智海怀，试想若无极为重大要事，晚生敢冒死求见吗？”主父偃不急不躁，“事关国家前途，望相爷莫因小节而误大事。”

公孙弘想，也是这个道理，便和缓了口气：“你且将事因透露给老夫，以便我做出决策。”

“事情委实太重大了，不敢走漏半点儿风声，相爷千万见谅。”主父偃心想，如果说出一枝半节，那就休想见到皇上。

公孙弘将了主父偃一军：“你信不过老夫，也就恕我无能为力了。”

主父偃不退半步，反将公孙弘一军：“相爷当以国事为重，若实在不肯引见，晚生也就只好另寻门路了。”说罢，有意转身就走。

公孙弘迟疑一下：“公子且住。”

“怎么，相爷改变了主意？”主父偃头也不回。

“老夫便依了你，即刻随我进宫。”

“多谢相爷成全。”主父偃回转身来一拜。

肆马高车载着公孙弘来到未央宫，主父偃步行跟在车后。太监总管杨得意闻报来到宫门迎接：“啊，宰相大人，未经宣召进宫，有何大事面圣？”

公孙弘向身后一指：“这位是主父公子，他声称有机密大事要面见万岁禀报，还说事关国家生死存亡，故而引他入宫。”

杨得意将主父偃上下打量几眼：“主父公子，有话就同咱家说罢，自会为你转奏万岁。”

主父偃微然一笑，态度一如以往：“杨公公，此事干系重大，除非见到万岁，恕我不能相告。”

杨得意报以冷笑：“你可不要故弄玄虚，当心犯下欺君之罪。”

“倘若万岁认为在下是无理取闹，甘受惩处。”主父偃说得斩钉截铁。

公孙弘见状插言：“杨公公，这位主父公子不像不知深浅之人，或许有机密大事，还是通报为宜。”

“好吧！”杨得意似乎不太情愿，“看在公孙丞相份上，咱家就为你上达圣聪，不过见与不见，就是万岁拿主意了。”

“小生恭候。”

杨得意步入内殿，精力充沛的刘彻正伏案做文章，卷首醒目的标题是《秋风辞》。杨得意近前略停片刻：“万岁，奴才有事启奏。”

“说嘛。”武帝心思全在文章上，头也未抬。

“公孙丞相引一布衣公子来见，口称有关系社稷安危的机密大事。”

“就命他向丞相禀明便了。”

“这人特别固执，不见万岁不肯吐露半句。”

武帝心说，一介布衣平民能有何等大事，莫不是危言耸听。反过来又想，普通百姓若无重大事由，谁敢冒险直面龙颜。

杨得意见武帝一时没有态度，便试探问道："这人十有八九是个愣头青，送到长安府拷问，还怕他再装腔作势。"

"差矣。"武帝对人从不看出身贵贱，"此人既是口出狂言，想必是有些来历，待朕见过之后真伪即知，带他来见。"

杨得意没料到揣度圣意给弄拧了，赶紧说声："遵旨。"

主父偃跟随公孙弘，在杨得意的引领下进入内殿参拜毕，武帝问道："主父偃，有何要事定要见朕？当面奏来。"

"请万岁屏退闲杂人等。"

武帝挥了挥手，身边服侍的太监宫女们识趣地退下："只剩下宰相和总管了，有话尽管讲来。"

"万岁，梁王刘武、江都王刘非、淮南王刘安、衡山王刘赐，他们串通一气，修兵治甲，密谋反乱，已是箭在弦上。"

武帝听着不觉坐直了身躯："此话当真？"

"小民看来，绝非空穴来风。"

"你是如何得知，又有何真凭实据？"

"万岁，容小民从头奏闻。"主父偃遂将路遇梁媛及刘建，被骗入江都王府险些丧命，多亏阿明相救，并把王府招兵买马阴谋作乱的过程讲述一番，"圣上，以刘非父子的作为，阿明之言决无虚妄。"

武帝沉思少许："公孙丞相，如何看待此事？"

公孙弘对于天下诸王分权早已有意抑制，主父偃所说与他的政见恰好吻合，即不假思索答道："天下诸王，多行不轨，各自坐大，蚕食皇权。臣以为，主父偃所奏宁可信其有，不可信其无。"

"你看呢？"武帝又转问杨得意。

"奴才愚见与公孙丞相相同，这些刘姓诸王再不削掉权柄，实为肘腋大患。"杨得意察言观色附和之后，又为自己留条退路，"不过诸王经营百余年，无不兵精粮足，也不是容易对付的。"

武帝今日格外倾听下情："主父偃，你既奏闻诸王谋反之举，依你所见，朕当如何应对？"

"万岁，常言道，先下手为强，应趁诸王羽翼未丰，联手未牢，先发制人，一网打尽！"

"说得好！"武帝从御座上站起，双眼中发出灼灼光芒，他要向威胁自己皇位的反对势力发起进攻。

铜壶滴漏"滴答滴答"不紧不慢响个不停，透户的微风将纱帘吹得缓缓拂动。阳光照在武帝那棱角分明的“国”字脸上,越发显出他坚毅果敢的秉性。他是个不愿受常规束缚的人,决策往往都有独创性。少许,他终于下定了决心,口传圣旨说:“主父偃,你虽为布衣,但能勤劳王事,其志可嘉。朕今即委你为钦差大臣,查办刘非父子抢夺民女阴谋作乱一事,可有此胆量?”

“小民蒙万岁信任,敢不以死效命以报皇恩!”主父偃叩谢。

“为了不打草惊蛇,朕要你微服出京私访江都,拿到把柄证据后再亮明身份,以免刘非销毁罪证,”武帝关心地说,“不过这私访风险甚大,那刘非父子独霸江都,是什么事都干得出来的。”

“臣明白”,主父偃信心十足,“臣当努力不负圣望,为百姓申冤,为朝廷除奸,赴汤蹈火亦万死不辞。”

“好,朕给你一道密旨带在身上,一旦遇到危险,可以出示应急。”武帝说着,即手书了圣旨。

主父偃领旨出宫,杨得意也回到了自己的总管寝殿中,心中一阵阵不安地骚动。他打开抽屉,一只拳头大的金老虎仰头长啸的姿态令他不寒而栗。这是江都王刘非送他的生日礼物,他是属虎的,故送金老虎。当然在收受贺礼时,王子刘建曾提出请他诸事多加关照,礼下于人必有所求嘛! 俗话说,花人钱财替人消灾,方才这件事便令他坐卧不安了。如果通风报信,就等同于参与谋反哪。如果不通个信息,那日后刘非犯事还不把他给攀咬出来,还是脱不了干系。思前想后,他觉得作为皇上的至亲,刘非父子谅无大碍。莫如做个人情,让江都王事先有个准备,平安度过此劫,自己也就无事了,而且还能得到刘非的重谢。打定主意,他当即写好一封密信,派自己的心腹,连夜送往江都。

武帝处理完主父偃的密告,回到御书房中继续作他的《秋风辞》。但是却静不下心来,思绪总是难以集中。他时不时想起主父偃,凭他一介布衣出身,只身一人能否斗得过权倾一方的江都王? 虽说身藏他亲笔圣旨,但江都王若故意不认该如何是好? 再问主父偃一个假冒圣旨的罪名处死,自己就是追究也是人死不能复生,岂不是枉送了主父偃的性命? 他越想越坐不住,吩咐侍从太监速召杨得意来见。

杨得意刚把心腹送走,心中未免忐忑,到武帝面前便有些失措:“万岁唤奴才有何旨意?”

武帝奇怪地问:“你为何举止失当,做了什么错事不成?”

杨得意加以掩饰:“奴才适才偷懒小寐,万岁一传猛然惊醒,故而显得有几分张惶。”

武帝且将疑心压下:“你去传谕金吾将军韩嫣,要他挑选五百铁骑,明日一早随朕出巡。”

“但不知万岁要去何地,五百人马是否够用?”

“这个不消你多问,只管传旨便是。”武帝不想将行踪告知。

杨得意心中狐疑,遵命传旨去了。

皓月的清辉斑斑驳驳洒在桂月楼上,桂树的身影在夜风中摇曳,映照在楼中更添几分迷蒙的恐惧。梁媛望着那雕花窗棂,心中的苦水在不住翻腾。江都王刘非那粗壮的臂膀压在她稚嫩的胸膛上,已是有些透不过气来。她轻轻将那胳膊移开,缓缓从床上坐起,揉揉泪花模糊的双眼,再次打量那雕花红木窗棂。看那细细的窗棂,自己一定能够撞破,坠楼而下就可以彻底解脱了。她原本不打算自残这如花的生命,她在期待着父亲搭救,因而忍辱偷生。可是半个多月过去了,仍然盼不来获救的奇迹。每日无休止地遭受江都王老贼的摧残,她已是心力交瘁了,这以泪洗面的日子她再也熬不下去了,她决定结束自己的生命。

梁媛望一眼睡梦中的刘非,鼾声大作,口水流出。她慢慢挪动娇躯,下得床来,到了窗前正要挺身去撞,“咚咚咚”,房门被敲响了。

刘非受惊,腾地从床上坐起,一眼望见依在窗前的梁媛,充满疑虑和警觉地问:“你要做甚?”

“我,我……”梁媛不知该如何回答。

房门再次被急促地敲响,楼下服侍的使女打开屋门,是朱大头站在门前。这个朱大头有满身武艺,近日被刘非安排做了保镖,夜间就在桂月楼下值更。他手里掐着一封信,告诉使女说:“快向王爷启禀,京中有火急密信传到。”

刘非已闻声下楼,接过信来在烛光下打开观看。不看则罢,看着看着他脸色陡变,颓然坐在太师椅上。

留意观察的朱大头试探着发问:“王爷,可有要小人效劳之处?”

刘非手掐着密信起身在室内往来踱步,看得出他是在苦苦思索,良久,吩咐朱大头道:“你去将逆子刘建领来见我。”

朱大头说声“遵命”,飞速转身就走。

很快,刘建被带来相见。被幽禁半个多月的他,已经磨去了棱角,变得深沉多了。进房来瞟了刘非一眼,静静等候问话。

“怎么样,还记恨我吗?”

“父王,囚居中闭门思过,儿想起了历朝历代许多往事,自古至今,女人最是祸水,儿不愿做被金瓜击顶的甘愿放弃梁媛。”

“你还算明白。”刘非将信递过,“你看看京中传来的这封密信。”

刘建看过有些发怔:“这,这不是祸事临头吗?”

“幸亏我们在京中安插了耳目,不然就会束手就擒了,”刘非问道,“儿啊，你看该如何应变？”

刘建看看朱大头与使女：“你二人退下。”

两人遵命走出门外，刘建关好屋门：“父王，这信中说要从梁媛一事上打开缺口，依儿之见就将有关人等一律灭口，没有人证，我们身居王位，死无对证，任是何人也奈何不得。”

刘非听着点头：“却也有理，与为父不谋而合。相关人员除梁媛外还有其父梁玢、丫环燕儿，再有就是那姓主父的读书人。”

“主父偃已死，埋尸在旷野荒郊，父王尽可放心，”刘建显出几分得意，“现在我们撒下人马寻找梁玢主仆就是。”

“好，就依我儿。”

于是，江都王府派出了大批家丁在全城搜寻梁玢和燕儿。

聚宾楼酒家在江都是个中档饭店，地处西郭，不像闹市区那样人声鼎沸车马熙来攘往。主父偃选择这里同梁玢见面，应该说是颇费思量的。这里在城外，无需进城门，就免去了一旦情势紧张门军搜查的麻烦。而且此处所二层楼阁地势最高，在楼上凭窗而坐视野开阔，有什么异常都可及早发现。梁玢要了一壶酒两碟菜，自斟自饮消磨时光。每当有车骑在楼下经过，他都要伸长脖子瞪大眼睛张望，期待着主父偃能在视野中出现。然而几天下来，他总是失望地在酒店打烊后离去。今日已是第五天登楼了，屈指算来主父偃进京也有二十多天了，女儿还在王府中音讯杳然生死未卜，他作为父亲能不焦急吗？酒家业已熟悉了这位食客，每日都将临街靠窗的位置给他，每日相同的酒菜，看着他吃到夜色袭来离开。他们感到这人情况有异，但猜不透逐日到此饮酒所为何来。

朱大头带着一名家丁晃悠到聚宾楼，连续多日寻不见梁玢的下落，他们已被刘非骂了个狗血喷头。而且刘非业已发出了警告，三日内再无收获，所有人一律要打八十大板，而捉到梁玢者则要奖赏五百白银。所以，朱大头这两天也已眼红了，他怕挨打，他更渴望那白花花的银子。

虽说是普通市民打扮，但朱大头那股掩饰不住的霸气，还是不自觉地流露出来，酒店老板看出来者不是省油灯，急忙上前打躬作揖：“这位爷，要饮酒用饭吗？楼上有雅座。”

朱大头将白眼珠一斜楞：“掌柜的，我问你一件事，你这酒店近日可有一个年约五旬的商贾光顾？”

老板感到茫然：“客官所问，叫我好生糊涂，敢情您是要找人不成？”

“是啊，有没有我说的这个人来过这里？”

“这……小人实在是记不清了，”老板小心翼翼地问，“不知此人有何特别之处或有什么记号？”

“废话!”朱大头显出不耐烦来,“老子找的人也不是三只眼一条腿,就是五十岁上下的一个商人。”

老板脸上滚下汗珠,为了应付交差,他嗫嚅着说:“楼上有个客人年龄相仿,连续多日来此饮酒,行为有些怪异,不知是否客官要找之人。”

朱大头一听,二话不说,“噔噔噔”快步踏上楼梯,家丁紧随身后。上得楼来一眼望见靠窗的梁玢正自斟自饮。他也不认得梁玢,觉得年岁相仿,就走过去坐在了对面。

梁玢看他一眼,一言未发,照常喝他的酒。

朱大头决心试探,拱手施礼道:“敢问尊驾可是梁先生。”

梁玢不觉放下酒杯:“你是……”

朱大头已有五分认定,他又来个欲擒故纵:“阁下若不是梁玢先生,恕我打搅,在下告辞了。”

梁玢心中猜测,莫不是主父公子脱不开身而委派别人前来会面,若错过机会就失之交臂了。遂起身说:“且慢,先生可是为主父公子传话而来?”

朱大头听他说到主父公子,越发印证了自己的猜想,便含糊应承:“啊,是的,如此说你真的是梁先生了?”

“那么请问,主父公子他在何处?”

朱大头灵机一动:“主父公子他道是人多眼杂不方便,他在一处房中等候,先生随我来就是。”

朱大头领着梁玢就走,出了聚宾楼进城向前。走着走着,梁玢感觉不大对头,前面就是江都王府的围墙了。他停住脚步,“先生,主父公子他在哪里?”

朱大头继续含糊哄骗:“快了,转过弯就是。”

“转过弯,那不是江都王府吗?”梁玢已起疑心,回身退走,“我不找主父公子了。”

到嘴的鸭子,朱大头岂容再飞走,他和家丁双双扭住梁玢:“此刻想要不去已是晚了,王爷请你去和令嫒相见,让我找你找得好苦。”

梁玢已知难以挣脱,又思女心切,急于知道女儿的境况,便不再反对,随朱大头进了王府。

刘非闻信喜笑颜开,对朱大头褒奖有加:“好,你为本王办成一件大事,等下去账房支取赏银。”

朱大头自然也是兴高采烈:“为王爷效劳是小人分内之事。”

“把那个梁玢和燕儿带来见我。”

朱大头一怔:“王爷,梁玢是抓到了,那个燕儿,小人还没来得及问呢。”

“怎么,没有燕儿,这,这不是白费吗?”刘非脸子登时拉下来,“只有梁玢，燕儿不是还会照常给朝廷出证。”

朱大头头上的汗都流到脖子里：“王爷，要抓燕儿还不易如反掌，有了梁玢，还愁燕儿的下落？”

“好吧，带上梁玢审问。”

梁玢一见刘非，即跪拜在地：“王爷，小人父女相依为命，万望高抬贵手，送还我女梁媛。”

“你的女儿在府中好好的，一根汗毛也不少。”刘非打算先行哄骗，“不过她逐日要见丫环燕儿，告知本王燕儿现在何处，派人将她找来，你们父女主仆相见，也好共同还家。”

梁玢心中自有打算：“乞请王爷放我女儿出来相见，回到家中燕儿自会服侍她的主人。”

“梁先生，还是先找来燕儿才对。”

“王爷，小民急于见到女儿。”

“梁玢”，刘非露出不耐烦，“快将燕儿交出来。”

“王爷何必苦苦追寻一个丫环。”

“不说？”刘非示意朱大头，“带下去给他尝点儿苦头，何时吐出真情，何时停下板子。”

很快，梁玢便给打得鲜血淋漓，臀部血肉模糊。但他清醒得很，明白如果燕儿再被抓进王府，必定难逃一死。因而他咬定牙关，不再讲出片言只语。

朱大头打累了便走过来回复刘非，告诉他那梁玢禁不住皮肉之苦，已是发昏数次，但就是嘴闭得很紧，无论如何也不肯说出燕儿下落。刘非愤怒了，还没有人能挨过他的板子呢，于是命令朱大头开始了第二轮的毒打。

刘建知道从朱大头的嘴里问不出什么了，于是便走过去为刘非出其他注意，他让刘非直接将梁玢父女灭口，这样就能来个死无对证。

刘非觉得这个梁玢的嘴如此紧，问出燕儿下落的可能性不大，这样的方法也不失为一个好办法。于是就下令杀了梁玢，至于梁媛，他还舍不得这样的美人就做了刀下亡魂了，于是便把她留了下来。

除此之外，刘建认为这件事情已经惊动了京城，事不宜迟，应派人尽早和梁王、淮南王、衡山王联系，让大家好有所准备，一旦皇上有意镇压，也好及时起兵。刘非认为越早越好，于是便派人去各个藩国联络各国诸侯。同时还要派人刺杀主父偃。

第二十五章　搜罗证据　武帝亲临

江都城中，燕儿站在巷口等待着老爷去救小姐，盼望着老爷和小姐能够一同归来，但等来等去，连个人影也没有。燕儿实在等不下去了，就去了以往几日梁玢等候主父偃的地方聚宾楼。但等了好久也不见人，燕儿想找个人打听一下，却连老板的影子也看不见。就在燕儿不知所措的时候，主父偃化妆成一位躬腰驼背年过花甲的算命先生走过来叫住燕儿。燕儿根本就认不出眼前的人，睁大眼睛仔细打量过才知道是主父偃。两个人商量了一下，认为梁玢或许会从别的路回家呢，两个人决定回家等候。

二人出了聚宾楼，燕儿迫不及待地发问："公子，你的御状可曾告赢，为何却是这身打扮？"

"梁老先生的银子我还是没有白花，"主父偃笑吟吟，"等到了住处，你自会知道一切。"

待到得院门前，燕儿望见门上铁锁高挂，心下不觉凉了半截，获悉主父偃告成御状的喜悦也都烟消云散："主父公子，看起来我家老爷他，他出事了。"

主父偃也觉凶多吉少，但他还是安慰燕儿："莫急，说不定梁老先生遇到故交，被拉去吃酒也未可知。"

二人在不安中度过了一个不眠之夜，天明后，燕儿草草打理了早饭，匆匆用罢，即问："主公子，老爷失踪，我们该如何是好？"

"往最坏处打算，即便梁老先生落入魔掌，有你为见证人，我们也足以将江都王治罪。"

"怎么个治法？"

"你跟我走，去江都府衙。"

"到那儿？府尹还不是和王府一个鼻孔出气。"

"你只管跟我去就是。"

主父偃带着燕儿直奔江都府衙，门上衙役将他们拦住："好大的胆子，这是府衙就敢往里闯，也不怕把你们送到小号里。"

主父偃一副凛然神态："速去通报你家大人，就说京城上差来到，要他速速迎接。"

"你？"衙役上下看了几眼，"就你这身打扮？"

“怎么,难道你忘了一句古语,道是‘人不可貌相,海水不可斗量’。”主父偃将他一军,“误了皇上的大事,你这脑袋还想留在脖子上吗?”

衙役真给吓住了,心说通报一声就没了干系,真要是哪路神仙下凡,自己惹火烧身犯得上吗:“你等着,我这就去通禀。”

府尹起得迟了,还在盥洗之中。衙役近前来像是自言自语,又像是说给府尹听:“这一大早的,就上来这么两个充大个的,说他是京城的上差,还让大老爷出迎,这不是两个神经病吗!”

府尹放下擦面巾:“你说什么,京城来了两个上差?”

“是啊,有一个人自称,”衙役不忘兜售他的观点,“我看不像,纯粹是蒙事来了。”

“可万一要是呢?”

“所以小人才来向老爷言语一声。”

府尹想了想:“这样吧,你把自称的人带来见我,也许是告状的说话有意扔大个。”

“小人照办,”衙役回到门前,对主父偃用手一点,“哎,你跟我走,进去见老爷。”

“我们二人同行,自当共同入内。”主父偃要带燕儿一起进府衙。

衙役拦住:“不行,老爷有话只让你一人进去。”

主父偃嘱咐燕儿:“你在这门前等候,千万不要离开,我见到府尹后自然会让你入内。”

“公子放心,我不会乱走的。”

主父偃在府衙二堂见到府尹,也不待其招呼,径自在客位坐下。府尹便有几分不悦:“你是什么人,见了本官为何不拜?”

主父偃也不答话,取出圣旨递过。

府尹接过来初时尚且不以为然,待他看过,不觉就从座位上站起身来。再打量一遍主父偃,再从头细看一番圣旨,明明盖着御宝。说话时嘴便有点儿口吃了:“你,你,是钦差?”

“然也。”

“大人,下官不知尊驾莅临,多有怠慢,万望恕罪。”

“让门外的使女燕儿进来见我。”

“下官亲自出迎。”府尹忙不迭地来到门前,左顾右盼,哪有使女的身影。

衙役问道:“大人何事?”府尹急问:“那个女子为何不见?”“大人,小的出来时看见一辆王府的马车把她给拉走了,”衙役答道,“还听见她的哭喊声。”

府尹回到二堂将情况一说,主父偃立时意识到燕儿是被王府掳走,没有了人证不说,燕儿也将是凶多吉少。此时此刻,他又想到了下一个证人阿明,时间紧迫,不容迟疑,他吩咐府尹:“你派衙役去王府,不要打草惊蛇,暗中将车夫阿明约出,引来府衙即可。”

钦差命令,府尹不敢一违,他向衙役交代一番,这里备下香茶小心翼翼侍候主父偃。

衙役来到王府门外,迟疑一下,还是硬着头皮上前,对守门人深深一揖:“门爷请了。”

“哟,衙门的差官,有事呀?”

“是个人私事,”衙役赔着笑脸,“烦请将车夫阿明找来相见。”

守门人不愿动:“这深宅大院的,阿明又是长腿的,我可到哪儿去给你找哇。”衙役摸出一块碎银子,约有半两上下:“门爷,您费心烦神磨鞋底,这些给您买双鞋穿。”

守门人收下银子:“好吧,你等着,我去找找看。”

没有一刻钟的工夫,阿明居然给找出来了。他一见衙役素不相识:“上差找我有何贵干?”

衙役拉起他就走:“你一个远房表亲从京城来,在江都府衙等你见面,准定有好事。”

阿明懵懵懂懂:“我怎么记不起京城有亲戚呀?”

“见了面你就知道了。”衙役拉住他也不松手。

二人回到府衙,阿明一见主父偃,就觉得面熟。主父偃亲切地问:“怎么,不认得我了?”

阿明猛地醒悟过来:“你是主父公子?”

“正是。”主父偃告知,“今日将你请到府衙,是想让你做个证人,等下将刘非父子传到,你要当面指出他们打造兵器,囤积粮草,治甲练兵的勾当,就如你当初在郊外对我所说。”

“你们,就凭你们这江都府,能治了王爷的罪?”

“阿明,你哪里知晓,眼下主父大人是皇上派来的钦差大臣,”府尹解释说,“何为钦差懂不?就是相当于万岁亲身到此,生杀予夺,有先斩后奏的权力。”

“真的?”阿明透出兴奋,“主父公子你当大官了,能为百姓做主,教训一下江都王父子了?”

“有万岁做主,江都王自然是不在话下,”主父偃知会府尹,“请大人传唤刘非父子到衙。”

府尹苦笑一下:“江都王可非平头百姓,从无传唤之理,以往即便有事,也是下官过府请教。”

"此番必须调虎离山,在王府中他们是断然不肯就范的。"主父偃建议,"大人何妨就辛苦一遭。""下官效劳理所当然,何言辛苦二字,只是我既到王府,王爷父子更不会前来府衙,他们自然要我当面言讲。"

"却也有理,"主父偃想想,"大人就派书办师爷持信去请,言说事关重大,要他们非来不可。"

"且试试看吧。"府尹没有信心,但当即写了书信,即令师爷前往。

江都王府内,对梁玢的拷问仍在进行。刘建手持皮鞭已是累得汗如雨下,"老东西,我就不信撬不开你的嘴。"

遍体鳞伤的梁玢闭着双眼,口中气如游丝,真个是气息奄奄了。他吐出的字断断续续,比蚊子声大不了许多:"多行不义,老……天……迟早……报应……"刘建将鞭子丢给家丁:"给我再狠狠打,打死他干净。"他想起梁媛,父王把这个女人藏在桂月楼上,迟迟舍不得处死,留下这个活口总是后患,他决定再去劝说刘非立即下手。

在去往内书房的路上,刘建看到有个人影一闪进了偏院。这是他向来软禁抢掠民女的所在,是何人鬼鬼祟祟到这儿来呢?看那背影又似乎是朱大头,这就怪了,自己一早就派朱大头出去全城搜寻主父偃,怎么又会在府中出现呢?心中生疑,决定过去看个明白。

屋内传出女子的哭泣声,是燕儿在悲啼。朱大头得意地发出淫笑:"你倒是逃哇,孙猴子再有本事也逃不出如来佛的手心。再使迷人的软招来骗老子,今儿个是不灵了。"

燕儿此刻不为自己的安危忧心,她挂念小姐和老爷的生死,她摸准了朱大头的弱点,说一千道一万是想占有她。所以燕儿只是低声啼哭做做样子,并不高声呼叫,她还要利用朱大头实现自己的目的。她抽抽咽咽地向朱大头抛过一个媚眼:"朱大哥,你真的喜欢我吗?"

朱大头还在生气:"你少给我来这儿套,还想骗老子逃之夭夭吗?给我过来吧。"他抓起燕儿摔在床上。

"男欢女爱要的是情趣,朱大哥你这样耍蛮,那和牲口还有什么两样?"

"牲口就牲口,现在顾不上消停从容了,"朱大头开始撕扯燕儿的衣裙,"我给你开了苞尝过鲜,就交给王爷领赏去了。"

燕儿一惊,心说看来形势不妙,但她更关心小姐的生死:"朱大哥,在云雨之前我只求你一件事。"

"有话快说。"

"让我见小姐一面。"

"笑话",朱大头顺嘴就说,"她在王爷的桂月楼上,连刘建殿下都没辙,你不更是做梦。"

“你看你真是傻透腔了，连王爷他都霸着美人梁媛不放，你还要把我交出去。”燕儿用纤纤玉指点着朱大头脑门，“把我藏起来做长久夫妻，这岂不是天大的好事吗？”

朱大头似乎猛然醒悟：“哎，你的话还真有道理，没人知道你在我的手中，我还真的不去请赏了，今儿个夜里就悄悄把你带出王府。”

刘建哪里还听得下去，他狠狠一脚将房门踹开：“朱大头，你干的好事！”

朱大头登时就傻眼了，他语无伦次地不知怎样解释才好：“殿下，是这样，奴才我，原打算，这就去向您禀明。”

刘建左右开弓扇了他两记耳光：“还想骗我，你们这些奴才没一个有良心的！”他越说越气，一咬牙拔出了腰间佩剑！

朱大头吓得躲在了墙角：“殿下饶命啊！”

谁料刘建手中剑一挥，“噗”的一下刺进了燕儿的胸膛；燕儿“啊”地惨叫了一声，一句话未能说出就倒在了地上。刘建好像仍未解气，跟上去又复一剑，将燕儿人头斩落下来。三两把扯下床帐，包上人头提起便走，回头对朱大头恶狠狠地抛过一句：“跟着。”

朱大头怎敢不听，心中七上八下不落底井：“殿下，去哪里？”

“你跟着走就是。”刘建自顾向外走去。

朱大头有意煞后几步，他担心刘建突然回头给他一剑。

刘建一脸杀气进了刘非的书房，原以为父王又呆在桂月楼上，岂料刘非正在房中焦急地团团打转，看见刘建劈头便问：“你到哪里鬼混去了，府中到处找不见你。”刘建一怔：“父王何事这样焦急？”

“江都府派师爷来传信，要你我父子火速去府衙，说有要事相商。”刘非抖着手中的信，“我看此事是凶多吉少。”

“这就怪了，以往都是府尹到我王府中通报消息，今日竟然传我父子，其中必有缘故，”刘建分析，“十有八九还是那梁家之事，父王，不能再犹豫了，梁家父女非灭口不可。”

“要杀还不容易，况且那丫环燕儿尚未到手，还得从他们口中撬出藏身之处。”

“燕儿在此，”刘建将人头丢在地上，“这个隐患已除，奉劝父王莫再留恋，梁媛不死总是祸患哪。”

“燕儿已死，老东西梁玢经不住拷打也刚刚咽气，剩下一个梁媛还不是手到即除。”刘非不认为梁媛存在有何危险，“当务之急是你说该如何回复江州都文办师爷。”

刘建有些不依不饶：“父王，该是打发梁媛的时候了。”

“回答我的话，到底怎么办？”刘非瞪圆了双眼，声调也极其严厉。

“这，这事……”刘建迟疑一下，不好再相逼，“父王，此事不难，首先你我父子决不能去他江都府衙，当今多事之秋，到了那里只怕凡事由不得我们，龙游浅水遭虾戏，虎落平川被犬欺啊。”

“那就干脆回绝。”

“这也不妥。”

“依你说如何是好？”

“请父王将那师爷唤来，儿自有道理。”刘建显出胸有成竹的样子。

刘非此刻是六神无主，只有听任儿子作为。刘建悄声对朱大头叮嘱一番，朱大头领命走下。不一会儿，王府下人将师爷召到。

师爷对刘非躬身一礼：“王爷将殿下找来，想必是要一同去州衙？”

“过来，有话对我说，”刘建抢过话头，“啊，文办师爷，想骗我父子去你的州衙，可惜是错打了算盘。”

师爷眨眨眼睛：“殿下此话何意，我不过是跑腿学舌的下人，欺骗二字从何说起？”

“别再故做糊涂，说，府尹要我父子过衙到底是何用意？”

“这个小人怎知，府尹大人只是让小人送信。”

刘建用力拍了三下手掌，左侧帐后应声走出一位美女，穿着半露，妩媚风流，手擎玉盘，琥铂杯中盛满飘香的美酒。而右侧帐后走出的朱大头，则是手握滴血的铁锯，步步逼近。

刘建对师爷一声冷笑：“你是要美酒佳人，还是要锯掉双腿双臂成为肉滚，二者任选其一。”

“我真的丝毫不知……”师爷止不住发抖。

刘建一挥手，朱大头上前，不由分说将师爷按倒，铁锯压在师爷大腿上用力锯下。

师爷见是动真的，登时惊叫道：“不要啊不要，我愿实说。”

刘建嘴角浮现出得意的冷笑。

门窗洞开，劲风无遮拦地贯入，帘幕被吹得频频摆动。案上的文书，不时被刮下地面，府尹无声地拾起，顺手用镇纸压上。主父偃静静地伫立在迎门处，任凭强风的吹打，其实他的心潮如倒海翻江。师爷能将刘非父子骗来吗，万一被识破怎么办？有幸得遇明主，奉旨荣膺钦差，但若不能整治江都王一伙，岂不是有负圣上隆恩，愧对梁家厚望。

一阵急促的脚步声响起，是师爷回来了。主父偃目睹他进门，迎面便问：“事情如何？”

师爷哭丧着脸：“刘建殿下来了。”

“他来也好。”主父偃还想说什么。

刘建已是跟脚进来，用鄙夷的目光扫视一下主父偃：“听说来了个什么钦差，在哪儿？”

“本官即是。”主父偃脸色严肃。

“你？”刘建撇了撇嘴，“你不是被杜三打得体无完肤的主父公子吗？冒充钦差可不是闹着玩的。”

“刘建，你要放规矩些，本官是圣命钦差，奉旨查办你江都王府种种劣迹的，”主父偃厉声呵斥，“刘建听旨。”

“哈哈哈！”刘建放声大笑，笑够之后喝吼一声，“来人哪！”

一队武士应声涌入：“殿下！”

“将这个冒充钦差的江湖骗子与我拿下。”刘建手指主父偃。

“刘建，你胆敢动本官一根汗毛，就是对抗圣旨，犯下谋反之罪，”主父偃警告，“须知将会祸灭九族！”

武士们未免缩手缩脚。

“绑了！”刘建再次发号施令。

武士们哪敢再怠慢，七手八脚将主父偃绑了个结结实实。

主父偃向一旁手足无措的江都府尹求救：“府尹大人，刘建在贵衙撒野，你袖手旁观是脱不了干系的。”

“这，这……”府尹双手一摊，“下官也是无能为力呀！”

刘建仰天狂笑起来：“漫说他小小府尹，在这江都地面，任是何人也救不了你的性命。”

“大胆刘建，你公然藐视君命，真是罪恶滔天。本官是御派钦差，谁敢坏我性命？”

“主父偃，你就死了这份心吧。实话告诉你，今儿个任你是真钦差，我也要把你当假钦差杀了。就是皇帝他长翅膀飞来江都，他强龙也压不了我这地头蛇，你是必死无疑。”刘建吩咐道，“押走。”

数十名家丁开道，刘建押着主父偃大摇大摆出了府衙，江都府尹还得赔着小心在后礼送。

刘建一行威风凛凛前呼后拥，刚刚离开府衙就被一队人马挡住去路。朱大头驱马上前用马鞭一指：“让开，赶快滚到一旁让路！”

对方一员将领迎过来：“何人说话这等口气？”

“你们莫不是眼瞎，江都王府的殿下到了，谁敢和王府顶牛，再若迟延，非打你个半死。”

“叫你家主人过来见驾。”将军发话。

“什么，见驾？”朱大头有几分紧张，但他不相信，“那得是皇上来才能谈到见驾，这种玩笑你也敢开？”

刘建已闻声走过来，他一见韩嫣的穿着便明白对方的官阶，口吻自是和气许多：“敢问将军尊姓大名？”

“在下韩嫣。”

“哎呀，原来是韩将军”，刘建当然知晓韩嫣是武帝须臾不离的亲信，“失敬，失敬！”

“想必你就是江都王子了，”韩嫣一眼辨出对方身份，“殿下，快请过去见驾吧！”

“怎么，万岁他，真的驾临江都了？”

“本将军还会骗你不成？”

刘建在韩嫣引领下，来到一辆驷马锦车前，珠帘业已挑起，武帝刘彻端坐在车中，天子威仪自不寻常。刘建心中由不得打鼓，这万乘之尊突然来江都所为何事，莫不是自家的行为露了马脚，有风声传到皇上耳内。他上前跪倒叩拜：“江都王子刘建叩见万岁万岁万万岁。”

“平身。”武帝略为挥挥手。

“万岁救我！”主父偃在后面高声呼叫。

韩嫣将被五花大绑的主父偃带到武帝面前，武帝微微皱起眉头：“主父大人为何却是这等模样？”

“万岁，刘建不遵圣旨，对抗皇命，羞辱钦差，藐视圣上，务请为臣下做主，严惩反贼。”

“刘建，主父大人所说可是实情？”

“绑他是实，但臣怎敢轻视万岁，尚有下情回禀。”

“讲来。”

“这个主父偃不久前曾与江都无赖杜三斗殴，被打得遍体鳞伤，是为臣救了他的性命。实难相信他不过十数日内摇身一变竟成了钦差，臣以为他是假冒，故要带往府中详细勘问，”刘建毫不惊慌，“若知他真是钦差，就是再给臣个胆子，也不敢如此。”他说着，亲自上前，为主父偃解开了绑绳。

武帝显得非常宽容：“俗话说，不知者不怪罪，此事朕不予追究，”

主父偃却不放过：“万岁，他当面是人背后是鬼，是揣着明白装糊涂，圣上圣明不要被他的假象蒙骗呀。”

“万岁，臣子岂不知欺君该当何罪，委实不知主父大人是真钦差。”刘建丝毫不见惊慌。“朕已说过，此事不再追究。”武帝将门关死，“自现在起，任何人不得再提起此事。”

主父偃虽然不服也不敢与武帝顶牛，但他当着刘建的面直问：“万岁，那梁家父女一案可还追查？”

“自然要办个水落石出。”武帝的态度倒是毫不含糊。

“万岁,刘建即是迫害梁家父女的元凶,乞请将他绳之以法,”主父偃狠狠斜视刘建,“不能让凶手逍遥法外。”

“刘建,对此你作何回答?”武帝发问。

“万岁,我想主父大人是误会了,是为臣挺身而出救了主父大人与梁小姐,”刘建冷笑一声,“若非为臣,主父大人只怕已不在人世了。”

“说得倒也有理,此案也非一时所能清楚。”武帝对刘建的态度极其友好,“刘建,头前带路到你府上如何?”

“万岁驾临,蓬荜增辉,无上荣幸,容臣派个人先行报信与家父,也好有个准备。”

“不必张扬,朕此番是不事声张悄然出京,那就不事声张到底。”武帝传令,“打道江都王府。”

刘建知道自己说什么都没用了,就不敢再坚持报信,只是无言地跟在车辇后面,心中也十分害怕,担心自己和父亲的行径暴露,所以心里始终像悬着一块石头似的。一行人很快就来到了江都府大门,刘建紧走几步上前,对看门的守卫使了个眼色,让他赶紧去报告刘非。汉武帝知道他这是要去通风报信,便叫住了守卫,声称不用打扰,自己进去便可。汉武帝进入江都府,一直来到桂月楼下,吴妈赶紧出来迎接,武帝劈头就问:“江都王在哪里?”吴妈吞吞吐吐地说不出话来,但碍于圣上的威严,只好将实情相告。刘建狠狠瞪她一眼,命令她去叫江都王下楼接驾。汉武帝怎会给他喘息的机会,命令到不必了,说完便径直向楼上走去。

第二十六章 除江都王 施推恩令

此时虽然已经到了上午，但刘非怎么可能知道自己即将大祸临头啊，此时正拥着梁媛在象牙床上熟睡。当汉武帝带人走上楼时，众人的脚步声也惊醒了他。刘非连眼睛都未睁开，以为是哪个不识相的家奴不懂规矩，不经通报便上楼了，此时便非常生气。刘建已经吓得说不出话，强忍着内心的恐惧，喊道："父王，快快起床，万岁爷驾临。"

刘非以为是自己的儿子因夺妻一事耿耿于怀，上来搅自己的好事呢，于是便生气地大骂刘建，让其滚下楼去。

"父王，是我，你老醒醒吧，万岁爷在立等哪。"

刘非这才睁开眼睛，见楼口处站有数人，背着阳光看不真切，坐起身来，揉揉双眼再看，武帝虽说不是朝服，但是那团龙服饰令他立刻心中一惊："建儿，当真是万岁？"

"父王，这都什么时候了，谁还骗你不成？"刘建急得跺脚。

刘非赶紧穿衣起床，屁滚尿流地倒地叩拜："臣不知万岁驾临，犯下怠慢之罪，万望宽恕。"

武帝脸上毫无表情："起身下楼回话。"

主父偃一眼看见梁媛："万岁，那女子便是梁小姐，强抢民女已有人证，务请陛下按律将刘非父子治罪。"

梁媛此刻已是明白一切，双膝跪倒在武帝面前："万岁，为民女做主啊！"

"一干人等带到楼下。"武帝率先走下楼梯。

武帝在桂月楼下正面坐好，刘非自知有罪，低着头不吭声。刘建心中暗恨父亲，早该除去梁媛，贪色至今终究留下祸患。他心说，看来此番大势不妙。

"江都王刘非，你可知罪？"武帝绷着面孔。

刘非跪倒在地："臣奉公守法，不知身犯何罪？"

"强抢民女梁媛，还想抵赖吗？"

"梁媛是贪图富贵，情愿留在王府。"

"梁媛，可是如此？"

"万岁，为民女做主啊。"梁媛遂将被骗进府中和被强暴的过程讲述一番，末了又声泪俱下言道，"刘非父子为了灭口，还残忍地杀害了家父梁玢。

万岁，让他们偿还血债呀！”

武帝再问刘非：“你还有何话说？”

“万岁，她这是血口喷人，”刘非死不承认，“她的话谁可为证？”

主父偃接口说道：“万岁，臣可为证。”

刘非冷笑几声：“你是钦差办案官，焉能自己为自己作证？”

“万岁，王府阿明可为证人。”主父偃奏道。

武帝传旨：“带阿明。”

很快阿明被找来，刘非一见，抢先恶狠狠地发出警告：“阿明，皇上来到王府，我们都是至亲，你休要胡说八道。”

武帝见状安抚说：“阿明，有话只管讲来，朕为你做主。”

主父偃也说：“阿明，多谢你救命之恩。今日万岁亲临江都，足见为民申冤的决心，难得这面圣机会，你要如实讲来。”

阿明此刻已是横下一条心，放走主父偃之事已明，若不扳倒王爷，决无自己的好果子吃，他叩头之后说道：“万岁，王爷和殿下强抢民女绝非梁媛一人，据草民所知，已有上百人之多。”

“你胡说！”刘非怒吼起来。

“你慌什么，总要叫人把话讲完。”武帝训斥了一句，鼓励阿明，“你继续说下去。”

阿明鼓起勇气：“万岁，这些女子被抢入府中后，王爷和殿下玩腻了，大都杀人灭口。”

“这是诬陷！”刘非忍不住又喊叫起来。

阿明已是无所畏惧：“万岁，害死的人大都经小人之手掩埋，差不多还能找到埋尸之地，如果需要罪证，小人愿带官差找寻。”

“你，你，你这个吃里扒外出卖主子没良心的奴才！”刘非气得手指发抖，声音发颤。事已至此，阿明已是无所顾忌：“我的王爷，你抢人杀人这还都是小事，你大不该阴谋反叛，在郊外囤积粮草，打造武器，广养兵马。你还和淮南王、衡山王频繁勾结，密谋起事，说起来真是令人发指。”

“此事朕已早有耳闻，江都王你还有何话说？”武帝分明已是认定。

刘建想此事决不能承认，如若认定就是灭门之罪，他跪倒在地抢先说：“万岁，若说把握不住贪图女色之事间或有之，但谋反之举断然没有，家奴是挟嫌报复，淮南王、衡山王确曾来过，但皆为平常走亲访友而已，我们怎敢谋反，皇上圣明，勿信小人谗言。”

刘非明白了儿子的用意，也接话说：“万岁，臣儿所言一字不差，家奴诬陷，臣敢和淮南王、衡山王他们对质。”

武帝稍加思索：“也好，由你亲笔写信，请淮南王和衡山王来江都，如果他二人证实你无罪，朕就宽恕你父子。”

“这……”刘非犹豫不决。

刘建接过话来：“万岁，臣愿执笔修书。”

武帝想了想：“可以。”

少时，文房四宝备就，刘建提起笔来。

武帝适时开口：“刘非，听朕口述，你如实记录。”

刘建有些茫然。

武帝边思索边说：“王叔阁下，朝中有大事发生，见信请务必火速赶来江都，有要事商议。”

“这……”刘建不肯落笔，“这样写合适吗，似乎应明告他们万岁驾临，有要事查询。”

“就照我说的写。”武帝的语气不容商量。

刘建无可奈何，只得写了两封信。交给武帝看过，讨好地问：“万岁，您看还可以吧？”

“不错。”

“万岁，臣愿备快马亲自前往，定将二位王爷接来。”刘建慷慨陈词。

“路途诸多辛苦，区区送信小事，何须你这王子劳顿哪。”

刘建赶紧退步：“万岁，那就派属下朱大头前去。”

武帝当即否决：“依朕之见，阿明较为适合。”

“那，这个……”刘建说不出反对的理由，看看父亲刘非，无可奈何地，“臣遵旨照办。”“好了，今日权且到此，朕也累了，需要休息了。”武帝站起身来。

梁媛未免着急：“万岁，为民女报仇啊！”

“你且下去，朕自有道理。”

刘建像是有几分讨好地说：“万岁，今日若在本府下榻，就请住在这桂月楼上吧，这是全府最好的房舍。”

阿明提醒道：“万岁，是否让韩将军选个合适殿堂。”

刘非听罢解释说：“圣驾在此最为安全，桂月楼便于警戒保卫，为臣父子愿为万岁站哨值更。”

“那大可不必，朕手下自有兵将护卫，在这王府之中谅也无事。”武帝吩咐，“倒是韩将军要选一洁净住处，安排好刘非、刘建休息，保证他二人的安全。”

韩嫣答应一声：“臣明白。”

刘非不放心地问：“万岁决定下榻桂月楼了？”

韩嫣见状表示了不同见解：“万岁，还是不要立即决定，这王府甚大，何妨走走看看再定不迟。”

“不，”武帝似乎不理解下属的担心，“常言道，恭敬不如从命，这桂月楼一切都好，何必再费周折。”

刘非父子被送到刘建的住处安顿下来，韩嫣走后，刘建刚要出屋，门前已有京城来的武士守卫，手臂一伸将他拦住：“请王子殿下留步。”

“怎么，我们的自由受到了限制？”刘建口气有些强硬，“这是在我自己的家，你没有权力这样做。”

“对不起，韩将军吩咐过了，为确保王爷安全，谁也不能离开半步。”武士更不客气。

“我要去见韩将军评理。”

“那你要等韩将军来时再说。”武士死活不放他出门。

二人正在争执期间，朱大头恰好过来，见到刘建招呼一声：“殿下，你和王爷可好？”

此时此刻，见到下人亦觉格外亲切：“啊，朱大头，你到厨房叫两碗燕窝粥给我们送来。”

“是，小人这就去办。”朱大头去不多时，用托盘端着两盏冰糖燕窝莲子羹回来，守门武士用匙搅了几下，便挥手放他入内。

刘非手捧粥碗，不觉潸然泪下：“大头啊，咳！”

“王爷不必如此伤悲，您贵为国戚，谅万岁不会将您怎样。”朱大头明白自己是言不由衷的安慰。

“看这个架势，刘彻是不会放过我们了。”刘建也作出了悲观的估计。

“从今往后，这燕窝粥肯定是喝不成了。”刘非舀了一匙，送至唇边未能入口又放下了。

“王爷想开些，顶天也就不当这个王爷罢了，当平民百姓，消消停停过太平日子。”

“你想得倒美，刘彻岂能容我，就怕这吃饭的家什难保了。”刘非悲痛至极，止不住失声大哭。

“那，也不能坐这儿等死啊，总得想法寻条活路。”朱大头也觉伤感，禁不住眼圈发红。

“为今之计，只有你能救我父子性命了，”刘建欲擒故纵，“只是也不忍让你冒这风险。”

“我？”朱大头有些茫然，“我能做什么，小人若能救王爷殿下性命，便刀山火海亦无所畏惧。”

“来。”刘建招手示意朱大头靠近。

朱大头心中狐疑，移身过来：“殿下有何吩咐？”

“现在除非刘彻暴毙，我父子方可免却这场灾害。”

“那倒是，”朱大头仍不理解，“可皇上他活得好好的，怎会说死就死呢？”

“这就要看你的本事了。”

“我？”

“你有满身武艺，那刘彻下榻的桂月楼你又了如指掌，今夜三更，你摸上楼去，来个暗算无常，坏了刘彻性命，可就是救了我和王爷的性命。”

朱大头有几分胆怯，说来不够仗义：“小人，愿意领命效劳，只是皇上身边高人甚多，特别是那韩嫣，听说十分了得，怕是有辱使命。”

刘非抢过话来：“这个不难，你可以……”

刘建打断他的话：“父王，他的话有理，这行刺刘彻确有较大风险，但除此别无生路，还要请大头壮士以荆轲刺秦王的精神拼死一搏了。”

这话激发起朱大头的壮志豪情：“常言道，养兵千日用兵一时，为了救王爷和殿下，小人肝脑涂地也在所不惜。”

“我就专候壮士佳音了。”刘建深深一拜。

朱大头意气风发地离去。

刘非见朱大头出屋，就埋怨儿子说：“你刚才拦我话头何意，咱这屋内就有暗道与桂月楼相通，为何不叫他从地道过去行刺，五百武士和韩嫣守在楼的四周，他去不是白白送死吗？”

刘建冷笑一声：“我就是要他去送死。”

“你这是何意？”

“朱大头送死，我们才有机会和可能刺杀刘彻，我们方有生存的可能。”刘建向父王道出他的妙计。

刘非有些不太认可：“这不反倒打草惊蛇了？”

“抓住或者杀死朱大头，刘彻必定放松了警惕，我们才有了可乘之机，”刘建信心十足，“父王放心，孩儿管叫刘彻活不过明天早晨。”

夜色迷蒙，依稀可辨桂月楼怪兽般的黑影。周遭的繁茂桂树，在夜风中发出“沙沙”的声响，像是有数不清的鬼魂在游荡，使人止不住的毛骨悚然。秉烛观书的武帝，也不免心头“突突”跳个不停，难道真的如他所料，有刺客光顾这桂月楼。三更时分的梆锣声响了，“小心火烛”的忠告声渐去渐远。武帝打了个哈欠，倦意袭来，不由得伏案而寐。

一个黑影悄悄向桂月楼靠近，巡夜的禁卫军成对走过，钺戟闪动着刺眼的寒光。朱大头警觉地隐身在花池中，月季花浓密的枝叶掩盖了他的身躯。在下一对巡夜军士到来的间隙，朱大头像狸猫一样贴近了桂月楼后墙。随之犹如壁虎爬上楼窗，左肘架在窗台上，右手捅破了窗棂纸。单目窥视，望见了武帝伏案的背影。他毫不迟疑，探囊取出一柄浸过蜈蚣毒汁的匕首，抬手就要向房中投掷。就在这一瞬间，朱大头右肩被重重一击，嚎叫一声坠下地来，登时跌得头昏眼花。哪容他再起身逃走，韩嫣上前将他倒剪双臂绑了个结结实实。

室内原本就不曾睡实的武帝，立刻被外面的响动惊醒。揉一揉惺松的睡眼发问："韩将军，可是擒得刺客？"

"万岁料事如神，"说话间，韩嫣将朱大头提进楼中，抛掷在地板上，"就是这个朱大头。"

武帝也不多说："你是要死要活？"

朱大头肩部中了韩嫣的飞镖，伤口犹在滴血，他挣扎着跪在武帝面前："万岁饶命啊，江都王父子差遣，小人不敢不来。"

"好，押下去明日再做惩处。"

韩嫣看了看武帝，忍不住还是说："万岁，为安全起见，防止万一，请按末将之言……"

武帝打断他的话："朕已做出决定，不再更改，莫再多言。"

韩嫣无奈地退出。

夜，又恢复了平静。桂月楼的灯光大都熄灭，殿宇重又融入黑暗中。二楼的龙床上，武帝似乎业已睡熟，躺在床上一动不动。一切都是那么平静，楼内楼外没有声音，更没有一丝异常。伏身在花丛中的韩嫣，被蚊虫叮咬得全身奇痒，但他依然忍受着熬煎，凭他的直觉，江都王父子不会就此罢休。在朱大头之后，还会有第二轮行动。因为今夜是他们最后的机会了，再不下手，就只有俯首伏诛了，刘非、刘建是不会坐以待毙的。他在耐心地守候，等待猎物的出现。

四更天的梆锣声响过，桂月楼依旧是宁静如初。韩嫣长长地打了个哈欠，强抬眼皮盯着四周。二楼的卧房内，北墙上那扇木雕八仙过海图轻轻地向左移动，在无声无息中，墙上现出了一个洞口。轻手轻脚钻出一个人来，就像猿猴一样悄无声息地摸向了龙床。武帝仍在熟睡中，对即将到来的危险毫无所觉。刺客在床前凝视片刻，手中的钢刀对准床上的武帝胸膛，恶狠狠猛刺下去，"噗！"一股臭血应声喷溅而出，糊得刺客满头满脸皆是。刺客发出了胜利的笑声，得意地跺着双脚："成功了！我成功了！"

突然间，室内灯火齐明，刺客怔怔地转过身，威严的武帝正怒目而视，手中提着一柄龙泉宝剑，两名禁军武士站立两厢。"刘建，你高兴得的太早了。"武帝发出了冷笑。

"你……你没死！"刘建回头再看龙床，血污中只是个假人，而他所刺中的，只不过是只装满猪血的猪尿泡。

"刘建，还不俯首就擒。"武帝发出口谕。

刘建此刻已是疯狂，情知必死，何不一搏，他分心便刺："昏君，我和你誓不两立。"

武帝挥剑隔开刘建来刀，下面飞起一脚，将刘建踢了个满地滚，二武士上前按住，捆了个结结实实。

韩嫣已是跑上楼来："万岁，没惊着圣驾吧？"

武帝微微一笑："像刘建这样的酒囊饭袋，朕对付三五个还不在话下，不然那些年随将军学武不都就饭吃了。"说罢，二人都不觉笑出声来。

三日之后，阿明从淮南国和衡山国送信返回，刘安、刘赐随同到达。阿明先去拜见武帝："万岁，小人奉旨下书，所幸不辱使命，刘安、刘赐皆已抵达江都，请圣上旨下。"

"好，事情办得顺利，朕自当封赏，"武帝传旨，"带刘安、刘赐来见。"

少时，刘安、刘赐兄弟被带进桂月楼，他们一见武帝威严地坐在正中，登时就傻眼了，二人双双跪倒："不知圣驾在此，多有怠慢，万岁恕罪。"

"淮南王、衡山王，二位到此有何贵干哪？"

"这……"刘安支吾一下，"闲来无事，走走亲戚而已。"

"你呢？"武帝又问衡山王。

刘赐脑袋已经冒汗："臣也是如此。""看来这亲戚你们是没少走哇。"武帝话锋一转，声色俱厉，"你二人是来计议谋反，还不从实招认。"

"没有的事，臣就是吃了熊心豹胆，也不敢谋逆犯上作乱哪。"刘安矢口否定。

刘赐也依样画葫芦："为臣绝无此事。"

武帝发出冷笑："带刘非父子与他二人对质。"

刘非上得堂来垂头丧气，刘建却是一副视死如归的气概。武帝看准刘非弱点，怒喝道："江都王，以往如何与淮南王、衡山王串通谋反，从实招来，朕自当从轻发落。"

"万岁，臣罪该万死，多次与二王勾结，招兵买马，积草屯粮，密谋共同起事夺取天下，"刘非叩头如捣蒜，"臣是一时糊涂，万望圣上看在胞亲分上，饶臣一条狗命。"

"刘安、刘赐，你二人还有何话说？"武帝逼问。

刘赐明白招认就是死罪："万岁，刘非之言不足为凭，他是血口喷人，嫁祸加害为臣。"

"对，"刘安鹦鹉学舌，"江都王是血口喷人。"

刘建在一旁止不住气恼："你们这两个窝囊废，大丈夫生而何欢死而何惧，做过的事就该承当，方为英雄豪杰。我等便同赴黄泉又能如何，在刘彻面前要挺起胸膛扬起头颅。"

刘安见刘非父子一口咬定，情知必死，长叹一声："咳！今番休矣。"

武帝再盯住刘赐："你还想活命否？若能招认，朕尚可从轻发落。"

刘赐明白已是难以抵赖："万岁，臣是一时糊涂，受了江都王的蛊惑，乞请饶臣性命。"

刘非一听就急了："刘赐，你倒打一耙，要反叛谋逆，是你率先提出，你是主谋。"

"是你！"刘安插话道。

"你！"刘建也不甘示弱。

"好了，不要吵了，"武帝气得站起身来，"你们四个半斤八两彼此彼此，没有一块好饼。"

四人重又跪好低头："万岁宽恕。"

武帝好一番思忖："犯上谋反，就当全家抄斩，祸灭九族。"武帝有意停顿下来。

"万岁开恩哪！"刘非等四人全都吓得真魂出窍，不住地磕头如捣蒜。

武帝叹口气："念在胞亲情谊的分上，朕格外从轻发落，废黜江都王、衡山王和淮南王封号，四人贬为平民，给茅舍三间柴米一担度日。其地改为江都郡、衡山郡和淮南郡。"

"万岁，乞请再赐予金银若干，否则我等难以活命啊。"刘安等叩头请求。

"哼！"武帝鼻子里哼了一声，"既得陇复望蜀乎，难道非要朕下狠心开杀戒不成。"

刘安等人一听，汉武帝已经动怒，便不在坚持申请赏赐，否则就丢了小命。于是便赶紧谢恩，屁滚尿流地就逃走了。汉武帝回京之后，吸取了这次事件的教训，感觉到诸王势力的强大，一旦联合起来，就会对朝廷形成威胁。于是便想找个方法解决这个问题。后来就颁布了"推恩法"。各诸侯王除了长子能够继承王位外，其余的儿子们也能在原封地内封侯，同时得到封地。这样一来，原来诸侯的封地就大大削减。

在此基础上，汉武帝又颁布了"附益法"和"阿党法"，用来打击那些不事天子专事诸侯的地方官吏。这几项立法的推行，大大加强了中央集权制，使大汉朝的分封制名存实亡。

第二十七章 匈奴求和 坚定开战

公元前133年的春季，汉武帝坐在火炉前，看着炉火一点点跳动，眉头紧锁，似在想什么心事。没错，汉武帝这几天的日子确实不好过，烦心事接连不断。内乱刚刚解决，就又起了外患。匈奴浑邪王派使者带着亲笔书信来与汉武帝商议，为了两国的安宁和平，继续和亲制度，希望能够迎娶武帝的一位女儿为王妃。

但在汉武帝的心里，匈奴迟早要被收服，因此不愿意自己的女儿下嫁那衣毛卧毡膻气熏人的匈奴地区。可一旦拒绝了和亲，那就等于拒绝了浑邪王的友好情意。这也就意味着即将挑起战争。而北部边陲地区，形势又极为险恶。东匈奴休屠王经常带着自己的骑兵前来侵犯，速度非常快，常常是戍边守军刚得到信息，还未来得及出战，匈奴已经掳掠得手满载而归了。

即便出征了，大汉军也常被匈奴的强弓硬弩铁甲精骑打得连连败退。此时再加上浑邪王，若要真得开战，武帝心中尚无必胜的信心。

特别是西匈奴的浑邪王，一向对汉朝持友好态度，若不答应亲事，岂不令他伤心。浑邪王真要失望，同休屠王合起手来侵犯，以国家现在的军力，恐怕就更难应付了。但是，将自己的女儿远嫁草原大漠的胡人，武帝又实在不甘心。为此，在上朝的路上，他左思右想拿不定主意。

武帝在金銮宝殿上落座之后，向文武百官提出了这个话题。于是和战之争，贯穿在整个廷议过程中。

将屯将军王恢率先开言："万岁，匈奴此举分明是要挟，这种强行联姻的做法，是以武力为后盾的，我大汉天朝，决不能向胡奴示弱。"

武帝不觉点头："朕也有这种想法。"

御史大夫韩安国当即反对："陛下，臣以为王将军所言甚谬。浑邪王原本是与我朝为善的，切不可将他推到休屠王一边。东西匈奴一旦合伙犯我边境，那将真是令万岁头疼。"

"朕也有此虑。"武帝又附和了韩安国的奏议。

"臣以为不然，"卫尉李广是主战派，"浑邪王此举意在试探，倘若我朝屈从和亲，则匈奴得寸进尺，会无休止地提出新的要求，欲壑难填哪。匈奴不除，早晚是我朝心腹大患，莫如及早下手。"

武帝是个极想有所作为的皇帝，而制伏匈奴也是他即位以来的一大心愿，李广之言令他振奋："李将军所言极是。"

太仆公孙贺却倾向主和："万岁，臣以为和平乃立国之本，战争非无奈而不为之。何况匈奴兵强马壮，我方能有几分胜算。战，便胜亦难免人员死伤财产损失，还是和为贵呀！"

汉武帝绝非无主意之人，但百官廷议时的谏言，又确实各有千秋。经过权衡，他还是倾向于和。但他表达得比较委婉："我大汉金枝玉叶，怎能插在黄沙大漠之中。若一旦双方翻脸，又将公主置于何地？"

"这有何难，"韩安国是个机灵人，妙计随时涌上心头，"万岁选一宫女，且认为义女，送去和亲便了。"

"极好，"武帝大为赞赏，"就依韩大人所奏，回复匈奴使者，待秋凉之后，浑邪王即可来迎亲。"

王恢心下不服，但皇上业已决断，他只能听命。可内心依然在为打击匈奴而谋划，且一刻也不曾停歇。

暑去秋来，九月的长安金菊怒放，而塞北的雁门关却已飘下了雪花。一排排大雁在湛蓝的碧空里鸣唳南移。浑邪王迎亲的大队人马，也在向长安进发。浑邪王的御乘银车在队列中格外醒目。后面的聘礼全系双马朱车装载，足足排出一里路远。距离雁门关还有三十里，前方是有数千人口的聂家庄。两个牧童赶着一群黄牛，在牧归的路上，悠闲地哼唱着雁北小曲：

山药药蛋儿喷喷香，
窑屋里婆姨纳鞋帮。
负心的汉子走西口，
油灯灯照亮影没双……

匈奴的车队已至近前，牧童和黄牛依旧在慢悠悠行进。"哎，让开，快些让开路！"匈奴的都护将军达鲁厉声呵斥。

牧童不理不睬，甩响鞭儿，照唱不误：

泪疙瘩溜溜往下淌，
身子儿前胸搭后腔。

达鲁奔上前，将一牧童扯下牛来："小兔崽子，你敢挡我家可汗的银车，看你是不想活了。"

牧童猛劲一挣，甩脱达鲁："做甚，这是嘛地界，这是俺聂家庄，敢在这儿撒野，绝没你好果子吃。"

"聂家庄又能如何，漫说你这小小的村庄，便是你大汉国，也要任由我可汗的精骑驰骋。"

另一牧童已悄悄摸出一把弹弓，扣上泥丸，拉满弓射去。"砰"的一声，正中达鲁面门，一个核桃大的紫包即时腾起，痛得达鲁"嗷嗷"直叫："小兔崽子，看刀！"刀光闪处，牧童的右臂已是折断掉落尘埃。

伤残的牧童疼得心如刀绞，他在地上打着滚："骚鞑子，你，你在聂家庄胡作非为，我家庄主饶不了你。"

另一牧童被提醒，如飞般跑走。行不多路，与一队人马迎头相遇。为首的高头大马上，衣装鲜亮的正是聂家庄的庄主聂一。

"庄主爷，不好了！"

牧童犹自战栗不止。

"莫非是白昼见鬼了不成，看你吓得那个熊样。"聂一勒住缰绳下马。

"庄主，鞑子大兵过境，把咱放牛的杀了。"

"竟有这等事？"

聂一眉峰皱起，"他们现在哪里，你头前带路，某去找他们算账。"

牧童将聂一领至官道上，达鲁脚踏着牧童正发威风："你小子向爷爷求饶，我就留你一条活命。"

面对寒光闪闪的钢刀，牧童抱着残臂仍不服软："臭鞑子，我们聂家庄的人个个都是顶天立地的汉子。"

"说得好！"来到的聂一喝了一声好，"这才不愧是我聂家庄的人。"

"庄主救我！"

聂一移马靠近，向达鲁发出命令："放了他。"

"你？"达鲁上下打量几眼，"你就是什么狗屁庄主？"

"爷要你放人。"聂一声色俱厉。

"你的话只当是放个臭屁。"

聂一拔出腰间佩剑，剑锋直指达鲁咽喉："放人，再若迟延，爷就要了你的狗命！"

达鲁手中刀格开宝剑，二人一个马上一个马下就厮杀起来。若论达鲁的武艺，在匈奴中也算得佼佼者，但是他遇上了高手。正所谓强中更有强中手，能人背后有能人。聂一武艺更胜一筹。十几个回合过去，达鲁手中的刀被磕飞，聂一宝剑压在达鲁后颈："再动一动，爷就让你人头落地。"

"你敢！"达鲁不服软，"我家大王就在车上，我等是你家皇上请来的贵客，若敢伤损我一根毫毛，定要你全家抄斩祸灭九族。"

聂一冷笑几声:“我们汉人有句俗话,叫做天高皇帝远,不服朝廷管,皇上他管得了大臣,却管不了我们这些草民。”

“你,你想怎么样?”达鲁已是有些心虚,说话时也是声音发颤。

“老实告诉你,我家有四个亲人,死在了你们匈奴人之手,这血海深仇刻骨铭心,今日总算有了这个机会,我是不会放过你们的。”聂一手中剑动了动,达鲁的后项滴下血来。

“大王,救命啊!”达鲁疾声呼救。

银车的绣帘挑起,现出车内浑邪王的尊容。貂裘狐冠,包裹住他那臃肿的身躯,两撇短胡须颤抖着,发出沙哑的声音:“大胆的蟊贼,敢动本王随从的一根毫毛,叫你这聂家庄血流成河。”

“哈哈!你是匈奴浑邪王。”

“既知本王驾临,还不快些跪下受死。”

“浑邪王,你这个膻达子!我聂一与你不共戴天,今天就要为我聂家㚢妣在天之灵血祭了!”说时,聂一身子已是腾空而起,像一道闪电落在了浑邪王身后,剑的尖锋顶住了他的后心。

“好汉饶命!”浑邪王告饶。

“你下令杀死我聂家庄十三人,无论如何饶不得你。”

“好汉,我不是浑邪王啊!”

“胡说,奉旨迎亲,岂有不是之理。”

“聂庄主,我是假扮的。”

“此话当真?”

“怎敢欺骗庄主,不信你问达鲁。”

“你说,他说的是真是假?”

“聂庄主,他只是王爷帐前卫将,属实非浑邪王也。”

“你们缘何这样,这岂不是欺君之罪。”

“庄主,实不相瞒,浑邪王担心大汉国皇上以招亲为名,万一扣下或处死大王,故而以部下代替。”

“我大汉天朝,甘愿以公主下嫁,这是何等恩泽。而你们这些膻鞑子,竟然以小人之心度君子之腹,实实可恨,亦当诛之。”

“庄主手下留情,可汗所为,与我等下人何干?”

“膻鞑子,你们杀我庄民,欠下我聂家多少血债,你们不还又待谁还?”聂一手中剑又动了动,卫将颈部的血又流淌下来。

“庄主,冤有头债有主,你要报仇,有本事找浑邪王算账,拿我等顶缺,却算不得英雄。”

达鲁也开口了:“庄主,你若斩杀卫将,这迎亲之举岂不泡汤。浑邪王定然认定是汉主设下圈套，定要发兵雪恨，两国必起刀兵。那时节尸横遍野血流成河，这泼天祸事可全因你而起啊！”

“这……”聂一不由得暗自思忖，杀了这假浑邪王，便杀不了真的浑邪王了。若要为己报仇为国除害，还是暂时忍耐，不能因小失大，就收起宝剑，纵身跃回马上，“看你说得可怜，爷便饶了你，再要撞到大爷我的手里，定让尔身首异处。”

达鲁与卫将得了性命，屁滚尿流地去了。聂一交代一下相关事宜，带上两名随从和足够的银两，紧随在匈奴车队之后，也日夜兼程向长安进发。

霞光染红了长安城甍瓴，伴随着人流的涌动，在响彻街衢的叫卖声中，大汉国都又开始了喧嚣的一天。将屯将军府的大门准时开启，家人挥起扫把在洒扫庭除。后园的垂柳在微风中缓缓摇曳着绿枝，三两只黄鹂在枝条间鸣唱着跳来跳去。王恢手握一柄开山斧，大步流星来到树林间，他那虎虎生威的气势，惊得小鸟儿扑棱棱飞上了蓝天。

王恢心中憋着一口气，与匈奴交战的宏图壮志未能如愿，他实在难以甘心。烦闷和气恼全都在这六十斤重的开山斧上发泄。舞到快处，在乍起的朝阳映照下，缠头裹脑在他周身围出了一个光圈。舞到兴处，看准左侧的一株柳树，他口中念道：“这是浑邪王。”一斧下去，碗口粗的垂柳拦腰而断。继而，右侧的柳树跟着遭殃，他口中念道：“这是休屠王。”斧光过处，树冠应声落地。

管家匆匆来到：“老爷，有人来访。”

王恢收住练功的脚步：“这一大早却是何人？”

“他自称是雁门郡的聂一。”

王恢努力在记忆中搜寻，似乎有些印象，但又想不起何时何地有过何种交往：“他为何来访？”

“他言道，是有关匈奴的机密大事。”

这是王恢关心的话题：“既如此，领他到此相见。”王恢正练到兴头上，还有十数个招式未完成，挥动大斧照练不误。

聂一来时，见一片银光中王恢旋转如飞，端的是疾速如风，禁不住失声喝好：“好一招夜叉探海。”

一阵风声直奔聂一而来，斧影银光扑向聂一面门。聂一轻松躲过：“这招是千钧力的力劈华山。”

王恢也不答话，一斧紧似一斧，一斧快似一斧，斧斧不离聂一的要害处。聂一却是不慌不忙，全都从容躲过。大约二十个回合之后，王恢收住兵器，定睛打量一眼聂一：“聂壮士，好利落的身法，定有满身好武艺。”

“不敢，将军过誉了。”聂一躬身施礼，“将军早安，这大清晨便来打扰，多有得罪了。”

“不妨事，有什么话尽管讲来。”

“将军可记得八年前，在雁门关射猎之事？”

这一言使王恢猛地想起当年：“哎呀，难怪我似曾相识，在与匈奴遭遇时，聂壮士曾助我一臂之力。真是多有得罪了。”

“岂敢，将军如此说，岂不折杀草民了，”聂一赶紧表白，“当年所为，皆草民分内也。”

想起往事，王恢仍怀感慨。那是八年前的初秋，塞上严霜打白衰草，金风吹走了衡阳雁。奉命巡查边境的王恢，一行数十骑正沿陇上的崎岖小路行进，突然遭遇一伙匈奴铁骑。这是浑邪王派出的突袭马队，共有上千骑。当王恢发现敌情时，匈奴也已发现了他们。双方都将对方观察得一清二楚，要躲已来不及。这场遭遇战看来是难免了，而敌众我寡，王恢全军覆没也是在所难免了。匈奴一方不敢贸然进攻，他们担心汉国一方或有埋伏，试探着向前逼近。王恢告诫部下要沉住气，不能轻举妄动。就在双方相距不过两箭地，匈奴马军就要发起攻击之际，聂一率百余骑赶到。他们旗幡招展，气势慑人，匈奴便犹豫不决。而聂一又单骑冲出，连发十箭，将匈奴十人射落马下。面对这样的神箭手，匈奴不战自溃全线退逃。可以说这场战事，是聂一救了王恢等数十条性命。

“八年前的救命之恩尚未报答，聂庄主今日登门，且先容我设宴款待，再馈赠金珠宝物。”

“将军，在下不为邀功请赏，而是为戳穿匈奴阴谋而来。”

“请道其详。”

“请问将军，万岁可曾允诺将公主下嫁浑邪王？”

“正是，你如何知晓？”

“王将军，匈奴此举包藏祸心，是个阴谋啊！”

“何以见得？”

“浑邪王可曾应允亲自来长安迎亲？”

“不错，业已进入我朝境内，不日即将抵达京都。”

聂一抬高了声音：“他来的浑邪王是假冒的。”

王恢怔了片刻：“你何出此言，有何为证？”

聂一便将在雁门聂家庄这场遭遇从头道来，讲罢，他恳切地声言：“王将军，匈奴此举一在麻痹我军，二在刺探军情。他浑邪王不敢亲身前来，说明对我朝怀有戒心。臣在边境深知，匈奴铁骑磨刀霍霍，他日定将大举入侵中原。将军应即速奏明万岁，万不可将公主千金之躯轻许胡贼，远嫁大漠。待到匈奴反目，公主性命难保，将悔之晚矣。”

王恢原本主战，只是武帝一言定乾坤，他不敢再加廷谏。而今有了这一信息，觉得时机已到。当下决定进宫面见武帝，遂带着聂一直奔大内。

武帝正在五柞宫里独自发闷，以他的性情，是不愿同匈奴和亲的，他多么想用武力将匈奴扫平，其辖地尽归大汉哪。但是多数大臣主和，而且所奏也不无道理，他也不好强行拗违臣下之意。回宫之后，总觉得违心而情绪不佳，便闷闷不乐。

杨得意小心翼翼近前来，低声细气地奏禀："万岁，将屯将军王恢王大人有要事求见。"

武帝心中明白，王恢是主战的，正好心内烦闷，要与他再论论和战利弊，愉快地同意："召他进见。"

王恢在殿中跪拜后，对武帝奏道："万岁，臣有一机密事奏闻，匈奴来迎亲的浑邪王，他是假冒的。"

"此话当真？"

"千真万确。"

"你是如何得知？"

"雁门绅士聂一亲眼所见，"王恢简略说了经过，"臣已带他在宫外候旨，万岁可召他细问缘由。"

"传聂一。"

杨得意召聂一入内，武帝龙目打量，见这聂一虎背熊腰，步履生风，声音洪亮，不失英雄气概，心下先有几分喜爱，破例赐座："你且将经过从实讲来。"

"万岁容禀。"

聂一便将如何要杀浑邪王报仇，情急之下，卫将不得不报明了身份，从头至尾言说了一遍。

王恢适时启奏："万岁，匈奴和亲无有诚意，这是欺君大罪，待其到达后，即全数拿下。"

"幸亏朕不曾将真公主许婚，不然险些被匈奴所骗。"武帝不由得深思，"匈奴这等无信，这和亲还会换来边境和平吗？"

"断然不会，"王恢早有了打算，"万岁，将匈奴使者和假浑邪王打入天牢，我朝整备军马，待择时出征之际，将他们斩首祭军。"

"看来，与匈奴之战是势所难免了。"武帝已是下了决心。

聂一稍微犹豫了一下，忍不住开口讲出了自己的想法。他认为汉朝可以将计就计，然后就将具体的计策详细说了一遍。汉武帝听过之后还是拿不定主意，因为这样做法太过冒险，一旦某一个环节出现纰漏，那将会满盘皆输。但王恢却认为只要小心行事，成功的几率很大，所以他顶上乌纱担保，并对武帝立下军令状，直接领兵实施该计策了。”

汉武帝也想为国做事，将来能够青史留名，所以此刻听王恢的话，不由得也心潮澎湃，同意了王恢的请战。

第二十八章 辨匈奴王 马邑伏敌

第二日，达鲁便带领着匈奴的迎亲队伍进入了长安城。鸿胪的官员先将他们安排在了京城的馆驿中。晚餐过后，达鲁出门散步，他看到长安的繁华景象大吃一惊，大晚上还有这么多琳琅满目的商品，而且各处店铺林立，达鲁简直觉得自己的眼睛不够用。正在观望之际，聂一出现在了达鲁的身后。

"达鲁将军，真是贵人多忘事啊！数日前，在雁门聂家庄，我们可是不打不相识呀。"

"啊！你是聂庄主。"

"不敢当，鄙人聂一。"

达鲁紧张起来："我们之间的事，在聂家庄不是已经了结，你又追到京城来是何用意？"

"这事复杂了。"

"怎么，又有什么说道？"

"这……"聂一四外看看，"这街衢之上，人多眼杂，况且也非三言两语能说得清。"

"那，怎么办？"

"你我选一僻静的茶楼，边品茗边谈如何？"

"好吧。"

二人拐入小巷，走进一家小茶馆，挑了一个雅间，堂倌泡上茶后，达鲁递给一些散碎银两，叮嘱堂倌："不招呼你，不许进来打扰。"

"小的记下了。"堂倌识趣地退走。

达鲁为聂一斟上香茶："庄主，有什么话请开尊口吧。"

"咳！"聂一先是叹息一声，"说来真是令人气恨难消，我无颜再回聂家庄了。"

"聂庄主到底是所为何来？"

"将军有所不知，我在你们离开聂家庄后，也立即启程，并先于你们到了长安。今日去王恢将军府拜访，向他揭穿了你们假冒浑邪王的伎俩。"

"你，聂庄主，你怎能如此不仁！"达鲁当时就慌神了，"这，岂能还有我们的活命。"

“你且听我把话说完,”聂一继续讲下去,“我满以为定能得到重赏,谁料想却是热脸贴上了凉屁股。”

“莫非王恢他不感兴趣?”

“倒也不是,他要我在客栈住下等候,言说是待你们到京,即上金殿对质。不许我离开,要随叫随到。”

“你反倒没了自由。”

“达鲁将军你说,我千里迢迢报信来,为的就是封官受赏,这可倒好,竹篮打水一场空不说,还连句好话都没落着。我回到聂家庄,还不让全村人笑掉大牙,真想一死了之。”

达鲁觉得有机可乘,笑眯眯试探着问:“聂庄主,不知你是想升官呢还是想发财呢?”

“人生一世,名利二字。当然是二者皆所欲也。”

“好,只要你听我的话,这名利二字,就包在我的身上。”

“你? 你有金山还是当了皇帝?”

“我虽说没有,我家浑邪王可以满足你的一切要求。”

“我要黄金万两,你能给吗?”

“不在话下。”

“我要做大将军,行吗?”

“让你统率一万人马,如何?”

“给我这样高的任用和奖赏,但不知要我做甚?”

“很简单,你在金殿上证实浑邪王是真的。”

“那,那可是要冒杀头的危险哪。”

“唯有你当着皇上证明我们无假,我们才能安然返回,我才能在浑邪王面前为你争得官位和黄金哪!”

“可是,我若被万岁斩首,哪里还有黄金和大将军哪?”

“聂庄主,你只是对王恢讲了真假浑邪王之事,皇上并未亲耳听见,反嘴不是欺君,我看不会有何风险。”

“那,我就依你之言。男子汉大丈夫,不能建功立业,也枉来人世一场,”聂一又叮嘱道,“不过你们躲过了这场劫难,回到匈奴之后,别事过不认账,可不能涮我啊!”

“一言既出,驷马难追,如若失言,在千乘万骑马蹄下身为肉酱。”达鲁只想保命,千方百计要聂一相信。

“将军何必立此重誓。”聂一显得深信不疑。

次日早朝,鸿胪出班奏道:“万岁,匈奴浑邪王奉旨迎亲,昨夜已在馆驿下榻,请求陛见,特此请旨定夺。”

武帝已是心中有数："宣他上殿。"

假浑邪王卫将在达鲁陪同下步上金殿，先行叩拜之礼："参见大汉皇帝陛下，愿上皇天子万寿无疆。"

"平身，赐座。"武帝发出口谕。

"且慢，为臣有本启奏。"王恢抢步出班。

"王将军有何事奏闻？"

"万岁，这个浑邪王是假冒的。"王恢用手一指卫将。

武帝现出惊讶之态："此话从何说起？"

王恢侃侃奏道："那匈奴浑邪王和亲是假，试探我国为实，是他担心被扣为人质，欺我朝未见过其人，故而派卫将冒充。此举乃欺君之罪，乞万岁将其拿下，同时发兵征剿匈奴。"

"王将军此说，有何为凭？"达鲁在一旁反问，"我方浑邪王亦千乘之躯，怎会着人随意代替？"

"万岁，雁门士绅聂一亲自进京举报，他在聂家庄曾与达鲁一行发生冲突，因而知其内幕，"王恢振振有词，"臣已带他在殿外候旨，陛下可传唤当殿问个子午卯酉。"

达鲁也不示弱："皇帝陛下，我等愿与聂一当面对质。"

"竟有这等事！"武帝传谕，"带聂一。"

聂一上殿后双膝跪倒："草民聂一叩见皇上，吾皇万岁万万岁！"

"你就是雁门关外聂家庄的聂一？"武帝发问。

"正是小人。"

"你是如何知晓那浑邪王他是假冒的？"

"万岁，这，这事还有内情。"

"不要吞吞吐吐，与朕从实讲来。"

"草民一见天颜，便已心中打鼓，不敢有半点隐瞒，"聂一左右看看达鲁和王恢，"小人父母和家人曾遭匈奴杀害，怀有刻骨仇恨，在聂家庄见到匈奴迎亲车队，心下甚是难受，我大汉公主怎能下嫁胡人，闻听王将军主战，故登门求见，请王将军奏明圣上，匈奴不可信，和亲不可取，非战难绝后患。"

"朕问你浑邪王是真是假？"

"容小人慢慢奏闻，"聂一接下去说，"王将军言道，他又何尝不想出击匈奴，奈何万岁执意要与之和亲。他对小人说，要战即需让万岁动怒，他劝草民一口咬定浑邪王是假，万岁一气之下定然发兵。"

"大胆聂一，你在我家明明言称浑邪王是假，在万岁面前，你却为何编出这套言语？"

聂一转对王恢："王大人，天威赫赫，小人一见皇上就觉得事关重大，不敢欺君，还望谅情。”

达鲁可是得意洋洋：“皇帝陛下，我们怎敢假冒，如今真假已是分明，且看万岁如何处置。”

武帝显然是气得不轻，他怒喝一声：“王恢，你好大胆子，竟敢串通聂一，要骗朕上当，这还了得！”

“万岁，为臣绝无此意，”王恢连连叩头，“臣是看透了匈奴人的狼子野心，料定他们必无真意和亲，万岁切勿轻信，当早下决心，迅即出兵征剿，将胡贼彻底击溃，以绝后患。”

“王恢，你越发不识进退了。我朝与浑邪王的友谊，岂容你诋毁破坏，若不对你惩处，岂不令浑邪王寒心，”武帝当殿宣旨，“着将王恢降为雁门太守，逐出长安，永生不得返回京师。”

“万岁，不听臣言日后将悔之莫及呀！”

“轰出殿去！”

殿前武士哪管王恢声嘶力竭地讨饶，架起王恢拖出殿去。

武帝盯住聂一冷笑几声：“此事你须也脱不了干系，来呀，推出殿外。”武帝顿住不说了。

聂一叩首恰如鸡啄米：“万岁，饶命啊！”

武帝将手一挥：“重责四十大板。”

聂一被押出殿外，双臀给打得鲜血淋漓。

武帝威严地看着群臣：“公主出嫁浑邪王，朕与他即是至亲，匈奴与大汉生生世世和好，再有敢言战者，王恢聂一就是前车之鉴。”

群臣回应：“我等谨遵圣命。”

武帝含笑问道：“浑邪王与达鲁大人以为如何？”

假浑邪王卫将答曰：“皇上圣明，皇恩浩荡，我匈奴人当永世与大汉修好，永保两国和平。”

达鲁亦步亦趋：“皇上对浑邪王的大恩，将铭记匈奴人的心中，此后我族人若有言战者，浑邪王必将其万马踏为肉酱。”

当日，假浑邪王接了假公主离开了长安，一场尔虞我诈的政治游戏，拉开了帷幕。

胡天八月即飞雪，塞外大漠的天气一向恶劣，今年又比往年偏寒，刚过八月中秋，就已是漫天纷纷扬扬的大雪了。一座座帐篷，像是雪地上星罗模布的蘑菇，成群的牛羊，在雪地里艰难地觅食。牲口的前蹄不停地刨着冻土，搜寻雪中的草根。只有战马在得到喂养的草料后，撒着欢儿在雪野里奔跑嘶鸣。被貂裘严密包裹着的聂一，心中多有感慨。胡地如此荒凉，匈奴能不南侵？而胡人宁可让牲畜挨饿，也不让战马受饥，这分明是时时准备着战斗，这是一个以战为生的民族啊！

经过十数日的奔波，聂一到达了河南地，这里是黄河河套地区，一向水草肥美，浑邪王的大本营就扎根在此。聂一由达鲁导引，进入了单于宝帐，行君臣大礼参拜："参见王爷千岁！"

"罢了，"浑邪王发问，"你在长安救护本王部下有功，早该来领赏，为何迟至今日啊？"

"王爷有所不知"，聂一坐在覆盖狼皮的木墩上，"只因在金殿被打，臀部伤口化脓，不能骑马，难以出行，日前方得痊愈，所以未能早日得见大汗天颜。"

"本王已听达鲁奏报，多亏你在长安相救，达鲁所许之事，本王一概应允。黄金千两业已备妥。"浑邪王挥手，曾扮作浑邪王的卫将，手端着耀眼的黄金走上，直送到聂一面前。

聂一双手接过："谢王爷重赏。"

"本王还要封你为御帐都尉。"

"谢王爷！"但是聂一的声音不够响亮。

"怎么，莫非嫌少？"

"非也，在下并不是为高官厚禄重赏而来。"

"还有何要求，尽请直言。"

"王爷，我要报仇啊。"

"报什么仇？"浑邪王有几分生疑，"难道你对当年亲人之死还耿耿于怀，要报此仇吗？"

"王爷误会了，"聂一言道，"我在长安，遭到毒打，一番忠心，反成了驴肝肺，这怎不叫人记恨在心。"

"原来为此，都尉可放宽心，一待时机成熟，本王自会为你雪此仇恨。"

"王爷，还等何时机，绝好机会就在眼前哪。"

"你且讲来。"

"那汉将军王恢，一心一意要为朝廷出力，谁料反被刘彻贬官，现蜗居雁门边地，每日里愁肠百结。在下行前我二人曾共饮谈心，他言说愿将雁门郡献与大王，让我将他心迹奏明。"

"有这等事？"

"千真万确。"

"你该不是诈降吧？"

"在下被毒打和王将军遭贬斥，皆达鲁将军亲眼所见，这岂能有假？"

达鲁对此深信不疑："大王在上，聂都尉一片忠心，臣以为所言不差。"

聂一接下去说："王爷，我与王恢为内应，大军即可通过雁门长驱直入，那么汉土中州也是唾手可得也。”

浑邪王被说得动了心：“若真如都尉所说，本王求之不得。”

“常言道，食王之禄，忠王之事，臣与王恢为内应，管叫雁门一带汉土尽属大王所有。”

“都尉与王恢能成此大业，本王还当加封重赏。”

“王爷既是下了决心，臣这就返回雁门，与王将军做好准备，十日后恭迎王爷大驾。”

“一言为定。”浑邪王特地在座位上起身，算是礼送聂一。

计划得以实现，聂一恨不能一步飞回。他快马加鞭，星夜兼程，不过四日光景，就已驰入长安。武帝闻报，心中大喜，当下传旨，命李广、公孙贺、韩安国、王恢四人为大将，在雁门关前的马邑城，埋伏下三十万大军，单等浑邪王人马到达，即将匈奴人马一网打尽。

十月下旬，这几日天气又是格外的好，真是个难得的小阳春。暖融融的丽日挂在一碧万里的蓝天，没有一丝风，田野中庄稼业已收割殆尽，举目一片空阔苍茫。浑邪王统率十万马军，井然有序地向前进发。按约定，聂一、王恢在马邑相迎，想起雁门关附近方圆千里的锦绣河山就要收入囊中，浑邪王真是忍不住面带笑容。因为这不只是雁门一郡之地的得失，实则雁门乃匈奴进入中原的门户。此前往往是为进入中原，在雁门都要经过一番苦战。待到艰难取胜，匈奴一方也是筋疲力尽，而汉国的增援人马也已从各地赶来，匈奴则不得已退兵。就是说因为有了雁门这个屏障，匈奴总是难以取得大胜。而今雁门已是不战可取，长驱直入，整个河东中原也成顺手牵羊之势，这怎不令人欣喜。

达鲁见状逢迎讨好道：“大王此战，兵不血刃而得汉国大片土地，立下不世奇功，青史留下芳名，伟绩可比三皇五帝。”

“岂敢同先皇类比，但本王发誓要据有中原，让长安成为我国的马圈，我十万铁骑要饮马长江。”

“大王请看，这田野中牛马肥壮，目光所及之处就有数百头之多，待雁门到手，数不清的男丁女妇，金银珠宝，牛羊猪鸡，全为我大王所有。那休屠王就难望我王之项背也。”

浑邪王没有回答，他一言未发。

达鲁心下奇怪，自己这番话为何没能引起浑斜王的兴趣呢？他偷眼打量，见主人双睛瞪圆向田野里四处张望不止。禁不住发问：“大王，你这是看甚，莫非还有何异常不成？”

“正是，”浑邪王应声说，“你看，这遍野牲畜何止几百头，却为何没有一个放牧之人？”

"这……"达鲁分析说,"也许牧人在哪里背风休息,我们不曾看见而已。"

"不对!本王已是一路观察许久,根本没有牧人。"

"这么多牲畜,它们的主人就放心?"

"可疑之处正在于此,"浑邪王以他的经验,越发生疑,"此处地处边境,我大军经常奔袭,以往田野中莫说是这成百上千的牛马大牲畜,就连一只鸡都难得见到,今日却是如此众多的牲畜悠闲地吃草,岂不是太反常了?"

"大王觉得疑在何处呢?"

"这分明是摆样子给我们看的。"

"难道说聂一是诈降?"

"还难断定,但害人之心不可有,防人之心不可无。万一聂一有鬼,我们这十万大军可就断送啦!"

"那该怎么办,如何判断聂一有否阴谋?"达鲁说,"约定在马邑见面,只有到了那里再辨真伪了。"

"不!传令全军,停止前进。"

"这却为何?"

"这里距马邑尚有二十里路,你现在就去马邑探一下虚实,要聂一前来迎接。他若是不来,即心中有鬼。"

达鲁有几分胆怯:"大王,聂都尉答应在马邑相迎,想来不会有假,我们只管前去相会就是。"

"本王命你前往,休要推三阻四。"浑邪王瞪起双眼,"难道说你还要抗命不成?"

"下官不敢。"达鲁赶紧应承下来。

"快去快回,不要让本王等得太久。"

"下官遵命。"达鲁策马如飞,先行往马邑而去。

浑邪王传令:"原地休息。"他也下了战马,卫将为他铺上地毡,浑邪王席地而坐,静候达鲁返回。

马邑城里,大将军李广和王恢在焦急地等待匈奴大军进入伏击区。马邑城外十里路程内,两侧皆是崇山峻岭,中间一条官道曲折迂回,汉军三十万已是严阵以待,只要浑邪王率军进入,势必要全军覆没。马探报称匈奴军距山谷谷口仅有十里路了,王恢和李广相视一笑,期待着即将到来的胜利。

又一个马探匆匆来报:"二位将军,匈奴军马原地不动停滞不前,而派一人单骑而来。"

二人相对,无不现出惊疑神色。王恢将手一挥:"再探。"

李广不无忧虑:"王将军,莫非浑邪王看出了破绽?"

“不会的!”王恢其实也是在安慰自己,“如若生疑,匈奴大军自当退兵遁去,何必要原地停留呢?”

李广提醒道:“王将军,万岁倾举国财力,调集三十万人马,在长安专候捷报,此战若是不能如愿,你我都难以向万岁交代呀!”

“水无常势,兵无常形,战场战局,瞬息万变,作为臣子,你我自当竭尽全力,报效国家,效忠圣上,力争早送胜利消息。但万一有变,局势也非你我所能左右,万岁亦当体恤臣下。”

“照王将军所说,这埋伏的计划,有流产的可能?”

“不,我始终坚信此战定能全歼匈奴十万大军,”王恢又加重一下语气,“浑邪王不是生擒,也将被斩杀在战场。”

一旁侍立的聂一也充满信心:“李大人,浑邪王和达鲁对我深信不疑,小人觉得不会落空。”

正说之时,门下来报:“二位大人,匈奴都护将军达鲁求见。”

李广看看王恢:“他是来探虚实的,如若见我在,必起疑心,我当回避才是。”

“将军所言极是,”王恢吩咐门子,“领他来见。”

达鲁进得厅堂,不住地左顾右盼。聂一迎上前去:“将军为何这般小心,两侧可是没有刀斧手啊。”

“聂都尉取笑了。”

王恢先发制人:“达鲁将军,原定大王和你并全军同来,却为何单人独骑来到马邑。”

达鲁早有准备:“王大人有所不知,二位既已归顺,就是我家大王帐下之臣,王爷驾到,总该远道相迎,方为人臣之道,故而特来请二位前去接驾,以免怠慢之罪。”

王恢对此毫无思想准备,一时竟不知该如何回答。见状,聂一在旁为之解围:“达鲁将军,马邑离雁门已有数十里路程,我二人接到马邑,难道还不是远道相迎吗?”

“啊,这个……”轮到达鲁不知所措了,“二位若再迎到军前,不是更显忠心可嘉吗?”

“达鲁将军,是否对我二人存有疑虑了?”聂一索性以攻为守。

“啊,不,不,这是哪里话来,”达鲁矢口否认,“若不信任,大王能带十万大军践约?”

“那又何必定要我二人再离马邑相迎呢?”

达鲁不好再认真相强:“我这是为二位着想,相迎与否二位自己拿主意,去不去悉听尊便。”

王恢一时间没了主张："将军远道而来，一路劳顿，且到客驿休息。"

"大王在路上立等，我就顾不得休息了。"

王恢又沉吟片刻："那好，我去去就来。"

"王大人何处去？"

王恢也不正面回答："聂都尉，你且陪陪达鲁将军。"

李广一直在后堂将前厅的对话听得一清二楚，王恢一过来他即言道："王大人，浑邪王笃定已是生疑，否则不会如此要求你二人相迎。"

"李将军看该如何应对？"

"这还不明摆着，为了不致功亏一篑，你二人应即随达鲁前往相迎，"李广说罢，又觉有几分不妥，"只是如此一来，你二人引匈奴大军进入伏击谷口后，要想脱身亦非易事。"

"李将军所言极是，"王恢不能不为自己的安危考虑，"为表示我方的诚意，何妨就派聂一前去迎接。他为人机敏，事急时也好脱身。"

"王将军不去，浑邪王定然还有疑心。但大人乃国之栋梁，岂可轻易涉险，且叫聂一担此重任吧。"

王恢回到前厅，达鲁已等得心焦，颇有些不耐烦："王大人这是与谁商议去了，该不会是请旨吧？"

"达鲁将军怎能如此猜疑，"王恢脸上现出不悦，"适才本将军内急，难道一定要同你明说不成？"

"在下误会了，还请见谅，"达鲁逼问，"但不知王大人与聂都尉能否屈驾相迎大王？"

"部队无人节制不妥，为免除大王和将军的疑心，也为表我等的忠心，就让聂都尉随将军你往迎。"

聂一心中也明白这会有生命危险："王大人，难道非要出迎不可吗？"

"聂都尉不要计较，"王恢半是暗示，"你我二人总要去一个，还是我留在城中带兵才是。"

聂一不好再说，他清楚得很，如若拒绝，自己的身家性命难保。达鲁呢总算没有白来，有聂一相迎，回到浑邪王处也可以交代下去了。二人乘马出城，加鞭飞驰而去。

浑邪王等得心急火燎，见达鲁归来，劈头便是训斥："本王还以为你死在了路上，为何迟迟不归？"

"大王，下官不敢耽误，见到了王大人后，他就派聂都尉来迎。"

聂一上前拜见："王大人让卑职禀告大王，一切按原计划准备就绪，恭迎大王龙驾进城，雁门全郡已是大王囊中之物。"

这番话说得浑邪王心花怒放："好好，雁门这道难开的屏障，已属我所有,且看我大军直捣中原。”

“不久的将来,长安也将属于我们尊贵的王爷,”聂一尽量挑浑邪王爱听的说,“王爷请吧。”

聂一在前领路,匈奴大军由浑邪王统率又继续前进,向着汉国三十万大军布成的埋伏阵,向着全军覆没的死亡谷一步一步走去。越接近谷口,地势越加险峻。奇峰耸立,怪石嶙峋,古树参天,遮荫蔽日。一阵阵凄风从谷口里涌出,吹得浑邪王不由自主打了个寒噤。

“且住!”浑邪王下令全军停止前进。

眼看距谷口不过一里多路,聂一正自窃喜,大功就要告成。浑邪王这一命令着实叫他一惊:“大王,您这是怎么了?”

“我,我……”浑邪王实际是害怕了,但他不能有失身份明说,顺势抱起双膀,“真是寒风刺骨啊!”

“大王长年在塞外风雪中驰骋,这些许萧瑟秋风又算得什么,”聂一劝说,“羊羔美酒都为大王准备停当,过了这山谷,进了马邑城,饱餐一顿,出场透汗,寒气就会驱尽了。”

达鲁是毫无戒备之心:“大王,您再加上一件披风,我们还是快些赶路吧,王恢大人一定是等急了。”

浑邪王望着前方的险峻山谷,心下犯核计:俗话说,不怕一万就怕万一,这山谷如此险恶,万一有埋伏,十万人马不等于钻进了汉军的口袋吗?不能轻易涉险,要再查探一下虚实。他的视野里,在前方谷口山坡处,有一个烽火亭,心下顿时有了主意。叫过达鲁来:“你带百十个曹兵到那烽火亭中,务必抓一个活口来,我自有用处。”

“遵命!”达鲁当即挑点人马。

聂一心说糟糕,这一抓来活口自己岂不就要暴露,那么性命就要不保。他不失时机意欲制止:“大王,那烽火亭是以往为防敌人入侵报信用的,而今我与王恢俱已归顺,又何必抓人来核实呢?”

浑邪王不为所动:“此事无须你多言,本王自有道理。”

聂一见浑邪王下定了决心,情知难以阻止,伏击全歼的计划要泡汤,现在就顾不得别的了,自己逃命要紧。他登时改变了口气,变成主动请缨:“既然大王要活口,我与达鲁将军一同去捉人,由我带路会方便许多。”

浑邪王却不赞成:“有达鲁百人足矣,何劳聂都尉再辛苦。”

“为大王效劳,乃理所当然。”聂一哪管批准与否,跟随着队伍纵马出发,转眼即已去远,浑邪王叫他,他也不应了。

不过一刻钟,达鲁已将烽火亭亭长捉来,押至浑邪王面前交差:“大王,活口抓来了。”

浑邪王也不说话，先拔出肋下弯刀，架在亭长的脖子上，发出几声阴森的冷笑："说，要死还是要活。"

"大王饶命。"

"要活就说实话。"

"大王有何吩咐？"

"说，山谷内有多少伏兵？"

"多少小人不知，"亭长倒是说的实话，"小人看见有许多人马，隐蔽在丛林之中。"

"为的要将我匈奴大军一网打尽吗？"

"这个小的也不知晓。"

"胡说，不讲真话，要了你的狗命。"浑邪王手下发力，亭长后颈被切破，殷红的鲜血流淌下来。

"大王手下留情啊，"亭长叫屈，"你就是砍下小人的吃饭家什，小人也不敢信口开河呀。大王你想，这等军事机密，能叫小的这种人知道吗？"

"大王，何不叫聂一同他对质，一问便知端的。"达鲁献计。

浑邪王想想觉得也有道理："聂都尉。"

无人应声，达鲁也加大声音呼唤："聂都尉何在？"

众人找遍附近，哪里还有聂一的踪影。浑邪王这时才算明白了，他满脸怒气训问达鲁："聂一现在何处？"

"大王，卑职不知啊。"

"他不是和你同去烽火亭了吗？"

"下官未曾留意。"

"他是心虚趁机溜走了。"

"这么说，他，他们是诈降了？"达鲁感到一阵阵后怕，"这么险峻的地势，我们的十万大军进去，还不得被汉军包围啊。幸亏大王机警，我们才躲过了这场灾难。"

"现在也不能说就安全了，说不定汉军已经开始行动了。"浑邪王当机立断，"传令全军，后队改为前队，准备全速退回。"

马邑城中，王恢与李广在为是否采取军事行动而激烈争论。

李广主张："匈奴迟迟不进，说明已十有八九看破了埋伏，我三十万大军不能坐失这战机，应当出战了。"

王恢意见相左："匈奴大军进入伏击谷地，我军方能将其全歼，如眼下从埋伏地杀出，浑邪王势必退走不战，那么这数月的准备，岂不全都付诸东流？"

"现在的问题是，如若浑邪王即刻退走，我们就将一无所获。现在出战，尽管不能将其全歼，总可消灭部分敌人，向万岁也有一个交代。”李广极力劝说，“王将军，运筹这三十万大军，耗费了多少钱粮，我们若无功而返，实在是无颜面见万岁和百官哪。”

“正因为这场战争准备的代价太大了，所以我们不能轻言放弃，聂一还在匈奴军中，眼下尚未山穷水尽，还有希望实现我们的全歼匈奴人马的计划。”王恢坚持己见，“如果贸然出兵，将即将钻入口袋的敌军惊跑，我们将铸成难以弥补的大错，那将是悔之晚矣。”

“王将军，你如此固执，只怕是眼睁睁失去战机啊。”李广急得在房中直打转转，不住地叹气连声。但是武帝钦命的最高统帅是王恢，他无权超越王恢作出决定，调动军队。

聂一跌跌撞撞闯进房来，他大口大口喘着粗气，身子打晃站立不稳，一时间说不出话来。

王恢一见聂一的样子，就知道大势不妙，他急切问聂一到底怎么回事。聂一告诉二人，浑邪王并不是一个只知道蛮干的人，他心思缜密，非常机警。此时已经识破了他们诈降的计策，坚决不入谷口，而且已经捉住了烽火亭长，想必他们的踪迹全都暴露了，没多长时间就会撤兵逃跑了吧。

王恢情急之下想强攻，但为时已晚。三个人无奈，只得带领大军回到驻地，而王恢则带着几个将领回京城复命。

第二十九章 聂一投降 雁门施计

王恢回到京城，将事情的全部过程详细地报告了汉武帝。汉武帝听完之后什么都没说，更没有对王恢做出处罚，只是阴森着脸坐在九龙椅上，在昏暗的天色里更显得阴森可怕。堂下的百官连大气都不敢出，生怕触怒了他。突然，他气得重重一拍御案说道："你们怎么都不说话了，难道全都成了哑巴？"

李广知道这场祸事肯定逃脱不掉，作为主将的自己干脆直接出来认罪，但汉武帝却大吼着："王恢呢，你口口声声立下军令状，说此战必胜无疑，可你现在却一无所获，只身回到长安。你该当何罪？"

"臣罪该万死。"王恢出列跪在御前。

"让朕感到最为气恼的是，你们三十万大军竟然坐视敌军从容退走，"武帝说着站起身，不住地往来踱步，"就算是浑邪王识破了诈降计，他们业已临近谷口，埋伏的人马若是出击，至少可以歼敌三到四成，给匈奴一点儿颜色看看。而今三十万大军一无所获，岂不让匈奴笑我无能，又给汉室江山留下多少隐患？就是将你们千刀万剐也难以弥补这无穷的损失，你们简直堪称千古罪人。"

王恢不敢推卸责任："万岁，未能及时出击，责任全在罪臣，与李广将军无关，请万岁只责罚罪臣一人。"

武帝有意说道："若是你一人之过，那可就是杀头之罪。"

"臣已造成千古遗恨，不敢再以谎言欺君，李将军几次建议出击，皆因臣仍存幻想而贻误战机，臣甘领死罪。"

听了王恢主动领罪这番话，武帝的气不觉消了几分，心说王恢敢于承担责任，倒要从轻发落。他缓和了口气："单凭你说难以为证，那个聂一不是当事人吗，传他上殿朕问个明白。"

王恢答道："聂一就在殿外候旨，万岁一问便知。"

太监去宣聂一，岂料是只身而归："万岁，那聂一在一刻钟前已出宫去了，下落不明。"

"这……"武帝刚消的气复又鼓起，"王恢，你该做何解释，聂一该不是畏罪潜逃吧？"

"万岁，臣在金殿，与他无从通话，他去往何处，罪臣委实不知。"王恢急切地辩解，“也许他有何特殊事情来不及奏明。”

武帝想了想：“中书令，着雁门郡太守到聂家庄查验，问明详情奏报，再议对聂一的处罚。”

中书令躬身回应：“遵旨。”

武帝还没有想好对王恢如何治罪：“王恢之罪难以赦免，且下狱听候裁处。”

“谢圣上龙恩。”王恢感到有了一线生机。

武帝瞟一眼李广等领兵大将：“李广等人统兵出征，竟使匈奴大军无损而返，着各降一级，罚俸半年。”

李广等人觉得武帝还是重情义的皇帝，比预想的处罚要轻得多，一同跪倒叩拜谢恩。

武帝盯住平身站起的李广：“李将军，你说说看，朕现在心中所想何事？”

李广一下子怔住了：“为臣愚钝，不敢胡乱猜想。”

“哪位大臣能说出朕的心事。”武帝将目光撒向文武百官。

但是无人应声，俗话说，天威难测，谁知道此时此刻皇上在想何事？

武帝长叹一声：“看来朕与臣下尚少沟通，彼此心气不通，焉能想到一处。告诉众位卿家，朕而今只有一件大事压在心头，就是早日击败匈奴，以根除我北方边境之患。”

“我等不及陛下万一，当为万岁尽早了却心愿。”百官齐声答道。

“李广听旨。”

“臣在。”

“朕命你即日起总管雁门至上谷、河南一带的军事，整备军马，囤积粮草，防御匈奴入侵，并做好随时征讨的准备。”

“臣遵命。”

自此，汉武帝开始了漫长的对匈奴的斗争。

越往北行，寒意越浓。萧萧落叶飘卷而来，连天的衰草染挂着白霜，塞外的深秋已经冷似长安的严冬。可是马上的聂一心中却是火辣辣的。已经看得见聂家庄了，庄头那熟悉的钻天杨，庄后那馒头山，家乡的一草一木一山一水都是那么亲切，真是千好万好不如家好啊。他给马猛加一鞭，座下的“菊花青”也像是认得家，亮开四蹄，撒着欢儿，一口气跑回了自家大门前。这匹心爱的战马，用前蹄刨着地，不停地打着响鼻，像是述说久别归家的喜悦。

聂一风风火火地进了院子，像扑进母亲怀抱那样扑入了宽敞明亮的客厅。他原想能和妻子畅叙别情，不料却见到一名官员端坐在厅中。

官员抢先开口了：“想必这位就是聂庄主了，看来本官还算幸运，没有白跑，不虚此行啊。”

管家迎上前向主人介绍：“老爷，雁门太守牛大人专程来访，下午即到已经候您多时了。”

聂一怔了一下：“不知父母官大驾光临，失敬了。”

“聂庄主大名如雷贯耳，行苦肉计诈降计，要生擒浑邪王全歼匈奴十万大军，虽说未能如愿，但深受万岁赏识，我雁门全郡都跟着沾光啊！”

“说来惭愧，竟被胡儿识破了。”

牛太守收敛了脸上的笑容：“聂庄主，本官奉圣命，万岁专等回话，你为何在长安不辞而别，擅自返回呀？”

“这个……”聂一略微迟疑，“有负圣望，无颜面君，故而未与王恢将军道别而私下回归故里。”

“聂庄主可知，王恢将军业已下狱。”

“这……小人不知。”

“此战一无所获，你是脱不了干系的，”牛太守站起身，“聂庄主，跟本太守走一趟吧。”

“大人，小的刚刚回家，未及一叙寒暖，务请宽限几日。”

“这是万岁钦定的案子，谁敢从中行方便哪！”

管家递上一包子：“这是二百两纹银，给老爷买双鞋穿。”

“你是打发叫花子哪。”牛太守撇了撇嘴。

管家一心要救主人，又加上了三百两：“请大人笑纳。”

牛太守不太情愿地收下：“本大人心肠特软，先这么着吧。”他携银离开。

聂一长喘了一口气，和家人团聚畅叙别情。可是，席未及暖，第二天上午，牛太守又来了。

聂一感到奇怪：“牛大人，为何不到一天就再次前来？”

“没法子，皇上圣旨催办，谁敢有误。”牛太守语气冷峻。

“大人就说小人未归，这不是最好的理由？”

“我这话好说，可是衙门上下百十号人，知道谁给你捅出去。”牛太守眼睛看着天。

聂一明白他的意思：“大人，你看这上上下下打点，得多少银子？”

“要想堵住嘴，一个人二十两不算多吧？”

聂一想说，这个狗官胃口也太大了：“那么这百十号人，至少也得两千两银子了。”

“这个数就没有本太守的了，好了，我无所谓，只要下边的人不密报到长安就行了。”

聂一将两千两银子交给了牛太守，可这也仅仅清静了两天，第三天，他又登门了。如是而三,没完没了,不过半月,牛太守已从聂一处讹走两万两白银。这日牛太守带着五千两银子走后,聂一对管家说:“你将我的家财打点包装好,做好搬迁的准备。”

“怎么,不在这里住了?”管家有些难以置信,“这万顷良田,这祖传的基业,这几百间房产,岂是可以搬走的?”

“有什么办法呢?狗官牛太守的气实在是受够了。他无止无休地敲诈,是不会罢手的。”

管家想想也对,便按主人的吩咐,全庄上下动员起来,打包装箱,忙得一塌糊涂。一夜未眠,次日上午刚刚有了点儿头绪,不料牛太守又不期而至。

“怎么,想跑?这还了得,幸亏本太守有先见之明早来一步,要让你脱身逃走,该怎么向万岁交代?”牛太守看着满院子整装待发的大车小辆,惊讶中发出声声冷笑。

聂一已没有以往那种卑躬屈膝的态度:“牛大人,听我良言相劝,就当什么也没看见,对朝廷就说我从未回到家中,你我相安无事,岂不两全其美?”

“你是朝廷钦犯,我岂能放你逃走”,牛太守招呼随行兵士,“来呀,将聂一与我拿下。”

聂一拔出佩剑:“牛大人,你可不要逼我太甚。”

“怎么,你还敢造反不成,动手!”牛太守再次发出命令。

聂一早已忍无可忍,对庄丁们喊一声:“抄家伙,上!”

牛太守这才有些胆虚,但他口中依然不服软:“你们还敢造反不成?这要全家抄斩祸灭九族的。”

家丁们问主人:“庄主,怎么个打法?”

聂一已是打定主意:“一不做二不休,与我杀个干净!”

聂家庄的家丁人人习武,又人多势众,不过一刻钟,就将牛太守及随从十数人砍杀殆尽。之后,聂一放火烧了庄园,带着全庄几百口人投奔匈奴浑邪王去了。

消息传到长安,王恢自知难以撇清,在狱中一头撞死在牢墙上。

这一变故,使得汉武帝扼腕叹息数日,以致寝食不宁。但他愈发坚定了一个信念,匈奴的边患,哪怕倾尽国力,也必须根除。

数十支松明火把和数十盏狼油灯将浑邪王的宝帐照得亮如白昼。手持双刃弯刀的御帐护军在两厢列队而立,真个是如狼似虎杀气腾腾。高坐在虎皮台上的浑邪王一手掐着羊腿,面前的银杯中马奶酒袅出缕缕热气。看着跪在台下的聂一,他像是在欣赏一盘美餐,从容地琢磨着该从哪里下口。宝帐外,聂一全家一百多口也都上了绑绳,等待他们的将是身首异处。

“说”,浑邪王咬下一块羊肉,在嘴里咀嚼着,有些含混不清地问,“临死前这碗上路酒，你是喝马奶酒、黄酒，还是白酒？”

聂一双目炯炯直视浑邪王，但却一言不发。

“你为何不言语？”浑邪王动气将面前的马奶酒端起，一下子泼在了聂一身上，白色的奶液顺着他的面颊流淌下来。

聂一还是一动不动，一言不发。

达鲁在一旁忍不住说：“聂一，大王这是对你格外开恩，让你自己挑选上路酒，你怎么不知好歹呢？”

聂一终于开口了：“什么也不要说了，我们全家一百多口，死在大王刀下心甘情愿。”

浑邪王大为意外：“你还愿意本王杀你全家？”

“这总比死在汉国让人心中坦然。”

“这却为何？”浑邪王很感兴趣。

“你想，我几次三番为汉国出力，非但没得到一丝好处，反倒成了钦犯。相比之下，大王还加封了我都尉官职，谁好谁坏还不是明明白白吗！”

“这么说，你对本王是毫无怨言了？”

“倒不是”，聂一晃晃头，“其实不说也罢。”

“别，有什么话你不妨讲出来。”“大王您想，我若真是与王恢合谋诈降，还敢带家小来避难吗？”聂一发出反问，“我会自投罗网吗？”

“你没有同王恢合谋，为何在烽火亭前不辞而别，分明是你心虚。”

“大王，当时我若不走，能说得清吗？我说什么你们会相信吗？”聂一将一个湿淋淋的布包放在地上，“这就足以表明我的心迹。”

浑邪王睁大眼睛张望：“这是何物？”

聂一打开，现出一颗血肉模糊的人头。

浑邪王将脸扭开：“这是何人首级？”

“汉国雁门太守的狗头，”聂一又补充一句，“不光他一人，还有他手下十数个兵丁，也成了我的刀下之鬼。”

“这么说，你杀了十多个人？”

“难道这还不能说明我和汉国的仇恨，我对大王的忠心？”

达鲁原本对自己未能识破诈降计而忧心，现在总算可以解脱一半了，他当然希望聂一所说属实：“大王，卑职以为聂一之说不虚，他是满怀信任投奔大王来的，我们不能让心向我朝的汉人寒心哪。”

浑邪王眼珠转了几下：“好，本王就信了你，聂一无罪，全家赦免，聂一仍领都尉之职。”

“臣叩谢王恩。”聂一磕了三个响头。

“聂都尉，既是做了本王臣子，就要出力报效，”浑邪王当时发话，“给你一个差事。”

“大王吩咐，赴汤蹈火在所不辞。”

“你去雁门刺探一下军情，看汉军有何动向。”浑邪王又说，“不要耽搁，明日一早便动身。”

聂一无话可说：“遵命。”

待聂一出帐后，浑邪王又问达鲁：“你说说看，聂一此行是否有诈？”

“臣想不会吧，他一家大小百十口的性命，这可不是闹着玩的。”

“俗话说，一朝被蛇咬，十年怕井绳，本王总是心有余悸。这次派他回雁门，就是试他的真伪，你化装在他身后跟踪，看他有否异常。”

“臣遵命。”

寒风凛冽，雁门的十月已冷得伸不出手来。校场上的大旗被风吹得哗啦啦作响。“咚咚咚”的战鼓声中，一匹白龙马恰似离弦之箭向前飞奔，马上的李广，一忽儿在鞍上拿个大顶，一忽儿又作个金鸡独立，就如同钉在马背上一样，连个忽闪都不打，围观的军士们看得起劲鼓掌欢呼。李广练得性起，又使了个镫里藏身，接下来是个八步赶铲，这马技真是娴熟得炉火纯青。

“好！”校场外有人大声喝彩。

李广转眼望去，但见火龙驹上端坐一人。猛然间他觉得自己眼花了，又急忙拭目细看，惊得他登时汗流浃背。催马过去，跳下后扑通跪倒：“臣李广不知圣上驾临，未曾迎接，死罪死罪。”

马上的汉武帝微微一笑：“朕是微服私访而来，你又不知，何罪之有，快平身吧。”

“万岁为何私访至此？”李广倒是从内心里担心，“这边关不比内地，匈奴时常骚扰，惊了圣驾，那还了得。”

“雁门关有你这飞将军李广，朕又何虑之有呢？”武帝赞许地笑出声，“看适才你的演练，真不愧‘飞将军’的雅号啊。”

“万岁过奖，臣自愧弗如，”李广在前引路，“请龙驾到关内休息。”

武帝谈兴正浓，一路上边走边说：“李广，这匈奴是朕心腹之患。而匈奴所持者，是其铁骑马军，故我军欲制胜，非有强大的马军不可。朕要各郡操练马军，不知是否阳奉阴违，才决定到雁门、云中、上谷一带巡视。今见李将军认真操练，令朕不胜欢欣。”

“万岁旨意，谁敢有违，”李广表明心迹，“请陛下释念，我雁门一郡，不出半载，定有两万精骑可堪调遣。”

说话间，二人登上了城楼。极目远眺，连绵的群山逶迤起伏，横亘在北方的天际，一条官道像黄色的飘带向远处伸展。近观足下，车马行人络绎不绝地出关进关。武帝不觉有感而发：“这雁门谁言荒凉，依朕看来，倒是一处繁华所在呀!”

李广没有言声,他全神贯注地注视着下面的行人。

武帝顺着他的眼神望去,是两名穿着艳丽的少女姗姗而来,不由得笑出声来:“怎么,李将军也是美人悦目啊。”

李广摆摆手:“万岁,您看——”

“看什么,不就是两个美人吗,朕的宫中三千粉黛,美女如云,可算得曾经沧海难为水了。”

“万岁误会了,”李广用手向下面一指,“您看,那不是杀了太守逃到匈奴的聂一吗!”

武帝同聂一只见过一面:“你看清了?”

“笃定无疑。”

“他冒险回来是何用意呢?”

“委实叫人猜想不透。”

“且不管他所为何来,他这是自投罗网,把他擒住再说。”

“遵旨,”李广对武帝说,“请圣上且到城楼中避避风寒,臣去将聂一捉来回话。”

“且住。”

“怎么,万岁还有何旨意?”

“你看,聂一身后远远跟着一人,虽说是汉家农人打扮,可朕看出他是匈奴人,似乎是在跟踪聂一。”

“万岁何以认出?”

“此人曾和匈奴的假浑邪王到长安迎亲,在金殿上朕见过他,清楚地记得他是匈奴都护将军达鲁。”

“臣将他一起擒来。”

“不,只捉聂一不理达鲁。”武帝心中已有了想法。

“遵旨。”李广下了城门楼,迎面站在了城门里。

已经乔装改扮的聂一险些与李广撞了个满怀。他一时怔住了,张口结舌说不出话来。

“聂庄主,别来无恙啊!”李广微笑着打哈哈。

“你,你,李将军。”

“聂庄主在长安不辞而别,撇下王恢将军于不顾,你可害惨他了。”

“他,他怎么样?”

“他已在狱中自杀身亡。”

“啊?”

“你杀害了雁门太守叛逃到匈奴,这次冒险回来,有何贵干哪?”

"我，我……"聂一一时语塞。

"庄主，上次在长安万岁召见你未能如愿，皇上对你可是情有独钟，而今万岁千里迢迢来到雁门，还是要和你见上一面。"

"啊，万岁果真来此？"

"随我走吧，见了面你就知道了。"

李广将聂一引到城楼之内，只见武帝端坐在正中，虽说是微服简从而来，仍不失皇家威仪。聂一慌忙跪倒，浑身战栗叩头不止。

武帝发话令聂一大出意外："聂壮士，平身吧。"

聂一以为听错了，头也不抬："万岁，草民罪该万死。"

"朕赦你无罪，"武帝的举动令李广也觉意外，"只要你如实回朕的问话。"

"草民不敢有片言只语蒙蔽圣聪。"

"你且起身回话，"武帝问道，"你已逃往匈奴，此番涉险回到雁门，想必是另有所图。"

聂一心中还有余悸："万岁，草民曾手刃牛太守，您就真的不治罪了？"

"壮士无需多虑，你和王恢将军诈降本已成功，功亏一篑不该怪你。牛太守为官不正，借机敲诈，逼得你铤而走险，事出有因，朕也不怪你。"

聂一听得涕泪交流："万岁英明，草民便死而无憾。"

"如果相信朕，且将实情讲来。"

"万岁如此相待，草民敢不表明心迹。那浑邪王将草民封为御前都尉，要臣回雁门探听我朝动向，看来他是犯我天朝之心不死。"聂一发誓道，"罪民回到河南后，即设法逃出回到雁门，再为万岁效力。"

"不，朕不要你返回。"

"罪民决不再做叛逃之蠢事。"

"你没有弄懂朕的意思，朕要你返回匈奴内部，做一个眼线，为朕为天朝效力，这是你难得的建功立业的良机。"

"万岁如此信任，罪民万死不辞。"

"朕给你一个差事。"

"万岁吩咐。"

"匈奴是我朝心腹大患，一日不除边境一日不宁，朕亦一日难安。而今匈奴两大支，一为浑邪王，一为休屠王，依我朝之力，对付其中一支都觉吃力。故其上策是，分而击之。也就是让浑邪王、休屠王之间发生摩擦和争斗，二虎相争，我朝渔翁得利，待他们打得伤痕累累，朕再出兵进击，一鼓可胜矣。"

聂一不解地问："万岁，罪民在其中扮演何种角色呢？"

“你要设法取得浑邪王的信任，然后离间他与休屠王的关系，并将匈奴的动态随时向朝廷报告。”

“这离间之事也难，无从下手啊！”

“朕且给你个提示，”武帝告诉，“匈奴有一祭天金人，就相当于我朝的传国玉玺一般，有了它即说明自己是合法可汗，而这一金人现在休屠王手中，为此浑邪王耿耿于怀，你就在这金人上作文章。”

“罪民愚钝，还请万岁再指迷津。”

“你自告奋勇，去休屠王处盗取金人。”

“这，怕是难以如愿，”聂一感到为难，“金人这等重要，休屠王焉能不严密看管。”

武帝笑了：“朕并非要你真的盗来。”

“这是何意？”聂一越发糊涂了。

“只要休屠王知晓是浑邪王派人盗取金人即足矣，”武帝点拨他，“这样一来休屠王焉能不记恨浑邪王？”

聂一恍然大悟，明白了汉武帝的用意。汉武帝也不着急，继续跟他解释，告诉聂一，其实浑邪王并没有完全信任他，此次行动就派了达鲁跟踪。所以为了能够取得浑邪王的完全信任，他必须要受些苦头，将戏演得逼真一些，这样才能掩人耳目。至于逃跑的方法，当然是从看守的身上下手。

聂一听完了汉武帝的话，不能不深深钦佩这位一国之君的细心和计谋。

第三十章 休屠起疑 调包公主

聂一被押解在雁门郡的羁押牢中，寒冷的天气里，值班的军士抵挡不住这样的寒冷，看了看牢里的犯人，就躲进了附近的当值房里。聂一明白这是汉武帝事先安排好的事情，为了给他留下机会，聂一很轻松地就将牢窗的木栏拆掉了，身子一弓便钻了出去，随即就藏到了巷口处的茅厕中。

早上的时候，雁门关的城门被打开。进出的行人开始接受把关军士的例行盘查。聂一从茅厕里溜出来，贴着墙角慢慢向城门处挪动。这时背后有人在聂一的肩头上轻轻一拍，他回转身，看到了达鲁。

“嘘——”达鲁示意他轻声。

“将军缘何在此？”聂一低声问。

“眼见你被李广捉走，我怎能丢下你不顾，一直在牢房左近守候。这不今日一早就来观望，可巧就遇见了你。”

“那好，城门已开，我们一起快些出城吧。”

“怎么，你就这样走？”

“是啊，夜长梦多，事不宜迟。”聂一拉起达鲁就走。

“你这个样子能出得出去吗？”达鲁指指聂一身上的伤痕。

聂一这才似乎明白了：“有理！城门有军士盘查呀，这便如何是好？”

“有办法，你随我来。”达鲁头前就走。

二人来到一处工夫市，这里卖零工的三五一群，也有几辆待雇的马车。达鲁和一辆车主讲妥，二两银子雇好。聂一爬上车躺下后蒙上棉被，马车就晃晃悠悠地向城门驶去。守门的军士只是掀开布帘看了一眼，什么也没说没问就挥手放行了。

离城几里路后，马车继续前行，越走越荒凉了。车夫不免担心地问：“这到底去哪啊？”

达鲁冷冷地回了一句：“少再多嘴发问，一直向北。”

车夫忍不住还问：“还有多远哪？”

“告诉你少问，是不是活够了？”达鲁恶狠狠地瞪了车夫一眼，“还有五百里，三天后能到。”

“啊？”车夫停下了，“雇车时你说，出城不远呀。”

“怎么，不想去了？”

“这钱我不赚了，”车夫掏出那二两白银，“我要回家了。”

“我看，干脆送你回老家算了！”达鲁拔出腿上的短刀，用力插入车夫的前胸，车夫惨叫一声气绝身亡。达鲁踹了一脚，尸体滚落车下。

聂一看在眼里，犹如扎在自己心上。他暗说，匈奴胡贼对汉人如此残忍，自己怎能忍受，就是皇上不说，七尺男儿血性汉子，也要为同胞报仇。

“聂都尉怎么不言声了，是不是担心没人赶车呀？”达鲁抄起了鞭杆，“放心，我保证把你安全送回。”

聂一只是笑笑，他说不出话来。

宝帐中百盏油灯齐放光芒，御案上奶酒飘散着清香。在聂一返回的当晚，浑邪王就在宝帐安排了召见。因为事先听取了达鲁的报告，故而浑邪王对聂一并不生疑。他带着慰问的口吻说：“聂都尉此去雁门，多有惊吓，饱受皮肉之苦，本王甚觉不安。”

“大王言重了，”聂一并未伤及内脏，只是表皮之伤，所以不重，他躬身答道，“为大王效力，便抛头颅洒热血亦理所应当。”

“聂都尉好生将养，休息去吧。”

“臣受大王厚恩，怎能安心颐养，”聂一牢记武帝的嘱咐，“此番雁门之行，臣下并非一无所获，还有军情禀报。”

“讲来。”

“臣在被关押时听得李广议论，道是汉皇言说休屠王拥有祭天金人，为匈奴真正首领，今后欲同休屠王联姻，他们视休屠王为友视我为敌，这将对大王十分不利啊！”

“有这等事？”浑邪王原本不想同汉室作对，才主动提出迎娶公主，想不到如今要被休屠王取而代之，使得他大为不安，“这该如何是好？”

“大王不要烦恼，臣下自幼学得满身武艺，正该为您效力，待我去将那祭天金人盗来。”

“你？能行？”

达鲁觉得不妥：“那祭天金人，乃休屠王权位的象征，他岂能不严密看管，只怕偷鸡不成反蚀把米，聂都尉再有个闪失。”

“危险总会有的，但也有成功的希望，请大王容臣走一趟，得手是大王福分，假如失手便粉身碎骨臣亦心甘情愿。”

“都尉如此忠心可嘉，本王怎好见拒。”

“大王允诺，臣明早即行。”

浑邪王饮下了一杯奶酒，他为聂一的忠贞而感叹。

水草丰美的皋兰山而今却是冰天雪地，休屠王的银顶宝帐围了三层牛皮墙，一者挡风寒，二者保安全。周身黑衣脸蒙布罩的聂一像一只狸猫跃过三道皮墙，无声地溜进了宝帐，隐身在暗处向帐中窥望。

休屠王正与相国把盏对饮，二人用解手刀割着手把肉，吃得津津有味。两个侍女在身后斟酒，羊油灯袅出缕缕黑烟。

“大王”，相国端起手中的银杯，“为臣这是最后一杯了，您也该歇息了，明晚你我君臣再喝个痛快。”

“相国，不急，今儿个本王高兴，”休屠王舌头已经大了，“那汉国皇帝派来使臣，有意主动与本王联姻，说明他高看咱一眼，说明本王在他心目中的地位已超过了浑邪王。”

相国吞下一块羊肉：“这要归功于祭天金人哪，若没有它，汉皇是不会将我们视为正宗的。”

“有理，因为金人是我匈奴最高权力的象征。”

“大王，你可一定要将金人看好。”

“放心好了，一个人藏的百人难寻。”

聂一听着感到纳闷，在宝帐的正中，明明供奉着那尊祭天金人，休屠王为何还如此说呢？

相国笑着向休屠王身后一指：“还有这一尊足以以假乱真的铜像，外来人更是休想染指了。”

一刻钟后，相国告辞了，休屠王进了后帐安眠，很快发出了鼾声。聂一在心中反复权衡，何不趁此机会刺杀休屠王，也为汉室除掉一个大敌。又一想，觉得不妥，万一要是一刀杀不死，将休屠王惊醒，惊叫起来，这帐外满是御帐亲军，自己还能活命吗？还是盗走假金人，兑现了万岁交办的差事，也能回去向浑邪王交差。他蹑手蹑脚过去，将明知是假的金人揣入怀中，想了想，将自己的腰牌故意丢在地上，溜出宝帐。在树林中找到自己的坐骑，快马加鞭连夜赶回河南地界。

天明后，休屠王起身发现假金人失盗，急忙传来相国：“你看，假金人昨夜被盗了。”

“会是何人所为呢？”相国皱着眉头思索。

“会不会是汉国派人来？”

“看，这是什么？”相国发现了落在墙角的腰牌。

休屠王接过在手，稍一辨认：“这是浑邪王的人来过了。”

“盗取金人，欲做匈奴霸主，”相国感叹道，“幸亏大王预有防范，以假乱真，不然就让他们得逞了。”

休屠王气得脸色发紫：“浑邪王暗下手脚，本王决不能善罢甘休，早就打算收了他的部众，这步棋就走了。”

“统一匈奴各部非大王莫属，从即日起我就整备兵马粮草，一待时机成熟，就发兵河南地。”

休屠王将手中的腰牌掰成两半，显示了他誓灭浑邪王的决心。

浑邪王的宝帐中炭火正红，十数个火盆将帐内烘烤得春意融融。浑邪王此刻也是春风满面，手中不时抚弄聂一盗回的祭天金人：“这象征匈奴最高权力的金人，终于到了本王之手，聂都尉此行功不可没，一定要重重封赏你。”

达鲁有几分怀疑：“这样贵重的宝物，休屠王就那样大意，聂都尉就能轻易到手，我总觉得不正常。”

“这明晃晃的金人就在本王手中，还有啥可怀疑的。”

“大王，恰恰这刺眼的亮色使臣生疑。”达鲁上前又看了几眼，“真正的黄金颜色稍暗。”聂一也近前来观望一下：“倒也如将军所说，这金人贼亮贼亮的，弄得我心里也没底了。”

“看你二人这番怪论，把本王心中欢欢喜喜的热火都给浇灭了。”

达鲁见状提议：“要辨真伪，却也不难，俗话说，真金不怕火炼，将金人放在火盆中一烧真假自明。”

“就依达鲁所言。”浑邪王将金人置于身边的火盆内。

一刻钟过去，火盆中的金人渐渐失去了光泽。薄薄的一层镀金已被烧化，露出了里面的黄铜本色。

浑邪王大失所望：“咳，没料到竟是一场空欢喜。”

聂一跪倒请罪：“大王，此乃臣之过，甘愿受罚。”

“受罚？本王就是将你问斩又能怎样，”浑邪王无限伤感，“这金人能变成真的吗？”

“大王，臣愿再去一次，盗不回金人提头来见。”

“这……”浑邪王一时拿不定主意。

“再盗只能是枉费心机了，”达鲁表示反对，“金人何等重要，休屠王原本就密藏，聂都尉已是打草惊蛇，休屠王定然格外小心，不必再动这个心思了。”

“有理。”浑邪王听得连连点头，他起身将火盆里的铜人取出，赌气扔到了帐外，“见鬼去吧。”

“大王，汉皇以金人小视我们，不能咽下这口气，我想要给刘彻一点儿颜色看看。”达鲁在揣摩主子的心思。

“甚合本王之意，”浑邪王作出决定，“即日起整备军马，集结十万大军，三日后发兵攻取雁门。”

“臣遵命照办。”

聂一在一旁听到，心中暗暗盘算。回到家中，当晚他叫过心腹家人，将写好的密信藏在衣领内，派家人连夜赶往雁门关，向李广通报消息。

三天之后，匈奴十万马军集结完毕。北风呼啸，雪花飞扬，军士在军校场整装待发，达鲁、聂一等也在风雪中等候。

浑邪王乘马来到，他兜了一个圈子，对大军的军纪感到满意："好，这才是我的虎豹儿郎。"

达鲁近前请示："大王，下令出发吧。"

浑邪王任凭雪花扑在脸上，他许久不动，纷纷飘落的雪花将他全身罩满，俨然是一尊白玉雕像。

达鲁在猜测主人的想法："大王，是不是风雪太大，您想改日出兵？"

浑邪王未答反问达鲁："你可知兵法上有句名言，叫做'出其不意，攻其不备'？"

"臣自然知晓。"

"本王就要打汉人一个措手不及。"

"大王改变主意，不攻雁门了？"聂一担心地问道。

"非也。"浑邪王壮怀激烈地说，"我要兵分三路，本王自带四万人马照攻雁门不误，而由达鲁率三万人马去攻打云中，聂都尉领兵三万去攻上谷。"

聂一一听心说糟糕，这样一来自己报送的军情岂不有误，李广将军就将措手不及，便委婉劝阻："大王，这样分兵等于拳头张开，怕是三地都难取胜啊。"

浑邪王已是拿定主意："我要叫汉皇防不胜防，顾此失彼。"

聂一情知难以挽回，但他提出："为臣承蒙大王委以重任，深感责任重大，恐怕有负大王厚望，故请辞上谷统帅。"

"本王信任，你只管领兵便了。"

"大王自不必说，但臣乃汉人，战场之上，属下倘不听调遣岂不贻误战机，故万万不可。"

浑邪王想想也有道理，便不再坚持："好，聂都尉协同本王奔袭雁门，我中路大军可保必胜。"

聂一心中转喜，因为这样一来自己和李广约定的计策就不致落空了，至少可以保证雁门一线汉军获胜。

匈奴三路大军同时出发，经过几日的急行军，浑邪王的中路大军这日到达了距马邑二十里的地方。浑邪王传令全军停止前进，他在马上沉思。

聂一近前问道："大王，为何犹豫不前？"

"此处便是上次我大军回兵之地，"浑邪王无限感慨，"那时若非本王机警，险些中了奸计，那就是全军覆没呀！"

"大王圣明，"聂一正想实施与李广定下的计谋，"俗话说，吃一堑长一智，我们要取雁门必先攻占马邑，要占马邑，必走邑前狭谷，倘李广再设伏兵，我们岂不是自投罗网？”

“正是虑及此事，本王才下令停止进发。”

“臣有一策，不知当否？”

“你尽管讲来。”

“大王言道，出其不意，攻其不备，我们何不绕过马邑直取雁门，这样既可避开汉军埋伏，又可减少马邑的阻隔。待攻下雁门，回头顺手牵羊，便收拾了马邑，岂不事半功倍？”

“好，甚合吾意，”浑邪王传令，“就请聂都尉头前带路。”

聂一心中窃喜，鱼儿业已上钩，但愿此番能全歼匈奴四万人马。虽说未能包围预期的十万，但这也是一大胜利。

四万匈奴人马全速向前，红日西斜之际，绕过马邑，雁门已是遥遥在望。眼看匈奴全军就要全部进入伏击区了，浑邪王又突然下令停止向前。

聂一来到近前：“大王，兵贵神速，距雁门不过数里远近，正当一鼓作气，奋勇攻城。”

“不急，我们还得多个心眼。”浑邪王手指前方说，“我大军已到近前，而汉军还毫无动静，这似乎反常。”

“大王，我军是突然偷袭，汉军没有料到，他们不知，就是因为我们行动成功啊。”

“不怕一万，就怕万一。你和我先莫上前，派卫将带一万人马打头阵，我们看看风向再说。”

“这……”聂一从内心里担心计谋落空，“大王，一万人马哪是李广对手，还是全部压上，一战成功。”

“吾意已决。”浑邪王不肯改变。

聂一情知计划又大打了折扣，但他也不好再说，只好眼睁睁看着。

卫将率一万人马如狂风暴雨般杀向了雁门关城，距离不足一里路时，只听城头上号炮连天炸响，数百面旌旗飘荡，上千名弓弩手乱箭齐发。正在冲锋向前的卫将脚下“轰隆”一声，半里方圆的陷坑塌落，卫将和身边两千余人马掉入陷坑中。与此同时，汉军从四面八方杀来。

浑邪王见状，连呼：“不好，我们又中了埋伏，撤兵。”他调转马头就跑，部下兵将自是紧紧跟随。

李广虽说是全力挥军掩杀，由于匈奴军撤退及时，未能将其包抄。追出四十余里，天色已晚，下令收兵。

浑邪王跑出五十多里，不见追兵赶来，惊魂方定。计点一下人马，损折将近三万，身边只剩万把人马。浑邪王不由得潸然泪下，掩面而泣。

聂一劝道:“大王,胜败乃兵家常事,何必如此苦恼?”

“四万大军,折损过半,叫本王有何面目再见部下子民。”

“大王此言差矣,”聂一心中万分遗憾,“若非大王英明,先派一万人马进攻,我等将悉数被俘,诚为不幸中之万幸。”

浑邪王想想也是,但无论如何也提不起精神,无精打采地回到了河南。

次日,上谷、云中的两路人马先后返回,令浑邪王喜出望外的是,两路大捷奏凯,掠获颇多。这总算抹平了他心中的伤痕。

战报报到长安,汉武帝却是大为失望,他期待的胜利未能实现,但也更激起他消灭匈奴靖边除患的强烈信念。他发誓,要养育精兵,挑选良将,不惜国力,尽早击败匈奴。

长安的冬季干冷干冷的,没有冰天雪地,也没有怒吼的寒风,但却令人从心里往外凉透腔。汉武帝刘彻拥着锦被斜靠在炭火盆边,还是感到一阵阵周身发冷。其实他是在巡视雁门时受了风寒,而更为重要的原因是,他看到了匈奴胡患的严峻形势。浑邪王三路来犯,仅有李广一路获胜,而且还是因为有聂一这个内应,如若不然,说不定就是满盘皆输。作为一国之君,不能保障边境的安宁,如何面对自己的臣民。这几日他茶膳不思,夜难成寐,苦思苦想打败匈奴的办法,但仍无良策。

宫女送来一碗姜汤,是御医让武帝发汗的。由于他全神想事,面前站个大活人他竟视同无睹。宫女担心姜汤放凉,只好提醒:“皇上,该进姜汤了。”

武帝这才发现面前的宫女,他伸手欲端姜汤,手却停在半空不动了,目不错珠地盯着宫女不放。

宫女被看得有些难为情,她心中涌起一丝美妙的希望。莫不是皇上看中了自己,说不定自己就可改变这奴才的命运。青春的骚动使她热血奔涌,宫女情不自禁地向武帝抛过去一个媚眼。

武帝微微一笑:“你很美,而且言谈举止不俗,朕要对你作出一个关乎你一生的重大决定。”

“奴婢愿把自己的一切都奉献给皇上,”宫女的心突突跳个不住,她眯上杏眼,等待着幸福时刻的到来。她期待着男人的拥抱。

武帝的话令她意外和震惊:“朕要将你收为义女。”

“啊?”宫女虽说有些失望,但这毕竟是飞来之福,她又实在参不透个中缘由,担心隐含凶祸,“万岁,奴婢糟糠之身,怎堪圣眷垂爱。”

“放心,”武帝打消她的顾虑,“朕不会将你如何,是国家有用你之处。”

宫女越发糊涂了:“奴婢文不能提笔,武不能握刀,有何可供驱使之用?”

“朕要赐你春阳公主封号,还要赏你黄金千两,供你养家之用。”

“这等隆恩,奴婢怎敢生受?”

“无妨，”武帝颇为认真地说，“只要你按照朕的旨意去做，还会给你家更多的赏赐。”

“但不知万岁到底要奴婢做什么？”宫女有些胆怯，吞吞吐吐，“该不是要我的性命吧？”

“看你想到哪里去了，”武帝终于挑明了，“朕要将你当真公主嫁出去。”

“嫁，嫁给谁？”

“下嫁与匈奴的休屠王。”

“让奴婢去给胡人做妾？”宫女不寒而栗。

“不是做妾，是做王妃，”武帝劝慰宫女，“大汉公主，朕的女儿，谅他胡儿不敢怠慢。”

宫女明白生杀大权都掌握在皇上手中，不答应也是枉然，莫不如痛快允诺，也给皇上留个好印象，便乖巧地说：“奴婢一切莫不属于国家，万岁抬举，奴婢敢不从命。”

“这样就好，”武帝脸上现出笑容，“从即日起学习公主的一切礼法，务要一丝不差。”

“奴婢遵命。”

宫女被人领走，武帝叫过太监总管杨得意，命他传旨尚书起草诏书，答复休屠王，近期择日下嫁春阳公主。杨得意领旨走后，武帝依然在炭火炉边端坐不动。不知过了多久，杨得意已经回来复旨，见武帝的样子，深恐皇上焦虑成疾，便破例上前启奏：“禀万岁，骠骑将军霍去病求见。”

“是霍去病”，武帝紧锁的眉头舒展开，“他来得正好，朕正要见他，宣他立即进宫。”

霍去病奉诏来到武帝面前参拜毕：“万岁，臣获悉近来陛下茶饭少进，甚感不安，愿为主分忧。”

“你可知朕的心病？”

“自然是为匈奴不灭，边患未除。”

“你欲如何分忧？”

“请万岁准臣精骑五万，臣在一年内扫平匈奴。”

“难得将军主动请缨，只是眼下时机尚未成熟，相信不久的将来，就会有你的用武之地。”

“万岁，臣空有一身武艺，满腔赤胆，而不能为主分忧，岂不愁煞人也。”霍去病未免声含涕泣。

“霍将军无需悲哀，时下就有一桩大事交你去办。”

“万岁降旨，臣万死不辞。”

“朕要你乔装改扮，进入匈奴浑邪王领地河南，去与聂一会面，同时查看河南地形，以备日后作战。"

"臣领旨。"霍去病又问，"但不知与那聂一相见所为何事？"

武帝叮嘱道："你知会聂一，要他……"

皑皑白雪一望无际，起伏的山峦犹如巨大的银蟒冻僵在地，尖啸的北风旋起冒烟的积雪，搅得天昏地暗。霍去病身着羊皮衣脚蹬牛皮靴，头上的狐狸皮帽子遮住了大半个面部，他在没脚脖子深的雪地中艰难地跋涉向前。为了不致让人怀疑，他早在五里路外就抛弃了战马，而今步行了也有五里之遥，累得他已是气喘吁吁汗湿脊背了。前面一处雪包动了动，霍去病以为看花了眼，紧走几步揉了揉双眼再仔细看。哪容他再近前，足下突然绷起两条绳索，猛地将他绊倒。随即有两个人压在他身上，麻利地将他捆绑起来。

"小子，挺阔啊。"一个瓮声瓮气的家伙摘下霍去病头上的帽子，扣在了自己的头上。

凭霍去病的武功，一二十人也不在话下。但他装得无能为力："你们这是做甚，凭什么绑我？"

"你是汉贼的奸细，还要杀了你呢。"另一个声音尖细得像女人的汉子，用刀背在霍去病脖子上蹭了两下。

"二位大哥，我可不是什么奸细，我是来寻亲的。"霍去病给他二人不住作揖打躬。

"你是汉人，这儿谁是你的亲戚？"

"我是来找聂一的，他是我的表舅。"

"表舅？哼，就冲你这八竿子打不着的关系，你也是蒙事。"

"姑表亲舅表亲，打折骨头连着筋，这关系可不算远哪。"

两个人嘀咕一阵，觉得聂一在浑邪王那里也是有一号的，不敢轻易得罪，就将霍去病完好无损地送交给浑邪王。

聂一奉召来到银顶宝帐，见浑邪王和达鲁二人脸色难看，帐中跪着一人，由于是背对着，也看不清面目，心中犯疑，上前见过礼后："大王，急召臣下有何紧要军情不成？"

"聂都尉，这个人你可认得？"浑邪王冷冷地发问。

聂一上前，转过身子与霍去病对面，仔细打量起来。霍去病情知二人不曾相识，唯恐被浑邪王看出破绽，便抢先说道："表舅，我是张二愣啊。"

聂一想起与武帝分手时的相约，立刻意识到是武帝派人来了，上前紧走几步，装作认真辨认的样子："二愣，怎么是你，不在上谷家中，来到这河南做甚？"

霍去病号啕大哭起来："表舅，官府把咱家害惨了！因为受你连累，我们全家三十多口全都死于非命啊。"

“怎么，竟有这等事？”

“剩我一人，侥幸逃出，算是拣得一条性命。”霍去病泪流满面，“表舅，你要为我家报仇哇！”

浑邪王在一旁看得鼻子发酸，他已打消了疑虑，挥了挥手：“聂都尉，带回你的帐中，好生安慰一下。”

聂一将霍去病领进自己的营帐，关好帐门，施礼问道：“敢问尊姓大名？”

“在下霍去病便是。”聂一看到是霍去病，纳头即拜，霍去病一把扶住，拦下了他的叩拜。聂一心想，霍去病这么重要的人物都被派过来了，难道要讨伐浑邪王？霍去病知道他的心思，告诉他此时还不是冲突的时候，于是便把自己此行的目的告诉了聂一。原来皇上让聂一带人从休屠王手中劫获春阳公主。而且这次行动只许成功，不许失败。

这个事情一定要做得隐秘，最好是用偶然的方式，这样才能骗得浑邪王的信任，否则一旦失败，他们准备了这么长时间的计划一定会功亏一篑。为了确保万一，霍去病决定随军出战，事成之后便设法逃脱，浑邪王问起来就说他已经战死沙场。

第三十一章 匈奴反目 趁机全歼

三天很快便过去了，聂一将早已想好的对策告诉浑邪王，他说：近来经常看到休屠王的小股人马从这里经过到汉国活动。为了弄清他们的目的，最好是带着人抓几个休屠王的使臣回来问清楚。浑邪王有所顾虑，以目前的情况，浑邪王的势力还斗不过休屠王，所以还不敢对其太过分。聂一在一旁为其分析，告诉浑邪王，万不可让休屠王和汉国勾结，这样他们一部灭亡地会更快。达鲁是个很有心计的人，他想借此机会试探聂一的忠心，便暗中对浑邪王使眼色，浑邪王便含糊地答应了下来。

聂一心下窃喜，点齐一千人马依计行事去了。

聂一走后，浑邪王询问达鲁："你适才示意本王同意聂的主张，是何道理？"

"大王，那二愣突然来到我河南地，为臣就有些疑心，但又吃不准。而今他提出带兵出巡野马滩，正好试探一下他们是否早有预谋。"

"你的意思是……"

"派人跟踪。"

"谁去合适呢？"

达鲁想了想："莫如臣化装后暗地监视，弄个水落石出。"

"如此甚好，本王看你能弄出什么名堂。"

凛冽的寒风依旧在原野里肆虐，觅食无着而冻僵的鸟儿随处可见。战马鼻孔中喷出股股白气，兵士们都将头缩进皮衣领子内。木轮车在雪地上艰难地行进，只有它碾雪时发出的咯吱声，才是这数百人队伍的生气。没有人说话，人们只是默默地向前。绿毡锦车内的"春阳公主"愁肠百结，这位一步登天的宫女，掀开车帘观望一眼，一片雪野茫茫，她感到自己的前程，就像这无边无际的雪原一样，不知何处方是归宿。

休屠王的相国受命来迎娶大汉公主，他特地挑选了二百精骑随行护卫。本来这条路常来常往，只有一天路程就可进入自己的领地。但是，浑邪王派人盗取祭天金人的举动，不能不令他有所防备。汉皇将公主下嫁本部，浑邪王会不会忌而生恨呢？想到此，他不由得伸手摸了摸肋下的弯刀。

"杀啊！"突然间震天价的喊声响起，如同平地刮起冲天的旋风。在纷纷扬扬的雪尘烟雾中，上千银白色的马军，从山阜后冲杀过来。马是白色的，人是白色的,几乎和这玉琢银砌的雪的世界融为一体。难怪相国未能发现埋伏,在他思忖之际人马业已杀到面前。

聂一手中的砍山刀舞得犹如风车一般。寒光闪处,鲜血飞溅,休屠王的队伍被杀得人仰马翻。

相国一边自卫,一边疾呼:“快来保护本相。”他此时想的只是自己活命,至于公主他就顾不上了。

混乱中,一身白色装束的霍去病,凑到聂一身边悄声说:“聂将军,我要告辞了。”

“好,一路顺风。”

霍去病掏出一羽信鸽塞过去:“给,别忘了报信。”

“放心好了,决不会误事。”

“我去了。”霍去病给胯下马狠加一鞭,驱坐骑向南飞驰而去。

隐伏在高坡上的达鲁,任是如何睁大双眼,也难以辨清离去者是何人。

相国丢掉一百多具尸体,狼狈地落荒而逃。春阳公主连人带车被聂一俘获,他满怀胜利地喜悦凯旋。

看到聂一带回一个千娇百媚的美人,浑邪王喜得合不拢嘴:“真是天赐良缘,本王今夜就洞房花烛。”

达鲁却比他想得更深一层:“大王,聂一劫获了本属于休屠王的汉公主,汉国与休屠王能善罢甘休吗?”

浑邪王怔了一下:“他们又能如何?”

聂一是鼓励浑邪王的做法:“人已抢来,总不能再拱手送回吧。他们不甘心又能怎样,无非是发兵前来。兵来将挡,水来土掩。汉国既然对我部不仁,也就休怪我们不义。”

“聂将军所言有理。”浑邪王连连点头。

“真要动了干戈刀兵,怕我们不是对手啊。”达鲁忧心忡忡。

“我看没什么可怕的,”聂一自然是要实现计划,“过去我们主动与汉国示好,结果被认为是软弱可欺。而休屠王强硬,汉国反倒去巴结他。我部若是不卑躬屈膝,汉国也不敢轻视我们。”

“有理,”浑邪王下定了决心,“今夜便拥新人上床,做他汉皇的驸马,生米做成熟饭,看他能奈我何!”

达鲁虽觉不妥,但挡不住浑邪王的新郎官美梦,徒有叹气而已。

聂一大功告成,高高兴兴回帐去了。

浑邪王见达鲁闷着头生气,颇为不满地诘问:“怎么,本王大喜的日子,你似乎不悦呀!”

“臣下怎敢。”

"那你为何还不去张罗一下,这洞房总要布置一下,酒肉总要准备准备吧?"浑邪王指责道,"你却是袖手旁观不闻不问哪。"

达鲁的不满当真爆发了:"我的大王,你不能只想着依红偎翠,心中要有大事,不然脑袋掉了可就悔之晚矣。"

"什么事这等严重?"

"臣主动请命去跟踪聂一,你就不问问情况吗?"

浑邪王这才想起还有这档子事:"是啊,你为何不向本王报告啊?"

"聂一那个表外甥,已经不见了。"

"难道真的有问题?"

"臣怀疑他是汉国派来的奸细,趁机逃回报信去了。"

"你眼见得实。"

"臣看见一人,全身素白,乘马直向南方而去,"达鲁说时底气不足,"但因距离有两箭地之遥,看不清那人的面目。"

"着啊,那你如何认定他就是二愣?"

"不是他又能是谁?"达鲁以为宁可信其是,不可信其非,"大王可叫来聂一,追问二愣的下落。"

"算了,你问他他不认账又能如何,徒自打草惊蛇。莫如暗中留心,发现破绽拿住把柄再做道理。"

达鲁想想,也没有别的办法,无可奈何地:"好吧。"他垂头丧气,长叹一声离开。

"哪里去?"浑邪王叫住他。

"大王还有何吩咐?"

"今晚本王成亲之事,你似乎又忘记了。"

"啊,"达鲁还在想着如何对聂一进行监视,"大王,臣这就去安排,一定让您满意。"

"这就对了。"浑邪王脸上现出一丝笑意。

休屠王听说浑邪王抢去了春阳公主,气得暴跳如雷:"这还了得,这真是欺人太甚!"

相国也是气急败坏:"大王,浑邪王屡屡与我部作对,再不教训一下,以为我们软弱可欺,还不得骑到脖颈上拉屎啊。"

"大丈夫不能容忍夺妻之恨,何况我为一部之王,"休屠王下定了决心,"举全国之兵,一鼓荡平浑邪部,统一匈奴正其时也。"

"大王英明!"相国极想挽回面子,力主讨伐,自然是赞同,"我们这叫是师出有名。"

休屠王点集了五万人马,也不顾冰天雪地,浩浩荡荡杀向河南。

浑邪王还在帐中搂着美人酣睡，达鲁步履匆匆闯入宝帐，忙不迭地呼叫不止："大王，祸事！"

浑邪王不悦地睁开眼睛："大呼小叫，成何体统？"

"大王，休屠王五万大军杀过来了。"

浑邪王这才吃惊地坐起："这便如何是好？"

"大王，都是聂一惹的祸。"

"怎如此说？"

"若不是他抢来那个春阳公主，何至于招来这刀兵之祸呀，"达鲁痛心疾首地，"女人真是祸水啊！"

这话又呛了浑邪王的肺管子："你这是什么话，聂一也是为的本王，他也是气恨汉国待我部不公。"

聂一匆匆赶来："大王，听说休屠王大兵进犯。"

"正是，"浑邪王急忙求教，"聂都尉，当如何对待？"

达鲁还在气恨之中："都是你无端惹事，抢那公主做甚？"

"大人此言下官不敢苟同，"聂一此刻心内窃喜，"那休屠王灭亡我部之心已久，你夺公主与否，他早晚都会发兵。"

"而今五万大军近在咫尺，这该如何是好？"达鲁气呼呼地问道。

"有道是兵来将挡，水来土掩。"聂一以胸有成竹的口吻稳住了浑邪王的情绪，"与休屠王迟早必有一战，焉知我们就不能取胜？"

"有理，"浑邪王已是志在一搏，"我们也有数万大军可供调遣，此战获胜，这匈奴各部就唯我独尊了。"

"末将愿领兵出战，并愿立军令状，如不能获胜，提头来见。"聂一欲取得队伍的指挥权。

几万人马交给汉人，而且还是有疑点的汉人，浑邪王还是难以放心的："大军由达鲁统一率领，聂都尉协同指挥。"

二人谁也不好再说什么，达鲁有些勉强："谨遵王命，誓死血战，不获全胜，绝不收兵。"

离开浑邪王的宝帐，聂一独自来到无人处，从怀中掏出信鸽，向蓝天中放飞，眼见得鸽子带着他的希望，飞向遥远的南方天际，越飞越高越飞越远，直到看不见踪影。

野马滩在十万大军的践踏下颤抖，往昔洁白的积雪而今已变得污黑泥泞，战马在不安分地地嘶鸣，似乎已嗅到了血腥。聂一心房"怦怦"跳个不停，他兴奋中又隐含几许紧张。长期筹划的大计就要得以实现，他期待胜利时刻的到来，又担心在最后时刻前功尽弃。

达鲁望着对面的休屠王大军有些胆怯，他不敢下令首先发起进攻。在他看来,似乎谁先行动谁就是沉不住气,谁就先输掉了锐气。同样,休屠王也不敢贸然先行冲锋。这是关系到双方生死存亡的决定性战役,只准成功不能失败,败就意味着一切都不复存在。因此,双方一直在僵持着,似乎是在考验对方的耐力,看谁有信心能坚持到最后。

聂一想,总这样对峙也不是办法。一定要让双方打起来,自己应该推进这个进程。拿定主意,他张弓搭箭,手一松,雕翎箭带着哨音直向休屠王飞去。

休屠王毫无防备,情急间躲闪不及,箭簇插入了他的左肩窝,疼得他"哎呀"大叫了一声。

相国慌了:"大王,你怎样?"

"不要说了,给我进攻!"

相国将令旗高高举起,休屠王麾下五万人马全线压上,像钱塘江涌潮一样排山倒海般冲过来。

达鲁见状,大喊一声:"迎敌!"数量大体相等的骑兵,呐喊着恰似狂飙扑过去迎战。

一场惨烈的厮杀,在冰封的雪原上展开。双方几乎势均力敌,一时间谁都难以取胜。呐喊声,马嘶声,兵器的撞击声,死伤时的惨叫声,在旷野里回荡。断臂残躯,倒地挣扎的战马,面目狰狞恐怖的死尸,杂乱地横陈在脚下。双方直杀到红日西沉,仍然难以分出胜负上下。在各自丢下大约几千具尸体后,分别收兵扎营,以待来日再战。

浑邪王回到宝帐,脸色阴沉难看。一个受伤的兵士从他身边抬过,由于肚破肠流,痛苦得嚎叫不止。他拔出佩刀,恶狠狠砍下,兵士的头颅滚出老远:"我让你号丧!"

"大王,莫要动怒,我部已是胜利在握。"聂一来到近前劝慰。

浑邪王不以为然地:"你就别哄骗本王了,当我是三岁孩童吗?打了一天,不过勉强战个平手。"

"这就是我方的胜利。"聂一蛮有信心,"再这样打下去,不出三五日,胜利就会属于我们。"

"本王怎就听不懂你的话?"

"大王,这还不是明摆着的,"聂一算起账来,"今日我们双方各自损折约五千人马,明日若再如此,依此类推,兵力则是越打越少。而战场就在我方家门口,我们可以立即动员补充兵力,臣估算一下,再调集三四万人马不在话下。而休屠王要搬援兵,没有十天半月是来不到的,这不就是说我方已是九成胜算了。"

浑邪王听着听着,不觉笑出声来:"聂都尉,你这番话,如同在本王心中打开了两扇窗，我这心里可是亮堂多了。”

“大王，派人回去调集人马吧？”

“谁回去合适呢？”浑邪王犯起了思忖，“这前线战事正紧，达鲁和你都不能离开。”

“那就大王回去调兵。”聂一提出。

“我？这儿大战正酣，我这不是临阵脱逃吗？”

“大王，唯有您回去调兵，才能威慑住各部不敢抗命，才能确保我们的后续部队及时投入战斗，”聂一又有意表示忠心，“再说这混战之中刀箭无眼，万一伤了大王，待击败休屠王后，谁来统领这兵将？”

浑邪王真正感受到了聂一的忠心，他见达鲁始终是一言不发，心内颇为不满，有意问道：“你意下如何？”

达鲁对于聂一的作为非常反感，这种逢迎实在令人作呕，但他又不好明说。而今问到头上，也只有权且顺情说好话：“聂都尉所言极是，臣认为可行。”

“好，既然你二人皆言可行，本王就不好推辞了。”当即，浑邪王连夜离开了野马滩。

休屠王也非等闲之辈，他与相国也在议论战事的得失：“相国，你看照这样打下去，我们可是耗不过对方啊！”

“臣也在为此事忧虑，如若三两战仍不能取胜，恐怕局势对我方大为不利，”相国一语击中要害，“浑邪王就近可以增兵，而我方则只能望洋兴叹了。”

“我们不能坐等这种情况成为现实，”休屠王已是有了主张，“兵法云，出其不意，攻其不备。”

“对，改正面进攻为偷袭。”

“传令下去，四更造饭，四更半进餐，五更天发起进攻，打他浑邪王一个措手不及。”

“要求各营不得喧嚣，不得露出一点儿风声，让敌人蒙在鼓里，这样方可保我方全胜。”

天色刚蒙蒙亮，浑邪王的人马还在睡梦中，休屠王的大军已杀到了营寨前。达鲁和部下仓促应战，心理上先已输给对方。更兼未进早餐，哪里是休屠王的对手。不过一个时辰，营寨即被攻破。聂一仍在奋力拼杀，部下也就死命抵抗。他想，按信鸽的速度，汉军也该来到，如今正是大好时机。

南方的天际涌起一片乌云，伴有滚滚的雷声。厮杀中的双方不由得全都举目望去，哪里是雷声和乌云，是几万人的骑兵奔腾而来。像一道黑色的浪潮，席卷着一切。当先一员大将，正是威镇北疆的霍去病。他恰似一道闪电，转眼间杀入了匈奴阵中。

聂一见状，大吼了一声："霍将军，来得好啊！"他调转兵器，就向匈奴人砍杀。部下的士兵一霎时全懵了，弄不清这是发了哪门子邪。一没防备，二也不及逃跑，当即有十数人被斩落马下。

霍去病带来的汉军全是精锐，而且又是在双方战至强弩之末时投入战斗，所以匈奴双方，不论是休屠王还是浑邪王的部队，都毫无招架还手之力。汉军就像砍瓜切菜一般恣意诛杀，野马滩尸横遍野血流成河。

浑邪王几乎未得休息，调集了约四万人马，正待开上前线增援，忽见败兵潮水一样地溃退下来，他拦住一个小卒，气急败坏地发问："怎么了，难道这样快就输给了休屠王？"

"大王，不是休屠王，而是汉军到了。休屠王偷袭得手，我部已是连连溃败，谁料汉军又杀来。还有，聂都尉聂一也在阵前反水。"

"你这乱七八糟都说些什么，把本王全给弄糊涂了。"

"大王，明白与否都已无济于事，快带上王妃逃命去吧，晚了就来不及了。"小卒自顾逃去。

浑邪王面对着这混乱的景象，情知兵败如山倒，大势已去，叫王妃家眷们赶快登上勒勒车，随着败兵的人流向西而去。

聂一与霍去病在战场上相见，也顾不得叙旧，忙对霍去病说："霍将军，跟我来，先擒休屠王要紧。"

"有理。"霍去病策马紧跟其后。

休屠王和相国真是懊悔极了，眼看到手的胜利被突如其来的汉军冲得鸡飞蛋打一场空。他明白不是汉军的对手，带着相国和身边的人马仓皇逃走。跟随他的人马，大约能有上万。

霍去病马快，渐渐奔驰到聂一前面。他顾不上理那些没命奔逃的匈奴将士，目标盯准休屠王穷追不舍。他当然明白擒贼先擒王的道理，只要抓住休屠王，有多少部众也是不战而降。

休屠王怀抱着祭天金人，不住地给坐骑加鞭，渐渐被霍去病赶了上来。他胆怯了："相国，你，给我截住。"

相国不能不听，他回转马头，挥起手中狼牙棒，照准霍去病当头便打："哪里走，拿命来！"

聂一举开山斧架住狼牙棒，对霍去病说了一句："交给我了。"

"好了。"霍去病继续穷追休屠王不舍。

休屠王急得失声哀叫："快，谁来救驾，本王重重封赏。"

此刻"重赏之下必有勇夫"这话不管用了，哪里还有人理睬休屠王。霍去病一纵马头，即到了他的身后。轻舒猿臂，将休屠王擒过马来。然后狠狠摔在尘埃,吩咐随从兵士:“绑了。”

休屠王被捆绑的当儿,仍在紧紧护住胸口。霍去病见状,下马到他胸前一掏,祭天金人落到了手中:“命都难保了,这金人还不肯交出呢!”

聂一策马过来,将相国的人头掷于地:“霍将军,休屠部已是彻底解决,我们当乘胜追击,不能放过浑邪王。”

“有理。”霍去病跨上战马,向浑邪王逃去的方向疾驰。

聂一紧跟在后,大队汉军骑兵滚滚向前。

浑邪王情知汉军必然穷追不舍,为了逃命,他将家眷和辎重车辆悉数抛弃,挑选精骑五千,还有心腹部族王、王子、新任相国达鲁等,集中在身边,决心远遁他乡,以图东山再起。霍去病带兵追了一日,路上只见匈奴的溃卒东奔西窜,抓了几个散兵问询,皆说浑邪王还在前面。霍去病对众将士言道:“匈奴为患边疆数十年,今日难得这大好时机,决不能让浑邪王溜走,我们报效国家的时候到了。从现在起全军每夜只睡两个时辰,务要追上浑邪王。”

聂一深为赞同:“养兵千日,用兵一时,建功立业,机不可失,便几日几夜不睡又何妨?”

于是,汉军加快了追击速度。

四天之后,汉军追到了焉支山下,仍未发现浑邪王的踪影。霍去病连续查问了几个散兵,都言不知浑邪王的去向,只有一人言道,一天前看见有数千精锐人马向西去了。霍去病当机立断,全军夜不宿营,日不离鞍,马不停蹄,不追上浑邪王誓不罢休。

经过两天急行军,铁骑直趋一千里,汉军追到了皋兰山下,终将浑邪王所部咬住并包围。浑邪王虽然还有四万人马,但身边只有数千,况军无斗志,在两个部族王、一个王子被杀,特别是达鲁被斩于马下后,谁还肯为他卖命。他明白反抗也是徒劳无益,只得束手就擒。

至此,为乱汉国北部边境百十年的匈奴祸患,在汉武帝雄才大略的谋划下,在将士们英勇战斗的打击下,终于得以解除。汉武帝将浑邪部的四万降卒,分别安置在陇西、北地、上郡、朔方、云中五郡,史称“五属国”。同时汉武帝还在河西地区设置了酒泉、武威、张掖、敦煌四郡,迁徙大量内地贫民前去开发,使得河西走廊开始走向繁荣。

汉武帝元鼎五年(公元前112年),早春的风沙将长安城刮得一片昏黄,浑浊的空宇,飘洒下漫天黄沙,打在行人的脸上,一阵麻辣辣的疼痛。皇宫大内全都紧闭上门窗,借以躲避风沙的侵袭。由于没有日光,五柞宫内也显得光线昏暗,但武帝依然伏案凝视,许久许久都不曾挪动一下身体。太监总管杨得意轻轻移步凑过来,伸过头向案上望去:楠木案上是一幅大汉疆域图,他的手指在疆域图的下边不住地圈圈点点。杨得意不敢打搅,他掌过一盏纱灯，放在书案左侧。

光明为武帝脸上带来了笑意，他扭转头来，像是自言自语又像是对着杨得意："这么一大片锦绣江山，怎能让它游离于我大汉之外。"

杨得意有些丈二和尚摸不着头脑，只得随声附和："那是，那是。"

汉武帝此刻明白过来，也觉得颇有些好笑："那是什么呀？朕和你说的是何意，你明白吗？"

杨得意现出尴尬："奴婢不知。"

武帝没有责怪之意："你呀，在朕面前从来没有自己的立场。"

"奴才就应该唯圣命是听。"

"这样也对，"武帝又问，"这有一两个时辰了，可有重要事情禀报。"

"奴才见万岁深思未敢打扰，南越国赵太后派来一名使者，言说有紧急要事求见。"

武帝双眼一亮，自己正在为南越、东越这些南方属国思虑，就有使者到来："传旨，即刻召见。"

南越国的使者是殿前都尉，是南越王赵兴的叔父赵日，也就是赵太后的小叔子。参拜毕，赵日奏道："万岁，臣奉太后和南越王之命，特来请求内属。"

武帝心中一喜，所谓内属就是取消属国藩号，而将其领地划归汉国改郡。这当然是武帝求之不得的好事，但是他还不敢轻信："怎么，南越王和赵太后当真不愿自己称王了？"

"万岁有所不知，我国的丞相吕嘉野心日渐膨胀，网罗了一批朝臣和武将，意欲取南越王而代之。南越王终日提防，已是心力交瘁，说不准何时就有杀身之祸，故情愿归附，以求平安。"

"原来是这样，"武帝想这真是天赐良机，"赵大人，但不知可带来太后或南越王的亲笔信函，或者是请求内属的国书？"

"万岁，那吕嘉甚为奸诈，为防他搜身，不敢留文字于身，以免走漏消息。"赵日言道，"我们的意思是，请万岁派一使者前往南越，与南越王、赵太后共同商定切实可行的内附细节，确认万无一失后再奏请万岁实施。"

"此言却也有理，"武帝又问，"那吕嘉如此阴险狡猾，你来长安，他不会生疑吗？"

"臣是前来押送贡品，这是每年一次的惯例。"

"那么朕派使前往，当以何为口实？"

"理由还不多的是，万岁随便编上一个即可，"赵日想了想，"就以回赠礼物为由。"

"是个好主意。"

"但是,万岁一定要挑选个精明强干的人为使,也好能随时作出决断,紧急时有权力和智慧应变。"

武帝略加思索:"有了,朕命骠骑将军聂一前往。"

聂一自打剿灭匈奴立下大功,深得武帝赏识。更兼在平定东越之乱中再建殊勋,故得以官拜骠骑将军。在行将启程赴南越出使之际,武帝在便殿中召见,面授机宜。

"聂将军,此行干系重大,你可要好自为之,不可辜负朕的一番苦心。"武帝两眼射出逼人的光芒,令人不寒而栗。

聂一已是成熟老练的将才:"末将耿耿丹心,定将不辱使命。"

"你说说看,朕之目的何在?"聂一将自己心中所想说了出来,他自忖说中了汉武帝的心思,认为汉武帝的野心绝不仅仅在此,他要把南越等地全部纳入大汉版图。汉武帝也很欣赏聂一的聪明,点点头告诉他只是猜对了一半。汉武帝继续说道:"据朕所知,吕嘉同东越的国王余善,两个人交往甚是亲密,两个人勾勾搭搭,背地里不知道在密谋什么。你此行的目的就是要密切注意他们之间的动向,一定要掌握确凿的证据。"

聂一叹服于汉武帝的深谋远虑,更为自己能够有如此一代明君而感到骄傲,心底里暗暗发誓,即便身死也要为国效力。

第三十二章 南越内乱 聂一出使

南越的都城风光甚好，王宫中经过修饰，更显出一份喜人的场景。此时南越国王的淑妃正在一池碧水环绕着的寝宫中休息。绿纱窗前架着一只漂亮的鹦鹉，不安分地叫唤着有客。

妩媚可人的淑妃伸出头来，不耐烦地冲着鹦鹉呵斥。身后传来一个男人的声音："跟鸟发啥脾气。"淑妃双眼一亮，来的人正是大权在握的南越国丞相吕嘉："娘娘这几日又很清闲吧？"

淑妃听出他的弦外之音："放屁，狗嘴里吐不出象牙来，王爷千岁还不是被你那狐狸精妹子日夜霸占着。"

吕嘉嘿嘿奸笑着溜进房来："故而下官特来代舍妹赔不是，并代王爷解你的相思之苦。"

"你有这种好心？家中美女如云，你比王爷还要三千粉黛，一宿换一个，有的还难沾你的雨露呢。"

"任她天仙下凡，也比不上你这娘娘的玉体，毕竟是禁脔嘛。"吕嘉凑近前，在淑妃高耸的乳峰上抓了一把。

淑妃乜斜一个媚眼："夜猫子进宅，无事不来。说吧，又有什么阴谋诡计想要我出力。"

"给。"吕嘉递过一只细过笔管的玉瓶。

"什么尊贵物件？"

吕嘉贴近淑妃的耳垂："鹤顶红。"

"啊！"淑妃一惊，"这不是毒药吗？"

"正是"，吕嘉脸上腾起杀气，"而且是剧毒，只需一滴，即可致人于死。"

"做，做什么？"淑妃身不由己发起抖来。

"送给赵兴啊。"吕嘉又换上了轻松调侃的口吻。

"我干不来。"淑妃将玉瓶推还给吕嘉。

吕嘉冷笑几声："我的淑妃娘娘，这可是为你好啊。"

"让我谋害亲夫，还说是为我好？"淑妃气得脸色惨白。

"我也就实言相告吧。"吕嘉在御椅上落座，"太后派赵日从长安接来了骠骑将军聂一。"

"这和我有何关系？"

“太后和南越王决心废掉王号臣属汉国,赵兴至多封个侯爷,那你这淑妃可就做不成了。”

淑妃怔了一下,晃晃头说:“那我至少还是侯爷夫人,如果没了赵兴,我岂不成了寡妇?”

“你以为汉皇能容他做安稳的侯爷吗?”吕嘉依旧发出冷笑,“用不了多久,就会要他的性命。”

“这却为何?”

“只有赵兴不在人世了,汉皇方能放心。”

淑妃思忖良久:“看来,我得想法制止太后、王爷的臣属之念。”

“他们已是王八吃秤砣铁了心,要阻止此事发生,只有一条路,那就是打发赵兴回老家。”吕嘉用手一指鹤顶红。

“这事我就是愿办,只怕也难办。王爷他近来事事处处格外小心,难以找到机会下手啊!”

“你是他的妃子,他再提防也不会怀疑你,再说,老虎还有打盹的时候,我就不信赵兴他百无疏漏。”

淑妃被他说动了心:“好,那我就试一试看。”

“只要赵兴见了阎王,我就是南越国的皇上,那么你就是正宫娘娘了。”吕嘉抱住淑妃狠狠亲吻起来。

南越王赵兴在御书房里坐卧不宁,他在期待着赵日和聂一的到来。因为,吕嘉已是磨刀霍霍,他感到随时都生存在危险之中。

赵太后在侍女的簇拥下匆匆步入:“兴儿,将军还不曾进宫吗?”

“母后,儿臣也正在为此焦虑,”赵兴不安地猜测,“莫不是吕嘉老贼路上设卡盘查,有意阻拦?”

“他什么坏事都干得出。哼!”赵太后带有教训的口吻,“他眼下正在淑妃的寝宫内鬼混。”

“母后,大丈夫难免妻不贤子不孝。”赵兴无可奈何地叹了口气。

“我的儿,你可不是平民,你是一国之王啊。”

“若不然,儿臣将她废为庶民,逐出王宫。”

“不,”赵太后断然反对,“先留着她,看她和吕嘉还如何勾搭,也好发现破绽。”

“太后英明。”

“兴儿,留着淑妃,等于你身后留下一条毒蛇。你可千万时时刻刻注意提防,别让她咬你一口啊!”

“儿臣早已小心留意,母后放心就是。”

“为娘还要提醒你,那个德妃也不是省油的灯,也需避而远之,以免她暗算无常啊！”

赵兴对此不以为然：“母后，德妃与儿感情甚笃，自入宫以来琴瑟和鸣，她决无害儿之心。”

“我的儿，你莫忘记她是吕嘉之妹。”

“她人虽姓吕，但心同儿相连。最近莫过夫妻，儿确信她不会谋害儿臣。”

“害人之心不可有，防人之心不可无。眼下是非常时期，对任何人都不能相信。她和吕嘉毕竟是兄妹，难说不会在关键时刻变卦。”

赵兴不敢拗违：“儿臣谨遵母后懿旨。”

吕嘉在与淑妃鬼混一时之后，抽身离开到了王宫大门。一眼望见黄门侍郎郑进，紧走几步未到近前先打招呼：“郑大人，难得一见啊。”

“哦，是相爷。”郑进迎过来，“正有事情要禀报呢。”

两人一同走到角落里，吕嘉低声问：“郑大人，请道其详。”

“贵府管家适才找来，道是东边有贵客造访，请相爷速归。”

“明白了。”吕嘉从衣袖中取出一颗合浦珍珠，足有山杏大小，“不成敬意，大人笑纳。”

“总是接受相爷的馈赠，实在是受之有愧呀。”郑进的手已是伸过去，“若是不收，又却之不恭。”

“以后有事还请郑大人多关照。”

“卑职理当效劳。”

吕嘉回到家中，管家正在相府门前焦急地打转转，见到主人，如释重负：“相爷，你可回来了。”

“客人呢?”

“在客厅。”

“好，我这就去见面，”吕嘉叮嘱，“所有来客一律挡驾，就说我不在。”

“小的明白，相爷放心。”

吕嘉步入客厅，但见一人面门而坐。身躯魁梧相貌不凡，俨然皇亲贵胄气概。见到主人吕嘉，仍旧端坐不动。吕嘉心中有几分不喜，假意带出笑脸上前：“请问贵客何来?”

“吕相又何必明知故问。”来人的回答是冷峻的。

“如此说，是东越王的使者了。”

“在下余良，东越王乃家兄。”

“啊，原来是大将军光临。”吕嘉明白，这位是东越王胞弟，主掌整个东越国军事大权。能够涉险亲临南越，说明对方对这次合作的重视。他上前施礼，“失敬！失敬！”

“吕相过谦了，”余良还是稳坐钓台，“家兄言道，吕相与我东越交往颇深，而今需我方助一臂之力，自然是责无旁贷。”

吕嘉心说，你们多年来觊觎我南越国的锦绣河山，而今有了机会，想趁火打劫，就此吞并南越疆土，这狼子野心已是昭然若揭。但是，眼下要借重对方的力量，也好夺取赵兴的权力，只得权且为友了：“万分感激东越王爷和大将军伸出援手，这真是危难之中见真情啊！”

“咱们闲言少叙，说吧，吕相有何计划，要我国怎样配合？”

“这个，我还不曾完全想好。”吕嘉事到临头，又有些犹豫，他想，请神容易送神难。为了对付赵兴可能采取的突然措施，应即引进一万东越精兵。但是，凭自己的现有力量，不见得就不是赵兴的对手。这样过早引狼入室，东越趁机里应外合夺占南越江山该如何是好，所以他又留了一手：“大将军，可挑选一万精锐骑兵，在边界等候，一旦我国内有变，即请驰援。”

“一旦事情急迫，你来不及搬兵，我来不及发兵，岂不误了大事，”余良直言不讳，“假如现在就悄悄引我国人马进来，就驻扎在番禺城外，有个风吹草动，我即率兵增援。”

“万万使不得，”吕嘉连声反对，“一万人骑，如何能瞒得住，岂不反倒惹出麻烦。”

余良见状，也不好再相强：“好吧，就依相爷之言。”

吕嘉为了笼络余良，主动献殷勤说：“大将军难得来到南越，且从容宽住几日，找几个小妞玩玩，春媚楼的粉女，还是别有情趣的。”

“相爷这般盛情，我也就恭敬不如从命了。”

德妃的寝宫一如她的为人，朴素而俭约，没有一丝奢华。她正在宫中抚弄瑶琴，檀香袅袅，琴韵悠悠，她凝神静气，完全沉浸在琴音的意境中。

赵兴来到宫门，使女要禀报，他挥手制止，不愿有扰这美妙的琴声。他悄悄到了德妃身后，无言的静立聆听，听到妙处不由得击掌失声叫道：“太美了，真是大雅仙境。”

德妃闻声，转身跪倒接驾：“王爷千岁，千千岁。”

“快平身，”赵兴俯身双手来搀，“我反复说过多次，你我是恩爱夫妻，不要拘礼。”“在家是夫妻，在国是君臣，国礼岂可偏废。”德妃请赵兴落座后问道，“千岁，汉国使臣可曾到达？”

“按驿站的奏报，汉使也该到了，本王也正在为此焦虑。”

“王爷千岁稍安勿躁，妾妃想是不会发生意外的。”德妃话锋一转，“有一事要斗胆劝奏几句。”

“爱妃有话尽管讲来。”

“千岁是否应去淑妃处光顾一二？”

“你这是何意?”赵兴脸上立时布满了阴云,“你又非不知,本王对她素无好感。”

“千岁这样做未免失于偏颇。”德妃柔声细语,“都是一样的王妃,千岁过于冷落,她必心存积怨。这样长此以往,恐对王爷不利。”

“不利又能怎样?”赵兴忿忿然,“她还敢谋害本王不成?”

“她倒未必有这种祸心,只是千岁何苦不与人为善呢?”

“你真是太贤惠了。”赵兴是叹服的口气,“正常情况下,嫔妃之间都为争宠闹得不可开交,而你却是时时为她人着想。”

“设身处地,倘若我是淑妃,日日独守空帏,夜夜难见王面,冷冷清清,凄凄凉凉,这日子可怎么熬啊!”

“看这话让你说的,我这心都酸了。”

“千岁,把你的爱抚分一些给她,让她那颗冷漠的心也感受一下王爷的阳光雨露。”

“这……”赵兴被说得犹豫起来。

“千岁,过去看看吧。”德妃娇嗔地上前来推。

赵兴拖着沉重的双腿来到淑妃的寝宫门前,宫女看见王爷驾到,惊讶得不知如何是好。少顷,她醒悟过来,发了疯似的跑进宫里:“娘娘,来了!”

淑妃立起杏眼:“你有病啊,什么来了,谁来了?”

宫女收住脚,稳定一下情绪:“王爷千岁来了。”

“什么,你说谁来了?”

“是王爷。”

“啊!”这下是轮到淑妃犯傻了。

赵兴已是到了近前:“怎么,这儿我不该来吗?”

淑妃心里七上八下,她不知今天这太阳怎么从西边出来了,也不知是吉是凶,赶紧跪倒接驾:“王爷千岁,千千岁。”

赵兴总是提不起精神来:“平身吧。”

淑妃心中不安又有期待:“王爷突然光临,想必是有事。”

“不能来看看你吗?”

“妾妃这门槛,怕是王爷都生疏了。”淑妃说话酸酸的,这也是她的天性,想改都改不了。

赵兴未免发烦,打算抽身离去。

淑妃见状赶紧赔礼:“王爷,妾妃不会说话,大概又惹您生气了。细算一下,您已三个多月未进这个宫门了。您想一想,妾妃形单影孤,每日以泪洗面,我这日子是怎么过的。”说着,不免珠泪滴落。

赵兴一见,也觉心酸,感到确实有些过分了,也就动情地安慰几句:“爱妃，近来本王政事缠身，对你疏于关照，绝非有心冷落，不要介意才是。”

淑妃一向得不到赵兴的体贴，这番话也真让她受了感动，竟然涕泣出声：“王爷，您可不要将妾妃弃如敝履呀。”

“不会的，怎么会呢？帝王家也和百姓无二，一日夫妻百日恩嘛！”赵兴在锦墩上落座，“爱妃，让宫女泡杯香茶来吧，本王都说得口干舌燥了。”

“王爷，下人使女手不洁净，还是妾妃亲自去打理。”淑妃说着来到厅后，盛满滚水的铜壶就在炭火炉上煨着，她将玉杯拭净，拉抽屉取出香茗，一眼望见了那小小的玉瓶，里面就是一滴即可致人于死地的鹤顶红。吕嘉的声音立刻回响在耳旁，现在是千载难逢的良机。可是，听适才赵兴一番言论，王爷他也是有情有义的人，这弑君可绝非小事。倘若放弃，有道是机不可失，时不再来。她手掐着毒药瓶，一时拿不定主意。

赵兴在厅中喊道：“爱妃，这茶怎么还未沏好，我可是等不及了。”

“好了，就来。”淑妃想起和吕嘉的偷情欢娱，想起有望成为国母娘娘，想起自己无论怎样也不及德妃之一角，狠狠心将鹤顶红倒入杯中三滴。她稍稍稳定一下心神，返回厅中。

赵兴注目打量淑妃，见她显然是故作镇定而透出几许慌张，想起太后对他的嘱咐，不觉就多了个心眼：“爱妃，泡一杯茶，为何这许久？”

“啊”，淑妃将茶盏放在案上，“妾妃特意将玉杯用滚水烫了两遍，以防茶杯不洁。”

赵兴端起杯，用嘴吹了吹浮在水面上的茶叶。他用眼角偷视淑妃，见其神情紧张，又将杯放下了：“这水太烫，本王是用不惯滚茶的。”

“是啊，那就放放，等凉下来再喝。”

“爱妃，你是不是太热了，看头上的汗珠都流下来了。”赵兴说着取过一方丝帕为淑妃拭去汗水。

淑妃大为感动：“王爷，您真是个知冷知热的人。”

“哎，夫妻嘛，理当相互关心体贴。”赵兴有意引话，“爱妃，你看吕相为人如何？”

“他？”淑妃心中打鼓，莫非看出了什么破绽，“他是国舅，身居高位，国家柱石。”

“你看他对本王是否忠心？”

“这个，”淑妃兜了个圈子，“若无忠心，王爷会让他一人之下万人之上，官居丞相高职吗？”

“如此说，爱妃对他是绝对信任了？”

“王爷的话，妾妃蒙昧。吕嘉做的是王爷的官，信任与否是王爷的事，与妾妃似乎无关。”

赵兴这阵就忘了德妃的叮嘱，心中积存的不满自然流露而出："本王获悉爱妃与吕嘉往来甚密，可是有的？"

"王爷，那吕嘉丞相进宫看望德妃时，也曾有过一二次顺路到妾妃房中小坐，因他是国舅身份，妾妃未敢拒之门外。"

"常言道，男女有别，授受不亲，难道没有分外的举动吗？"

"奉劝王爷不要随意猜疑。"淑妃虽说是心中有愧，但她对南越王涌起的些许好感已是烟消云散，话语也是带上了火药味。

赵兴的不满自然也随之升级："这么说你还有理了，是本王我猜疑吗？那好，我还猜疑你这茶中有文章呢！"

"你！"淑妃被击中要害，脸上变颜变色。

"怎么，被我说中了？"

"你欺人太甚。"淑妃情知赵兴不会饮下这杯毒茶了，为防暴露，她抓起玉杯一甩手丢出了窗外。方砖甬道上，茶杯跌个粉碎，地上腾起一缕青烟。

赵兴起身看时，只见玉杯残片和茶湿遍地，他回头怒视淑妃："你是心虚了，你是销毁罪证。"

"你血口喷人！"淑妃不甘示弱，拿出了泼劲，"你诬我谋害，要有证据，你欺人太甚了。"

"你这番话，足见就是此地无银，欲盖弥彰。"

淑妃索性扑到赵兴身上，撒泼嚎叫起来："赵兴，你还我的清白，不给我正名，今儿个和你没完。"

正闹得不可开交，太监总管来到："王爷千岁，太后有旨，请您立刻回宫接见汉使。"

"啊！汉使到了，总算把他等来了。"赵兴趁机抽身离开。

赵兴回到御书房，只见太后一人在内，急切地问："母后，汉使何在？"

"为娘也在等汉使等得心焦，"太后言道，"为娘担心你在淑妃那里发生不测，况且这汉使迟迟不至，也不能再这样坐等了。"

赵兴也感到情况不对："母后，我们派人沿着他们回来的方向寻找迎接一下，莫再有什么意外。"

"为娘也是这个意思。"

于是，赵兴命令禁军统领左林，带一千铁甲骑兵出北门沿官道一路寻觅而行，边走边问。

二十多里路外，是有名的险要地黑松岗。这里古木参天，蒿草没人，狐兔出没，多有强盗在此打劫。左林远远望见黑松岗内有尘土升空，传令全军停步待命，他亲带两名卫将，步行暗中靠近，前去探望虚实。三人摸上岗阜，听到林中有人说话，扒开草丛，向前张望。林中的空地一片狼藉，显然是刚刚发生过一场激战。地面上横躺竖卧有数十具尸体，有的重伤尚未断气，还在艰难地蠕动，空气中弥漫着一股血腥味。十几个脸上戴着黑色面罩的杀手，只露出两只眼睛在喘着粗气，有两个被捉的人上了绑绳。左林一眼认出，那位身着锦袍的就是当今王叔赵日，另一人武将打扮，他想该是汉使无疑了。

一个杀手说道："伙计，已经得手，这里邻近官道，不是久留之地，我们还是早些离开，回去领赏去吧！"

另一杀手思索片刻回答："兄长所言有理，是得火速离开这黑松岗。可是，你我二人必须分开，不能都去报功请赏。"

"这却为何？"

"这么长时间跟着咱的主人，你还没长点儿见识？"被称做伙计的人说，"主人心狠手黑，惯用杀人灭口的手段，我们必须得留个心眼。"

"有理。一旦我遭遇不幸，还有你可将事实真相公诸于世。"

左林悄声吩咐卫将："带兵来将这里团团包围。"

林中，十数名杀手已押着赵日、聂一来到近前，左林从伏身地站起，冷笑几声说："怎么，还想走吗？"

"什么人？"

"禁军统领左林是也。"

"啊！"对方大吃一惊。

"把汉使和都尉大人交出来，跪下受缚，免你们一死。"

"怎么办？"伙计问兄长，"拼了吧？"

一千马军出现在高坡上，显然已将杀手们团团围困，现在别说是大活人，就是一只老鼠也休想逃出去。伙计和兄长对视一眼，无可奈何地点下头。伙计叹口气说："弟兄们，为了我们全家的平安，大家都到天国去吧。"他们十几个人都咬碎了含在口中的毒药，霎时间倒地身亡。由于左林来得及时，赵日和聂一死里逃生。

赵兴和赵日、聂一见面，还止不住的后怕："真是太险了，再晚去一步，二位就难保活命了。"

"王爷料事如神，吕嘉哪里是千岁的对手。"聂一发自内心的称赞。

"本王哪有这般智谋，这全是太后运筹帷幄。"

"是啊，我国大事全系太后决策，"赵日也对太后敬若神明，"这次去长安迎请汉使，就是太后的提议。"

"你们可莫再戴高帽了，快要折煞老身了，"赵太后还是心中有数的，"眼下聂将军已到，我们该商议下一步的行动了。"

"太后言之有理，"聂一也急于转入正题，"黑松岗吕嘉劫杀失手，必然要采取新的行动，我们万不可掉以轻心。”

“依老身看，吕嘉很可能铤而走险。”

“我持相同看法，”聂一言道，“尽管杀手全都服毒自杀，但吕嘉其实已经暴露，他在近期有兴兵为乱的可能。”

赵日还有异议：“目前，整个禁军全都掌握在我的手中，吕嘉兵力虽说超过我，但他要进番禺也非易事，他真就敢孤注一掷吗？”

“吕嘉的狼子野心早已昭然若揭，对他不能抱有一丝一毫的幻想。俗话说，先下手为强，我们不能坐失良机。”太后主张立即动手。

聂一也急于建功：“兵贵神速，打他个措手不及。”

赵兴商量的口气：“那就派人将吕嘉擒来问罪。”

“何不让其自投罗网？”太后献计，“王儿传旨，就称在王宫为汉使接风洗尘，请吕丞相出席。”

“好，我亲自出马，”赵日半开玩笑，“人家贵为一国之相，总该给点面子嘛。再说，我去可免他起疑心。”

“如此甚为妥当。”太后说出她的心里话，“以往我们一直不敢动手，而今汉使坐镇，我们背后有大汉国的强大支持，还惧他吕嘉何来？”

赵兴也受到感染，变得胆壮起来：“叔父放心前往，我命左林在宫中埋伏下刀斧手，只要吕嘉踏入宫门，就将他剁为肉酱。”

赵日站起：“诸位，我这就去了。”

“要多个心眼，”太后关照说，“要防备吕嘉狗急跳墙。”

赵日心中一怔，旋即镇定下来：“他吕府就是龙潭虎穴，我也要闯他个天翻地覆。是福是祸，我都听天由命了。”

赵日满怀战斗的豪情，乘木轮轿车来到吕府。守门人匆忙报与吕嘉知晓。

吕嘉端坐在太师椅上未动：“他带来多少人马？”

“没有，只有车夫一人。”

吕嘉不明白赵日所为何来，黑松岗处他派人查验过了，杀手们全都服毒自杀，谅他也难以认定劫杀是我吕某人策划。无论如何，且将他迎进来探探虚实，在我吕府，他若敢行刺就让他死无葬身之地。吕嘉打定主意，遂亲自出迎：“哎呀，赵大人亲临鄙宅，蓬荜生辉呀。出迎来迟，万望海涵。”

“哪里，来得唐突，多有打扰。”

“请进府叙话。”吕嘉侧身相让。

“没有几句话，就在这儿说了无妨。”赵日自有他的算计，入了这吕府，这性命就在吕嘉手上攥着了，还是别冒这个险了，“吕相国，汉国使节回礼入朝，王爷千岁在宫中设宴，请您出席作陪。”

“这等小事，还要劳您大驾。”

“相国位高，岂可轻慢。”赵日带着使命，恨不得立刻拉着他就走，但吕嘉也并非善类，他故意拖延时间说道：“汉使就代表着汉国皇帝，是贵客，即便我不沐浴，也得更衣而见吧。大人先行回去复命，我随后就会赶到。”赵日觉得有理，反正他也不敢不去，于是便先走了。

吕嘉返回自己的府中，边换官服边想发生这件事情的缘由，先来想去认为他们也是刚刚到达，即便有设什么阴谋，也来不及策划阴谋，就是去了也不会有什么危险，执意不去的话反而显得心虚。

于是他便乘着四马木轮轿车，直奔王宫，他万万不会想到，这一去注定了自己走向死亡之路。

第三十三章 吕嘉作乱 出征南越

后宫之中德妃正在做女红，俗话说“画龙点睛”，其实画凤也是一样。德妃此时绣的就是一只腾空欲飞的彩凤。用了将近一个月时间，这幅“丹凤朝阳”眼看就要完工了，而今只差凤眼那几针。她全神贯注，以至赵兴都走到了她的身后她都不知道。

赵兴最宠爱的一个妃子就是德妃了，即使在激战的间隙，他也不忘抽出时间来看望德妃。德妃见赵兴到来，转身就要跪拜，被赵兴双手架住，不让其拜下去。

“啊，王爷说的是这幅刺绣，”德妃一笑，“丹凤朝阳，凤是妾妃，千岁当然是红日，妾妃永远心向着王爷呀！”

“真是绝妙的比喻，”赵兴无限感慨，“人心若全如爱妃该有多么好啊！可令兄他身为国舅，竟然图谋叛乱，结果落个人头落地。”

德妃不觉全身一抖：“什么，王爷你说我的兄长他已经身首分离了？”

“现在还不曾，但也就是转眼之间的事。”赵兴颇为感叹，“种瓜得瓜，种豆得豆，一切祸福，自作自受啊！”

“王爷，你真的要杀他？”德妃对乃兄的作为虽然不齿，但毕竟是一母所生，她扯着赵兴的衣襟问。

“不是我要杀他，而是他要杀我。”赵兴想起了太后的言语，“我若不除掉他，他就会灭我的满门，但我会留下你。”

德妃听出了南越王的弦外之音，她不敢再多说了，俗话说，君若疑臣则臣必死，吕嘉是自己的胞兄啊。

赵兴的贪花恋色兴致已荡然无存，他估计赵日传旨也该转回，警告德妃一句：“吕嘉死活，你千万不要过问，本王要保你无事，不知还要花费多大气力呢。”他抽身走了。

德妃呆坐了片刻，眼前仿佛出现了兄长被砍下来的血淋淋的人头，她想，不能见死不救。立即换上宫女的装束，飞快出了后宫门，直向吕府奔去。她只顾心急赶路，哪料到迎面甩来一鞭子。

车夫厉声呵斥：“瞎眼睛了，敢挡相爷的路。”

要换了别人，对于宫内的人是不敢这样无情的。但吕嘉的下人自持主子位高权重，所以就颇不客气。车夫发威之际，吕嘉也就掀起了轿帘，他当然认出是妹妹:“你……”

“相爷,借一步说话。”德妃用眼神示意。

吕嘉发现妹妹乔装改扮了,而且不肯直言,明白必有隐情,急步跳下车来,随德妃到了墙角,低声问道:“妹妹,有何大事,如此慌张?”

“什么也不要说了,你立即离开京城,走得越远越好,最好从此不再露面。”德妃气喘吁吁。

“为什么?”吕嘉其实已经明白了,“难道赵兴要加害于我?”

“不要问了,逃命要紧,”德妃潸然泪下,“妹妹我拼着性命来给你报信,总算不负这一奶同胞的情谊。”

“为兄会记住你这大恩的。”吕嘉说时眼圈也红了。

“此次分手,不知以后还能否有见面的日子。”德妃万分伤感。

“妹妹,我们一定会再见面的。”吕嘉充满自信。

“好了,我要回宫了。时间长了,恐有人发觉。”

“妹妹请少留贵步,为兄拜托你一件事,”吕嘉迟疑一下还是说,“你要设法见到黄门侍郎郑大人,告诉他我七日之内回来找他。”

“你,你怎么还能回来?”

“妹妹,你不用管,一切我自有道理,你无论如何要告诉他知道。”

“好好,不要再说了,你快些逃生去吧。”

“妹妹,保重。”吕嘉上了车,掉转车头,一溜烟地飞速而去。

德妃直到车轮扬起的尘埃都望不见了,这才拖着沉重的双腿返回王宫。

御书房中,太后和南越王及聂一、赵日等人久等吕嘉不到,太后忍不住说:“情况不对,不能再等了。”

赵兴最怕出现这种情景:“太后的意思是,那吕嘉他闻风逃窜了?”

赵太后也不多说,当机立断:“着左林率精兵一千,速去吕府将其捉拿归案。”

左林早已在宫中待命,立即领兵前往。去不多久,回来复命:“吕嘉畏罪潜逃,家小全都弃之不顾,佣人亦皆不知其去向。”

众人一听都有些犯傻。太后沉默片刻,转过头盯住赵日发问:“你传旨之时,可发觉吕嘉有异常?”

“太后,那吕嘉表现正常,决无二意。”

“如此说,是走漏了风声。吕嘉获悉凶信,才仓皇出逃的,”赵太后看看大家,“这消息只有我们几人知晓,是谁用什么方式给吕嘉通风报信呢?”

赵兴立刻意识到是德妃出事了:“莫非……”他话到唇边,又憋了回去。

赵太后紧盯话音:“说下去。”

赵兴想,此时此刻将德妃说出,太后还不将她打入冷宫?心中虽然气恨，但毕竟感情深笃，就故作懵懂了："母后，儿臣没有想好。"

太后眼里可不揉沙子："莫非你适才出去到了德妃处，向她走了口风？"

"母后，绝无此事。"赵兴一口回绝。

"哼！"太后暂时放过了，"如何走漏的风声，眼下先不追究了，当务之急是派出八支轻骑八百人，分别向四面八方追寻吕嘉，我谅他也走不远，一定要将他生擒活捉。"

左林领旨安排追兵去了，聂一以汉使身份建言："我们还要做最坏的打算，万一吕嘉漏网，他就有可能集结兵力来攻番禺城也未可知，一定要做好保国迎战的准备。"

赵日不无忧心地说："京城的兵力有限，而京外的队伍大多为吕嘉的亲信，还真不好对付呢。"

太后意识到了危险，但她不愿示弱："都尉大人，不要长他人志气灭自己威风，我们有汉使坐镇，有强大的汉国为后盾，还怕他吕嘉不成。"

聂一想到自己肩负重担，也不无忧虑："既然兵力不足，南越已归属汉国，万岁决不会坐视。"

"眼下时间是关键，"太后的头脑是清晰的，"吕嘉假若得以逃脱，他在七日之内就能集结十万大军来攻打京城。"

"京城内可供作战的人马不足两万，至多能够坚守三五天。"赵日的估计还是切合实际的。

聂一觉得自己作为汉使，应该发挥作用，他当即表明态度："我立刻上表给万岁，要求速派五万精兵来南越助战。"

"皇上就是发兵，连调集人马再准备粮草，没有半月是难以到达的，"太后提醒大家，"我们必须做好长期坚守的准备。"

"我们用八百里加急星夜兼程往长安上表，相信万岁他会体谅我们的处境，让人马加速到达。"

"好吧，我们就分头行动吧。"太后一锤定音，御前会议结束。

长安五柞宫里，武帝一直为聂一去后没有消息而挂念，这日杨得意禀奏说，聂一派人送来紧急表章，他脸上漾开了笑纹："快呈上来。"

"请万岁过目。"

汉武帝看罢，更加喜笑颜开："传大将韩说进见。"

少时，韩说奉旨来到："叩见吾皇万岁。"

"韩将军，聂一奉命出使南越，来表奏报吕嘉与赵兴反目，要我朝发兵援救。朕命你带五万人马去南越，助聂将军破吕。"

"臣当即刻整备好军马粮秣，克日启程，力争尽早进入南越，一举荡平吕嘉贼众。"韩说表示决心。

"不,"武帝表情严肃地吩咐,"兵马到了南越边境,不要急于进入,等朕的旨意行事。"

"万岁,战局瞬息万变,聂将军未带一兵一卒,吕嘉势力强大,番禺随时都有失陷可能,末将早到一刻钟,就多一分胜利的把握。"

"休再多言,按旨行事。"武帝脸色沉下来。

"遵旨。"韩说不敢再说,退下去了。

左林的一百精骑,沿官道向东疾驰。他的指导思想是,要快,不能让吕嘉逃出南越国境。一路上,凡是乘车骑马之人他都不放过,都要逐一盘查。因为,按正常逻辑,吕嘉急于脱离危险,定会乘车驾马奔逃。而吕嘉平素与东越就有勾结,很可能逃往东越,所以,他亲自带兵选择这东路追赶。可是一直追到东越边境,也未发现吕嘉的踪影。他滞留了大约一个时辰,命令边关守将严加盘查,不许放吕嘉混出边关。

在东越边城等得心焦的余良,一直在密切注视南越国的蛛丝马迹。南越的边卒一限制外人入境,他立刻感觉到南越国发生了不测事件。说不定吕嘉就会找上门来求助,他在忐忑不安中期待着。

圆盘似的明月从天边冉冉升起,难以成眠的余良在庭院内仰望星空心烦意乱。谯楼敲响了二更的梆锣,而他所企盼的吕嘉还没有出现。大丈夫来世上一场,谁不想建功立业,吞并南越就是他最大的心愿。

"咚咚咚",院门被急遽地擂响,他立刻精神一振,料想是有紧急军情:"卫将,开门。"

卫将不无担心:"大将军,这深夜之中,莫有什么危险。"

"休要啰唆。"

卫将将院门打开,王宫的御前太监步履踉跄扑到近前,他犹自气喘不止:"大将军,大王有紧急圣旨。"

余良接过来,只见旨意是:

> 王弟安好,据报,汉室大将韩说,已率五万精兵往援南越。此举足以证明,南越业已发生内乱。你要密切关注南越动向,特别是吕嘉生死。与其合兵夺取政权实为上策,若吕嘉已遭不测,你即率兵长驱直入,趁机夺取南越江山。
>
> 另,汉国出兵南越,必定顾此失彼,朕将出兵汉境,扩我疆土。你我两线呼应,则开疆拓土良机也。

余良看罢来旨,逾发急切地想知晓吕嘉的下落。他心中打定主意,如果明日吕嘉仍不来见,后日即发兵南越。余良正要回房休息,卫将又来报告:

“大将军，院门外有一乞丐吵着一定要见你。”

“深更夜半，一个讨饭的求见，这事可真是蹊跷。”

“说不定是个疯子，”卫将提议，“乱棒赶走算了。”

“且慢，”余良想，莫再误了大事，“带来见我。”

很快，乞丐来到院中，走路一瘸一拐的，全身的邋遢相，夜色中也辨不清五官眉眼。

余良绷着脸厉声发问：“叫花子，你三更半夜找我这大将军捣乱，也不怕本将军治罪吗？”

“大将军真的认不出了？”乞丐摘下了破草帽。

“你！”余良大喜过望，“吕相，你终于来了。”

“怎么，将军以为我下地狱了不成？”吕嘉挺直了腰杆，“他们那几头烂蒜，还不是我的对手。”

“吕相大难不死必有后福，”余良急于了解底细，“不知相爷为何是这般狼狈模样。”

“汉使聂一来到南越，赵兴言听计从，他们提前下手，要在王宫内致我于死地，”吕嘉冷笑几声，“有道是天不灭曹，我得到信息迅即逃离。料定他们定会追赶，路上我便弃车步行，而且是乞丐打扮，骗过了所有追兵。候至夜半，我用绳索坠城而下。”

“好，吕相大智，无人可比，”余良还是谈他最关心的问题，“这样一来，吕相只剩孤身一人了。”

“你未免太小瞧我吕某人了，”吕嘉气呼呼地，“明白告诉你，我手下还有十万精兵。”

“当真？”

“绝无戏言。”

“那就请吕相将大军召集起来，我一万人马配合，共同攻占番禺，斩杀赵兴一干人等，由你取南越王而代之。”

“眼下要先借助大将军的人马，明日一早夺取南越边关，我即可派出信使飞骑传书，要求各地军马来边关会合。待大军到齐，便向番禺进发。”

“好，就依吕相。”余良想，即或吕嘉不来，自己明晨也要发兵，何不做个顺水人情呢。

天色熹微，边关还在沉睡。少许的灯火在城头闪烁，懒散的巡夜人无精打采地走过。破碎的梆锣声，向睡梦中的将士们报说着黎明。城下的农户人家，响起了第一声雄鸡的啼鸣。突然，震天的号炮声连珠响起，余良的东越人马，呐喊着向边关发起了猛攻。

守城的南越兵将仓皇应战，哪里经得住东越人马如狼似虎的冲锋。不过一刻钟，边关即已落入余良之手。南越人马死的死伤的伤逃的逃，东越的旗帜在城头高高飘扬起来。

吕嘉气哼哼来找余良："大将军，我是请贵国出兵援救的，而不是开门揖盗，让你趁火打劫夺我南越江山。"

"是啊，"余良眼珠转了转，"本将军也是为帮吕相才出兵的。"

"那你为何在这边关升上你东越的旗帜？"

"啊，这个，吕相多心了，"余良支支吾吾，"这不过是我们的惯例，决无其他用意。"

"你东越的旗飘在城头，我的部下到来，岂肯同你合作，还不同你先行开战，只怕你的一万人马要全军覆没。"

"好，好，我将旗撤下来就是。"余良心说，且先做让步，等攻下番禺，再收拾他们不迟。

吕嘉心中也明白余良出援的代价是什么，但他坚信，在打败赵兴后，完全有能力抗衡东越，而眼下又不能不借助余良的力量。双方各揣心腹事，依然进行着表面的合作。

七天之后，吕嘉麾下集结了十万大军。有了实力，他的腰也直了，说话声调也高了，对待余良也不像以前那样毕恭毕敬了："大将军，我们兵力强大，可以向番禺进军了。"

"好吧！"

"请大将军为先锋。"吕嘉的口气几乎是命令式的。

余良冷笑一声，不客气地给顶回去："南越地理，还是你们熟悉，理当你们在前引路。"

"看光景，大将军没有合作的诚意了，"吕嘉抛出杀手锏，"如果贵军有顾虑，可以就此返归东越。"

余良带兵好不容易进入南越领土，当然不会轻易退出，于是口气也就软下来："怎么，吕相没过完河就要拆桥吗？只凭你自己的力量，未见得就能拿下番禺城。"

吕嘉想，有东越部队参战，一可壮自己一方的志气，另可对赵兴构成威慑，眼下还得利用，口气也变得柔和了："大将军误会了，我的意思是，贵军在前，在气势上就可压倒赵兴。"

"既然吕相这样看重我们，那本将军所部就甘当开路的先锋，"余良趁机下台阶，"只是请吕相派几名熟识路径的兵将引路。"

"这是自然。"吕嘉感到自己胜利了，心中有一种满足感，他觉得有信心在攻占番禺后将余良礼送出境。

东越兵马在前，吕嘉十万大军在后，气势如虹地向番禺进发。一路上，少有南越官军的抵抗，各城的守军，大都望风而逃。尚有忠心的守将带兵向番禺退却，以期增强守城的兵力。

吕嘉、余良大军节节逼近，报急的探马接踵而来。赵兴急得像热锅上的蚂蚁，他不时向聂一求助："聂将军，这万岁的援军也该到达了。"

聂一始终充满信心："千岁无需惊慌，万岁的援军已在路上，他们会星夜兼程驰援。"

"可是，时已七日，至今音讯皆无，聂将军是否再派人送去告急表章？"赵兴坐不住了。

赵太后也有同感："聂将军，我和兴儿不惜同吕嘉决裂决心内附，万岁总该保护我们才是。"

"太后千岁放心，"聂一也有些沉不住气了，"立即再写表章急送长安。"

当聂一的告急表章送达武帝手中时，韩说的奏报也同时送到：武帝将两道表文摊在面前，逐一浏览一遍。韩说的大军已进抵南越边境，请求立即率军进入南越，直抵番禺解围。武帝微微一笑，吩咐杨得意："拟旨。"

杨得意备好文房四宝，执笔待命。

武帝口述："命韩说原地候旨，无旨不得擅自行动。"

杨得意不肯落笔，他实在费解："万岁，聂将军独力难支，番禺危在旦夕，应催促韩说火速进兵啊。"

"怎么，你要抗旨吗？"武帝脸色沉下来。

"奴才不敢。"杨得意赶紧书录完毕。

"再给聂一拟旨，"武帝又复口述，"朕已命韩说率援军赶赴南越边境，不日即可到达。然后，再从四周调集五万人马，待军马齐备，即可过境增援。此间，要坚守待援。"

杨得意无论如何也不明白，韩说的五万人马足以解番禺之围，武帝为何迟迟不让韩说往援呢？他忍不住又说："万岁，救兵如救火，聂将军和赵兴盼救兵如大旱之望云霓，救兵不能及时到达，吕嘉就可能得手，那南越内属岂不落空？"

"你呀，真是敲不开的榆木疙瘩，"武帝此刻有了兴致，"就如弈棋一样，你只看眼前一两步，而看不到三四步以后，鼠目寸光啊！"

"奴才愚钝，万岁明示。"

"朕此战不只要将南越纳入版图，还要同时将东越收入囊中。附近抽调兵力，为的是诱东越余善上钩。"

"那又为何不让韩说尽快出兵？"

"你懂什么，这是朕看的第四步棋，"武帝颇有耐心地反问，"那赵兴归附后该如何对待？"

"一国之王,最低也要封侯啊。"

"朕倒不在乎靡费些金银,赵兴从一国之王到寄人篱下,必定难以适应这种变化,久而久之,就要萌生反意。"

"像这样的人不能留下,干脆……"杨得意做了个杀人的手势。

"那样做,朕岂不在青史上留下骂名。"

杨得意有些糊涂了:"那该怎么办?"

"所以朕不急于派援兵,让赵兴死在吕嘉之手,朕再为他报仇雪恨。"武帝笑着说,"这岂不更好?"

杨得意这才算明白了:"万岁高瞻远瞩深谋远虑,非凡人所能及。"

"咳,"武帝叹口气,脸色也凝重起来,"只是苦了聂一将军,这真是城门失火,殃及池鱼啊。"

"为了国家,也只能委屈他了。"杨得意为武帝开脱。

"这也是没法子的事,实难两全哪,"武帝也为减轻自己心灵的重负,"如果聂将军为国捐躯,朕一定厚待他的后人。"

"如果以自己的生命,换取南越、东越两属国并入大汉,就是粉身碎骨也是值得的。"杨得意颇为慷慨激昂。

武帝思忖片刻:"吩咐下去,朕要巡视河东。"

"遵旨。"杨得意立刻去做相应准备。

大司农张成手下有六万人马,布防在与东越国接壤的八百里国境线上。近来,东越国不断向边界增兵,使得张成相当紧张。夜间已不敢脱衣就寝,真个是枕戈待旦了。

太阳刚刚落山,张成在护卫兵将的簇拥下,沿着界河巡查。阵阵晚风吹来,他感到些许凉意。对岸,东越的营帐里炊烟袅袅,酒香肉香隔着数十丈宽的界河飘过来。东越兵士们旁若无人地高声嬉戏,根本未将汉军放在眼里。张成有几分气恼:"真应该过河去杀杀他们的威风。"

一名部将飞马来到近前:"张大人,韩将军到。"

张成回马注目观看,只见烟尘中一队人马疾驰而至。为首的就是大将韩说,他拱手施礼:"韩将军失迎。"

"张大人接旨。"

张成滚鞍下马跪倒在地:"臣张成跪听。"

韩说当众宣示:"旨到之时,着即将五万人马交由韩说指挥,不得有误。"

张成怔了片刻,还是不得不说:"臣领旨谢恩。"

韩说将圣旨交与张成:"张大人,就请交割人马吧。"

"韩将军,"张成为难地说,"对岸东越集结了十万大军,近日蠢蠢欲动,随时可能发起进攻。我这儿只有六万人马,原本众寡悬殊,再调走五万人马,不等于向东越敞开了大门。”

“张大人的处境,韩某深为同情。但圣命难违,谁敢抗旨不遵?”韩说善言相劝,“还是分兵吧。”

张成无可奈何地点了点头:“剩下一万人马,东越大军杀过河来,我可就无能为力了。”

汉国分兵的消息很快传到了东越都城,余善闻报,禁不住仰天大笑不止,弄得部下文臣武将都不知所以。

二将军胡能问道:“大王何故如此发笑?”

“本王盼望已久的机会终于来了,焉能不喜。”

“请大王明示。”

“对岸的汉军仅有一万人马了,我十万大军过去还不是风卷残云一般。”

“怎么,大王要对汉国发动进攻?”

“正是。”

“依臣下看来,这万万使不得。”

“为何?”

“汉军边境兵力虽然大大减少,但内地人马众至百万,可以随时调遣增援。我东越小国,在强汉身边得以生存已属难得。一旦主动入侵,汉国有了口实,就会借机讨伐。挑衅一开,我国将不复存在。”

“照你这么说,只要我们不主动进攻,就可平安无事了?”

“臣这样认为。”

“你是大错特错了,”余善自有他的见解,“正所谓卧榻之旁岂容他人酣睡。汉国亡我之心不死,我们不能坐以待毙,主动进攻或许是条生路。”

“无论如何,臣下以为,我们万不能挑起事端。”

“好了,你不要再说了。而今余良不在,你身为二将军,就该和本王保持一致,回去做好准备,明日越过界河,向汉国全面发起攻击。”

胡能犹豫一下,还是应答:“遵命。”

返回府邸的路上,胡能心情抑郁,他明白,进攻就是引火烧身。明天向汉国发起攻击之时,就是东越国灭亡之日。走进大门,管家近前神秘兮兮地禀报:“将军,有贵客来访。”

“哪里的客人,看你如此紧张。”

“从河西而来。”

胡能听了,不觉也一怔,河西岸是汉国管辖,这么说是汉国有使者来。边走边想,这个时候汉使来家只恐是凶不是吉。

管家跟在后面问:“大人,见是不见?”

“人你安排在何处?”

“为避人耳目,我让他在密室等候。”

胡能想,是福不是祸,是祸躲不过:“带路。”

胡能的密室,小巧儒雅。这个武将,却颇喜书画。他进屋时,汉使正在倒背着两手欣赏墙上的松山晚樵图。管家为胡能和汉使做了介绍后退出,胡能正襟而坐,绷着面孔问道:“请问尊姓大名?”

“在下是大司农张大人贴身卫将,只此足矣,无需报出名姓。”

“请问有何贵干?”

“张大人委托我前来看望问候,并有薄礼奉上,”卫将打开随身携带的锦盒,里面是一尊纯金弥勒佛,“请笑纳。”

“俗话说,礼下于人必有所求,但不知你家主人要我做何事?”

“张大人快言快语令人钦敬,我也就直言不绕弯子了,”卫将言道,“获悉贵国要趁我汉国边防空虚,妄图大举进攻。张大人要我转告二将军,各地军马正在调来边境途中,万望不要铤而走险。”

“这么说,张大人是胆怯了?”

“不,他不希望蒙受眼前失败的耻辱,也不希望贵军暂时得手,最终导致全军覆灭的命运。”

“难道我国就不能获得全胜吗?”

“蚍蜉撼树,以卵击石,只能是自取灭亡。”卫将说得斩钉截铁。

“多承指教,”胡能说道,“是否进攻,我家王爷尚未作出决断,至于金佛,在下不敢私自收受,还请原物带回。”

“怎么,信不过我吗?”卫将边说着边出了房门,“俗话说得好,买卖不成仁义在,交个朋友又有何妨?此事只有你知我知天知地知,我是不会向余善告密的。”

胡能抱起金佛追出门外,一眼望见管家站在院中,那管家对他手中的锦盒瞄了一眼。胡能想,若是当着管家的面强行退礼反为不美,就没再言语,而是吩咐管家:“送客。”

当天下午,管家正在大门口理事,他家的佣人来到:“老爷,夫人忽然患病,请您疾速回家。”

管家跟着佣人就走,拐过墙角,一位王宫内侍在面前拦住去路:“管家,王爷千岁有请。”

“我家妻子突染重病。”

内侍笑了:“没有的事,是在下让你的佣人编造的。”

佣人点点头:“是的。”

“为何要撒谎呢?”

“王爷找你不想让二将军知晓。”

"千岁爷？他找我一个管家又有何事呢？"

"等到了宫中，你自然明白，"内侍以不容置疑的口吻，"走吧。"

此时此刻，也不容管家不去，他只得跟随内侍进了王宫。东越王余善正在后宫等待，管家近前叩拜。

"平身回话。"余善显得颇为和气。

"千岁宣小人进宫有何吩咐？"

"本王问你，汉使到你府中所为何事？"余善也不绕弯子，开门见山单刀直入。

管家一下子懵了，他一时间不知该如何回答。

"怎么不说话呀？"

内侍在一旁催逼："快讲，隐瞒和谎言骗不了千岁，绝没你的好果子吃。"

管家明白，胡府的一切都在王爷的监视之中，想要说假话也没用。只好如实回答："确有汉国的使者进入胡府，小人只知他是汉国大司农张成的卫将，至于所为何事，小人属实不知。"

余善将手一挥：

"将他丢到狼狗圈中。"

内侍上前便拖。

管家急忙求饶：

"千岁饶命。"

余善摆手，内侍住手。余善又问："你怎会就一无所知？"

"千岁谅情，那胡能与汉使交谈时，明令小人回避，我又不在场，故而不知所谈内容。"

"难道你就一点儿蛛丝马迹都不曾发现吗？"

"倒是有一点儿，"管家为保活命，也就顾不得许多了，"小人见二将军抱一锦盒，估计是所受礼品，至于内装何物，就不得而知了。""来呀！"内侍近前："王爷有何吩咐？""取黄金百两，赏与管家。"内侍奉命拿来十锭黄金，交与管家："拿着。"管家有些怯手："千岁，小人不敢生受。""怎么，你敢拒绝？"余善瞪起眼睛。管家赶紧接下："谢千岁恩赏，无功受禄，实感不安。""你用不着不安，只要你今后将胡府情况如实向我通报，本王会保你家财万贯，福禄长存。"

管家此时也是心神恍惚，他步履蹒跚地回到胡府，刚一进门就和人撞了个满怀。他抬起头一看，撞到的不是别人，正是二将军胡能。只见他阴沉着面孔，双眼直瞪瞪地盯着自己，就像盯着仇家一样。管家强装镇定，但心头就如小兔子一样乱跳个不停。话也不会说了。胡能拉住管家，问他到哪里去了。管家嗫嚅着说回家看看老婆，心虚的声音直发颤。

胡能冷笑着,没有说话,目光射向他的前胸。管家注意到胡能的眼光,下意识地用手按了一下胸前。

胡能突然上前,一伸手就从他的怀中掏出了十锭黄金,大声咒骂道:“你背主求荣,丧尽天良。”最后命人将其带到后花园推进了一个深坑中……

第三十四章 计征东南 完成统一

管家看着家将们一铁锹一铁锹地向坑中攘土，心中十分感慨，想象着死亡的到来。他实在不愿意继续想下去，便闭上了双眼，等待死去的那一刻。知道黄土埋到胸口，管家感到极度缺氧，大口地喘着气。突然听到一个声音从头顶传来："怎么样，这滋味如何？"

管家睁开眼睛，说话的人正是胡能，管家无力地点点头。胡能继续引诱管家的求生欲望，管家听到这句话，本已求死的心立刻有了渴求，他断断续续地说："只要二将军今天能放过我，我定当一死相报，以后即便是闯龙潭虎穴也心甘情愿。"

胡能吩咐家将："拖他上来。"

家丁迅即将土挖开，把管家拖上来。管家换了衣服稍事盥洗，来到密室去见胡能。

"你看。"胡能手指身旁的桌子。

管家已经见到，桌上的十锭黄金光芒夺目，他不知胡能用意："将军，情愿献出为您所用。"

"不，我已决定完璧归赵。"

"送还王爷千岁？"

"错了，是还给你。"

"还给我？"管家有些难以置信，"将军，小人一时糊涂才收下这不义之财，怎敢再据为己有？"

"你再向这里看。"桌上还有一漆盘，上面罩苫着红绸，胡能随手扯下，又现出十锭黄金。

管家一时间怔怔地看着。

"这是本将军送与你的。"

管家真是给闹懵了："将军，小人不敢。"

"给你就收下，怎么还想回到那个土坑里吗？"

"小人遵命，"管家明白，这二百两黄金不是那么好拿的，"不知二将军要小人做甚？"

"事并不多，只有眼前和长远两件，"胡能顿了一下，"长远嘛就是，你继续保持和王爷的关系，按期向他提供有关我的情况，当然是经我允许的情况。为的是将他的动向及时报告给我。”

管家明白了,这是要他做双重内奸,事已至此,也只能同意:“小人愿为将军效劳。”

“好,你若办得漂亮,本将军是不会亏待你的,”胡能说,“至于眼前,要你今日过河报信与张成,给他透个信儿,明日我军将向汉境发动大规模进攻,要他不要螳臂挡车。”

“小人遵命。”管家明白,不照办只有死路一条。“好了,带上黄金,准备渡河去吧。”

管家收起黄金,躬身退出。

夜色如磐,汉军营地出奇地宁静。统帅张成在营帐中往来踱步,他倒背双手紧锁眉头,梆锣声一阵阵敲得他心神不宁。已是四更时分,五鼓天明,敌军就将大举来攻。自己这一万人马,怎敌东越十万大军,明摆着是危如累卵。胡能管家的忠告还响在耳边,这尊金佛总算没有白送,总算事先获得了敌军动向。怎么办?退避三舍吧,那自己将背上临阵脱逃的罪名,也就有了杀身之祸。等着让敌人一网打尽吗?不,不能,这样损失的是上万名手足弟兄。思前想后,他最终打定主意,传令全军即刻拔营后撤。

红日一跃腾上东山,河水泛起金黄的波鳞。东越王余善第一次在黄罗伞下检阅自己的部队,他威严地宣布:“朕赐封胡能为吞汉将军,统率我东越十万儿郎,一举吞灭汉邦。”

部众在胡能带领下,一起振臂高呼:“吾皇万岁万岁万万岁!”这声音,犹如滚滚雷霆,响彻万里碧空。

余善感受到最大的满足,为人谁不想君临天下,他频频向部众挥手致意,俨然是大中华的帝王。

胡能步步登上高台,向余善奉上新刻的玉玺:“愿吾皇一统华夷,千秋在位,万代永传。”

余善郑重地接过玉玺,高举过顶,以示国人,之后,发布圣旨:“朕命十万大军,即刻进发,分三路夺取梅岭、白沙、武林三镇,破城之后论功行赏,落后不前者,一律问罪。”

东越人马呐喊着冲过界河,由于张成已率军退走,东越军如入无人之境,兵不血刃占据了边疆三大重镇。余善派快马报信与余良,要他火速并吞南越,以便调集南越之兵合力攻汉。

余良收到王兄的快函,已是到达番禺城下,送走信使,夜已定更。他原打算次日攻城,见信后觉得事不宜迟,便连夜去拜访吕嘉。

余良被阻拦在辕门之外,他气呼呼地大声叫嚷:“速去通报吕相,我有重大军情要和他见面。”

卫将不肯通融："我家相爷一路鞍马劳顿，已然上床休息，相爷已传下话来，任何人也不得打扰。"

"别人不可，我，"余良指指自己的鼻子，"我是余大将军！"

"对不起，谁都一样。"卫将不肯让步。

"好，我不见他了，如果误了大事叫你吃不了兜着走。"余良以退为进，掉转身就走。

"大将军留步。"是吕嘉从大帐中追出来，"何必如此性急呢？"

余良回身止步："怎么，吕相要给我吃闭门羹？"

"下人不懂事，大将军不要见怪，"吕嘉嘿嘿一笑，"有道是大人不记小人过嘛！"

二人入帐落座，吕嘉问道："敢问有何紧急军情？"

"吕相，汉国大将韩说率五万大军已入南越国境，距我们不过一天路程，为防内外夹击，我们当连夜攻城。"

其实，吕嘉也有此意，二人可说是不谋而合。但他并不立时答应："南越人以逸待劳，我们经过一整天的行军，将士俱已疲惫，未及恢复，此时攻打，怕是事倍功半哪。"

"话虽如此，总比明日汉国援军到达，我们腹背受敌要强得多。"

"大将军久经战阵，吕某就听您的。"

"好，你我分头准备，二更天准时进攻。"余良起身后再讲，"我负责攻占东门，西、南、北三面就交给吕相了。"

"我们城中见。"

二更鼓响的同时，连珠的号炮冲天而起。吕嘉和余良亲自督战，从四面向番禺城发起了猛攻。

赵兴在王宫中坐立不安，他不住地自言自语："这该如何是好，敌人大兵压境，汉国援军又迟迟不到。"

德妃关切地扶赵兴坐下："千岁休要惊慌，京城墙高池深，固守待援想来是不成问题的。"

黄门侍郎郑进匆匆来到："千岁，小人从城头返回。"

赵兴是让郑进打探消息的："快说，战况如何？"

"千岁，恕小人直言，敌寇攻城甚急，我方兵微将寡，已是死伤过半，怕是守不到天明了。"

"啊？"赵兴还是那句话，"这该如何是好？"

赵太后刚好到达，她颇为不悦地接过话来："男子汉当顶天立地，何况你身为国王，怎能如此无有主见。"

"母后，儿臣属实无有主张了。"

"无妨。"赵太后眼睛盯在德妃身上,"不需汉军,只德妃一人即可退百万雄兵。"

"她?"赵兴真的糊涂了。

"我?"德妃也感到莫名其妙,"妾妃若能退兵,便粉身碎骨也心甘情愿。"

"好吧,随我登城。"赵太后头前就走。

赵兴和德妃跟随在后,来到南城门上,但见聂一和赵日都在这里,正与吕嘉激战。敌军攻势甚急,聂一已是全身溅满鲜血。他看见赵太后,没好气地说:"快些退下去,这里危险。"

"聂将军莫怪,我给你带来了援军。"

"援军?"聂一四外看看,"在哪里?"

"这就是雄兵十万。"赵太后将德妃推到面前。

"她?"聂一似乎明白了什么。

赵日已经解读了赵太后的用意:"你要用她退兵,只怕吕嘉那厮不会认可。""她是王爷千岁的爱妃,万一有个闪失,那还了得。"聂一觉得不宜这样做。"哼!"赵太后恨从心头起,"要不是她通风报信,吕嘉如何能逃走,何至于有今日这个危机。"

赵兴还是不忍心:"母后,德妃她纵然有过,还念她平素为人贤惠,饶过她这一遭吧。"

"王爷,您不要求情了,我这一切都是罪有应得,咎由自取,愿听太后发落。"德妃倒是心态平静。

"将她推上城头。"赵太后吩咐。

正是攻防双方战斗的间隙,德妃站到了女墙的垛日上。赵日命兵士举起两盏灯笼照清德妃的面孔,对下面高声喊道:"吕嘉贼子,你睁大狗眼看看,是谁站在城头。"

吕嘉举目仰望,他看见了德妃:"妹妹,是你?"

"兄长,你逃得性命也就算了,不该发兵来打京城。"

"妹妹,为兄不能隐藏起来苟延残喘,那样生不如死。我要报仇雪恨,我要登上王位呀。"

"兄长,你只想自己,你想过妹妹我吗?"德妃有些泣不成声,"我与王爷恩爱情深,而你陷我于不义之地,也令王爷难堪。听我的良言相劝,快些撤兵吧。"

"妹妹,事已至此,城破只在旦夕之间,我不会功败垂成,"吕嘉之意已决,"开弓没有回头箭了。"

"你若不撤兵,妹妹之命休矣。"

吕嘉狠下心来:"妹妹,你就记恨为兄吧,他们真敢害你,为兄我一定灭其九族满门。”

“兄长，你好自为之吧。”说着，德妃纵身从城头跳下。

“德妃！”赵兴扑上前去拉，可是迟了一步。

“妹妹！”吕嘉吼声震天。

德妃俯卧在地，摔得脑浆迸裂血肉模糊，风姿绰约的绝代佳人，转眼间已化作一具僵尸。

“爱妃，你死得好惨。”赵兴也止不住哀哀而泣。

赵太后心中虽说有几许悔意，她万没想到德妃如此刚烈，但她口气却是依然强硬：“死就死，贱人死有余辜。不要因为她的死而松懈斗志，赶紧准备迎击敌人更疯狂的进攻。”

吕嘉哭罢，擦去泪水，忍住悲伤，拔出腰间佩剑，大吼一声：“给我冲，一鼓作气攻下番禺，为我妹妹报仇！”

吕嘉部下的军队，潮水般涌上城墙。城上滚木礌石齐下，箭矢如雨，攻城的将士纷纷坠下。顶不住的兵卒，便退将下来。吕嘉见状，挥剑便杀：“都给我舍命进攻，攻上去有赏，后退者没命。”

将士们一见退后只有一死，就掉转身不顾一切向城头上冲锋。由于吕嘉手下兵力远远超过守城的官军，两刻钟之后，城墙失守。叛军打开城门，后续部队蜂拥而入。

赵兴一见城破，慌得不知如何是好：“怎么办？此番性命休矣。”

聂一毕竟是久经战阵：“千岁莫慌，随我从西门杀出。”此刻，他身边尚有千余人马，保护着赵兴、太后、赵日，在前杀开一条血路，直向西门冲去。然而，西门也已被叛军攻占，上万叛军从西门杀进城来。聂一见难以突出番禺城，只得退守王宫。

一刻钟后，吕嘉和余良领兵将王宫团团包围。四外喊声震天，赵兴全身战栗不止。他连声叹息：“悔不该当初要内附汉国，如今命在旦夕，而汉国救兵不至，这不是自己找死吗！”

聂一也觉愧对南越王：“千岁，汉主是不会坐观不救的，我想救兵也许就在路上，未到最后时刻，还是有希望的。”

“完了，彻底完了，番禺城都被攻破，这小小王宫，还不是不堪一击。”赵兴唉声叹气，“吕嘉是不会放过我的。”

赵太后动怒了：“你不是我的儿子，男子汉生而何欢死而何惧，二十年后又是一条好汉！”

余良在马上高声劝降：“南越王，速速开门俯首受缚吧，或许还能保得性命，否则，将难免玉石俱焚。”

聂一想，此刻无力抗衡，当是攻心为上：“余大将军，你乃东越国栋梁，何苦为叛贼吕嘉卖命。眼下虽说你等占了上风，但须知大汉援军将至，若不悬崖勒马，日后大汉是饶不了你和东越国的。”

余良连声怪笑起来：“聂一，你还在做死后的梦呢？今日实话相告，我东越誓要灭尔汉国，还怕你日后发兵不成？”

“余大将军，凭你小小东越，与我大汉为敌，岂不是自取灭亡？奉劝你及早打消这个念头，以免杀身之祸。”

吕嘉已是不耐烦了：“大将军，和他费什么唇舌，反正他们降也是死不降也是死，下令进攻吧。”

余良点点头表示赞同：“好，杀呀！”

吕嘉的叛军和东越兵一起，架起云梯发起了猛攻。他们在数量上占绝对的优势，尽管聂一领部下殊死战斗，但不出一个时辰，官军已是死伤殆尽。最后，剩下南越王赵兴、赵太后、赵日和聂一等二十余人，退入王宫的最高建筑云霄楼。聂一手持长枪，守在楼梯拐角处，上来一个杀一个，连挑带刺，楼梯下已堆积三十多具尸体。

眼见自己部下死伤累累，余良发急了：“我就不信他聂一是三头六臂，我亲自上去会会他。”

吕嘉心下暗笑，心说他死在聂一枪下才好呢，便大加鼓动：“大将军出战，定叫聂一魂飞魄散有死无生。”

余良上前，与聂一交手不过十几个回合，即被聂一一枪刺破头皮，虽说于生命无碍，但也已头破血流。气得他哇哇怪叫，退下来跺着脚发狠：“来人，给我放火，把他们全都烧死！”

“慢！”吕嘉制止，“不能用火。”

“这却为何？”

“这王宫富丽奢华，不能付之一炬消灭了赵兴一伙”，吕嘉略停一下，还是说出口来，“我还要用这所王宫呢！”

余良心说，你还有这个野心呢？殊不知你也活不多久了：“不用火攻，那么你上去与聂一战上几合。”

“我？一介文臣，手无缚鸡之力，哪会打仗？”

“那就对不起了，聂一武艺高强无人可敌，只有火攻这一条路了。”余良命手下准备火把，“吕相，等你真要做了国王，你再建一座更加雄伟的王宫。”

少时，十几束火把送到，余良不顾吕嘉反对，举起火把就去点燃那王宫垂挂的幕帷。

吕嘉上前来挡：“你不能这样做，你也无权这样做，这是在我们南越国，你太放肆了。”

余良用力一推，将吕嘉推了个后仰，跌在木柱上，后脑磕了个拳头大的包。吕嘉再要制止，火势已烈，熊熊燃烧起来。

“余良，我和你没完。”吕嘉捂着后脑勺，气急败坏地嚎叫。

“怎么，还没卸磨就要杀驴，不是用我求我的时候了？”

“你以为你是什么好东西，我悔不该引狼入室。”

“好哇，姓吕的，你真不是个东西。我帮你打败了赵兴，非但一个谢字没有，还将我视为仇敌，看来，我也只能和你势不两立了。”

“少废话，放聪明些，带着你的一万人马，滚出我南越国。”

余良冷笑几声：“吕嘉，有一句俗话大概你忘记了？”

“什么狗屁话。”

“有道是请神容易送神难。”

“怎么，你还想赖在我南越国不成？”

“实不相瞒，从进来那天，我就没打算出去。”

“你……你是有意谋我江山。”

“算是让你说对了，无利不起早，谁会白白为你卖命？”

“既然如此，休怪我不客气了，我要用武力赶你出去，”吕嘉对部下一声招呼，“上，对东越兵格杀勿论。”

“你撕破了脸皮，也就别怪我无情了。”

南越叛军和东越人马，在云霄楼下一时间杀得难解难分。

云霄楼烈焰腾空，冲天的烟柱，狂舞的火舌，烧得楼宇“噼啪”作响。赵兴等人已被逼上了最高层，灼人的烈火就在脚下，再也无处可逃。赵兴悲痛欲绝：“万万想不到，我一国之主，竟落得如此下场！”

赵太后依然是不服输的性格：“兴儿，你不要伤怀，天道自存，吕嘉叛逆是不会有好下场的。”

“可是我们呢，”赵兴已被浓烟烈火熏烤得咳喘不止，眼泪鼻涕俱下，“我们就要告别这个世界了。”

聂一此刻最为伤感：“千岁，是我聂一无能，对不住你，看来只有来世再加补报了。”赵日在临死之际已经醒悟：“汉国的救兵不是不能赶到，而是有意不到，汉皇这是在借刀杀人哪！”

“不要说了，”聂一岂能悟不出这其中奥妙，“事已至此，说什么也没用了。命也。”

赵太后也一切都明白了，她无奈地长叹一声。

云霄楼轰然倒塌，南越王及聂一等人同这座琼楼一起，在浓烟翻滚的烈焰中也化为了灰烬。

吕嘉和余良之间的战斗仍在继续，吕嘉毕竟人多势众，他们渐渐占了上风，余良已是且战且退。吕嘉掩饰不住胜利的喜悦：“弟兄们，给我狠狠追杀，决不能放过这伙豺狼。”

“姓吕的，你太没有人性了。没有我东越国出兵相助，你早成了赵兴刀下之鬼，而今恩将仇报，老天定会报应你的！”

“别听他放狗臭屁，”吕嘉发出悬赏，“斩杀余良者，赏黄金百两，官升三级，封妻荫子。”

东越军渐渐退出了番禺东门，南越人马紧追不放，死死咬住。就在这时，远处荡起了冲天的尘埃，显然是一支大队人马杀来。余良一见喜出望外，为给部下打气，他高声呼叫：“我们的援兵到了！”

待那支人马到了近前，余良和吕嘉全都傻眼了。只见“汉”字和“韩”字大旗迎风招展，原来是韩说带六万大军杀到。这是一支生力军，而余良和吕嘉的部队，双方经过长时间的厮杀已是强弩之末，可说是不堪一击。稍一接手，即已败下阵来。吕嘉的队伍只想保存实力，也顾不得番禺这座都城了，先行败退撤走。余良也非不懂军事常识，他更不肯独力与汉军抗衡，也率军向东越国退却。见此情景，韩说毅然决定，集中兵力追击吕嘉，便紧紧咬住吕嘉的近八万人马不放。

吕嘉甩不掉汉军，心说，我这有八万人马，还就怕了你六万军力不成，便在黑松岗的有利地形布下阵势，要和韩说进行决战。

韩说追到黑松岗前，见前方层峦叠嶂，松荫蔽日，地势凶险，下令停止追击。他策马考察了一番，叫过三员偏将，令他们各带一万五千人马，分向东、南、北三方引兵，对吕军形成包围之态势，待部署到位，号炮响起，即从四面发起猛攻。

吕嘉原想以地势之利，打汉军一个伏击。谁料韩说久经战阵，没有钻入圈套，已失先机。原本就斗志丧失的吕军，受到四面围攻，即刻军心大乱，哪有人再恋战，都是各自突围。历经半个时辰的战斗，八万吕军大半被歼，少半被俘，可以说已是全军覆没。

韩说当即在战场上写下报捷喜讯，言说吕嘉八万人马已被彻底歼灭，逆首吕嘉正在搜寻之中，一有消息当会即刻报喜。他派八百里加急快马，日夜兼程向武帝报信。经过七个昼夜的奔波，在河东左邑桐乡，追上了正在巡游途中的武帝。

武帝在锦车上对报马说：“何事如此紧追不舍？”

报马答曰：“为万岁送喜报。”

“快交与朕一观。”武帝拿在手中，看过之后止不住兴高采烈，“韩说果然不负朕之厚望，看来南越国归属大汉已成定局。”

杨得意察言观色：“万岁，韩将军定是大获全胜。”

“吕嘉叛军已是全军覆没，这真是个天大喜讯。”武帝当即传旨，“自即日起，将此地地名改为闻喜县，以纪念朕在此地获得这一喜讯。”

随从人众无不欢呼雀跃。

武帝对报马说：“传朕口谕，嘉奖韩说，要他再接再厉，扩大战果，守住南越全境。”

“小人一定将圣谕传到。”

“还有，”武帝加重语气，“要他必须找到吕嘉，生要见人，死要见尸。”

“小人明白。”

其实，韩说岂能不知吕嘉的重要性。他将三万多俘虏逐一甄别，未见吕嘉之面。又将地上的死尸挨个验看一遍，也没发现吕嘉，心说这天网恢恢，还真的就让吕嘉漏网了？韩说想，吕嘉已是丧家之犬，绝不可能还留在南越国内。而且他这惊弓之鸟也不可能去往汉境自投罗网，那么他唯一的去处就是东越。韩说打定主意，将东越边境封了个铁桶一般。但却是明松暗紧，表面上不设防，以诱使吕嘉上钩。

转眼，三天过去了，东越边境线上已是越来越松。以往是入夜之后有百十人在城头巡守，而今减到了几十人，而且也不再是彻夜不眠。又是一个无月少星的漆黑之夜，一个黑影悄悄摸上城头，往女墙垛上套上一条绳索，之后抛系至城下，他攥紧绳索正要滑下城头，四五把挠钩一齐伸过来，将他死死钩住。有的铁钩扎入肉中，疼得他嗷嗷直叫：“轻点儿，要了我的命了。”

韩说来到面前：“吕相国，功夫不负苦心人，我总算把你等到了。”

吕嘉此时是无话可说，听凭汉军将他捆了个结实。

韩说立即连夜派飞骑报喜，八百里加急快马经数昼夜疾驰，在河东新中追上了巡游途中的汉武帝。接到喜报，武帝刘彻满面春风笑容可掬：“韩说将军不负朕厚望。”

杨得意恭维汉武帝：“万岁运筹帷幄，决胜千里，吉人天相，莫说南越，东越也是指日可下。”

武帝喜上眉梢：“无论这是何地何县，为了纪念活捉吕嘉这一喜事，就将此地改名为获嘉县。”

杨得意顺嘴就来：“万岁英明。”

武帝不悦地翻他一眼：“你还会不会说句有用的话？”

“奴才该死。”杨得意顿时像遭了霜打蔫了，但他揣摩着圣意，“万岁，当趁热打铁，一举平定东越。”

武帝笑了：“传尚书拟旨。”

随行的尚书一传即到，武帝口授旨意：“命大将杨仆的十万大军水陆并进即刻向东越进兵，令韩说的六万大军从南越向东配合进攻，务在月内占领东越全境，擒斩余善、余良。”

圣旨很快传到了前线，杨仆、韩说不敢稍有停歇，同时向东越发起了进攻。汉军十六万，在数量上首先占了优势，又兼汉军训练有素，作战勇敢，真个是气势如虹。杨仆在一日之内就收复了被东越侵占的梅岭三镇，第三天即攻入了东越境内。韩说更是势如破竹，四五日里就打到了东越都城。次日，杨仆人马亦到达，汉军将东越都城团团围困。

其实，余善一直不与汉军硬碰，采取的是保存实力的作战策略。他的兵力基本没有太大损失，全都退回到都城。经过几十年经营，都城城高池深，粮草充沛，坚守一年不在话下。而汉军众多，时间过月，便粮草难以为继。故余善决心死守都城，待汉军无粮退兵之际，再尾追攻击，期待可以小胜。

韩说、杨仆攻了十几次都未能奏效，而余善坚守不出，他们感到棘手，无可奈何，二人坐在一处商议对策。

杨仆眉头紧锁："韩将军，万岁责令月内平定东越，而今已近半月，攻城毫无进展，如之奈何？"

韩说亦然："余善固守不战，分明是等我断粮退兵，看来强攻决难奏效，我们得另寻出路了。"

"有何出路，愿听韩将军高见。"

韩说一时也拿不出办法："天无绝人之路，总会找到有效途径的。"

"唉，"杨仆长吁短叹，"说来说去，还是没辙。"

"夫子说，三人行必有我师，那大司农张成，受到万岁申斥，在军中戴罪立功。他长年与东越人打交道，说不定就有办法，何不找来一起计议。"

杨仆也没有办法可想："找来试试，谅他也拿不出好主意。"

张成奉召来到，见了二人即大礼参拜："给二位大人叩头了。"

韩说上前搀扶："这如何使得？"

杨仆也客气地相让："张大人请坐。"

"下官戴罪之身，二位大人面前哪有我的座位？"

"张大人，你我同朝为臣，不需如此过谦，"韩说亲手挪过椅子，"坐下方好叙话。"

"不知二位有何吩咐？"

"张大人，实不相瞒，余善闭门不战，我与杨大人一筹莫展，"韩说拱手致礼，"还望张大人指点迷津。"

"都城易守难攻，余善骁勇能战，强攻决难奏效，"张成似已胸有成竹，"要破城只可智取。"

韩说认真地不耻下问：

"请张大人细道其详。"

“不知二位大人可信得过我?”“如若不信,何能相请。”

“好,容我仔细讲来,”张成说出他的计划,“请二位大人收兵返回国内,给我一个相机行事的机会。”

“收兵?”杨仆感到震惊,“这还了得,这要有圣上的旨意方可。”

韩说却是沉稳:“请张大人原原本本讲来。”

张成即把他的智取之计从头一一道来。

韩说听罢连声叫好,杨仆也认为是着儿好棋,当下决定按计行事。

一夜之间,汉军突然撤走,余善派出探马,探明全都撤回了汉国。他放心地打开了城门,江湖郎中打扮的张成趁机混入城中,进了二将军府。胡能见是张成,赶紧迎入密室。听了张成一番言论,感到句句在理。他叫来管家,嘱其依计而行。管家的一家老小全在胡能手中,他不敢要滑,老老实实去找余善。

获悉管家来通风报信,余善和余良一起接见。管家呼哧带喘地告知:“千岁,汉国的大司农张成,化装来到了胡府,二将军将他引入密室,小人即刻前来报信。”

“有这等事?”余善登时站起身,“汉国突然撤军一定有鬼,抓住张成,真相即可大白。”

“对,绝不能让他跑掉。”

余良提议,“千岁,我带兵去胡府拿人。”

“不可鲁莽,万一胡能将人藏起,我们搜不到,岂不反落给他个话柄?”余善略一思索,“何不你我共同前往,给他个措手不及。”

“好,就依千岁。”

管家先行一步回到胡府,余善、余良带有数十名护卫乘快马风驰电掣般随后到达。胡能获悉慌忙到府门迎接,余善见其失措的样子,心中暗自得意。在大厅落座后,下人献上茶来。余善、余良举杯饮下一小口,余善开口问道:“胡将军,听说贵府来了贵客?”

“正是,汉国的大司农张成。”

“胡能,你好大的胆子!”

余善狠狠一拍桌案,“你竟敢背着我与敌国大将暗中勾结,分明你已有反意。”

“王爷所言不差。”

张成说着从后堂走出,“胡将军已是我汉国大臣。”

“你们!”余善的话还没有说完,顿时感觉到腹中痛如刀搅,只晃动了几下,便再也站立不住,鼻口流血,倒地身亡了。

余良看着余善倒下去,顿时明白过来他们在茶中下了毒,但为时已晚,还没来得及说话也倒地猝死。

俗话说"擒贼擒王",余善兄弟一死,那东越大军便无人领导,也就只能由胡能掌握了大军的领导权。这样,继南越之后,东越也纳入了大汉的版图。至此汉武帝以他英武的雄心,终于实现了自己多年的心愿,完成了统一大业,成为具有划时代历史意义的一件大事。

第三十五章 意欲长生 钩弋存异

汉武帝征和二年(公元前91年)的一天,汉武帝拥着自己的宠妃钩弋夫人还沉浸在睡梦中,但钩弋夫人却醒了多时,她担心惊扰了皇上的好梦,就不曾动弹。钩弋夫人眼望着武帝花白的鬓发,心中思绪万千,入宫前的一幕幕往事又浮现在眼前。

人人都说姻缘本是前生定,无论我们信或者不信,它都会沿着既定的方向延续下去。这一点在钩弋夫人看来绝对相信。

那是六年前的一个春日,刘彻在河间国的官道上巡游,武帝无意中高挑起车帘,贪看沿途的美景。突然看到一架蜿蜒的独木桥上,一位妙龄少女走过,她俏皮地"咯咯"笑出声来。汉武帝听着这悦耳的笑声不禁心神荡漾,随即便命人找来了这个让人神魂颠倒的美人。她被带到皇帝面前,那光彩照人的容颜,立时令龙心大悦。武帝觉得,自己宫中成千上万的粉黛,在她面前全都黯然失色。

武帝决定收她入宫,对总管太监杨得意说:"此女貌压群芳,朕欲纳其为妃,问她家人何在?"

杨得意近前问道:"小女子姓甚名谁,家居何地?"

"民女姓赵,父母早亡,更无亲人。"

"你可愿入宫侍奉皇上?"

"得蒙万岁看中,是民女前世修来的福分,"她停顿一下,"只是民女天生有一奇病。"

杨得意与武帝对一下目光:"你且讲来。"

赵女伸出右手:"公公请看。"

一只粉拳,举在了杨得意面前,粉白细腻,煞是招人喜爱:"这,这就是一只拳头啊!"

"民女生来如此,业已十六年之久,一直不能伸开。"

"这倒是奇了,"杨得意言道,"我却是不信,你这是故弄玄虚。"

"公公可试着掰一掰。"

杨得意也就双手去掰那粉拳,尽管费尽气力,那拳合住就像生成长就一样,纹丝不动。

武帝来了兴致:"叫那民女近前,让朕来试上一试。"

赵女娇羞地移身至御车前，武帝将那粉拳放在掌中，先是把玩少许，之后轻轻一动，那五指随即伸开。赵女喜得跳了起来："真是神了，果如当年那个神尼所言是我的缘分到了。"

"民女此话何意？"武帝颇感兴趣地发问。

"民女满月之日，曾有一尼僧来化缘，见我右拳紧握，是她言道，拳开之日，即我大婚之时。"她羞涩得红云扑面。

武帝不住称奇："看来，这是前生的缘分，好吧，就叫你拳夫人吧。"

入宫后，武帝将她置于未央宫中的钩弋宫内，人们既叫她"拳夫人"，又叫她"钩弋夫人"。四年前，她又生下了皇子，武帝疼爱有加，亲自取名刘不，字弗陵。俗话说，爱屋及乌，近几年武帝越发离不开他们母子，虽说不是专宠，一月之内倒有半月寝于钩弋宫。钩弋夫人见武帝宠幸，也就萌生了更大的心愿，她想让武帝废了现太子，而立弗陵为太子，自己做皇后，这样才不枉人生一场。这个想法她已向武帝提起多次，但武帝始终不置可否。

钩弋夫人凝视着武帝渐生的华发，以及松弛的皮肤和横竖成行的皱纹，想到了一句俗话，天有不测风云，人有旦夕祸福，皇上说不定哪一天就撒手离去，这改立太子之事再不能延误了，一定要摊牌了。她下了决心，用纤纤玉手轻轻摇晃熟睡中的武帝："万岁，醒醒，该起床了。"

武帝一惊，猛地坐起："什么事？"

"啊，没事，"钩弋夫人甜媚地一笑，"妾妃见万岁睡得太沉，恐对身体有碍，故而呼唤圣上。"

武帝坐在那儿发呆。

钩弋夫人感到惹祸了："万岁，妾妃是一番好心哪。"

按规矩，如果不是重大军情，或特殊大事，武帝在睡熟时是不准惊醒的："你这是何苦，朕还以为出了什么大事。"

钩弋夫人此刻只得拿出看家本领，她像是受了天大委屈，故意抽嗒着："人家一个人好没趣，叫醒你为的是说说话，你可倒好，将妾妃好心当成了驴肝肺。"

武帝最见不得她愁锁娥眉："好了，快不要这样，朕看着心疼。说话就说话，有什么话就说吧。"

"万岁，妾妃想，当立我儿弗陵为太子。"

武帝一时间怔住了。

"万岁，你倒是答应啊。"

武帝显然是不悦："你怎么突然间想起这个？"

钩弋夫人倒是直言不讳："万岁年事渐高，我不能不为将来着想，我和弗陵儿都是卫皇后和太子的眼中钉，万岁百年之后有谁管我们母子？"

"你以为弗陵做了太子对你就有好处了?"武帝竟然发起火来,"今后休再提起此事!"

"万岁,你,你为何这般对待妾妃,我,我不活了。"钩弋夫人寻死觅活闹将起来。

武帝无奈又哄了一会儿:"朕是一番好意,弗陵真要立为太子,对你绝对是没有好处的。"

"我儿做太子,我就是皇后,怎会没好处?万岁你要给我说个明白。"钩弋夫人撒娇地摇着武帝。

"快别闹了,我心里烦着呢,"武帝岔开话头,"刚才梦中被你叫醒,这个梦现在还令朕心中不快。"

"万岁,说给妾妃听听。"

"告诉你又有何用?还不如朕憋在肚子里。"

"万岁,做了噩梦还是破解为好,"钩弋夫人提议,"何不叫来绣衣使者江充,他是善于解梦之人。"

"有理。"武帝对此表示赞同。近来,江充甚得武帝信任,以至封为绣衣使者,留在身边侍驾,不说言听计从,也是须臾不离左右。

江充知武帝随时召见,就住在未央宫中,故可随叫随到。他着縠纱禅衣,曲裾后垂,鲡步摇冠,飞缨翘羽。更兼人物魁岸,容貌甚壮,给人一种风流倜傥的感觉,又兼能言善辩,不光武帝喜欢,钩弋夫人也愿与其相处。

江充先拜武帝,再拜钩弋夫人:"娘娘千岁千千岁!"他用眼角扫视,是那种摄人魂魄的作用。

钩弋夫人故作不见:"以后不要与我多礼,快去侍候皇上吧。"

江充转对武帝:"万岁一大早召见,想必是有梦破解。"

"真神了,"武帝有几分惊喜,"你如何便知晓?"

"猜测而已,"江充并不沾沾自喜,"请万岁细道梦境。"

"是这样,"武帝说时脸色已是难看,"朕梦见一个光着身子的小木人,自言是朕孙儿,手拿一张弓,当面给朕一箭,射中了朕的面门,正难受之际,钩弋夫人恰恰将朕唤醒。"

"娘娘摇得好。"

"何以见得?"

"这样,万岁便有救了,"江充显然是讨好钩弋夫人,"不然万岁之难就无法破解了。"

武帝扭头看一眼钩弋夫人:"听江充之言,朕倒真要谢你了。"

"就是嘛!"钩弋夫人忘了江充在,有点撒娇的样子。

武帝回过头,面对江充:"好了,你给朕破解一下吧。"

江充早已心中有数，他想，丞相公孙贺一再贬斥自己祸国清谈，让万岁远离奸佞小人，何不借机除之。他几乎是不假思索："万岁，弓者公也，孙者即孙，分明是天神在梦中示警，是公孙之流要加害陛下。"

"公孙，哪个公孙？"钩弋夫人问。

"怕是丞相公孙贺吧。"武帝首先想到了他。

钩弋夫人立刻附和："我早就看他不地道，贼眉鼠眼的，他那个儿子，更不怎么样，父子一丘之貉。"

"江充，你意是指他否？"武帝要问个水落石出。

"臣不好指实，但梦象如此，万岁不能不防，"江充再拜，"臣还有话说。"

"你只管讲来。"

"万岁梦见是木人为祟，说明有人阴刻木人巫蛊皇上。就是将木人为万岁之身，日日作法烧符念咒，要害陛下性命。"

武帝未免急了："这当如何破之？"

"只有找到木人，将其毁掉，方可免却万岁的灾祸。"

钩弋夫人一向在武帝面前比较随便："万岁，此事宁可信其有，不可信其无，就派江充为钦差查办吧。"

武帝思忖一下："江充，朕即命你查办，务要找到木人，以绝祸根。"

"臣遵旨。"江充心中得意，但脸上一丝也看不出。

江充走后，钩弋夫人趴在武帝怀里嘤嘤地哭将起来。

"好好的，你这却又是为何？"

"妾妃担心……"钩弋夫人欲言又止。

"担心什么？"

钩弋夫人在武帝怀中撒娇："万岁，你要赦妾妃直言之罪。"

"有话就说嘛！"

"妾妃担心万岁百年之后。"

"百年之后怎样，谁还敢对你不恭？"武帝深信自己的权威，"朕待你们母子如何，难道他们还看不出？"

"万岁待我们母子越好，就越招人嫉。百年之后，卫皇后和太子还不把我们娘俩生吞活剥了。"

"谅他们也无此胆量。"

"哎呀我的万岁，你在世他们敢怒不敢言，你两眼一闭，还能管得了他们，我们母子就是任人宰割的羔羊了。"

"朕，朕不能让他们得逞。"

钩弋夫人一喜："万岁答应立我儿为太子了？"

"我说过了，不要再有这非分之想，"武帝显出发烦的神情，"朕要你们祝颂时所说的万岁万万岁，朕要长生不老。”

“能做到？”

“朕一国之主，富有四海，唯我独尊，没有做不到的。”

“好像只有神仙才能长生不死。”

“上个月，有一方士名栾大者上书求见。称他在海上遇险为神仙所救，在仙山生活了三日，学得了长生不老之术。待被神仙送回人世，家中已是三年之久。朕将他留置馆驿，现今打定了主意，要召见他。”武帝表明下定了决心。

“万岁，妾妃也要见见这个栾神仙。”

“哎，你乃帝王爱妃，位次仅在皇后之下，凤仪岂能轻示外人，”武帝反对，“这是万万不可的。”

“不，妾妃一定要见，”钩弋夫人自有理由，“况且栾大是仙人，仙人是不会有凡心的。”

“这……”武帝尚在犹豫。

钩弋夫人拿出她的看家本事，一双玉手不住摇动武帝的身躯：“妾妃就是要见嘛，万岁一定要答应我。”

武帝被他摇得心旌飘荡：“好，好，朕答应你就是。”

“这才是臣妾的好夫君。”钩弋夫人在武帝腮部重重一个响吻。

“成何体统！”武帝口头上故意责备，其实他爱钩弋夫人，就是喜欢她这个野劲。没有了那些大家闺秀的“行不露足笑不露齿”的循规蹈矩，也就多了难得一见的放浪。

传旨太监去后转回，武帝见他是只身归来，疑虑地问：“怎么，那栾大他不辞而别了？”

“非也，”太监答曰，“那栾大言道，他正要与仙人对话，待与仙人交谈之后，方能前来见驾。”

“哎呀！”钩弋夫人大为失望，“他怎么敢不来？该有欺君之罪，派武士锁他来见。”

武帝心存疑问：“你可见他会什么仙人？”

“小人何曾见到？”太监言罢又觉不妥，随后补充道，“但小人见他对着空中说话，煞有介事，却不见人。”

武帝未免思忖，这个栾大莫非真的通神。还想再问太监，那个栾大到了。栾大一进来，钩弋夫人就忍不住吃吃地笑。

武帝不好当着外人的面训斥妃子，但是用白眼珠剜了一下，心说也难怪钩弋夫人发笑，这个栾大确实叫人难以忍俊。用“其貌不扬”这四个字奉送给栾大，是再合适不过了。什么叫獐头鼠目猪嘴獠牙兔耳鹰腮，在栾大身上是再全不过了。

栾大"嘿嘿"笑了几声,像是猫头鹰叫:"万岁和娘娘,一定是觉得小仙相貌丑陋,故而娘娘觉得好笑。岂不闻俗话道,真人不露相,露相不真人。娘娘,不可以相貌取人。"

钩弋夫人被说中要害,反倒不知该怎样回答:"不,不,我不是那个意思。"栾大又瞟一眼钩弋夫人,心说难怪是皇妃娘娘,果然是天姿国色,有朝一日能和这样的女人相聚一宵,也不枉为人一场。但是他不敢多看,他为人是精明的,他怕被武帝看出端倪。

武帝对他依然疑虑在心:"朕来问你,接旨以后为何不即刻来见,却是有意拖延?"

栾大的意图其实很明显,他被冷落了一个月,武帝一说召见,他真恨不能一步迈到。但他要了一招花枪,要让武帝高看他一眼,也就是端端身架。他收回花心,谨慎作答:"万岁,小仙正要同上界大仙相见,故而来迟。"

武帝紧盯着问:"是哪位仙人降临?""长眉大仙是也。"

"你声称与所谓大仙相见,可他就在场,为何连人影也不曾见到。"武帝严厉质问。

栾大不慌不忙:"万岁有所不知,公公虽说日日在万岁身边,贵不可言,但他肉眼凡胎,自然不能见到神仙。"

"那么,假若朕就在场呢?"

"恕小仙直言,也不能得见,"栾大在煞武帝的气焰,"万岁天下之主,但人仙路隔呀。"

"哼!"武帝突然抬高声音,"你站在朕的面前指手画脚,也未曾跪拜叩见,这就有欺君之罪。"

"万岁此言差矣,"栾大心中早已有数,"小仙非陛下臣属,故而不能叩拜。"武帝沉吟片刻:"好,朕就敕封你为五利将军,要你利天、利地、利国、利君、利民。"

栾大当即拜倒在地,连连叩头:"吾皇万岁万万岁!"

"平身吧,"武帝又格外开恩,"赐坐。"

栾大心中真是美透了,原以为在长安就要晒干了,没想到突然时来运转,转眼间拜了将军。

"栾将军,"武帝而今是对臣属说话了,自己也觉理直气壮,"你既为臣,食君俸禄,就该为主分忧。"

"不知万岁要臣做些什么,尽请降旨。"

"不知将军都有何法术?"

"法术却不敢当,但也有几分道行。"栾大说时脸不红心不跳,"譬如求仙拜神，祈福延寿，炼丹生金之类。”

武帝眼中闪出光彩：“朕不要别的，只求长生，栾将军能否?”

“长生不老，人所企盼，虽说世人多不可及，但臣下能到东海蓬莱、方丈、瀛洲三座仙山，为圣上拜取长命仙丹。”

“果能如此，朕将不惜封赏。”

“食君禄，报君恩，理所应当，臣定当竭尽全力。”

“但不知栾将军何时起程到东海求仙?”

“待臣算来，”栾大将手吞入袖内，闭目掐算了少许，“万岁，东海诸仙齐赴瑶池王母娘娘蟠桃宴，不在洞府。”

“那么，栾将军便等上三五日再去不迟。”

“万岁玩笑了，有道是山中方一日，世上已千年，三五日在神仙处也就一眨眼的功夫啊。”

“那，总不能等朕迟暮之年再寻仙药。”

“不会的，怎么会呢?”栾大信誓旦旦，“万岁但放宽心，为臣会掌握好时机，及时去仙山求药的。”

“未去之前，将军做好一切准备。”

“去求药还得一段时间，为保国运昌隆，臣先给万岁用生金术生出百万两黄金吧。”

“但不知是如何个生法?”

“万岁以万两黄金为母，交给我，待百日之后，自有百万两黄金呈送万岁。”

“这倒是个绝无仅有的妙法，若能成功，此后何愁国库空虚，只管请将军以金生金便了。”

“如无意外，为臣此法极为灵验。”

“好，朕就与你金母万两，并另赐千两赏你。”

“谢万岁恩赏。”栾大叩头告退，下去时他有意瞟一眼钩弋夫人，发觉钩弋夫人会意地报以微笑。

檀香袅袅，琴音悠悠。宰相公孙贺在书房中抚琴，那高山流水的韵味足以令人陶醉。四壁摆满了竹简书册，几件待办的丝帛公文放在案头。他是一个严谨而又认真的人，从来不苟言笑，就连此刻抚琴之际也是紧绷着面孔。

管家小心翼翼入内：“启禀相爷，长平侯卫阮求见。”

公孙贺不情愿地住手：“请吧。”

卫阮疾步走进：“老相国，扰了您的雅兴，真是罪过。”

“哪里，长平侯大驾光临，请还请不到呢。”公孙贺迈前一步，表示给予礼遇,“请坐。”

“相国,在下是无事不登三宝殿。”

“想必是为太子之事。”

“哎呀!相国真是料事如神哪。”

“朝中这点儿事,还不是在我心里,”公孙贺颇为自负地说,“不然,这相国也就白做了。”

“相国,太子已立多年,而且无有过错,那钩弋夫人以一己之私,欲以己子取而代之。这将祸乱朝纲,相国不能听之任之。”

“据老夫所知,万岁虽说经不住钩弋夫人日夜唠叨,已少许有意,但并未下决心。万岁的脾气,你又不是不知道,他要认准的事,谁也阻止不了。而现在上本谏劝,如同是提醒他当废立太子,这是要弄巧成拙的。”

“可是,相国您想过没有,一旦万岁降旨,等于生米做成熟饭,木已成舟,悔之晚矣。”

“太子是侯爷外甥,你与令姊卫皇后担心当可理解。可是,钩弋夫人为自己身后计,不也合乎情理吗?”

“不然!自古以来,长幼有序,长子为嗣,天经地义。”卫阮一听,公孙竟有如此口吻,急切地据理力争,“倘若废长立幼,势必紊乱朝纲,那就将国无宁日,手足相残了呀!”

公孙贺付之一笑:“这个道理,万岁岂能不知,难道还要我去教训皇上,我有何权利干预陛下的家事。”

“相国此言差矣,此乃国事绝非家事,身为一国宰相不能秉公直言,必将祸及天下。”卫阮说到此猛地想起,他忘了一件大事,“相爷,若使太子无虞,皇后将保公孙家世代公侯。”

管家进前插言:“相爷,侯爷带来的八箱礼品,小人暂且存放在偏厅,等您的示下。”

“礼物万万不能收,完璧归赵,原物奉还。”公孙贺说得斩钉截铁。

卫阮深知公孙贺的为人,也不勉强:“俗话说,恭敬不如从命,只要太子不废,此后我们同荣华共富贵,天长地久,又岂在乎这区区八箱礼品。”

“小人就去打发侯爷府的下人,将礼品抬回。”管家出门去了。

公孙贺也觉对人过于生硬了,便缓和了语气:“长平侯休要见怪,老夫就这个脾气,心中有数便是,方便之时遇有机会,当然会劝说万岁保持现状,让皇后娘娘放心就是。”

“下官一定如实告知皇姊,不会忘记相国的关照。”

管家去不多时即又转回:“禀相爷,绣衣使者江充求见。”

“不见!”公孙贺将手一挥,显出没有商量的余地。

管家不肯退下："相爷，江充口气强硬，不见只恐不妥。"

"有何不妥？我不见他，看他还能反天。"

"相国，为何如此待他？"卫阮问道。

"这种小人，看他一眼都觉恶心。"

"相国，宁得罪十名君子，不开罪一个小人。这种人好事做不来，坏起人来可是头头是道啊。"

"我就是看不惯他的小人手段。""相国，近来他和万岁走的较近，万岁对他不说言听计从，却也句句入耳，还是应付一下吧。"

公孙贺又沉思一下，极不情愿地对管家说："让他进来。"

很快，江充大摇大摆地走进了书房，见到卫阮先打个招呼："真巧，长平侯也在，看来这是缘分哪。"

卫阮虚与周旋："江大人气色很好，想必是春风得意。"

公孙贺张口便透出不客气："江充，突然来我家造访，不知有何见教，还请速道其详。"

"怎么，公孙大人官居高位，连个座位都不肯赏一个吗？"江充分明是硬碰硬回敬，"宰相肚内能行船，还是不要小人见识。"

这话明明白白是对公孙贺的大不敬，公孙贺哪里受得了这个："姓江的，没有事你请自便，本相无时间奉陪。"

江充冷笑几声："江某奉旨前来，你还敢将我逐出门外不成？"

公孙贺怔了一下："奉旨，圣旨安在？"

"万岁口谕。"

轮到公孙贺冷笑了："焉知你不是假传圣旨？"

"你完全可以不相信，也可以找万岁核实，"江充发出几声奸笑，"但本钦差却不能不按旨行事。"

"本相倒要看看你意欲何为？"

"公孙贺接旨。"江充高喊一声。

公孙贺端坐不动。

"大胆公孙贺，你敢欺君不成？"

公孙贺置之不理。

卫阮觉得不妥，江充人性不佳，但谅他还没有假传圣旨的胆量，便好意劝说公孙贺："公孙相国，江大人既来，想必还是圣上有话，不可再开玩笑了，莫再误了大事啊。"

公孙贺想也感到有理，就退让一步："江充，圣上有何交代你就说吧。"

"万岁的话就是圣旨，口谕亦然。你就这种态度，这是对万岁的大不敬。"江充将身一转，"我告辞了。"

“江大人留步。”卫阮急忙挽留。

江充也不回头也不理睬，径自大步离去。

卫阮有些无奈，不无忧心地说：“相国大人，怕是要有麻烦甚至祸事了。”

公孙贺也隐隐有些不安，但他口中依然强硬：“长平侯，怕他何来，我毕竟是当朝宰相。”

“我是担心，他到万岁面前进谗言。”

“我就不信，万岁会听信这样一个帮闲小人的一面之词。”

“相国，你可曾想过，万岁若对他不感兴趣，怎么会将他留在身边。”卫阮带有批评的味道了，“您忘了一句俗语，小不忍则乱大谋啊。”

“我事事遵旨，件件无过，便皇上也无奈我何。”公孙贺还是不忿。

卫阮却是分外不安：“但愿能逢凶化吉，遇难呈祥。”

真要佩服江充的本事，他在钩弋宫找到了钩弋夫人。江充进门即大礼参拜：“给娘娘叩头。”

“有何大事，你非要见我？”钩弋夫人半眯起眼睛，有意无意地打量着这个高大魁伟的男人。

江充偷瞥了钩弋夫人一眼：“娘娘，此事关系到您的身家性命，卑职受娘娘厚恩，舍命也要报信。”

“有这样严重？”钩弋夫人心中忐忑，“到底何事，你且讲来。”

江充左右看看：“此事当属机密。”

钩弋夫人明白了他的意思，对在殿内的太监和宫女说：“你们退下。”之后，又对江充言道，“你可以放心地讲了。”

“娘娘，适才我去公孙贺府邸，长平侯卫阮也在。”

“他在不在与我何干？”

“难道娘娘不知他是卫皇后胞弟？”

“自然知晓，”钩弋夫人不耐烦了，“你就别绕圈子了，有话直说。”

“我的娘娘，难道这你还不明白，他们是在合伙算计要设法保住现太子之位，保住皇后之位，那么，你们母子就是对头冤家，只恐难免杀身之祸呀。”

“这……”钩弋夫人一时间呆得如木雕泥塑。

江充轻轻走到钩弋夫人身边，半俯下身体，在钩弋夫人耳边充满温情地说：“娘娘安心，有我江充为您效劳，定能化险为夷。”

钩弋夫人扭过脸，因为离得太近，竟擦上了江充的鼻尖，不由得脸上泛起红潮：“江大人有何高见？”

江充还是有意识地将脸靠得很近，呼出的气息重重地喷在钩弋夫人的粉面桃腮上：“一句话，先下手为强。”

钩弋夫人感觉到江充的用意，但她没有回避，而是嘴角现出一丝苦笑：

"江大人请细说其详。"

"这事我要冒杀头的危险。"

"你就说吧,一切我自会为你做主。"

"卑职拼着性命为娘娘效力,难道娘娘不该有些回报吗?"

"你想要什么?"钩弋夫人目光直视着他,"黄金、高官,还是美色?"

"在下不敢说。"

"我恕你无罪。"

"臣渴思美色。"

"我宫中的宫女随你挑。"

"臣茶饭不思,夜不能寐,以至神魂颠倒,难道娘娘还不知道卑职的心吗?"

"江充,你好大胆子,竟敢调戏皇妃,看我禀报万岁,还不剥了你的皮,抽了你的筋。"

"在下向娘娘表明了心迹,便碎尸万段亦心甘情愿。"

钩弋夫人又认真地注视着江充:"你就这样对我痴情?"

"卑职所言皆出自肺腑。"

钩弋夫人调转了话题:"你说说看,究竟怎样先下手为强?"

"娘娘,万岁要臣追寻巫蛊之源,而公孙贺正好应梦,只要娘娘居中策应,公孙家不说全家抄斩,他自己实难逃一死。"

"这对我有何好处呢?"

"公孙贺一死,卫阮是他的同党,也就难以活命。那么,卫皇后就脱不了干系,再接下来,就要牵连到太子。"

钩弋夫人已经听得兴奋不已:"太子被废,这太子位就非我儿莫属了。"

"那皇后还会是别人吗?"

"好,只要我母子登上太子,皇后之位……"钩弋夫人突然将话打住。

江充却是盯住不放:"怎么样?"

钩弋脸色像一块红布:"我就让你如意……"

"娘娘,下官可不想望梅止渴呀。"江充试探着捏住了钩弋夫人的手。

钩弋夫人正值妙龄,而武帝已是行将就木之人,精血两亏肾力不济,她一直是干渴的。见她没有反对之意,江充伸双手将她抱起,急步跑入了寝宫。

八卦炉中的木炭烧得通红,四名童子正围守在铜炉的四角。火炭的下方埋放了千两黄金,也就是栾大所谓的金母。作为金母的千两黄金,栾大早就将化成了金砣,收藏到了自己的口袋里,为自己的后路做了准备。此刻,栾大手执一柄拂尘,围着八卦炉一边缓缓踱步,一边还振振有词地念着别人根本听不懂的咒语，一副煞有介事的样子。一个童子，看到他那猥琐的样子，再加上装腔作势的情景，实在忍不住笑出声来。

栾大见几个童子都在那里笑话自己，拿出法师的架子呵斥他们，一人敲了一拂尘杆，吓唬道："小心你们的话让神仙听到了不高兴，生不出金子，你们全家都得陪葬。"

几个童子吓得伸了伸舌头，不敢再做声了。

这时，门外突然传过来一阵女人的说笑声，栾大一听，心中窃喜，心想，看来不用再烦恼了，替罪羊自动找上了门。

第三十六章 储位之争 武帝驾崩

武帝的大女儿被封为公主，她在一群太监和宫女的簇拥下，走进了五柞宫设在一角处的丹房门外。原来她想起昨日在父皇那看到栾大，声称他能以金生金，公主当时就非常好奇。所以今天就过来看看这个栾大如何能够用法术生金。

公主才刚一进门，便在屋内大呼小叫寻找栾大。

此时栾大也正犯愁，他本不会什么法术，但而今已是骑虎难下。一听到公主的声音，顿时有了主意。他原打算，只要公主一进入丹房，他就可以对陛下说是女人的秽气冲撞了神仙，因此才致使生金失败。但当他看到公主的那一刻便改变主意了，而升起了拈花惹草的心思。他从公主的身后答应一声："小仙在此。"

公主转过身，险些和栾大撞个满怀，口里嗔骂着："该死的，吓了我一跳。"栾大赶紧赔不是，公主也不计较，只说着要去看看他的生金之术，抬腿便要往里走。栾大赶紧拦住，告诉公主："丹房重地，闲杂人等还当回避。"

公主也不在乎，一挥手就让侍从们出去了。栾大和公主进入里间，栾大说道："公主，请到后堂稍坐，待小仙与您慢慢讲来。"

栾大带着公主进入后堂，公主忍不住四处张望，见这后堂的布置就像道观一样，正面还供奉着三尊神像，墙上还悬挂着一幅硕大的太极图。栾大让公主在外间稍作休息，自己进入里间为公主沏茶，他犹豫了一下，从兜里掏出一包春药倒入了茶内。

栾大端着茶水出来，公主一路也确实有些口渴，接过茶就喝了起来。公主询问栾大神仙的一些情况，问道："那神仙也分男女吗？"

"那是自然。"栾大注视着公主已经有了些变化，想来是药效发作。

此时的长公主醉眼迷离，仿佛欲火焚身，她继续问道："栾大，神仙也有男欢女爱吗？"

"不错，玉皇大帝和西王母就是一对神仙夫妇啊。"

公主听完，更是感觉心中烦闷，轻声说道："咳，连神仙都知道琴瑟和鸣颠鸾倒凤，可怜我虽然贵为公主，锦衣玉食，却夜夜独守空帏，好不凄苦。"

栾大趁机问道："公主，敢问驸马爷对你难道不好吗？"

"哪里还有驸马，他多年前就已经离开人世了。"此时公主的药力彻底发作，她周身燥热，心痒神驰，已经难以自持，她一步步向栾大靠近，竟然主动剥开了自己的上衣，嘴里喃喃道："栾大，我这玉体，已经多年无人爱抚了，你就亲近一下吧。"

在药力的作用下，公主的血液在身体中奔涌。她再也按捺不住，一把扑抱住了栾大，两个人随即便倒在了床上，酿就了一番疾风暴雨……

就在两个人沉浸在刚刚的美好中，外面响起了喊声，汉武帝携带着自己宠爱的钩弋夫人来视察栾大的工作情况了。栾大和长公主一时都慌了神，二人手忙脚乱地穿衣套裙，还没来得及齐整，武帝已经进入了后堂，看到了这一幕。

武帝简直惊呆了，万万没想到，竟然撞上了如此令人难堪的一幕，他气得周身发抖，就连说话都变了声音："你们，这是成何体统？"

栾大赶紧跪倒叩头："为臣死罪，死罪！"

汉武帝看着跪在地上的栾大，咬牙切齿地说："你确实是死罪，即便是将你碎尸万段，也难消朕心头之恨。"

谁料这时候公主却跪在了汉武帝的面前，声泪俱下地说道："父皇，这件事情都是儿臣的错，与栾大无关，要杀要剐你都对着女儿来，是我强求于他。"

"你，你这是何意？"汉武帝有点儿懵了。

"父皇，你后宫佳丽无数，整日里偎红依翠，快活在温柔乡中。你又怎么能够知道女儿孀居的苦处？你就杀了女儿吧。"

钩弋夫人一听，似乎明白了是怎么回事，于是顺水推舟地想卖公主个人情，同时也帮武帝下个台阶。打定主意后便接过了话头，望向栾大问道："栾将军，万岁待你可是恩重如山，你今天竟然做出此种伤天害理的事情。"

栾大也就坡下驴地胡编起来，说公主本就有仙缘，只要能与他结合，便能拥有半仙之体。武帝将信将疑，再加上钩弋夫人也在一旁劝说，武帝也就信了，同时为二人赐了婚，并命令栾大三日后，乘船出海，求取仙药。

汉武帝办完此事便带着钩弋夫人分乘抬辇重新返回了五柞宫，在门口见到了站在那里求见的江充。待他们近前，江充俯伏叩见。

武帝并未下辇，开口问道："江大人，莫非有本启奏？"原来江充特地为汉武帝头痛的事情而来。他告诉武帝头痛的原因已经找到，就是公孙贺等人试了巫蛊之术，还说他以木刻汉武帝之身，日夜诵念咒语。在头部刺上钢针施用咒语，故而万岁头痛，长此下去，很可能还会危及到汉武帝的生命。

武帝一听与自己的生病有关，立即大为警觉，又加上江充和钩弋夫人在一旁鼓动，最后下令搜查公孙贺。

此时的公孙贺正在家里过寿，里里外外照应着客人，忙得不可开交。

公孙贺正在门前应候客人,看到众人抬着一顶大轿落在门前,后面还跟随着一队兵丁。他正在疑惑是谁有这么大的阵仗前来祝寿的时候,就看见江充步下轿来。公孙贺素来与江充不合,他微怔了一下,但还是拱拱手,笑着说道:“江大人大驾光临,老夫三生有幸。”

江充和公孙贺在门口敷衍了几句,也不多说,推开公孙贺径直踏上了台阶。

公孙贺上前拦截,公孙贺与此争执了几句,一脚踹开公孙贺,大步跃入门内,进入正厅打雷似的喊了一声:“圣旨下,公孙贺接旨。”

一时间,全场都怔住了。还是卫阮反应快,他提醒一下站在身边的公孙贺,说道:“相爷,赶快接旨呀。”

公孙贺也是一根筋,不服气地说道:“他又是假传口谕。”

江充听完也不反驳,从容不迫地掏出圣旨,双手捧在面前,对着众人大声说道:“公孙贺,难道你要抗旨不成?”

公孙贺无奈,只得跪倒:“臣接旨,万岁万万岁。”

江充放大嗓门宣读圣旨,竟然让所有人都难以置信。公孙贺根本就不知道自己已经遭人陷害,闪开一条道路,说道:“哼！万岁头痛与我何干,身正不怕影斜,你只管搜查,我何惧之有。”

江充对随行的兵士大声吩咐一声:“一定要给我认真搜察,每个角落都不准放过,徇私枉法者杀无赦。”

兵士们随即将公孙府翻腾了个底朝天,闹得鸡飞狗跳,一片狼藉。江充也没闲着,他先到了书房,然后又踱进了公孙贺的卧室。每一个角落都不放过地进行搜查。

公孙贺本就不信任江充,担心他在背后搞鬼,于是寸步不离地跟在他的身后,眼睛都不敢眨一下地盯着他的一举一动。

江充什么也没搜出来,只得拍了拍手上的尘土,一副失望的样子,垂头丧气地往外走,同时对随行的军士说道:“走吧,出去。”

公孙贺在前,先出了房门,颇有些得意地讥讽道:“怎么样江大人,您还是一无所获吧。”就在公孙贺放松警惕的空档,江充已经将手里的木人放到了墙角处。

江充突然间转回身,在墙角处掏了一把,一个木人就出现在了他的手中,无比骄傲地说道:“哈哈！公孙贺,你看,这是什么?”

公孙贺没想到江充如此阴险,他上前一步,伸手想夺过木人,但江充一个闪身躲过了。大踏步地向外就走,大声喊着:“你先别看,等万岁看过了也许会让你过目。”

公孙贺追在身后大声喊叫,目的就是让门外的百官听见:“江充,你这个卑鄙小人，栽赃嫁祸，我家根本就没有什么木人。”

江充也不和他顶撞，不慌不忙地说道：“公孙贺，你可是一步不离地紧跟着我，难不成我还能在你的眼皮底下要花招？”

公孙贺立即反驳到：“不，你根本就不是在我家翻出的木人，而是早就将这个东西藏在了你的衣袖中，突然间拿出来栽赃诬陷于我。”

江充发出阵阵冷笑，对着公孙贺说道：“如今铁证如山，无论你怎么狡辩也无济于事。”转过头，对随行兵士命令道：“将公孙贺带走。”

公孙贺不想再和他废话，一甩手道：“不用你带，我自然会找万岁告你。”公孙贺忿忿地在前面就走，口里说道：“到万岁面前自有公论。”

五柞宫的庭院里，阳光普照着大地，汉武帝刘彻走在红毡上，正在为即将远行求取仙药的栾大举行送行仪式。钩弋夫人光彩照人地站在武帝侧后。汉武帝将玉盘里盛满的三杯御酒全部喝干为栾大送行。

栾大凝视着侧后的钩弋夫人，那眼神里充满了依恋和惜别之情，最后直接昂首挺胸地大踏步向前走去。

霍光奉命暗中跟随栾大，他刚要离去，武帝摆手示意他留步，霍光知趣地走过来，武帝说道：“一定要盯住栾大，仙药到手，千万不能让他溜走，仙药落空，更不能让他逃之夭夭。”霍光领命之后离开了。

此时江充已经押解着公孙贺来到了五柞宫，公孙贺一见到汉武帝就跪地叫屈：“万岁，臣天大的冤枉。”

武帝的内心对公孙贺也有所怀疑，于是话语冷冰冰地问道：“有何冤屈？”

公孙贺一听汉武帝语气不对，先是一愣，但也没时间管那么多，开口说道：“江充栽赃陷害为臣。”

江充决定后发制人，他在一旁一言不发，只是听着公孙贺在汉武帝面前告状，他借机瞟一眼钩弋夫人，发现钩弋夫人正向他报以善意的微笑。

此时的武帝显然已经没有耐性，开口问道：“公孙贺，江充为何陷害于你，又是怎样栽赃陷害的，你速速讲来。”

公孙贺将搜查的过程告诉汉武帝，汉武帝假意问道：“可有此事？”

江充将手上的木人呈上：“万岁请看。”

武帝将这个约半尺高的木人拿在手中端详，只见木人的正面胸部是用毛笔楷书“刘彻”二字，背面还写着他的生辰八字。最令他称奇的是，木人的顶部果然插着三枚钢针。

江充看时机成熟，开口说道：“万岁为何经常头痛，而且请便了名医，吃了很多药也不见好，都是这三枚钢针在作怪。根据公孙贺的家仆告密，公孙贺每夜三更时分，都会取出木人诵念巫咒，致使万岁头痛难忍，长此下去，不出一年，万岁的生命就会受到威胁。”

“哎呀！这还了得，”钩弋夫人也不失时机地在一旁煽风点火，凑到公孙贺的面前说道：“他们真是太狠毒了，陛下对你们恩重如山，如今你们竟然要将万岁置于死地。”

两个人同时指控公孙贺，汉武帝此时也对此深信不疑了，望着公孙贺开口说道：“公孙贺，你好狠毒啊！”

公孙贺一听就慌了，跪拜着上前说道：“万岁，这木人本就是江充栽赃，为臣绝无此物。”

江充为了点燃汉武帝的怒火，上前指证道：“万岁再请细看，此木人周身被磨得光滑，积满尘垢，显然就是使用之久，假如有人想造假，应该是个新物啊。”

武帝觉得江充说得确实正确，连连点头称是，他对公孙贺已是怒不可遏，大声呵斥道：“大胆公孙贺，你真是太狠毒了。枉费朕的一片心思，平日里朕待你可是不薄，你官拜宰相，位极人臣，竟然巫蛊害朕，岂有饶恕之理，来人哪，推出去问斩。”

“万岁，饶命啊！”

江充担心日后公孙贺的后人报仇，便在陛下的耳边吹风：“万岁，斩草不除根可是后患无穷啊。”

汉武帝此时也怒火攻心，大喊一声：“将他全家……”话没喊完，汉武帝便住口了，认为这样做实在有些过分，遂改口说道：“将公孙贺之子一并处死。”

公孙贺被武士拖走后武帝问江充：“这下朕的头痛病该好了吧？”

江充语气肯定地说道：“我看不一定。”于是江充趁机将矛盾扩大化，说道：“虽然公孙贺父子已除，但难保他不会有同党啊。”

“你有目标？”

江充趁机说道：“依我看，长平侯卫阮就是他的死党。”

“你有何凭证？”

江充便将两次到公孙府中都遇到了卫阮的情景添油加醋地讲述了一番，随后便一副忠心的样子说道：“万岁，他们是有预谋啊。”

汉武帝心中也有疑虑，认为这二人平时忠心耿耿，不至于要谋害自己的性命啊，于是便问道：“那你说，他们有什么阴谋啊？”“万岁，这难道还要为臣点明吗？”

武帝似有所领悟，说道：“你的意思是，他们想要太子及早继位。”

“万岁可以拘来卫阮进行审问，便可得知他们的最终目的啊。”

武帝不假思索地说道：“江充，朕现在让你全权处理此事。”

“谢万岁信任，臣一定尽心尽职尽责。”江充领旨之后，便趾高气扬地对卫阮等人问话去了。

再说江充哪里是问话，分明就是屈打成招，他命人将卫阮打晕之后，在事先写好的罪状上按上了手印。手拿着这样的证据，江充即进宫去向汉武帝禀报情况。在五柞宫门前，他见到了卫皇后。江充假装没有看见，扭过脸直接去找汉武帝了。

武帝此时正躺在钩弋夫人的怀抱里，他近来感觉到自己的身体每况愈下，周身酸痛，躺在钩弋夫人光滑的胴体上，根本就懒得动弹。此时他的心情极坏，以至卫皇后在门外求见了三次，都被他拒之门外。

太监总管站在门外奏请：“启禀万岁，江充审过卫阮，带着罪状前来复旨。”

汉武帝依然不想起身，在里面说道：“将口供直接传进来让朕一阅就行。”

总管直接带着卫阮的供状进入了寝宫之内。汉武帝接过来一看，大吃一惊，随后便改为了愤怒，大声地吼道：“怎么，此事真的牵连到太子?”

钩弋夫人也装模作样地拿过来看了几眼，不禁暗地里佩服江充的手段，她试探着在汉武帝的耳旁吹风，说道：“万岁，太子如果真像卫阮所供的那样有谋逆之心，万一你调查他的消息被他知道，情急之下动武反叛，这该如何是好啊?”

汉武帝回头望了一眼钩弋夫人，心下也正在翻滚，一时拿不定主意。

钩弋夫人更近一步说道：“万岁，您可不能让太子有机可乘啊。”她用自己纤纤的玉手紧紧地拥抱住武帝，想借此为他送去关爱和温暖。

但汉武帝终究不能对自己的儿子下狠心，对一旁立着的太监说道：“告诉江充，等朕想好之后再降旨与他。”

“遵旨。”总管转身便要往外走。

“且住，”武帝叫住他，“让皇后进来，让她在前殿等候，朕要与她见面。”

钩弋夫人撒娇道：“万岁，时辰还这么早，妾妃不让你起床。”汉武帝拿下钩弋夫人的手，说道：“贵为皇后，怎么能一直吃闭门羹呢。”武帝知会一声还站在那里的太监总管，“你去传旨吧。”

总管去后没多久就回来了，向汉武帝禀明：“万岁，皇后娘娘已经离开，据说已经去了太子府。”

武帝听完心里五味陈杂，半晌都无言以对。

卫阮被江充屈打成招的消息，其实早就传到了太子府里。太子对江充恨得咬牙切齿，皇后来找汉武帝，想为其说清，没想到却遭到拒绝，他愈发感到此时依靠皇上已经没有希望，遂听从了身边谋士的意见，调集了一千人马，声言奉旨要擒拿江充。谁料风声走漏，江充早就逃走了。他屁滚尿流地逃进钩弋宫，跪在汉武帝面前，说太子将要起兵造反。汉武帝对皇后去东宫的举动本就心存芥蒂，此时又听说太子有心造反，更是愤怒，直接命贰师将军李广利领兵平叛。

双方领兵在长安激战了数日，最终以太子的失败而告终，太子无奈自杀。卫皇后一见自己的儿子丧命，也自缢身亡。如此一来，钩弋夫人在后宫中的地位更加稳固，江充也在钩弋夫人的支持下益发得势，数月工夫，因巫蛊案件被牵连的人数就达到了数万之多。一时间，长安城中的文武百官人人自危，惶惶不可终日，任谁都害怕得罪钩弋夫人一派。

虽然抓的人越来越多，但武帝的头痛并却并不见好，反倒日益严重，这让他更加心烦意乱，颇不满地质问江充。但此时的汉武帝已经没有那么大的精力去明察秋毫了。钩弋夫人与江充早就看准了下一个目标，就是燕王刘旦。他们认为太子一死，皇位的争夺者只有弗陵和燕王。江充为铲除燕王，他告诉武帝：贰师将军李广利家也有木人，就是基于此原因，武帝的头痛病才不见好。江充说得武帝心中没了底，李广利可统领汉朝七万大军，于是就传旨令李广利班师还朝，然后再派人彻查此事。

谁料，传旨的太监竟是李广利收买的内线，他到北疆之后将朝中的真情一一实告。李广利明白此时回朝必死无疑，为了求生，他竟然投降了匈奴。这件事情传回朝堂，本就病重的武帝，再次被气得昏厥过去。

钩弋夫人一时慌了神，武帝慢慢转醒，无限悲凉地说道："朕这一生与匈奴征战不下百次，想不到晚年的时候，竟然不战就失掉了七万大军，真是莫大耻辱啊。"

此事，跟踪栾大求取仙药的霍光也回来了，太监总管进来禀报："万岁，栾大、霍光回朝交旨。"武帝赶紧让他们进来，问栾大仙药是否找到。栾大为了保命，继续信口雌黄，其实此时的汉武帝已经明白了一切。于是命人将栾大腰斩。

钩弋夫人见武帝已是日薄西山，越发感觉到立储之事不已耽搁，于是她主动给武帝一个甜笑，开口说道："万岁，我儿弗陵立嗣之事当早作决策。"

"是啊，是该决定了，"武帝无限深情望着钩弋夫人，恋恋不舍地说道："朕舍不得你这个爱妃呀。"钩弋夫人想继续追问，但武帝似乎什么都不想继续说，沉沉地睡去了。

钩弋夫人见武帝睡熟，就抽身离开回到了自己的钩弋宫。原来，钩弋宫中江充正等在那里，两个人一见面就抱在了一起。钩弋夫人的贴身侍女识趣地退在门外，在外面把守房门。没想到一转身却看见总管太监站在外面。她激灵一下问道："公公，您何时来的？"

总管笑笑说："咱家与娘娘是前后脚。走吧，万岁口谕，跟我走一趟吧。"侍女心里忐忑，不愿去，却又不能抗旨，只好跟着总管向前走去。到了汉武帝跟前，由于害怕，不得不将钩弋夫人和江充的事情全盘托出。最后被赐哑药送出了宫。

此时的汉武帝心中最为清醒，叫来了弗陵和霍光、金日磾、桑弘羊和上官桀。他下旨传位为弗陵，命四位大臣辅佐。汉武帝真心说道："朕病势日重，恐不久于人世。综合此一生，也算不负先帝。然晚年愚惑，轻信方士，这才让无赖小人为患朝纲。栾大已被腰斩，江充亦当枭首。"江充死后，钩弋夫人也自然成为了皇后，将来就是太后。汉武帝依然一往情深地望着她说道："爱妃，你现在已经享受到了世间女人最高的荣耀和地位，可谓是不枉此生。你记得朕曾多次说过，不愿意立弗陵为太子吗？并不是我儿不出众，而是朕不忍心让你殉葬。"武帝淌下了眼泪，继续动情说道："当年高祖皇帝何等英雄，但他死后吕后篡权，刘氏宗室深受其害。朕不能让这样的现象再次发生，所以为了弗陵能够做个好皇帝，使汉室江山永传，钩弋夫人必须自尽。"

钩弋夫人听完汉武帝的话登时昏厥过去。当晚，为了弗陵的帝位，她不得不用白绫结束了自己的生命。

次日，也就是汉武帝后元二年，公元前87年，这位在位五十四年，在史册上闪耀着熠熠光辉的伟大帝王，汉武帝刘彻也驾崩于五柞宫中。